Das Land unter den zwei Monden

Guy Gavriel Kay

*Das Land unter
den zwei Monden*

Roman

Scherz

Einzig berechtigte Übersetzung aus dem Englischen
von Monika Curths
Schutzumschlag unter Verwendung einer Zeichnung
von Karl Bechloch

Erste Auflage 1995
Die Originalausgabe erschien unter dem Titel
«A Song for Arbonne» bei Viking, Toronto.
Copyright © Guy Gavriel Kay, 1992
Deutschsprachige Verbreitungsrechte der
lizenzierten deutschen Hardcover-Ausgabe 1995
beim Scherz Verlag, Bern, München, Wien.
Alle Rechte der Verbreitung, auch durch Funk,
Fernsehen, fotomechanische Wiedergabe,
Tonträger jeder Art und auszugsweisen
Nachdruck, sind vorbehalten.

Prolog

An einem Frühjahrsmorgen, als der Schnee auf den Bergen taute und die Flüsse Hochwasser führten, verfolgte Aelis de Miraval vom Söller aus, wie ihr Gemahl mit seinen Männern im Morgengrauen das Schloß verließ, um in den Wäldern im Westen zu jagen. Kurz danach saß sie selbst auf und ritt nach Norden, in Richtung des Dierne-Sees.

Sie verließ das Schloß nicht allein oder gar heimlich; so Törichtes wäre ihr nie in den Sinn gekommen. Sie war jung und eigensinnig, aber gewiß keine Närrin, nicht einmal jetzt, da sie verliebt war.

Sie ritt in Begleitung ihrer jungen Cousine und einer Eskorte von sechs bewaffneten Coranern, den ausgebildeten und gesalbten Kriegern des herrschaftlichen Haushalts. Ihrem Gatten hatte sie bereits vor einiger Zeit mitgeteilt, daß sie einen Tag und eine Nacht bei der Herzogin von Talair verbringen würde in der sicheren, von einem Graben umgebenen Burg am Nordufer des Dierne-Sees. Sie hatte alles sorgfältig geplant.

Selbstverständlich würde sie außer der Herzogin und ihren Damen auch noch anderen Menschen auf Talair begegnen. Der Haushalt eines so mächtigen Herzogs war groß, und wenn sich unter den Mitgliedern seines Haushalts auch der jüngere Sohn befand, der ein Dichter war, was war daran besonders?

Aber bis zur Nacht lag noch ein ganzer Tag vor ihr. Nun ritten sie durch den hellen Morgen. Zu ihrer Linken lagen die terrassierten Weingärten von Miraval, lindgrün im Laub, doch schon mit dem Versprechen der dunklen, reifen Sommertrauben. Nach Osten hin dehnte sich im gleißenden Sonnenlicht der blaue See. Aelis sah deutlich die Insel und den Rauch der drei heiligen Feuer im dortigen Rian-Tempel. Sie hatte zwei Jahre auf einer anderen, größeren Insel der Göttin im Meer verbracht. Doch sie gehörte nicht zu den Frommen im Land; dazu war sie zu nahe der weltlichen Macht herangewachsen.

Die Luft war wie reingefegt von der frischen Brise und so klar, daß man Talair am gegenüberliegenden Seeufer bereits sehen konnte. Seine Ringmauern ragten gewaltig und streng empor, wie es sich für das Heim eines so stolzen Geschlechts geziemte. Aelis blickte über die Schulter zurück, wo hinter den Weingärten die ebenso stolzen Mauern von Miraval, dem Sitz eines der erlauchtesten Adelsgeschlechter Arbonnes, noch ein wenig höher in den Himmel ragten. Doch während Aelis beim Blick über den See nach Talair gelächelt hatte, konnte sie beim Anblick der Burg, die sie mit ihrem Gatten bewohnte, ein leichtes Schaudern nicht unterdrücken.

«Ich habe deinen Mantel mitgenommen, Aelis. Es ist noch früh am Tag und früh im Jahr.»

Für ihre dreizehn Jahre, dachte Aelis, war Cousine Ariane beinahe zu aufmerksam. Es wurde Zeit, daß sie heiratete; sollte ruhig auch sie die zweifelhaften Freuden einer aus politischen Gründen geschlossenen Ehe kennenlernen. Doch sie nahm den gehässigen Wunsch sofort wieder zurück. Sie wollte nicht, daß noch eine von ihnen mit einem Mann wie Urté de Miraval gestraft wurde, am wenigsten ein so heiteres Kind wie Ariane.

«Kein Mantel heute morgen, Liebes. Es wäre, als wollten wir leugnen, daß Frühling wird.»

Ariane lachte. *«Das Jahr gab seinen Mantel her»*, zitierte sie, *«aus Wind und Eis gewebt und Regen, ein Spitzenkleid sich umzulegen, von Sonne glänzend, schön und hehr.»*

Aelis konnte nicht umhin zu lächeln über die kluge Ariane und ein anderes, anonymes Frühlingslied, an das sie denken mußte und das zur Zeit von allen ihren Hofdamen gesungen wurde. Ein fahrender Sänger hatte es vor ein paar Monaten, während der regnerischen Winterzeit, in der Halle von Miraval gesungen, und die Damen rätselten noch vierzehn Tage danach, von welchem der bekannteren Troubadoure diese leidenschaftliche Beschwörung des Frühlings, dieser so innige Ausdruck des Begehrens stammen könnte.

Aelis kannte den Verfasser des Liedes, denn er hatte es für sie geschrieben. Es war ihr Lied und die Antwort auf ein Versprechen, das sie bei der Mittwinterfeier in Barbentain gegeben hatte. War es ein unbesonnenes Versprechen? Oder eines, das sie zu Recht gegeben hatte? Aelis glaubte zu wissen, was ihr Vater dazu gesagt hätte; doch sie war sich keineswegs sicher, wie ihre Mutter reagieren würde. Signe, die Gräfin von Arbonne, hatte schließlich hier im Süden die Liebeshöfe gegründet; seit frühester Kindheit hatte Aelis erlebt, wie ihre Mutter in der Halle von Barbentain im Kreis bewundernder Männer hofhielt und mit ihren witzigen oder spöttischen Bemerkungen dröhnendes Gelächter hervorrief.

Vermutlich hatte sich daran bis zum heutigen Tag nichts geändert, und ihre Mutter, die bezaubernde Gräfin von Arbonne, würde auch jetzt, an diesem Morgen, im prunkvollen Schloß Barbentain, das im oberen Teil des Landes in der Nähe der Gebirgspässe auf einer eigenen Insel im Fluß lag, umringt sein von den adeligen Herren Arbonnes, jungen wie alten, von Laute und Harfenzither spielenden Troubadouren und Spielleuten sowie von allen möglichen Abgesandten aus Ländern jenseits der Berge und Meere.

Und Guibor, der Graf, würde lächelnd dabeisitzen und die Staatsgeschäfte später, in der Nacht, mit seiner Frau beraten – mit einer Frau, die er liebte und die seine Liebe erwiderte und für die er mit seinem Leben, seinem Reich und mit allem Glück, das er sich in diesem Leben erhoffte, gebürgt hätte.

«Das Lachen deiner Mutter», hatte er einmal zu Aelis gesagt, «ist stärker als jede Armee.»

Kaum ein Jahr nach diesem Gespräch hatte sie ihr Vater mit Urté de Miraval verheiratet, dem mächtigsten Lehnsherrn in Arbonne, und sie damit aus Barbentain, aus der Welt der charmanten, Komplimente und Reime drechselnden Höflinge und Poeten, des Witzes, der Musik und der Heiterkeit verbannt zu den Jagdhunden und den nächtlichen Überfällen des nach Schweiß, Falkendreck und weinsaurem Atem stinkenden Herzogs, der von ihr nichts anderes wollte als flüchtige Erleichterung und einen Erben, dessen verwandtschaftliche Verbindung mit dem Herrscherhaus von Arbonne nach Meinung ihres Vaters unbedingt notwendig war.

Ihr Schicksal unterschied sich kaum von dem anderer Töchter aus vornehmem Haus, und es würde eines Tages und in nicht allzu weiter Ferne auch das der kleinen schwarzhaarigen Ariane sein.

Manche Frauen hatten Glück mit ihren Männern, manche wurden bald Witwe; beides konnte in Arbonne Macht bedeuten. Aber natürlich gab es auch andere Möglichkeiten. Ihre älteste Schwester Beatritz war zur Priesterin geweiht worden und lebte in einem Rian-Tempel an der Grenze zu Götzland. Eines Tages würde sie dank ihrer Herkunft Hohepriesterin werden.

Ein plötzlicher unwillkürlich ausgestoßener Laut riß Aelis aus ihren Gedanken. Sie sah zu Ariane hinüber, und ihrem Blick folgend erkannte sie, was das Mädchen erschreckt hatte. Der Anblick ließ auch ihr Herz rascher schlagen. Vor ihnen, etwas abseits der Straße auf der Seeseite, ragte, honigfarben im Morgenlicht, der steinerne Bogen der Alten, der frühen Bewohner dieses Landes, hinter einer doppelten Reihe hoher Ulmen empor. Ariane, die diese Strecke noch nie geritten war, sah den Bogen zum ersten Mal.

Ruinen der Vorfahren gab es überall im fruchtbaren Arbonne, das seinen Namen dem Fluß verdankte, der es bewässerte.

Die Alten waren allgegenwärtig, deshalb hätte selbst der unverhoffte Anblick einer Ruine Ariane keinen Ton entlockt.

Aber der Ehrenbogen am Dierne-See war etwas anderes.

Zehnmal so hoch wie ein Mann und beinahe ebenso breit ragte er am Ende der Ulmenallee in die Höhe und schien die sanfte Landschaft der Weingärten zwischen Wäldern und See mit seiner Wucht zu erdrücken; daß er ursprünglich ebendiesem Zweck diente, hatte Aelis längst vermutet. Denn die Alten, die diesem Land ihren Stempel aufdrückten – sie waren nicht in Frieden gekommen.

«Möchtest du dir den Bogen aus der Nähe ansehen?» fragte sie Ariane. Das Mädchen nickte, ohne die Augen von dem Bauwerk zu nehmen. Aelis reckte sich und rief Riquier, den Anführer der ihr zugeteilten Coraner-Eskorte. Er ließ sich sofort zurückfallen, um an ihre Seite zu eilen.

«Verehrte Herrin?»

«Wenn du es für ungefährlich hältst», sagte sie, «würde ich gern kurz anhalten, damit sich meine Cousine den Ehrenbogen ansehen kann.»

Riquier blickte sich mit ernster Miene um. Er war immer ernst, wenn er mit ihr sprach. Noch kein einziges Mal war es ihr gelungen, ihn zum Lachen zu bringen. Er war ein Mann nach dem Zuschnitt ihres Gatten. «Ich denke, das geht in Ordnung», sagte er.

«Danke», sagte Aelis leise.

Riquier bog in scharfem Winkel vom Weg ab, um über die Wiese zu den Ulmen und dem dahinter aufragenden Ehrenbogen zu reiten. Die beiden Frauen folgten mit den übrigen Coranern.

Doch noch bevor sie den Bogen erreichten, knackte und raschelte es in den Bäumen, und sechs Männer sprangen herab, zerrten die sechs Coraner von den Pferden und rissen sie zu Boden. Auch aus dem hohen Gras tauchten maskierte Männer auf. Ariane schrie entsetzt auf. Aelis ließ ihr Pferd steigen, und der Mann, der auf sie zulief, wich hastig zurück. Sie sah zwei weitere Männer zwischen den Bäumen stehen, die sich jedoch nicht am Überfall beteiligten. Auch sie waren maskiert. Aelis tastete nach der kleinen Armbrust an ihrem Sattel.

Wie sie es von ihrem Vater gelernt hatte, der ihr Lehrer und in jungen Jahren der beste Bogenschütze seines Landes gewesen war, zügelte sie ihr Pferd mit den Knien, faßte ihr Ziel ins Auge und schoß. Einer der beiden Männer schrie auf und griff taumelnd nach dem Pfeil in seiner Schulter.

Aelis riß das Pferd herum. Vier Männer drangen auf sie ein und versuchten, ihr die Zügel zu entreißen. Wieder ließ sie den Hengst steigen, und während er trat und mit den Vorderhufen schlug, griff sie nach dem zweiten Pfeil in ihrem Köcher.

«Halt ein, Dame Aelis!» rief der Mann, der den Verwundeten stützte. «Wenn du noch einen meiner Männer tötest, nehmen wir uns deine Coraner vor. Außerdem haben wir das Mädchen. Laß den Bogen sinken!»

9

Zwei Männer hielten das aufgeregt schnaubende Pferd von Ariane. Die sechs Coraner waren überwältigt und entwaffnet; keiner schien ernsthaft verwundet.

«Wir wollen dich», fuhr der Mann fort, offensichtlich der Anführer der Bande. «Wenn du uns freiwillig folgst, soll keinem ein Haar gekrümmt werden. Du hast mein Wort.»

Er kam ein paar Schritte auf sie zu. Er war mittelgroß, trug ein schlichtes braunes Wams, enganliegende Beinkleider und hatte über das Gesicht ein Fell gezogen, das seine Stimme dämpfte.

«Weißt du, was mein Ehemann mit dir tun wird?» sagte Aelis drohend. «Und mein Vater in Barbentain?»

«Das weiß ich», sagte er. «Laß den Bogen fallen, Aelis!»

Der scharfe Befehlston ließ Aelis zusammenzucken. Sie warf einen Blick auf Ariane, die vor Angst zitterte und sie mit weit aufgerissenen Augen anstarrte. Riquier lag mit dem Gesicht nach unten im Gras.

Aelis ließ den Bogen sinken. Ohne ein weiteres Wort kehrte ihr der so selbstsichere Mann den Rücken. Er winkte, und zwei Pferde wurden herbeigeführt, ein Grauschimmel und ein Rappe, die hinter dem Triumphbogen verborgen gewesen waren. Der Anführer schwang sich auf den großen Grauen, während der verwundete Mann Mühe hatte, in den Sattel zu kommen. Keiner der anderen Maskierten rührte sich. Sie hatten offensichtlich Befehl, zu bleiben und sich um die Coraner zu kümmern.

«Was wird aus dem Mädchen?» rief Aelis.

Der Bandenführer drehte sich zu ihr um. «Schluß jetzt», sagte er barsch. «Kommst du oder muß man dich fesseln und ziehen wie eine junge Kuh?»

Aelis setzte ihr Pferd betont langsam in Bewegung. Neben Ariane hielt sie an und sagte laut und vernehmlich: «Sei tapfer, Liebes. Sie werden nicht wagen, dir etwas anzutun. Mit Rians Hilfe sehen wir uns bald wieder.»

Dann ritt sie langsam weiter, sehr aufrecht und mit hoch erhobenem Kopf, wie es sich für die Tochter des Grafen von Arbonne gehörte.

Der Anführer hatte sein Pferd bereits gewendet und ritt voran, ohne sich noch einmal umzusehen. Der verwundete Mann folgte hinter Aelis als letzter dem kleinen Reitertrupp durch den schattigen Torbogen.

Sie ritten nach Norden und ließen den See allmählich hinter sich. Als sie sich dem Waldrand näherten, sah Aelis etwas abseits des ausgetretenen Pfads eine Köhlerhütte. Die Tür stand offen, aber es war kein Mensch zu sehen.

Der Anführer hielt an. «Valery», sagte er, während er sich nach beiden Seiten hin suchend umsah, «du paßt hier ein bißchen auf, aber such vorher Garnoth – er ist bestimmt nicht weit – und laß dir die Schulter verbinden.»

Dann stieg er ab und bedeutete Aelis, ihm zu folgen. Mit einer übertrieben höflichen Geste wies er ihr den Weg zum Eingang der Hütte.

Aelis sah sich um. Sie waren völlig allein und in einer Gegend, wo schwerlich jemand vorbeikommen würde. Sie betrat die Hütte. Die Fenster standen offen, so daß die angenehm frische Waldluft hereinwehte. Aelis ging bis zur Mitte des kleinen, spärlich möblierten Raums, der anscheinend erst vor kurzem ausgefegt worden war. Sie drehte sich um.

Bertran, der jüngste Sohn des Herzogs von Talair und Troubadour, nahm seine Fellmaske ab.

«Bei allen heiligen Namen Rians», sagte er, «eine Frau wie du ist mir noch nicht vorgekommen. Aelis, du warst phantastisch.»

Sie musterte ihn streng, obwohl es ihr schwerfiel, ernst zu bleiben, als sie sein strahlendes Gesicht sah und das unvergeßliche Lächeln. Sie zwang sich, kühl in seine blauen Augen zu blicken.

«Dein Freund ist schwer verwundet», sagte sie und bemerkte gleichzeitig, daß Wein auf dem Tisch bereitstand. «Ich hätte ihn töten können. Ich habe eigens Nachricht schicken lassen, daß ich schießen werde, wenn du uns anhältst, und daß deine Männer Kettenhemden unter ihrer Kleidung tragen sollen.»

«Das habe ich ihnen gesagt, aber Valery wollte nicht hören. Ich fürchte, aus meinem Cousin Valery wird nie ein rechter Coraner werden.»

«Ich hätte ihn töten können», sagte sie noch einmal.

Bertran öffnete die Weinflasche und füllte zwei Becher.

«Ich habe auf deine Schießkunst vertraut», sagte er, während er ihr einen Becher reichte.

«Du hast das Leben deines Cousins aufs Spiel gesetzt und ebenso dein eigenes, nicht wahr?» fragte sie. «Ich hätte auch dich verwunden können.»

«Du hast mich verwundet, Aelis», sagte er mit plötzlich verändertem Ausdruck. «Beim Mittwinterfest. Ich fürchte, du hast mir eine Wunde zugefügt, die nie heilen wird.» Sein ernster Ton erstaunte sie. «Bist du mir wirklich böse? Weißt du nicht, welche Macht du besitzt?»

Ihre Finger berührten sich, als sie schließlich den Becher nahm. Endlich lächelte sie. Sie setzte sich auf die eine Bank, die die Hütte zu bieten hatte, während er sich auf einem kleinen Hocker niederließ. An der Wand gegenüber stand ein Bett; sie hatte es sofort gesehen, als sie die Hütte betrat. Kein Köhler besaß ein solches Bett.

«Was werden sie mit Ariane und den Coranern tun?» fragte sie.

«Sie werden bald nach Talair weiterreiten», antwortete er gelassen. «Meine Männer werden den Wein auspacken und alles, was man für ein Frühstück im Grünen braucht. Das Ganze wird ein herrlicher Spaß: eine gespielte Entführung. Meinen Eltern und deinem Mann wird die Geschichte weniger gefallen, aber niemand wird im Ernst annehmen, daß ich dir etwas zuleide tun könnte. Wir liefern Arbonne Gesprächsstoff für einen Monat, das ist alles. Gut ausgedacht, nicht wahr?» Er war unverkennbar stolz auf sich.

«Es sieht so aus», murmelte sie.

Sie stand auf. Plötzlich wußte sie, was sie tun würde. Sie hatte einen ganzen Winter lang davon geträumt.

Auch Bertran erhob sich.

«Aelis», sagte er leise und eindringlich, «das hier ist kein Abenteuer. Es ist...» Er zögerte und fuhr dann fort: «...die Erfüllung meines größten Herzenswunschs.»

«Und der wäre?» fragte sie äußerlich sehr gelassen. «Ein Glas Wein mit mir zu trinken? Wie zartfühlend und wie bescheiden.»

Einen Augenblick schien er verblüfft, doch dann sah er sie lächelnd an, und ihr drohten die Knie zu versagen. Sie trank aus und ließ ihren Becher achtlos auf den Boden fallen. Sie richtete ihre dunklen Augen auf ihn und zwang sich, seinem Blick standzuhalten.

«Du und ich, wir werden heute ein Kind zeugen», sagte sie ruhig.

Sie löste die Schleifen am Halsausschnitt ihres Kleides und ließ die grüne Seide an sich herabgleiten.

Sie wirkte merkwürdig zerbrechlich, als sie so nackt vor ihm stand – sie, die Tochter des Grafen von Arbonne, Faustpfand ihres Gatten zur Macht, die Erbin von Arbonne, die heute in dieser Köhlerhütte versuchte, ihre eigene Antwort auf die Kälte des Schicksals zu finden.

Er ging einen Schritt auf sie zu, den einen, der notwendig war, um sie in die Arme zu nehmen. Er hob sie hoch und trug sie zu dem Bett, auf das noch eine ganze Weile die Sonne hell und warm durch das Fenster schien.

Arbonne – Das Land unter den zwei Monden

I *Frühling*

I

Dreiundzwanzig Jahre später...
Glücklicherweise war es nahezu windstill. Sie hatten eine mondhelle Nacht gewählt trotz des größeren Risikos; aber sie konnten nicht bei völliger Dunkelheit an Land gehen. Die Brandung lag bereits hinter ihnen, und nun hielten sie, ihre acht Ruder so leise wie möglich eintauchend, auf die schwachen Lichter der Insel zu.
Blaise hätte lieber nur sechs Männer mitgenommen. Bei Unternehmen wie diesen spielte der Überraschungseffekt eine entscheidende Rolle. Doch die abergläubischen Coraner von Mallin de Baude hatten darauf bestanden, daß sie zu acht zur Rian-Insel aufbrachen, damit sie zu neunt zurückkommen würden. Neun galt in Arbonne als heilige Zahl.
Es war lächerlich, dachte Blaise, während er sich kräftig in die Riemen legte. Dieses ganze nächtliche Unternehmen war absurd. Doch Mallin de Baude hatte ihn schließlich als Ausbilder in Dienst genommen. Es war eine bescheidene Stellung bei einem kleinen Baron, die ihm jedoch durchaus zusagte. Hier konnte er seine Sprachkenntnisse vervollkommnen und einen Überblick über die allgemeine Situation in diesem eine Göttin verehrenden Land Arbonne gewinnen. Außerdem ließ sich nicht leugnen – Mallin hatte sich beeilt, darauf hinzuweisen –, daß das heutige Unternehmen eine gute Übung für seine Coraner war.
Mallin fehlten weder Ehrgeiz noch persönliche Vorzüge, dachte Blaise. Das Problem war seine Frau Soresina und der in Arbonne jede Vernunft in den Wind schlagende Brauch der höfischen Liebe. Blaise konnte über das Land, aus dem er stammte, wenig Gutes sagen, aber nichts wäre in Gorhaut unmöglicher gewesen als diese Weiberkultur der Troubadoure und ihrer Spielleute, die mit ihren Liebesliedern die Frau bald dieses, bald jenes Herrn besangen.
Die Lichter der Insel rückten allmählich näher. Blaise hörte einen

der Coraner inbrünstig beten. Es war Luth, natürlich, der schon, bevor sie losfuhren, von Seeungeheuern gefaselt hatte, die angeblich die Insel bewachten.

Die wirklichen Gefahren waren weitaus prosaischer, doch keineswegs geringer. Die Pfeile und Klingen der wachsamen Priester und Priesterinnen der Göttin Rian richteten sich erbarmungslos gegen jeden Ungeweihten, der auf der heiligen Insel nichts zu suchen hatte.

Doch sie hatten dort etwas zu suchen, wenn auch nicht im Auftrag der Inselbewohner. Sie sollten den Troubadour Evrard ausfindig machen und ihn überreden, seine tiefe Verstimmung zu vergessen und aus seinem selbstgewählten Exil auf der Insel nach Schloß Baude zurückzukehren.

Es war alles so lächerlich, dachte Blaise zum wer weiß wievielten Mal, während er ruderte und sich das Salz der Seeluft von den Lippen leckte.

Die Geschichte selbst war einfach genug und eine natürliche Folge der albernen Ritterbräuche des Südens. Blaise hatte sich nicht gescheut, dies mit denselben Worten in der Halle von Schloß Baude auszusprechen. Es kümmerte ihn wenig, daß er wegen seiner freimütigen Ausdrucksweise nicht bei allen beliebt war; in seiner Heimat Gorhaut war es, zumindest in der letzten Zeit, nicht anders gewesen.

Was sollte ein aufrechter Mann aber auch von Vorgängen halten, wie sie sich im vergangenen Monat auf Schloß Baude zugetragen hatten? Evrard von Lussan, ein mäßig begabter Troubadour, hatte in Baude, im bergigen Südwesten von Arbonne, für eine Saison Wohnung genommen und allein dadurch – aus Arbonner Sicht – das Ansehen von Mallin de Baude beträchtlich gemehrt. Kleinere Barone in den abgelegeneren Gegenden hatten selten Troubadoure, die für längere Zeit bei ihnen wohnten. Das immerhin ergab für Blaise einen Sinn.

Kaum im Schloß, mußte sich Evrard natürlich in Soresina verlieben und für sie seine mysteriösen Lieder schreiben. Der Troubadour benützte für seine Dame selbstverständlich einen erfundenen Namen, aber es dauerte nicht lang, bis jeder in Arbonne zu wissen schien, daß es sich bei der Angebeteten um die junge Soresina de Baude handelte.

Mallin jedoch fühlte sich ungemein geschmeichelt, denn ein Troubadour, der sich in seinen Liedern für die Frau Gemahlin verzehrte, brachte ihn seinen ehrgeizigen Vorstellungen von Macht und Ansehen ein gutes Stück näher.

Soresina war natürlich entzückt. Sie war hübsch, eitel und nach Blaises Meinung dumm genug, um die Krise heraufzubeschwören, mit der sie es jetzt zu tun hatten. Sie hegte keine romantischen Gefühle für den in ihrem Schloß residierenden Dichter und das aus allzu ersichtlichen Gründen, denn er war klein, hatte gelbe Zähne und eine angehende Glatze. Doch er baute auf die Tradition. Troubadoure wurden von den vornehmen Damen für ihre Kunst und ihre leidenschaftliche Verehrung geliebt und nicht für ihr volles Haar.

Eines Nachts, nachdem Evrard im Kreis der Coraner dem roten Miravalwein tüchtig zugesprochen hatte, setzte er seine Verse in die Tat um. Er tappte durch die dunklen Treppenaufgänge bis vor Soresinas Kammer, die zufälligerweise und zum Nachteil aller Beteiligten an diesem Abend nicht verschlossen war, trat ein und drückte der nach einem Besuch ihres Gatten süß Schlummernden einen feuchten Kuß auf die Lippen. Soresina fuhr auf, und als sie erkannte, daß es nicht Mallin war, der sie küßte, sondern der kleine Evrard, hieß sie ihn den wohl unverschämtesten, ungebildetsten Menschen, der ihr je untergekommen, und dies so laut, daß es das halbe Schloß hören konnte.

Tief gekränkt verließ Evrard noch vor Sonnenaufgang Schloß Baude und begab sich zum nächstgelegenen Tempel der Göttin, wo er Segen und Weihen erhielt, um sich von der enttäuschend herben Welt der Liebeshöfe auf die Rian-Insel vor der Küste zurückzuziehen.

In der Geborgenheit der Insel und fern von weltlichem Zwist und Hader fand er Trost, indem er Hymnen an die Göttin verfaßte und hin und wieder, nur so zur Unterhaltung, den einen oder anderen unbestreitbar witzigen Spottvers auf Soresina de Baude. Natürlich nannte er nie ihren Namen – das wäre gegen die Regel gewesen –, aber nachdem er denselben Namen benützte wie in seinen früheren Lobliedern auf ihre langgliedrige Gestalt und das schwarze Feuer in ihren Augen, wußte jeder in Arbonne, wer gemeint war. In Tavernel – so hatte der inzwischen recht verzweifelte Mallin Blaise zu verstehen gegeben – wurden diese Verse bereits von Studenten gesungen und nach deren Geschmack ergänzt.

Einige Wochen später, als zu befürchten stand, daß Soresina immer mehr zum Gespött der Leute würde, der Name Baude gleichbedeutend für schlechte Manieren zu werden drohte und versöhnliche Briefe an Evrard unbeantwortet blieben, entschloß sich Mallin de Baude zu diesem Unternehmen – einer, zugegeben, ziemlich drastischen Maßnahme.

Blaise an Mallins Stelle hätte den Dichter wahrscheinlich töten lassen. In seinen Augen war Mallin de Baude ein Lehnsherr, wenn auch nur ein kleiner, und Evrard von Lussan ein umherziehender Parasit. Eine Fehde oder auch nur ein Streit zwischen so unterschiedlichen Männern wäre in seiner Heimat undenkbar gewesen. Aber hier befand man sich in Arbonne, das von Frauen regiert wurde und wo die Troubadoure eine Machtstellung in der Gesellschaft einnahmen, von der sie anderswo nicht einmal zu träumen wagten.

Mallin schickte also seine Coraner auf die Insel der Göttin Rian, um diesen Evrard in einer Nacht-und-Nebel-Aktion zurückzuholen. Er selbst konnte nicht an dem Unternehmen teilnehmen, denn für den Fall, daß es mißlang, mußte es so aussehen, als hätten seine Coraner auf eigene Faust gehandelt, und Mallin würde sofort reumütig einen Rian-Tempel aufsuchen. Schlau eingefädelt, dachte Blaise, zumal der Führer der Coraner von Baude in diesem Jahr zufällig ein Söldner aus Gorhaut war, der selbstverständlich nicht zu Rian betete und dem folglich ein solches Sakrileg durchaus zuzutrauen war. Blaise hatte kein Wort darüber verloren. Im Grunde störte es ihn auch nicht.

«Zu den Pinien dort», murmelte Hirnan, der das Schiff steuerte. Über seine breite Schulter warf er einen Blick auf die aus dem Meer ragende Silhouette der Insel. «Und um Corannos' willen seid leise!»

«Luth, hör auf zu beten, oder ich mach Fischfutter aus dir», flüsterte Blaise.

Luth schluckte vernehmlich, was Blaise ihm noch einmal durchgehen ließ. Wie ein solcher Mann als Krieger in den Orden Corannos' aufgenommen werden konnte, war ihm schleierhaft. Er konnte einigermaßen mit Bogen und Schwert umgehen und auf einem Pferd sitzen, aber selbst hier in Arbonne müßten sie wissen, daß mehr dazu gehörte, um ein gesalbter Coraner zu sein.

«Riemen einlegen!» befahl er leise. Acht Ruder hoben sich aus dem Wasser und blieben oben, während das Boot auf die felsige Westküste der Insel zutrieb. Blaise lauschte, den Oberkörper weit vornübergebeugt, und spähte über die Bordwand, um das Boot auszumachen, das er gehört hatte.

Da war es, ein dunkles Segel vor dem sternfunkelnden Himmel. Es fuhr an der Küste der Insel entlang. Die acht Männer hielten den Atem an. Sie befanden sich bereits näher an der felsigen Küste als das Patrouillenboot, gefährlich nah sogar. Doch möglicherweise waren sie vor dem dunklen Hintergrund der Insel nicht zu sehen. Blaise lockerte den Griff um seinen Riemen, als er sah, daß das kleine Boot gegen den Wind kreuzend an ihnen vorüberfuhr.

«Der Göttin sei Dank!» murmelte Luth in aufrichtiger Dankbarkeit. Blaise warf ihm einen wütenden Blick zu, und Hirnan packte ihn am Arm, um ihn am Weiterreden zu hindern. Aber es war schon zu spät.

«Autsch!» sagte Luth alles andere als leise, und dies auf See und in einer sehr ruhigen Nacht.

«Wer ist da! Im Namen Rians! Wer seid ihr?» Eine scharfe Männerstimme schallte zu ihnen herüber. Das Segelboot änderte bereits seinen Kurs und hielt auf sie zu.

«Nur Fischer, Ehrwürdiger», rief Blaise mit hoher, zittriger Stimme. «Meine Brüder und ich. Tut uns leid, daß wir so weit abgetrieben sind!»

Dann flüsterte er seinen Männern zu: «Hängt drei Leinen über die Seite und haltet sie, als würdet ihr angeln! Hirnan, wir zwei gehen ins Wasser!» Noch während er sprach, legte er Stiefel und Schwert ab, und Hirnan folgte seinem Beispiel, ohne zu fragen.

«Es ist verboten, hier ohne Erlaubnis zu fischen!» Die tiefe Stimme klang feindselig.

«Bietet ihnen einen Teil des Fangs an», flüsterte Blaise. «Also dann, Hirnan.»

Er schwang die Beine über die niedrige Seite und ließ sich vorsichtig und gleichzeitig mit Hirnan, der auf der anderen Bordseite dafür sorgte, daß sie nicht kenterten, ins Wasser gleiten. Es war noch früh im Jahr, und das Wasser war eisig.

«Wirklich, Ehrwürdiger, es ist genauso, wie mein Bruder gesagt hat. Wir wollten uns nicht versündigen», rief Maffour, und es klang sehr reumütig. «Wir geben gern den Zehnten von unserem Fang für die frommen Diener der Rian, sie sei gepriesen.»

Die Antwort ließ einige Zeit auf sich warten, ganz so, als fiele es dort im Segelboot jemandem schwer, dem Angebot zu widerstehen. Das hatte Blaise nicht erwartet. Am Heck des Ruderboots erschien die Silhouette von Hirnans Kopf. Er winkte ihm zu, und sie schwammen leise zu dem Patrouillenboot hinüber. Sie hörten, wie ein Feuerstein angeschlagen wurde; kurz darauf leuchtete eine Lampe auf. Ihr orangeroter Schein fiel auf das Wasser, reichte aber nicht sehr weit. Blaise hoffte, die sechs Coraner hatten Verstand genug, um die Köpfe unten zu lassen. Er gab Hirnan ein Zeichen, näher zu kommen, und flüsterte ihm ins Ohr, was sie als nächstes tun würden.

Als Blaise den bewußtlosen Priester mit Hirnans Hilfe wieder ins Segelboot hievte, fürchtete er einen Moment, Hirnan könnte die zweite Person, die sich in dem Boot befand, im Übereifer getötet haben. Nachdem er sich selbst mit einiger Mühe über den Bootsrand gezogen hatte, stellte er fest, daß es sich um eine Frau, eine Priesterin, handelte. Sie würde ein paar Tage lang eine Beule von der Größe eines Wachteleis an der Schläfe haben; doch mehr fehlte ihr nicht. Hirnan hatte seine Sache gut gemacht.

Das Segelboot war gut ausgerüstet mit zusätzlichen Leinen, Decken gegen die nächtliche Kühle und einem reichlichen Lebensmittelvorrat, über den man sich hätte wundern können, wäre der Priester weniger fett gewesen. Blaise zog dem bewußtlosen

Mann das nasse Hemd aus und wickelte ihn in eine Decke. Mit Hirnans Hilfe fesselte und knebelte er die beiden Bootsinsassen, dann gingen sie mit dem Segelboot neben ihrem eigenen Boot längsseits.

«Maffour», sagte Blaise leise, «übernimm du. Ihr folgt uns. Wir fahren voraus und suchen einen Landeplatz.»

Corannos schien ihnen gnädig gestimmt. Hirnan hatte zwischen den Felsen der abweisenden Inselküste eine kleine Bucht entdeckt. Auf den Klippen darüber sah Blaise von Mondlicht versilberte Baumwipfel, darunter ein leicht abfallendes Plateau und eine mäßig hohe Steilwand, die aus dem Wasser emporragte. Es war ein nahezu perfekter Landeplatz. In diesem Schlupfwinkel konnten sie beide Schiffe verstecken, und die Kletterei bis zu dem Plateau stellte für Männer, die die steilen Ziegenpfade oberhalb der Olivenhaine von Baude gewohnt waren, keine Schwierigkeit dar.

Hirnan steuerte die Schiffe vorsichtig in die enge Bucht, holte das Segel ein und ankerte. Maffour schlang sich ein Seil über die Schulter, sprang auf einen Felsblock und kletterte geschickt über das kurze Steilwandstück zum Plateau hinauf. Dort befestigte er das eine Ende des Seils an einer Kiefer und ließ das andere zu den Männern hinunter.

Nachdem Hirnan den Anker ausgebracht hatte, sah er Blaise mit fragend hochgezogenen Brauen an. Blaise deutete auf die zwei gefesselten Gestalten. Sie waren noch bewußtlos und würden es wahrscheinlich für eine Weile bleiben. «Wir lassen sie hier», sagte er.

Die anderen kletterten bereits auf das Plateau. Blaise und Hirnan warteten, bis der letzte oben war; dann stiegen sie vorsichtig aus dem Boot auf die glitschigen Felsen und zogen sich nacheinander an der Felswand empor. Das vom salzigen Meerwasser feuchte Seil brannte in ihren Händen.

Es war seltsam, plötzlich wieder auf festem Boden zu stehen. Blaise hatte das Gefühl, als bewegte sich die Erde unter ihm.

Der junge Giresse reichte ihm wortlos Stiefel und Schwert; Thiers tat dasselbe für Hirnan. Blaise lehnte sich gegen einen

Baum, während er in die Stiefel schlüpfte, dann befestigte er das Schwert an seinem Gürtel. Als er aufblickte, sah er sieben erwartungsvolle Männer vor sich stehen.

«Luth», sagte er leise, «du wirst mit Vanne die Boote bewachen. Wenn die zwei dort unten anfangen, sich zu regen, stellt ihr sie wieder ruhig. Aber verhüllt eure Gesichter. Habt ihr verstanden?»

Luth schien sehr erleichtert, und Vanne konnte seine Enttäuschung kaum verbergen; aber Blaise war nicht bereit, Luth auch mit der einfachsten Aufgabe allein zu betrauen. Er wandte sich an Hirnan.

«Du weißt angeblich, wo in der Tempelanlage die Gästehäuser liegen.» Der rothaarige Coraner nickte. «Dann gehst du voran», befahl Blaise. «Ich gehe hinter dir. Maffour bildet die Nachhut. Gesprochen wird nur im äußersten Notfall. Stoßt euch an, wenn ihr einander warnen wollt. Verstanden?» Dann warf er Hirnan einen kurzen Blick zu; der drehte sich ohne ein weiteres Wort um und marschierte los. Blaise und die anderen folgten.

Es war sehr dunkel im Wald, und Blaise konzentrierte sich auf den dunklen Umriß von Hirnans breitem Rücken. Sie gingen nach Osten, wo die Tempel der Göttin lagen, die in Arbonne als Jägerin und Mutter, als Geliebte und Braut und als Sammlerin und Bestatterin der Toten verehrt wurde. Gehuldigt wurde ihr vorzugsweise bei Vollmond. Wenn wir mehr Glück als Verstand haben, dachte Blaise grimmig und beunruhigter, als er sich eingestehen wollte, dann ist Evrard irgendwo im Freien und singt den Mond an.

Der Zufall wollte es, daß Evrard von Lussan genau dies tat. Sie hörten ihn, sobald sie aus dem Wald heraustraten. Als Blaise das Tempelgelände sah, das hell im Mondlicht vor ihnen lag, atmete er auf. Die Gästehäuser im Süden des Tempels waren nicht von Mauern umgeben; nur den inneren Bereich, wo vermutlich die Priester und Priesterinnen schliefen, schützte ein hoher Palisadenzaun. Auf den Brustwehren waren keine Wachen zu sehen. Die drei hohen Kuppeldächer der Tempel schimmerten weiß.

Unweit der Stelle, wo sich die Eindringlinge im Augenblick befanden, lag ein Garten. Palmen wiegten sich in der sanften Brise, die einen Hauch von Rosen und früh blühendem Lavendel zu ihnen herübertrug – und eine Stimme.

Gib, glorreiche Göttin, daß meine Worte alsbald
Gnade finden und einen Hafen im Schrein deiner Liebe.
Dein sind der Meerschaum, dein die Bäume im Wald,
dein das Mondlicht, das darauf nieder...

Blaise näherte sich im Schatten des Waldrands vorsichtig dem Garten, aus dem immer neue Variationen des Liedes zu hören waren. Zwischen ihm und den Hecken und Palmen des Gartens lag jetzt nur noch eine Wiese, die jedoch von den Befestigungen her einzusehen war. Blaise legte sich bäuchlings auf die Erde.

«Thiers und Giresse – wartet hier», flüsterte er den beiden jüngsten Coranern über die Schulter zu. «Für das hier brauchen wir keine sechs Leute. Ruft wie ein Käuzchen, wenn's Ärger gibt.»

Ohne eine Bestätigung abzuwarten, kroch er durch das feuchte Gras auf die Öffnung in der Hecke zu, die der Eingang zum Garten sein mußte. Evrard deklamierte und probierte, jonglierte mit «Äonen» und «Wellenkronen», und Blaise hätte in seiner Gereiztheit über diesen ganzen Unsinn beinahe die Priesterin angerempelt, die halb verborgen neben der Palme am Garteneingang stand. War sie eine Bewacherin oder Bewunderin des Dichters? Blaise hatte keine Zeit für feine Unterschiede. Ein Laut von der Frau konnte sie alle den Kopf kosten.

Blaise sprang auf, packte die Frau von hinten und hielt ihr mit einer Hand den Mund zu. Geräuschlos drückte er ihr die Luft ab, bis sie mit ihrem vollen Gewicht gegen ihn sank. Die Priesterin hatte nicht versucht, ihn zu täuschen. Ohnmächtig lag sie in seinen Armen.

Er legte die junge Frau behutsam unter die Palme.

Evrard saß mit dem Rücken zu Blaise und Maffour auf einer Steinbank am Rand eines Teichs.

«Wer ist da?» rief er, ohne sich umzusehen und eher mürrisch als erschrocken. «Ihr wißt doch, daß ich bei der Arbeit nicht gestört werden will.»

«Das wissen wir, Ehrwürdiger», sagte Maffour in aller Ruhe und trat neben ihn.

Als sich Evrard verblüfft umdrehte und aufstehen wollte, versetzte Blaise dem spärlich behaarten Dichterhaupt mit dem Griff seines Dolchs einen sorgfältig dosierten Schlag. Maffour trat rasch hinzu und fing den Ohnmächtigen auf.

Dann legte er sich den schmächtigen Troubadour über die Schulter, und Blaise führte seine kleine Truppe ohne ein weiteres Wort in den schützenden Wald zurück.

Luth erlebte unterdessen die zweifellos schlimmste Nacht seines Lebens. Erstens erschreckten ihn immer wieder Geräusche aus dem nächtlichen Wald. Und zweitens war Vanne, der ihm zugeteilte Partner, nie da, weil er sich entweder am Felsen hinunterlassen mußte, um nach den zwei Gefesselten im Boot zu sehen, oder weil er in den Wald ging, um zu horchen, ob die Gefährten zurückkamen. Jedenfalls blieb Luth immer wieder über längere Zeit allein auf dem Plateau mit den Geräuschen und den wechselnden Schatten unter den Bäumen.

Was war das?

Luth wirbelte herum. Es war nur Vanne, der zurückkehrte. Er sah zu Luth hin, sagte aber kein Wort. Sie durften ja nicht sprechen. Luth fand dieses erzwungene Schweigen beinahe so schrecklich wie die Geräusche aus dem finstern Wald.

Was ihn jedoch weit mehr beunruhigte als der dunkle Wald und die unheimlichen Geräusche, war die Heiligkeit der Insel. Sie waren ohne Weihe hier, ohne jede Berechtigung, und hatten obendrein Hand angelegt an zwei Gesalbte der Göttin.

Vanne überquerte das Plateau, nickte Luth zu und ließ sich wieder am Seil über die Klippe hinunter.

Luth beobachtete das Seil, das nach mehrmaligem Straffen und Rucken locker liegenblieb, was bedeutete, daß Vanne am Fuß des Felsens angekommen war. Dann ging er zu der Kiefer, an der das

Seil befestigt war, und kontrollierte den Knoten. Der Knoten war in Ordnung, er würde halten.

Als er sich aufrichtete und von dem Stamm zurücktrat, stieß er gegen ein Hindernis.

Taumelnd drehte er sich um. Sein Herzschlag stockte, und das Blut in seinen Adern schien zu erstarren. Er wollte schreien, doch da näherte sich ein krummer, ungewöhnlich langer und von Juwelen blitzender Dolch seiner Kehle.

Die Gestalten, die ihn umringten, waren in rote und silbern glänzende Seide gekleidet. Die meisten waren Frauen, aber auch zwei Männer waren dabei. Eine Frau bedrohte ihn mit der halbmondförmigen Klinge. Über dem Gesicht trug sie eine Maske. Sie trugen alle Masken von Raubtieren und Vögeln. Wolf, Luchs, Eule, Falke und ein Rabenvogel mit silbernem Gefieder und goldenen Augen, die im Mondlicht blitzten, starrten ihn an.

«Komm mit», sagte die Priesterin mit dem blinkenden Dolch zu Luth. Sie sprach mit der kalten und fernen Stimme einer Göttin der Nacht, einer Göttin der Jagd, die Unwürdige in ihrem Heiligtum gestört hatten. Sie trug eine Wolfsmaske, sogar ihre Handschuhe sahen aus wie Wolfsklauen. «Hast du wirklich geglaubt, ihr bliebet unentdeckt und unerkannt?» fragte sie.

Luth brachte kein Wort hervor. Sein Gehirn war taub. Er fühlte nur ein zentnerschweres Gewicht auf seiner Brust und die Klinge, die fast zärtlich über seine Kehle strich. Die Klauenhand der Priesterin wies ihm den Weg, und Luths Füße setzten sich wie von selbst in Bewegung.

Auf dem Weg zurück zum Felsplateau hatte Blaise wieder dieses unstete Gefühl unter den Sohlen, als ob die Erde der Insel pulsierte. Sie gingen rasch, nachdem sie ausgeführt hatten, weswegen sie hergekommen waren. Die Priesterin, auf die sie im Garten gestoßen waren, konnte jederzeit vermißt und gefunden werden.

Sie erreichten das Plateau. Der Mond stand hoch über dem Wald. Das Seil war noch an der Kiefer festgeknotet. Aber weder Vanne noch Luth waren zu sehen.

Mit düsterer Vorahnung trat Blaise an den Klippenrand und blickte hinunter:

Das Segelboot samt dem Priester und der Priesterin, die sie überwältigt hatten, war verschwunden. Das Ruderboot war noch da, und Vanne lag wie leblos darin.

Maffour fluchte und kletterte rasch am Seil hinunter, sprang über die Felsblöcke in das Boot und beugte sich über Vanne.

«Er ist in Ordnung», rief er zu den anderen hinauf. «Nur bewußtlos. Keine Verletzung!»

Blaise sah sich suchend nach Luth um. Die übrigen Coraner hatten einen engen Kreis gebildet, aus dem ihre blanken Schwerter starrten. Kein Laut war zu hören; sogar im Wald schien alles ruhig.

«Hirnan», sagte Blaise, «du nimmst Evrard mit nach unten und schaffst ihn ins Boot. Alle anderen folgen. Ich weiß nicht, was passiert ist, aber wir sollten schleunigst weg von hier.» Er warf einen Blick zum Himmel, um die Zeit zu schätzen. «Macht das Boot klar und laßt mir ein paar Augenblicke Zeit. Wenn ihr meinen Käuzchenruf hört, rudert los, so schnell ihr könnt. Wartet nicht. Alles Übrige überlasse ich euch.»

Hirnan warf sich Evrard wie einen Maltersack über die Schulter und kletterte am Seil die Felswand hinunter. Während ihm die anderen Coraner folgten, zog Blaise sein Schwert und ging allein in den Wald zurück.

Er kniete nieder, um auf dem Waldboden nach Spuren zu suchen. Man brauchte kein Experte zu sein, um zu erkennen, daß hier erst vor kurzem eine ganze Schar Menschen vorbeigekommen war; die meisten, wenn nicht gar alle, mußten Frauen gewesen sein. Blaise fluchte innerlich, während er aufstand und unentschlossen um sich blickte. Die Vorstellung, einen Mann zurücklassen zu müssen, war ihm verhaßt, aber es war ziemlich eindeutig, daß sich mehrere Priesterinnen und Priester irgendwo hier im Wald befanden. Er hatte Hirnan gebeten, ein paar Augenblicke zu warten. Wie groß war die Gefahr für seine Leute, wenn er versuchte, Luth zu finden? Er wollte Luth nicht zurücklassen, ohne wenigstens versucht zu haben, ihn zu finden.

«Sehr lobenswert», sagte eine Stimme unmittelbar vor ihm. Blaise stockte der Atem. Er hob sein Schwert und spähte in die Dunkelheit. «Lobenswert, aber unklug», fuhr die Stimme fort. «Kehr um. Du wirst deinen Gefährten nicht finden, nur den Tod, gehst du auch nur einen Schritt weiter.»

Blätter raschelten, und zwischen den Bäumen erkannte Blaise den schattenhaften Umriß einer Frau. Sie wirkte wie ein Standbild in einem düsteren Hain.

«Ich müßte mich schämen, würde ich nicht versuchen, ihn herauszuholen», sagte Blaise.

Er hörte sie lachen. «Schämen», wiederholte sie spöttisch. «Sei kein Narr, Nordländer. Glaubst du wirklich, du könntest hier auch nur einen Schritt tun, den wir nicht erlauben?»

Blaise ließ das Schwert sinken. «Warum?» fragte er.

Sie lachte wieder, tief und leise. «Du möchtest meine Gründe kennen, Nordländer? Du möchtest die Göttin verstehen?»

Hatte sie *meine Gründe* gesagt?

«Du bist die Hohepriesterin», sagte er, und als sie schwieg, fuhr er fort: «Ich möchte nur wissen, wo mein Gefährte geblieben ist. Warum habt ihr ihn mitgenommen?»

«Nichts ist umsonst, Nordländer. Ihr seid ohne Segen auf die Insel gekommen und habt einen Mann entführt. Rian verlangt ihren Preis. Merk dir das für Arbonne.»

Rian verlangt ihren Preis. Den armen, ängstlichen, tolpatschigen Luth. Blaise starrte in die Dunkelheit und wünschte, er könnte diese Frau sehen. Vielleicht fände er dann die richtigen Worte, um den Mann zu retten.

Als lägen seine Gedanken offen vor ihr, hob die Frau den Arm, und einen Augenblick später brannte eine Fackel in ihrer Hand und erhellte die kleine Lichtung. Jetzt sah er die hohe, stolze Gestalt, die feinen, aristokratischen Gesichtszüge, und mit einem Schauder, den er nicht zu unterdrücken vermochte, sah er, daß sie blind war. Eine weiße Eule saß auf ihrer Schulter und sah Blaise unverwandt an.

Plötzlich wurde ihm bewußt, daß er ein Reich betreten hatte, wo er wehrlos war. Er schob sein Schwert zurück in die Scheide.

«Sehr gut», sagte die Hohepriesterin leise. «Wie ich sehe, bist du kein Dummkopf.»

«Wie du siehst?» entfuhr es Blaise.

Sie blieb völlig gelassen. Die große weiße Eule rührte sich nicht. «Meine Augen waren der Preis, um Zugang zu anderen Erkenntnissen zu gewinnen. Ich kann auch ohne Augen sehen, Blaise von Gorhaut. Du warst es, der Licht brauchte, um zu sehen, nicht ich. Ich kenne die Narbe über deinen Rippen und die Farbe deines Haars, wie es jetzt ist und damals war in der Winternacht, als du geboren wurdest und deine Mutter starb. Ich weiß, warum du nach Arbonne gekommen bist und wo du vorher warst. Ich kenne deine Herkunft und deine Geschichte, deinen Schmerz, die Kriege, in denen du gekämpft hast, und ich weiß, wann du das letztemal bei einer Frau gelegen hast.»

Sie blufft, dachte Blaise grimmig. Auch die Corannos-Priester in Gorhaut versuchten mit ähnlicher Geheimnistuerei Eindruck zu schinden.

«Dann sag es mir», forderte er mit rauher Stimme.

Sie zögerte nicht. «Es war vor drei Monaten mit der Frau deines Bruders in deinem Bett. Am nächsten Morgen hast du deine Reise angetreten, die dich zu Rian geführt hat.»

Ihre Antwort traf Blaise wie ein Schlag.

«Soll ich fortfahren?» fragte sie kalt. Sie schien ihre Macht zu genießen. «Du liebst sie nicht. Dafür haßt du deinen Bruder und deinen Vater. Du haßt deine Mutter, weil sie gestorben ist, und vielleicht auch dich selbst. Soll ich dir auch die Zukunft voraussagen wie ein altes Weib auf dem Jahrmarkt?»

«Nein! Nicht!» stieß Blaise mühsam hervor.

Er fürchtete ihr Lachen, ihre spöttische Stimme, aber sie schwieg. Auch im Wald herrschte tiefe Stille.

«Geh jetzt», sagte die Hohepriesterin, und es klang merkwürdig sanft. «Nehmt euren Troubadour und geht.»

«Und was wird aus Luth?» fragte er beharrlich.

«Er wird geweiht und als Diener von Rian auf der Insel bleiben. Er taugt besser zum Priester als zum Coraner, das weißt du selbst auch.»

Blaise fühlte sich plötzlich unendlich erleichtert.

«Ich danke dir», sagte er mit heiserer Stimme.

«Eines Tages brauchen wir einander vielleicht», erwiderte sie leichthin. «Und noch eins, Nordländer. Wenn du in Arbonne etwas erreichen willst, mußt du weniger verbittert und sehr viel neugieriger sein. Du hättest zum Beispiel wissen müssen, wer Hohepriesterin auf der Insel ist. Ich bin Beatritz de Barbentain, mein Vater war Guibor, der Graf von Arbonne, meine Mutter ist Signe, die jetzt regiert. Ich bin die einzige Überlebende ihrer Kinder.»

Sie hob die Hand. Die Fackel erlosch. In der Dunkelheit hörte Blaise sie mit ihrer früheren Stimme – der Stimme der mächtigen Priesterin – sagen: «Vergiß nicht, Blaise von Gorhaut: Zorn und Haß haben Grenzen, die nur zu bald erreicht sind. Rian fordert für alles einen Preis, aber sie ist auch die Liebe in einer ihrer ältesten Inkarnationen.»

Blaise wandte sich um und verließ taumelnd und stolpernd den Wald. Das helle Mondlicht auf dem Plateau empfand er wie eine Erlösung. Irgendwie erinnerte er sich, daß er das Seil, das an der Kiefer befestigt war, losbinden und mitnehmen mußte. Er schlang es sich um die Schultern und begann, die Felswand hinunterzuklettern. Das Boot, das in einiger Entfernung vom Ufer gewartet hatte, kam zurück, um ihn zu holen. Maffour und Giresse halfen ihm beim Einsteigen. Evrard von Lussan lehnte bewußtlos im Heck. Vanne dagegen schien sich erholt zu haben.

«Sie haben Luth behalten», sagte Blaise, als ihn die Männer fragend ansahen. «Für Evrard. Aber es geschieht ihm nichts. In Corannos' Namen, legt ab! Ich erzähl es euch später.»

Er nahm seinen Platz ein und legte das Seil vor sich auf den Boden. Maffour setzte sich neben ihn. Sie nahmen ihre Riemen auf und manövrierten das Boot rückwärts aus der engen Bucht. Dann wendeten sie und ruderten mit gleichmäßigen Schlägen auf das Festland zu.

2

An manchen Morgen fühlte sie sich erstaunlich jung, so wie heute; sie freute sich, daß sie lebte und daß es wieder Frühling wurde. Aber diese flüchtige Illusion von Jugend und Vitalität enthielt auch einen Wermutstropfen, weil ihr gleichzeitig schmerzhaft bewußt wurde, daß sie allein in ihrem großen Bett lag. Sie und Guibor hatten nach der alten Mode ein Zimmer und ein Bett miteinander geteilt, bis zum Ende. Das offizielle Trauerjahr war abgelaufen. Die Feier zur Erinnerung an seinen Todestag lag knapp einen Monat zurück.

Ein Jahr war keine sehr lange Zeit, jedenfalls war es nicht lang genug, um sich ohne Schmerzen zu erinnern: an häusliches Glück oder öffentliche Ehrungen, den Klang einer Stimme, den Widerhall eines Schritts, einen scharfen Verstand oder die Anzeichen aufflammender Leidenschaft, die stets auch die ihre zu entfachen vermochte.

Eine Leidenschaft, die nie erloschen ist, dachte sie, während sie still in ihrem Bett lag und langsam den Morgen heraufziehen ließ – trotz der Kinder, die längst erwachsen oder tot waren, trotz einer neuen Generation von Höflingen, die in Barbentain herangewachsen war, und jüngerer Herzöge und Barone, die die Macht in den Burgen und Ländereien früherer Freunde – und Feinde – übernommen hatten. An der Spitze der Stadtstaaten von Portezza standen neue Führer; in Gorhaut gab es einen anscheinend sehr verwegenen jungen König und einen mindestens ebenso unberechenbaren, wenn auch weniger jungen König in Valensa hoch oben im Norden. Alles in der Welt änderte sich, dachte sie – die Spieler auf dem Brett, die Form des Bretts, selbst die Regeln, nach denen sie und Guibor gespielt hatten.

Im vergangenen Jahr hatte es Stunden gegeben, in denen sie sich so uralt und kalt gefühlt hatte, daß sie sich wünschte, sie wäre mit

Guibor gestorben, um nicht mehr erleben zu müssen, wie sich die Welt ringsum veränderte. Doch selbst damals hatte sie gewußt, daß es unwürdig war, so zu denken, und als sie jetzt die Vögel vor ihrem Fenster singen hörte, die den Frühling in Arbonne begrüßten, wurde ihr dies noch deutlicher bewußt. Veränderung und Vergänglichkeit gehörten zu der Welt, wie sie Corannos und Rian geschaffen hatten. Sie hatte dies ihr Leben lang akzeptiert, und es wäre gedankenlos und auch entwürdigend, jetzt darüber zu klagen.

Sie schwang die Beine aus dem Bett, und ihre Füße hatten kaum den goldfarbenen Teppich berührt, als ihr eines der beiden Mädchen, die vor ihrer Tür schliefen, den Morgenmantel brachte. Sie schenkte dem jungen Ding ein Lächeln, schlüpfte in den Mantel und trat ans Fenster, wo sie den Vorhang zurückzog, um den Blick nach Osten und den Sonnenaufgang zu genießen.

Schloß Barbentain lag auf einer Insel im Fluß. Unterhalb der gewaltigen Felsen, die das Schloß schützten, glitzerte der wilde Gebirgsfluß, der rauschend und schäumend vom Frühlingshochwasser nach Süden eilte, vorbei an Weinbergen und Wäldern, Ackerland, Städten, Dörfern und einsamen Hirtenhütten, an Schlössern und Tempeln, bis er, gespeist von zahlreichen Nebenflüssen, als breiter Strom bei Tavernel das Meer erreichte.

Es war die Arbonne, nach der das Land benannt war – der warme, geliebte und stets auch beneidete Süden, den die Troubadoure und Joglares besangen und der in der ganzen bekannten Welt berühmt war wegen seiner Fruchtbarkeit, seiner Kultur und der Schönheit und Anmut der Frauen.

Sie selbst war eine dieser schönen Frauen gewesen – damals, als sie allein mit einem Blick oder einer gehobenen Braue die vielseitigste Macht ausübte, als die Lieder immer nur von Liebe sangen und fast immer von der Liebe zu ihr.

Heute stand sie, Signe de Barbentain, Gräfin von Arbonne, allein am Fenster ihres Schlafgemachs und blickte über den sonnenbeschienenen Fluß des Landes, das sie seit einem Jahr allein regiert. Ihre Gedanken wanderten zu ihrer Tochter – nicht zu Beatritz, die in ihrem Reich auf der Insel der Rian im Meer herrschte und die ihr letztes, noch lebendes Kind war, sondern zu Aelis, ihrer jüngsten, die schon so lange unter der Erde lag.

> *Über dem See, mit süßem Schall,*
> *singt Lerche, Kuckuck, Nachtigall,*
> *daß ich mich nach dir sehne.*
> *Und Blumen blühen am Gestad,*
> *damit dein Fuß ein Polster hat,*
> *dein Rücken eine Lehne.*

Dreiundzwanzig Jahre waren vergangen, seit der junge Bertran de Talair dieses Lied für Aelis geschrieben hatte, das noch heute gesungen wurde. Bertran litt noch heute, nach über zwanzig Jahren, an seiner Erinnerung. Was wäre aus ihm geworden, hätten die Ereignisse damals eine andere Wendung genommen? Guibor hatte einmal gesagt, die größte Tragödie nicht nur für die Beteiligten, sondern für ganz Arbonne sei der Tod von Girart de Talair gewesen. Wäre Bertrans Bruder am Leben geblieben und hätte er Nachkommen gezeugt, dann wäre der jüngere Sohn, der nichts als ein Troubadour sein wollte, nicht Herzog von Talair geworden, und es wäre nie zu der für Arbonne so gefährlichen Feindschaft zwischen den beiden stolzen Geschlechtern am See gekommen.

Was wäre gewesen wenn, dachte Signe.

Sie zwang ihre Gedanken in die Gegenwart zurück. Es war schon einige Zeit her, seit sie Bertran gesehen hatte, und noch mehr Zeit war seit dem letzten Besuch von Aelis' Witwer, ihrem Schwiegersohn Urté de Miraval, vergangen. Beide Herzöge hatten zum Jahrestag von Guibors Tod Vertreter gesandt – Urté seinen Seneschall, Bertran seinen Vetter Valery. Es hatte einen Zwischenfall gegeben, bei dem ein Coraner getötet wurde – an sich kein ungewöhnliches Ereignis zwischen Miraval und Talair; trotzdem sahen sich beide Herren nicht in der Lage, ihre Burgen zu verlassen, um an der Gedenkfeier für ihren Grafen teilzunehmen.

Signe fragte sich nicht zum ersten Mal in den vergangenen Wochen, ob sie die beiden hätte herbeordern sollen. Sie wären gekommen, das wußte sie; Bertran lachend und ironisch, Urté gehorsam und finster, und sie hätten während der ganzen Feierlichkeiten so weit voneinander entfernt gestanden, wie es ihre Würde und ihr hoher Rang erlaubt hätten.

Doch irgendwie hatte es ihr widerstrebt, einen solchen Befehl zu erteilen, obwohl Kanzler Roban ihr dazu geraten hatte. Roban war der Meinung, sie hätte die günstige Gelegenheit wahrnehmen und ihre Herrschaft über die zerstrittenen Herzöge und Barone von Arbonne geltend machen müssen, indem sie von den zwei hervorragendsten Gehorsam verlangte. Andererseits, dachte Signe, wenn *sie* diejenige gewesen wäre, um die man jetzt trauerte, wäre Bertran de Talair zur Gedächtnisfeier gekommen, und keine Fehde hätte ihn davon abgehalten. Er wäre dagewesen, denn er war immer noch Troubadour mit Leib und Seele, und es war Signe de Barbentain gewesen, die in Arbonne die Liebeshöfe eingeführt und mit ihrer Persönlichkeit die anmutige und elegante Welt geschaffen hatte, in der sich Dichter und Sänger gegenseitig übertrafen.

Signe schüttelte den Kopf. Sie hätte die zwei Herzöge letzten Monat bitten sollen zu kommen. Der Herzog von Talair mußte immer wieder daran erinnert werden, daß sie über ihn wachte und dafür Erwartungen in ihn setzte. Keine lebende Seele konnte behaupten, großen Einfluß auf Bertran de Talair zu haben, trotzdem dachte Signe, daß er auf sie hörte – aus vielerlei Gründen. Die meisten lagen dreiundzwanzig Jahre zurück.

Wie es hieß, hielt er sich zur Zeit auf Schloß Baude auf. Zwischen Talair und Miraval schien – zumindest für den Augenblick – eine Art Waffenstillstand zu herrschen. Der einzige Grund für Bertrans Besuch in Baude, den sie sich vorstellen konnte, war die Geschichte von Soresina de Baude und Evrard von Lussan, die Bertran anscheinend unwiderstehlich fand.

Die Geschichte war aber auch zu köstlich. Signe hatte von Beatritz erfahren, was sich Mallin de Baude geleistet hatte. Den gekränkten Dichter von der Insel der Rian zu entführen! Signe hätte empört sein müssen, ebenso Beatritz, aber die Sache war so komisch, und außerdem hatte man auf der Insel den Verseschmied längst satt, als die Coraner kamen, um ihn zu holen.

Trotzdem. Signe schüttelte abermals den Kopf. Bertrans Besuch in Baude konnte nur eine Laune sein. Sie kannte ihn gut genug, um zu wissen, daß ihn jedes Jahr im Frühling der Hafer stach. Andererseits war es vermutlich besser, wenn er sich aus welchem Grund auch immer auf Baude und den Hochweiden in der Nähe der arimondischen Pässe tummelte, als daß es wie in den vergangenen Jahren zu blutigen Scharmützeln kam.

Signe fehlte die nötige Muße, um länger über diese Dinge nachzudenken; nicht sie, sondern Ariane regierte jetzt den Liebeshof. Ihre Aufgabe war es, sich mit Gorhaut zu befassen, mit einem für Arbonne gefährlichen Friedensvertrag, der im Norden geschlossen worden war, und mit vielem anderen mehr. Und sie mußte allein damit fertig werden.

Sie wandte sich vom Fenster ab. Es war Zeit, sich anzukleiden und nach unten zu gehen. Roban würde bereits auf sie warten, und die Stimmen aus der Vergangenheit würden vor den lautstarken Forderungen der Gegenwart verstummen.

Der Treppenaufgang zu Soresina de Baudes Gemächern war unbeleuchtet, obwohl sich an den Mauern Fackelhalter befanden. Doch auf Baude wurde gespart, und nachts hatte überdies niemand etwas auf dieser Treppe verloren.

Blaise, der Wache hielt, hatte es sich auf einer Bank in der Fensternische vor dem zweiten Stock bequem gemacht. Von hier aus konnte er einen Teil der Treppe überblicken und hören, wenn jemand kam, ohne selbst gesehen zu werden.

Wie die Dinge standen, wußte er, wen er zu erwarten hatte; und das wußte auch Mallin de Baude, als er ihn bat, während Bertran de Talairs letzter Nacht auf Schloß Baude hier unauffällig Posten zu stehen. Der ebenso vertrauenswürdige wie diskrete Hirnan wachte draußen unter dem Fenster der Baronin.

Bertran de Talair genoß seit zwanzig Jahren den Ruf, ein ungewöhnlich entschlossener, erfinderischer und erfolgreicher Verführer zu sein. Blaise war sich ziemlich sicher, daß der Troubadourherzog von Talair, sollte es ihm gelingen, bis zu Soresinas Bett vorzudringen, dort wesentlich freundlicher empfangen würde als vor ihm Evrard von Lussan.

Mallin de Baude hatte eine Woche lang zugesehen, wie sein vornehmer Gast seiner Frau den Kopf verdrehte. Einem kümmerlichen Poeten mit Halbglatze zu widerstehen war einfacher als dem gefeiertsten und vornehmsten Mann von Arbonne, und Soresinas Benehmen während der vergangenen Tage sah ganz danach aus, als folgte demnächst die Probe aufs Exempel.

Blaise hatte Mallins Auftrag, ohne mit der Wimper zu zucken, entgegengenommen. Er mochte den Mann, und er hätte weniger von ihm gehalten, wäre der Baron blind oder gleichgültig gegenüber den Veränderungen geblieben, die sich seit Evrards Abschied und de Talairs Ankunft auf Schloß Baude ergeben hatten.

Der kleine Troubadour war mit klingelndem Beutel, mit wiederhergestellter Selbstachtung und einem durch die geheimnisvollen Ereignisse beträchtlich gesteigerten Ansehen von Schloß Baude geschieden.

Und dann, ungefähr zehn Tage nach Evrards Abreise, hatte ein Bote eine Nachricht gebracht, die Schloß Baude in einen Taumel von Vorbereitungen stürzte.

Blaise lehnte sich in seiner dunklen Fensternische zurück und legte die Beine auf die Steinbank. Im Schloß war alles still. Er fühlte sich plötzlich einsam und sehr weit fort von zu Hause – ein ungewöhnliches Gefühl für einen Mann, dem ein Zuhause schon seit langem nicht mehr viel bedeutete. Doch manchmal packte das Heimweh auch ihn. Er dachte an die Zeit, die er in den Städten von Portezza verbracht hatte, und unvermeidlich auch an Lucianna.

Er dachte an seinen Bruder, an die Frau seines Bruders und an die Nacht, als er – was die Hohepriesterin der Rian irgendwie gewußt hatte – zum letztenmal eine Frau geliebt oder, richtiger, mit einer Frau geschlafen hatte. Auch das hatte die Priesterin gewußt. Er war sich wie nackt vorgekommen vor ihren blinden Augen in jenem stockfinsteren Wald auf der Insel, und er schämte sich für das, was sie in ihm gesehen hatte. Ob ihre Visionen so tief reichten, daß sie auch verstand, warum Männer – und Frauen – so etwas taten?

Blaise fragte sich, ob er selbst verstand, was sich damals, vor vier

Monaten, während seines fruchtlosen Versuchs, in die Heimat zurückzukehren, ereignet hatte. Kurz entschlossen hatte er sich am Götzland-Paß von seinem Freund und Kampfgefährten Rudo verabschiedet, um nach fast einem Jahr Gorhaut und seine Familie wiederzusehen. Was war ein Land, eine Heimat? Er blickte durch die schmalen Bogenschützenfenster. Der blaue Mond stand nahezu voll am Himmel. Escoran hieß er in Gorhaut, «Tochter des Gottes»; hier nannten sie ihn Riannon nach der Göttin.

Entschlossen konzentrierte er sich auf seine jetzige Aufgabe, auf diese Sache mit Bertran de Talair und welche Folgen sie haben könnte.

Eine Woche zuvor, an einem klaren, windigen Morgen wurden drei Reiter gesichtet, die den Serpentinenweg zum Schloß emporritten. Eine Trompete schallte vom Festungswall, die Fallgitter wurden hochgezogen, und Blaise nahm mit den Coranern und dem größten Teil des Haushalts Aufstellung im Hof. Mallin und Soresina, mit Juwelen behangen und prächtig gekleidet, ritten den Ankömmlingen entgegen.

Blaise sah ein braunes und ein graues Pferd sowie einen großartigen Rappen. Ein älterer Spielmann mit Rotta und Laute ritt den Braunen, ein breitschultriger Coraner mittleren Alters den Grauen, und zwischen den beiden ritt, barhäuptig trotz Sonne und Wind und in schlichten braunen Loden gekleidet, der Herzog Bertran de Talair, der – unerklärlicherweise – gekommen war, um den Herrschaften von Schloß Baude einen Besuch abzustatten.

Während der kleine Trupp in den Schloßhof einritt, musterte Blaise den Herzog mit unverhohlener Neugier. Der Mann war mittelgroß, das hagere Gesicht mit dem leicht spöttischen Ausdruck glatt rasiert, wie es in Arbonne Mode war. Von den Coranern hatte Blaise erfahren, daß Bertran fast fünfundvierzig war; aber es war ihm nicht anzusehen. Seine Augen waren tatsächlich so blau, wie man sich erzählte. Über seine rechte Wange zog sich eine Narbe, und unter dem altmodisch kurz geschnittenen Haar war deutlich zu erkennen, daß die obere Hälfte seines rechten Ohrs fehlte.

Alle Welt schien die Geschichte zu kennen, wie er zu diesen Verletzungen gekommen war und was er anschließend mit dem gedungenen Mörder aus Portezza gemacht hatte, dem er sie verdankte. Zufällig kannte Blaise den Sohn jenes Mannes. Sie hatten vor zwei Jahren beide in Götzland eine Saison lang gedient.

So wie sich die Ereignisse während der nächsten Stunden und Tage entwickelten, erkannte Blaise sehr bald, daß der Herzog mindestens drei Gründe für seinen Besuch haben mußte. Der eine war ganz offensichtlich der ehrgeizige junge Mallin, den de Talair im Machtkampf mit Urté de Miraval um die Vorherrschaft im Westen von Arbonne, wenn nicht im ganzen Land, als Verbündeten gewinnen wollte. Das hatten ihm Hirnan und Maffour schon vor der Ankunft des Herzogs verraten.

Der zweite Grund, der Bertran nach Baude gelockt hatte, konnte nur Soresina sein. Bertran, der nie geheiratet hatte, aber unzählige Damen in mehreren Ländern verehrte, schien ein zwanghaftes Bedürfnis zu haben, die Reize jeder gefeierten Schönheit persönlich kennenzulernen. Die Verse von Evrard von Lussan, so stümperhaft sie waren, hatten des Herzogs Neugier geweckt.

Sogar Blaise, der Soresina nicht sonderlich mochte, mußte zugeben, daß sie in letzter Zeit sehr gut aussah; es war, als hätten Evrards Lobeshymnen die Vorzüge ihrer blonden Schönheit erst richtig heranreifen lassen, als hätte die Wirklichkeit seine Verse eingeholt.

Blaise hätte sich vielleicht Gedanken gemacht, wie es Bertran de Talair anstellen wollte, Freundschaft mit Mallin de Baude zu pflegen und gleichzeitig seine reizende Gattin zu verführen, wäre nicht sehr schnell deutlich geworden, daß der dritte Grund, warum der Herzog unter ihnen weilte, kein anderer war als Blaise selbst.

Am ersten Abend, nach dem besten und teuersten Gastmahl, das Schloß Baude je gesehen hatte, lehnte sich Bertran de Talair neben seinen Gastgebern behaglich im Stuhl zurück und lauschte Ramir, seinem Joglar seit zwei Jahrzehnten, der gut eine Stunde lang Kompositionen des Herzogs vortrug. Blaise hielt dieses Verseschreiben für einen lächerlichen Zeitvertreib, zumal für einen Mann wie den Herzog. Evrard und seinesgleichen konnte man zur Not verstehen, denn Poesie und Musik schienen hier in Arbonne allen, Männern wie Frauen, den Weg zu Ruhm, gesellschaftlichem Rang oder auch nur bescheidenem Wohlstand zu ebnen. Doch welchen Nutzen konnten Verse, ganz zu schweigen von der damit verschwendeten Zeit, für einen reichen Herzog haben, der noch dazu in sechs Ländern zu den besten Kämpfern zählte?

Die Frage beschäftigte Blaise immer noch, als er sah, wie sich de Talair vorbeugte, seinen Becher abstellte und der neben ihm sitzenden Soresina etwas ins Ohr flüsterte, das sie bis zum Rand ihres tief ausgeschnittenen hellgrünen Kleides erröten ließ. Anschließend stand Bertran auf, und Ramir, der Joglar, erhob sich von seinem Hocker und reichte ihm die Rotta. Der Herzog hatte den ganzen Abend getrunken, doch er stand vollkommen sicher auf den Beinen.

«Er will selbst für uns spielen», flüsterte Maffour. «Das ist eine große Ehre, Blaise!» Auch andere hatten bemerkt, daß etwas Ungewöhnliches bevorstand, und bald blickten alle erwartungsvoll auf den hohen Gast. Blaise warf Maffour einen verächtlichen Blick zu. Was konnte ein kampferprobter Coraner daran aufregend finden?

Bertran de Talair hatte inzwischen auf dem Hocker vor der hohen Tafel Platz genommen. Hoffentlich nicht wieder ein Liebeslied! dachte Blaise, der einen Winter mit Evrard hinter sich hatte; außerdem waren ihm die Blicke, die bereits während des Mahls zwischen der Gastgeberin und ihrem hohen Gast hin und her flogen, nicht entgangen.

Doch was Bertran de Talair an diesem Abend zum besten gab, handelte nicht von Liebe, sondern von Krieg.

Von Krieg und Tod im eisigen Winter war die Rede, von klirrenden Äxten und Schwertern, Keulenhieben, schrill wiehernden Pferden und den Schmerzensschreien sterbender Männer, von wirbelndem Schnee und gefrierendem Atem in der bitteren Kälte des Nordens, wenn die glanzlose Sonne sinkt und der im Osten aufgehende Vidonne sein fahles Licht über ein Feld von Toten breitet.

Blaise hatte dieses Feld mit eigenen Augen gesehen.

Er hatte dort gekämpft und wäre beinahe selbst auf dem Schlachtfeld geblieben. Bertran de Talair sang hier, im fernen Süden, im von Frauen beherrschten Land Arbonne, von der Schlacht an der Brücke des Iersen, als die Armee von König Dürgar von Gorhaut in der letzten Schlacht des vergangenen Jahres die Eindringlinge aus Valensa zurückgeschlagen hatte.

Es sollte tatsächlich die letzte Schlacht eines langen Krieges sein, denn Dürgars Sohn Ademar von Gorhaut und König Daufridi von Valensa hatten noch im Winter einen Friedensvertrag unterzeichnet und damit einen jahrzehntelangen Krieg beendet. Vornübergebeugt, die Hand um den Becher geballt, lauschte Blaise den Klängen der Rotta und der tiefen, klaren Stimme Bertrans, die zum Schluß schonungslos anklagte:

Der Frühling brachte Gorhaut die dunkelste Stunde,
als eine Woge aus Schande und Schmach
über das stolze Land hereinbrach,
als der junge König, genarrt vom Rat,
seine Bauern und seine Soldaten verriet
und einen mutig erkämpften Sieg
verschenkte für einen schnöden Vertrag,
Daufridi und Ademar im Bunde.

Schändlich war der Frieden, den Ademar
mit dem besiegten Valensa schloß.
Doch die wahren Erben Gorhauts,
deren Gefährten, Väter, Brüder
an jenen eiskalten Ufern des Iersen
zum Ruhme Gorhauts ihr Leben ließen,
legten die blanken Klingen nieder
nach einem Sieg, der keiner mehr war.

*Wer, frage ich, der seinen Vater verlor,
tötet mit einem Federstrich
den Traum, der dem Leben des Vaters glich?
Und wer, mit etwas mehr Ehre im Leib
als Daufridi, wär nicht mit Feuer und Schwert
auf jenes Eisfeld zurückgekehrt?
Wo blieben die Männer von Valensa und Gorhaut,
als ein schmählicher König und ein treuloser Sohn
dem Krieg und dem Frieden die Würde nahmen?*

Ein letzter, hart geschlagener Akkord, und das Lied war zu Ende. In der großen Halle herrschte völlige Stille, kein dankbarer Applaus, kein fröhliches Lachen wie zuvor für die Frühlings- und Liebeslieder des Spielmanns.

In dieser Stille hörte Blaise seinen dumpfen Herzschlag im Rhythmus des Lieds. Männer, die er sein Leben lang gekannt hatte, waren auf dem Schlachtfeld am Iersen gefallen. Keine zwanzig Schritte war er entfernt gewesen, ein Stapel steif gefrorener Leichen war es, der sie getrennt hatte, als Dürgar, sein König, mit einem Pfeil im Auge vom Pferd stürzte und in seiner Todesqual mit einer Stimme, die über das ganze Schlachtfeld schallte, den Namen des Gottes rief.

Fünf Monate später hatten Dürgars Sohn Ademar, jetzt König in Gorhaut, und Galbert, der mächtigste Mann im Kronrat und Tempelältester, den Vertrag ausgehandelt, in dem Gorhaut als Gegenleistung für die Herausgabe von Geiseln, für Gold und eine Heirat zwischen Ademar und der Tochter König Daufridis sämtliche Gebiete im Norden Gorhauts bis zum Iersen an Valensa abtrat. Dieselben Dörfer und Ländereien, die Daufridi und seine Krieger in dreißig Jahren nicht hatten erobern können, hatten sie ein knappes halbes Jahr später mit Hilfe ihrer glattzüngigen, aus Arimonda angeheuerten Unterhändler gewonnen.

Kurz danach hatte Blaise seine Heimat verlassen und sich auf eine Reise durch mehrere Länder begeben, die ihn jetzt, ein Jahr nach dem Vertragsabschluß, in diese Schloßhalle in Arbonne geführt hatte.

Plötzlich bemerkte er, daß ihn der lässig, mit einem anmutig ausgestreckten Bein auf seinem Hocker sitzende Bertran de Talair, der kaum merklich genickt hatte, als ihm Blaise vorgestellt worden war, quer durch den Raum neugierig ansah. Blaise reckte die Schultern und erwiderte den Blick, froh, daß sein Bart zumindest einen Teil seines Gesichts verdeckte. Er hätte nicht gewollt, daß jemand in diesem Augenblick seine Gedanken las.

Bertran strich mit den Fingern über die Saiten der Rotta. Glashell und zart hingen die Töne im Raum. Und mit einer ebenso ruhigen wie klaren Stimme sagte der Herzog: «Was meinst du, Nordländer? Wie lang wird euer Frieden halten?»

«Es ist nicht mein Frieden», antwortete Blaise so gelassen wie möglich.

«Das dachte ich schon», erwiderte Bertran, und es klang beinahe zufrieden, als hätte er mehr gehört, als Blaise zu sagen beabsichtigt hatte. «Du bist bestimmt nicht aus Liebe zur Musik oder zu unseren schönen Damen hier im Süden.»

Die letzten Worte richtete er lächelnd an die einzige Frau, die an der hohen Tafel saß. Seine geschmeidigen Finger griffen in die Saiten, und dann hob er noch einmal die Stimme, um diesmal genau die Art von Lied zu singen, die Blaise zuvor erwartet hatte. Doch irgend etwas – es war nicht nur die Stimmung dieses Abends – war für Blaise plötzlich anders geworden. Er war sich nicht mehr so sicher, was er von einem Herzog halten sollte, der selbstverfaßte Lieder sang von Ruhm und Ehre, die man in den samtschwarzen Augen einer Frau zu finden hoffte.

Am nächsten Tag veranstalteten die Coraner von Baude auf den Wiesen des zum Schloß gehörenden Dorfs ein Turnier. Blaise war sehr zufrieden mit den Leistungen der Männer, die er ausgebildet hatte, bemühte sich jedoch, mit dem eigenen Können nicht aufzufallen.

Als jedoch die Wettbewerbe der Bogenschützen begannen und Bertrans Cousin Valery antrat, mußte Blaise zähneknirschend anerkennen, daß weder ein Schütze aus seiner Heimat noch sein Freund Rudo aus Portezza so schießen konnte wie Valery. Durchaus kein junger Mann mehr, zielte er gelassen und traf mit jedem Schuß ins Schwarze. Nach dem begeisterten Applaus für die drei Bogenschützen waren die Vorführungen beendet.

In der Nacht tobte ein Gewitter mit heftigen Regenfällen und Sturmböen. Bertran und Valery bestanden darauf, am Morgen danach mit den Männern von Baude in die Berge zu reiten, um den Schäfern bei der Suche nach versprengten Schafen zu helfen. Die Schafe und ihre Wolle waren die wirtschaftliche Grundlage für Mallin de Baudes wie immer geartete Ambitionen; er hatte bei seinen Coranern nie die Illusion aufkommen lassen, sie seien für die damit verbundene Arbeit zu vornehm.

Der zweistündige Ritt zu den Weiden war steil und beschwerlich; oben angekommen erwartete sie eine mühevolle und nicht ganz ungefährliche Arbeit. Als sich Blaise am Spätnachmittag mit einem vor Nässe und Erschöpfung zitternden Lamm auf dem Arm einen glitschigen Hohlweg hinaufquälte, sah er ein Stück weiter Bertran de Talair unter einem Olivenbaum sitzen. Außer ihm war weit und breit niemand zu sehen.

«Feierabend», begrüßte ihn Bertran vergnügt. «Nach den Worten deines rothaarigen Coraners – Hirnan heißt er, nicht wahr? – sind noch drei oder vier Schafe auf der anderen Seite des Berges. Aber dafür brauchen sie uns nicht mehr.» Er hielt Blaise eine Flasche entgegen. «Hier, nimm einen Schluck.»

Mit einem Seufzer ließ sich Blaise unter dem Baum nieder und trank. Der Branntwein schmeckte köstlich. Blaise leckte sich die Lippen und fragte mit hochgezogenen Brauen: «Bei der Suche nach verlaufenen Schafen trinkst du Seguignac?»

Bertran de Talairs kluges, seltsam junges Gesicht verzog sich zu einem Grinsen. «Wie ich sehe, erkennst du einen guten Schnaps», sagte er. «Ich könnte jetzt fragen, wieso. Du gibst dir große Mühe, ein unauffälliger junger Söldner zu sein, ein tüchtiger Fechter und Bogenschütze, wie man sie auch in Götzland anheuern kann. Aber ich habe dich während des Turniers und bei der Jagd beobachtet. Du warst zu sehr bemüht, mich und Mallin nicht zu übertreffen. Weißt du, was ich daraus schließe, Nordländer?»

«Ich habe keine Ahnung», antwortete Blaise.

«O doch. Ich schließe daraus, daß du Erfahrung im höfischen Leben hast. Willst du mir sagen, wer du bist, Nordländer?»

Blaise gab Bertran den ziselierten Flakon zurück und setzte sich etwas bequemer hin, um Zeit zu gewinnen. Das Lamm graste friedlich an seiner Seite. Trotz der Alarmglocken, die bei Blaise anschlugen, faszinierte und belustigte ihn Bertrans direkte Art.

«Ich glaube nicht, daß ich das will», sagte er freimütig. «Aber ich bin in letzter Zeit an mehr als einem Hof gewesen, sowohl in Götzland als auch in Portezza. Warum willst du wissen, wer ich bin?»

«Aus einem ganz einfachen Grund», erwiderte de Talair. «Ich möchte dich in Dienst nehmen, und ich will wissen, woher die Männer kommen, die für mich arbeiten.»

Blaise ging das alles ein wenig zu schnell. «Ich stehe bereits in Dienst», sagte er. «Erinnerst du dich? Mallin de Baude, jung, hübsche Frau.»

Bertran lachte, so daß das Lamm für einen Augenblick den Kopf hob, bevor es weiterfraß. «Und da sagt man immer, die Gorhauter hätten keinen Humor.»

Blaise gestattete sich ein spärliches Lächeln. «Wir sagen dasselbe über die Götzländer. Die Valenser stinken nach Fisch und Bier, die Portezzaner lügen, und die Arimonder haben nur mit Arimondern Verkehr.»

«Und was sagt ihr über Arbonne?» fragte Bertran de Talair.

Blaise schüttelte den Kopf. «Ich war lange nicht mehr zu Hause.»

«Ungefähr vier Monate», sagte de Talair. «Das habe ich nachgeprüft. Was sagt ihr über uns?» Er lächelte nicht mehr.

«Bei uns zu Hause sagt man, daß euch eine Frau regiert. Daß ihr euch immer von Frauen habt beherrschen lassen. Und daß Tavernel an der Mündung der Arbonne den besten natürlichen Hafen für Schiffahrt und Handel hat.»

«Und Ademar von Gorhaut hat keinen einzigen Hafen am Meer. Er sitzt eingeklemmt zwischen Valensa im Norden und dem weibischen Arbonne im Süden. Warum bist du hier, Blaise von Gorhaut?»

«Um mein Glück zu machen, Herzog. Die Sache ist weniger geheimnisvoll, als du denkst.»

«Für einen kleinen Baron versprengte Schafe suchen bringt nicht viel ein.»

Blaise lächelte. «Für den Anfang genügt es», sagte er. «Hier habe ich zum erstenmal einen festen Vertrag bekommen. Ich habe die Möglichkeit, eure Sprache besser zu lernen, und kann abwarten, bis sich etwas anderes ergibt. Es gibt ein paar Gründe, warum ich die portezzanischen Städte für eine Weile nicht wiedersehen will.»

«Eigene Gründe oder die von Ademar von Gorhaut?» fragte Bertran und sah ihn scharf an. «Wäre es möglich, mein grünäugiger Freund aus dem Norden, daß sich hinter diesem Bart ein Spion verbirgt?»

Blaise war erstaunt, wie ruhig er blieb. Daß man ihn als Spion verdächtigte, kam nicht überraschend.

«Welche bedeutenden Informationen gäbe es hier wohl zu sammeln?» sagte er und fühlte sich unerklärlicherweise bester Laune. «Ademar wird mir einen schönen Batzen zahlen, wenn ich ihm die genaue Anzahl der Schafe liefere, die auf diesen Bergen weiden.»

Bertran de Talair lächelte wieder. Er stützte sich auf einen Ellbogen und streckte die Beine in den hohen Stiefeln aus. «Für den Anfang genügt es, wie du sagst. Und irgendwann verschaffst du dir Zutritt zu unseren Kreisen. Was zahlt dir Mallin?»

Blaise nannte seinen Sold, worauf der Herzog achselzuckend meinte: «Ich verdopple. Wann kannst du anfangen?»

«Ich bin noch für weitere vierzehn Tage bezahlt.»

«Gut. Drei Tage danach erwarte ich dich auf Talair.»

Blaise hob die Hand. «Doch eins muß von vornherein klar sein. Ich bin ein Söldner, kein Lehnsmann. Ich schwöre keinen Eid.»

Bertrans träges Lächeln kehrte zurück. «Aber natürlich. Ich frage mich nur: Was wirst du tun, wenn Ademar im Süden einrückt? Mich im Schlaf ermorden? Du könntest nicht nur ein Spion, sondern auch ein Mörder sein.»

Bertrans Mutmaßung war mehr als gewagt und alles andere als angenehm. Blaise blickte auf seine Hände und dachte an eine mondlose Nacht im portezzanischen Faenna, den Garten eines Palastes, Glühwürmchen und einen Dolch in seiner Hand.

Langsam schüttelte er den Kopf und zwang seine Gedanken in die Gegenwart zurück, auf diese Bergwiese und zu dem Mann, der ihn auf so beunruhigende Weise betrachtete.

«Ich bin genausowenig ein Lehnsmann von Ademar wie von Mallin oder von dir, Herzog», sagte er vorsichtig und fügte zögernd hinzu: «Glaubst du wirklich, daß er nach Süden vordringen könnte?»

«Könnte? In Rians heiligem Namen, warum sonst hat er mit Valensa diesen Frieden geschlossen, den ich in meinen Liedern verhöhne? Du hast es selbst gesagt: Arbonne wird von einer Frau regiert. Unser Graf ist tot. Einen männlichen Erben gibt es nicht. Aber es gibt Weinberge, Getreidefelder, einen großartigen Hafen. Natürlich wird uns Ademar überfallen.»

Blaises gute Laune und das angenehme matte Gefühl nach der harten Arbeit waren plötzlich verflogen. «Warum willst du mich dann in Dienst nehmen, Herzog? Warum ein solches Risiko eingehen?»

«Ich fürchte, Risikofreudigkeit ist eins meiner Laster», sagte Bertran de Talair beinahe bedauernd. «Tatsache aber ist, daß ich im Frühjahr einen Mann verloren habe, und gute Männer bekommt man kaum, was dir nicht unbekannt sein dürfte. Der erfolgreiche Überfall auf die Rian-Insel ist keine schlechte Empfehlung.»

Blaise sah de Talair fragend an, aber der grinste nur. «Außerdem», fuhr er zögernd und abgewandten Blicks fort, «habe ich in den letzten Tagen immer wieder an meinen Sohn gedacht. Ich weiß nicht, warum. Er ist kurz nach seiner Geburt gestorben.»

Unvermittelt stand er auf.

«Ich habe nicht gewußt, daß du verheiratet warst», sagte Blaise, der ihm, nun ernsthaft verwirrt, folgte.

«Das war ich auch nicht», sagte Bertran leichthin. «Wieso auch? Oder meinst du, es würde allmählich Zeit für mich?» Das spöttische, etwas entrückte Lächeln war wieder da. «Ein molliges Frauchen, das meine alten Knochen wärmt, ein paar Kinder auf meine alten Tage? Was für ein faszinierender Gedanke. Wollen wir uns auf dem Heimweg darüber unterhalten?»

Doch während sie ins Tal hinunterritten, kam Bertran auf ein Thema zu sprechen, das kaum etwas mit spätem Eheglück und Kindersegen zu tun hatte.

Der flackernde Schein einer Kerze fiel um die Biegung des Treppenaufgangs, und Blaise in seiner Fensternische hörte leise Schritte die Stufen heraufkommen. Wie angekündigt, dachte Blaise grimmig, der zunächst nicht glauben wollte, was er auf jenem Heimritt zu hören bekommen hatte.

Blaise erhob sich, trat aus der Nische und stellte sich breitbeinig auf die Treppe. Der Lichtschein wurde heller, dann erschien die Kerze und dann im Umkreis des Lichts Bertran de Talair in einem dunkelroten und schwarzen Anzug und einem am Hals offenen weißen Hemd.

«Ich bin gekommen», sagte er leise und lächelte hinter der Flamme zu ihm hinauf, «wie verabredet.»

«Nicht mit mir», sagte Blaise finster.

«Nun, nicht im eigentlichen Sinne. Ich dachte, es könnte ganz unterhaltsam sein zu versuchen, ob ich in den Gemächern am Ende dieser Treppe besser zurechtkomme als der arme Evrard.»

Blaise schüttelte den Kopf. «Was ich dir gesagt habe, Herzog, war mein voller Ernst. Ich will weder über dich noch die Baronin urteilen. Ich bin nur ein Söldner, hier oder anderswo. Im Augenblick hat mich Mallin de Baude dafür bezahlt, daß ich diese Treppe bewache. Würdest du bitte umkehren und wieder hinuntergehen, Herr, bevor die Sache ungemütlich wird?»

«Umkehren?» sagte Bertran, während er die Kerze hob und ungläubig in den Treppenschacht hinunterblickte. «Eine ganze Stunde umständlichen Ankleidens und mehrere Tage freudigster Erwartung für nichts und wieder nichts? Ich würde sagen, du hast noch ein paar Dinge zu lernen. Hör zu, Nordländer. Ein Mann ist Argumenten zugänglich, sogar in solchen Dingen und sogar ich, trotz allem, was du Gegenteiliges gehört haben magst. Aber eine Frau mit Charakter tut, was sie will. Das ist in Gorhaut nicht viel anders als in Arbonne.» Während er sprach, hob er die Kerze etwas höher, so daß beide Männer in ihrem orangeroten Schein standen.

Daß dieses Licht auch den oberen Teil der Treppe erhellte, bemerkte Blaise erst, als es dicht hinter ihm raschelte. Er wollte sich umdrehen und öffnete bereits den Mund, um zu rufen, als ihn ein Schlag gegen die Schläfe traf, der ihn benommen auf die Bank in der Nische taumeln ließ. Dieser kurze Augenblick genügte Bertran de Talair vollkommen, um die drei Stufen zu Blaise hinaufzuspringen – in der einen Hand die Kerze, in der anderen den Dolch.

«Es ist schwer, jemanden zu beschützen, der nicht beschützt werden will», sagte er dicht an Blaises Ohr. «Laß es dir eine Lehre sein, Nordländer.»

Hinter ihm, auf der Treppe, sah Blaise verschwommen eine weißgekleidete Gestalt mit wallendem Blondhaar. Mehr zu sehen war ihm nicht vergönnt, denn Bertran versetzte ihm mit dem Dolchgriff einen kräftigen Schlag auf den Hinterkopf, so daß er bewußtlos zusammenbrach.

Als er aufwachte, saß er, mit dem Rücken an eine Bank gelehnt, auf dem Steinboden der Fensternische. Stöhnend richtete er sich auf, um nach draußen zu sehen. Der abnehmende Vidonne stand hoch am Himmel.

Vorsichtig betastete er seinen Hinterkopf. Für die nächsten Tage würde er mit einer Beule und einem häßlichen Bluterguß über dem rechten Ohr herumlaufen. Er stöhnte erneut. Im selben Moment merkte er, daß er nicht allein war.

«Der Seguignac steht hinter dir auf der Bank», sagte Bertran de Talair. «Vorsicht. Die Flasche ist offen.»

Der Herzog saß an die Innenmauer des Treppenaufgangs gelehnt auf gleicher Höhe mit Blaise. Das durch das Fenster hereinströmende Licht fiel auf sein zerknittertes Hemd und das zerzauste Haar. Die blauen Augen blickten so klar wie immer, aber der Mann selbst wirkte gealtert. Blaise entdeckte plötzlich dunkle Augenringe und Falten in Bertrans Gesicht, die er vorher nicht gesehen hatte.

Er griff vorsichtig nach der Flasche und trank. Der Seguignac floß wie Feuer durch seine Kehle und seinen ganzen Körper und schien Arme, Beine, Finger und Zehen wieder zum Leben zu erwecken. Doch Blaises Kopf schmerzte höllisch. Jede Bewegung tat ihm weh. Langsam streckte er den Arm aus und reichte dem Herzog die Flasche. Bertran nahm sie wortlos und trank.

Danach war es auf der Treppe wieder still. Blaise versuchte, einigermaßen klar zu denken. Er konnte jetzt natürlich Alarm schlagen, und Mallin, dessen Schlafzimmer auf demselben Flur lag wie das von Soresina, nur am anderen Ende, wäre vermutlich sofort zur Stelle.

Und was wären die Folgen?

Blaise seufzte. Es hatte keinen Zweck. Soresina hatte erreicht, was sie wollte – genau wie Bertran gesagt hatte. Es war vorbei, und wenn er die Sache ruhen ließ, würden sich auch keine großen Folgen ergeben.

Nur die Unehrlichkeit, die dabei im Spiel war, störte ihn, die hinterlistige Art, mit der ihn Soresina hereingelegt hatte, und die rücksichtslose Vergnügungssucht des Herzogs. Irgendwie hatte er von ihm etwas anderes erwartet. Er blickte in das Gesicht des Herzogs, von dem jede Maske genommen schien.

«Dreiundzwanzig Jahre», sagte Bertran halb zu sich selbst, während er zu dem mondhellen Fenster blickte. «Viel länger als ich zu leben gehofft habe. Der Gott und die barmherzige Rian wissen, daß ich es versucht habe, aber in dreiundzwanzig Jahren habe ich keine Frau gefunden wie sie. Nicht einmal für eine Nacht.»

Schwerfällig stand er auf und begann wortlos die dunkle Treppe hinabzusteigen. Blaise hörte seine Schritte leiser und leiser werden; dann herrschte Stille.

3

Der König von Gorhaut wendete sich langsam von der unappetitlichen Balgerei ab, die sich vor dem Thron zwischen einem verstümmelten Hund und drei Katzen abspielte. Ohne einen Blick auf die halbnackte Frau zu werfen, die vor ihm auf dem Steinboden kniete, musterte er mit zusammengekniffenen Augen den Mann, der ihn mit einer Bemerkung in seinem Wohlbehagen gestört hatte.

«Wir sind nicht sicher, ob Wir dich richtig verstanden haben», sagte König Ademar mit überraschend hoher Stimme in einem Ton, den sein Hof in wenig mehr als einem Jahr zu fürchten gelernt hatte. Die meisten der rund fünfzig Männer, die im Audienzsaal des Königspalastes von Cortil versammelt waren, dankten Corannos, daß dieser Blick und dieser Ton nicht ihnen galt. Die anwesenden Frauen – es waren nur wenige – waren vielleicht anderer Meinung, aber Frauen zählten nicht in Gorhaut.

Mit einer Gelassenheit, die ihm keiner im Saal glaubte, hob Herzog Ranald de Garsenc seinen Bierkrug und trank. Er blickte über den Tisch hinweg zu seinem König und antwortete dann mit erhobener Stimme: «Du hast heute morgen über Arbonne gesprochen, König. Ich wollte nur sagen: Heirate die Arbonnerin. Die Gräfin ist Witwe und hat keine Erben. Es wäre doch ganz einfach.»

Die ungewöhnlich großen Hände des Königs wühlten im langen schwarzen Haar des Mädchens und legten sich kurz um ihren Hals. Doch er würdigte sie keines Blicks. Neben dem Mädchen lag der Hund blutüberströmt am Boden. Die Katzen, die seit fünf Tagen nichts zu fressen bekommen hatten, stürzten sich gierig auf ihn. Angewidert wendete er sich ab. Auf einen Wink eilten Wärter herbei, um die Tiere aus dem Saal zu bringen.

Der König schloß die Augen, sein großer, drahtiger Körper

schien plötzlich zu erstarren, und auf seinem hellhäutigen, von einem Vollbart umrahmten Gesicht erschien ein Ausdruck angenehmer Überraschung. Peinliches Schweigen breitete sich über den Saal. Mit einem Seufzer ließ sich Ademar in den Thronsessel zurückfallen. Als er die Augen öffnete, blickte er zu den Frauen seines Hofs, die links vom Thron in der Nähe des Fensters standen. Die Besonneneren unter ihnen hielten die Augen gesenkt; die eine oder andere wirkte sichtlich aus der Fassung gebracht oder erwiderte herausfordernd Ademars Blick. Das kniende Mädchen, das den Unterleib Ademars mit ihrem Körper verdeckte, schloß den Schambeutel des Königs und strich ihn sorgfältig glatt, bevor es den Kopf neigte und um die Erlaubnis bat, sich zurückziehen zu dürfen.

Ademar lümmelte auf seinem Thron und blickte auf das Mädchen nieder. Träge zeichnete er mit dem Finger ihre Lippen nach. «Mach es dem Herzog von Garsenc», sagte er. «Der beste Ritter meines Vaters scheint die Dienste einer Frau dringend nötig zu haben.» Das Mädchen erhob sich gehorsam und schritt anmutig und begleitet vom derben Gelächter der Herren auf den Mann zu, der im unpassenden Moment das Wort an den König gerichtet hatte. Ademar grinste selbstgefällig. Dabei war ihm nicht entgangen, daß sich eine der Frauen abgewendet hatte, um aus dem Fenster auf die nebelgraue Landschaft hinauszublicken.

«Verehrte Rosala», sagte der König, «kehre Uns nicht den Rücken. An einem trüben Tag wie heute gelüstet es Uns nach deiner freundlichen Miene. Und vielleicht möchte dein Gatte ja, daß du etwas dazulernst.»

Die große blonde Frau, die auf den Namen Rosala hörte, zögerte kurz, bevor sie sich dem Saal wieder zukehrte. Sie war schwanger. Die Worte des Königs nahm sie mit einem förmlichen Nicken zur Kenntnis. Inzwischen war das junge Mädchen unter den langen Tisch gekrochen, an dem der Herzog Ranald de Garsenc saß. Das Gesicht des Herzogs lief plötzlich rot an. Er blickte verlegen umher und vermied es peinlich, in Richtung der Hofdamen zu sehen. Einige der unbedeutenderen Höflinge verließen ihre Plätze, um de Garsenc, der immer mehr erstarrte, neugierig über die Schulter zu blicken. Daß sich der König diesen Spaß erlaubte, war nicht neu, wohl aber, daß er sich dafür einen Mann von so hohem Rang und Ansehen aussuchte, der einst als der beste Kämpfer von Gorhaut galt. Es war ein Zeichen, wie stark er sich fühlte und wie sehr man ihn zu fürchten hatte.

«Die Arbonnerin heiraten.» Der König wiederholte die Worte so langsam, als wollte er jede Silbe auskosten. «Wie alt ist Signe de Barbentain jetzt? Fünfundsechzig? Siebzig? Ein erstaunlicher Vorschlag.»

Mehrere Herren und Damen kicherten. Zum Glück für den Ruf Gorhauts war keiner der ausländischen Gesandten anwesend. Rosala de Garsenc war blaß, doch ihre klaren Züge zeigten keine Regung.

Auf der anderen Seite des Saals griff ihr Mann, Ranald de Garsenc, mit einer heftigen Bewegung nach seinem Krug und trank. Bier tropfte auf sein Wams, und nachdem er getrunken hatte, wischte er sich mit dem Ärmel den Mund ab. «Spielt denn das eine Rolle? Ich habe von einer dynastischen Heirat gesprochen.» Er hielt inne und blickte unwillkürlich nach unten, bevor er fortfuhr: «Du heiratest die Alte, steckst sie in ein Schloß im Norden und erbst Arbonne, sobald sie am Fieber oder was ihr der Gott an Krankheit schicken mag, gestorben ist. Danach heiratest du Daufridis Tochter, die bis dahin gerade reif ist fürs Bett.»

Ademar veränderte seine Haltung etwas, und während er an einem Ende seines gelblichen Schnurrbarts kaute, fixierte er Ranald de Garsenc mit seinen fahlen Augen.

Plötzlich entstand am gegenüberliegenden Ende des Saals Bewegung. Die große Tür schwang auf, und die Wachen führten einen großen, in einen dunkelblauen Talar gekleideten Mann herein, der zielstrebig auf den Thron zuging. Ademar grinste wie ein unartiges Kind und warf rasch einen Blick auf Ranald de Garsenc.

«Mein lieber Seneschall», sagte der König mit unverhüllter Bosheit im Ton, «du kommst eben recht, um zu sehen, wie Wir unseren Cousin, der dein Sohn ist, und seine klugen Ratschläge zu schätzen wissen. Unsere geliebte Belote ist gerade dabei, ihm mit ausdrücklicher Billigung seiner Gattin Erleichterung zu verschaffen. Möchtest du ein Familientreffen daraus machen?»

Galbert de Garsenc, Ältester des Tempelrats in Gorhaut und oberster Beamter am Hof des Königs, würdigte seinen Sohn keines Blicks. Die Heiterkeit, die die Worte des Königs im Saal auslösten, schien er nicht zu bemerken. In einigem Abstand vom Thron blieb er stehen, eine große eindrucksvolle Erscheinung. Er war der einzige im Saal, der keinen Bart trug.

«Welche Ratschläge, Herr?» Seine tiefe, klangvolle Stimme drang bis in den äußersten Winkel des Saals.

«Welche Ratschläge in der Tat! Herzog Ranald hat Uns empfohlen, die Gräfin von Arbonne zu heiraten, sie nach Norden zu schaffen und sie zu beerben, sobald sie ihrem Alter oder einer bedauerlichen Krankheit erlegen ist. Habt ihr euch das gemeinsam ausgedacht, du und dein Sohn?»

Erst jetzt blickte Galbert zu seinem Sohn, der, wenn auch sehr bleich im Gesicht, dem Blick des Vaters standhielt. Mit einem verächtlichen Zug um den Mund wendete sich der Seneschall wieder dem König zu.

«Selbstverständlich nicht, Herr», sagte er dumpf. «Mein Sohn taugt nur dazu, sein Wams mit Bier zu beflecken und Tavernenhuren zu beschäftigen.»

Der König kreischte vor Lachen. «Tavernenhuren! Im Namen Unseres Gottes! Wie sprichst du von seiner edlen Gattin, Galbert? Die Frau trägt deinen Enkel! Du wirst doch nicht annehmen –»

Der König hielt inne und beobachtete vergnügt, wie ein Bierkrug über den Tisch flog und gegen die breite Brust seines Seneschalls prallte. Galbert taumelte und stürzte beinahe. Ranald sprang auf und nestelte hastig an seiner geöffneten Hose herum. Zwei Wachen traten vor, doch der König winkte ab. Schwer atmend und mit zitterndem Finger wies Ranald de Garsenc auf seinen Vater.

«Das nächste Mal töte ich dich», sagte er mit bebender Stimme. «Dann ist es vielleicht ein Messer, das dich trifft. Wenn du noch einmal in meiner Gegenwart so von mir sprichst, bist du tot, und ich werde mich jedem Urteil unseres Gottes Corannos beugen.»

Alle schweigen entsetzt. Obwohl man an diesem Hof manches gewöhnt war, besonders von den de Garsencs, wirkten Ranalds Worte ernüchternd. Auf dem blauen Talar des Seneschalls waren dunkle Flecken zu sehen, die das Bier hinterlassen hatte. Galbert warf Ranald einen eisigen Blick zu, bevor er sich wieder dem König zuwendete.

«Herr, willst du einen solchen Angriff auf den Tempelältesten dulden?» Er sprach beherrscht trotz der Kränkung, die ihm widerfahren war.

Ademar antwortete nicht sofort. Er lehnte sich in dem schweren Thronsessel zurück und streichelte seinen Bart. Vater und Sohn blieben in angespannter Haltung stehen. Der Haß zwischen ihnen schien alle in Bann zu schlagen.

«Warum», sagte König Ademar schließlich, und er klang nach der sonoren Stimme des Tempelältesten besonders schrill und quengelig, «soll ich eigentlich Signe de Barbentain nicht heiraten? Ist die Idee tatsächlich so dumm?»

Triumphierend lächelnd nahm Herzog Ranald wieder Platz. Einen erneuten Annäherungsversuch des Mädchens unter dem Tisch wehrte er ungeduldig ab.

«Herr, du kennst die Gründe so gut wie ich und jeder andere Mann in diesem Saal», antwortete Galbert, «ausgenommen vielleicht dieser eine», ergänzte er mit einem verächtlichen Seitenblick auf Ranald. «Selbst wenn die Gräfin von Arbonne, von Begierde toll geworden, einer solchen Heirat zustimmte, wären da noch die Herzöge von Arbonne, die sie eher absetzen und ermorden würden, als eine solche Verbindung zuzulassen. Glaubst du, die Herren von Carenzu, Malmont oder Miraval würden zusehen, wie wir ihnen ihr Land wegnehmen? Oder glaubst du, der Troubadourherzog Bertran de Talair würde eine solche Heirat erlauben?»

«Dieser Name ist hier verboten!» Ademar von Gorhaut saß plötzlich kerzengerade in seinem Sessel, und zwei unnatürlich rote Flecken erschienen auf seinen Wangen oberhalb des Bartes.

«Genauso soll es sein», sagte Galbert glatt, als hätte er diesen Einwand erwartet. «Ich habe ebenso Grund wie du, mein Herr, diesen gottlosen Verleumder und Intriganten zu hassen.»

Rosala, die dem Geschehen im Saal längst wieder den Rücken kehrte, lächelte. Vor knapp einem Monat war es gewesen, an einem Abend wie heute. Es regnete und der Wind pfiff über das Moor. Ein vor Angst kalkweißer Barde hatte auf Ademars Befehl das neueste Lied von Bertran de Talair vorgetragen: *Der Frühling brachte Gorhaut die dunkelste Stunde...* Zum Schluß hatte die rauhe Stimme des Barden immer verzagter geklungen. Rosalas Herz erwärmte sich bei der Erinnerung an jenen Abend, an den Ausdruck der vom Fackelschein beleuchteten Gesichter des Königs und Galberts, an die Blicke, die landlose Lehnsherren und Coraner untereinander tauschten, während die rhythmische Musik die Worte unterstrich, die trotz der ängstlichen Stimme des Sängers wie Hammerschläge wirkten.

Wo blieben die Männer von Valensa und Gorhaut,
als ein schmählicher König und ein treuloser Sohn
dem Krieg und dem Frieden die Würde nahmen?

Daß der Barde, ein Jüngling aus Götzland, am Leben geblieben war, verdankte er dem Botschafter seines Landes, der an diesem Abend in der Halle von Cortil zugegen war, sowie der politischen Notwendigkeit, daß Gorhaut zu diesem kritischen Zeitpunkt des Weltgeschehens um jeden Preis mit König Jörg von Götzland Frieden halten mußte. Rosala wußte, was Ademar nach dem Lied am liebsten getan hätte.

Die Flecken auf den Wangen des Königs brannten. «Niemand», stieß er hervor, während er sich halb aufrichtete, «hat mehr Grund, den Mann zu hassen, als Wir, Galbert. Nimm dich bloß nicht so wichtig.»

Der Tempelälteste schüttelte leicht den Kopf, und wieder klang seine volle Stimme durch den Saal, so täuschend warm und fürsorglich. Aber Rosala kannte diese Stimme und den Mann.

«Es geht nicht um mich, Herr», sagte Galbert. «Ich selbst bin nichts. Aber ich stehe vor dir und vor den Augen aller Gläubigen in den sechs Ländern als die leibhaftige Stimme des Gottes in Gorhaut. Und Gorhaut ist das Kernland, hier wurde Corannos von den Alten geboren, damals, bevor der Mann aufrecht ging und die Frau sich entehrte. Eine Beleidigung meiner Person ist ein Schlag gegen den höchsten Gott und darf nicht ungesühnt bleiben. Und das wird es auch nicht, denn die ganze Welt kennt deinen Eifer und deine Meinung, Herr.»

Rosala fand es immer wieder faszinierend, wie mühelos er die Dinge zu seinen Gunsten wenden konnte. Ademar nickte bedächtig, ebenso einige der Lehnsherren im Saal.

«Wir waren eigentlich auch der Meinung», sagte der König langsam, «daß Daufridi von Valensa Unsere Haltung gegenüber dieser Provokation teilt. Vielleicht sollten Wir demnächst mit seinem Botschafter über Bertran de Talair sprechen.»

Daufridi besitzt jetzt unser ganzes Land nördlich des Iersen, dachte Rosala verbittert, und sie wußte, daß andere hier und draußen im Land ähnliche Verluste beklagten. Was von Savaric, dem Besitz ihrer Familie am Iersen, übriggeblieben war, lag unmittelbar an der neu festgelegten Nordgrenze von Gorhaut und war noch nie so gefährdet gewesen wie heute. Etliche Männer in diesem Saal hatten durch den Friedensvertrag mit Valensa ihre Burgen und ihre sämtlichen Ländereien verloren, obwohl sie sie im Krieg erfolgreich verteidigt hatten. König Ademar war von enttäuschten, ehrgeizigen und hungrigen Männern umgeben, die er besänftigen mußte, und zwar bald, auch wenn sie ihn im Augenblick noch zu fürchten schienen.

Es ist alles so schrecklich vorhersehbar, dachte Rosala, doch ihr Gesicht blieb eine undurchdringliche Maske.

«Auf jeden Fall», sagte Galbert, der oberste Rat und Tempelälteste, «mußt du mit dem valensischen Botschafter sprechen. Mit einem schäbigen Versemacher werden wir allein fertig. Aber es wäre gut, gewisse andere Dinge klarzustellen und in die Wege zu leiten, bevor ein weiteres Jahr vergeht.»

Rosala sah, daß ihr Gatte fragend aufblickte.

«Welche anderen Dinge?» rief er. «Was muß klargestellt werden?» Manchmal konnte sich Rosala nicht mehr vorstellen, daß ihr Mann einst der gefeiertste Kämpfer in Gorhaut war, der beste unter den Rittern von Ademars Vater. Aber das war lange her, und die Jahre waren nicht freundlich zu Ranald de Garsenc gewesen.

Ademar lutschte an seinem Schnurrbart und schwieg. Galbert hob die Brauen und antwortete mit einer Spur von Triumph in der volltönenden Stimme: «Das weißt du nicht? Jemand, der so großzügig mit guten Ratschlägen umgeht, sollte dieses Rätsel wohl lösen können.»

Ranald starrte ihn finster an, doch er wiederholte seine Frage nicht. Rosala wußte, was Galbert de Garsenc im Schilde führte, und daß ihm der König folgen würde. Nicht umsonst war sie die Tochter eines Diplomaten, dessen Stimme im Rat von König Dürgar hochgeschätzt war. Ademar wurde wie ein kapriziöser Hengst von einem meisterhaften Zureiter in die Richtung gelenkt, die Galbert schon seit Jahren anstrebte. König Dürgar war nicht der Mann gewesen, der den Einflüsterungen seiner Höflinge oder Tempelherren nachgab, und so war Galbert de Garsenc genau in dem Augenblick an die Macht gelangt, als in der Schlacht an der Iersen-Brücke ein valensischer Pfeil das Auge von König Dürgar durchbohrte.

«Wir werden viel zu besprechen haben, bevor es Sommer wird», fuhr Galbert de Garsenc fort. «Aber als Tempelältester von Corannos in diesem ältesten heiligen Land, in dem der Gott geboren wurde, will ich doch dir, Herr, und all den hier Versammelten sagen: Dank der großen Weisheit Ademars hat Gorhaut zum erstenmal seit Jahrzehnten Frieden im Norden. In diesen Hallen befinden sich die Nachfahren der ersten Coraner, der frühesten Brüder des Gottes, die je die Hügel und Täler der bekannten Welt betraten. Und vielleicht – wenn du, Herr, dies entscheiden solltest – ist es uns bestimmt, eine Aufgabe zu erfüllen, eine Züchtigung, die unserer großen Vorfahren würdig ist. Würdig der größten Barden, die je zum Ruhme der Mächtigen ihrer Tage die Stimme hoben.»

Sehr schlau, dachte Rosala. Sehr gut gemacht, Galbert de Garsenc. Sie starrte durch das Fenster auf die Nebelwolken über dem

Moor und wünschte sich, sie könnte dort draußen sein in der frischen Luft, allein auf einem Pferd, trotz Regen und einem Kind unter dem Herzen.

«Jenseits der Berge, im Süden von uns, verspotten sie Corannos», fuhr Galbert jetzt leidenschaftlicher fort. «Sie leben unter der strahlenden Sonne des Gottes, dem kostbarsten Geschenk, das er den Menschen gemacht hat, und mißachten seine alleinige Herrschaft. Sie erniedrigen ihn mit Anrufungen in Tempeln, die sie zu Ehren einer widerlichen weiblichen Gottheit der Nacht und der Magie errichtet haben, und mit den blutbefleckten Ritualen von Frauen. Sie verstümmeln und verletzen unseren geliebten Corannos mit ihrer Ketzerei. Sie entmannen ihn – zumindest glauben sie das.» Plötzlich senkte er die Stimme, von der eine Macht ausging, daß alle im Saal wie gebannt waren. Sogar die Frauen neben Rosala reckten die Hälse mit erwartungsvoll geöffneten Mündern.

«Sie glauben es», wiederholte Galbert de Garsenc, als teilte er etwas Vertrauliches mit. «Doch wenn wir uns würdig erweisen, werden sie erkennen, wie sehr sie sich irren, und im Land der Arbonne wird der heilige Corannos nie wieder verspottet werden.»

Er schloß nicht mit zündenden Worten; noch war die Zeit nicht reif. Dies hier war nur eine erste Ankündigung, das leise Stimmen der Instrumente für ein brausendes Lied.

Die Stille, die seinen Worten folgte, wurde schließlich von der hohen Stimme des Königs unterbrochen. «Wir ziehen Uns zurück, um Uns mit dem Tempelältesten zu beraten.»

Ademar erhob sich von seinem Thron, eine stattliche, imponierende Erscheinung. Sein Hof sank vor ihm in die Knie.

Es ist so offensichtlich, dachte Rosala, während sie tief knickste, so völlig eindeutig.

«Sag mir, liebste Rosala», murmelte Adel de Sauvan neben ihr, «hast du Nachricht von deinem weitgereisten Schwager?»

Rosala erstarrte. Es war ein Fehler, sie merkte es sofort. Doch es gelang ihr, gleichgültig zu lächeln.

«Nicht in jüngster Zeit», antwortete sie ruhig. «Als wir das letztemal von ihm hörten, war er noch in Portezza. Es ist Monate her. Aber ich werde ihm mitteilen, daß du dich nach ihm erkundigt hast, sobald ich Gelegenheit habe.»

Adel lächelte, und ihre dunklen Augen glänzten. «Bitte tu das», sagte sie. «Ich denke, Blaise weckt das Interesse jeder Frau. Ein so kultivierter Mann. Er ist seinem großartigen Vater ebenbürtig. Manchmal denke ich sogar, er ist sein Rivale.» Sie legte eine kleine Pause ein, bevor sie hinzufügte: «Aber natürlich nicht für deinen teuren Gatten.» Sie sagte es mit dem liebenswürdigsten Lächeln der Welt.

Zwei andere Hofdamen, die sich Rosala näherten, ersparten ihr die Antwort. Sie wartete, bis die Damen ihren Knicks ausgeführt hatten, bevor sie ihren Platz am Fenster verließ. Ihr war kalt, und sie wäre gern gegangen. Doch ohne Ranald war ihr das nicht möglich. Als sie den frisch gefüllten Bierkrug vor ihm auf dem Tisch sah und Würfel und Geldbörse daneben, fühlte sie vorübergehend Verzweiflung.

Sie stellte sich mit dem Rücken vor ein wärmendes Feuer. Der Wortwechsel mit Adel beunruhigte sie, und sie fragte sich, ob sie etwas wissen konnte. Adel de Sauvan war schon immer boshaft gewesen, schon bevor ihr Mann mit König Dürgar am Iersen fiel. Aber sie hatte einen Instinkt für Blut wie ein Raubtier.

Rosala fröstelte und legte die Hände auf den Leib, als wollte sie das in ihr heranwachsende Leben vor der Welt schützen, in die es hineingeboren würde.

Das Licht war das Besondere in diesem Land. Die Sonne am tiefblauen Himmel schien jeden Baum, jeden Vogel, den fliehenden Fuchs oder den einzelnen Grashalm auf ganz besondere Weise sichtbar zu machen. Alles schien irgendwie deutlicher das zu sein, was es war. Die Brise, die jetzt am Spätnachmittag von Westen her wehte, linderte die Hitze des Tages; schon ihr leises Rauschen in den Blättern wirkte erfrischend.

Ein schönes Land, dachte Blaise, während er durch den stillen, sonnendurchfluteten Nachmittag ritt. Nur der Wind war zu hören, das Gezwitscher der Vögel und das gleichmäßige Klirren des

Pferdegeschirrs. Nirgends, nicht einmal in der berühmten Hügellandschaft zwischen den Städten Portezzas, hatte er so farbenfroh blühende Wiesen gesehen. Im Westen erstreckten sich Weinberge und Wälder, und vor ihm in der Ferne sah er bereits die blaue Wasserfläche eines Sees aufblitzen. Es mußte der Dierne-See sein. Bald würde er auch Schloß Talair sehen können, das am Nordufer lag und das er bequem bis zum Abend erreichen konnte.

Vor vier Tagen hatte er sich in Baude verabschiedet. Es war ein herzlicher Abschied gewesen, obwohl er sich zunächst Sorgen gemacht hatte, wie Mallin seinen Wechsel in die Dienste von Bertran de Talair aufnehmen würde. Aber der junge Herr von Schloß Baude schien kaum überrascht, als Blaise ihm zwei Tage nach Bertrans Abreise seinen Entschluß mitteilte. Nachdem Mallin den Herzog von Talair zwei Wochen lang verschwenderisch bewirtet hatte, kam ihm offensichtlich alles gelegen, was ihm sparen half.

Es hatte schon viele Abschiede in seinem Leben gegeben, dachte Blaise, während er gemächlich dahinritt, zu viele vielleicht, aber sie gehörten zu dem Leben, das er gewählt hatte und das ihm aufgrund des hohen Rangs seiner Familie und der geschriebenen und ungeschriebenen Gesetze seines Landes vorbestimmt war. Sein Lebensweg war nicht ungewöhnlich, eher ein ausgetretener Pfad, den schon unzählige jüngere Söhne aus vornehmen Familien gegangen waren. Der älteste Sohn heiratete, zeugte Kinder und erbte das Land, das Familienvermögen und die Titel. Die Töchter aus solchen Häusern wurden mit einer reichen Mitgift ausgestattet und verheiratet, um Bündnisse zu festigen, den bestehenden Landbesitz zu vergrößern oder den gesellschaftlichen Rang der Familie zu heben.

Für die jüngeren Söhne blieb wenig übrig. Da sie ohne Landbesitz oder bewegliches Vermögen nicht nutzbringend verheiratet werden konnten, waren sie meistens gezwungen, auf eigene Faust ihr Glück zu machen. Viele traten der Priesterschaft von Corannos bei oder verpflichteten sich als Coraner bei einem hohen Herrn. Und einige kehrten ihrem Heimatland den Rücken und wagten sich in die Welt hinaus. Allein oder in Gruppen zogen sie von Burg zu Burg, von Stadt zu Stadt, von einem Land zum anderen. Gab es Krieg, fand man sie auf den Schlachtfeldern. In ruhigen Zeiten stritten sie untereinander, oder sie kämpften auf den Turnieren, die überall in der bekannten Welt während der Jahrmärkte stattfanden.

Dieses Schicksal traf nicht nur Männer aus Gorhaut. Auch Bertran de Talair gehörte einst zu diesen umherziehenden Adelssöhnen, bevor sein älterer Bruder kinderlos starb und er Herzog wurde.

Blaise von Gorhaut hatte Jahre später und aus mehreren anderen Gründen, nachdem ihn König Dürgar zum Coraner gesalbt hatte, seine Heimat verlassen mit nicht mehr als seinem Pferd, seiner Rüstung und seinen Waffen. Sein einziges Kapital war sein Können, und das hatte sich bezahlt gemacht. Der größte Teil seines Geldes lag in Portezza im Bankhaus der Familie seines Freundes Rudo Correze. Bei dem Leben, das er jetzt führte, fühlte er sich als freier Mann, und das konnten von den Männern, die er kannte, nicht viele von sich sagen.

Als Blaise den Kamm der letzten Hügelkette erreichte, hielt er kurz an, um die Aussicht zu genießen. Zum erstenmal sah er den Dierne-See vor sich liegen. Von einer kleinen Insel im See stiegen drei weiße Rauchsäulen auf.

Offensichtlich führten zwei Wege hinunter zum See. Er wählte die weniger hügelige, direkte Route, die geradeaus nach Norden führte zu dem Ort, der für ihn schicksalhaft werden sollte.

Der Weg führte am Westufer des Sees entlang, gesäumt von verwitterten, teils umgestürzten Marksteinen der Alten, stummen Zeugen der Zeit, die seit dem Bau dieser Straße vergangen war. Die Insel lag nicht weit vom Ufer entfernt; ein guter Schwimmer konnte sie ohne weiteres erreichen. Blaise erkannte jetzt auch, daß die drei weißen Rauchfahnen in gleichmäßigen Abständen entlang der Mittellinie der Insel angeordnet waren. Nach einer Saison in Arbonne war ihm klar, daß es sich um heilige Rian-Feuer handelte. Wer sonst als die Priesterinnen der Göttin würde in der Hitze des Frühsommers Feuer anzünden?

Er kniff die Augen zusammen, um über die blinkende Wasserfläche zu blicken. Am Ufer der Insel lagen mehrere kleine Boote. Vor der Insel kreuzte ein Segelboot mit einem einzigen weißen Segel.

Er kam an einer Hütte vorbei, in der Holz und Späne aufbewahrt wurden für Signalfeuer, wenn die Leute vom Festland die Priesterinnen brauchten für eine Geburt, einen Kranken oder um einen Toten abzuliefern. Nur mit Mühe widerstand Blaise dem Bedürfnis, ein schützendes Zeichen über der Brust zu schlagen.

Nach einem weiteren Stück Wegs sah er einen Ehrenbogen. Wieder hielt er sein Pferd an, und das kleine Packpferd, das mit Rüstung und Waffen beladen hinter ihm hertrottete, rumpelte gegen das Reitpferd; dann senkte es zufrieden den Kopf und begann zu grasen.

Blaise betrachtete das gewaltige Monument. Am oberen Teil und an den Seiten waren Friese in den Stein gemeißelt. Er brauchte nicht näher heranzugehen, um sie sich anzusehen, denn er hatte solche Bögen schon früher gesehen, im nördlichen Portezza, in Götzland und zwei sogar in Gorhaut in der Nähe der Gebirgspässe. Weiter nach Norden waren die Alten anscheinend nicht vorgedrungen.

Der Bogen zeugte von einer bitteren Wahrheit, und Blaise wußte, daß sie heute ebenso gültig war wie vor Jahrhunderten: Wenn du ein Volk besiegst, ein Land eroberst und besetzt, darfst du es nie vergessen lassen, wer die Macht hat und daß Widerstand zwecklos wäre.

Mit einem gewissen Unbehagen, das unerwartet in Ärger umschlug, wandte er sich ab. Erst jetzt merkte er, daß er sich nicht allein an diesem Ufer des Dierne-Sees befand.

Sie waren zu sechst, einheitlich gekleidet in dunkelgrüne Hosen und Jacken – also höchstwahrscheinlich keine Banditen. Weniger ermutigend war die Tatsache, daß drei bereits ihre Pfeile auf ihn angelegt hatten, noch bevor ein grüßendes oder herausforderndes Wort gefallen war. Noch bedrohlicher war, daß es sich bei ihrem Anführer, der ein paar Schritte vor den Bogenschützen auf seinem Pferd sitzen geblieben war, um einen schlaksigen, schnurrbärtigen

Arimonder handelte. Blaise wußte aus Erfahrungen, die er in mehreren Ländern gesammelt hatte, unter anderem auch bei einem Schwertkampf, an den er sich nur ungern erinnerte, daß gegenüber diesen dunkelhäutigen Kriegern jenes heißen, trockenen Landes jenseits der westlichen Berge äußerste Vorsicht geboten war – besonders wenn sie an der Spitze von Männern erschienen, die mit Pfeilen auf seine Brust zielten.

Blaise hob beschwichtigend die Hände und rief: «Ich grüße euch, Coraner. Ich bin ein Coraner. Ich will keinen Ärger und habe sicher keinen Anlaß dazu gegeben.» Er schwieg und wartete ab. Seine Hände hielt er deutlich sichtbar in die Höhe.

Mit einer kaum merklichen Bewegung trieb der Arimonder seinen prachtvollen Rappen ein paar Schritte vorwärts. «Coraner, die Waffen tragen, sind manchmal, nur weil sie hier sind, ein Ärgernis», sagte der Mann. «In wessen Dienst stehst du?» Er sprach nahezu akzentfreies Arbonnais. Und er verfügte über eine gute Beobachtungsgabe. Blaises Rüstung und Waffen befanden sich sorgfältig in eine Decke gehüllt auf dem Packpferd; der Arimonder mußte sie an der Form des Bündels erkannt haben.

Aber auch Blaise war es gewöhnt, genau zu beobachten, besonders in Situationen wie dieser, und so sah er aus dem Augenwinkel, daß sich einer der Bogenschützen bei der Frage, in wessen Dienst er stand, gespannt nach vorn gebeugt hatte, als hinge alles davon ab.

Blaise versuchte, Zeit zu gewinnen. Er hatte keine Ahnung, was hier gespielt wurde. Sicher war einzig, daß dies hier ausgebildete Männer waren, die offensichtlich die Straße kontrollierten. Er wünschte, er hätte sich vor der Abreise aus Baude eine Landkarte angesehen oder sich in dem Gasthaus, wo er übernachtet hatte, genauer erkundigt. Dann hätte er gewußt, auf wessen Land er sich befand.

«Ich reise friedlich auf einer öffentlichen Straße», sagte er. «Ich möchte nichts Widerrechtliches tun. Solltet ihr mir das vorwerfen, will ich gern einen angemessenen Zoll bezahlen.»

«Ich habe dich etwas gefragt», sagte der Arimonder ausdruckslos. «Antworte.»

Blaise fühlte, wie er allmählich zornig wurde. Er hatte Schwert und Bogen zur Hand, aber wenn die Männer hinter dem Arimonder zu schießen verstanden, hätte er kaum eine Chance. Er könnte den Strick kappen, mit dem das Packpferd an seinem Grauen ging, und sein Heil in der Flucht suchen, aber er wollte weder seine Rüstung zurücklassen noch vor einem Arimonder davonlaufen.

«Ich bin es nicht gewohnt, Fremden Auskunft über meine Angelegenheiten zu geben, und schon gar nicht, wenn auf mich gezielt wird.»

Der Arimonder lächelte arrogant und gab den drei Bogenschützen mit lässiger Hand ein Zeichen. Einen Augenblick später brach das Packpferd mit einem sonderbaren Grunzton zusammen. Zwei Pfeile steckten in seinem Hals, einer unmittelbar darunter in der Nähe des Herzens. Das Tier war tot. Die Bogenschützen hatten bereits neue Pfeile aufgelegt.

Der Arimonder lachte, während Blaise alle Farbe aus dem Gesicht wich. «Sag mir», sagte der Mann träge, «wirst du bei deinen Gewohnheiten bleiben, wenn du nackt und gefesselt mit dem Gesicht im Staub liegst und zu meinem Vergnügen herhalten mußt wie ein Junge, den man für eine Stunde kauft?» Inzwischen hatten sich die zwei anderen Männer, die keine Bogen trugen, ohne erkennbare Anweisung in entgegengesetzter Richtung bewegt, um Blaise den Fluchtweg sowohl nach Norden als auch nach Süden abzuschneiden. Der eine grinste Blaise unverschämt an.

«Ich habe dich etwas gefragt», wiederholte der Arimonder. «Wenn du nicht antwortest, stirbt als nächstes das Pferd, auf dem du sitzt. In wessen Dienst bist du unterwegs, Nordländer?»

Es war der Bart, dachte Blaise. Er verriet ihn wie ein Brandmal den Dieb oder der blaue Mantel den Corannos-Priester. Blaise holte ganz langsam Luft, um ruhig zu bleiben.

«Bertran de Talair hat mich für eine Saison in Dienst genommen», sagte er.

Sie erschossen das Pferd.

Blaise hatte jedoch aus der gespannten Haltung des einen Bogenschützen seine Schlüsse gezogen und, noch während er antwortete, die Füße aus den Steigbügeln genommen. Im Sturz riß er seinen Bogen an sich und zog das Pferd auf die Seite, so daß es ihn mit seinem Körper schützte. Fast aus Bauchlage schießend, traf er den am oberen Ende des Wegs stehenden Coraner. Er drehte sich und tötete auch den anderen, bevor die drei Bogenschützen eine weitere Salve loslassen konnten. Dann preßte er sich flach auf die Erde.

Zwei Pfeile trafen das Pferd, der dritte zischte über seinen Kopf hinweg. Blaise stützte sich auf ein Knie und schoß zweimal rasch nacheinander. Ein Bogenschütze schrie auf, bevor er zusammenbrach; der zweite kippte mit einem Pfeil im Hals lautlos nach hinten. Der dritte erstarrte vor Entsetzen. Blaise legte seinen fünften Pfeil auf und schoß ihn in die Brust. Er sah noch das helle Blut auf der dunkelgrünen Jacke, bevor der Mann vornüberfiel.

Plötzlich war es sehr still.

Der Arimonder hatte sich nicht gerührt. Sein schwarzer Vollblüter stand mit weit geblähten Nüstern reglos wie eine Statue.

«Nun hast du Anlaß zu Ärger gegeben», sagte der dunkelhäutige Mann sehr ruhig. «Aus der Deckung heraus kannst du also schießen. Wir werden sehen, ob du auch mit dem Schwert deinen Mann stehst. Ich werde absteigen.»

Blaise richtete sich auf. «Wenn ich dich für einen Mann hielte, würde ich mit dir kämpfen», sagte er. Seine Stimme klang merkwürdig hohl, er kochte vor Zorn. «Ich will dein Pferd, und ich werde mich mit Vergnügen an dich erinnern, wenn ich darauf reite.» Mit diesen Worten schickte er seinen sechsten Pfeil auf den Weg, der den Arimonder mitten ins Herz traf.

Der Mann schwankte im Sattel. Mit aller Kraft schien er sich an die letzten Sekunden seines Lebens zu klammern und hatte plötzlich einen Dolch in der Hand, eine dieser tückisch gekrümmten Arimonder Klingen. Bereits aus dem Sattel gleitend, stieß er den Dolch tief in den Hals seines Rappen.

Der Hengst bäumte sich und schrie vor Schmerz. Er schlug mit den Vorderhufen, kam herunter und stieg sofort wieder. Blaise legte einen letzten Pfeil auf und ließ ihn schweren Herzens fliegen, um das wundervolle Tier von seiner Qual zu erlösen. Der

Hengst brach zusammen und rollte auf die Seite. Die Beine schlugen noch einmal aus, dann blieb er still liegen.

Blaise kam hinter dem Kadaver seines Grauen hervor. Die Stille war plötzlich unheimlich. Nur die nervös wiehernden Pferde der Bogenschützen und der aufkommende Wind waren zu hören. Selbst die Vögel schwiegen. Sechs Männer lagen tot im Gras neben der Straße.

Sein Zorn war verraucht; zurück blieben, wie nach jedem Kampf, Verwirrung und Ekel. Es dauerte eine Weile, bis er das Entsetzen darüber überwand, wozu ein Mensch in der Raserei eines Kampfes fähig war. Kopfschüttelnd wandte er sich ab.

Am Seeufer landete ein kleines Boot mit einem weißen Segel scharrend auf dem steinigen Strand. Blaise sah zwei Männer, die einer Frau beim Aussteigen halfen, und sein Herz schlug plötzlich laut und hart. Die Frau war groß. Sie trug einen roten, mit silbernen Fransen besetzten Mantel. Auf ihrer Schulter saß eine Eule.

Erst auf den zweiten Blick, der nicht von Erinnerung oder Furcht verstellt war, erkannte er, daß es nicht die Hohepriesterin von der Insel im Meer war. Diese hier war wesentlich jünger. Sie hatte braunes Haar, ihre Eule war braun und nicht weiß, und sie konnte sehen. Aber sie war eine Priesterin, und auch die zwei Männer und die andere Frau, die sie begleiteten, gehörten zur Priesterschaft der Rian.

Die Frau überquerte den Kiesstreifen am Ufer und kam auf ihn zu. Ihr volles Haar hing offen auf den Rücken herab. «Du hast Glück gehabt», sagte sie mit sanfter Stimme, doch ihr Blick war nüchtern und forschend. Blaise ließ ihn über sich ergehen. Er hatte nicht vergessen, daß die Hohepriesterin trotz ihrer blinden Augen bis in sein Innerstes gesehen hatte. Die Eule auf der Schulter fand er wie damals im nächtlichen Wald bedrohlich und beklemmend.

«Ich glaube schon», sagte er so ruhig wie möglich. «Daß ich gegen sechs gewinnen würde, konnte ich nicht erwarten. Aber wie es scheint, war mir der Gott gnädig.» Letzteres war eine bewußte Herausforderung.

Aber sie ging nicht darauf ein. «Und Rian auch. Wir können bezeugen, daß du angegriffen wurdest.»

«Bezeugen? Wozu?»

Sie lächelte, und auch dieses Lächeln erinnerte ihn an die Hohepriesterin auf der Insel im Meer. «Es wäre besser gewesen, Blaise von Gorhaut, wenn du dich über diesen Teil der Welt etwas genauer erkundigt hättest.»

Ihr Ton gefiel ihm nicht, und er wußte nicht, wovon sie sprach. Ihm wurde immer unbehaglicher zumute. Der Umgang mit den Frauen in diesem Land war außerordentlich schwierig.

«Woher kennst du meinen Namen?»

Wieder antwortete sie mit diesem geheimnisvollen, überlegenen Lächeln. «Hast du geglaubt, du wärst der Aufmerksamkeit der Göttin entgangen, nachdem du die Insel der Rian lebend verlassen durftest? Wir haben dich ausersehen, Nordländer. Du solltest uns dankbar sein.»

«Dankbar wofür? Daß man mich verfolgt?»

«Wir verfolgen dich nicht. Wir haben auf dich gewartet, weil wir wußten, daß du kommst. Und ich will dir auch sagen, was du schon vorher hättest wissen müssen: Vor vierzehn Tagen hat die Gräfin von Barbentain ein Edikt erlassen, daß die Krone für jede weitere Bluttat unter den Coranern von Talair und Miraval vom Angreifer eine Buße verlangen wird in Form von Land. Die Troubadoure und Priester verbreiten die Nachricht, und alle Lehnsherren in Arbonne wurden namentlich aufgefordert und verpflichtet, den Erlaß notfalls mit Gewalt durchzusetzen. Du hast Bertran de Talair heute beinahe um einen Teil seines Landes gebracht. Doch wir waren hier und können dich entlasten.»

Blaise starrte finster vor sich hin. Einerseits fühlte er sich erleichtert, andererseits ärgerte er sich, daß er sich nicht besser informiert hatte. «Du wirst mir verzeihen, wenn ich nicht völlig zerknirscht bin», sagte er. «Ich hätte seine Weingärten nicht über mein Leben gestellt, auch nicht, wenn er mir einen noch höheren Sold versprochen hätte.»

Die Priesterin lachte fröhlich. Sie war jünger, als er anfangs gedacht hatte. «Unsere Vergebung hast du – wenigstens in dieser Angelegenheit. Aber was Bertran de Talair sagen wird, steht auf einem anderen Blatt. Er hat sicherlich einen erfahrenen Coraner erwartet, der nicht schon vor seiner Ankunft Schwierigkeiten macht. Es gibt eine östliche Route um den See, die nicht durch die Weingärten von Miraval führt.»

Allmählich verstand Blaise die Situation, reichlich spät, wie er sich eingestehen mußte. Hätte er gewußt, daß dieses Land hier Urté de Miraval gehörte, hätte er natürlich die andere Route genommen. Es war kein Geheimnis, nicht einmal für Blaise, der noch nicht lange in Arbonne weilte, daß die jetzigen Herren von Miraval und Talair nicht gut miteinander standen.

Mit einem Achselzucken versuchte Blaise, seine Verlegenheit abzuschütteln. «Ich war den ganzen Tag unterwegs. Dieser Weg schien mir kürzer, und ich dachte, die Gräfin von Arbonne würde für sichere Straßen in ihrem Land sorgen.»

«Barbentain liegt ziemlich weit von hier, und leider werden kleinliche Interessen oft wichtiger genommen als das Allgemeinwohl. Aber ein kluger Coraner weiß, auf wessen Land er sich befindet, besonders wenn er allein reitet.»

Hinter der Priesterin sah Blaise drei weitere Boote mit Männern und Frauen in den Gewändern der Rian-Geistlichen ankommen. Sie zogen die Boote an Land und machten sich daran, die Toten einzusammeln, um sie auf die Insel zu bringen.

Blaise warf einen Blick über die Schulter, wo der Arimonder neben dem toten Rappen lag. «Ist Rian auch dieser hier willkommen?» fragte er.

«Sie erwartet ihn», antwortete die junge Priesterin, «wie sie jeden von uns erwartet.» Ihre dunklen Augen hielten seinen Blick fest, bis Blaise ihnen auswich und jenseits der Insel am Nordufer des Sees das Schloß erblickte.

Sie wandte sich um und folgte seinem Blick. «Wenn du willst, bringen wir dich hinüber», sagte sie.

Blaise war überrascht. «Dafür wäre ich wirklich dankbar.» Plötzlich lächelte er schief und sagte: «Wie passend, wenn ausgerechnet ich in einem Boot der Göttin nach Schloß Talair komme.»

«Es ist passender, als du denkst», erwiderte sie, ohne auf seinen spöttischen Ton einzugehen.

Mit einem Wink bedeutete sie zwei Priestern, Blaises Waffen

und Rüstung ins Boot zu laden. Blaise nahm seinem Grauen den Sattel ab und folgte der schlanken Gestalt der Priesterin zum Ufer.

Nachdem seine Sachen an Bord verstaut waren, schoben sie das Boot zurück ins Wasser. Sie setzten das Segel und steuerten auf den See hinaus, den Westwind und die tiefstehende Sonne im Rücken.

Je näher das Nordufer heranrückte, um so deutlicher erkannte das geschulte Auge die sichere Lage des Schlosses auf dem hohen, in den See hineinragenden Felsen. Es war an drei Seiten von Wasser umgeben und auf der Landseite durch einen tiefen Graben geschützt. Mehrere Männer waren zum Anlegesteg gekommen. Offensichtlich hatte ein anderes Boot bereits die Nachricht von Blaises Ankunft überbracht. Blaise erkannte Valery, den breitschultrigen und schon etwas ergrauten Cousin von Bertran. Dann tauchte Bertran aus der Gruppe auf und fing geschickt die Leine, die ihm der Priester vom Bug aus zuwarf.

«Willkommen in Talair», sagte Bertran. Er trug wie damals, als er nach Baude kam, die Kleidung eines Coraners. Sein Haar war vom Wind zerzaust, die Mundwinkel zu einem feinen Lächeln gehoben. «Nun, wie fühlt man sich, wenn man es geschafft hat, sich bereits vor Dienstantritt mit den Feinden seines neuen Herrn anzulegen?»

«Man hat von Feinden die Nase voll», antwortete Blaise lächelnd. Während der Fahrt über den See hatte er sich beruhigt; die Erinnerung an jenen dunklen Treppenaufgang in Baude zerstreute seine düstere Stimmung vollends. «Glaubst du, der Herzog von Miraval wird sich die Mühe machen, mich zu hassen, weil ich bei einem Überfall um mein Leben gekämpft habe?»

«Urté? Möglicherweise schon», sagte Bertran. «Obwohl ich eigentlich nicht an ihn gedacht habe.» Für einen Moment machte er den Eindruck, als würde er erklären, was er damit meinte, aber dann drehte er sich um und machte sich auf den Weg zum Schloß. «Komm», sagte er über die Schulter, «du sollst dich erst einmal stärken. Und anschließend gehen wir in die Ställe und suchen dir ein Pferd aus.»

Blaise schaute noch einmal zurück. Das Segelboot, mit dem er gekommen war, hatte bereits wieder abgelegt. Die junge Priesterin stand mit dem Rücken zu ihm, doch dann, als hätte sie seinen Blick gespürt, drehte sie sich um.

Ihr Haar glänzte in dem warmen Licht der untergehenden Sonne. Die Eule auf ihrer Schulter hielt den Kopf nach Westen gewandt. *Es ist passender, als du denkst,* hatte sie auf seinen Scherz merkwürdig ernst erwidert. Er verstand nicht, was sie meinte, und es ärgerte ihn. Einen Augenblick noch stand er stumm da. Dann wandte er sich ab und folgte dem Herzog.

Valery schloß sich ihm an. «Sechs Männer?» sagte er ungläubig. «Ich muß sagen, du trittst nicht gerade leise auf.»

«Es waren fünf», sagte Blaise, «und ein Unflat aus Arimonda.»

«Der Arimonder», murmelte Valery, während er die Augen auf den See und zu dem sich entfernenden Boot schweifen ließ. «Erinnere mich, daß ich dir später von ihm erzähle.»

«Wozu?» fragte Blaise. «Er ist tot.»

Valery warf ihm einen seltsamen Blick zu, dann zuckte er die Schultern. Sie verließen den Anlegesteg und stiegen über einen steilen Pfad zum Schloß hinauf. Die massive Pforte stand offen, und dahinter empfing sie der Klang von Musik.

II Sommer

4

Flink wie eine Eidechse schlängelte sich Lisseut durch die bunte Menschenmenge, die fröhlich und laut die sonnenhellen Straßen und Plätze bevölkerte, erwiderte die Grüße von Bekannten und Unbekannten und freute sich, daß Sommer war, Mittsommerkarneval in Tavernel, die schönste Zeit des Jahres. Die Tournee war zu Ende, und bis die nächste begann, war erst einmal Karneval. Sommerkarneval war der Dreh- und Angelpunkt des Jahres, eine Zeit zwischen den Zeiten. Alles schien in der Schwebe, alles schien möglich, alles schien erlaubt – spätestens wenn es Abend würde.

Als sie den Tempelplatz überquerte, wo auf der einen Seite die silbernen Kuppeln des bedeutendsten Rian-Heiligtums aufragten und auf der anderen die eckigen goldenen Türme des Corannos-Tempels, schmeckte sie das Salz in der Luft, die der Wind vom Hafen heraufwehte. Wie gut war es doch, wieder hier zu sein nach einer langen Winter- und Frühjahrstournee im Landesinneren und in den Bergen! Als ihr am anderen Ende des Platzes Essensgerüche entgegenströmten, kam ihr zu Bewußtsein, daß sie seit dem Morgen nichts mehr gegessen hatte. Sie betrat eine Garküche und stand kurz danach wieder auf der Straße mit einem knusprig gebratenen Hühnerbein in der Hand, von dem sie vorsichtig abbiß, damit das Fett nicht auf ihre neue Tunika tropfte.

Sie hatte zusammen mit dem Troubadour Alain von Rousset einen sehr erfolgreichen Frühling in den östlichen Bergen hinter sich, wo sie zunächst vierzehn Tage im Tempel der Göttin verbrachten und sich für den Rest der Saison auf Schloß Ravenc aufhielten. Dort hatte sie sogar ein eigenes Zimmer bekommen mit einem wundervoll weichen Bett, in dem sie ungestört schlafen konnte, weil der Schloßherr, En Gaufroy, mehr an Alain interessiert war als an ihr. Und beim Abschied hatte sich En Gaufroy ungewöhnlich großzügig gezeigt.

Als sie sich in Rousset von Alain trennte, der ein paar Tage bei seiner Familie verbringen wollte, während sie noch auf einer Feier im Corannos-Heiligtum bei Gavela singen mußte, hatte er sie für ihre Arbeit gelobt und sie gefragt, ob sie im nächsten Jahr die gleiche Tour noch einmal mit ihm zusammen machen würde. Sie hatte ohne zu zögern zugesagt. Troubadoure wie Jourdain, Aurelian und Remy von Orrèze hatten einem Joglar vielleicht mehr zu bieten an Geld und künstlerischer Herausforderung, aber mit Alain verstand sie sich gut, und daß er bei bestimmten Priestern und Schloßherren ein besonders gern gesehener Gast war, hatte auch etwas für sich. Lisseut fühlte sich geehrt, daß er den Vertrag mit ihr erneuern wollte. Es war das erstemal nach drei Jahren Wanderschaft, daß jemand einen Vertrag mit ihr verlängerte. Die meisten Spielleute mußten kämpfen und intrigieren, um ein Angebot von einem der bekannteren Troubadoure zu erhalten. Sie und Alain würden, wie viele andere, ihren neuen Vertrag noch vor dem Ende des Karnevals im Zunfthaus besiegeln, denn das war der eigentliche Grund, warum sich Musikanten und Troubadoure um diese Zeit in Tavernel einfanden.

Aber sie kamen auch, um die Göttin zu ehren. Der Karneval und alle Riten und Bräuche der Sommersonnenwende waren Rian gewidmet. Sie war die Patronin der Musik, der Spielleute und der Dichter.

Und natürlich kamen sie auch, weil der Karneval für jeden, der nicht Trauer trug, krank oder tot war, die wildeste, freizügigste und vergnüglichste Zeit des ganzen Jahres war.

Lisseut warf den abgenagten Knochen in die Gosse und kaufte sich an einem Obststand eine Orange. Damit sie Glück brachte, rieb sie die Frucht rasch am Hosenlatz des beleibten Verkäufers, wofür sie von allen Umstehenden großes Gelächter erntete. Der Dicke tat, als müßte er vor Wollust vergehen. Lachend lief sie weiter in Richtung des Hafens, und schon an der nächsten Ecke sah sie das vertraute Schild des «Liensenne».

Es war, als käme man nach Haus, dachte Lisseut, die in Wirklichkeit aus Vezét stammte. Diese Taverne, für die Anselme von Cauvas vor vielen Jahren sein berühmtestes Lied geschrieben hatte, war für die Musiker von Arbonne zur zweiten Heimat geworden. Sie lüpfte ihren federgeschmückten Hut und grüßte zu dem Lautenspieler auf dem Wirtshausschild hinauf – angeblich stellte es Folquet de Barbentain dar, den ersten Troubadour und Erfinder des höfischen Ideals. Sie erwiderte das Zwinkern eines Mannes, der mit einem halben Dutzend anderer vor der Tür Münzenwerfen spielte, und betrat die Schenke des Gasthofs.

Sie erkannte ihren Fehler, bevor über all dem Lärm Remys triumphierender Schrei ihr Ohr erreichte und sie den tropfnassen Arimonder sah, den eine übermütige Schar an den Füßen über einen mit Wasser gefüllten Bottich hielt, um ihn erneut zu tunken.

«Neun!» verkündete Aurelian mit seiner tiefen Stimme, die wie ein Glockenschlag klang. Hinter Lisseut drängten die Münzenspieler herein und versperrten ihr schadenfroh grinsend den Ausgang.

Verzweifelt sah sie sich nach einem Verbündeten um. Sie entdeckte Marotte, den Wirt, hinter dem Tresen. «Hilf mir!» rief sie ihm zu. Doch auch er, der sonst wie ein Vater zu ihr war, grinste nur von einem Ohr zum anderen und schüttelte den Kopf. Es war Karneval, und jeder neunte Gast wurde getunkt; das gehörte zur Tradition.

Remy kam rasch auf sie zu – er sah unverschämt gut aus mit den hellblonden Locken, die ihm in die Stirn fielen, und den strahlenden blauen Augen –, Jourdain und Dumars und, zu Lisseuts Verzweiflung, auch Alain, ihr Partner, folgten ihr auf den Fersen. Mit ihrem gewinnendsten Lächeln wandte sie sich ihnen zu.

«Ich grüße euch», begann sie. «Wie ist es euch –»

Weiter kam sie nicht, denn Remy von Orrèze, ihr früherer Liebhaber und Liebhaber aller Frauen, was das betraf, hatte sie bereits – nach einer anmutigen Verbeugung – hochgehoben, und ein Dutzend Hände vor und hinter ihm packten zu, um sie wie ein Menschenopfer der Alten über den Köpfen der Menge zum Tauchbecken zu tragen.

Jedes Jahr! dachte Lisseut verzweifelt, während sie vergeblich versuchte, sich zu wehren. Wir tun dies jedes Jahr! Wo hab ich nur meinen Kopf gehabt?

Trotz des Chaos, das ringsum herrschte, bemerkte sie, daß Aurelian bereits wieder neben dem Eingang Posten bezogen hatte, um die ankommenden Gäste zu zählen.

Lisseut sah den Bottich unter sich. Plötzlich hing sie mit dem Kopf nach unten. Ihr schöner neuer Federhut war bereits von der Menge zertrampelt worden. Sie schalt sich eine verdammte Närrin und holte rasch noch einmal tief Luft, bevor sie ins Wasser eintauchte.

«Marotte!» japste sie, als sie wieder nach oben kam. «Marotte, es ist Wein!»

«Tauchen!» schrie Remy, und sie plumpste in den Bottich.

«Du Wahnsinniger, das ist ein Sakrileg!» hörte sie Marotte brüllen, als sie nach dem dritten Tauchbad wieder auf die Beine gestellt wurde. «Weißt du, was moussierender Cauvas kostet?» Marotte war so empört wie nur ein Gastwirt und Weinkenner sein konnte.

«Sieben!» rief Aurelian mit dröhnender Stimme in den Saal. Alle kehrten sich erwartungsvoll dem Eingang zu, auch Lisseut, die sich Gesicht und Haare mit einem Handtuch abtrocknete, das ihr einer der Kellner freundlicherweise gegeben hatte. Ein junger rothaariger Student trat ein. Als er aller Augen auf sich gerichtet sah, stutzte er, ging dann aber doch zum Tresen und bestellte ein Bier. Niemand nahm seine Bestellung an. Alle blickten zum Eingang.

Der achte, der eintrat, war ein breitschultriger Coraner mittleren Alters, den mehrere Leute in der Taverne kannten. Auch Lisseut kannte den Mann, doch noch bevor sie etwas unternehmen konnte, um das, was als nächstes geschehen würde, zu verhindern, stand der neunte bereits unter der Tür.

«Großer Gott!» murmelte Marotte, der sich im allgemeinen nicht an Corannos wandte. Seine Worte klangen in der plötzlich eingetretenen Stille sehr laut.

Der neunte war der Herzog Bertran de Talair.

«Neun!» sagte Aurelian überflüssigerweise. «Aber ich glaube...» In beinahe ehrfürchtigem Ton wandte er sich an Remy.

Doch Remy von Orrèze ging freudestrahlend auf den Herzog zu.

«Hoch mit ihm!» rief er. «Wir alle kennen die Regel! Der neunte wird getaucht in Rians Namen! Hoch mit dem Herzog von Talair!»

Der Coraner war Valery, Bertrans Vetter und alter Freund. Er trat grinsend zur Seite, während der Herzog lachend die Hände hob, um den auf ihn zueilenden Remy von sich abzuhalten. Jourdain, der schon ziemlich betrunken war, folgte Remy. Alain und ein paar andere hielten vorsichtig Abstand. Lisseut blieb vor ungläubigem Staunen der Mund offen, als sie erkannte, daß Remy entschlossen war, es zu tun: Er würde einen der mächtigsten Männer Arbonnes tunken.

Und er hätte es getan, hätte ihn nicht ein zweiter Coraner, Blau in Blau gekleidet wie die Coraner von Talair, jedoch mit einem rötlichen Vollbart und Gesichtszügen, die ihn eindeutig als einen Mann aus Gorhaut erkennen ließen, mit der blanken Klinge daran gehindert.

Remy war so unbesonnen vorgeprescht, daß er auf dem glatten Boden nicht schnell genug innehalten konnte. Lisseut schlug die Hände vor den Mund, als sie sah, was passierte. Bertran rief einen Namen, der Mann mit dem Schwert war bereits zur Seite gewichen. Trotzdem berührte die Schwertspitze Remys linken Arm und verletzte ihn.

Unter den Studenten und Musikanten im «Liensenne» begann es gefährlich zu rumoren. Das Gesetz, daß in einer Taverne keine Waffe gezogen werden durfte, war so alt wie die Universität Tavernel; es gehörte zu den ganz wesentlichen Dingen, die das Bestehen der Universität ermöglichten. Und Remy von Orrèze war einer der ihren. Er war sogar einer ihrer Führer, und der große Coraner dort, der ihm eine blutige Wunde beigebracht hatte, stammte aus Gorhaut.

In dieser gespannten Situation begann Bertran de Talair laut und herzlich zu lachen.

«Wirklich, Remy», sagte er, «ich glaube, es wäre keine so gute Idee gewesen.»

«Du kennst die Regeln des Karnevals», entgegnete Remy eigensinnig. «Und dein rüpelhafter Nordländer hat gegen das Gesetz der Stadt Tavernel verstoßen. Soll ich ihn beim Seneschall melden?»

«Vielleicht», sagte Bertran unbeeindruckt. «Aber dann melde mich bitte auch. Ich hätte Blaise über die hiesigen Gesetze aufklären müssen. Zeig uns beide an, Remy.»

Remy lachte hohl. «Das würde viel nützen, wenn ich den Herzog von Talair vor den Richter schleppen würde. Eines Tages, Bertran», fuhr er heftig fort, «wirst du dich entscheiden müssen, ob du einer von uns sein willst oder ein Herzog von Arbonne. Von Rechts wegen müßtest du jetzt kopfüber in dem Bottich stecken, und das weißt du.»

Der Herzog lachte gut gelaunt, obwohl ihn Remy dreist ohne Titel angeredet hatte. «Du hättest noch ein Weilchen studieren sollen, mein Lieber. Ein wenig mehr Rhetorik könnte nicht schaden. Deine Dichotomie ist falsch.»

Remy schüttelte den Kopf. «Das hier ist die wirkliche Welt, nicht das Wolkenkuckucksheim eines Gelehrten. In der wirklichen Welt muß man sich entscheiden.»

Lisseut sah, wie sich der Gesichtsausdruck des Herzogs veränderte. Seine Geduld war zu Ende.

«Und du willst mir jetzt sagen, wie es in der wirklichen Welt zugeht», sagte er in eisigem Ton zu Remy. «Ich sehe hier zwei Arimonder; an einem Tisch dort drüben mehrere Portezzaner; einen Götzländer am Tresen, und wer weiß, wie viele andere sich oben in Marottes Gästezimmern aufhalten – und da willst du mir weismachen, daß sich in der wirklichen Welt, wie du dich auszudrücken beliebst, ein Herzog von Arbonne einfach so in einen Trog mit Wasser tauchen lassen soll? Werde nüchtern, Junge, und gebrauch deinen Verstand.»

Auf Remys Nacken zeigten sich rote Flecken. Lisseut und Aurelian tauschten besorgte Blicke.

«Er hat die Wanne mit Cauvas gefüllt, Herr», rief Marotte, während er hinter seinem Tresen hervorkam. «Wenn du willst, verpaß ich ihm dafür noch 'ne Extratracht Prügel.»

«Eine Wanne voll Cauvas?» En Bertran lächelte wieder. «Vielleicht hätte ich mich doch tauchen lassen sollen.» Alle lachten erleichtert, und Lisseut atmete auf. «Komm, Remy», fuhr der Herzog versöhnlich fort, «laß uns zusammen eine Flasche trinken, während dich Blaise verarztet.»

Doch Remy kehrte ihm stolz den Rücken und verließ die Taverne. Lisseut bemerkte den verächtlichen Ausdruck im Gesicht des Coraners aus Gorhaut. Wütend sah sie ihn an und wünschte, jemand im Saal würde diesem selbstgefälligen Riesen die Meinung sagen. Da offenbar keiner es wagte, es mit einem Coraner aufzunehmen, trat sie selbst vor.

«Du hast überhaupt keinen Grund, so erhaben auf uns herabzusehen», sagte sie zu dem Nordländer. «Wenn es dein Lehnsherr nicht für nötig hält, dich über unsere Sitten ins Bild zu setzen, muß es wohl einer von uns tun. Der Mann, den du verletzt hast, war vielleicht etwas leichtsinnig in seiner Karnevalslaune, aber er ist bestimmt noch mal soviel wert wie du. An ihn werden sich die Menschen erinnern, wenn du längst verrottet und vergessen bist.»

Der Coraner Blaise – so hatte ihn der Herzog genannt – sah sie überrascht an. Aus der Nähe wirkte er jünger, als sie ihn geschätzt hatte, und merkwürdigerweise auch weniger hochnäsig. Bertran de Talair und Valery, die neben ihm standen, grinsten plötzlich. Als Lisseut merkte, wohin sie sahen, fiel ihr siedendheiß ein, daß sie tropfnaß und mit zerzaustem Haar vor ihnen stand und daß ihre neue und jetzt wahrscheinlich ruinierte Tunika an ihr klebte wie eine zweite Haut. Sie errötete und hoffte, alle würden es für Zornesröte halten.

«Da hast du es, Blaise», sagte der Herzog. «Verrottet und vergessen. Ein weiterer Beweis für dich, wie schrecklich unsere Frauen sind, besonders wenn sie kopfüber in Wein getaucht wurden. Was würde man bei euch in Gorhaut mit dieser hier tun?»

Der bärtige Coraner schwieg eine Weile und betrachtete Lisseut, die sehr klein wirkte, wie sie dort vor ihm stand. Ihre Augen hatten eine merkwürdige Haselnußfarbe; im Lampenlicht wirkten sie beinahe grün. «Würde eine Frau in der Öffentlichkeit so zu einem gesalbten Coraner sprechen», sagte er, «würde man sie bis zur Taille ausziehen und auspeitschen, auf Bauch und Rücken. Sollte sie überleben, hätte der von ihr beleidigte Mann das Recht, beliebig mit ihr zu verfahren. Ihr Ehemann, so sie einen hat, dürfte sich von ihr scheiden lassen ohne rechtliche oder religiöse Konsequenzen.»

Die Stille, die seinen Worten folgte, war eisig. Der Karnevalsrausch schien verflogen.

Lisseut zitterten plötzlich die Knie, aber sie zwang sich, dem Blick des Nordländers standzuhalten. «Was tust du dann hier bei uns?» entgegnete sie tapfer. «Warum gehst du nicht dorthin zurück, wo du so mit Frauen umspringen kannst, die ihre Meinung sagen oder ihre Freunde verteidigen?»

«Ja, Blaise», wiederholte Bertran de Talair, immer noch belustigt. «Warum gehst du nicht zurück?»

Zu Lisseuts Überraschung erschien auf dem Gesicht des großen Nordländers ein bitteres Lächeln.

«Habe ich gesagt, daß ich diese Gesetze gut finde?»

«Und findest du sie gut?» hakte Lisseut unerbittlich nach.

Der Mann, der Blaise genannt wurde, schien plötzlich zu schmunzeln. Zu spät erkannte Lisseut, daß sie keinen einfältigen Haudegen vor sich hatte. «Der Herzog von Talair hat vorhin einen Troubadour gedemütigt», sagte er, «von dem du behauptest, er würde noch lange nach meinem Tod berühmt sein. Er hat ihn mit anderen Worten einen dummen Jungen genannt, der zuviel getrunken hat. Ich denke, das hat ihn mehr verletzt als meine Schwertspitze. Bist du nicht auch der Meinung, daß es manchmal notwendig ist, das Ansehen zu wahren? Und wenn nicht – warum hast du dann nicht den Mut, dich in deiner Empörung an den Herzog zu wenden? Ich bin ein leichtes Ziel, ein Außenseiter in einem Saal voller Menschen, die du offensichtlich kennst. Könnte es sein, daß du mich nur deshalb so angreifst? Ist das fair?»

Er war sehr klug, aber er hatte ihre Frage nicht beantwortet.

«Du hast ihre Frage nicht beantwortet», sagte auch Bertran de Talair.

Blaise von Gorhaut lächelte wieder, das gleiche schiefe Lächeln von vorhin. «Ich lebe ja hier», sagte er ruhig. «Würde ich Gorhauts Gesetze gutheißen, wäre ich jetzt zu Hause, vermutlich mit einer gut erzogenen Frau verheiratet, und würde höchstwahrscheinlich mit dem König und den Coranern von Gorhaut den Einmarsch nach Arbonne planen.» Zum Schluß hatte er absichtlich laut gesprochen. Lisseut sah aus dem Augenwinkel, daß sich die Portezzaner am Tisch neben ihr vielsagende Blicke zuwarfen.

«Ich denke, das reicht, Blaise», sagte Bertran scharf. «Du hast deinen Standpunkt vollkommen klargemacht.»

Blaise wandte sich an den Herzog, und erst jetzt bemerkte Lisseut, daß er sie die ganze Zeit angesehen hatte, obwohl seine letzten Worte eindeutig für den Herzog bestimmt waren. «Das denke ich auch», sagte er leise. «Ich denke sogar, mehr als genug.»

«Wovon hat man hier genug?» tönte eine fordernde Stimme vom Eingang her. «Habe ich etwas versäumt?»

Der Herzog wirkte vor Schreck oder Zorn wie erstarrt, und die Narbe auf seiner Wange trat deutlich hervor. Valery drehte sich rasch um und stellte sich hinter Bertran, so daß er zwischen ihm und der Eingangstür stand.

«Was tust du hier?» sagte de Talair mit dem Rücken zu der Person, die er anredete. Als Blaise hörte, wie kalt Bertrans Stimme klang, stellte er sich, ein wenig verspätet, neben Valery. Im selben Augenblick teilte sich die Menge vor dem Eingang, als ginge vor einer Bühne der Vorhang auf, und gab den Blick frei für den Auftritt eines gewaltigen Mannes, kostbar in dunkelgrünen Samt gekleidet, der Mantel sogar jetzt im Sommer mit weißem Pelz verbrämt. Er mochte gut sechzig Jahre alt sein. Das graue Haar war kurz geschoren wie das eines Soldaten. Er wirkte trotz seiner Größe körperlich gewandt und sehr arrogant.

«Was ich hier tue?» wiederholte er spöttisch mit tiefer, einprägsamer Stimme. «Ist hier nicht der Treffpunkt der berühmtesten Musiker und Sänger? Es ist doch Karneval.»

«Du haßt Musik», sagte Bertran schneidend. «Du tötest Sänger.»

«Nur die ganz unverschämten», erwiderte der andere gleichmütig. «Außerdem ist es schon sehr lange her. Menschen können sich ändern. Manche werden im reiferen Alter sogar umgänglicher.»

Doch es lag nichts Umgängliches in seiner Art. Blaise hörte nur beißenden Spott.

Plötzlich wußte er, wer dieser Mann war, der von drei grün gekleideten Coranern begleitet wurde, alle mit Schwertern bewaffnet trotz der Gesetze von Tavernel; und für einen Moment durchzuckte Blaise die Erinnerung an die Straße am Dierne-See und die sechs Toten im Gras.

«Ich habe keine Lust auf ein neckisches Geplänkel mit dir», sagte Bertran, während er sich dem riesigen Mann am Eingang zuwandte. «Zum letzten Mal, warum bist du hier, Herzog von Miraval?»

Urté de Miraval ignorierte Bertrans Frage, als hätte ihn ein Bittsteller behelligt. Statt dessen musterte er Blaise mit anerkennendem Lächeln und einem boshaften Funkeln in den tiefliegenden Augen.

«Wenn ich mich nicht irre», sagte er, «ist das der Nordländer, der so leichtfertig mit Pfeil und Bogen umgeht.»

«Deine Coraner haben mein Pony und mein Reitpferd erschossen», erwiderte Blaise. «Ich hatte Grund anzunehmen, daß sie auch mich töten würden.»

«Das hätten sie tun sollen», sagte Urté beinahe freundlich. «Soll ich dir deshalb vergeben, daß du sechs meiner Leute getötet hast? Ich denke nicht daran. Außerdem gibt es da noch jemanden, der sich überaus glücklich schätzen wird, dich hier kennenzulernen. Im Gewühl der Menge passieren viele Unfälle. Das ist die Schattenseite des Karnevals.»

«Es gibt ein Gesetz, das Auseinandersetzungen mit tödlichem Ausgang zwischen Miraval und Talair verbietet», mischte sich Valery ein. «Du weißt das genau, Herzog.»

«Das weiß ich, und das wußten auch meine Männer.»

Bevor Urté fortfahren konnte, trat eine Frau in Kapuze und Mantel an seine Seite, die bislang hinter seiner großen Gestalt verborgen war.

«O nein!» sagte sie. «Das habe ich mir nun wirklich nicht gewünscht.» Ihre Stimme klang verärgert und unüberhörbar befehlsgewohnt. Nicht noch eine dieser Frauen, dachte Blaise.

Verärgert reagierte auch Bertran de Talair. «Ariane?» Er wandte sich dem Eingang zu. «Wenn das ein Spiel sein soll, Ariane, bist du entschieden zu weit gegangen.»

Die Frau war Ariane de Carenzu, die Königin des Liebeshofs. Sie hob die Hand, an der kostbare Juwelen funkelten, schob ihre Kapuze zurück und schüttelte unbekümmert ihr rabenschwarzes Haar, das in glänzenden Wellen auf ihren Rücken herabfiel. Obwohl sie verheiratet ist, dachte Blaise wie benommen. Nicht einmal in Arbonne war es für verheiratete Frauen Sitte, das Haar offen zu tragen. Ringsum erhob sich aufgeregtes Gemurmel, und die Leute reckten neugierig die Hälse. Auch Blaise konnte den Blick nicht von dieser erstaunlichen Frau wenden, die jetzt neben Urté de Miraval stand.

«Ich bin zu weit gegangen?» sagte sie sehr langsam. «Selbst einem Freund, Bertran, steht eine solche Rede nicht zu. Ich brauche keine Erlaubnis, um ins ‹Liensenne› zu kommen.»

«Aber du weißt –»

«Ich weiß nur, daß der Herzog von Miraval so liebenswürdig war, mich einzuladen, heute abend mit ihm den Karneval zu besuchen. Und ich hätte gedacht, daß zwei Herzöge von Arbonne imstande wären, wenigstens für eine Nacht, die schließlich der Göttin geweiht ist, und auch aus Höflichkeit gegenüber den Damen, ihre lächerliche Fehde hintanzustellen.»

«Eine lächerliche Fehde?» wiederholte Bertran ungläubig.

Urté de Miraval lachte. «Ich jedenfalls bin hier, um zu hören, welche Musik in diesem Jahr in Tavernel gespielt wird, und nicht, um mich mit einem krankhaft Jähzornigen zu streiten. Von wem bekommen wir heute abend etwas zu hören?»

Einige Augenblicke herrschte beklommenes Schweigen.

«Von mir», sagte Alain von Rousset in die Stille. «Wir werden meine Lieder hören. Lisseut, würdest du für uns singen?»

Wenn sie sich später an diesen turbulenten Abend erinnerte, konnte sie ihr Erstaunen über diese Bitte nicht mehr ganz nachvollziehen. Remy und Aurelian waren zu diesem Zeitpunkt bereits gegangen, und Bertran hätte bestimmt keinen Wert darauf gelegt, Urté de Miraval mit seinen Liedern zu unterhalten. Von den übrigen Troubadouren war Alain der ehrgeizigste. Sie und Alain hatten eine erfolgreiche Tournee hinter sich, und so lag es nahe, daß er sie auch jetzt bitten würde, seine Lieder zu singen.

Doch als es soweit war, konnte Lisseut nur daran denken, daß sie naß von Kopf bis Fuß in einer Weinpfütze stand und in diesem Zustand aufgefordert wurde, zum erstenmal in ihrem Leben vor drei der mächtigsten Persönlichkeiten des Landes zu singen, von denen eine zufällig der berühmteste lebende Troubadour war.

Sie schluckte mit einem würgenden Geräusch. Der große Gorhauter mit dem rötlichen Bart drehte sich um und bedachte sie mit einem ironischen Blick. Wütend starrte sie zurück, und gleichzeitig legte sich die Panik, die sie für einen Moment gepackt hatte. Betont lässig warf sie dem Rotbart das feuchte Handtuch zu und wandte sich an Alain.

«Sehr gern», sagte sie, so ruhig sie konnte. Alain kämpfte sichtlich mit der eigenen Aufregung, was durchaus verständlich war. Er hatte die Chance, berühmt zu werden, und er griff zu – und bot ihr die gleiche Möglichkeit.

Glücklicherweise entdeckte sie das strahlende Gesicht von Marotte. Die Ermutigung, die vom Wirt des «Liensenne» ausging, war genau das, was sie brauchte. Jemand brachte ihr eine Rotta. Ein Schemel und ein Fußkissen wurden am üblichen Platz zwischen den Tischen an der linken Mauer bereitgestellt, und ehe sich Lisseut versah, saß sie dort, stimmte die Rotta und rückte sich das Fußkissen zurecht.

Als sie aufblickte, sah sie Herzog Bertran auf sich zukommen. Ein kleines Lächeln lag um seinen Mund, doch es reichte nicht bis zu seinen Augen. Lisseut fürchtete, daß En Bertran nichts aufheitern konnte, solange sich Urté de Miraval im Saal befand. Der Herzog hatte seinen leichten Sommerumhang abgenommen, den er ihr jetzt über die Schultern legte.

«Du wirst dich erkälten», sagte er freundlich. «Wenn du den Umhang so läßt, wird er dich nicht beim Spielen stören.» Es waren die ersten Worte, die er je zu ihr gesprochen hatte. Dann drehte er sich um und nahm in einem der drei Polstersessel Platz, die Marotte eilends in der Nähe der kleinen Bühne aufgestellt hatte.

Lisseut hatte gerade noch Zeit, sich zu wundern, daß sie nun den mitternachtsblauen Mantel des Herzogs von Talair trug, bevor sich Alain mit vor Aufregung roten Wangen zu ihr niederbeugte und ihr ins Ohr flüsterte: «Sing *Des Mädchens Klage*, Lisseut. Hörst du? Und du sollst *singen*, nicht schreien!»

Lisseut nahm die übliche Ermahnung kaum zur Kenntnis. Viel wichtiger war, daß Alain ihr mit diesem Lied ein zusätzliches Geschenk gemacht hatte, denn es war eines der wenigen, die für eine Frauenstimme geschrieben waren. Lächelnd und einigermaßen selbstsicher blickte sie zu ihm auf. Er zögerte kurz, als wollte er noch etwas sagen; dann zog er sich zurück.

Lisseut blickte auf die Menge im Saal. Sie atmete tief aus und sagte mit ihrer klaren, tragenden Stimme: «Ich singe jetzt ein Liensenne des Troubadours Alain von Rousset. Ich singe es zu Ehren der Göttin und der Dame Ariane de Carenzu, die heute abend zu uns gekommen ist.»

Sie begann mit einigen Akkorden auf der Rotta, damit die Zuhörer Zeit hatten, ruhig zu werden. In diesen wenigen Augenblicken wurde ihr immer ganz besonders bewußt, wofür sie lebte und daß es die Musik war, die sie erst richtig lebendig machte. Als es im Saal still geworden war, begann sie zu singen:

> *Mit lindem Hauch der Westwind weht,*
> *Die Sonne warm am Himmel steht,*
> *Und ob dem Feld in blauer Luft*
> *Der Ackerkrume würzger Duft...*

Es war ein gut gemachtes Lied. Alain verstand sein Handwerk. Lisseut, die ihren Gesang nur ganz sparsam mit der Harfenzither untermalte, sang von des Lenzes Herrlichkeit, vom Wild in Kluft und Waldversteck, vom Hochzeitslied der Vöglein und wie im Frühling alles jauchzt in Freud und Lust. Es war ein langes Lied mit mehreren Strophen wie die meisten der üblichen Liensennes. Die Kunst des Troubadours bei dieser Art Lied bestand darin, alle bekannten Motive anzuwenden und auf besondere Weise neu zu beleben.

Lisseut spürte, daß es die Zuhörer gefangennahm. Gleichzeitig erfüllte sie die Gewißheit, daß sie Alains Worten und Musik gerecht wurde. Aber sie hielt noch ein wenig zurück. Sie brauchte eine Steigerung für den Schluß, wo es Alain statt der üblichen Schwüre ewiger Liebe und Treue gelungen war, echten Schmerz auszudrücken.

Lisseut hielt für den Bruchteil eines Taktes inne. Dann hob sie die Stimme und sang aus tiefstem Herzen klagend die letzte Strophe:

> *Und hebe ich mein Haupt empor,*
> *Ist blind mein Auge, taub mein Ohr...*
> *Die ganze Welt in Blüten steht,*
> *Indes mein darbend Herz vergeht.*

In Bertrans blauen Mantel gehüllt wirkte das Mädchen mit den krausen braunen Locken zart, ja beinahe zerbrechlich. Sie war nicht hübsch im üblichen Sinn, dachte Blaise, eher ein kluges Kind; aber sie hatte eine schöne Stimme, das erkannte selbst er. Der Schluß des Lieds hatte auch ihn gerührt. Er wußte nicht, welche Neuheit der traurige Ton dieses Lieds darstellte, aber er hatte ihn vernommen, und obwohl er von Natur und Herkunft nicht der Mann war, solchen Dingen nachzuhängen, sah er, während die zierliche Gestalt auf dem Schemel mit Bertrans Mantel über den Schultern spielte und sang, das deutliche Bild eines einsamen Mädchens in einem Garten, das um seinen Liebsten weint.

«Das war wunderschön», sagte Ariane de Carenzu. Ihre Stimme klang seltsam wehmütig. In der gespannten Stille, die nach den letzten Tönen der Harfe über den Zuhörern lag, wirkten ihre Worte wie eine Erlösung. Blaise holte tief Luft und bemerkte überrascht, daß die meisten Leute in seiner Umgebung das gleiche taten.

Bravorufe, stürmischer Applaus für die Sängerin und den Troubadour, der das Lied geschrieben hatte – alles das lag bereits in der Luft, aber es kam nicht dazu. Die Tür des «Liensenne» wurde aufgerissen, und Lärm und Geschrei drangen von der Straße herein. Blaise reckte sich, um zu sehen, wer in der Eingangstür stand.

Es war der dunkelhäutige Mann auf dem Rappen, den er am Ufer des Dierne-Sees getötet hatte.

5

Er war es natürlich nicht, nur der arrogante Blick schien derselbe. Und auch die Größe, der muskulöse Körper sowie das Bedrohliche, das von ihm ausging, erinnerten Blaise an jenen Arimonder am Ehrenbogen der Alten.

Als sich ihre Blicke trafen, spiegelten sich im Gesicht des Mannes gleichzeitig Haß und grimmige Freude.

Valery, der neben Blaise stand, murmelte: «Vorsicht, es ist der Zwillingsbruder.»

Blaise ließ den Arimonder an der Tür nicht aus den Augen. Der Mann trug die grüne Livree von Miraval und das für sein Herkunftsland typische Krummschwert.

Urté de Miraval erhob sich ohne jede Hast, ebenso Bertran, der auf der anderen Seite neben Ariane de Carenzu saß. Die Dame blieb sitzen und blickte über die Schulter zur Tür.

«Quzman», sagte der Herzog von Miraval, «ich habe mich schon gewundert, wo du so lange bleibst. Hier ist der Gorhauter Coraner, den du kennenlernen wolltest.»

«Sehr erfreut», sagte der Arimonder mit tiefer, wohlklingender Stimme und fuhr an Blaise gewandt lächelnd fort: «In meinem Land macht man mit Mördern kurzen Prozeß. Also komm mit nach draußen. Oder kämpfst du nicht mit dem Schwert?»

«Es war kein Mord», warf Valery ein, bevor Blaise selbst antworten konnte. «Priester von der Insel waren Zeuge und haben den Vorfall berichtet.»

Der Mann namens Quzman schien gar nicht zuzuhören. In seinem Lächeln und der Art, wie er sich ausschließlich auf Blaise zu konzentrieren schien, lag etwas Unheimliches. Die freche Herausforderung ärgerte Blaise; sie erinnerte ihn an die beleidigenden Worte des anderen Arimonders, den er mit einem Pfeil von seinem Rappen geholt hatte.

«Du scheinst wirklich verzweifelt zu sein», sagte er. «Sag mir, habe ich deinen Bruder oder deinen Liebhaber getötet? Oder war er gar beides?»

Blaise sah mit Genugtuung, wie das Lächeln des Arimonders erstarrte.

Quzman machte zwei Schritte nach vorn – er bewegte sich wie eine Raubkatze – und kniete vor Urté nieder. «Herr, hier geht es um die Ehre meiner Familie. Das neue Gesetz, das die Gräfin von Arbonne erlassen hat, zwingt mich, dich um eine kurzzeitige Entlassung aus deinem Dienst zu bitten. Ich will diese persönliche Angelegenheit regeln, ohne dir Schwierigkeiten zu bereiten.»

«Er wird diese Bitte nicht gewähren», sagte eine kühle Stimme, die niemand im Raum mißachten konnte.

Ariane de Carenzu strich ihr schwarzes Haar zurück und sagte über die Schulter gewandt: «Im Namen der Gräfin von Arbonne verbiete ich dieses Duell. Tödliche Auseinandersetzungen zwischen Talair und Miraval werden mit Landbußen bestraft. So lautet das Gesetz, das auch nicht mit einer List umgangen werden kann. Außerdem will ich nicht, daß die Nacht der Göttin auf solche Weise geschändet wird. Ich mache euch, ihr Herren, für das Betragen eurer Männer verantwortlich.»

«Alles gut und schön», sagte Urté de Miraval, «aber wenn er aus meinem Dienst austritt –»

«Dazu braucht er deine Einwilligung, und du wirst sie ihm nicht geben.»

Obwohl sich Blaise nun schon seit etlichen Monaten in Arbonne aufhielt, fand er es ungeheuerlich, daß sich zwei Herzöge den Befehlen einer Frau beugen sollten. Er öffnete bereits den Mund, um seinem Ärger über ein so unmännliches Verhalten Luft zu machen, als ihm Valery einen kräftigen Rippenstoß versetzte. «Tu's nicht!» murmelte er, als hätte er Blaises Gedanken gelesen.

Blaise holte langsam Luft, warf Valery einen kurzen Blick zu und schwieg. Seine Augen schweiften nach oben zu den Galerien des Gasthauses, wo sich Männer und Frauen am Geländer drängten, anfangs um die Musik zu hören, jetzt neugierig auf das, was als nächstes geschehen würde.

«Ich denke, du bist gekommen, um eine Nachricht zu überbringen», sagte Ariane in die Stille, die ihren gebieterischen Worten gefolgt war. Sie sah den Arimonder an, der vor Urté de Miraval kniete – zwei ungewöhnlich gutaussehende Männer, dachte sie.
«Handelt es sich um die Wettkämpfe auf dem Fluß?»
«Ja», sagte der dunkelhäutige Quzman einsilbig.
«Wann beginnen sie?»
«Jetzt.»
«Dann werdet ihr euch anstelle eines blutigen Duells einen für alle vergnüglichen Zweikampf auf dem Fluß liefern», sagte Ariane de Carenzu mit strahlendem Lächeln, in dem ein Fünkchen Übermut aufblitzte.

«Ein Spiel sollen wir spielen?» sagte der Arimonder ungläubig. Plötzlich kam Bewegung unter die Zuschauer. Überall im Saal herrschte Erleichterung und Freude. Blaise sah, daß sich Bertran abwandte, um ein Lächeln zu verbergen.

«Fast alles im Leben ist ein Spiel», sagte Ariane. Ihre Stimme klang plötzlich weich. «Aber hört zu. Wenn einer eurer Männer, ob von Miraval oder Talair, heute nacht stirbt, werde ich diesen Tod der Gräfin als Mordfall melden.»

«Ich bin seit Jahren nicht mehr auf dem Fluß gewesen», bemerkte Bertran scheinbar zusammenhanglos.

«Und ich nicht seit Jahrzehnten», sagte Urté de Miraval. «Aber trotzdem und obwohl ich zwanzig Jahre älter bin als du, Herzog von Talair, übertreffe ich dich bei jedem redlichen Kampf unter Männern.»

Bertran brach in Gelächter aus. Dann sagte er mit einer Schärfe, die Blaise irritierte: «Nur unter Männern? Eine vernünftige Einschränkung, Herzog, unter den gegebenen Umständen.»

Urté de Miraval zuckte wie unter einem Peitschenhieb zusammen. Blaise erinnerte sich undeutlich an eine Bemerkung, die er vor einiger Zeit zufällig gehört hatte. Eine Frau war der Grund, warum sich diese beiden Männer wie Todfeinde gegenüberstanden. Langsam dämmerte Blaise, daß Haß und Feindschaft zwischen Talair und Miraval einen Graben aufgerissen hatten, der wesentlich tiefer war, als er zunächst gedacht hatte.

Bertran wandte sich ab und rief in übertrieben munterem Ton: «Also, dann laßt uns gehen! Wir wollen im hellen Licht der Sommermonde auf dem Fluß unsere Geschicklichkeit beweisen. Zur Freude Rians und der Königin des Liebeshofs.»

Ohne sich umzusehen, schritt er zur Tür. Valery folgte ihm dicht auf den Fersen. Blaise geriet im einsetzenden Gedränge neben Quzman, und zwar näher, als ihm lieb war; trotzdem oder gerade deshalb legte er Wert darauf, ihm zuzulächeln.

Valery wartete draußen auf ihn. Ein Mann und eine Frau, als Krähe und Fuchs maskiert, rempelten Blaise an und lachten wie toll. Der Mann hatte eine Flasche Wein in der Hand, der Spenzer der Frau war fast bis zur Taille aufgeknöpft. Im Licht der Laterne waren ihre Brüste deutlich zu sehen. Aus den Fenstern der oberen Stockwerke und hinter Blaise aus der Taverne drangen Gelächter und Stimmengewirr, und überall auf der Straße wirbelten und schnarrten die Ratschen, klirrten und rasselten Schellen und Trommeln.

«Ihr kennt so etwas nicht in Gorhaut, nicht wahr?» sagte Valery fröhlich, als wäre das, was sich eben in der Taverne zugetragen hatte, nichts Besonderes gewesen. Blaise fand, daß er Bertrans Cousin gut leiden konnte und das nicht nur wegen der schier unerschütterlichen Gelassenheit dieses Mannes. Unmittelbar vor ihnen ging der Herzog in einer Gruppe von Musikanten, darunter auch das Mädchen, das für sie gesungen hatte. Sie trug noch immer Bertrans Mantel.

«Nein, so etwas kennen wir nicht», sagte er nur. Was hätte er Valery auch antworten sollen? Daß er diese von einer Göttin inspirierte Ausgelassenheit vulgär fand und eines Mannes unwürdig, der geschworen hat, seinem Land und seinem Gott zu dienen?

«Ich wollte dir schon früher sagen, daß es von diesen Arimondern zwei gab», rief Valery über den Lärm hinweg.

«Und warum hast du es nicht getan?»

Valery sah ihn kurz an. «Du schienst nicht interessiert», sagte er freundlich. Blaise hörte trotzdem die leise Kritik. «Du hast auch für andere Dinge wenig Interesse gezeigt. Manchmal frage ich mich, warum du auf Reisen gegangen bist. Die meisten gehen von zu Hause fort, um die Welt kennenzulernen. Du scheinst nichts von ihr wissen zu wollen.»

«Manche gehen von zu Hause fort, um fortzugehen», war alles, was Blaise darauf antwortete.

Valery nickte und ließ das Thema fallen. Sie folgten Bertran und den Troubadouren in eine dunkle Gasse, die vom Hafen wegführte.

«Wie gut kannst du mit einem kleinen Boot umgehen?» fragte er.

«Einigermaßen», meinte Blaise vorsichtig. «Was genau haben wir eigentlich vor?»

«Ah! Eine Frage!» sagte Valery de Talair und grinste. Er wirkte plötzlich viel jünger, und man sah die Ähnlichkeit zwischen ihm und Bertran. «Du hast tatsächlich eine Frage gestellt.»

Blaise lachte verschämt. Dann begann Valery, ihm den bevorstehenden Wettkampf zu erklären. Als er geendet hatte und sie am Fluß ankamen, wo Blaise die vielen Menschen sah, die Reihen von Lichtern, die wie auf die Erde gefallene Sterne funkelten, die erleuchteten Fenster der Kaufmannshäuser, die über den Fluß gespannten Seile, an denen Floße festgemacht waren, und die kleinen Boote, die am Ufer warteten oder, zum Teil umgeschlagen, flußabwärts trieben, da lachte er laut und hemmungslos.

«O Corannos», sagte er mehr zu sich als zu jemand Bestimmtem, «was ist das für ein Land?»

Sie hatten die Gruppe der Troubadoure und Joglares inzwischen eingeholt. Bertran drehte sich zu Blaise um und sagte:

«*Wir* wissen es. Du nicht?»

Der Fluß, das Meer und die Nacht gehörten der Göttin Rian. Das Mittsommerfest war heilig, aber es war auch die Zeit, in der die Ordnung der Welt auf den Kopf gestellt wurde – manchmal buchstäblich wie in dem Bottich voll Cauvas, dachte Lisseut. Überall in Arbonne wurde heute nacht die Göttin gefeiert mit fröhlichem Lärm, Strömen von Wein und heimlichen Umarmungen in den dunklen Winkeln der gepflasterten Gassen, im Heu der Ställe oder in den Betten der Häuser, wo in dieser Nacht keine Tür verriegelt wurde.

In Tavernel, wo die Arbonne nach ihrer langen Reise ins Meer mündete, gehörte das Ringestechen auf dem Fluß seit ungezählten Jahren zum Mittsommerkarneval.

Lisseut versuchte, ihre heitere Stimmung wiederzufinden, mit der sie ins «Liensenne» gekommen war. Es war Karneval, sie war unter Freunden und hatte mit ihrem Vortrag im «Liensenne» großen Erfolg gehabt. Doch der Haß, der alte und der neue, hatte alles verdorben. Sie blickte hinüber zu der koloßartigen Gestalt des Herzogs von Miraval und der schlanken geschmeidigen des Arimonders und fröstelte trotz Bertrans wärmendem Umhang.

Fröhliches Gelächter lenkte ihre Aufmerksamkeit auf den Fluß. Jourdain hatte sich durch die Menge einen Weg zum Ufer gebahnt und war eben dabei, seine teuren Stiefel auszuziehen, um als erster ihrer Gruppe einen Versuch zu wagen.

Lisseut warf rasch einen Blick zum Himmel. Beide Monde würden für eine kleine Weile wolkenfrei bleiben; das war wichtig, denn es war schon bei Helligkeit schwierig genug, aus einem hüpfenden und sich drehenden Boot nach den Ringen zu greifen.

«Willst du nicht lieber in den Bottich getunkt werden?» rief Alain von Rousset zu Jourdain hinunter. «Das wär doch die einfachere Art, naß zu werden!»

Er erntete lautes Gelächter, und Jourdain rief Alain etwas Unfeines zu, während er ins Boot stieg und sich in dem kleinen, wackligen Fahrzeug niederließ, das zwei Männer am Steg festhielten. Er nahm das kurze Paddel, warf noch einen Blick auf die Monde – der eine zunehmend, der andere gerade noch rund – und nickte kurz.

Sie ließen das Boot los. Die Zuschauer schrien und winkten und feuerten Jourdain an, und das Boot schoß wie ein Korken aus der Flasche in die reißende Strömung.

Obwohl nicht mehr ganz nüchtern, steuerte der Troubadour das erste Floß sehr geschickt an und holte scheinbar mühelos den aus Olivenzweigen geflochtenen Kranz von der Stange, die vom Floß in einiger Höhe auf das Wasser hinausragte. Die Priesterin auf dem Floß hob ihre Fackel, um den Erfolg zu signalisieren, und auf beiden Seiten des Flusses ertönten Beifall und Jubelrufe. Die Menschen standen dicht gedrängt an den Ufern bis hinunter zum letzten Seil, das über den Fluß gespannt war, und fast ebenso viele Zuschauer lehnten aus den Fenstern der hohen Häuser.

Jourdain hatte inzwischen gewendet und versuchte mit kräftigen Schlägen die andere Seite des Flusses zu erreichen, bevor ihn die Strömung am zweiten Floß vorbeitrieb. Er schaffte es knapp, hatte einen Augenblick Zeit, um aufzustehen und nach oben zu greifen – der zweite Ring hing natürlich höher als der erste – und den Ring zu schnappen. Doch dann verlor er das Gleichgewicht. Er fiel rückwärts ins Boot und kenterte beinahe. Aber die Fackel ging hoch, und die Zuschauer schrien begeistert.

Durch den Sturz hatte er jedoch kostbare Zeit verloren. Während er sich aufrichtete und zum Paddel griff, entschied er sich offensichtlich, das dritte Floß auf der gegenüberliegenden Seite auszulassen und geradeaus flußabwärts zum vierten Floß zu fahren. Es war die Anzahl der Ringe, die zählte, nicht die Reihenfolge.

Aber es war die falsche Entscheidung. Das winzige Boot, das wie ein Stückchen Rinde auf der reißenden Arbonne tanzte, wurde schneller und schneller, während Jourdain auf das vierte Floß zuhielt.

Kurz davor richtete er sich tapfer auf und versuchte, nach dem Kranz zu greifen.

Er reichte nicht einmal in die Nähe des Kranzes. Sein Schrei war bis zum Startpunkt zu hören, als die Strömung das Boot unter ihm wegriß und ihn so plötzlich von den Beinen holte, daß er für einen Augenblick vom hellen Mondlicht umflossen waagrecht über dem Fluß hing, bevor er ins Wasser plumpste und die Priesterin und alle anderen, die sich auf dem Floß aufhielten, um den Wettkampf zu beobachten, von oben bis unten naß spritzte.

Zwei Männer eilten Jourdain sofort zu Hilfe – es waren schon Leute ertrunken bei diesem Spiel –, und Lisseut atmete auf, als sie ihn unbekümmert winken sah, während ihn die Männer zu einem der am Ufer vertäuten Boote zogen.

«Was war das beste Ergebnis bis jetzt?» fragte Bertran de Talair, und Lisseut fiel wieder ein, aus welchem besonderen Grund sie hier waren.

«Einer hat alle vier Ringe geschafft, Herr», sagte einer der Männer, die sich am Pier um die Boote kümmerten. «Aber auf dem Weg zum Ufer ist er vom Seil abgerutscht.»

«Gut», sagte der Herzog von Talair und wandte sich an Urté. «Wenn du erlaubst, Herzog, werde ich dir jetzt ein Ziel vorgeben.»

Mit einer gleichgültigen Geste stimmte Urté de Miraval zu. Ohne die Stiefel abzulegen, ging Bertran zum Ende des Anlegestegs, wo die Männer das nächste Boot in Position brachten. Valery und der bärtige Coraner aus Gorhaut begleiteten ihn. Die Nachricht, daß der Herzog von Talair mit dem nächsten Boot fahren würde, verbreitete sich rasch unter den Zuschauern auf beiden Seiten des Flusses.

Lisseut blickte wie die meisten anderen auf dem Pier besorgt zum Himmel. Eine rasch nach Osten wandernde Wolkenbank hatte sich über das Gesicht des weißen Vidonne geschoben und würde bald auch die bläuliche Riannon verdecken.

«Laß mich zuerst», sagte Valery de Talair und drängte sich, gerade als es dunkel wurde, am Herzog vorbei. «Warte, bis die Monde wieder frei sind. Mich hat niemand herausgefordert, also macht es auch nichts, wenn es danebengeht.» Er nahm rasch sein Schwert ab und reichte es einem der Männer bei den Booten. Dann kniete er sich ins Boot und grinste zu Bertran empor. «Wenn ich naß werde, bist du schuld.»

«Natürlich», sagte sein Cousin. «Wie immer.»

Das Boot schnellte vorwärts. Lisseut ließ es keinen Moment aus den Augen, um es im Wolkenschatten nicht zu verlieren, und erkannte bald, daß es einen Unterschied gab zwischen der Geschicklichkeit eines athletischen jungen Troubadours und der eines schon älteren, aber ausgebildeten und erfahrenen Coraners.

Valery de Talair holte sich mühelos den ersten Kranz und hatte das Boot bereits in die entgegengesetzte Richtung gewendet, als die Priesterin die Fackel hob und der Beifall am Ufer aufbrandete. Nach dem zweiten Kranz, an der Stelle, wo Jourdain seinem jähen Sturz ins kühle Naß entgegenfuhr, gelang es Valery, die Kontrolle über das Boot zu behalten, während er mit kräftigen Schlägen durch die reißende Strömung zurückpaddelte und hinter ihm eine zweite Fackel triumphierend in die Höhe stieg. Die Menschen an den Ufern jubelten vor Begeisterung.

«Sie denken, es ist der Herzog», sagte Alain plötzlich, und er hatte recht. Die Nachricht, daß En Bertran mit diesem Boot fahren würde, hatte sich in Windeseile verbreitet. Solche Begeisterungsstürme, wie sie jetzt zu hören waren, spendete das Taverneller Publikum nur seinen Lieblingen – einer davon war der Troubadourherzog de Talair.

Inzwischen näherte sich Valery dem dritten Floß. Geschickt balancierend richtete er sich in seinem unsteten Fahrzeug auf, streckte sich und pflückte den dritten Kranz, als wäre es die einfachste Sache der Welt. Dann ließ er sich ins Boot zurückfallen und begann mit unglaublicher Energie zum schräg gegenüberliegenden vierten Floß zu paddeln.

Jourdain hatte hier seinen Mißgriff getan und war ins Wasser gefallen. Valery dagegen steuerte das Floß schräg von oben an und ließ dann das Boot von der Strömung um das Floß herum drehen. Mit dem Paddel streifte er den Kranz von der hoch angebrachten Stange und fing ihn auf, als das Boot unter der Stange vorbeitrieb.

So jedenfalls sah es Lisseut, obwohl sie ein ganzes Stück weiter flußaufwärts im Gedränge stand und immer wieder Wolken für kurze Zeit die Monde verdeckten. Dann leuchtete die vierte Fackel auf, und der Jubel der Zuschauer kannte keine Grenzen. Zufällig blickte Lisseut zu dem Gorhauter Coraner. Er grinste über das ganze Gesicht und sah plötzlich viel jünger aus und längst nicht mehr so streng und furchteinflößend.

«Mein Cousin ist ebenfalls sechs Männer wert – nein, ein ganzes Dutzend!» rief Bertran de Talair begeistert, ohne sich an jemand Bestimmten zu wenden. Unter den grünlivrierten Coranern von Miraval entstand sofort Unruhe. Lisseut bezweifelte, daß En Bertran dies einfach so dahingesagt hatte. Wenn Worte töten könnten, dachte sie, hätten sich En Bertran und der Herzog von Miraval längst umgebracht. Ariane, die ihr Haar jetzt unter der Kapuze versteckt hatte, sagte etwas zu Urté und stellte sich dann neben Bertran, um Valery am Ende des Parcours besser sehen zu können.

Das letzte Hindernis war ein über den Fluß gespanntes Seil, an dem genau über der Flußmitte ein großer runder Schild hing. Das Seil lief durch ein Loch in der Mitte des Schilds. Die Aufgabe der Wettkämpfer bestand darin – gleichgültig, an welcher Seite des Schilds das Boot passieren würde –, hochzuspringen, sich am Seil festzuhalten, dann unter oder über oder um den Schild herumzuklettern und am Seil hangelnd das gegenüberliegende Ufer zu erreichen.

Jeder, der es bis zu diesem Hindernis gebracht hatte, mußte schon über ein gehöriges Maß an Kraft und Geschicklichkeit verfügen. Sich an einem Seil entlangzuhangeln wäre für einen Mann wie Valery ein Kinderspiel gewesen. Dieses Seil hatte jedoch seine Tücken. Es war mit Bienenwachs belegt und mit bestem Olivenöl aus den berühmten Hainen von Vezét bestrichen. Dazu kam, daß es ein wenig durchhing, so daß der wackere Kandidat mit glitschigen Händen eine schwierige Steigung zu überwinden hatte, bevor ihm am Ufer Triumph und Ehre zuteil wurden.

Lisseut sah diesen Wettkampf auf dem Fluß zum drittenmal in ihrem Leben, und sie hatte noch nie erlebt, daß einer den Schild geschafft hatte. Sie hatte etliche tüchtige Männer gesehen, die sich sehr bemühten, einen Weg um den Schild herum zu finden und dabei sehr komisch aussahen; und auch solche, die sich verbissen an das Seil klammerten und, unfähig sich daran fortzubewegen, hilflos mit den Beinen zappelten.

Das Ganze hatte natürlich einen tieferen Sinn, das wußte Lisseut. Alles am Karneval hatte einen tieferen Sinn, auch das scheinbar unsinnige und zügellose Treiben. Alles geriet aus den gewohnten Bahnen, und hier am Fluß war es am deutlichsten zu sehen. Starke Männer wurden zu hilflosen Hampelmännern, die entweder über ihr Mißgeschick oder ihre mißliche Lage an einem glitschigen Seil lachen konnten oder, wenn ihnen der nötige Humor fehlte, den Spott der Menge über sich ergehen lassen mußten.

Aber niemand spottete an diesem Abend über Valery de Talair.

Er steuerte in seinem kleinen Boot geradewegs auf den Schild zu. Kurz vor dem Seil richtete er sich auf, hechtete links vom Schild auf das Seil zu, zog die Knie hoch bis zur Brust und ließ sich wie ein Akrobat vom eigenen Schwung nach oben tragen, wo er das glitschige Seil losließ, elegant durch die Luft flog und auf der anderen Seite des Schilds herunterkam.

Die Leute von Tavernel und alle, die sich hier zum Karneval eingefunden hatten, wußten wahres Können zu schätzen, auch wenn sie dafür auf ein bißchen Schadenfreude verzichten mußten. Sie jubelten und schrien und applaudierten. Lisseut hörte neben sich einen Mann lachen und blickte gerade rechtzeitig genug hoch, um das bärtige, aber völlig entspannte und vergnügte Gesicht des Gorhauters zu sehen. Diesmal bemerkte er jedoch ihren Blick, und Lisseut hatte den Eindruck, es war ihm peinlich, daß sie ihn so gesehen hatte. Sie wollte schon etwas zu ihm sagen, überlegte es sich jedoch anders und wandte sich wieder dem Fluß zu – und sah, vielleicht aus dem Augenwinkel oder im Licht einer auflodernden Fackel, einen Pfeil mit einer weißen Feder vom höchsten Punkt seiner Flugbahn in weitem Bogen herunterkommen. Er traf die Schulter von Valery, der plötzlich kraftlos vom Seil abrutschte und in den Fluß stürzte. Und das Lachen, das manchem schon im Halse steckte, wurde zu einem vielstimmigen Schreckensschrei.

Auch Blaise sah den Pfeil und merkte sich mit dem Instinkt des Soldaten die zwei hohen Fachwerkhäuser, von denen ein Pfeil mit diesem Fallwinkel hätte kommen können. Wie Lisseut hatte er im Licht einer aufflammenden Fackel und des im selben Augenblick hinter einer Wolke hervorkommenden blauen Mondes die weißen Federn gesehen, mit dem Unterschied, daß er wußte, was diese Federn bedeuteten.

Mit Ellbogen und Fäusten bahnte er sich einen Weg durch die aufgeregte Menge. Auf halber Strecke warf er einen Blick zum Fluß und sah Bertran de Talair in einem der Paddelboote flußabwärts fahren. Wütend über seine Unbesonnenheit eilte er weiter, rücksichtslos alles beiseite drängend, was ihm den Weg verstellte.

Als er den Pier neben dem Seil erreichte, hatten sie Valery de

Talair bereits aus dem Fluß geholt. Er lag am Uferkai, und Bertran war bei ihm, ebenso eine Priesterin und ein Mann, der anscheinend Arzt war. Der Pfeil steckte noch in Valerys Schulter. Die Verletzung schien harmlos.

Blaise jedoch fühlte, wie Übelkeit ihn zu überwältigen drohte: Die Federn und die obere Hälfte des Pfeilschaftes waren weiß, die untere Hälfte schwarz. Er hatte schwarzweiße Beinlinge am Geländer des zweiten Stocks im «Liensenne» gesehen, als die Sängerin geendet hatte und alle die Taverne verließen.

Valery hatte die Augen geöffnet, sein Kopf lag auf Bertrans Schoß. Bertran sprach ihm Mut zu. Der Arzt, ein zierlicher Mann mit einer Adlernase und grauem Haar, das er mit einem Band im Nacken zusammengebunden trug, beriet sich eifrig mit der Priesterin und blickte finster entschlossen auf den Pfeil. Als er danach greifen wollte, um ihn herauszuziehen, sagte Blaise, der sich bis zu Bertran vorgekämpft hatte: «Zieh ihn nicht heraus.»

Der Arzt blickte ärgerlich auf. «Ich weiß, was ich tue», sagte er ungehalten. «Der Pfeil muß entfernt werden, damit wir die Wunde behandeln können.»

«Wenn du den Schaft herausziehst», sagte Blaise, «wirst du die Wunde vergrößern, und das Gift wird sich rascher ausbreiten. Außerdem bringst du dich selbst in Gefahr. Riech an dem Pfeil. An der Spitze und auch am unteren Schaft wirst du Syvaren feststellen.»

Der Arzt wich mit angstverzerrtem Gesicht von dem Verwundeten zurück. Bertran hob ruckartig den Kopf und sah Blaise an. Er war bleich geworden; in seinen Augen stand ungläubiges Entsetzen. Blaise hatte das Gefühl, als legte sich eine kalte, eiserne Zwinge um sein Herz, als er sich wieder Valery zuwandte, der ruhig dalag. Er ahnt es vermutlich, dachte Blaise. Syvaren wirkte schnell.

«Der Pfeil war für mich bestimmt», sagte Bertran mit erstickter Stimme.

«Natürlich», sagte Blaise, denn er kannte die bittere Wahrheit.

«Wir haben nichts damit zu tun. Das schwöre ich beim Namen der Göttin», ertönte die tiefe Stimme von Urté de Miraval.

Bertran blickte nicht einmal auf. «Laß uns allein», sagte er. «Um dich kümmern wir uns später. Du schändest jeden Ort, den du betrittst.»

«Ich benutze kein Gift», sagte Urté.

«Aber deine Arimonder», erwiderte Bertran.

«Der Arimonder war die ganze Zeit bei uns am Startplatz.»

Blaise, der sein furchtbares Wissen loswerden wollte, setzte zum Sprechen an, aber die Priesterin kam ihm zuvor.

«Hört auf zu streiten», sagte sie. «Wir müssen ihn in einen Tempel bringen. Worauf können wir ihn tragen?»

Blaise kniete, ohne auf die anderen zu achten, auf dem nassen Kai neben dem Sterbenden nieder. «Der Schild des Gottes schütze dich allezeit», sagte er mit rauher Kehle. Es überraschte ihn, daß es ihm so schwer fiel zu sprechen. «Ich denke, ich weiß, wer es getan hat. Ich werde ihn dafür zur Rechenschaft ziehen.»

Valerys Gesicht war bleich wie Pergament, trotz Mond- und Fackelschein. Er nickte einmal; dann schloß er die Augen.

Blaise stand auf und verließ, ohne nach rechts oder links zu blicken, den Kai. Jemand machte ihm Platz; erst im nachhinein erkannte er, daß es Quzman, der Arimonder, gewesen war. Auch andere wichen vor ihm zurück, aber er war sich dessen kaum bewußt. Er hatte das Gefühl, als hätte er Asche geschluckt. Vor seinen Augen wirkte alles merkwürdig verschwommen. Ein mit Syvaren vergifteter Pfeil, weiße Federn, schwarzweißer Schaft – Blaise suchte nach der Wut, die er brauchte. Sie war da, aber noch lag sie unter einer bleischweren Schicht aus Schmerz und Kummer. Blaise litt nicht nur wegen Valery, sondern auch wegen der Dinge, die er vielleicht noch in dieser Nacht tun würde.

Ich werde ihn dafür zur Rechenschaft ziehen – letzte Worte zu einem Sterbenden, einem Mitglied der heiligen Bruderschaft der Coraner, zu einem, der beinahe schon ein Freund gewesen war in diesem fremden, von einer Göttin geprägten Land. Sie waren aller Wahrscheinlichkeit nach eine Lüge, diese letzten Worte, die schlimmste Art Lüge, die es gab.

6

Lisseut hätte weder damals noch später sagen können, warum sie dem Gorhauter Coraner nachging. Sie drückte Alain den verräterischen blauen Mantel des Herzogs in die Hand und folgte Blaise in das dunkle Labyrinth der Gassen, die vom Fluß in die Oberstadt führten.

Viele Menschen kamen ihr entgegen, angelockt durch Gerüchte von einem aufregenden Ereignis, vielleicht sogar einer Katastrophe. Lisseut zwängte sich durch die Menge, die nach Wein und Braten roch, nach gerösteten Nüssen, süßlichem Duftwasser und Schweiß. Einen Augenblick lang geriet sie in Panik, als sie sich plötzlich von einer Schar betrunkener Seeleute aus Götzland umringt fand. Aber sie entkam ihnen und eilte weiter.

Es war leicht, dem Gorhauter zu folgen. Selbst im dichtesten Gedränge konnte sie ihn entdecken, weil er größer war als die meisten und sein Haar hellrot leuchtete, wenn er unter einer der Fackeln vorbeiging, die an den verwitterten Mauern der alten Lagerhäuser brannten. Das Viertel hier zählte nicht zu den besten von Tavernel. Je mehr sich der Menschenstrom lichtete, um so rascher schritt Blaise voran. Scheinbar beliebig bog er in Seitenstraßen ein, und Lisseut mußte immer schneller laufen, um ihn nicht aus den Augen zu verlieren.

An einer Kreuzung blieb Blaise stehen und sah sich um. Lisseut huschte in eine Toreinfahrt und fiel fast über einen Mann und eine Frau, die eng umschlungen an der dunklen Mauer lehnten.

«Oh, wie gerufen», sagte die Frau mit gurrender Stimme. Ihr Kleid war bis über die Taille hochgeschoben, und ihre Katzenmaske hing lose in ihrem offenen Haar. Der Mann lachte leise, während er ihren Hals liebkoste. Beide versuchten, Lisseut in ihre Umarmung zu ziehen. «Komm», flüsterte die Frau mit halb geschlossenen Augen.

«Lieber nicht», antwortete Lisseut.

«Dann ade, schönes Kind», sang die Frau und kicherte, als ihr der Mann etwas ins Ohr flüsterte.

Lisseut schnappte sich die Maske der Frau und lief davon. Im Schatten einer Mauer stülpte sie sich die Larve übers Gesicht. Ein Stück weiter sah sie Blaise mit drei jungen Männern sprechen; anscheinend fragte er nach dem Weg. Dann schlug er die Richtung ein, die ihm die drei gewiesen hatten. Lisseut machte vorsichtshalber einen kleinen Bogen um die Gesellen, bereit, beim geringsten Annäherungsversuch loszurennen, und folgte Blaise in eine Straße, die leicht bergan führte.

Als sie die Kreuzung erreichte und wie Blaise nach rechts abbog, wußte sie endlich wieder, wo sie sich befanden. Die gut beleuchtete Straße führte zum Mignano-Turm – eine Nachbildung des gewaltigen Turms in Mignano, dem größten der portezzanischen Stadtstaaten. Prächtige Häuser und von Mauern umgebene Grundstücke säumten die Straße. Hier war das Viertel der Banken und Handelsniederlassungen, Arbonnes Tor zur Welt.

Der Karnevalslärm war weit entfernt. Von einem überwölbten Eingang aus beobachtete Lisseut, wie Blaise von Haus zu Haus ging und die Wappenschilder über den Eingängen studierte. Vor einem eisernen Flügeltor blieb er plötzlich stehen. In den oberen Stockwerken des Hauses, wo vermutlich die Schlafzimmer lagen, brannte Licht. Die Straße schien menschenleer.

Blaise stand eine ganze Weile gedankenverloren vor dem Haus. Dann sah er sich sorgfältig um und verschwand in einem schmalen Durchgang zwischen diesem und dem benachbarten Haus. Lisseut ließ ihm einen kleinen Vorsprung, bevor sie ihr Versteck verließ und ihm folgte. Aus dem Durchgang schlug ihr ein atemberaubender Gestank nach Verwesung und Abfall entgegen. Tief in den Schatten geduckt spähte sie in die Dunkelheit und sah, wie sich der Gorhauter Coraner über die Mauer schwang, die das Haus umgab, vor dem er so lange stehengeblieben war. Hinter dem Haus mußten ebenfalls Lichter brennen, denn der Kletterer hob sich als dunkle Silhouette vor einem hellen Hintergrund ab, bevor er hinter der Mauer verschwand.

Lisseut nahm die Maske vom Gesicht und sah sich um. Ein paar Schritte weiter lag eine umgestürzte Kiste neben der Mauer. Über die Kiste könnte sie hinaufgelangen. Es raschelte, als sie vorsichtig auf die Kiste stieg. Ein paar Ratten huschten davon. Sie schob sich auf die ziemlich breite Mauer und blieb längere Zeit flach ausgestreckt liegen. Als sie sicher war, daß sie niemand gesehen oder gehört hatte, hob sie vorsichtig den Kopf.

Sie blickte in einen kunstvoll angelegten Garten. Eine Platane neben der Mauer bot ihr ein wenig Schutz, den sie dringend brauchte, denn die Wolke, die eben an der blauen Riannon vorbeizog, schien für einige Zeit die letzte am hellen Sternenhimmel zu sein.

Blaise stand auf einer Rasenfläche neben einem kleinen runden Teich, in den eine Brunnenfigur Wasser spie. Rings um den Teich waren Blumen gepflanzt; andere Blumenbeete ordneten sich zu symmetrischen Mustern. Lisseut roch Orangen und Zitronen, und von der Südmauer kam der Duft von Lavendel.

Auf einer kleinen Terrasse stand ein gedeckter Tisch mit Fleisch, Käse und Wein und hohen, brennenden Kerzen. Neben dem Tisch saß ein Mann. Er hatte die Hände im Nacken verschränkt und die Beine lang ausgestreckt, doch sein Gesicht lag im Schatten. Blaise stand mit dem Rücken zu Lisseut und hatte, seit sie auf der Mauer lag, weder gesprochen noch irgendeine Regung gezeigt. Er hätte eine steinerne Brunnenfigur sein können. Lisseuts Herz klopfte wie rasend.

«Wie du siehst, habe ich dich erwartet», sagte der Mann am Tisch. Er sprach das akzentuierte aristokratische Portezzanisch. «Hier ist Essen und Trinken für zwei. Blaise, ich bin froh, daß du da bist. Es ist lange her, seit wir zusammen waren. Komm, setz dich und iß mit mir. Schließlich ist Karneval in Arbonne.»

Er stand auf und beugte sich über den Tisch nach dem Wein. Im Licht der zwei Monde, der Kerzen und der Laternen, die zwischen den Bäumen aufgestellt waren, sah Lisseut, daß er schlank war, blond und jung und daß er lächelte. Er trug ein schwarzes Seidenhemd mit weiten Ärmeln und schwarzweiß gemusterte Beinlinge. Das gleiche schwarzweiße Muster erkannte

Lisseut auf den Pfeilen, die gut sichtbar in einem Köcher auf dem Tisch lagen.

«Ich sehe, du benutzt immer noch Syvaren», sagte Blaise von Gorhaut in ebenso tadellosem Portezzanisch.

Der Blonde schnitt eine Grimasse, während er aus einer hohen Karaffe einschenkte. «Scheußliches Zeug, nicht wahr?» sagte er. «Und erstaunlich teuer heutzutage, du glaubst es kaum. Aber manchmal ist es sehr nützlich. Mal ehrlich, Blaise: Es war ein sehr weiter Schuß bei Wind und schlechten Sichtverhältnissen. Ich habe nichts im voraus geplant. Daß ich in der Taverne war, als sie diesen Wettkampf verabredeten, war pures Glück. Und dann mußte ich auf Bertrans Können vertrauen, daß er es bis zu dem Seil schaffte. Und er hat es geschafft, seine Seele ruhe bei Corannos. Komm jetzt, du könntest mir eigentlich gratulieren, daß ich ihn aus dieser Entfernung getroffen habe. Rechte Schulter, nicht wahr?» Er drehte sich um, in jeder Hand ein Weinglas. Lächelnd hielt er Blaise eines entgegen.

Blaise zögerte, und Lisseut, die ihn bis aufs äußerste gespannt beobachtete, wußte, was er im Augenblick überlegte. Sollte er dem Mörder sagen, daß er sich geirrt hatte?

«Es war ein weiter Schuß», sagte er schließlich. «Trotzdem mag ich kein Gift, das weißt du. Es wird auch in Arbonne nicht benützt. Hättest du kein Gift verwendet, hätten sie vielleicht gedacht, einer von Urté de Miravals Männern sei der Schütze gewesen.»

«Ohne Gift wäre er nicht tot. Für einen nur leicht verwundeten Herzog, der seine Leibwache auf den Anschlag hin mindestens um das Vierfache verstärken würde, hätte ich eine sensationelle Belohnung in den Kamin schreiben müssen.»

«Wie sensationell?»

«Das brauchst du nicht zu wissen. Du wärst nur neidisch. Komm, Blaise, nimm endlich das Glas. Oder bist du böse auf mich?»

Blaise überquerte langsam das kleine Rasenstück und nahm den Glaskelch. Der Portezzaner lachte und kehrte zu seinem Stuhl zurück, während Blaise neben dem Tisch stehenblieb.

«Ich stehe beim Herzog von Talair im Dienst, das hast du in der Taverne bestimmt bemerkt. Hat dir das nicht zu denken gegeben?»

«Du bist doch böse auf mich. Wirklich, Blaise, was sollte ich denn tun? Einen Vertrag und eine Bezahlung sausen lassen, nur weil du zufällig auftauchst und dich mit einem Arimonder streitest? Ich nehme an, du hast seinen Bruder getötet.»

«Wieviel hat man dir bezahlt?» fragte Blaise noch einmal, ohne auf die letzte Bemerkung seines Gesprächspartners einzugehen.

Es entstand eine kleine Pause. Der Portezzaner lehnte sich auf seinem Stuhl zurück, so daß sein heller, schön geformter Kopf tief im Schatten lag. «Zweihundertfünfzigtausend», sagte er ruhig.

Lisseut schnappte nach Luft. Sie sah, wie Blaise ungläubig stutzte.

«Niemand zahlt soviel für einen Mord», sagte er schroff.

Der Portezzaner lachte vergnügt. «Anscheinend doch. Im voraus in unserer Götzländer Niederlassung hinterlegt, zahlbar bei Vertragserfüllung. Das diskrete Götzland», sagte er versonnen, «ist mitunter recht nützlich.»

Blaise stellte das Glas auf den Tisch, ohne getrunken zu haben.

«Wer bezahlt dich, Rudo?»

«Sei nicht albern», sagte der Portezzaner, der jetzt auch für Lisseut einen Namen hatte. «Hast du je deinen Auftraggeber preisgegeben? Oder jemand, den du respektierst? Du solltest besser wissen als alle anderen, daß ich diesen Anschlag nicht des Geldes wegen verübt habe.» Mit schwungvoller Geste wies er auf das Haus und den Garten. «Ich bin in den Wohlstand hineingeboren. Ich werde damit sterben – wenn ich mich nicht ganz besonders dumm anstelle –, und zwar, weil *mein* Vater mich zufällig liebt.» Er hielt inne. «Trink deinen Wein, Blaise, und setz dich hin wie ein zivilisierter Mensch, damit wir uns unterhalten können.»

«Wir sind nicht sehr zivilisiert in Gorhaut», sagte Blaise, «hast du das vergessen?» Plötzlich schwang ein neuer Ton in seiner Stimme.

Der Mann auf dem Stuhl räusperte sich.

«Lucianna hat immer gesagt, ein guter Wein in stiller Nacht –»

Blaise schüttelte den Kopf. «Nein, nein, Rudo. Wir sprechen hier nicht von Lucianna.» Überrascht sah Lisseut, wie er mit unsicherer Hand nach seinem Glas griff und trank. Nachdem er es vorsichtig abgestellt hatte, fuhr er so leise fort, so daß sie ihn kaum hören konnte: «Du hast genug gesagt. Ich weiß, warum du das alles so unterhaltsam findest. Du wurdest in Gorhauter Münze bezahlt. Und du wurdest für diese Wahnsinnssumme beauftragt, den Herzog von Talair zu ermorden im Namen von Ademar, zur Zeit König von Gorhaut, aber die Anregung stammt zweifellos von Galbert, dem höchsten Diener Corannos' in Gorhaut.»

Der Portezzaner nickte. «Von deinem Vater.»

«Ja, von meinem Vater.»

Blaise kehrte dem Tisch und den Lichtern auf der Terrasse den Rücken und trat an den Brunnen. Er blickte auf das gekräuselte Wasser in dem künstlichen Teich.

«Blaise, ich wußte nicht, daß du bei Talair bist, als ich den Vertrag unterschrieben habe», sagte der Portezzaner, jetzt mehr um Verständnis heischend als amüsiert. «Sie wollten ihn töten wegen irgendwelcher Lieder, die er geschrieben hat.»

«Ich weiß. Ich habe eines davon gehört», sagte Blaise, ohne aufzublicken. «Aber in deinem Auftrag ist eine Botschaft enthalten. Mein Vater übermittelt gern Botschaften. Diese hier heißt: Niemand ist sicher, niemand soll denken, man könne sich ihm widersetzen.» Mit einer heftigen Bewegung drehte er sich um. «Er wollte, daß du über deine Belohnung sprichst. Und hättest du es nicht getan, hätte er dafür gesorgt, daß man auf andere Weise davon erfährt. Glaub mir, es ist so, wie ich sage. Er teilt aller Welt mit, daß er bereit ist, sehr weit zu gehen, wenn er sich dazu gezwungen sieht. Er hat dich benutzt, Rudo.»

Der Portezzaner zuckte ungerührt mit den Schultern. «Wir werden alle benutzt. Das ist unser Beruf. Die Leute heuern uns an, damit wir tun, was sie verlangen. Aber wenn du recht hast – wenn tatsächlich bekannt wird, wer für die Sache bezahlt hat und wieviel, dann solltest du ernsthaft daran denken, von hier zu verschwinden.»

«Warum?»

«Denk doch mal nach. Was passiert, wenn die Leute hier erfahren, wer du bist und daß dein Vater den Herzog von Talair töten ließ, den du beschützen solltest... Ich kann mir ungefähr vorstellen, warum du nach Arbonne gegangen bist. Wir brauchen darüber nicht zu sprechen. Aber du kannst jetzt nicht in diesem Land bleiben.»

Blaise kreuzte die Arme vor der Brust. «Ich könnte dich anzeigen. Noch heute nacht. Ich bin beim Herzog von Talair im Dienst und würde nur meine Pflicht tun.»

Lisseut konnte Rudos Gesicht nur undeutlich sehen, aber seine Stimme verriet, daß er sich wieder sehr amüsierte.

«Der jüngst verstorbene poetische Herzog von Talair. Er hat ein Lied zuviel geschrieben. Wirklich, Blaise. Dein Vater hat den Mord befohlen, dein alter Waffenkamerad hat ihn ausgeführt. Mach dir doch nichts vor. Man wird dich verantwortlich machen. Es tut mir leid für dich, aber das einzig Vernünftige ist, daß wir uns überlegen, wohin wir verschwinden. Übrigens, du hast noch gar nicht nach Lucianna gefragt. Weißt du, daß sie wieder geheiratet hat? Sollen wir die Jungvermählten besuchen?»

«Wo?» fragte Blaise nach einer kleinen Pause. Lisseut hatte das Gefühl, als hätte er nur widerwillig gefragt.

«In Andoria, vor vierzehn Tagen. Den Grafen Borsiard. Mein Vater war eingeladen, ich nicht und du offensichtlich auch nicht. Aber ich dachte, du hättest davon gehört.»

«Hab ich nicht.»

«Dann müssen wir sie besuchen und uns beschweren. Und wenn der Graf noch keine Hörner hat, kannst du das ändern. Ich werde für Ablenkung sorgen.»

«Wie? Indem du jemand vergiftest?»

Rudo stand langsam auf. Im Lichtschein der Kerzen war zu erkennen, daß jedes Lächeln aus seinem Gesicht verschwunden war. Er stellte sein Weinglas ab. «Blaise, als wir uns vor einem Jahr trennten, hatte ich den Eindruck, wir wären Freunde. Ich weiß nicht genau, was passiert ist, aber im Augenblick habe ich diesen Eindruck nicht. Wenn du nur wegen heute nacht ärgerlich bist, dann sag es und erklär mir, warum. Wenn mehr dahintersteckt, würde ich es gerne erfahren, damit ich mich entsprechend verhalten kann.»

Blaise ließ die Arme sinken. «Du hast von meinem Vater einen Auftrag angenommen», sagte er, «trotz allem, was du wußtest.»

«Für zweihundertfünfzigtausend Gorhauter Golddukaten. Blaise —»

«Du hast immer und gerade vorhin noch einmal gesagt, du tust es nicht wegen des Geldes und daß dich dein Vater *liebt*, daß du *erben* wirst...»

«Bist du neidisch darauf? So wie du neidisch auf jeden Mann bist, der Lucianna zu nahe kommt?»

«Vorsicht, Rudo. Bitte.»

«Was willst du? Mit mir kämpfen? Begreif doch endlich: Ich hatte keine Ahnung, daß du bei Talair gelandet bist. Und als ich es erfahren habe, konnte ich von dem Auftrag nicht mehr zurück. Als ausgebildeter Assassine müßtest du das doch wissen. Und den Auftrag deines Vaters habe ich angenommen, weil es mit Abstand die größte Summe war, die in unserer Zeit je für einen Mord geboten wurde. Ich gebe zu, ich habe mich geschmeichelt gefühlt. Die Sache hat mich gereizt und ebenso die Vorstellung, als der Mann bekannt zu werden, der als Attentäter soviel Geld wert ist. Willst du mich deswegen töten? Oder willst du mich in Wirklichkeit nur umbringen, weil ich dich meiner Cousine vorgestellt habe, die keinen Grund sah, sich zu ändern, nur weil du auf der Bildfläche erschienst und sie haben wolltest? Ich habe dich über Lucianna und ihre Familie aufgeklärt, bevor du sie zu Gesicht bekommen hast, stimmt's? Oder willst du dich hier in Arbonne vergraben, fern von allen, die du kennst, um ein paar schmerzliche Dinge zu vergessen? Sei ehrlich gegen dich selbst und sag mir, was ich falsch gemacht habe.»

Lisseut, die im Schutz der Platane auf der Gartenmauer lag, wußte, daß sie Dinge hörte, die nicht für ihre Ohren bestimmt waren. Ihre Hände begannen zu zittern. Sie schämte sich, daß sie spionierte wie eine der eifersüchtigen Audraden, die in den Tageliedern den Liebenden nachstellen, um sie ins Verderben zu stürzen. Das Plätschern des Brunnens war für eine ganze Weile das einzige Geräusch, das aus dem Garten drang. Auch in den Liedern kamen gewöhnlich Brunnen vor.

Als Blaise schließlich antwortete, tat er es überraschenderweise auf arbonnais. «Wenn ich ehrlich mit uns beiden bin, muß ich sagen, daß es nur zwei Menschen auf der Erde gibt, einen Mann und eine Frau, mit denen ich anscheinend nicht zurechtkomme, und du stehst mit beiden in Verbindung. Das macht es mir ziemlich schwer.» Er holte tief Atem. «Ich werde nicht aus Arbonne weggehen, weil es unter anderem wie das Eingeständnis einer Schuld aussehen würde – einer Schuld, die ich nicht trage. Ich werde bis morgen warten, bevor ich den zuständigen Leuten sage, wer den Pfeil geschossen hat. Bis dahin kannst du auf einem Schiff deines Vaters außer Landes sein. Ich werde mein Glück hier suchen.»

Rudo ging einen Schritt auf Blaise zu und stand jetzt im vollen Licht der Kerzen. Er wirkte sehr ernst. «Wir sind alte Freunde und haben einiges gemeinsam durchgestanden. Es täte mir leid, wenn wir jetzt Feinde werden sollten. Ich würde sogar bedauern, daß ich diesen Auftrag angenommen habe.»

Blaise zuckte die Achseln. «Es war eine Menge Geld. Mein Vater bekommt gewöhnlich, was er will. Hast du dich je gefragt, warum er sich von allen möglichen Assassinen in den sechs Ländern ausgerechnet den ausgesucht hat, der mein bester Freund ist?»

Rudos Gesicht nahm einen verwunderten Ausdruck an. Dann schüttelte er den Kopf. «Du meinst, das war der Grund? Daran habe ich nicht gedacht.» Er lachte freudlos. «Stolz, wie ich bin, habe ich gedacht, er hält mich für den besten.»

«Er hat einen Freund gekauft, den ich auf meine Weise, fern von zu Hause und fern von ihm, gewonnen habe. Du kannst dich ruhig geschmeichelt fühlen. Er hat deinen Preis sehr hoch geschätzt.»

«Ein schwacher Trost. Was hält dich in Arbonne?»

Blaise zuckte erneut die Achseln. «Eigentlich hält mich hier nichts. Es gefällt mir nicht einmal besonders. Zuviel Göttinnenkult.» Er trat kaum merklich von einem Fuß auf den anderen. «Aber ich habe auch einen Auftrag – eine Aufgabe, die ich mir selbst gestellt habe. Ich will sie zu Ende führen, so gut ich kann, und dann werden wir weitersehen.»

«Denk noch einmal darüber nach, Blaise. Wenn dein Vater der Welt eine Nachricht übermittelt, indem er den Herzog von Talair töten läßt, was soll uns diese Nachricht sagen? Was will uns Gorhaut wissen lassen? Mein Vater sagt, daß es Krieg geben wird. Und wenn es dazu kommt, ist Arbonne erledigt.»

«Möglich», sagte Blaise von Gorhaut, und Lisseut schauderte. «Aber, wie gesagt, ich habe hier noch etwas zu erledigen.»

«Kann ich irgend etwas für dich tun?»

Lisseut hörte einen leicht belustigten Ton in Blaises Stimme.

«Laß dich vom Wein nicht gefühlsselig machen, Rudo. Bei Sonnenaufgang werde ich dich als Mörder melden. Du solltest dir allmählich um deine eigene Zukunft Gedanken machen.»

Doch Rudo sagte langsam und wie zu sich selbst: «Alle Correze-Zweigstellen werden einen Brief von mir erhalten mit der Aufforderung, dich jederzeit aufzunehmen und zu verstecken, sollte dies einmal nötig sein.»

«Ich werde da nicht hingehen.»

«Ich kann dich nicht dazu zwingen. Aber ich werde die Briefe trotzdem schreiben. Läßt du wenigstens dein Geld auf unserer Bank?»

«Natürlich», sagte Blaise. «Wem sonst könnte ich es anvertrauen?»

«Gut», sagte Rudo Correze. «Wenn mein Vater etwas haßt, dann Leute, die ihre Konten bei uns auflösen. Er wäre sehr unzufrieden mit mir gewesen.»

«Nie wollte ich Grund für solche Unbill sein. Ich wäre untröstlich.»

Rudo lächelte. «Ohne dieses Wiedersehen mit dir hätte ich heute einen großen Erfolg genossen. Ich wäre vielleicht sogar ausgegangen, um den Karneval mitzuerleben. Statt dessen fühle ich mich niedergeschlagen und muß bei Nacht eine Reise antreten. Was für ein Freund bist du nur?»

«Einer, der kein Feind ist. Gib auf dich acht, Rudo.»

«Du auch. Dieser Arimonder wird versuchen, dich zu töten.»

«Ich weiß.» Sie schwiegen. «Soll ich Lucianna etwas ausrichten?»

«Nein. Der Gott beschütze dich, Rudo.»

Blaise ging einen Schritt auf Rudo zu, und die beiden gaben sich die Hand. Lisseut dachte schon, sie würden sich umarmen, aber das taten sie nicht. Leise glitt sie von der Mauer und tastete mit den Füßen nach der Kiste. Sie hörte das Huschen und Rascheln der Ratten, als sie durch die übelriechende Gasse zur Straße eilte.

Sie fand die Katzenmaske wieder, die sie zuvor hier weggeworfen hatte, und setzte sie auf. Dann ging sie die menschenleere Straße hinunter, an deren entgegengesetztem Ende der große Turm aufragte, vorbei an dem großen Eisentor des Arbonner Palais der Correze. Sie kannte den Namen. Jedermann kannte ihn. Sie war in eine große Sache hineingeraten und wußte nicht, was sie tun sollte.

Als sie zu dem Haus mit dem überwölbten Eingang kam, in dem sie sich schon einmal versteckt hatte, um Blaise zu beobachten, schlüpfte sie erneut in die Nische und wartete.

Es dauerte nicht lang, und sie sah durch die schrägen Schlitze ihrer Katzenmaske, wie Blaise auf die Straße trat. Er blieb kurz stehen und blickte zu dem strengen, eckigen Turm hinauf. Sie wußte, warum. Sie wußte mehr, als sie wissen sollte, sogar mehr, als ihr lieb war. Mignano wurde schon seit vielen Jahren von der Familie Delonghi beherrscht, und die einzige Tochter von Massena Delonghi war eine Frau namens Lucianna, zweimal verheiratet, zweimal frühzeitig verwitwet.

Nein, dreimal verheiratet, korrigierte sie sich. Ihr jetziger Mann war Borsiard d'Andoria. Sie fragte sich, wie ein so reicher und mächtiger Mann dazu kam, diese Frau zu heiraten, obwohl er ihren Ruf und den ihrer ehrgeizigen Familie kannte. Aber angeblich war sie sehr schön.

Blaise hatte dem Turm den Rücken gekehrt und kam mit raschen Schritten die Straße herunter. Sein Haar und der Vollbart schimmerten rötlich im Laternenlicht.

Sie hatte nicht vorgehabt, ihn anzusprechen, aber sie tat es doch. Er blieb abrupt stehen, als er seinen Namen hörte. Seine Hand lag schon auf dem Schwertgriff, als ihm klar wurde, daß ihn eine Frauenstimme gerufen hatte. Lisseut trat unter dem Eingang hervor. Sie nahm die Maske ab. Ihr Haarknoten löste sich, und wirre Strähnen fielen ihr über Gesicht und Schultern.

«Ah», sagte er, «die Sängerin.» Er klang ein wenig überrascht, aber nicht übermäßig. Zumindest hatte er sie erkannt. «Du hast dich weit vom Karnevalstreiben entfernt. Möchtest du, daß ich dich zurückbegleite?» fragte er höflich, ganz der ritterliche Coraner, der pflichtgemäß jedem in Not seine Hilfe anbietet. Es kam ihm überhaupt nicht in den Sinn, zu fragen, warum sie sich hier in diesem Stadtteil aufhielt.

«Ich bin dir gefolgt», sagte sie unumwunden. «Ich war auf der Gartenmauer unter der Platane und habe gehört, was ihr gesprochen habt, du und Rudo Correze. Ich weiß nur noch nicht, was ich tun soll.»

Mit Genugtuung sah sie die Verblüffung in seiner Miene. Aber dieses angenehme Gefühl hielt nicht lange an. Plötzlich wurde ihr bewußt, daß er sie töten könnte – daß sie eine Mitwisserin war.

Sie machte sich auf das Schlimmste gefaßt, als seine Augen zu schmalen Schlitzen wurden. Er hatte Remy beinahe durchbohrt, er hatte am Dierne-See sechs Männer erschossen. Doch seine Hände rührten sich nicht. Verblüffung und Zorn wichen höflicher, professioneller Anerkennung. Er hatte sich rasch gefangen. Hätte sie nicht gesehen, daß er dort im Garten Wein verschüttete, nur weil der Name einer Frau gefallen war, sie hätte ihn für einen eiskalten Mann gehalten.

«Warum?» war alles, was er schließlich sagte.

Sie hatte diese Frage befürchtet, weil sie den Grund selbst nicht kannte.

«Du schienst es plötzlich so eilig zu haben», sagte sie stockend. «So wie du vom Pier weggerannt bist. Ich habe mich in der Taverne sehr über dich geärgert, deshalb wollte ich vielleicht mehr über dich wissen.»

«Und jetzt weißt du mehr über mich.» Seine Worte klangen eher müde als zornig. «Was willst du jetzt unternehmen?»

«Ich habe irgendwie gehofft, du würdest es mir sagen», sagte

Lisseut und blickte verlegen auf die Katzenmaske in ihren Händen. «Ich habe gehört, daß du hierbleiben willst, statt mit ihm fortzugehen. Er hat gesagt, es gibt vielleicht Krieg, und ich... ich habe gehört, wer für den Mord bezahlt hat.»

Sie zwang sich, den Kopf zu heben und ihn anzusehen.

«Es war mein Vater», sagte er schroff. «Sprich weiter.»

Angestrengt runzelte sie die Stirn. «Ich will nicht in etwas hineingeraten, das zu groß für mich ist.»

‹Tatsächlich?» sagte er sarkastisch. «Wie besonnen von dir. Aber warum wendest du dich ausgerechnet an mich, hier allein auf einer dunklen Straße? Du weißt, daß ich der Sohn von Galbert de Garsenc bin. Du weißt, daß mein Freund Rudo Correze Valery getötet hat. Du hast mir nachspioniert und Dinge von einiger Bedeutung erfahren. Warum traust du mir? Oder bist du nur einfach dumm und weißt nicht, daß man seine Nase nicht in anderer Leute Angelegenheiten steckt?»

Sie schluckte und strich sich das wirre Haar aus dem Gesicht.

«Ich traue dir, weil ich glaube, was du gesagt hast. Du hast nicht gewußt, daß ich zuhöre. Also hattest du auch keinen Grund zu lügen. Du hast nichts mit diesem Mord zu tun. Du hast gesagt, du würdest Arbonne nicht verlassen... Und du hast ihm verschwiegen, daß er nicht den Herzog getötet hat.» Sie fühlte sich plötzlich erleichtert. Genau das waren ihre Gründe. Sie lächelte sogar. «Ich denke, du bist ein unzivilisierter Nordländer, an den die schöneren Dinge des Lebens verschwendet sind. Aber ich glaube nicht, daß du schlecht bist, sondern meinst, was du sagst.»

«Warum nur sind heute nacht alle so gefühlsselig?» sagte Blaise kopfschüttelnd.

Sie lachte, und Blaise grinste zu seiner eigenen Überraschung zurück. «Komm», sagte er. «Wir sollten hier nicht gesehen werden.» Er setzte sich auf der breiten Straße in Marsch, und sie mußte laufen, um mit ihm Schritt zu halten. Nach einer Weile packte sie ihn am Ärmel und zwang ihn mit einem ärgerlichen Ruck, langsamer zu gehen.

Plötzlich fiel ihr wieder ein, daß Karneval war. Mittsommernacht. In Tavernel sagten die Leute, es würde Unglück bringen, wenn man diese Nacht allein verbrachte. Sie fühlte, wie ihr Mund trocken wurde, und schluckte. Als sie die Hand von seinem Ärmel nahm, bemerkte er es nicht einmal. Breitschultrig und gemäßigten Schritts, vermutlich mit der berühmt-berüchtigten Lucianna Delonghi irgendwo in seinem Kopf, ging er neben ihr her. Das Bild von dem engumschlungenen Paar in der Toreinfahrt tauchte vor ihr auf. Lisseut schalt sich eine dumme Gans und atmete tief die kühle Nachtluft ein. «Warum läßt du ihn laufen?» fragte sie, um ihren Gedanken eine andere Richtung zu geben. Sie hatten inzwischen eine belebtere Gegend erreicht. Lisseut sah überall Paare, aber sie unterdrückte entschlossen ihre mittsommernächtlichen Gefühle. «Weil er dein Freund ist?»

Blaise sah zu ihr hinunter. Er zögerte, und Lisseut glaubte, er habe endlich bemerkt, daß sie eine Frau war. «Zum Teil weil er mein Freund ist», sagte er, «aber auch, weil Rudo Correze der Sohn eines sehr einflußreichen Mannes ist. Wenn Rudo Correze hier gefangengenommen wird, müßten wir überlegen, was mit ihm geschehen soll, und das könnte sich als schwierig erweisen. Wenn es zu einem Krieg kommt, sind die reichen Stadtstaaten von Portezza wichtige Verbündete.»

«Wir?» fragte sie und wußte genau, daß es eine gewagte Frage war.

Er antwortete nicht sofort. Schließlich sagte er: «Du bist ein kluges Mädchen und offensichtlich sehr mutig.» Sie dachte daran, sich mit einer spöttischen Verbeugung für das Kompliment zu bedanken, aber sie ließ es doch lieber sein. «Aber bilde dir nichts ein, trotz allem, was du gehört hast. Ich bin nur ein Söldner, zur Zeit im Dienst des Herzogs Bertran. Im Herbst bin ich vielleicht in Aulensburg bei Jörg von Götzland, und wenn es dann Krieg geben sollte, werde ich auf seiner Seite gegen euch kämpfen. Das mußt du verstehen. Ich diene stets dem Mann, der meinen Sold bezahlt, und das so gut ich kann.»

«Die Bezahlung ist alles? Würdest du nicht für Gorhaut kämpfen, weil es dein Land ist? Nur deshalb und ohne an Geld zu denken?»

Wieder ging er eine Weile schweigend neben ihr her, bevor er zu ihr hinuntersah. Ihre Augen trafen sich kurz. «Nein», sagte er schließlich. «Früher einmal habe ich für mein Land gekämpft. Aber seit der Schlacht am Iersen bin ich ein Söldner. Die Bezahlung ist alles.»

«Und du kannst so leicht die Seiten wechseln? Gibt es da nie Menschen, die dir etwas bedeuten? Oder Grundsätze?»

«Du hast mich heute abend schon einmal angegriffen», brummte er. «Ist das eine Angewohnheit von dir?»

Lisseut fühlte, wie sie errötete.

«Wenn du ehrlich bist», fuhr er fort, «mußt du zugeben, daß ich Grundsätze habe und danach handle. Bindungen sind in meinem Beruf gefährlich. Ebenso Gefühlsseligkeit.»

«Das Wort habe ich heute nacht schon mehrmals gehört», sagte sie bissiger, als es ihre Absicht war. «Ist es das einzige Wort, das du für menschliche Zuneigung hast?»

Sie war überrascht, als er lachte. «Wenn ich dir den Punkt zugestehe, hörst du dann auf?» fragte er und blieb mitten auf der Straße stehen. Ein Passant stieß gegen Lisseut, und Blaise legte beschützend die Hand auf ihre Schulter. «Ich glaube nicht, daß ich heute noch imstande bin, mit dir auf offener Straße zu streiten. Ich würde verlieren.» Er sah sie an und war wieder ganz der nüchterne, die Situation abschätzende Berufssoldat. «Du hast mich vorhin gefragt, was du tun sollst. Also paß auf. Ich werde morgen früh mit En Bertran sprechen. Ich werde ihm sagen, was vorgefallen ist, auch daß ich Rudo Correze eine Chance zur Flucht gegeben habe. Ich nehme an, er wird es verstehen, wenn auch vielleicht nicht sofort. Ich werde ihm auch sagen, wer für den tödlichen Pfeil bezahlt hat. Wenn du mir nicht traust, kannst du morgen bei dem Gespräch mit dem Herzog dabeisein.»

«Und du wirst wirklich alles sagen? Auch wer du bist?»

«Wenn du darauf bestehst, werde ich es tun. Trotzdem bitte ich dich, mir die Entscheidung über den richtigen Zeitpunkt zu überlassen.»

«Dann bin ich lieber nicht dabei, wenn du mit Bertran sprichst. Denn er würde mich bestimmt nachher holen lassen und fragen, was ich sonst noch gehört habe. Und ich bin keine sehr gute Lügnerin.»

Seine Hand lag noch immer auf ihrer Schulter. Er lächelte. «Danke. Du bist sehr großzügig.»

Lisseut zuckte die Achseln. «Werde nur nicht gefühlsselig», sagte sie.

Er lachte. Ein Maskierter blieb neben ihm stehen und blies aus Leibeskräften in seine Tröte, daß Blaise vor Schreck zusammenzuckte.

«Wohin soll ich dich bringen?» fragte er. «Zur Taverne?»

«Es ist Karneval. Die Nacht ist noch jung», sagte sie. «Wollen wir noch eine Flasche Wein miteinander trinken? Wenn du in Arbonne bleiben willst, solltest du vielleicht auch einige unserer Bräuche kennenlernen.» Etwas verlegen blickte sie die Straße entlang. «Man sagt, es bringt Unglück, wenn man diese Nacht in Tavernel allein verbringt!»

«Danke, Lisseut. Für beides», sagte er, und sie fand seine Höflichkeit geradezu einschüchternd. «Aber ich bin nicht in Arbonne geboren. Außerdem ist heute ein Coraner gestorben, den ich sehr bewundert habe. Meine eigenen Bräuche verlangen, daß ich in einem Haus des Gottes Totenwache halte.»

Es gab noch andere Männer, mit denen sie zusammensein konnte – Männer, die sie kannte und denen sie vertraute, begabte, geistreiche und wahrhaft ritterliche Männer. Sie würde mit ihnen im «Liensenne» beisammensitzen, entweder unten in der Schenke oder in einem der oberen Räume. Sie würden Marottes Wein trinken und Käse essen und mit Harfenzithern und Lauten und Liedern die heiligste Nacht der Rian feiern. Und sie würde höchstwahrscheinlich auch nicht allein schlafen müssen.

Es sei denn, sie wollte es. Traurig blickte sie an Blaise vorbei und bemühte sich verzweifelt, ihre fröhliche Stimmung wiederzufinden, die ihr in dieser Nacht zwischen all den Menschen, der Musik, den Schnarren, Rasseln und Tröten und einem in weitem Bogen niedersausenden Pfeil abhanden gekommen war, ganz zu schweigen von dem, was sie auf jener Gartenmauer gehört hatte.

So kam es, daß sie die sechs purpurrot livrierten Männer eher sah als Blaise. Sie näherten sich mit Fackeln und Schwertern und umringten sie.

Der Anführer verbeugte sich vor Blaise. «Es wäre sehr freundlich von dir, wenn du mitkommen würdest», sagte er förmlich.

Blaise sah sich rasch um. Lisseut beobachtete, wie er versuchte, das Geschehen einzuordnen. Dann sah er sie fragend an. Lisseut kannte die purpurrote Livree, er nicht. Aber sie hatte im Augenblick nicht die geringste Lust, ihm zu helfen.

«Ich glaube nicht», sagte sie, «daß du heute noch zu einer Totenwache bei deinem Gott kommen wirst. Ich wünsche dir eine gute Nacht und ein gutes Jahr.» Sein verständnisloser Blick, als sie ihn wegführten, war ihr eine kleine Befriedigung.

Einer der rotlivrierten Männer begleitete sie zum «Liensenne». Sie wenigstens verstanden sich hervorragend auf die Annehmlichkeiten des Lebens, dachte Lisseut verdrossen.

7

Selbst als Blaise die Pfauen in dem verschwenderisch beleuchteten Vorhof des Hauses sah, wußte er noch nicht, wohin man ihn bringen würde. Er hatte nicht das Gefühl, als ginge von den fünf Männern, die ihn begleiteten, eine unmittelbare Gefahr aus, andererseits gab er sich nicht der Illusion hin, er hätte ihre höflich vorgetragene Bitte ablehnen können.

Er fühlte sich schrecklich müde. Gegenüber dem zerzausten Mädchen namens Lisseut war er aufrichtiger gewesen, als er beabsichtigt hatte. Wäre er vollkommen ehrlich gewesen, hätte er hinzugefügt, daß er sich nach dem Haus des Gottes sehnte und das nicht nur, um eines Toten zu gedenken, sondern auch, um Ruhe und Einsamkeit zu finden. Er hatte über vieles nachzudenken.

Sein Vater hatte Rudo Correze für die Ermordung des Herzogs von Talair eine Viertelmillion in Gold bezahlt. Es war eine unmißverständliche Nachricht an die Welt, die eine versteckte Mitteilung an seinen jüngeren Sohn enthielt: Sieh, welche Mittel mir zur Verfügung stehen. Sogar deine Freunde kann ich dir nehmen. Nicht einmal im Traum sollst du glauben, du könntest dich mir widersetzen.

Gab es auf der weiten Welt einen Ort, wohin ihn das glatte, erbarmungslose Gesicht seines Vaters, des Tempelältesten von Corannos in Gorhaut, nicht verfolgen würde?

Und dann war da immer noch Lucianna, die wieder geheiratet hatte – die Erinnerung an flackernde Kerzen neben einem zerwühlten Bett, der Mond des Gottes vor dem Fenster, in einem zierlichen Käfig ein Vogel, der sang, als müßte ihm das Herz brechen. Es waren Erinnerungen, die schmerzten wie eine offene Wunde.

In der Stille des Winters war er über die Gebirgspässe nach Arbonne geritten, um hier wie in einem Hafen Zuflucht zu finden.

Er war noch nie in Arbonne gewesen und hoffte, unerkannt bei einem kleinen Herrn auf einer entlegenen Burg in den Bergen sein Auskommen zu finden. Er wollte sich in einem Winkel verkriechen, wo er nie wieder ihren Namen hören würde, ob bewundernd, begehrend oder verachtend; wo ihn keine kunstvoll gewebten Teppiche, Wandbehänge, seidenen Kissen, Vasen und Trinkgefäße aus Marmor und Alabaster und keine verführerischen Düfte an seinen Aufenthalt im Palast der Delonghi im türmereichen Mignano erinnern würden.

Rudo hatte ihn, als er noch wie betäubt war von dem schmachvollen Friedensvertrag, den Gorhaut und Valensa nach der Schlacht am Iersen geschlossen hatten, zunächst nach Aulensburg zu dem bierseligen und jagdbesessenen Jörg von Götzland mitgenommen. Im Frühjahr waren sie dann nach Süden gezogen in die völlig anders gearteten Städte von Portezza. Er lernte einen faszinierenden Wohlstand kennen, hintergründig lächelnde Männer, die exquisiten Vergnügungen nachgingen, und die unsagbar erfahrenen Frauen dieser großartigen, sich ständig bekriegenden Stadtstaaten. An einem schwülen Abend, als es in den Bergen im Norden von Mignano gewitterte, sah er Lucianna Delonghi mit ihrem nachtschwarzen Haar während eines Banketts am oberen Ende der Tafel. Ihre Juwelen funkelten mit ihrem sprühenden Witz um die Wette. Jedes Wort war hintersinnig und doppeldeutig, jeder Blick, jedes Lachen begleitet von Mutwillen und Spott. Und wie hatte sie ihn überrascht, als sie später unter dem bemalten Betthimmel lag, nur mit glitzerndem Schmuck bekleidet, als ihr Spott verstummte und nur das Lachen blieb...

Manchmal machte er Rudo insgeheim Vorwürfe, weil er ihn mit Lucianna bekannt gemacht hatte. Doch wenn er ehrlich war, mußte er zugeben, daß Rudo ihm nur eine Tür geöffnet – und ihn gewarnt hatte. Blaise war durch diese Tür gegangen mit kaum vernarbten Wunden aus der Schlacht auf dem Eisfeld, aber aus eigenem Willen, verlockt von Kaminfeuern und Kerzenlicht in hellen, warmen Zimmerfluchten, die er eine Jahreszeit später mit Wunden verließ, die wesentlich tiefer reichten als die, mit denen er gekommen war.

Die Pfauen waren auf arrogante Weise zahm. Sie stolzierten über den Vorhof, als beanspruchten sie ihn ganz für sich. Als einer der Hähne im Licht der Monde und Fackeln sein farbenprächtiges Gefieder zu einem Rad aufschlug, hatte Blaise den Eindruck, als ginge von dem schillernden Fächer etwas ähnlich Extravagantes und Verworfenes aus wie von Lucianna. In seiner Erinnerung an Lucianna war fast nie Tag; alles schien sich in dunkler Nacht oder bei goldenem Kerzenlicht zugetragen zu haben, bald in dem einen, bald in einem anderen Palast. Und dann, in einer stickigheißen Sommernacht in Faenna, hatten er und Rudo ihren Mann getötet im Auftrag ihres Vaters.

Als sich Blaise und seine Begleiter dem Palais näherten, wurde ihnen von einem dunkelrot livrierten Diener geöffnet. In einer weiten Eingangshalle erwartete sie eine in der gleichen Farbe gekleidete Dame. Ihr dunkles Haar wurde von einem weißen Band zusammengehalten; weiße Spitze lag um ihren Hals und ihre Handgelenke. Der Diener verneigte sich, die Frau sank in einen tiefen Hofknicks, wobei die Kerze in ihrer Hand nicht einmal flackerte. «Willst du mir bitte folgen?» sagte sie.

Leichtfüßig ging sie voraus durch einen Korridor und über eine breite, geschwungene Treppe nach oben. Zwei Wachen folgten Blaise in angemessenem Abstand, zwei waren an der Eingangstür stehengeblieben.

Vor einer geschlossenen Tür hielten sie an. Die Frau klopfte zweimal, öffnete und trat mit einer einladenden Geste zur Seite, damit Blaise allein, ohne Wachen und Wärterin, eintreten konnte. Dann schloß sie die Tür hinter ihm.

Er sah einen Kamin, in dem kein Feuer brannte. Kerzen leuchteten an den Wänden und auf den Tischen. Es war ein Raum mit schönen Möbeln und Teppichen, alles in Blau und Gold gehalten. Auf einem der Tische standen zwei Kelche neben einer Karaffe mit Wein. Mehrere Türen, die bis auf eine offenstanden, führten zu weiteren Räumen. Zwei Sessel mit hohen Lehnen standen vor dem Kamin. Durch die geöffneten Fenster strömte die milde Nachtluft herein, und von unten war fröhlicher Lärm zu hören. In welchem vornehmen Haus konnte jetzt noch gefeiert werden? fragte sich

Blaise verbittert. Trotzdem konnte er eine gewisse Neugier nicht leugnen und ebensowenig die merkwürdig pulsierende Erregung, die ihn erfaßt hatte.

«Ich danke dir, daß du gekommen bist», sagte Ariane de Carenzu. Sie erhob sich von einem Diwan auf der anderen Seite des Zimmers. Ihr schwarzes Haar hing offen über ihre Schultern; ihre Juwelen funkelten wie Feuer und Eis.

«Hatte ich eine andere Wahl?» entgegnete Blaise finster. Er war an der Tür stehengeblieben.

«Wäre ich sicher gewesen, daß du kommen würdest, hätte ich dir gern die Wahl gelassen», sagte sie lächelnd. Sie war sehr schön mit dem langen schwarzen Haar, das ihre makellos weiße Haut betonte, und den dunklen, heiter blickenden Augen, die weit auseinander standen. Ihr schön geschwungener Mund wirkte entschlossen, und in ihrer Stimme schwang der Ton, den Blaise schon aus der Taverne kannte, als sich die Herzöge von Talair und Miraval ihren Wünschen beugten.

Die Frauen von Arbonne, dachte er und versuchte, sich hinter seinem Unmut zu verschanzen. Er verschränkte die Arme vor der Brust. Schon einmal war er in einer gewittrigen Nacht dem Ruf einer schwarzhaarigen Frau gefolgt. Diese Nacht hatte sein Leben verändert – und nicht zum Besseren.

Der Wein steht neben dem Kaminfeuer, hatte Lucianna von ihrem Bett aus gesagt, dessen Himmel mit kopulierenden Paaren bemalt war. Sollen wir mit diesem Durst beginnen?

In dem Zimmer hier stand kein Bett, und es brannte kein Feuer. Die Frau näherte sich ihm mit zwei gefüllten Bechern, reichte ihm einen und kehrte zum Diwan zurück. Er folgte ihr, ohne recht zu wissen, daß er es tat, und setzte sich auf den Stuhl, auf den sie wies. Er roch ihr dezentes Duftöl. Auf einem Tisch neben dem Diwan lag eine Laute.

Sie richtete ihre braunen Augen auf ihn und begann ohne Umschweife: «Es gibt mehrere Dinge, die wir beide in Erwägung ziehen könnten, bevor die Nacht um ist. Aber vielleicht möchtest du mir erst erzählen, was geschah, nachdem du dich vom Fluß entfernt hast?»

Die unbefangene Art, mit der sie auf ihr Ziel losging, entlockte ihm ein Lächeln. «Ich würde es dir gerne sagen», antwortete er. «Aber solange ich nicht weiß, wer sonst noch zuhört, zum Beispiel an der Tür hinter diesem Diwan... Ich hoffe, du vergibst mir, werte Dame.»

Wider Erwarten lachte sie und klatschte entzückt in die Hände. «Natürlich vergebe ich dir!» rief sie. «Dank dir habe ich eben eine Wette von fünfundzwanzig Silberbarben gewonnen. Du solltest nicht für Leute arbeiten, die dich unterschätzen.»

«Dagegen verwahre ich mich ganz ausdrücklich», sagte Bertran de Talair, der durch die Tür hinter dem Diwan das Zimmer betrat. «Ich habe Blaise nicht unterschätzt, wohl aber deine Reize für verwirrender gehalten, als sie offenbar sind.»

«Die Laute hat dich verraten», warf Blaise ein. «Ich halte vielleicht nicht viel von deiner Musik, aber das Instrument kenne ich.» Er hatte Mühe, gelassen zu bleiben, denn hinter Bertran hatte eine sehr große Frau das Zimmer betreten. Graue Strähnen zogen sich durch ihr dunkles Haar, eine weiße Eule saß auf ihrer Schulter, und sie war blind. Es war die Priesterin von der Insel, die alle seine Geheimnisse zu kennen schien.

«Du warst so verführerisch wie eine nasse Ziege in einer Höhle», fuhr Bertran an Ariane gewandt fort. «Ich hätte Lust, die Wette nicht anzuerkennen.»

«Verschone uns mit der Schilderung deiner Vorlieben», erwiderte Ariane, und Bertran warf lachend den Kopf in den Nacken.

Es war die Hohepriesterin, die Blaise endlich aufklärte. Blaise war von seinem Stuhl aufgestanden. Ihre leeren Augenhöhlen waren auf ihn gerichtet.

«Der verwundete Coraner wird leben. Er wird völlig gesund sein, sobald die Schulterverletzung verheilt ist.»

«Das kann nicht sein», sagte Blaise wie vor den Kopf gestoßen. «Der Pfeil war mit Syvaren vergiftet.»

«Er verdankt dir sein Leben, weil wir durch dich von dem Gift erfahren haben», fuhr die Priesterin fort. Sie trug ein Kleid von der gleichen silbergrauen Farbe wie die Strähnen in ihrem Haar. Ihre Haut war sonnengebräunt und wettergegerbt, ganz im Gegensatz zu der feinen, glatten Haut von Ariane. «Sie brachten ihn zu mir in meinen hiesigen Tempel, und weil ich wußte, um welches Gift es sich handelte, konnte ich etwas dagegen tun.»

«Man kann nichts gegen Syvaren tun. Kein Arzt der Welt kann das.»

Sie gestattete sich das kleine überlegene Lächeln, das er schon kannte. «Letzteres ist auf jeden Fall wahr. Auch ich wäre machtlos gewesen, wenn ich mich nicht an einem geweihten Ort befunden hätte. Überdies ist Mittsommernacht. Du solltest dich erinnern, Nordländer, daß die Dienerinnen der Göttin unverhoffter Dinge fähig sind, wenn sie sich in ihre Mysterien versenken.»

«In Gorhaut verbrennen wir Frauen wegen Schwarzer Magie.» Blaise wußte nicht recht, warum er das sagte, vielleicht in Erinnerung an das beklemmende Gefühl, das ihn auf der Insel erfaßt hatte, als der Waldboden unter seinen Füßen pulsierte, fast so wie jetzt. Auch die Erinnerung an jene erste Hexenverbrennung, die er miterlebt hatte, war wie aus rauchiger Tiefe wiederaufgetaucht. Sein Vater hatte das Urteil verkündet und seine Söhne gezwungen, der Vollstreckung beizuwohnen.

Die Hohepriesterin der Rian lächelte nicht mehr. «Nur aus Angst bezeichnen Männer die Kräfte der Frauen als Schwarze Magie.» Sie schien auf eine Antwort zu warten, doch Blaise schwieg und versuchte, so gleichmütig wie möglich auszusehen. «Ich bringe dir Grüße von Luth», fuhr sie in verändertem Ton fort. «Er ist jetzt ein würdiger Diener der Rian.»

Es war Blaise anzusehen, wie unangenehm ihm auch diese Erinnerung war. «Luth könnte nicht mal eine Kanne Bier mit Würde auf den Tisch stellen», sagte er ärgerlich und zunehmend verwirrt.

«Das denkst du nicht wirklich. Du bist nur verunsichert. Glaube mir, auch ein Mann ist zu Ungewöhnlichem fähig, wenn er fühlt, daß er den Mittelpunkt seines Lebens gefunden hat.» Blaise hörte den leisen Tadel, aber wie schon bei seiner früheren Begegnung mit dieser Frau spürte er, daß ihre Worte eine tiefere Bedeutung hatten; es war, als spräche sie zu einem Teil von ihm, den außer ihm eigentlich niemand kennen sollte.

Die Frau, die vor Jahren auf dem Land der Garsenc auf dem Scheiterhaufen verbrannte, war alt und arm gewesen, aber keine Hexe. Ein Nachbar hatte sie bei der Dörflerversammlung beschuldigt, sie habe einer Kuh die Milch verhext. Galbert hatte das Gerücht zum Anlaß genommen, ein Exempel zu statuieren, und seinen Söhnen erklärt, das sei einmal im Jahr notwendig.

Die Kuh hatte auch nach dem Tod der Alten keine Milch gegeben. Blaise hatte nichts von dunklen, gefährlichen Mächten bemerkt, als die Frau in den Flammen schrie, bis sie im Rauch erstickte und ihm der widerliche Geruch verbrannten Fleischs in die Nase stieg.

Aber die Hohepriesterin der Rian mußte über magische Kräfte verfügen. Sie hatte auf völlig unbegreifliche Weise von Rosala gewußt. Valery war von einem vergifteten Pfeil getroffen worden, und trotzdem stand dort ein lachender Bertran und stritt sich mit Ariane de Carenzu wegen einer albernen Wette. Valery konnte nicht tot sein.

Der furchtbare Druck, der auf Blaise lastete, seit er den schwarzweißen Pfeil fliegen sah, begann allmählich zu weichen. Rudo Correze würde eines nicht allzu fernen Tages große Augen machen, dachte er plötzlich und hätte beinahe gelächelt. Er sank in den Sessel zurück und griff nach seinem Becher. Doch er mußte jetzt vorsichtig sein, dachte er, sehr vorsichtig sogar.

«Wie groß ist deine Macht?» fragte er die blinde Priesterin, die noch immer hinter dem Diwan stand.

Sie lachte überraschend. Sie schien ihn absichtlich von einer Verwirrung in die andere stürzen zu wollen. «Möchtest du, daß ich dir eine Vorlesung über die natürlichen, himmlischen und zeremoniellen Kräfte halte unter Berücksichtigung der drei Originalharmonien? Ich lehre nicht an der Universität. Du würdest ja nicht einmal Aufnahmegebühr bezahlen, Nordländer!» spottete sie.

Blaise errötete. Ariane de Carenzu kam ihm mit ihrer befehlsgewohnten Stimme zu Hilfe. «Ich fürchte, wir müssen deine weitere Erziehung für eine Weile aufschieben», sagte sie an Blaise gewandt. «Du wirst dich erinnern, daß ich dich etwas gefragt habe, und nachdem du jetzt weißt, wer hinter dieser Tür gelauscht hat, wäre ich dankbar für eine Antwort.»

Was geschah, nachdem du dich vom Fluß entfernt hast? lautete die Frage, und sie war brandgefährlich. Bertran de Talair, der eben noch unruhig auf und ab gegangen war, schien sich eingehend mit einem geschliffenen Kristallbecher zu beschäftigen, den er gegen das Kerzenlicht hielt. Doch seine blauen Augen waren auf Blaise gerichtet.

Blaise nahm Zuflucht bei der Hohenpriesterin. «Wenn du bei unserer ersten Begegnung in meine Seele blicken konntest», sagte er ruhig, «kannst du auch jetzt alle Fragen für mich beantworten.»

Sie schüttelte den Kopf. Ihre Züge wirkten plötzlich sehr weich. «Wenn du uns etwas zu sagen hast, wirst du es selbst tun müssen.»

«Aber es kann sein, daß ich nicht alles sagen werde», entgegnete Blaise. «Du könntest ihnen beispielsweise sagen, wer ich bin.»

Es entstand eine kleine Pause, dann stellte Bertran den Kristallbecher auf den Tisch zurück. «Wir alle wissen, wer du bist, Blaise de Garsenc», sagte er leicht gereizt. «Oder hast du geglaubt, ich nehme jemanden in Dienst, von dem ich nicht weiß, woher er kommt?»

Blaise schluckte. Es ging plötzlich alles so schnell. «Wenn du es schon gewußt hast, warum hast du mich dann gefragt, wer ich bin, als wir uns das erstemal begegnet sind?»

Bertran zuckte die Schultern. «Ich erfahre manchmal mehr auf Fragen, deren Antworten ich kenne. Dein Vater gehört zu den Mächtigen dieser Welt, und sein jüngerer Sohn ist seit etlichen Jahren ein Coraner, der sich einiges Ansehen erworben hat. Es war kein Geheimnis, jedenfalls nicht in unterrichteten Kreisen, daß dieser Sohn von Galbert de Garsenc unmittelbar nach dem zweifelhaften Friedensvertrag mit Daufridi Gorhaut verlassen hat. Und als einige Zeit später ein auffallend großer, rotbärtiger Gorhauter Coraner mit beträchtlichen Fähigkeiten in Baude auftauchte, wollte ich mir den Mann genauer ansehen. Wie es der

Zufall wollte, war er der einzige Bogenschütze, der sich mit meinem Cousin Valery messen konnte.»

Blaise schüttelte traurig den Kopf. «Ich war keine Herausforderung für ihn. Aber der Mann, der heute auf ihn geschossen hat, ist wahrscheinlich besser als wir beide.» Er wußte nicht genau, ob er dies hatte sagen wollen.

«Nun denn», sagte Ariane schnurrend wie eine Katze. «Nun sind wir doch schon ein Stückchen weiter.» Ihre Lippen waren leicht geöffnet, ihre Augen glänzten erwartungsvoll.

«Ich habe jemandem versprochen, nicht vor morgen früh mit dem Herzog zu sprechen», sagte Blaise vorsichtig.

«Wie kannst du so eigenmächtig in einer Angelegenheit des Herzogs entscheiden?» Der samtweiche Ton war schlagartig aus ihrer Stimme verschwunden. Blaise hob den Blick und sah sie scharf an. Merkwürdig, seit er wußte, daß seine Identität bekannt war, fühlte er sich diesen Menschen gegenüber viel sicherer. Er befürchtete nur, bei genauerem Nachdenken würde er dieses Gefühl der Ebenbürtigkeit auf die Tatsache zurückführen müssen, daß er der Sohn seines Vaters war.

«Du wirst dich erinnern», sagte er ruhig zur Herzogin von Carenzu, «daß ich annehmen mußte, En Bertran würde in dieser Nacht um seinen Cousin trauern.»

«Wie rücksichtsvoll von dir», sagte Bertran. «Und das war der Grund für dein Versprechen?»

«Zum Teil», antwortete Blaise. «Es gab auch noch andere Gründe.»

«Zum Beispiel?»

Blaise zögerte. Er war an einem höchst gefährlichen Punkt angelangt. «Ich wollte uns allen ein äußerst heikles politisches Problem ersparen. Und ich hatte einen persönlichen Grund.»

Bertran saß lässig auf der Diwanlehne. Wie beiläufig sagte er – doch Blaise kannte ihn inzwischen gut genug, um sich davon nicht täuschen zu lassen: «Ich denke, du sagst uns lieber, wer dieser Mann ist.»

«Stell dich nicht dümmer, als du bist, Bertran. Wir wissen, um wen es sich handelt», ertönte eine fünfte Stimme aus einem der hohen Sessel vor dem Kamin. Blaise fuhr herum. Eine zierliche Frau mit weißem Haar, die Blaise schon früher bei Siegerehrungen auf Turnieren gesehen hatte, erhob sich vorsichtig. Es war Signe de Barbentain, die Gräfin von Arbonne.

Sie wandte sich an den Herzog. «Wenn du einigermaßen zugehört hättest, Bertran, dann sollte dies eine der Fragen sein, deren Antwort du bereits kennst. Überdies solltest du einem Coraner nicht zumuten, sein Wort zu brechen. Bei uns ist das nicht Brauch, egal, was anderswo in dieser Welt geschieht.»

Sie trug ein blaues, cremeweiß gesäumtes Gewand, das vorne mit dicht aneinandergereihten Perlenknöpfen geschlossen war. Im Haar glänzte ein goldenes Diadem. Sie galt einst als die schönste Frau der Welt. Blaise fand, sie war noch heute sehr schön.

Er verbeugte sich tief, das eine Bein vorgestreckt, die Hand streifte über den Teppich. «Meine Nachrichtenquelle wird nicht die einzige gewesen sein», fuhr sie fort, «aus der zu erfahren war, daß der Sohn von Galbert de Garsenc im vergangenen Jahr eine Saison in Mignano und Faenna bei den Delonghi verbracht hat. Vermutlich bin ich ebenfalls nicht die einzige, der Gerüchte zu Ohren kamen hinsichtlich des Tods von Engarro di Faenna. In all diesen Berichten taucht der Name eines Mannes auf, der politisch einiges komplizieren könnte und der möglicherweise in einer persönlichen Beziehung zu unserem Freund hier stand. Ich meine Rudo Correze. Er ist ein gefragter Assassine und dies vor allem wegen seiner überragenden Schießkunst.»

Blaise räusperte sich verlegen. «Herrin, ich habe Rudo Correze geraten, noch heute nacht auf einem Schiff Arbonne zu verlassen, weil ich am Morgen die Behörden unterrichten wollte.»

«Die Behörden? Ich wage anzunehmen, du meintest mich.» Bertran war um den Diwan herumgegangen und stand neben Ariane.

Blaise schüttelte den Kopf. «Correze denkt, er hätte dich getötet. Ich habe den Irrtum nicht aufgeklärt.»

Bertran stutzte. Dann lachte er schallend. «Und nun geht er hin und will sein Honorar kassieren! Großartig, Blaise! Das wird ihm lange peinlich sein.»

«Das denke ich auch. Und dafür, daß er Syvaren benutzt hat, ist das nur eine kleine Strafe. Aber du wirst mir zustimmen, daß es politisch unklug gewesen wäre, den einzigen Sohn der Correze zum jetzigen Zeitpunkt festzunehmen.»

Ariane nickte. «Äußerst unklug.»

«Das ist auch meine Meinung», sagte Blaise, doch in Wirklichkeit suchte er Zeit zu gewinnen. Noch war etwas nicht entdeckt, das ihm zur Falle werden konnte.

Doch Beatritz, die Hohepriesterin, stellte die nächste Frage, als hätte sie seine Gedanken gelesen. «Gibt es noch etwas, das wir erfahren sollten?» Die weiße Eule flog plötzlich auf die Schulter der Gräfin. Signe de Barbentain hob die Hand und streichelte das Tier.

Sie würden es ohnehin erfahren, dachte Blaise. Die ganze Welt würde es erfahren.

«Da sind noch zwei Dinge, die wichtig sind», sagte er an Bertran gewandt. «Einmal die Belohnung, die Rudo Correze für den Mord an dir erhalten sollte. Sie beträgt zweihundertfünfzigtausend in Gold.»

Mit einer gewissen Befriedigung sah Blaise, daß der weltgewandte, kultivierte En Bertran ebensowenig wie er imstande war, seine Erschütterung über die immense Höhe der Summe zu verbergen. Auch Ariane preßte vor Schreck die Hand vor den Mund. Die Hohepriesterin und die Gräfin blieben äußerlich ungerührt.

«Und wer bezahlt?» Zum erstenmal klang Bertrans Stimme beunruhigt. «Das ist das andere, nicht wahr?»

Zorn und Schmerz, die wie aus einer nie versiegenden Quelle in seinem Inneren strömten, drohten Blaises Stimme zu ersticken.

«Mein Vater», sagte er schroff, «im Namen des Königs von Gorhaut.»

«Aber das muß ja schrecklich für dich sein», rief die Gräfin.

Alle wandten sich ihr zu. Ihre großen, dunklen Augen ruhten auf Blaise. «Er hat deinen Freund dafür benützt? Ausgerechnet ihn von allen Assassinen! Was hast du getan, daß dich dein Vater so haßt?»

Unendliches Mitgefühl lag in ihren Augen. Sie hat ihren Mann verloren, fiel Blaise plötzlich ein, vor knapp zwei Jahren; es hieß, sie hätten sich ihr Leben lang geliebt. Er sah die Nichte an, Ariane, die ihn nachdenklich ansah, und dann die Tochter, die Hohepriesterin Beatritz, deren Gesicht mit den leeren Augenhöhlen sehr konzentriert wirkte. Angeblich hatte es noch eine andere Tochter gegeben – er erinnerte sich vage –, eine traurige Geschichte, die er jedoch nicht genau kannte.

Er wandte sich wieder der Gräfin zu, deren Schönheit verblüht war, die aber noch immer ein besonderer Glanz umgab, eine durch Sorgen und bittere Erfahrungen gewonnene Vornehmheit. Obwohl sie eben Dinge von überwältigender Tragweite erfahren hatte, war es sein Schmerz, den sie als erstes erwähnte. Nicht einmal der kluge und feinfühlige Rudo verstand es, sich so in ihn hineinzuversetzen.

«Männer dulden keinen Widerspruch», sagte er mit rauher Stimme. «Am wenigsten vom eigenen Sohn. Mein Vater wollte, daß ich ein Priester des Gottes werde, vielleicht einmal sein Nachfolger im Tempelrat. Damit hat es angefangen, aber es gab noch andere Dinge. Ich bin auch selbst schuld daran.»

«Entschuldigst du ihn?» fragte sie ernst.

Blaise schüttelte den Kopf. «Nein.» Er zögerte. «In meiner Familie ist man sehr hart. Meine Mutter hätte nicht sterben dürfen.»

«Die Toten», sagte Bertran de Talair leise, «können hart machen.»

«Sie können dich auch aus dem Kreis der Lebenden vertreiben», sagte die Priesterin. In ihrer Stimme lag eine Schärfe, die Blaise verriet, daß dies kein neues Thema zwischen ihr und dem Herzog war. Diese Menschen hier kannten sich alle schon sehr lange.

Bertrans Lippen wurden schmal. «Ein freundlicher schwesterlicher Gedanke», sagte er kalt. «Wollen wir uns wieder einmal über alte Geschichten unterhalten?»

«Nachdem inzwischen mehr als zwanzig Jahre vergangen sind, würde ich sagen, es ist der Gedanke eines erwachsenen Menschen», entgegnete die Priesterin unbeirrt. «Sag mir, Herzog, wer würde dein Land regieren, wenn dieser Pfeil dich getötet hätte?

Und wenn es Ademar von Gorhaut einfällt, mit einer Armee nach Süden vorzudringen...? Würde uns der Haß zwischen Miraval und Talair stärken oder schwächen? Bitte, sprich es aus. Und vergib mir», fügte sie sarkastisch hinzu, «wenn ich Fragen zur Welt von heute stelle und keine süßen Verse von vor zwei Jahrzehnten hören will.»

Ariane griff vermittelnd ein. «Ich schlage vor, wir widmen uns wieder unserem bärtigen Freund», sagte sie. «Ein Freund bist du doch, nicht wahr?» Sie sah Blaise mit ihren dunklen Augen forschend an.

Darauf war er vorbereitet. «Ich stehe im Dienst des Herzogs von Talair», antwortete er korrekt.

«Das reicht nicht», sagte Ariane ruhig. «Jetzt nicht mehr. Dein Vater hat eine Viertelmillion in Gold bezahlt, um deinen Herrn töten zu lassen. Ich fürchte, du wirst dich entscheiden müssen, entweder mehr oder weniger zu sein. Es kann Krieg mit Gorhaut geben. Unter diesen Umständen kann der Sohn von Galbert de Garsenc nicht als gewöhnlicher Coraner in Arbonne dienen, ebensowenig wie Bertran weiterhin so tun kann, als sei er nur irgendein Troubadour, der im ‹Liensenne› trinkt und Würfel spielt.»

Sie sprach klar und deutlich, wie ein Hauptmann auf dem Schlachtfeld, fand Blaise, und was sie sagte, traf zu. Trotzdem schüttelte er eigensinnig den Kopf. «Ich bin ein Söldner. Zahlt mir genug, und ich diene euch im Krieg oder im Frieden. Entlaßt mich, und ich suche mir einen anderen Dienstherrn.»

«Hör auf, Worte herzusagen, Blaise de Garsenc. Du weißt sehr genau, worum es hier geht.» Beatritz duldete keinen Widerspruch. «Du bist der Sohn des wichtigsten Mannes in Gorhaut. Der König ist nur ein Werkzeug in Galberts Hand, wir alle wissen das. Deine Familie ist trotz ihrer Zerstrittenheit die mächtigste und reichste in Gorhaut. Willst du vor uns behaupten, der einzige Unterschied zwischen dir und Luth von Baude bestünde darin, daß du besser mit dem Schwert umgehen kannst? Bist du in all diesen Jahren vor deinem Vater weggelaufen, weil du ihn nicht bekämpfen willst?»

«Ihn nicht bekämpfen?» wiederholte Blaise wütend. «Ich habe

mich mein Leben lang gegen ihn gewehrt. Ich habe aus Protest mein Land verlassen. Was soll ich denn noch tun? Nach Hause reiten und mich zum König von Gorhaut erklären?»

Er schwieg, zunächst verlegen und dann entsetzt über die Stille, die seinen Worten folgte, während ihn erwartungsvolle Gesichter anstarrten. Er senkte den Blick. *Mich zum König von Gorhaut erklären.* Die Worte hallten als verzerrtes Echo in seinem Schädel, und sein Herz klopfte, als sei er eine weite Strecke gelaufen. Als er wieder aufblickte, sah er die Gräfin vor dem Kamin stehen, schmal und zart, die eine Hand auf die hohe Sessellehne gelegt, und sie lächelte ihm strahlend zu wie einem, der seine Sache besser gemacht hat, als er vermuten ließ.

Niemand sprach. Der ferne Karnevalslärm war fast verstummt. In der fast unwirklichen Stille breitete die weiße Eule plötzlich die Flügel aus und ließ sich geräuschlos auf Blaises Schulter nieder.

8

Der Mittsommerkarneval war zu Ende.

Während Blaise vom Tempel des Gottes zu Bertrans Stadtpalast zurückging, versuchte er, an nichts mehr zu denken. Morgen und in den kommenden Tagen war auch noch Zeit, um über die Enthüllungen dieser Nacht und die gefährlichen Wege nachzudenken, die sich scheinbar vor ihm auftaten.

Auf den Straßen war es still geworden; nur hin und wieder begegnete ihm ein Pärchen oder eine Gruppe junger Männer. Beide Monde standen im Westen. Eine frische Brise hatte den Himmel blankgefegt, doch bis es tagen würde, war noch ein wenig Zeit, obwohl diese Nacht die kürzeste des Jahres war. Die Sterne am Himmel leuchteten hell und klar, die Lichter des Gottes, wie man in Gorhaut sagte; hier waren es die Lichter der Rian. Wo lag der Unterschied? fragte sich Blaise. Sie würden immer dort oben sein, fern und funkelnd wie Eis, und keine Macht, die die Menschen mit ihnen in Zusammenhang brachten, würde sie verändern. Weit weg von hier, im Süden, hinter Wüsten und Meeren, gab es angeblich Länder, in denen ganz andere Gottheiten verehrt wurden. Ob dort dieselben Sterne schienen? Und ebenso hell wie hier?

Blaise schüttelte den Kopf. Es waren nutzlose Gedanken, die seinem übermüdeten Gehirn entsprangen. Er war so müde, daß er wahrscheinlich ebenso auf der Straße hätte schlafen können wie die Gestalten, die er in den Torwegen liegen sah.

Um Valery zu sehen, hatte er den größten der kuppelförmigen Rian-Tempel aufgesucht. Es war das erstemal, daß er einen solchen Tempel betrat. Man ließ ihn ohne weiteres ein; er brauchte nicht einmal Blut zu opfern, wie er angenommen hatte. Von einer Zimmertür aus durfte er zu dem schlafenden Coraner hineinsehen. Im Licht der Kerze sah er, daß Valerys Schulter sorgfältig verbunden war; doch was man sonst mit ihm gemacht hatte, um ihn zu retten, war nicht zu erkennen, und es entzog sich auch Blaises Vorstellungskraft. Seiner Erfahrung nach war Syvaren immer tödlich.

Unter der hohen Kuppel des Tempels hatten sich Männer und Frauen zu einer Andacht versammelt, die von einer weißgekleideten Priesterin geleitet wurde. Blaise war nicht geblieben. Er war ins nächstgelegene Haus von Corannos gegangen, hatte sich am Eingang die Hände gewaschen und die Anrufung gesprochen, wie es das Ritual verlangte. Dann kniete er, endlich allein, in dem kleinen, nüchternen Coraner-Tempel vor dem Fries und versuchte, eingehüllt in die tiefe Stille, die heitere Nähe des Gottes zu finden.

Es war ihm nicht gelungen. Sogar im Heiligtum waren seine Gedanken immer wieder zu jenem Zimmer im Palast der Carenzu zurückgekehrt. Er wollte den Menschen dort verständlich machen, wie hilflos er in Wirklichkeit war, mochte er noch so empört sein über die Machenschaften seines Vaters und König Ademars. Aber sie hatten seine Worte anders verstanden. Und als sich in der Stille, die seinem Gefühlsausbruch gefolgt war, die weiße Eule auf seine Schulter setzte, schien ihm, als schlüge nicht sein Herz, sondern die Faust des Schicksals in seiner Brust.

Das gleiche Gefühl hatte er auch jetzt, während er durch die stillen Straßen ging.

Vor dem beleuchteten Eingang des herzoglichen Palastes stand ein junger Coraner Wache. Er nickte Blaise durch das Gittertor zu, warf einen prüfenden Blick in beide Richtungen der Straße und öffnete. Das Tor war nicht verriegelt; schließlich war Mittsommernacht. Nach dem Mordversuch schien eine Wache am Haupteingang jedoch angemessen.

Blaise überquerte den Vorhof und betrat den Palast. Über eine Treppe und einen langen Korridor gelangte er zu dem kleinen Zimmer, das er seinem Rang als Hauptmann verdankte. Die meisten Coraner schliefen in Gemeinschaftsunterkünften oder, wie in Talair, in der großen Halle, wo das Privileg der Rangälteren darin bestand, im Winter näher am Feuer und im Sommer näher am Fenster zu schlafen.

Taumelnd vor Müdigkeit öffnete er die Tür. Er roch den Duft, bevor er die Frau sah, die auf seinem Bett saß.

«Du erinnerst dich vielleicht», sagte Ariane de Carenzu, «daß ich sagte, wir beide könnten heute nacht einiges in Erwägung ziehen. Bis jetzt haben wir uns nur mit den eher öffentlichen Dingen beschäftigt.»

«Wie bist du an der Wache vorbeigekommen?» fragte Blaise. Seine Müdigkeit war verschwunden.

«Es gibt auch andere Wege in diesen Palast.»

«Weiß Bertran, daß du hier bist?»

«Ich hoffe nicht. Aber soviel ich weiß, ist auch er ausgegangen. Es ist Mittsommernacht, Blaise, und wir sind in Tavernel.» Er wußte, was das bedeutete. Die Sängerin hatte es ihm erklärt, kurz bevor die Soldaten dieser Frau kamen, um ihn abzuführen.

Ihr Haar hing wie immer lose über ihre Schultern, und ein zarter, beunruhigender Duft erfüllte den kleinen Raum. Doch Blaise hatte seine Regeln; er war nicht bereit, sie zu brechen wie im vergangenen Sommer in Portezza, wo er sich ebenfalls vom Duft einer Frau hatte verführen lassen. «Und wo ist der Herzog von Carenzu?» fragte er. Er hoffte, daß es verletzend klang.

Sie blieb gelassen, soweit er dies im Schein der Kerze erkennen konnte. «Mein Gatte? Vermutlich auf Schloß Ravenc mit En Gaufroy. Sie haben ihre eigenen Traditionen in dieser Nacht. Frauen nehmen daran nicht teil.»

Blaise hatte von Gaufroy de Ravenc gehört. Seine junge Frau war angeblich nach drei Jahren Ehe immer noch Jungfrau. Über Thierry de Carenzu war ihm nichts dergleichen zu Ohren gekommen; doch er hatte auch nicht gefragt, und es interessierte ihn auch nicht besonders.

«Ich verstehe», sagte er mit schwerer Stimme.

«Nein, du verstehst nicht», entgegnete Ariane. «Ich bin hier aus eigenem, freiem Willen. Keine Eigenschaft oder besondere Vorliebe des Mannes, mit dem mich mein Vater verheiratet hat, hat diese Entscheidung beeinflußt.»

«Also aus reinem Vergnügen? Und wo bleibt die Treue?»

Ungeduldig schüttelte sie den Kopf. «Über Treue kannst du mit mir reden, sobald Männer und Frauen unserer Gesellschaftsschicht selbst bestimmen dürfen, wen sie heiraten. Aber solange Frauen im Gerangel um Schlösser und Länder wie eine Ware gehandelt werden, haben sie nicht auch noch die Pflicht, treu zu sein. Ich sehe es als meine Lebensaufgabe an, hier etwas zu ändern. Und das hat nichts mit Thierrys Knabenliebe zu tun.» Sie erhob sich und glitt zwischen ihn und die Kerze. Ihr Gesicht lag plötzlich im Schatten. «Andererseits weiß ich auch nichts über deine besonderen Gewohnheiten oder Vorlieben. Soll ich lieber gehen? Ich kann so heimlich verschwinden, wie ich gekommen bin.»

«Warum müßtest du heimlich verschwinden?» fragte er, seinen Ärger mühsam zurückdrängend. «Wir sind doch in Arbonne, und es ist Mittsommernacht in Tavernel.»

Im trüben Licht der Kerze konnte er ihren Gesichtsausdruck nicht erkennen; er sah nur wieder die ungeduldige Kopfbewegung. «Es ist eine Frage der Diskretion. Ich bin nicht hier, um jemandem zu schaden, am wenigsten mir selbst. Meine öffentlichen Pflichten habe ich nie vernachlässigt. Ich respektiere Thierry, und ich weiß, daß er mich respektiert. Aber ich schulde auch mir etwas. Und was in der Nacht zwischen zwei erwachsenen Menschen geschieht, muß für die übrige Welt nicht unbedingt von Bedeutung sein.»

«Warum dann das Ganze?» fragte Blaise. «Oder ist es eine Regel deines Liebeshofs?» Es war sarkastisch gemeint, aber sie nahm es nicht so auf.

«Ja, es ist eine unserer Regeln. Wir kommen zusammen, um das Leben, dieses wundervolle Geschenk der Göttin – oder des Gottes, wenn dir das lieber ist – zu feiern. Manchmal widerfahren uns die besten Dinge in unserem Leben in einer Nacht, und am nächsten Morgen ist alles vorbei. Hast du das noch nie erlebt?»

Er hatte zumindest etwas sehr Ähnliches erlebt, aber was auf jene Nacht folgte, war ein nicht nachlassender Schmerz. Ihre schmale Silhouette hätte Lucianna sein können. Ihr Haar könnte sich ähnlich anfühlen, und er erinnerte sich an die leichte Berührung...

Es war die Erinnerung, die ihn zornig machte. Aber diese Frau hier hatte ihm nichts Böses getan. Sie erwies ihm aus ihrer Sicht der Dinge mit diesem Besuch sogar eine Ehre. Er schluckte.

«Es ist schon in Ordnung», sagte sie. «Du bist müde. Ich werde gehen.»

Blaise hätte später nicht sagen können, welche Bewegung sie zusammengeführt hatte. Als er sie in die Arme nahm, bemerkte er, daß er zitterte. Seit der Nacht mit Rosala hatte er keine Frau mehr berührt. Auch damals war er zornig gewesen, und am Morgen danach hatte er sich bittere Vorwürfe gemacht. Noch während er sich über Ariane beugte, um sie zu küssen, und tief ihren besonderen Duft einatmete, wappnete er sich innerlich, um den Verführungskünsten dieser höchst kultivierten Dame aus dem Süden nicht zu erliegen. Das hatte ihn Lucianna gelehrt. Blaise war vorbereitet. Er hatte seinen Schutzwall aufgebaut.

Aber der Wall hielt nicht stand. Denn anders als bei Lucianna Delonghi, für die Liebe ein Mittel war, um die Männer an sich zu ketten und sie zu Instrumenten ihrer Lust zu machen, erlebte Blaise in dieser Nacht die Liebe wie ein Geschenk von einer temperamentvollen und fordernden, aber im Herzen großmütigen Frau. Für eine kleine Weile fühlte sich Blaise von seinen Schmerzen erlöst. Er lernte, Freuden zu teilen, was ihm bisher versagt geblieben war, und lehrte Ariane am Ende sogar einige Dinge, die Männer und Frauen miteinander tun können, wenn Vertrauen und Begehren zusammenkommen; es waren sogar Dinge, die er in Portezza gelernt hatte. Ariane nahm an, was er ihr bot, einmal laut lachend, dann atemlos vor Überraschung, und ließ ihm dafür ihrerseits Kostbares und Seltenes zuteil werden. Und er war klug und leidenschaftlich genug, um sie seinen Dank spüren zu lassen.

Danach lag sie in seinen Armen, und er atmete ihren angenehmen Duft. Jeder Hunger war gestillt, jedes Begehren befriedigt. Schließlich schlief er ein.

Einige Zeit später erwachte er durch ein Geräusch auf der Straße. Sie war noch bei ihm. Ihr Kopf lag auf seiner Brust, ihr langes Haar bedeckte sie beide wie ein dunkler Schleier. Bewundernd strich er mit der Hand darüber.

«Ist die Nacht schon um?» flüsterte sie. Ihre Hand glitt langsam über seinen Schenkel. «Wenn die Tagelieder wahr sind, haben wir noch Zeit, bis die Lerche singt.»

Er fühlte, wie sein Begehren zurückkehrte. «Warte», sagte er ein wenig verlegen. «Ich möchte dich etwas fragen. Nichts Schreckliches oder Schwieriges, nur etwas, wonach ich schon längst hätte fragen sollen.»

«Ja?» Sie ließ die Hand auf seinem Bein liegen.

«Was ist das für eine Geschichte zwischen Talair und Miraval? Warum dieser Haß?» Ihm war in der vergangenen Nacht klargeworden, daß in seiner bisherigen Weigerung, mehr über Arbonne zu erfahren, etwas Unnatürliches lag.

Ariane schien eine Weile nachzudenken, dann seufzte sie. «Das *ist* eine schwierige und schreckliche Frage. Ich werde in meinen Erinnerungen kramen müssen.»

«Verzeih mir. Ich –»

«Nein, es ist gut so. Ereignisse, die unser Leben geprägt haben, sind nie sehr fern.» Sie zögerte. «Hast du wenigstens schon von Aelis de Barbentain gehört, die Aelis de Miraval wurde?»

Er schüttelte den Kopf. «Nein. Tut mir leid.»

«Sie war das jüngste Kind von Signe und Guibor und die Erbin von Arbonne, weil ihre Schwester Beatritz in den Tempel ging und ihre beiden Brüder an einer Seuche starben. Sie wurde mit Urté de Miraval verheiratet, als sie siebzehn Jahre alt war. Meine Cousine Aelis war Bertrans Geliebte, und ich glaube, sie war die einzige Frau, die er wirklich geliebt hat.»

Als sie schwieg, war es Blaise, als hörte er Bertrans Worte, die er damals auf jener dunklen Treppe in Schloß Baude zu ihm gesagt hatte: *... in dreiundzwanzig Jahren habe ich keine Frau gefunden wie sie.*

Blaise räusperte sich. «Er hat einmal etwas Ähnliches zu mir gesagt.»

Ariane hob den Kopf und sah ihn an. «Er muß in einer merkwürdigen Stimmung gewesen sein.»

Blaise nickte. «Das war er.»

«Und er muß dir auch vertraut haben.»

«Oder er hat nur gewußt, daß mir die Worte nichts bedeuten würden.»
«Vielleicht.»
«Willst du mir die ganze Geschichte erzählen?»
Ariane seufzte noch einmal. Seine Bitte kam so unerwartet, daß sie sich beinahe überfallen fühlte. Dreizehn Jahre war sie damals gewesen, ein aufgewecktes, fröhliches Kind. Es hatte lange gedauert, bis sie danach wieder gelacht hatte. In der Nacht, als Aelis starb, hatte sie ihre Kinderschuhe für immer abgestreift.

Jetzt war sie eine erwachsene Frau, die verschiedene, oft ineinandergreifende Rollen auf der Weltbühne zu spielen hatte. Sie war Königin des Liebeshofs, Tochter aus einem edlen Geschlecht, verheiratet mit einem ebenso vornehmen Mann. Sie war von Natur aus vorsichtig und vermied es, Risiken einzugehen, im Gegensatz zu Beatritz oder Bertran. Nie hätte sie den Plan gebilligt, den sich die beiden für diesen Sohn von Galbert de Garsenc ausgedacht hatten. Aber man hatte sie nicht unterrichtet. Erst durch Signe hatte sie erfahren, daß Beatritz und Bertran versuchten, Blaises Haß auf seinen Vater für ihre Sache zu nutzen. Auch Signe war darüber nicht glücklich, und Kanzler Roban lehnte den Plan vollkommen ab – er wollte nichts damit zu tun haben, obwohl er seit dem Vertrag zwischen Gorhaut und Valensa fest mit einem Überfall auf Arbonne rechnete.

Doch Blaise de Garsenc war anders, als sie gedacht hatte. Er war nicht nur der hartgesottene Söldner, der erfolgreiche Turnierkämpfer und grimmige Krieger aus dem Norden, der viele Jahre lang in den sechs Ländern gekämpft hatte; er war nicht nur zornig und tief gekränkt, sondern auch klug, und die harte, bittere Schale, mit der er sich umgab, diente ihm wie eine Rüstung auf dem Schlachtfeld als Schutz für sein verwundbares Herz.

Und so erzählte sie ihm die Geschichte. Ihre Worte trugen sie zurück in die Vergangenheit, während es draußen zu tagen begann. Nur eines erwähnte sie nicht. Es war ein Geheimnis, das nur sie kannte, und es war auch nicht wirklich *ihr* Geheimnis, so daß sie es niemandem anvertrauen konnte, weder im Vertrauen noch um jemanden zu verpflichten, nicht einmal in großer Not.

Als sie geendet hatte, schwiegen sie beide. Ihr Begehren war erloschen. Wenn Ariane an Aelis dachte, fiel es ihr immer schwer, ihre eigenen Wünsche aufrechtzuerhalten.

III   Herbst

9

An einem milden Vormittag im Herbst, als Rosala de Garsenc von ihrem Lieblingsspaziergang zur Mühle zurückkehrte, sah sie am Ende des von hohen Bäumen gesäumten Wegs ihren Schwiegervater hoch zu Roß auf dem freien Platz vor der Zugbrücke. Er schien auf sie zu warten.

Ihr Herz pochte schneller, und sie legte, nichts Gutes ahnend, beide Hände schützend vor ihren hohen Leib, doch ihre Schritte beschleunigte sie nicht. Warum war Galbert gekommen, wenn er doch wußte, daß sich ihr Gatte am Hof in Cortil befand?

«Guten Morgen, Herr», sagte sie, während sie langsam auf ihn zuging. Die Zugbrücke war heruntergelassen. Auf dem Vorhof übten einige Coraner geräuschvoll mit Spießen. Hinter ihnen luden Leibeigene unter der Aufsicht des Vogts Kornsäcke ab, und viel Bauernvolk kam und ging, denn es war der Tag, an dem auf Schloß Garsenc der Zehnte abgeliefert werden mußte.

Galbert de Garsenc, eine imponierende Erscheinung in Reithosen und Wams, erwiderte ihren Gruß nicht sofort, sondern blickte mit steinerner Miene von seinem Pferd herab. Die schlichte Höflichkeit gegenüber der Frau seines Sohnes hätte geboten, daß er abstieg, um sie zu begrüßen; daß er es nicht tat, war der erste Versuch, sie einzuschüchtern. Rosala wußte inzwischen, daß fast alles, was dieser Mann tat, aus Herrschsucht geschah.

«Möchtest du hereinkommen?» fragte Rosala, als bemerkte sie sein ungehöriges Benehmen nicht. «Ranald ist nicht hier, aber ich bewirte dich gern.» Sie lächelte flüchtig. Vor diesem Mann würde sie sich nicht demütig zeigen, das hatte sie sich geschworen.

Er ließ das Pferd tänzeln und drängte es dicht an Rosala heran. Doch sie wich keinen Schritt zurück. Sie hatte keine Angst vor Pferden; außerdem wußte sie, daß sie in ihrem jetzigen Zustand von ihrem Schwiegervater keinen körperlichen Schaden zu befürchten hatte.

Galbert räusperte sich. «Geh hinein», sagte er mit eisiger Stimme, «bevor du uns noch mehr beschämst. Ich wollte nicht glauben, was ich gehört habe. Deshalb bin ich gekommen, um mich mit eigenen Augen zu überzeugen. Du stolzierst in deinem Zustand frech und schamlos vor den Leibeigenen umher, genauso wie man mir berichtet hat. Schämst du dich nicht?»

Sie hatte vermutet, daß es darum gehen würde.

«Du tust mir Unrecht», sagte sie, so ruhig sie konnte. «Ich tue nur, was die Frauen meiner Familie seit Generationen getan haben. Wir machen auch während der Schwangerschaft unseren täglichen Spaziergang.»

«Du bist keine Savaric mehr, sondern eine Garsenc.»

«Du irrst dich, Herr. Ich werde immer eine Savaric sein. Was man von Geburt an ist, kann einem niemand nehmen.» Sie zögerte kurz. «Man kann nur etwas hinzutun», ergänzte sie versöhnlich. Sie wollte in Ranalds Abwesenheit keinen Streit mit ihrem Schwiegervater. «Mein Gatte weiß, daß ich nicht faul im Bett liege, nur weil ich schwanger bin, und er hat nichts dagegen.»

«Natürlich nicht. Ranald ist ein Narr und eine Schande für unsere Vorfahren.»

Rosala lächelte freundlich. «Er hat mich gebeten, es ihm zu sagen, wenn du verächtlich von ihm sprichst.»

Sei vorsichtig, ermahnte sie sich, dieser Mann duldet keinen Widerstand. Aber es fiel ihr schwer, sich zu fügen, besonders wenn sie an ihren Vater und die Heimat ihrer Familie dachte.

Galbert versagte sich eine möglicherweise vorschnelle Antwort. Verglichen mit seinen Söhnen Ranald und Blaise, die beide schnell zornig wurden, wirkte der Vater wie Eis.

«Du bist mit Absicht frech», sagte er. «Soll ich dich dafür auspeitschen?» Es klang, als wollte er ihr eine Freundlichkeit erweisen.

«Ein ehrenvolles Ansinnen, in der Tat», erwiderte Rosala tapfer. «Du kommst aus Sorge um das Kind, das ich bekommen werde, und willst mich schlagen. Nennst du das klug, Herr?»

Nun war es an ihm zu lächeln, und dieses Lächeln ängstigte sie mehr als alles andere. Doch sie blieb äußerlich völlig gelassen.

«Ich kann warten», sagte Galbert de Garsenc leise. «Aufgehoben ist nicht aufgeschoben. Und da du kein Kind mehr bist, wirst du auch später wissen, wofür du die Peitsche bekommst. Ich bin ein geduldiger Mann. Geh jetzt ins Schloß, oder muß ich dich vor den Coranern und Dienstboten hineintreiben? Du trägst den ersten Sproß der neuen Generation aus dem Stamm der Garsenc, und du wirst ihn durch diesen Unfug nicht länger gefährden.»

«Natürlich», antwortete sie, «ich bin vollkommen deiner Güte ausgeliefert, Herr. Doch wenn du mir zu viele Wunden und Narben zufügst, fühlt sich der König vielleicht um ein Vergnügen gebracht, wenn er eines Tages nach mir schickt.» Die Angst davor begleitete sie Tag und Nacht.

Galberts glattrasiertes, fleischiges Gesicht verzog sich zu einem häßlichen Grinsen. «Wie ich sehe, gierst du schon jetzt danach, in Ademars Bett zu kommen. Du bist verdorben wie alle Frauen, besonders die aus deiner Familie. Ich habe es gewußt, schon als ich dich das erstemal gesehen habe.»

Rosala wurde es plötzlich schwindlig. Der steile Weg zum Schloß hinauf, die gleißende Sonne und nun dieser Schwall übler Beschimpfungen ... Sie wünschte, Ranald wäre zu Hause; er hätte zumindest Galberts Bosheit auf sich gelenkt. Aber sie war selbst schuld, dachte sie. Sie hätte ihren Stolz vergessen und gehorsam ins Haus gehen sollen.

Der Gedanke, vor diesem Mann zu kriechen, widerte sie an. Ihre Familie war nicht weniger vornehm als die seine. Sie nahm ihre ganze Kraft zusammen und sah ihn an. «Hör mich an, Herr», sagte sie. «Eher töte ich mich, als daß ich mich von ihm anrühren lasse. Und versuche nicht zu leugnen, daß du die schändlichen Gedanken des Königs unterstützt hast, ohne Rücksicht auf deinen Sohn oder die Familienehre, nur um einen schwachen Mann enger an dich zu binden. Dazu ist dir jedes Mittel recht. Aber merke dir, ich werde nie ein Werkzeug in deiner Hand. Eher sterbe ich, als daß ich mich zu Ademar lege» – sie ließ ihn nicht aus den Augen – «oder zu dir, Tempelältester. Ich werde mich töten, bevor deine

Hand oder deine Peitsche dieses weiße Fleisch berührt, von dem du nachts im Haus des Gottes träumst.»

Es war ein Schuß ins Blaue, aber er traf. Galberts gerötetes Gesicht wurde plötzlich bleich. Seine Augen verengten sich zu Schlitzen, und sie wichen Rosalas Blick zum erstenmal aus.

Statt zu triumphieren, mußte Rosala erneut gegen ihre Übelkeit kämpfen. Sie wandte sich ab, um über die Zugbrücke in den Schloßhof zu gehen. Die Coraner hatten ihre Zweikampfübungen unterbrochen; die seltsam wirkende Unterhaltung zwischen Galbert und Rosala hatte sie neugierig gemacht.

«Werte Rosala!» Sie hatte gewußt, daß er das letzte Wort haben würde. Sollte sie sich umdrehen oder einfach weitergehen? Aber die Coraner hatten gehört, daß er sie rief. Im privaten Rahmen konnte sie es vielleicht wagen, ihm zu trotzen, aber nicht in der Öffentlichkeit. Das würde er nicht hinnehmen, und in Gorhaut konnte eine Frau dafür getötet werden.

Sie blieb auf der Zugbrücke stehen und drehte sich langsam um. Die Sonne stand bereits hoch, ein leiser Wind bewegte das rotgoldene Laub der Kastanienbäume, Vögel sangen in den Zweigen, und im Bach hinter der Zufahrtsallee spiegelte sich der blaue Himmel. Rosala hatte das Gefühl, sie würde dieses Bild nie vergessen.

«Ich weiß nicht, ob dich dein teurer Gatte von unserer jüngsten Vereinbarung unterrichtet hat», sagte Galbert etwas leiser, während er sich der Brücke näherte. «Nachlässig wie er ist, hat er es wahrscheinlich vergessen. Wir haben beschlossen, daß das Kind, wenn es ein Sohn wird, mir gehören soll. Ah! Es scheint dich zu überraschen, liebe Rosala. Eine Tochter kannst du vorerst behalten. Für sie wird man später Verwendung finden. Aber der Sohn ist Corannos versprochen.»

Die Sonne schien plötzlich am blauen Himmel zu kreisen. Rosala taumelte leicht. Ihr Herz schlug wie wild, und sie hatte den Geschmack von Blut im Mund. Sie hatte sich in die Lippe gebissen, um nicht in Ohnmacht zu fallen.

«Du würdest deiner Familie den Erben nehmen?» stieß sie benommen hervor. Sie weigerte sich zu glauben, was sie eben gehört hatte.

«O nein», meinte er kichernd. In den Augen der Männer, die vom Schloßhof aus zuschauten, wirkte er freundlich und gutgelaunt. «Aber wir brauchen einen Tempelältesten in unserer Familie genauso dringend wie einen Erben für dieses Schloß. Ranalds Bruder» – er sprach Blaises Namen nie aus – «hätte mein Nachfolger werden sollen. Aber er hat meine Pläne durchkreuzt. Wenn du mir jetzt einen starken Knaben schenkst und danach noch ein paar Kinder bekommst, läßt sich manches wieder einrenken. Solltest du jedoch versagen, liebe Schwiegertochter, und es hat ja etwas gedauert bis zu diesem ersten Kind, nun, so könnte ich mir vorstellen, daß Ranald eine andere Frau findet, die unsere Wünsche erfüllt.»

Rosala schien die Sprache verloren zu haben. Sie konnte sich kaum noch aufrecht halten und fühlte sich wie nackt unter den neugierigen Blicken der Leibeigenen und Coraner ihres Haushalts.

«Du solltest wirklich hineingehen», mahnte Galbert freundlich. «Du siehst nicht gut aus, mein Kind. Leg dich ins Bett. Ich würde dich begleiten, aber dringendere Geschäfte rufen mich an den Hof. Hauptsache, du hast verstanden, was ich dir gesagt habe.»

Ohne eine Antwort abzuwarten, wendete er sein Pferd und hob wie grüßend die Hand. Doch es war die Hand mit der Peitsche. Hämisch lächelnd ritt er davon.

Als Rosala kurz danach ihre Gemächer betrat, hatte sie beschlossen, Garsenc zu verlassen.

Galbert hatte einen entscheidenden Fehler gemacht. Um das letzte Wort zu haben, um sie zu erschrecken und zu verletzen, hatte er ihr seine Pläne enthüllt.

Rosala wußte noch nicht, wie sie fliehen würde; sie war nur fest entschlossen, nicht zu bleiben und ihr Kind nicht diesem Mann zu überlassen. Jetzt ist Krieg, dachte sie. Ihr einziger Vorteil war vielleicht, daß sie sich dessen bewußt war. Wie als Antwort darauf bewegte sich das Kind an diesem Vormittag zum erstenmal kräftig in ihrem Leib.

«Keine Angst, mein Kleines», flüsterte sie. «Wo immer sich dein Vater aufhält, ob er kommen wird oder nicht, um dich zu beschützen... Ich werde dich beschützen. Das schwöre ich bei meinem und bei deinem Leben.»

Auch Blaise dachte an ein Kind, während er im kühlen Herbstwind mit den Männern von Talair nach Norden ritt, aber es war das Kind von Aelis de Miraval und Bertran. Die Geschichte, die ihm Ariane in der Mittsommernacht erzählt hatte, ging ihm nicht aus dem Sinn, und jedesmal, wenn er darüber nachdachte, wanderte sein Blick mit einer gewissen Neugier zu dem Mann, für dessen Ermordung sein Vater eine Viertelmillion in Gold zu zahlen bereit war.

Da hatte sich vor dreiundzwanzig Jahren eine Tragödie abgespielt, deren Nachwirkungen Arbonne noch heute erschütterten. Er hörte noch immer Arianes leise, beherrschte Stimme, als sie ihm die Geschichte erzählte, während vor dem Fenster die Dämmerung über den von Abfall übersäten Straßen und Gassen von Tavernel heraufzog.

«Liebe braucht Diskretion», hatte sie gesagt. «Doch meine Cousine Aelis war nicht diskret, vielleicht, weil sie noch so jung war. Sie hatte etwas Unbeherrschtes, beinahe Wildes an sich. Sie ließ sich viel zu sehr von Haß oder Liebe beeinflussen, und sie war keine Frau, die sich ihrem Schicksal ergab oder zwischen den Mauern, die man für sie errichtet hatte, leben konnte.»

«Das tust du auch nicht», hatte Blaise gesagt.

«Ich glaube, der Unterschied zwischen uns besteht darin, daß ich die Folgen ihres Tuns gesehen habe. Als sie von der Priesterin erfuhr, daß sie die Geburt nicht überleben würde, hat sie Urté die Wahrheit ins Gesicht geschleudert. Sie war stolz und verwegen bis zu ihrem letzten Atemzug.»

«Woher weißt du das alles?» hatte Blaise gefragt.

«Ich war dabei. Dieses Ereignis hat mein Leben verändert und mich höchstwahrscheinlich so gemacht, wie ich heute bin. Als sie Urté sagte, das Kind sei nicht von ihm, sondern von Bertran de Talair, hat sie unsere Welt verändert. Wir würden heute in einem völlig anders regierten Land leben, hätte sich Aelis nicht so bitter gerächt.»

«Wofür hat sie sich gerächt?» hatte er gefragt, obwohl er allmählich zu verstehen glaubte.

«Weil sie von ihrem Gemahl nicht geliebt wurde», war Arianes schlichte Antwort gewesen, «und weil man sie von dem fröhlichen Hof ihres Vaters in die düstere Festung von Miraval verbannt hatte.»

Vor dieser Nacht mit Ariane hätte Blaise in solchem Benehmen nur weibliche Eitelkeit gesehen, die den Lauf der Welt störte. In Arianes Armen hatte er überrascht, ja beinahe erschrocken erkannt, daß seine neue Sicht der Dinge möglicherweise die größte Auflehnung gegen seinen Vater darstellte.

«Und was hat Urté daraufhin getan?» hatte er gefragt.

«Das weiß niemand genau. Und darin liegt Bertrans Tragödie. Aelis hat einen Sohn geboren. Ich habe gesehen, wie er zur Welt kam. Ich habe ihn schreien gehört. Dann ist Urté gekommen und hat ihn mitgenommen, und weder Aelis noch die Priesterin, die bei der Geburt geholfen hat, noch ich mit meinen dreizehn Jahren konnten ihn daran hindern. Ich werde nie vergessen, wie sich sein Gesicht verändert hat, als sie ihm sagte, wer der Vater des Kindes war. Und ich sehe ihn noch, wie er sich über die Sterbende beugte und ihr etwas ins Ohr flüsterte. Aber ich habe nicht gehört, was er gesagt hat. Dann verließ er das Zimmer mit Bertrans Kind auf dem Arm.»

«Hat er es getötet?»

Sie schüttelte den Kopf. «Wie gesagt, das weiß niemand. Man könnte es für wahrscheinlich halten, wenn man Urté kennt und weiß, welches Erbe ein Sohn von Aelis eines Tages angetreten hätte. Er wäre Herzog von Barbentain geworden und Herrscher über Arbonne. Aber wir wissen es nicht, und Bertran weiß es auch nicht. Wenn das Kind am Leben blieb, dann weiß nur Urté de Miraval, wo es sich jetzt befindet.»

Blaise hatte damals begriffen, daß Bertrans Verlust mehr als bitter war. «Urté durfte und darf also nichts zustoßen, weil mit ihm jede Möglichkeit dahin wäre, etwas über das Kind zu erfahren.»

Ariane hatte im trüben Licht seines kleinen Zimmers zu ihm

aufgesehen und schweigend genickt. Er hatte versucht, sich vorzustellen, wie man mit dreizehn Jahren solche Dinge erlebt und wie schwer Ariane an der Erinnerung getragen haben mußte.

«Ich hätte ihn trotzdem getötet», hatte er nach einer Weile gesagt, und sie hatte geantwortet: «Du und Bertran de Talair – ihr seid sehr verschiedene Charaktere.»

Während Blaise mit Herzog Bertran und den Coranern von Talair am Ufer der Arbonne nach Norden ritt – ihr Ziel war die Herbstmesse in Lussan –, dachte er zum wer weiß wievielten Mal über diese Bemerkung nach. Es waren ungefähr die letzten Worte, die Ariane in jener Nacht zu ihm gesagt hatte, bevor sie sich beim ersten Tageslicht in Mantel und Kapuze gehüllt von ihm verabschiedet hatte.

Was machte die Menschen so verschieden? Herkunft, Erziehung, Glück oder Unglück? Wie wäre er geworden, wäre er als der ältere Sohn und Erbe von Garsenc zur Welt gekommen? Oder wenn seine Mutter nicht gestorben wäre? Oder wenn Galbert de Garsenc ein sanfterer, weniger machtbesessener Mann gewesen wäre?

Auch Bertran de Talair war ein jüngerer Sohn. Durch den frühen Tod seines Bruders war er Herr auf Talair geworden. In der Zeit davor war Bertran genau wie Blaise als fahrender Ritter durch die Welt gezogen, um irgendwo sein Glück zu machen, nur mit dem Unterschied, daß Bertran auch ein Troubadour war.

Doch die Musik war ein wesentlicher Teil von Bertran. Sie machte ihn zu dem, was er war, und genauso, dachte Blaise, verhielt es sich mit Arbonne. Er hätte beinahe über sich gelächelt. Seine Gedanken gingen Wege, die ihm vor einem halben Jahr völlig fremd gewesen wären. Entschlossen holte er sie in die Gegenwart zurück, auf die Landstraße entlang der Arbonne, die einst die Alten zwischen dem Fluß und den Getreidefeldern im Osten gebaut hatten.

Er ritt am Ende des langen Zugs, den sie auf dem Weg zum Jahrmarkt von Lussan eskortierten. Die Wagen hatten hauptsächlich Talair-Wein geladen. Als er aus zusammengekniffenen Augen durch den aufgewirbelten Staub nach vorne blickte, sah er Bertran und Valery, die ihm entgegenritten. In einiger Ferne hinter den beiden Reitern konnte er verschiedene Banner ausmachen. Sie schienen einen anderen Zug zu überholen – kein ungewöhnlicher Vorgang, denn um diese Zeit waren alle Straßen in Richtung Lussan überfüllt und der größte Teil des Verkehrs bewegte sich auf der großen Landstraße. Fragend hob er die Brauen, als die beiden Männer neben ihm wendeten und ihn in ihre Mitte nahmen.

«Lustbarkeit und Zeitvertreib, wohin man schaut», sagte Bertran mit dem unbekümmerten Lächeln, das Blaise inzwischen kannte und das ihm nicht geheuer war. «Unverhoffte Freuden erwarten uns», fuhr der Herzog fort. «Was kannst du mir über einen Mann namens Rudo Correze sagen?»

Nach einigen Monaten Dienst bei Bertran war Blaise diese Art von Fragen gewohnt. Manchmal hatte er den Eindruck, daß den Arbonnern am meisten daran gelegen war, als besonders klug und witzig zu gelten.

«Er schießt recht gut», antwortete er trocken, um sich Bertrans Ton anzupassen. «Frag Valery.»

Der große Coraner, der inzwischen völlig genesen war, knurrte nur.

«Wir haben den ganzen Sommer lang eine Entscheidung vor uns hergeschoben», sagte Bertran plötzlich förmlich. «Ich denke, es ist an der Zeit, daß wir sie treffen.»

«Sind das da vorne Correze-Banner?» fragte Blaise.

«Unter anderem. Ich glaube, ich habe auch Andoria- und Delonghi-Banner erkannt.»

Blaise fröstelte plötzlich. Warum war ihm nie in den Sinn gekommen, daß auch Lucianna zur Messe nach Lussan kommen könnte? Im Herbst taten sich genug interessante und wichtige Dinge, so daß ein Erscheinen der Delonghi bei dieser jährlich stattfindenden Messe zu erwarten war. Man kam, um Geschäfte zu machen, bei den Turnieren zuzusehen oder mitzumachen, um zu wetten, die Ernte zu feiern und Neuigkeiten aus den sechs Ländern zu erfahren, bevor Regen und Schnee die Straßen unpassierbar machten. Und wo die Männer der Delonghi-Sippe auftraten, war meistens auch das berühmte Juwel der Familie nicht weit.

Doch Bertran hatte nach Rudo gefragt und noch ein weiteres Thema erwähnt.

«Du wirst Rudo und auch seinen Vater, der vermutlich mitgereist ist, empfangen müssen», antwortete Blaise betont korrekt. «Danach wird Rudo nichts unternehmen, auf keinen Fall jetzt. Schließlich herrscht während der Messe Landfrieden. Es wird ihn wahrscheinlich sehr amüsieren, in deiner Gesellschaft gesehen zu werden.»

«Und mich erst», murmelte Bertran. Etwas lauter meinte er: «Ich denke, ich werde die Begegnung mit diesem Mann genießen.»

Inzwischen hatte fast alle Welt von dem fehlgeschlagenen Mordanschlag erfahren und von der Summe, die dafür bezahlt worden war. Aber nur wenige wußten, wer den vergifteten Pfeil geschossen und den falschen Mann getroffen hatte. Bertran hatte später aus gutunterrichteter Quelle erfahren, daß man Rudo gezwungen hatte, die Summe zurückzuzahlen. Er hatte bereits einen beträchtlichen Teil davon ausgegeben, und es hieß, sein Vater habe den Rest beglichen. Blaise konnte sich gut vorstellen, wie sein armer Freund gelitten hatte.

Aber da war noch etwas, worüber gesprochen werden mußte. Bertran und Valery, die schweigend neben ihm ritten, schienen auf ein Wort von ihm zu warten.

«Wir bräuchten eigentlich nichts zu entscheiden», begann Blaise ruhig, «jedenfalls jetzt noch nicht.»

Inzwischen hatten sich an der Spitze mehrere Wagen gestaut. Der ganze Zug war ins Stocken geraten. Blaise erkannte nun deutlich die Banner der Correze, Delonghi, Andoria und ein oder zwei andere, die er nicht kannte, und er sah drei Reiter, die ihnen, dicke Staubwolken aufwirbelnd, im Galopp entgegenkamen.

«Aber wenn wir mit den Portezzanern reiten», fuhr er fort, «werden viele dabeisein, die mich kennen. Es wäre zwecklos, wenn ich versuchen würde, unerkannt zu bleiben.»

«Das dachte ich schon», sagte Bertran. «Dann darf ich von jetzt an davon ausgehen, daß es Blaise de Garsenc ist, der sich meinen

Coranern für eine gewisse Zeit angeschlossen hat trotz der allseits bekannten Bemühungen seines Vaters, mich töten zu lassen. Richtig?»

Es war eine Art Wendepunkt, ein Augenblick, in dem sich vieles ändern konnte. «So ist es», antwortete Blaise ruhig.

Die drei Reiter waren inzwischen näher gekommen. Sie waren sehr elegant gekleidet für einen Ritt auf staubiger Straße. Portezzaner, dachte Blaise. Reich und protzig.

«Und was ist mit der anderen Sache, die wir vor uns herschieben?» fragte Bertran. Seine Stimme klang etwas gespannt.

Blaise wußte, worauf der Herzog anspielte. *Was soll ich denn tun? Mich zum König von Gorhaut erklären?* Das waren seine eigenen Worte.

Er schüttelte den Kopf. Sobald er daran dachte, schien sich ein Abgrund vor ihm aufzutun. Der Sprung darüber war schrecklich weit. «Nein», sagte er. «Jetzt ist Herbst, und während der Messe herrscht Landfrieden. Ademar kann jetzt nichts unternehmen. Er muß warten, bis im nächsten Frühjahr die Gebirgspässe wieder passierbar sind. Laß uns abwarten und sehen, was geschieht.»

Valery sagte auf seine gemessene Art: «Wir könnten im Winter selbst etwas unternehmen, statt abzuwarten, was geschieht.»

«Ich bedaure, wenn ich euch durch mein Zögern den Winter verderbe, aber ich lasse mich nicht als Galionsfigur benutzen», entgegnete Blaise schroff.

Bertran lachte laut. «Daß du zögerst, ist verständlich», sagte er. «Aber als Galionsfigur kannst du dich, wenn du ehrlich bist, nicht bezeichnen. Wenn Ademar nach dem Iersen-Vertrag als Landesverräter gilt, wer in Gorhaut könnte dann mit mehr Recht als du Anspruch auf den Thron erheben? Dein Bruder vielleicht?»

«Vielleicht», sagte Blaise. «Aber er wird nichts unternehmen. Mein Vater beherrscht ihn.» Er schwieg einen Moment. «Laß es gut sein, Bertran. Zumindest für den Augenblick.»

Blaise blickte den drei Reitern entgegen. An der aufwendig verzierten schwarzroten Livree der Reiter erkannte Blaise sofort, in wessen Dienst diese Männer standen. Sein Herz klopfte schneller. Es schien, als holte ihn die Vergangenheit immer und überall ein. Der erste der drei hielt an und verneigte sich ehrerbietig im Sattel.

«Also gut, lassen wir das erst einmal», sagte Bertran. Und dann, noch bevor er zu Ende gesprochen hatte, warf er sich zur Seite, rammte Blaise die Schulter gegen den Brustkorb, daß diesem beinahe die Luft wegblieb, und riß ihn im Fallen vom Pferd. Sie landeten beide im Straßenstaub, während das Messer, das der zweite schwarzrote Reiter über den vornübergebeugten Kopf des ersten geschleudert hatte, durch die leere Luft sauste, wo Blaise eben noch auf seinem Pferd gesessen hatte. Als Messerwerfer waren die Portezzaner unübertroffen.

Dafür hatte Bertran de Talair die am besten ausgebildeten Coraner in Arbonne. Valery tötete den Messerwerfer mit einem raschen, exakt geführten Schwertstreich, und ein zweiter Coraner erledigte den dritten Portezzaner kurzerhand von hinten. Bis Bertran und Blaise ihre Arme und Beine entwirrt hatten und sich aufrappelten, war nur noch der Anführer übrig. Bertran zuckte schmerzhaft zusammen und rieb sich das Knie.

Die Coraner hielten ihre Klingen auf den Portezzaner gerichtet. Alles war so schnell und lautlos geschehen, daß niemand im vorderen Teil des Zugs etwas bemerkt hatte. Trotzdem lagen zwei Tote auf der Erde. Der Portezzaner wandte sich an Bertran. Er hatte ein hageres, sonnengebräuntes Gesicht, sein Schnurrbart war sorgfältig gezwirbelt, und an seinen Fingern steckten über den Reithandschuhen mehrere Ringe.

«Ich bin vollkommen bereit, mich dir zu ergeben», sagte er in tadellosem Arbonnais. «Mein Cousin wird mich zu einem anständigen Preis auslösen. Das versichere ich dir.»

«Dein Cousin hat einen von der Gräfin von Arbonne garantierten Frieden gebrochen», sagte Bertran eisig. «Er wird sich ihr gegenüber verantworten müssen und schwerer büßen als du.»

«Er wird angemessen Rede und Antwort stehen», entgegnete der Mann gleichgültig.

Bertrans Gesicht wurde bleich; es war das einzige erkennbare Zeichen, daß er allmählich zornig wurde. Blaise fühlte sich noch völlig benommen.

«Zunächst wirst *du* mir Rede und Antwort stehen», sagte der Herzog leise. «Warum wolltet ihr einen meiner Gefährten töten?»

Zum erstenmal wirkte der Portezzaner verunsichert. Er warf einen Blick auf Blaise, wie um sich über etwas zu vergewissern. Dann hellte sich sein Gesicht auf.

«Mein Herr und Cousin Borsiard d'Andoria hegt einen tödlichen Groll gegen diesen Mann», sagte er. «Doch die Sache hat nichts mit dir zu tun, En Bertran. Für dich, Herr», fuhr er aalglatt fort, «und für die Gräfin von Arbonne empfindet mein Herr nur Hochachtung und Zuneigung.»

«Ich fürchte, ein Überfall auf einen Mann in meiner Gesellschaft hat eine ganze Menge mit mir zu tun. Und Worte wie Hochachtung und Zuneigung sind bedeutungslos aus dem Mund eines Mannes, der frech den Landfrieden bricht. Dein Herr und Cousin hat einen Fehler gemacht.»

«Und ich bin Borsiard d'Andoria nie begegnet», fügte Blaise hinzu. «Ich hätte gern den Grund für seinen tödlichen Groll erfahren.» Doch er konnte ihn zumindest erraten.

«Das ist keine Sache für die Ohren der Öffentlichkeit», sagte der Portezzaner hochmütig. «Außerdem erklären die Andoria ihre Beweggründe nicht.»

«Das ist ein weiterer Fehler», sagte Bertran. Seine Stimme klang schonungslos endgültig. «Und deshalb sehe ich keinen Grund für einen Aufschub. Als ein Herzog von Arbonne, der durch einen Eid verpflichtet ist, den von der Gräfin verordneten Frieden aufrechtzuerhalten, muß ich hier meines Amtes walten.» Er wandte sich an die Coraner. «Hängt diesen Mann auf. Er wird vorher ausgezogen und bekommt das Mal. Das ist die Strafe für jeden, der einen Landfrieden bricht.»

Der Portezzaner war offensichtlich ein tapferer Mann. «Ich bin ein Mann von Stand, und Borsiard d'Andoria ist mein leiblicher Verwandter», sagte er. «Ich habe das Recht, standesgemäß behandelt zu werden.»

Bertran de Talair schüttelte den Kopf, und Blaise bemerkte Valerys zunehmende Besorgnis. «Du hast versucht, einen Mord zu begehen, und du hast einen Frieden gebrochen, auf den sich alle sechs Länder geeinigt haben», sagte Bertran. «Das ist dein Stand.» Und an die Coraner gewandt, sagte er: «Hängt ihn auf.»

Der Portezzaner wurde vom Pferd gezerrt und über den Feldrain zu einer Eiche geschleppt.

«Das kannst du nicht machen!» rief der Portezzaner und reckte verzweifelt den Hals nach Bertran.

«Bist du sicher, daß du das Richtige tust?» sagte Valery leise zu Bertran. «Wir brauchen den Andoria vielleicht noch.»

Mit einem fast grausamen Ausdruck in den blauen Augen beobachtete Bertran seine Coraner, die dem nun laut um Hilfe rufenden Portezzaner die Kleider herunterrissen. «Wir brauchen niemanden so dringend, daß wir deswegen unsere Ehre aufgeben müßten», antwortete er düster und ohne Valery anzusehen. «Überall, wo Jahrmärkte oder Messen stattfinden, ist der Herrscher des betreffenden Landes verpflichtet, für die Einhaltung des Landfriedens zu sorgen, denn nur so können die Länder miteinander Handel treiben. Das weißt du, und das wissen alle. Sobald wir in Lussan sind, werde ich der Gräfin empfehlen, den Andoria den Zutritt zur Messe zu verweigern.»

Er ging zu seinem Pferd und saß auf. Blaise folgte ihm.

Bertrans Coraner hatten das Seil über einen Ast der Eiche geworfen. Der Verurteilte war bis auf das Schamtuch entkleidet. Während zwei Männer den sich windenden und tretenden Portezzaner festhielten, schnitt ein dritter ihm mit einem Messer das Zeichen des Eidbrüchigen in die Stirn. Der Portezzaner begann schrill und verzweifelt zu schreien. Inzwischen waren aus der Reisegesellschaft vor ihnen fünf Reiter ausgeschert und galoppierten neben der Straße zurück.

«Nimm so viele Männer, wie du brauchst», sagte Bertran zu Valery, «und umstelle den Baum. Wenn diese Leute versuchen, die Hinrichtung zu verhindern, tötet ihr sie. Blaise, du bleibst bei mir.»

Valery gehorchte wortlos. Mit gezogenem Schwert, den Pfeil schußbereit auf dem Bogen, bildeten Talairs Coraner einen großen Kreis um den Galgenbaum. Blaise und Bertran beobachteten vom Ende ihres Wagenzugs aus, wie der Verurteilte auf sein Pferd gehoben und ihm die Schlinge um den Hals gelegt wurde. Von dem Schandmal auf der Stirn rann ihm das Blut über das Gesicht. Die fünf Reiter, die sich in rasendem Galopp näherten, schrien und gestikulierten wild. Auf ein Zeichen des Herzogs stach ein Coraner dem Pferd mit der Schwertspitze in die Hinterhand, und das Tier preschte los. Der Portezzaner schien rückwärts in die Luft zu springen und schwang dann merkwürdig schlaff hin und her. Sie hatten das knackende Geräusch gehört. Der Mann war bereits tot.

Die fünf aufgeregten Portezzaner hielten vor Valerys Männern an. Sie waren hoffnungslos in der Minderheit. Der Anführer schrie Valery etwas zu und schlug in ohnmächtiger Wut auf sein Pferd ein. Gelangweilt wandte sich Bertran an Blaise.

«Da ist noch eine Kleinigkeit, die wir klären sollten», sagte er, als wären sie völlig allein in der schönen Herbstlandschaft. «Der Überfall auf dich beweist, daß man weiß, wer du bist. Du reist nicht mehr inkognito, und das heißt, daß ich dich nicht länger einfach als einen meiner Coraner behandeln kann. Das wird dir vielleicht nicht gefallen – aus verständlichen Gründen –, aber es würde uns beiden schlecht anstehen, wenn ich dir jetzt noch Befehle erteilen würde. Bist du einverstanden, wenn ich dich aus meinem Dienst entlasse und dir statt dessen meine Gastfreundschaft und meine Freundschaft anbiete?»

Es war unter den gegebenen Umständen natürlich der einzig richtige Schritt; und natürlich beunruhigte er Blaise, denn er bedeutete eine weitere Veränderung in seinem Leben, das einem noch in dunkler Ferne verborgenen Schicksal entgegenzurasen schien.

Es gelang ihm trotzdem zu lächeln. «Ich habe mich schon gefragt, wann dich das Geld für meinen Lohn reuen würde. Aber ich muß zugeben, Herr, daß diese Sparsamkeit dem Bild widerspricht, das alle Welt von dir zu haben scheint.»

Bertran wirkte verblüfft, und dann lachte er schallend gerade in dem Augenblick, als unter den streitenden Männern neben dem Galgenbaum plötzlich Stille eintrat. Die fünf Portezzaner drehten sich um, und ihr Anführer, ein kleiner, dunkler Mann auf einem herrlichen Pferd, starrte Bertran an. Dann wendete er sein Pferd und ritt ohne ein weiteres Wort davon. Die anderen Portezzaner folgten ihm.

«Das war etwas unglücklich», sagte Bertran.

«Wer war der Mann?»

Der Herzog sah ihn überrascht an. «Du bist ihm tatsächlich nie begegnet? Das war Borsiard d'Andoria. Aber seinen Namen hast du bestimmt schon gehört. Er hat übrigens erst vor kurzem geheiratet. Die berühmte –»

«Ich weiß. Lucianna Delonghi», fiel ihm Blaise ins Wort. «Deshalb will er mich töten.»

Trotz der aufregenden Ereignisse dieses Vormittags war Blaise merkwürdig stolz, als ihm klar wurde, daß Lucianna von ihm gesprochen haben mußte, obwohl doch alles zwischen ihnen vorbei war. Warum sollte Borsiard ihn töten wollen, wenn nicht aus Eifersucht auf den einstigen Liebhaber seiner Gemahlin?

Bertran de Talair hatte schnell zwei und zwei zusammengezählt. «Ah», sagte er leise. «Engarro di Faenna? Dann war es also kein Gerücht –»

«Daß ich ihn für die Delonghi getötet habe? Nein.» Blaise staunte, wie leicht es ihm fiel, dies auszusprechen. Doch er zögerte vor den nächsten Worten: «Ich und Rudo Correze haben ihn getötet.»

«Und deshalb will sie dich jetzt töten?» Bertran sah Blaise zweifelnd an.

Blaise schüttelte den Kopf. «Sie würde sich nicht die Mühe machen, ihre Spuren zu verwischen. Borsiard schon eher, denn er war möglicherweise in die Ermordung von Engarro verwickelt. Genau weiß ich das nicht. Aber er befürchtet anscheinend, daß durch mich etwas herauskommen könnte. Rudo vertraut er, weil er ein Blutsverwandter der Delonghi ist. Die unbekannte Größe bin ich.»

«Und darin besteht der ‹tödliche Groll› gegen dich?» Bertran sah Blaise skeptisch an.

«Der gehört vermutlich dazu», antwortete Blaise vorsichtig.

«Das Juwel der Delonghi», sagte Bertran und nickte bedächtig.

«Gut zu wissen, daß unser Freund Borsiard eifersüchtig ist.» Und etwas lebhafter fuhr er fort: «Sind denn die Geschichten wahr, die man sich über sie erzählt? Ich habe natürlich schon mit ihr gesprochen, aber in einem Saal voller Menschen, und das ist Jahre her, als sie noch sehr jung war. Soll ich dankbar sein für die Kürze dieser Bekanntschaft? Ist sie wirklich so gefährlich, wie man sagt?»
Blaise zuckte die Achseln. «Ich habe sie überlebt. Bis jetzt.»
«Unbeschadet?»
«Ich lecke meine Wunden.»
Bertran verzog den Mund zu einem schiefen Lächeln. «Mehr kann man von solchen Affären nicht sagen.»
«Aber du hast wirklich geliebt», sagte Blaise zu seiner eigenen Überraschung. «Das geht tiefer.»
«Der Tod auch.» Nach einer Weile zuckte Bertran die Achseln, und dann schüttelte er den Kopf, als wollte er sich von solchen Gedanken frei machen. «Sind wir Freunde? Bist du Gast auf Talair und ersparst mir die Kosten für einen ausgebildeten Coraner?»
Blaise nickte. «Ich denke schon. Wohin wird uns das alles führen? Was meinst du?»
Bertran sah ihn verschmitzt an. «Das zumindest ist leicht zu beantworten: nach Lussan und Schloß Barbentain. Hast du vergessen, daß wir zur Herbstmesse wollen?» Er wendete sein Pferd und trabte an.
Immer witzig und beinahe um jeden Preis, dachte Blaise. Plötzlich fiel ihm ein, daß er sich noch mit keinem Wort bei seinem Lebensretter bedankt hatte. Einer plötzlichen Eingebung folgend ritt er das kurze Stück zu der Stelle zurück, wo der Überfall stattgefunden hatte. Er stieg ab und fand den Dolch, eine typisch portezzanische Waffe mit einem juwelenbesetzten Griff.
Bertran sah Blaise mit hochgezogenen Brauen an, als er zurückkehrte und ihm den Dolch zeigte. «Es wäre schade, ein so schönes Stück zurückzulassen», sagte Blaise. «Ich danke dir. Das war rasch gehandelt für einen alten Mann.»
Bertran grinste. Er nahm den Dolch und betrachtete ihn von allen Seiten. «Ein wenig überladen, trotzdem... eine schöne Arbeit», meinte er und steckte das Messer in seinen Gürtel.

Die Portezzaner vor dem Wagenzug des Herzogs von Talair hatten es plötzlich sehr eilig. Offensichtlich wollte Borsiard d'Andoria vor Bertran auf Schloß Barbentain sein. In Angelegenheiten wie dieser war es manchmal von Vorteil, wenn man der erste war, der sich beschwerte. Bis Lussan waren es jedoch noch zwei Tagereisen.

Als Valery in leichtem Galopp angeritten kam, wandte sich Bertran an ihn: «Ich werde nicht versuchen, sie zu überholen. Wir lassen uns Zeit. Aber reite du mit fünf Männern voraus und sprich mit der Gräfin oder mit dem Kanzler, am besten mit beiden. Ich empfehle, allen Portezzanern freien Zugang zur Stadt oder zum Schloß zu gewähren, ausgenommen den Andoria, und du erklärst ihnen, warum. Und noch etwas», fuhr Bertran fort, während Valery sein ungeduldiges Pferd zurückhielt. «Blaise de Garsenc steht nicht mehr in meinem Dienst. Er gibt uns die Ehre, als Freund und Gast bei uns auf Talair zu weilen. Vielleicht wird er sogar mit unseren Männern beim Turnier kämpfen. Unterrichte die Gräfin davon.»

Valery nickte, warf einen kurzen Blick auf Blaise und galoppierte in einer Staubwolke davon.

Und so war die Entscheidung gefallen, angesichts des Vorgefallenen sogar gewaltsam herbeigeführt worden.

10

Für den Kanzler von Arbonne waren die Tage vor der Eröffnung der Herbstmesse die anstrengendsten des Jahres, denn er leitete die vielen und verschiedenartigsten Vorbereitungen, die nötig waren, wenn eine Stadt die halbe bekannte Welt zu Gast erwartete.

Früher war es der Stolz der Bürger von Lussan gewesen, diese Vorbereitungen selbst zu treffen, doch als der Jahrmarkt an Bedeutung gewann und das gleichzeitig stattfindende Turnier immer mehr Berühmtheiten aus den sechs Ländern anlockte, darunter auch Könige und Königinnen, stellte das Stadtvolk seinen Stolz hintan und bat den Grafen von Barbentain um Unterstützung, der diese mit viel Kleinarbeit verbundene und mühsame Aufgabe seinem Kanzler überließ.

Gleich zu Beginn seiner Tätigkeit als Verantwortlicher der Herbstmesse hatte Roban einen Hauptmann der Coraner von Barbentain beauftragt, eine Truppe von hundert Lehnsmännern aufzustellen, die auf dem Jahrmarktsgelände von Sonnenaufgang bis Sonnenuntergang für Ordnung zu sorgen hatten. In der Nacht jedoch konnte eine Polizeitruppe kaum etwas ausrichten. Die Sicherheitsgarantie des Grafen – beziehungsweise der Gräfin – für Lussan und die zur Messestadt führenden Straßen galt deshalb nur bei Tag. Kein Herrscher in einem der sechs Länder war imstande, nach Einbruch der Dunkelheit sichere Straßen zu garantieren. Auch Robans Idee, die drei Hauptstraßen von Lussan während der Dauer der Messe zu beleuchten, löste dieses Problem nur unvollständig.

Doch es waren kleine Verbesserungen wie diese, die den Jahrmarkt von Lussan zu der beliebtesten und am besten besuchten Veranstaltung dieser Art in den sechs Ländern machten. Roban war stolz darauf, trotz des Gefühls, völlig überlastet zu sein. Aber da er der Meinung war, daß sich eine Arbeit nur lohnte, wenn sie gut gemacht wurde, und daß es außer ihm niemanden in Barbentain oder in ganz Arbonne gab, der ihn darin übertraf, nahm er es in Kauf.

Die Zöllner unterstanden seiner unmittelbaren Aufsicht – alle Abgaben für Waren, die Lussan verließen, gingen auf direktem Weg in die Kasse der Gräfin. Die Bürger von Lussan dagegen waren für die Ernennung und Bezahlung der Marktaufseher, Notare, Schreiber und Kuriere verantwortlich. Sie schickten auch während der Erntezeit Boten in die Dörfer, um die Bevölkerung von Arbonne zu erinnern, daß bald Herbstmesse sein würde mit Puppentheater und dressierten Tieren, Tänzern und Sängern, Feuerschluckern und Zauberern, mit fliegenden Händlern, die Schmuck, Spielzeug, Geschirr und Arzneien gegen alles mögliche, von Unfruchtbarkeit bis Verstopfung, feilboten – nicht zu vergessen die Frauen, die aus aller Welt kommen würden und die man sich in einer Taverne für eine Stunde oder eine ganze Nacht kaufen konnte.

Dinge wie diese überließ Roban gern den Lussanern. Sein Interesse galt den Kaufleuten, die von überall herkamen mit Seide und Wolle und Holz, Arzneien, Duftwässern und kostbaren Gewürzen aus dem Osten, mit Dolchen, Schwertern und Rüstungen aus den Schmieden von Aulensburg, Langbogen aus Valensa, geschnitzten Corannos-Statuen aus Gorhaut, Gold- und Silbergeschmeide aus Portezza, valensischem Tuch sowie Käse, Wein, Oliven und Öl aus dem Süden Arbonnes. Auf dem Markt von Lussan gab es praktisch alles zu kaufen, es begegneten einem Menschen aus allen Teilen der bekannten Welt, und für ein Bier erzählten Seefahrer von den legendären Ländern im Süden jenseits der Grenzen der bekannten Welt.

Die Messe in Lussan war die letzte im Jahr, bevor der Winter den Verkehr stillegte, und folglich auf Monate hinaus auch die letzte Gelegenheit für Gespräche zwischen führenden Persönlichkeiten aus Regierung und Wirtschaft. In den Privathäusern der Fürsten und großen Kaufleute fanden hinter verschlossenen Türen Unterredungen statt, die den Lauf der Ereignisse in den sechs Ländern im kommenden Jahr bestimmten; und darin, das wußte

Roban aus langjähriger Erfahrung, lag die eigentliche Bedeutung dieser Messe.

In ganz besonderem Maße traf dies auf die diesjährige Messe zu, denn der Vertrag zwischen Gorhaut und Valensa nach der Schlacht am Iersen hatte das Gleichgewicht der Kräfte unter den sechs Ländern verschoben, und Arbonne hatte allen Grund, die Folgen zu fürchten.

Als Roban erfuhr, daß Valery de Talair dringend um eine Audienz bei der Gräfin nachsuchte, schloß er – seinem pessimistischen Naturell gemäß –, daß die Nachrichten, die ihn erwarteten, kaum zur Beruhigung seiner strapazierten Nerven beitragen würden.

Und so war es auch. Entsetzt hörte er an der Seite der Gräfin in deren kleinem Privatraum hinter dem Audienzsaal Valerys Bericht von einem Mordanschlag auf den Gorhauter Coraner sowie von der Ermordung zweier Portezzaner aus Andoria und der Hinrichtung eines dritten, eines Vetters von Borsiard persönlich. Die Spannungen, die sich daraus ergeben konnten, waren geeignet, die Messe zu gefährden, noch bevor sie begonnen hatte, und sie würden ihn voraussichtlich mit einem seiner verheerenden Migräneanfälle einen kostbaren Tag lang ans Bett fesseln.

Eine Strafmaßnahme war notwendig gewesen, das stand außer Frage. Bertran de Talair war gezwungen gewesen, etwas zu unternehmen. Was die Andorianer aber nicht hinnehmen würden – eine Abordnung von ihnen war angeblich ebenfalls heute auf staubbedeckten und schweißnassen Pferden eingetroffen –, war die standrechtliche Hinrichtung. Man knüpfte Adelsleute nicht wie Strauchdiebe am Straßenrand auf. Und dann auch noch mit dem Schandmal gezeichnet! Bei dieser Mitteilung zuckte Roban zusammen und täuschte einen Hustenanfall vor, um seine Empfindlichkeit vor der Gräfin zu kaschieren.

Mit einer Geste, die ihm zur Gewohnheit geworden war, strich er mit der Hand über sein Wams und konzentrierte sich wieder auf Valery, der auf sehr vernünftige Weise darauf hinwies, daß Edelleuten nicht gestattet werden dürfte, einen Landfrieden zu brechen, nur weil sie damit rechnen konnten, daß der Verstoß mit der Bezahlung eines Lösegelds als erledigt gelten würde. Bertrans außerordentlich kundiger Cousin führte überdies aus, daß der Herzog durch die Anwendung des Standrechts die Autorität der Gräfin entschlossen verteidigt habe, ihr jedoch anheimstellte, ihn dafür mit einer Buße zu belegen, um die Andorianer zu beschwichtigen, wenn sie dies wünsche.

Roban, der hier einen Hoffnungsschimmer aufglimmen sah und bereits etliche Möglichkeiten in Betracht zog, versuchte, an dieser Stelle zu Wort zu kommen. Doch es gelang ihm nicht, denn Valery fuhr in flüssiger Rede und ohne Atem zu holen fort, daß Bertran selbst jedoch nicht zu einer solchen Beschwichtigung rate. Roban schloß die Augen. Seine Kopfschmerzen waren ihm für heute gewiß.

Die Glaubwürdigkeit der Gräfin als Herrscherin über Arbonne, sagte Valery de Talair ernst, verlange, daß sie ebenso entschlossen durchgreife. Bertran empfehle deshalb, Borsiard d'Andoria den Besuch der Messe zu verbieten.

«Die Gräfin muß Dinge berücksichtigen, die höher anzusiedeln sind als Vereinbarungen über den Ablauf von Handelsmessen», versetzte der Kanzler. «Es ist ein äußerst schlecht gewählter Zeitpunkt, um einen so wichtigen Mann wie Borsiard d'Andoria zu maßregeln.»

«Du hättest zugelassen, daß er das Leben des Mannes mit Geld zurückkauft? Daß er mit seiner neuen Braut auf der Lussaner Messe und hier oben im Schloß umherspaziert, nachdem er auf unseren Straßen versucht hat, jemanden umzubringen? Was wäre denn gewesen, wenn der Gorhauter Coraner gestorben wäre?»

«Sein Tod hätte die Dinge vielleicht vereinfacht», antwortete Roban ein wenig zu schnell, denn Valery hatte einen wunden Punkt bei ihm berührt. «Die Gräfin weiß, was ich von diesem Wahnsinn halte, den En Bertran vorgeschlagen hat.»

«Es war meine Tochter, die diesen Vorschlag machte», mischte sich jetzt die Gräfin ein, die bis dahin geschwiegen hatte, «und Bertran und ich haben ihm zugestimmt. Ich kenne deine Bedenken, Roban, aber ich sehe auch hier keine andere Möglichkeit, als Bertrans Vorgehen zu unterstützen. Ich werde Borsiard d'Andoria keinen Zugang zur Messe gewähren.»

«Das wird uns teuer zu stehen kommen», sagte Roban und fühlte, wie ihm die Röte ins Gesicht stieg. «D'Andoria wird nächstes Jahr sein Geld in Gorhaut anlegen anstatt bei uns.»

Valery zuckte gleichgültig die Achseln. «Die Gorhauter brauchen ihn gar nicht. Nach dem, was sie dank des Iersen-Vertrags von Valensa kassiert haben, schwimmen sie in Geld. Denke nur an die Summe, die sie für Bertrans Ermordung zu zahlen bereit waren.»

«Im Krieg herrscht überall Geldmangel», sagte Roban düster.

«Dabei fällt mir ein», sagte die Gräfin in einem Ton, der Roban aufhorchen ließ, «daß Daufridi von Valensa eigentlich sehr knapp bei Kasse sein müßte, wenn er den Gorhautern so viel für das Land bezahlt, das sie ihm überlassen haben.»

«Ich denke, er hat einige Probleme», äußerte Roban vorsichtig. Er hatte gelernt, vorsichtig zu sein, wenn die Gräfin diesen Ton anschlug; gewöhnlich ging er mit irgendeinem beunruhigenden Plan oder Vorschlag einher. Seine Kopfschmerzen verschlimmerten sich.

Er sah, daß Valery hinter erhobener Hand ein Lächeln verbarg.

«Wir werden darüber reden müssen», murmelte die Gräfin. «Ich habe da so eine Idee – das heißt, wenn Bertran den gleichen Gedanken nicht schon vor mir hatte.» Sie sah Valery scharf an. Auch sie hatte sein heimliches Lächeln bemerkt.

«Ich bin sicher», sagte Valery mit einer anmutigen Verneigung, «daß En Bertran jeglichen Gedanken, den er zum Thema Valensa haben könnte, hier vortragen wird.»

«Ich vermute eher», entgegnete Signe de Barbentain trocken, «daß er mich liebenswürdigerweise davon unterrichten wird, was er bereits unternommen hat, ähnlich wie mit jenen Versen, die ihn in diesem Sommer beinahe das Leben gekostet haben. Übrigens» – sie wandte sich an Roban – «ich wünsche, daß während der Messe überall, wo der Herzog von Talair auftritt, auch unsere Barbentain-Garde zu sehen ist. Nichts gegen Bertrans eigene Coraner, aber ich möchte, daß allen, die etwas gegen ihn im Schilde führen, von vornherein klar ist, daß wir sie im Auge behalten.»

Roban nickte.

Wie nebenbei erwähnte Valery, daß Rudo Correze in der Gesellschaft der Delonghi und Andoria nach Lussan kommen würde.

«Das ist ja wunderbar», sagte die Gräfin sarkastisch. «Soll ich ihm ebenfalls den Zutritt zur Stadt verwehren? Soll ich es mir mit sämtlichen Patrizierfamilien Portezzas verderben?» Signe de Barbentain verlor selten die Geduld. Daß sie es jetzt tat, war für Roban in hohem Maße befriedigend, denn es bewies, daß sie seine Sorgen verstand und teilte. Seine Hand strich über das seidene Wams.

Valery schüttelte den Kopf. «Blaise de Garsenc sagt, die Correze seien zu klug, um den Landfrieden zu brechen. Vor allem würden sie nie etwas tun, das ihnen wirtschaftlich schaden könnte. Er meint, Rudo Correze ist wahrscheinlich von dem Vertrag zurückgetreten.»

«Wie kommt er denn darauf?» erkundigte sich Roban gereizt. «Keiner aus dieser Familie sagt nein zu zweihundertfünfzigtausend in Gold.»

«Das dachte ich auch, Herr Kanzler», sagte Valery. «Aber Blaise hat mir versichert, er kenne Rudo Correze sehr gut. Von ihm sei jetzt nichts zu befürchten.»

«Wir verlassen uns ziemlich viel auf diesen Coraner aus Gorhaut, nicht wahr?»

«Genug, Roban! Wir haben dieses Thema ausführlich besprochen», sagte Signe entschieden. «Dieser Mann ist nicht irgendein Coraner aus Gorhaut. Er ist der Sohn von Galbert de Garsenc, und wenn wir hoffen, zwischen das Herrscherhaus und die Bevölkerung von Gorhaut einen Keil zu treiben, ist er unser Mann. Wenn er uns hintergeht, werde ich dir, noch bevor wir alle tot sind, zugestehen, daß du recht hattest. Wird das genügen, Kanzler?»

Ihre bissige Kritik tat ihm weh. Als er jünger war, hatte er nach einer solchen Attacke manchmal hinter verschlossener Tür geweint. Heute war ihm wieder danach zumute – ein schreckliches Eingeständnis, dachte er, für einen Mann seines Alters und seines Rangs. Ob sie es jemals bemerkt hatte, daß er sie liebte? Oder daß er gelegentlich an Kopfschmerzen litt? Vielleicht wäre sie dann mitfühlender und ein wenig sanfter mit ihm gewesen.

Signe konnte sich nicht erinnern, daß ihr Kanzler zu Guibors Lebzeiten ähnlich eigensinnig gewesen wäre. Aber damals hatte sie nicht so häufig mit ihm zu tun gehabt. Er war immer der Mann im Hintergrund, der alles, was man ihm auftrug, treu und zuverlässig erledigte. Heute wirkte er ein wenig erhitzt, und er hatte Ringe unter den Augen. Als sie ihn zum wiederholten Mal sein Wams glattstreichen sah, fragte sie sich, ob Roban möglicherweise überarbeitet war.

Sie selbst fühlte sich im Augenblick auch nicht besonders kräftig, aber das ging niemanden etwas an, weder Roban noch Valery. «Laß Borsiard d'Andoria zu mir kommen, sobald er in Lussan ist», sagte sie zu Roban. «Ich werde ihn nicht einfach auf dem Ordnungsweg aussperren. Er soll es von mir selbst erfahren.»

Was noch am selben Nachmittag geschah. Borsiard stürmte in den Audienzsaal und verlangte wütend das Todesurteil für Bertran de Talair, der drei seiner Edelleute ermorden ließ. Signe hatte den Eindruck, er glaubte im Ernst, sie würde seiner Forderung nachkommen, wenn er nur ordentlich auftrumpfte.

Aber sie war schon mit anderen Männern fertig geworden. Sobald sie zu sprechen begann und ihre wohlüberlegten Worte wie Steine in den stillen Raum fielen, gab Borsiard seine herausfordernde Haltung auf.

«Nimm deine Leute und deine Waren und verlasse die Stadt», sagte sie vom ehrwürdigen Thron der Grafen von Arbonne herab. «Du wirst auf dieser Messe keine Geschäfte machen, denn du hast die herrschenden Gesetze schändlich gebrochen. Die Männer, von denen du sprichst, wurden rechtmäßig hingerichtet vom Herzog von Talair, der uns als Angehöriger des Arbonner Adels in dieser Sache vertritt. Was immer du mit Blaise de Garsenc aus Gorhaut auszufechten hast – die Straßen, die zur Herbstmesse in Lussan führen, sind nicht der Austragungsort für deine Fehden. Du wirst Arbonne unbehelligt verlassen können.

Wir werden dich sogar bis zur Grenze von Portezza eskortieren lassen... Oder möchtest du in eine andere Richtung reisen?»

Das hatte sie von Guibor gelernt: Stelle selbst Fragen, überlaß nie dem anderen die Initiative. Wie auf ein Stichwort nahm Borsiards dunkles, gutaussehendes Gesicht einen bösartigen Ausdruck an. «So ist es in der Tat», sagte er. «Es gibt gewisse Dinge, die ich in Gorhaut zu erledigen habe. Ich werde nach Norden weiterreisen.»

«Wir sind überzeugt, daß du am Hof von König Ademar willkommen sein wirst», sagte Signe gelassen. Dieser Mann mitsamt seinem Reichtum konnte sie nicht verunsichern. Er war viel zu leicht zu durchschauen. Sie fragte sich, wie lange seine Ehe dauern würde, und gestattete sich ein Lächeln, das sie wie eine Waffe einzusetzen verstand. «Wir hoffen nur, daß es deiner Gemahlin im winterlichen Cortil nicht zu kalt und zu still sein wird», fuhr sie fort. «Wenn sie es vorzieht, in ihre Heimat zu reisen, werden wir ihr herzlich gern eine Eskorte stellen. Andererseits» – Signe war eben auf eine Idee gekommen – «würden wir uns sehr freuen, wenn sie eine Weile an unserem Hof bliebe, wolltest du lieber ohne sie nach Norden reisen. Wir könnten uns vorstellen, daß sie sich bei uns nicht langweilen wird. Und es wäre sehr ungerecht, einer Dame, die an den Missetaten ihres Gatten schuldlos ist, den Besuch der Messe zu verweigern. Das entspricht nicht unserer Art in Arbonne.»

Als Signe am Abend ihr Schlafgemach betrat, fragte sie sich, ob sie mit der Einladung von Lucianna Delonghi nicht etwas voreilig gewesen war. Sie könnte sich gerade während der Messezeit auf Schloß Barbentain als schwieriger Gast erweisen. Andererseits bräuchte sich Lucianna nur ihrem Vater anzuschließen, wenn sie beabsichtigte, in der Stadt zu bleiben. Mit ihrer Einladung hatte Signe nur etwas gebilligt, das ohnehin kaum zu verhindern war. Aber sie war auch persönlich ein wenig neugierig auf Lucianna. Sie hatte sie vor sechs oder sieben Jahren das letztemal auf Barbentain gesehen. Da war sie noch nicht verheiratet gewesen. Ihr Vater hatte sie am Hof vorgestellt. Sie war schon damals sehr schön und aufgeweckt und sehr jung. Inzwischen schien sie einiges erlebt zu haben.

Mit einem Seufzer ließ sich Signe auf dem Bett nieder. Sie hatte sich an diesem Abend ziemlich früh zurückgezogen und die Regelung der Angelegenheit «d'Andoria» dem Kanzler und den Messeaufsehern überlassen. Borsiard würde keine Schwierigkeiten machen; er hatte nur einige Coraner bei sich und würde vermutlich nicht wollen, daß man ihn öffentlich aus der Stadt wies. Aber er würde nach Gorhaut gehen, genau wie Roban vorausgesagt hatte. Arbonne würde eine Geldquelle verlieren und, wenn es zum Krieg kam, einen Verbündeten weniger haben, während Gorhaut möglicherweise zusätzliche Truppen gegen Arbonne ins Feld schicken konnte.

Signe starrte in die Dunkelheit und dachte an Bertran. Sie wußte, er hatte das Richtige getan, und sie war ihm auch dankbar dafür, daß er alles auf sich nahm und ihr dadurch einiges erleichterte. Sie wünschte nur, er würde weniger häufig in Situationen geraten, in denen richtiges Handeln so viele schlimme Folgen nach sich zog.

Sie sehnte sich nach Schlaf, um wenigstens bis zum nächsten Morgen von Sorgen und Schmerzen erlöst zu sein – und um träumen zu können. Aber es war ihr nicht vergönnt.

Das Klopfen an der äußeren Tür ihrer Gemächer war so leise, daß sie es nur hörte, weil sie noch nicht schlief.

«Sieh nach, wer es ist», sagte sie zu einem der Mädchen im Vorzimmer. Doch es konnte nur Roban sein, der um diese Zeit klopfte.

Er wartete in einem der vorderen Zimmer und trug noch dasselbe Wams wie am Nachmittag, stellte Signe etwas betroffen fest. Im Licht der Kerzen, die ihre Kammerzofen eilends angezündet hatten, wirkte sein Gesicht mit den tiefliegenden Augen grau vor Müdigkeit.

«Setz dich», sagte sie. «Bevor du etwas sagst, setz dich. Brisseau, eine Flasche Apfelwein für den Kanzler.»

Sie nahm ihm gegenüber Platz und zwang sich, geduldig zu warten, bis der Cidre geholt und auf den Tisch gestellt war, und dann wartete sie noch ein Weilchen, bis Roban getrunken hatte.

«Nun sag, was du auf dem Herzen hast», sagte sie schließlich.

«Herrin, ich habe am frühen Abend eine Nachricht aus dem Rian-Tempel der Stadt erhalten», sagte er mit merkwürdig schwacher Stimme. «Von jemandem, der unmöglich in Lussan sein konnte. Die Person bat um eine Audienz und... um Asyl.»

«Ja?»

«Ja. Ich habe mich daraufhin selbst in die Stadt begeben, um die Sache nachzuprüfen. Ich fürchte, Herrin, wir sehen uns mit einer Krise konfrontiert, die wesentlich ernster ist als der Fall ‹d'Andoria›.»

«Um wen handelt es sich? Wer ist in der Stadt?»

«Sie ist nicht mehr in der Stadt. Ich hatte keine andere Wahl, Herrin. Ich mußte sie ins Schloß bringen, bevor noch andere erfahren, daß sie hier ist.» Roban holte tief Luft. «Gräfin, es scheint, daß Rosala de Garsenc aus Gorhaut ihren Mann, den Herzog, ohne sein Wissen verlassen hat. Sie sucht Zuflucht bei uns. Sie befindet sich jetzt auf Barbentain und, Herrin, ich glaube, sie bekommt eben jetzt ein Kind.»

Cadar de Savaric, benannt nach seinem Großvater mütterlicherseits, erblickte kurz vor Morgengrauen auf Schloß Barbentain das Licht der Welt.

Obwohl er nach der anstrengenden Reise seiner Mutter zu früh geboren wurde, war er ein kräftiges Kind, das einen lauten, in den Ohren seiner erschöpften Mutter triumphierenden Schrei ausstieß, als es von den eilends ins Schloß gerufenen Rian-Priesterinnen aus dem Mutterleib geholt und abgenabelt wurde.

Er wurde in warmer Milch gebadet, wie es sich für ein Kind von vornehmer Geburt gehörte, und in blaue Seide gewickelt, bevor ihn die Priesterin der Gräfin von Arbonne in den Arm legte, die die ganze Nacht bei Rosala ausgeharrt hatte. Signe mit ihrem weißen Haar und den blauen Äderchen an den Schläfen betrachtete das Kind mit einem Ausdruck, den Rosala nicht ganz verstand; doch sie empfand ihn als ungemein tröstlich. Kurz darauf trat Signe an das Bett und legte das Neugeborene sanft in die Arme seiner Mutter.

Diese Sanftmut hatte Rosala nicht erwartet. Sie hatte überhaupt nicht gewußt, was sie erwartete, als sie eine Woche zuvor nach dem Besuch von Galbert de Garsenc beschlossen hatte, nach Süden zu fliehen.

Die bevorstehende Herbstmesse in Lussan war ihre Chance gewesen. Garsenc lag in der Nähe der großen Straße, die über den Paß führte. Jeden Tag hatte Rosala Gruppen von Coranern und Händlern gesehen, die am Schloß vorbeikamen und gelegentlich anhielten, um im Heiligtum zu beten oder auf dem Schloß oder bei den Dörflern im Tal Handel zu treiben.

Zwei Tage nach dem Besuch ihres Schwiegervaters schrieb Rosala einen Brief an ihren Mann, in dem sie ihm mitteilte, daß sie nach Norden zu ihrer Familie reise, um dort die Geburt des Kindes zu erwarten. Sie habe schrecklich geträumt, und auf Garsenc seien schon zu viele Kinder und Frauen bei einer Geburt gestorben. Sie hoffe, er würde ihre Sorge verstehen und zu ihr kommen, wenn es die Geschäfte bei Hof erlaubten.

Noch in derselben Nacht verließ sie das Schloß unbemerkt durch eine Seitentür. Ihr Lieblingspferd stand in den Ställen der Coraner außerhalb der Burg, damit es in der Zeit, in der sie nicht reiten konnte, regelmäßig bewegt wurde. Die Ställe wurden nicht bewacht – niemand würde es wagen, den Garsenc ein Pferd zu stehlen. Sie war umständlich aufgestiegen und im Damensitz, das Kind groß und schwer in ihrem Leib, in die von den zwei Monden erhellte Landschaft hinausgeritten, die ihr schön und beängstigend zugleich erschien.

Sie war nicht in der Lage, sich länger als jene eine Nacht im Sattel zu halten. Widerstrebend und der Verzweiflung nahe ließ sie das Pferd bei einem Weiler zurück und ging zu Fuß weiter. Gegen Abend stieß sie, hungrig und völlig erschöpft, auf Gaukler. Zwei Frauen, die in einem Bach badeten, als sie näher kam, nahmen sie mit zu ihrem Lager. Auf ihre Fragen nannte Rosala den erstbesten Namen, der ihr einfiel, und sagte, sie wolle nach Arbonne, um dort Hilfe bei der Entbindung zu finden. Zwei Kinder seien ihr schon gestorben. Nun setze sie alles daran, um dieses zu retten.

Und letzteres war nicht einmal gelogen.

Bei Rosalas Andeutung, daß sie einen Zauber suche, machten die Frauen ein schützendes Zeichen, aber sie nahmen sie großzügig auf, da sie selbst unterwegs nach Süden waren. Auf einem schwankenden, holpernden Wagen überquerte Rosala die Berge zusammen mit zwei diebischen grauen Äffchen, einem sprechenden Vogel aus den nördlichen Sümpfen, einer Giftnatter in einem Korb und einem geschwätzigen Mann mit merkwürdig blauen Zähnen, der die Tiere abrichtete. Die blauen Zähne habe er von den Schlangenbissen, erklärte Othon, aber jetzt habe er der Schlange die Giftzähne gezogen. Er fütterte die Natter mit Mäusen und Eidechsen. Jedesmal, wenn der Wagen über eine Furche oder einen größeren Stein holperte, und das geschah häufig auf einer Gebirgsstraße, blickte Rosala ängstlich zu dem Korb, um zu sehen, ob der Deckel noch richtig schloß. Der Bär und der Berglöwe fuhren glücklicherweise in einem eigenen Wagen.

Sie verstellte ihren Akzent und sprach so wenig wie möglich, um sich nicht zu verraten. Mit Othon auf dem Wagen war das einfach, denn er gehörte zu den Leuten, für die Reden und Denken eines war. Er war auch freundlich zu ihr und brachte ihr abends von der gemeinschaftlichen Kochstelle Suppe und Brot. Sie gewöhnte sich an sein unaufhörliches Gebrabbel und die endlos wiederholten Geschichten von früheren Reisen, so daß sie nach den drei Tagen, die sie brauchten, um von Gorhaut über den Gebirgspaß nach Arbonne zu kommen, das Gefühl hatte, schon immer mit diesen Leuten unterwegs gewesen zu sein, und daß Schloß Garsenc zum Leben einer anderen Frau gehörte.

Als Rosala am Morgen des vierten Tages die Plane des Wagens zurückschlug, ging gerade die Sonne über den Hügeln im Osten auf, und vor ihr lag eine Landschaft, die ihr völlig fremd war, mit Zypressen und Pinien und terrassierten Hängen im Westen mit den berühmten Olivenhainen von Arbonne. Ein hellglänzender blauer Fluß eilte neben der Straße zu Tal. In der Ferne, kaum sichtbar im Schimmer der Sonne, blinkten die Türme eines Schlosses.

«Das wird Barbentain sein», sagte Othon hinter ihr. Sie sah ihn über die Schulter an und lächelte sogar. Dann wandte sie sich wieder, die Hand auf ihren gewölbten Leib gelegt, den in der Ferne grüßenden Türmen zu. Dort in Barbentain regierte jetzt die Witwe Guibors IV. Rosalas Vater hatte die Gräfin von Arbonne einmal die schönste Frau der Welt genannt. Rosala hoffte nur, daß die Gräfin neben ihrer Schönheit auch Güte und Mut besaß, denn beides würde sie auf eine harte Probe stellen.

Später am Tag, als die Sonne hoch am klaren Herbsthimmel stand, setzten die ersten Wehen ein. Othons Redefluß versiegte plötzlich. Er rief die Frauen herbei, die sich um Rosala kümmerten, so gut es ging. Bis Lussan war es noch ein weiter Weg, und so war es bereits dunkel, als sie Rosala am Rian-Tempel absetzten.

Ein gesunder, wohlgestalteter Junge, dachte Signe. Sie war überrascht, wie sehr sie sich darüber freute. Unter den gegebenen Umständen hätte sie nur tiefste Sorge um ihr Land und ihre Leute empfinden sollen. Dieses Kind und seine Mutter bedeuteten höchste Gefahr; sie könnten Gorhaut als Rechtfertigung für einen Krieg dienen. Im Vorzimmer ging Roban auf und ab wie ein Vater, der verzweifelt auf einen Erben wartet, aber Signe wußte, daß seine Unruhe andere Gründe hatte. Er hoffte, das Kind von Rosala de Garsenc möge wenigstens ein Mädchen sein, denn für ein Mädchen würden die Gorhauter vielleicht nicht in den Krieg ziehen.

Doch sowohl Rian als auch Corannos schienen hier ihre Hand im Spiel zu haben, und wenn der Gott und die Göttin zusammenwirkten, dann, so hieß es von alters her, konnten Männer und Frauen nur demütig niederknien und das Haupt beugen. Signe blickte lächelnd auf das in aristokratisches Blau gewickelte Kind und trug es zu seiner Mutter. Rosala war so bleich wie die Wachskerzen neben ihrem Bett, und die blauen Augen wirkten riesig in ihrem erschöpften Gesicht, aber auch furchtlos und entschlossen. Signe bewunderte diese Frau. Rosala hatte im Lauf der Nacht, in den Pausen zwischen den Wehen, ihre Geschichte erzählt und warum sie geflohen war und in Arbonne um Asyl bat.

Es war eine Bitte, die Signe nicht abschlagen konnte. Sogar

Roban hatte die Frau nach Barbentain bringen lassen, was Signe ihm hoch anrechnete. Sie war überzeugt, daß Rosalas Geschichte auch ihn gerührt hatte, was er natürlich abstreiten würde. Aber es waren eindeutig nicht nur pragmatische Gründe, die ihn veranlaßt hatten, Rosala ins Schloß zu holen. Signe war stolz auf ihn.

Aber sie war sich auch bewußt, daß dieses Mitgefühl, diese Nachgiebigkeit gegenüber einer menschlichen Regung sie alle das Leben kosten konnte. Rosala wußte das offensichtlich auch. Signe hatte sie im Lauf der Nacht, obwohl Rosala wegen der Wehen nur unzusammenhängend sprechen konnte, als eine sehr kluge Frau kennengelernt, die obendrein Mut besaß. Denn mutig mußte man sein, um sich gegen Galbert de Garsenc zur Wehr zu setzen.

«Hier ist dein Kind, Rosala», sagte Signe und sprach leise die übliche Formel: «Wünscht die Mutter ihm einen Namen zu geben?»

«Cadar», sagte Rosala laut und deutlich, als wollte sie, daß es alle Welt hörte. «Sein Name ist Cadar de Savaric.» Sie streckte die Arme aus, und Signe gab ihr den Jungen.

Die Gräfin verstand, daß die Wahl dieses Namens von Trotz bestimmt war, aber sie grenzte an eine Provokation. Sie war nur froh, daß ihr Kanzler dies nicht auch noch gehört hatte, denn er hatte in den letzten vierundzwanzig Stunden Aufregung genug gehabt. Sie selbst fühlte sich alt und müde. Ihre Glieder waren bleischwer nach einer schlaflosen Nacht.

«Der Junge hat einen Vater», sagte sie, weil sie sich dazu verpflichtet fühlte. «Was ist, wenn er ihn trotz allem annehmen und ihm seinen Schutz gewähren will? Wird dieser Name nicht ein großes Hindernis sein?»

Die Frau war sehr müde; es war unfair, sie ausgerechnet jetzt zurechtzuweisen, aber Signe hielt es für notwendig, bevor der Name nach draußen drang. Rosala blickte mit ihren klaren blauen Augen zu ihr auf und sagte: «Wenn sein Vater kommt, um ihn zu sich zu nehmen, werde ich noch einmal darüber nachdenken.» Etwas in Rosalas Ton beunruhigte Signe erneut.

«Er wird Paten brauchen, die ihn vor dem Gott vertreten», fuhr Rosala fort, «und auch vor der Göttin, wenn ihr ein solches Ritual in Arbonne habt. Wäre es zuviel verlangt, wenn ich dich bitte, Cadars Patin zu sein?»

Es war viel verlangt, denn es verdoppelte die Gefahr, die dieses Kind für Arbonne darstellte. Roban hätte vor Entsetzen einen roten Kopf bekommen.

«Ich werde es tun», sagte Signe und blickte gerührt auf das Kind. Ihren eigenen Enkelsohn hatte sie nie gesehen, der vor so vielen Jahren in einer Winternacht geboren wurde und starb oder auf andere Weise verlorenging. Keine lebende Seele kannte sein Schicksal, bis auf Urté de Miraval. Zeit, Erinnerung und schmerzliche Verluste schienen heute nacht ein wirres Knäuel zu bilden. Signe betrachtete die blonde Frau aus dem Norden und dachte an ihre Aelis.

«Es wird mir eine Ehre sein, für dein Kind Pate zu stehen», sagte sie.

Rosala schob die Decke zurück und legte das Kind an die Brust, das sofort zu trinken begann. Signe fühlte sich den Tränen nahe. Es war die durchwachte Nacht, sagte sie sich und straffte sich.

«Und wer soll der zweite Pate sein?» fragte sie. «Kennst du jemanden hier, den du fragen möchtest?»

«Es gibt jemanden, obwohl meine Bitte an ihn vielleicht eine weitere Zumutung ist. Mein Vater sagte, er sei tapfer und ehrlich, was immer man über ihn sagen würde. Und er ist – vergib mir – ein Feind von Galbert de Garsenc. Vor Corannos und Rian ist dies vielleicht kein besonders lauterer Grund, um jemanden zum Paten zu wählen, aber es ist der Grund, warum mein Kind jetzt Schutz braucht. Hält sich der Herzog von Talair in Lussan auf? Glaubst du, er ist dazu bereit?»

Signe liefen die Tränen über die Wangen, und dann begann sie – ein wenig erschrocken über sich –, hilflos zu lachen. «Er ist hier. Und wenn ich ihn bitte, wird er es tun», sagte sie. So viele Erinnerungen, so viele Echos aus vergangener Zeit hatten sich bereits aneinandergereiht, und nun kamen mit Bertran weitere dazu.

Als sie aus dem Fenster blickte – im Osten graute bereits der

Morgen –, fiel ihr noch etwas ein, viel zu spät, wie sie dachte. «Weißt du, daß sich der Bruder deines Gatten beim Herzog von Talair aufhält?»

Signe war ihr Leben lang eine gute Beobachterin gewesen. Sie erkannte sofort, daß die Frau nichts davon gewußt hatte und daß es ihr sehr viel bedeutete. Signe drängten sich plötzlich eine Menge Fragen auf. Doch jetzt war nicht der richtige Zeitpunkt, um sie zu stellen. Plötzlich wünschte sie, Beatritz wäre zur Herbstmesse gekommen wie jedes Jahr, statt auf der Rian-Insel zu bleiben.

«Ich möchte ihn noch nicht sehen», sagte Rosala leise. «Ich möchte nicht, daß er weiß, daß ich hier bin. Wäre das möglich?»

«Ich glaube nicht, daß er dich verraten oder zurückschicken würde. Wir kennen Blaise inzwischen ein wenig.»

Rosala schüttelte den Kopf. «Das ist es nicht. Ich bin nur auf so komplizierte Weise mit dieser Familie verbunden. Wird ihm der Herzog sagen, daß ich hier bin?»

Signe schüttelte den Kopf und versuchte, ihr zunehmendes Unbehagen zu unterdrücken. «Man weiß nie genau, was Bertran tun wird, aber er ist absolut vertrauenswürdig.»

Rosala blickte auf das Kind an ihrer Brust, während sie über das eben Gehörte nachzudenken schien. Cadar hatte ungewöhnlich dichtes Haar, das in feuchten Kringeln an seinem Köpfchen klebte, und es war karottenrot. Wie das Haar seines Vaters, dachte Rosala. Sie schloß kurz die Augen. So viel Neues drang auf sie ein, und sie war so schrecklich müde.

Sie wandte sich noch einmal an die Gräfin. «Ich weiß, ich bin dir eine große Last. Aber ich sah keine andere Möglichkeit für das Kind. Danke, daß ich hier sein darf und daß du die Patenschaft für meinen Sohn übernimmst. Würdest du den Herzog von Talair bitten, noch heute mit dir als die Stellvertreter meines Sohnes vor Corannos und Rian zu treten und zu versprechen, ihn gegen alle zu verteidigen, die ihm schaden wollen?»

Als Bertran de Talair das von der Morgensonne freundlich erhellte Zimmer betrat, in dem Rosala lag, wirkte er wie gewöhnlich leicht amüsiert. Er blickte zuerst zur Gräfin, dann zu der blonden Frau im Bett und trat schließlich an die Wiege am Fuß des Bettes, in der das Kind schlief.

Nach einer Weile wandte er sich mit völlig verändertem Gesichtsausdruck an die junge Mutter. Die Priesterinnen hatten sie gewaschen und ihr ein Gewand aus blauer Seide angezogen. Sie hatten ihr langes Haar gekämmt, das im Sonnenschein wie flüssiges Gold auf dem Kissen lag. Ihre Augen waren so blau wie die von Bertran.

«Meinen Glückwunsch», sagte er höflich. «Du hast einen schönen Sohn. Ich wünsche ihm ein glückliches Leben.»

«Galbert de Garsenc, der Tempelälteste in Gorhaut, wollte mir das Kind nehmen», sagte Rosala, ohne lange Vorrede und auf die Gefahr hin, daß man sie für plump und unhöflich hielt. Aber sie war zu erschöpft für wortreiche Erklärungen.

«Das hat man mir berichtet», entgegnete er ernst.

«Ich fürchte, unter diesen Umständen ist eine Patenschaft für meinen Sohn mehr als ein schöner Brauch. Willst du das auf dich nehmen, Herzog?»

«Ja», antwortete er ruhig und fügte nach einer Pause hinzu: «Eher will ich sterben als zulassen, daß du dieses Kind an ihn verlierst.»

Sie errötete vor Freude und atmete rascher, wie nach einer ungeheuren Kraftanstrengung. «Danke», flüsterte sie, und zum erstenmal in dieser Nacht füllten sich ihre Augen mit Tränen. Sie wandte den Kopf zur Gräfin. «Ich danke euch beiden. Damit ist er so sicher, wie er in dieser Welt sein kann. Ich glaube, jetzt kann ich ausruhen.»

Sie schloß die Augen und war, kaum daß sie geendet hatte, eingeschlafen. Bertran und die Gräfin, die sich am Bett gegenüberstanden, tauschten einen langen Blick.

Schließlich grinste der Herzog. «Du hast das getan», sagte er, «nicht ich. Also mach mir keine Vorwürfe.»

«Es wird keine Vorwürfe geben. Keiner von uns hätte ihre Bitte abgelehnt. Wir müssen so sein, wie wir sind, oder wir werden uns selbst zum Feind.»

Obwohl sie die ganze Nacht nicht geschlafen hatte, fühlte sie

sich jetzt nicht mehr müde. Sie trat ans Fenster und blickte auf die Insel und den Fluß und die rotgoldenen Herbstfarben ihres Landes.
Roban, der in der Tür stand, hatte ihre Worte gehört. Unnötigerweise wie immer glättete er sein Wams, während er über die edlen Gefühle nachdachte, die hier geäußert wurden, und über die immer größer werdende Wahrscheinlichkeit, daß sie alle, wie sie hier waren, bis zum Sommer des nächsten Jahres besiegt und nicht mehr am Leben sein würden.

Zur Messezeit waren die meisten der zahlreichen Lussaner Tavernen überfüllt, und so konnte es nur ein unglücklicher Zufall sein, daß der Tierbändiger Othon am späten Abend in der Gaststätte «Zum Bogen» noch einen freien Platz fand, um die Eröffnung der Messe auf seine Weise zu feiern, nachdem er es schon in drei anderen Tavernen vergeblich versucht hatte. Noch redseliger als gewöhnlich erzählte er an einem Tisch, wo sich ein paar andere Schausteller zusammengefunden hatten, von einem ungewöhnlichen Fahrgast aus Gorhaut, den er auf seinem Wagen mitgenommen hatte. Allein die Tatsache, daß er, der mit einer Schlange und ein paar Affen umherzog, jemand anderen als ungewöhnlich bezeichnete, war Grund genug, um ihm aufmerksam zuzuhören.
«Blond und blauäugig war sie», erzählte Othon, «und höchstwahrscheinlich eine Schönheit, obwohl man's nicht so genau sehen konnte wegen ihrem Zustand, wenn ihr wißt, was ich meine.» Er hielt inne, und jemand füllte ihm großzügig das Glas. «Nach meiner Erfahrung sehen die meisten Frauen kurz vor der Niederkunft nicht so gut aus.»
Einer der Zuhörer fragte, ob er diese Erfahrung bei seinen Affen gesammelt habe, und erntete dröhnendes Gelächter. Der Tierbändiger trank genüßlich und fuhr dann mit der Unbeirrbarkeit des Geschichtenerzählers fort. Daß an einem Nebentisch drei Männer ihre eigene Unterhaltung unterbrochen hatten und ihm aufmerksam zuhörten, bemerkte er nicht.
«Sie hat so getan, als wär sie die Frau von 'nem Bauern oder Schmied oder meinetwegen auch Fuhrmann, aber ich war schon oft genug auf Burghöfen und Schlössern. Ich kann Adelige und Bau-

ernvolk auseinanderhalten. Wir haben sie hier im Rian-Tempel abgesetzt, und ich glaube, irgendein hoher Herr aus Gorhaut ist inzwischen dank der Hilfe der Rian-Priesterinnen Vater geworden. Ist das nicht ein Witz?»

Es war vielleicht ein Witz, wenn auch ein etwas gewagter, denn inzwischen wußte jeder, wie gespannt das Verhältnis zwischen Gorhaut und Arbonne geworden war. In einer Taverne voller Fremder aus allen sechs Ländern wollte keiner als erster über einen so heiklen Witz lachen. Enttäuscht schwieg Othon, begann aber bald darauf mit beeindruckendem Optimismus eine weitschweifige Schilderung seines letzten Besuchs in Barbentain. Doch es hörte ihm niemand mehr richtig zu.

Die drei Männer am Nebentisch, Coraner aus Gorhaut, genauer gesagt aus Garsenc, bezahlten ihre Zeche und gingen. Draußen auf der Straße hatten sie eine ernsthafte Unterredung.

Zuerst wollten sie losen, wer von ihnen nach Garsenc reiten sollte, um zu berichten, was sie eben gehört hatten. Es war in zwei Tagen zu schaffen, wenn man die Pferde zuschanden ritt. Doch dann änderten sie ihren Plan. Eine so unangenehme Nachricht zu überbringen konnte gefährlich sein; vielleicht gab es aber auch eine Belohnung – das war bei den Herren von Garsenc schwer vorauszusagen.

Schließlich verzichteten alle drei auf das Preisgeld, das ihnen bei einer Teilnahme am Turnier winkte, um gemeinsam nach Norden zu reiten mit der so gut wie sicheren Nachricht, daß sich die vermißte Frau von Herzog Ranald zur Zeit in Lussan befand.

Kurz vor dem Nordtor der Stadt hielten sie an, um sich erneut zu beraten. Sie sahen einander finster an, nickten und losten schließlich doch.

Der, der den kürzesten Halm gezogen hatte, trennte sich von den zwei anderen, die in scharfem Galopp die Stadt in Richtung Norden verließen, und kehrte zu der Taverne zurück. Er tötete den Tierbändiger noch in derselben Nacht in einer dunklen Seitengasse. Anschließend wusch er sein Messer an einem plätschernden Brunnen und ging noch einmal in den «Bogen», um sich ein frisches Bier zu gönnen.

Er tötete nicht gern, aber was hätten sie sagen sollen, wenn Ranald de Garsenc oder, noch schlimmer, der Tempelälteste, gefragt hätte, warum sie dem Alten erlaubt hatten, die verleumderische Geschichte weiterzuerzählen? Als Coraner, die den Garsenc die Treue geschworen hatten, waren sie verpflichtet, Schaden von der Familie abzuwenden.

Doch auch andere im «Bogen» hatten Othons Geschichte gehört, und nachdem Klatsch und Gerüchte auf jeder Messe zu der Ware gehören, die am lebhaftesten gehandelt wird, wußte am Abend des nächsten Tages die ganze Stadt, daß eine adelige Dame aus Gorhaut zur Geburt ihres Kindes in den Süden gekommen war. Einige wollten erfahren haben, die Gräfin und der Herzog von Talair hätten ganz früh am Morgen zuerst den Rian-Tempel und dann das Heiligtum des Gottes in Barbentain aufgesucht; man sprach sogar von einer Patenschaftszeremonie. All dies hatte sich bis zum Abend in der ganzen Stadt verbreitet.

11

«Wir sagen ihnen den Kampf an!» schrie der Troubadour aus Aulensburg, aber es war so laut in der überfüllten Taverne, daß ihn nur die in seiner näheren Umgebung hörten, darunter Lisseut und ihre Troubadourfreunde. Die meisten lachten nur, aber der Mann war hartnäckig. Etwas unstet auf den Beinen, kletterte er über die Bank auf den Tisch, an dem noch ein halbes Dutzend anderer Götzländer Musikanten saßen. Lisseut beobachtete den Aulensburger besorgt; er war betrunken wie die meisten Gäste im «Senhal». Auch sie hatte einige Becher Wein getrunken, um den Beginn der Messe zu feiern. Jourdain und Remy, die beide eine erfolgreiche Sommertour hinter sich hatten, der eine in Arimonda, der andere in den Städten von Portezza, spendierten abwechselnd eine Runde nach der anderen, während sie sich gegenseitig mit immer unwahrscheinlicheren Schilderungen ihrer Triumphe zu überbieten suchten.

Die Götzländer begannen mit ihren schweren Krügen rhythmisch auf den Tisch zu schlagen und erreichten schließlich, daß der übrige Lärmpegel in der Taverne sank. In diese Geräuschlücke hinein schrie der Troubadour noch einmal: «Wir sagen ihnen den Kampf an!»

«Zum Teufel mit dem Kerl», sagte Remy mitten in einer Geschichte über einen Abend im portezzanischen Vialla, wo man beim Sommerfest seine Lieder gesungen und er an der hohen Tafel mit den Mächtigen der Stadt gespeist hatte.

«Eine Kampfansage an die Troubadoure von Arbonne!» grölte der Götzländer wieder. Er war nicht mehr zu überhören. Sogar der eifrig erzählende Remy drehte sich um und starrte zu dem Mann hinauf, der gefährlich schwankend auf dem Nebentisch balancierte.

«Sag, was du willst, bevor du herunterfällst und dir den Hals brichst», sagte Alain von Rousset, der an Lisseuts Tisch saß. Lisseut fiel erneut auf, wie selbstsicher Alain in letzter Zeit auftrat. Ihre erfolgreiche Partnerschaft und die Anerkennung, die sie beide erfuhren, hatten einiges damit zu tun.

In der Taverne war es auffallend still geworden. Der Götzländer ließ sich einen frisch gefüllten Bierkrug reichen, nahm einen kräftigen Zug, und nachdem er sich mit dem Handrücken den Bart abgewischt hatte, erklärte er mit schwerer Zunge: «Wir wollen endlich wissen, warum wir mit unserer Musik immer hinter Arbonne zurückstehen sollen. Wir in Aulensburg spielen das gleiche wie ihr in Arbonne. Es gibt Sänger in Arimonda und Portezza, die machen alles genau wie ihr und genausogut. Wir wollen endlich aus eurem Schatten heraus!» Schwankend hob er seinen Krug und trank. Und dann sagte er in die allgemeine Stille hinein: «Besonders, weil es euch in einem Jahr vielleicht gar nicht mehr gibt.»

Einigen seiner Götzländer Freunde war diese Bemerkung sichtlich unangenehm. Sie zerrten den Troubadour vom Tisch, aber seine Worte hingen noch im Raum. Lisseut wäre gern wütend geworden, doch sie empfand nur Trauer und Angst, die seit dem Mittsommerkarneval ihre ständigen Begleiter zu sein schienen.

An ihrem Tisch saßen vier Troubadoure. Wer von ihnen würde die Herausforderung des Götzländers annehmen? Aurelian mit Sicherheit nicht; er gab nie etwas von seiner Musik zum besten. Remy und Jourdain tauschten einen Blick, und Alain räusperte sich nervös. Lisseut wollte schon einen Vorschlag machen, als ihr ein anderer Troubadour zuvorkam.

«Ich werde diese Herausforderung annehmen, wenn ihr erlaubt», hörte sie eine Stimme sagen, die sie kannte – die alle kannten. Aber sie hatten den Mann, zu dem sie gehörte, nicht in der Taverne gesehen. Sie hatten nicht einmal gewußt, daß er sich in Lussan befand. Lisseut drehte sich um und sah Ramir von Talair, der, seine Laute vorsichtig hochhaltend, zwischen den engstehenden Tischen langsam und leicht hinkend aus einer hinteren Ecke der Taverne nach vorne kam.

Bertrans Joglar mußte mindestens sechzig Jahre alt sein. Er ging nur noch selten für den Herzog auf Tour. Die Zeit war längst vorbei, in der Ramir die Musik von Bertran de Talair in jedes Schloß und jede Stadt von Arbonne und in die meisten größeren Städte und Burgen der anderen fünf Länder brachte. Jetzt hielt er sich meistens in Talair auf, wo er seine eigene Wohnung hatte und einen Ehrenplatz am Feuer in der großen Halle.

Lisseut beobachtete Ramir erfreut und betrübt zugleich. Sie hatte ihn lange nicht gesehen. Er war alt und gebrechlich geworden.

Alain stand rasch auf, um Schemel und Fußbank zu holen. Der alte Mann dankte ihm mit einem Lächeln. Üblicherweise bediente kein Troubadour einen Joglar, aber bei Ramir war das etwas anderes. Vorsichtig ließ er sich auf dem Hocker nieder und nahm seine Laute aus dem Futteral. Sie war so alt wie der Mann, dem sie gehörte, und verriet schon während des Stimmens ihren wundervollen Klang. Lisseut hätte viel für ein solches Instrument gegeben. Sie sah sich im «Senhal» um. Die Leute waren unruhig und aufgeregt, es wurde geflüstert und gemurmelt, und es war so voll, daß sich kaum jemand vom Fleck rühren konnte. Auf der kleinen Empore an der Ostseite sah Lisseut langes, dunkel glänzendes Haar. Ein wenig überrascht erkannte sie Ariane de Carenzu, die ihr Haar wie immer trotzig offen trug, und neben ihr den schlanken, gutaussehenden Herzog Thierry, ihren Gemahl. Vor der Messe in Lussan hatten Lisseut und Alain auf Einladung der Königin des Liebeshofs vierzehn Tage in Carenzu verbracht. Sie waren je mit einem Beutel Silber entlohnt worden, und Lisseut hatte eine rote Jacke aus feiner Wolle geschenkt bekommen, die wegen der bevorstehenden kalten Jahreszeit mit kostbaren Eichhörnchenfellen besetzt war.

«Hier ist also jemand, der uns herausfordert», sagte Ramir beinahe im Plauderton, den Kopf schräg zur Laute geneigt, während er ein paar leise Akkorde anschlug.

«Es ist eine etwas merkwürdige Herausforderung», fuhr er fort und blickte zum erstenmal zum Tisch der Götzländer, die wie alle in der Taverne gespannt lauschten. «Wie soll jemand gerechterweise aus der Fülle der Musik der verschiedenen Länder mit verschiedenen Traditionen eine bestimmte Musik die beste nennen? In Aulensburg wird gute Musik gemacht, ebenso in Arimonda am Hof von König Vericenna.» Ramirs Stimme hatte beinahe unmerklich zu klingen begonnen und sich auf die scheinbar beliebig geschlagenen Akkorde eingestimmt. «Trotzdem fragt man uns, warum Arbonne den anderen überlegen sein sollte.» Ramir hielt inne und blickte in die Runde. «Und man fragt außerdem, was zu beklagen sein wird, wenn Arbonne untergeht.»

Er ließ seinen Worten eine kleine Stille folgen. Lisseut wurde plötzlich die Kehle eng. «Solche Fragen sind schwer zu beantworten», fuhr Ramir fort, «und ich bin nur ein alter Joglar. Drum laßt mich statt dessen ein Lied von Anselme von Cauvas, unserem ersten Troubadour, singen – keins seiner vielen Liebeslieder, sondern eine Ballade, die er fern von zu Hause geschrieben hat.»

Ramirs Finger wanderten über die Saiten, als sammelte er weitverstreute Töne ein. Doch als die Musik Gestalt annahm, erkannte Lisseut die Melodie sofort. Sie fühlte sich den Tränen nahe und wollte die Augen schließen, aber sie wollte auch Ramir sehen und jede seiner Bewegungen verfolgen. Er begann zu singen:

Als ich nach Arbonne schaute, sehnend leise,
Voll Schmerz am fernen Meeresstrand,
Kam's über mich, daß ich die Freuden preise,
Die ich vor Zeiten in der Heimat fand.
Wie aus dem Herzen sich der Seufzer wand,
So wußt ich doch, welch Glück mir daraus quillt,
Arbonne zu sehn, dem meine Liebe gilt.

Melodie und Text dieses Liedes waren noch von der alten schlichten Art und weit entfernt von Jourdains verschlungenen Melodien oder dem feinsinnigen Wechselspiel von Gedanke, Bild und Versform wie in Remys besten Arbeiten oder Alains neuen Liedern. Doch in dieser Ballade klang die unverfälschte Stimme von etwas, das hier seinen Anfang genommen hatte. Lisseut wußte, daß hier ihre eigenen Ursprünge lagen sowie die aller Sänger und Troubadoure, auch die der Götzländer, der arimondischen und portezzanischen Joglares und all jener Männer in Gorhaut und Valensa, die versuchten, eine etwas andere Musik zu machen als die ewig donnernden Schlachtenhymnen jener nördlichen Länder.

Als wollte er auf ihre Gedanken antworten, hob Ramir erneut die Stimme, die vielleicht nicht mehr so kraftvoll klang wie früher, dafür aber um so reiner, wie ein durch die Zeit geläutertes, edles Instrument.

> *Ich merkte wohl, es wär nicht recht und weise,*
> *Hätt' ich den Seufzer in das Herz gebannt,*
> *Der Friede findet scheint's schon ins Geleise,*
> *Und alles Gute kommt aus seiner Hand.*
> *Drin hab ich längst schon meinen Trost erkannt,*
> *Doch kann mein Herz nicht lassen von dem Bild,*
> *Arbonne zu sehn, dem meine Liebe gilt.*
>
> *Das Hoffnungsschiff belud ich für die Reise,*
> *Hab meine heiße Sehnsucht mitgesandt,*
> *Und während ich am Ufer rastlos kreise,*
> *Eilt sie und grüßt mein fernes Heimatland.*

Nach der letzten Strophe spielte Ramir noch einige Takte, wie es früher Mode war, und dann verstummte auch die Laute. Es war sehr still geworden. Lisseut sah ihre Freunde an. Sie alle hatten dieses Lied schon gehört, sie hatten es selbst gesungen, aber nie so wie Ramir. Sogar Remy standen die Tränen in den Augen.

Ramir senkte den Kopf und verstaute die Laute sorgfältig in ihrem Futteral. Er erhob sich schwerfällig von dem niedrigen Schemel, verneigte sich ernst vor den Götzländer Musikanten und wandte sich zum Gehen. Doch dann drehte er sich noch einmal um, als wäre ihm plötzlich etwas eingefallen.

«Mit eurer Erlaubnis möchte ich etwas berichten.» Er sprach so leise, daß sich Lisseut vorbeugen mußte, um ihn zu verstehen. Nie würde sie vergessen, was Ramir von Talair mit seiner sanften, traurigen Stimme dann sagte. «Ich habe gesagt, ich würde keines von Anselmes Liebesliedern singen. Aber im nachhinein bedacht, stimmt das nicht. Ich habe doch ein Liebeslied gesungen.»

Es war Ariane de Carenzu, die nur einen Augenblick später von ihrem Platz auf der Empore aufsprang und zu applaudieren begann. Alle am Tisch der Troubadoure standen auf und klatschten. Der Beifall im «Senhal» wurde lauter und lauter. Die Götzländer erhoben sich wie ein Mann und trommelten mit Fäusten und Krügen auf den Tisch. Lisseut liefen die Tränen über die Wangen, während sie Ramir nachblickte, der sich, die Laute gegen die Brust gedrückt, langsam entfernte. Er kehrte nicht mehr in seine Ecke zurück, sondern ließ die Lichter und den Lärm der Taverne hinter sich und trat hinaus unter den Sternenhimmel der klaren Nacht.

Einige Gasthäuser innerhalb und außerhalb der Mauern von Lussan machten während der Messe gute Geschäfte, indem sie geschlossen blieben. Auch der Besitzer des «Silbernen Baums», eines angesehenen Gasthofs inmitten von Feigen- und Olivenhainen ungefähr drei Meilen außerhalb der Stadt, gehörte zu diesen wenigen. In diesem Jahr war es der Herzog de Talair, der ihm eine ansehnliche Summe dafür bezahlte, daß er außer mehreren Coranern und Mitgliedern des herzoglichen Haushalts keine anderen Gäste während der Messe beherbergte. En Bertran selbst verbrachte zwar die meiste Zeit in Lussan in seinem dortigen Stadtpalais oder auf Barbentain bei der Gräfin, fand es jedoch nützlich, auch eine etwas abgelegenere Bleibe zu haben, vielleicht, so jedenfalls vermutete der Gastwirt, weil hier besser zu übersehen war, wer kam und ging.

In dem kleineren und komfortabler eingerichteten der zwei Räume im Erdgeschoß des Hauses saß Blaise mit einem Glas in der Hand. Im Kamin brannte ein kräftiges Feuer. Blaise richtete einen fragenden Blick auf Valery, der als Antwort nur mit den Achseln zuckte. Der Herzog saß an einem Tisch und schrieb auf ein Stück Pergament, wobei er gelegentlich das eine oder andere zerknitterte Dokument zur Hand nahm und studierte. Hätte Blaise nicht gewußt, womit Bertran beschäftigt war, hätte er annehmen müssen, daß es sich um wichtige Dinge handelte. In Wirklichkeit schrieb der Herzog an einem Lied, und das schon seit geraumer Zeit.

Sie erwarteten Besuch. Die Coraner standen draußen auf Posten. Bertran hatte nicht gesagt, um wen es sich handelte, nur, daß es eine Überraschung sei. Blaise hatte für Überraschungen nichts übrig, und er wartete nicht gern. Es gab Zeiten, in denen er nicht wußte, ob er Bertran de Talair wirklich mochte.

Doch der Wein aus Talair war gut. Blaise starrte ins Feuer und dachte daran, wie knapp er vor vier Tagen auf der Straße nach Lussan dem Tod entgangen war. Plötzlich erschien einer der Coraner in der Tür.

«Es ist jemand gekommen, Herr. Er ist allein und in Mantel und Kapuze nicht zu erkennen. Er will nicht sagen, wer er ist.»

Bertran schob seine Blätter zusammen. «Das ist in Ordnung. Führ ihn herein und dann bewache unsere Tür. Wir wollen nicht gestört werden.»

Wenig später kehrte der Coraner mit einem Mann zurück, der einen langen schwarzen Mantel trug und sein Gesicht mit einem Tuch verhüllte, so daß nur die Augen zu sehen waren. Der Besucher wartete, bis sich die Wache zurückgezogen hatte. Dann nahm er den Schal vom Gesicht und legte den Mantel ab.

Blaise warf einen gespannten Blick auf Bertran, sah sein völlig erstauntes Gesicht ärgerlich werden und begann zu lachen.

«Nun, jedenfalls guten Abend allerseits», sagte Rudo Correze fröhlich, nachdem keiner der anderen etwas sagte. «Ich hoffe, ich komme weder zu früh noch zu spät.»

Bertrans Narbe leuchtete weiß auf seinem zornroten Gesicht. «Du sagst mir am besten sehr schnell, wer du bist und was du hier zu suchen hast», sagte er eisig. Valery war, die Hand am Schwertknauf, einen Schritt vorgetreten und blickte fragend von Blaise zu dem Mann an der Tür.

Blaise, der noch immer über Rudos unglaubliche Dreistigkeit lachte, sagte schließlich: «Herzog, du hast auf der Straße nach Lussan gesagt, du würdest dich freuen, diesen Mann hier kennenzulernen. Darf ich vorstellen?»

«Ah», sagte Bertran und hob eine Augenbraue. «Der Correze-Sohn? Der mit den Giftpfeilen?»

Rudo verbeugte sich tief. Sein blondes Haar glänzte hell im

Schein der Kerzen und des lodernden Feuers. Als er sich wieder aufrichtete, sagte er mit scheinbar verlegenem Grinsen: «Ich muß mich dafür wirklich entschuldigen. Aber es war ein Schuß über eine weite Entfernung und bei schlechten Sichtverhältnissen. Ich freue mich, dich wohlauf zu sehen, Herr.» Er wandte sich an Valery. «Das gilt auch für dich. Ich hoffe, du bist völlig genesen?»

«Das bin ich. Danke», sagte Valery höflich und nahm die Hand vom Schwert. «Ich bin ein wandelnder Beweis für die Künste der Rian-Priesterinnen.» Blaise sah ein belustigtes Funkeln in seinen Augen.

Schließlich wandte sich Rudo Correze an seinen Freund. «Du mußt unsere letzte Unterhaltung außerordentlich genossen haben», sagte er, «nachdem du gewußt hast, was ich nicht wußte.»

«Eigentlich nicht», sagte Blaise. «Ich dachte, Valery sei tot. Aber ich gebe zu, daß ich später die Vorstellung genossen habe, wie du in Götzland aufkreuzt, um zu kassieren.»

Rudo zog ein säuerliches Gesicht. «Das kann ich mir vorstellen. Du bist schuld, daß ich in Aulensburg einen erfolgreich durchgeführten Auftrag gemeldet habe, die Einzahlung meines Honorars bestätigt bekam und vierzehn Tage danach erfahren mußte, daß der geschätzte Herzog von Talair» – er verneigte sich lächelnd vor Bertran – «mit König Jörg von Götzland einen regen diplomatischen Notenaustausch führte und dies offensichtlich nicht von jenseits des Grabes.»

«Dann hast du also das Geld zurückgegeben?» fragte Blaise, als wüßte er von nichts. Die Sache machte ihm großen Spaß.

«Ich habe dem unhöflichen Druck des Gorhauter Gesandten nachgegeben und zurückerstattet, was übrig war. Kein sehr angenehmer Mensch, dieser Gesandte. Wegen einiger fehlender Beträge mußte ich mich dann an die Aulensburger Zweigstelle meines Vaters wenden, der im Augenblick eine ähnlich schlechte Meinung von mir hat wie dein Vater von dir.»

«Solche Schicksalsschläge sind bedauerlich», sagte Bertran de Talair, der seinen Gleichmut wiedergewonnen hatte. «Vorläufig erscheint es mir jedoch vernünftiger, sich mit dem Hier und Heute zu beschäftigen. Deshalb noch einmal: Was tust du hier?»

«Eine vollkommen verständliche Frage.» Rudo warf einen begehrlichen Blick auf den langen Tisch an der gegenüberliegenden Wand. «Ich habe gehört, Herzog, deine Weine zählen zu den besten des Landes.»

Kopfschüttelnd trat Valery an den Tisch und füllte ein Glas. Er reichte es dem Portezzaner und blieb abwartend neben ihm stehen. Rudo trank, lächelte anerkennend und fuhr dann fort:

«Ich habe zur Zeit weder einen Auftrag, noch stehe ich bei jemandem in Dienst», sagte er ruhig. «Nun ist es aber so, daß sich nach den Ereignissen des vergangenen Sommers, in die unverhofft auch mein alter Freund Blaise verwickelt war, bei mir ein gewisses Interesse an dir herausgebildet hat, En Bertran. Und da ich vor dem Turnier nichts Besonderes zu tun hatte, habe ich in den zwei Tagen, seit wir alle in Lussan sind – leider ohne die Gesellschaft des cholerischen Herrn von Andoria –, also, ich habe mich bemüht zu verfolgen, was du hier tust.» Er trank wieder mit sichtlichem Behagen. «Nachdem du einen Gasthof vor den Toren der Stadt gemietet hast, obwohl du ein Palais in der Stadt besitzt, und dann heute abend nur mit deinem Cousin und meinem Freund Blaise hierhergeritten bist, kam ich zu dem Schluß, daß hier ein Treffen sehr privater Art stattfinden würde.»

So gelassen Rudo bei alldem wirkte, der Herzog von Talair war ihm gewachsen. «Eine solche Schlußfolgerung könnte man ziehen», erwiderte er kühl. «Trotzdem frage ich mich, warum du dich hier einmischst.»

Blaise hatte das Gefühl, als sei dieses Gespräch eine Sinnestäuschung. Einer der Männer, die hier so höflich parlierten, hatte erst vor einem Vierteljahr versucht, den anderen für viel Geld zu töten.

Rudo nahm einen Schluck von dem köstlichen Wein und bedachte sie alle mit seinem strahlendsten Lächeln. «Um ehrlich zu sein», murmelte er, «ich dachte, es könnte lustig werden.»

Blaise blickte in Rudos kluges Gesicht und wußte, daß dies zumindest zum Teil der Wahrheit entsprach. Bertran, der sich jetzt unverkennbar amüsierte, schien der gleichen Meinung zu sein. Kopfschüttelnd wandte er sich an seinen Cousin.

«Erinnert dich dieser Bursche an jemand?» fragte er Valery.

«Ich bin mit so einem Burschen aufgewachsen – mit einem Vetter, von dem ich nie erwartet hätte, daß er einmal dein Alter erreichen würde.» Draußen auf dem Gang waren Stimmen und Schritte zu hören. «Was sollen wir mit ihm machen?» fragte Valery.

«Ich sollte vielleicht noch erwähnen», warf Rudo ein, bevor Bertran antworten konnte, «daß ich gesehen habe, wie heute nach Einbruch der Dunkelheit eine kleine Gruppe maskierter Männer die Stadt durch dasselbe Tor verließ, durch das auch ihr hierhergeritten seid. Sie hatten es nicht eilig, so daß mir genügend Zeit blieb für diese höchst erfreuliche Begegnung mit euch.»

Im selben Augenblick klopfte es. Die Stimme des jungen Coraners jenseits der Tür klang verstört. «Es tut mir leid, Herr, aber hier ist schon wieder Besuch. Ein maskierter Mann, der sagt, er werde erwartet. Er hat eine Eskorte.»

«Es sind vier Männer», sagte Rudo hilfsbereit.

«Vier bewaffnete Coraner», fuhr der Coraner fort, «aber ich kenne ihre Livree nicht.»

«Das sollst du vermutlich auch nicht», sagte Bertran, während er öffnete. «Ich denke, das ist unser Gast. Bring ihn herein, und dann kümmerst du dich um seine Begleiter. Sie sind möglicherweise nicht unsere Freunde, aber heute abend auf jeden Fall unsere Gäste.»

«Ich werde immer neugieriger», sagte Rudo Correze vergnügt.

Bertran schloß die schwere Tür wieder. «Wir haben nicht mehr viel Zeit, Correze», sagte er. «Ich kann dich von meinen Coranern bewußtlos schlagen oder fesseln und einsperren lassen. Vielleicht muß ich das sogar tun. Deshalb zum letztenmal: War es wirklich nur dein Schalk, der dich hergeführt hat?»

«Ich habe gesagt, daß ich zur Zeit keinen Dienstherrn habe. Du könntest meinen Stolz schonen und darin einen Wink mit dem Zaunpfahl sehen.»

Es entstand eine kleine Pause, dann brachen Bertran und Blaise in schallendes Gelächter aus. Rudo grinste fröhlich zurück.

«Dann suchst du also eine Stellung bei mir? Ist das richtig?» fragte der Herzog.

«So ist es.»

«Darf ich fragen, warum?»

Nun wurde Rudo doch ernst, und man sah ihm plötzlich an, daß er der Sproß eines der reichsten und vornehmsten Bankhäuser Portezzas war mit verwandtschaftlichen Beziehungen zu den meisten portezzanischen Adelsfamilien. Bevor er antwortete, stellte er sein Glas auf einem kleinen Tisch neben sich ab.

«Es macht mir nichts aus, wenn jemand meine Fähigkeiten für gutes Geld kauft. Das gehört zu meinem Beruf. Aber ich mag es nicht, wenn meine Beziehungen ohne mein Wissen ausgenützt werden. Ich habe nicht gewußt, daß Blaise in deinem Dienst stand, En Bertran, als ich den Auftrag seines Vaters annahm. Ich hätte ihn sonst nicht angenommen. Inzwischen sieht es so aus, als hätte mich Galbert de Garsenc nur wegen meiner Freundschaft mit seinem Sohn mit diesem Auftrag betraut und nicht, weil er von meinen Fähigkeiten überzeugt war. Das ist für mich sehr unbefriedigend. Ich habe meinen Vertrag mit ihm förmlich gelöst. Du wirst verstehen, daß es mein Ehrgefühl nicht zuläßt, daß möglicherweise ein anderer erfolgreich ist, sollte die gleiche Summe noch einmal geboten werden.»

«Damit ist kaum zu rechnen. Gorhaut hat seinen Standpunkt klargemacht und hat jetzt größere Dinge vor.»

«Vermutlich hast du recht, En Bertran. Trotzdem würde ich gern in deinen Dienst treten.»

Valery räusperte sich. «Ich fürchte nur, wir können uns deine Dienste bei deinem gegenwärtigen Marktwert nicht leisten.»

Blaise grinste.

«Vergessen wir das doch», sagte Rudo. «Es war ein unnatürliches Angebot in vielerlei Hinsicht. Ich würde mich geehrt fühlen, das zu bekommen, was ihr meinem Freund Blaise zur Zeit bezahlt. Für weniger kann ich allerdings nicht arbeiten, das werdet ihr verstehen.»

Blaise, Bertran und Valery sahen einander an. Dann begannen alle drei zu lachen. Rudo versuchte, würdevoll auszusehen, was in dieser Situation nicht einfach war.

Schließlich erlöste ihn Blaise aus seiner Verlegenheit. «Ich stehe nicht mehr im Dienst des Herzogs. Ich begleite ihn als sein Freund und Gefährte zum hiesigen Turnier. Willst du immer noch für denselben Lohn wie ich für den Herzog arbeiten?»

Rudo errötete. «Ich verstehe. Und meinen großzügigen Vorschlag kann ich wohl kaum zurücknehmen. Sehr lustig, das muß ich sagen.»

Bertran schüttelte den Kopf, während es erneut an der Tür klopfte. «Nicht doch. Ich freue mich, dich bei mir zu haben, allein schon deshalb, weil du nun nicht mehr gegen mich eingesetzt werden kannst», sagte er schmunzelnd. «Bezahlen werde ich dir, was ich Blaise bezahlt habe, bevor er seine Stellung verändert hat. Aber darüber sprechen wir noch. Zunächst muß ich euch alle um äußerste Diskretion bitten.» Damit wandte er sich zur Tür und öffnete selbst.

Neben der Wache stand ein ungewöhnlich großer, hagerer Mann mit der athletischen Figur eines Kämpfers. Er war maskiert und ganz in unauffälliges Schwarz gekleidet. Von der Schwelle aus musterte er rasch die im Zimmer anwesenden Personen, lächelte knapp und nahm seine Maske ab, hinter der ein dunkler Bart, kräftige Brauen und tiefliegende graue Augen zum Vorschein kamen.

«Du hast seltsame Gäste, de Talair», sagte er mit ausländischem Akzent. «Mich eingerechnet, hast du mehr Feinde als Freunde in diesem Zimmer.» Dennoch trat er vertrauensvoll ein. Bertran schloß die Tür hinter ihm.

«Mein Cousin Valery», stellte der Herzog vor. «Er wenigstens ist ein Freund. Blaise de Garsenc kennst du anscheinend und ebenso Rudo Correze. Und ich bin sicher, daß beide wissen, wer du bist.»

Selbstverständlich kannten sie ihn. Blaise hatte diese berechnenden grauen Augen unter den dichten Brauen zum letztenmal vor knapp zwei Jahren auf dem Schlachtfeld am Iersen gesehen.

Er verbeugte sich förmlich und mit steinernem Gesicht. Rudo und Valery verbeugten sich, als sie vorgestellt wurden, und schließlich trat auch der Herzog einen Schritt zurück und machte seinen Diener.

«Den Mut des jungen Garsenc hier habe ich kennen- und fürchten gelernt», sagte König Daufridi von Valensa mit einem Blick auf Blaise. «Und was Correze betrifft, so hättest du allen Grund, ihn zu fürchten. Oder waren die Ereignisse des letzten Sommers nur ein Gerücht?»

«Nein, König», sagte Bertran, während er sich aufrichtete. «Aber Rudo Correze scheint jetzt zu bedauern, einen Auftrag angenommen zu haben, dessen erklärtes Ziel es war, einem so friedfertigen Mann wie mir das Leben zu nehmen. Er hat sich, um die Sache wiedergutzumachen, meinen Coranern angeschlossen. Nicht wahr?»

«So ist es, König», sagte Rudo. «Ich habe erkannt, wie unsinnig dieser Auftrag war. En Bertran erlaubt mir freundlicherweise, in seinem Dienst zu beweisen, daß ich es ehrlich meine.» Er klang nüchtern und gelassen, aber Blaise wußte, daß Rudo ebenso wie er Mühe hatte, den Schock dieser Begegnung zu überwinden.

«De Talair, ich fürchte allmählich, auch ich könnte deinem berühmten Charme erliegen», sagte König Daufridi von Valensa. «Da hilft nur eines: die Erinnerung. Wie lauteten doch deine so gar nicht beleidigenden Verse über mich?» Mit drei langen Schritten durchquerte er das Zimmer und nahm Bertrans Laute vom Tisch. Er schlug drei Akkorde an, während er sich zu den vier Männern umdrehte und sang:

> *Und wer, mit etwas mehr Ehre im Leib*
> *als Daufridi, wär nicht mit Feuer und Schwert*
> *auf jenes Eisfeld zurückgekehrt?*
> *Wo blieben die Männer von Valensa und Gorhaut,*
> *als ein schmählicher König und ein treuloser Sohn*
> *dem Krieg und dem Frieden die Würde nahmen?*

Bertran, der eben ein Weinglas füllte, hielt, die Karaffe in der Hand, in seiner Bewegung inne und hörte aufmerksam zu. Daufridi schlug einen Schlußakkord und legte die Laute vorsichtig an ihren Platz zurück.

«‹Mit etwas mehr Ehre im Leib als Daufridi›», wiederholte der

König. «Ich muß sagen, ich bin neugierig, warum du mich nach Lussan eingeladen hast. Ich wäre sonst nicht zur Messe gekommen; für Turniere bin ich allmählich zu alt.»

Bertran ging mit dem Glas auf den König zu. «Ich freue mich, daß du gekommen bist», sagte er. «Jetzt weiß ich auch, daß du meine Musik singen und spielen kannst und daß ich bei der Abfassung meiner Lieder stärker auf mögliche Entwicklungen in der Zukunft achten muß.»

Daufridi lachte leise, nahm das Glas und ließ sich in einen tiefen Sessel sinken. Er streckte die langen Beine aus und lud die Herren mit einer Geste ein, ebenfalls vor dem Feuer Platz zu nehmen. Er war im gleichen Alter wie Bertran. Über die linke Hälfte seines klugen Gesichts zog sich eine Narbe bis hinunter zum Hals, wo sie unter dem Wams verschwand. Blaise wußte zufällig, wo sie endete. Er hatte gesehen, wie sich Cadar de Savaric, der Vater von Rosala, zu Daufridi durchkämpfte, nachdem König Dürgar gefallen war, und diesen wilden Schwertstreich führte, der Daufridi verwundet hatte. Die Schlacht war damit zu Ende, aber auch das Leben von Cadar de Savaric, der von Daufridis Garde mit Keulen und Äxten erschlagen wurde.

«Du wirst mir nun erzählen», sagte Daufridi, während er sein Weinglas gegen das Licht hielt, um die rubinrote Farbe zu bewundern, «du hättest die Zeilen über meine schändliche Feigheit nur der poetischen Symmetrie zuliebe eingefügt. Deine eigentlichen Ziele seien König Ademar von Gorhaut und der Vater dieses Mannes gewesen.» Er wies mit dem Glas auf Blaise. «Die Äußerungen über mich seien sehr unglücklich gewählt und du würdest dich dafür entschuldigen. Galbert de Garsenc hat mich übrigens im vergangenen Sommer aufgefordert, mich an der Belohnung für den Mord zu beteiligen. Ich hielt die Summe für übertrieben und habe abgelehnt.» Er trank einen Schluck. «Der Wein ist hervorragend.»

«Vielen Dank», sagte Bertran. «Aber ebenso hervorragend sind deine Schlußfolgerungen, König. Du hast mir die Worte aus dem Mund genommen.»

«Ein wenig enttäuschst du mich nun aber doch», sagte Daufridi;

trotzdem schien er bester Laune. «Ist es möglich, daß ein Dichter so von seinem Werk abrückt, wenn es politisch opportun erscheint?»

Blaise hatte von dem scharfen Verstand dieses Königs gehört, einer Eigenschaft, die bei seinen bierseligen und rauflustigen Vorgängern im regenreichen Valensa nicht in Erscheinung getreten war. Schon die Bedingungen des Vertrags nach der Schlacht am Iersen zeugten von Daufridis Sachverstand. Er gab Geld für Land, das in fünfzig Jahren Krieg nicht erobert werden konnte – auch wenn es sehr viel Geld war. Man brauchte kein Geistesriese zu sein, um zu erkennen, wer dabei besser weggekommen war, wenn man davon absah, daß sich Gorhaut jetzt, nachdem an seiner Nordgrenze Frieden herrschte, in Richtung Süden ausdehnen konnte. Blaise fragte sich, ob es tatsächlich jene portezzanischen Unterhändler gewesen waren, die den Vertrag für Valensa ausgehandelt hatten, oder ob sie diesem gewitzten und zähen König nur als geeignetes Sprachrohr dienten.

Vor zwei Jahren hätte er nichts lieber getan, als diesen Mann zu töten.

«Ich habe immer gedacht», fuhr Daufridi mit seinem feinen Lächeln unter dem ergrauten Vollbart fort, «daß die Troubadoure in dieser vergänglichen Welt nichts so schätzten wie die Unabhängigkeit ihrer Kunst. Sollte ich mich die ganze Zeit geirrt haben?»

Bertran, der dem König gegenübersaß, nahm die Herausforderung nicht an. «Wir schätzen unsere Arbeit so hoch», sagte er ruhig, «weil sie vielleicht das einzige ist, was wir späteren Generationen hinterlassen, das einzige, was unseren Namen bewahren wird, wenn wir einmal nicht mehr sind. Ein Dichter ging sogar so weit zu sagen, daß alles, was geschieht, nur den Stoff liefert für die Lieder unserer Nachfahren. Unser Leben ist ihre Musik.»

«Und du, de Talair?» sagte Daufridi über seine wie zu einem Dach aneinandergelegten Hände hinweg. «Glaubst du das auch?»

Bertran schüttelte den Kopf. «Ich bin viel zu sehr mit dieser Welt verstrickt. Ich habe es irgendwie geschafft, länger zu leben, als ich erwartet habe, und dabei entdeckt, daß ich diese Welt um ihrer selbst willen liebe. Ich liebe sie wegen ihrer berauschenden Weise und ihrer Schlachten, ihrer schönen und großmütigen Frauen, wegen der Kameradschaft mit tapferen und klugen Männern, der Hoffnung auf den Frühling mitten im Winter und der Gewißheit, daß Rian und Corannos uns erwarten, was immer wir auf Erden tun. Aber ich habe festgestellt, König, und dies lange nachdem mein jugendliches Feuer erloschen ist, daß es noch etwas gibt, das ich liebe, mehr noch als die Musik.»

«Man hat mir erzählt, du hättest der Liebe vor über zwanzig Jahren abgeschworen. Die ganze Welt hat davon gesprochen. Doch ich bin anscheinend schon wieder falsch informiert. Also, Herzog, was liebst du so besonders?»

«Es ist Arbonne», sagte Bertran de Talair.

Endlich dämmerte Blaise, warum sie hier zusammengekommen waren.

Daufridi griff nach seinem Glas und nahm einen Schluck. «Wir alle lieben unser Land», meinte er schließlich. «So neu ist das nicht, de Talair.»

«Das wollte ich damit auch nicht sagen», entgegnete Bertran ruhig.

Die beiden Männer sahen sich an. Blaise hatte das unheimliche Gefühl, als hätten sie ihn und Rudo und Valery völlig vergessen; als wären nur sie beide im Raum.

«Es ist nicht klug, etwas zu sehr zu lieben, de Talair», sagte Daufridi leise. «Menschen sterben, Dinge werden uns genommen. So ist das Leben.»

«Ich lebe seit dreiundzwanzig Jahren mit dieser Weisheit. Und deshalb bin ich entschlossen, den Tod meines Landes nicht zu überleben wie seinerzeit den Tod der Frau, die ich geliebt habe.»

Alle schwiegen. Blaise, der sich nicht zu rühren wagte, blickte aus dem Augenwinkel zu Rudo, der von dem, was er hörte, wie gebannt schien.

«Und deshalb hast du mich hergebeten», sagte Daufridi schließlich, «um zu sehen, welche Hilfe von meiner Seite zu erwarten ist.»

«So ist es. Überrascht es dich, König?»

«Kaum. Wird es dich sehr überraschen, wenn ich sage, daß ich dir nicht helfen kann?»

«Ich würde mich freuen, wenn du mir sagen würdest, warum.» Bertran war blaß geworden, aber er wirkte gefaßt.

Daufridi zuckte die Achseln. «Ich habe einen Vertrag unterschrieben, und ich brauche mindestens fünf Jahre, um das Land zu konsolidieren, das Gorhaut an uns abgetreten hat. Und dazu brauche ich Frieden.»

«Dann bist du also ganz zufrieden, wenn Gorhaut jetzt nach Süden blickt.»

«Ich bin nicht ganz unzufrieden», antwortete Daufridi vorsichtig.

Sie schwiegen wieder. Plötzlich ließ sich eine helle, kühle Stimme vernehmen. «Vergib mir», sagte Rudo Correze, «wenn ich eine vielleicht vermessene Frage stelle.» Daufridi und Bertran wandten sich ihm zu. «Was meinst du, König, wird aus Valensa werden, wenn Gorhaut tatsächlich mit Feuer und Schwert nach Süden kommt und Arbonne erobert?»

Daufridi rutschte in seinem Sessel hin und her.

«Die Frage habe ich mir auch schon gestellt», gab er zu.

«Und zu welchem Schluß bist du gekommen?» erkundigte sich Valery, der mit verschränkten Armen am Kamin lehnte.

Bertran beugte sich etwas vor und sagte leise: «Was wirst du tun, König, wenn Gorhaut über Arbonne gesiegt hat und den ganzen Wohlstand dieses Landes und seine Seehäfen für sich nutzen kann? Wenn es in einem Jahr nur noch fünf Länder gibt statt sechs? Glaubst du wirklich, du würdest deine fünf Jahre Frieden bekommen, um dein Land nördlich des Iersen zu konsolidieren, wie du sagst? Wie lange würde es wohl dauern, bis sich Ademar wieder nach Norden wendet?»

Blaise hatte den Eindruck, als folgten die Worte, die hier gesprochen wurden, einem vorgegebenen Ritual. Wie bei den Wechselgesängen im Tempel oder bei einem beliebten Tavernenspiel ergab ein Wort das andere, forderte ein Zug den anderen heraus.

Daufridi sagte mit einer leichten Schärfe im Ton: «Wie gesagt, ich habe darüber nachgedacht, aber noch keine Schlüsse gezogen.»

Und nun sagte Blaise, der die nächsten Züge so deutlich voraussah, als wären sie bereits gemacht: «Aus diesem Grund bist du hier, König – um zu sehen, ob der Herzog von Talair vielleicht Schlüsse gezogen hat –, und nun stellst du zu deiner Enttäuschung fest, daß er deine Hilfe braucht. Wenn du weißt, daß ein übermächtiges Gorhaut nicht im Interesse Valensas ist, warum willst du ihm dann deine Hilfe verweigern?»

Daufridi musterte Blaise mit seinen harten grauen Augen, die unter den zusammengezogenen dichten Brauen beinahe verschwanden. «Zuerst habe ich selbst eine Frage», sagte er kühl. «Ich hätte sie vielleicht schon eher stellen sollen, nachdem wir hier so offen reden. Warum bist *du* hier, Garsenc? Warum bist du nicht bei Ademar in Cortil und sonnst dich im Ruhm eurer bevorstehenden Eroberung? Wo ist die Liebe zu deinem Land?»

Blaise hatte darauf gewartet; es war der nächste Zug in diesem Spiel. «Ich bin hier, weil ich mich gegen Ademar von Gorhaut gestellt habe. Er ist schwach und als König unwürdig. Er hat die Menschen in meinem Land durch den Iersen-Vertrag verraten und heimatlos gemacht. Für mich ist das Gorhaut, das ich liebe, das heilige Land, das Corannos, der Gott der Alten, als erstes der sechs bekannten Länder betrat und wo die ersten Coraner schworen, dem Gott und ihren Mitmenschen zu dienen und ein rechtschaffenes Leben zu führen. Mit einer Invasion in Arbonne würde mein Land diesen Weg endgültig verlassen, um eine Herrschaft anzustreben, die es auf Dauer nicht aufrechterhalten kann. Mein Vater weiß das. Er will auch gar nicht in Arbonne herrschen, er will es nur vernichten.»

Blaise holte tief Luft, um diesen Wortschwall zu bremsen, der aus ihm hervorbrach, als wäre in seinem Inneren ein Damm gebrochen. Und dann nannte er einen letzten Grund. «Ich bin auch hier, weil ich, noch bevor die Lussaner Messe zu Ende ist, Anspruch auf die Krone von Gorhaut erheben werde. Ich will wissen, ob es in meinem Land – und andernorts – Männer von Ehre gibt, die sich um mich scharen und für eine gute Sache kämpfen wollen.»

Rudo atmete hörbar ein. Wenigstens seinen Freund, dachte Blaise, den im allgemeinen durch nichts zu erschütternden Correze-Sproß, hatte er überrascht.

Aber auch der König von Valensa reagierte überrascht. Er stützte sich auf die Sessellehnen und schien aufspringen zu wollen, zwang sich aber, wenn auch mit sichtlicher Mühe, ruhig sitzen zu bleiben.

Alle schwiegen. Nur das Knistern des Feuers war zu hören. Von draußen, wo Daufridis Coraner von den Talair-Coranern bewirtet wurden, drang dröhnendes Gelächter herein.

«Nun denn», sagte Daufridi schließlich. «Es scheint, wir haben einiges zu besprechen.»

Blaise fühlte sich wie betäubt. Als er nach seinem Glas griff und trank, kamen ihm seine Bewegungen seltsam verlangsamt vor. Eigentlich müßte jetzt Beatritz' weiße Eule erscheinen, dachte er. Sie müßte sich auf seine Schulter setzen und ihn als Narren, oder was er sonst war, zu erkennen geben.

12

«Ich will sie nicht zurückhaben», sagte Ranald de Garsenc und sah seinen Vater unerschrocken an. Er hatte diese Auseinandersetzung erwartet und sich darauf vorbereitet. Die Nachricht von Rosalas Flucht nach Arbonne, die zwei erschöpfte und ängstlich stammelnde Coraner überbracht hatten, war eine Unglücksbotschaft gewesen, die ihn aber, wie er im Lauf des Tages feststellte, weniger schwer getroffen hatte, als er zunächst vermutete.

Er hatte bei einem Gespräch, das er schon früher am Morgen mit seinem Vater geführt hatte, von dessen Besuch auf Garsenc erfahren und daß er als Tempelältester das Kind für sich beanspruchte.

«Dann ist es also dein Werk», hatte er gesagt und seinem Vater ins Gesicht gelacht, «und nicht meine Torheit oder die irgendeines anderen. Du selbst hast uns das eingebrockt. Sie hat dich wütend gemacht, nicht wahr? Du mußtest etwas sagen, um sie in ihre Schranken zu weisen.»

Galbert hatte die Fäuste geballt und ihm mit finsterer Miene zugehört.

«Genauso war es», fuhr Ranald fort. «Der Narr und der Schwächling, von dem hier immer die Rede ist, bist du, Vater. Du hast dich hinreißen lassen, mußtest sie einschüchtern. Eine dümmere Drohung, als ihr ihr Kind wegzunehmen, hätte dir nicht einfallen können.»

«*Ihr* Kind?» Galberts tiefe Stimme klang verächtlich. «So siehst du das also. Du bist ein Schwachkopf, für den ich mich vor dem Gott und den Menschen schämen muß.»

Sie hatten in Anwesenheit eines Dieners gesprochen, und sicher hatte hinter jeder Tür jemand gelauscht. Ranald fühlte sich plötzlich in die Defensive gedrängt. «Wir unterhalten uns später darüber», hatte er gesagt, «wenn sich dein Zorn etwas gelegt hat. Ich erwarte dich hier gegen Mittag.»

Bevor Galbert antworten konnte, war Ranald aus dem Zimmer gestürmt. Dem Coraner im Vorzimmer blieb kaum Zeit, sich von der Tür zu entfernen. Ranald übersah ihn absichtlich. Insgeheim fand er seinen Abgang gelungen und war sehr zufrieden mit sich, bis er, allein in den Privaträumen, die ihm im Palast zur Verfügung standen, gründlicher über die möglichen Folgen nachdachte, die sich aus der Flucht seiner Frau ergeben konnten.

Er hatte sich einen Krug Bier bringen lassen und sich in einen Sessel am Fenster gesetzt. Durch die aufgerissene Wolkendecke fiel hin und wieder ein Sonnenstrahl auf die windbewegte Herbstlandschaft. Der König befand sich seit dem frühen Morgen auf der Jagd. Wahrscheinlich hatte ihm jemand die Nachricht von Rosalas Flucht nach Arbonne bereits überbracht. An Ademars Hof wimmelte es von ehrgeizigen Männern; und Nachrichten, die der Familie de Garsenc schadeten, würden ihren Weg besonders schnell zum König finden. Ranald wußte, daß viele Galbert für zu mächtig hielten. Die Garsenc hatten, wenn man nur zwei Generationen zurückging, ebenso königliches Blut in den Adern wie die Familie Ademars, und der Tempelälteste war zugleich der engste Berater des Königs. Kein Wunder also, daß die Garsenc gefürchtet waren. Es gab eine ganze Reihe von Leuten am Hof, die sich bei der Nachricht von Rosalas Flucht die Hände reiben würden.

Er leerte seinen ersten Krug Bier an diesem Morgen und lehnte sich seufzend zurück. Seine Frau hatte ihn belogen; sie war geflohen, obwohl sie ein Kind erwartete – sein Kind, das höchstwahrscheinlich nun in Arbonne zur Welt gekommen war. Die Coraner, die zwei Nächte und einen Tag geritten waren, um die Nachricht möglichst schnell zu überbringen, hatten nicht gewußt, ob es ein Junge oder ein Mädchen war. Davon hing vieles ab. Trotzdem fand es Ranald an diesem Morgen unmöglich, sich mit politischen Dingen zu beschäftigen, abgesehen davon, daß es ihm ohnehin nicht lag. Er wäre lieber mit dem König auf die Jagd gegangen oder noch lieber zu Hause gewesen, in Garsenc, um dort mit seinen Männern in seinem eigenen Wald zu jagen.

Er hatte sich nur noch einen zweiten Krug genehmigt, denn für das Gespräch mit seinem Vater zur Mittagszeit mußte er nüchtern sein; das wußte er aus jahrelanger bitterer Erfahrung.

«Ich will sie nicht zurückhaben», wiederholte er. Von einem blanken, fahlen Himmel schien die Mittagssonne durch die westlichen Fenster. Ranald versuchte, ruhig zu bleiben. Die Diener hatten sie entlassen. Ranald wollte nicht, daß dieses Gespräch im Palast und damit im ganzen Land bekannt würde.

Auch Galbert wirkte jetzt ruhiger, gefährlich ruhig. Bevor er antwortete, nahm er gemächlich Platz. Er hatte sich umgezogen und trug nun die blaue Robe des Tempelältesten.

«Du verstößt sie. Das ist ganz natürlich», sagte er, während er die Hände über dem umfangreichen Bauch verschränkte. «Ein anderer hätte längst etwas unternommen, um sie töten zu lassen. Soll ich das für dich erledigen?»

«So wie du den Herzog von Talair töten lassen wolltest? Nein danke. Du hast keine glückliche Hand auf diesem Gebiet», sagte Ranald höhnisch. In Wirklichkeit war ihm der Gedanke, Rosala ermorden zu lassen, zuwider. Er wollte sie nicht zurückhaben, aber das bedeutete nicht, daß sie sterben mußte.

«Dann willst du sie also laufen lassen? Die ganze Welt wird über dich lachen. Aber bitte, es ist deine Frau», sagte Galbert mit einer wegwerfenden Handbewegung. «Aber du wirst mir zugestehen», fuhr er in übertrieben höflichem Ton fort, «daß zu überlegen bleibt, was mit dem Kind geschehen soll.»

Natürlich. Doch Ranald hatte in den vorangegangenen Stunden erkannt, daß seine Gefühle in dieser Hinsicht zwiespältig waren. Wenn er ehrlich war, konnte er nur zu gut verstehen, daß Rosala Tod und Exil in Kauf nahm, um das Kind nicht in Galberts Hände geben zu müssen. Trotzdem, er war der Herzog von Garsenc, der erste Mann unter den Adligen des Landes; Rosalas Kind – sein Kind – war ein Pfand im Spiel um Einfluß und Macht.

«Wenn es ein Junge ist», sagte Ranald leise, «holen wir ihn zurück. Ich werde ihr Leben und Freiheit schenken, sie kann gehen, wohin sie will, aber sie wird das Kind zurückgeben müssen – wenn es ein Junge ist. Der König wird mir erlauben, wieder zu heiraten. Schon morgen, wenn ich ihn darum bitte.»

«Wie kommst du darauf, daß Rosala dieser Forderung nachkommen wird, nachdem sie geflohen ist, um ihr Kind zu behalten?»

Ranald zuckte die Achseln. «Sie kann noch andere Kinder bekommen. Für ein Leben in Freiheit gibt sie dieses eine vielleicht her.»

«Und wenn sie es nicht hergibt, was dann?» fuhr sein Vater lauernd fort.

Zu spät erkannte Ranald, wohin dies führte – wohin fast alles führte, was mit Galbert de Garsenc in Berührung kam. Erregt begann er, im Zimmer auf und ab zu gehen. Dann blieb er vor Galbert stehen und sah ihn zornfunkelnd an.

«Du hast es absichtlich getan!» stieß er hervor. «Du hast sie absichtlich in die Flucht getrieben, nicht wahr?»

Galbert lächelte selbstgefällig. «Was hast du denn geglaubt?»

«Du lügst, Vater!» Ranald bemerkte, daß er die Fäuste ballte. «Die Wahrheit ist, daß sie dich gereizt hat und daß du etwas gesagt hast, was du nicht sagen wolltest.»

Galbert schüttelte den Kopf. Seine Hängebacken schwabbelten. «Mach dich doch nicht vollends zum Narren, Ranald. Warum habe ich sie wohl bei euch zu Hause aufgesucht? Wozu würde ich ein Kind haben wollen? Was sollte ich mit einem Säugling anfangen? Du bist einigermaßen nüchtern, also nütz die seltene Gelegenheit und denke! Es ist in deinem eigenen Interesse, meine Version der Geschichte zu bestätigen. Ich kann mir für unsere Absichten keine günstigere Konstellation vorstellen.»

«Für *unsere* Absichten? Für deine, Vater. Du wirst wegen des Kindes gegen Arbonne Krieg führen.» Ranald konnte kaum glauben, daß Rosalas Flucht raffiniert eingefädelt war – daß jemand so grausam mit Menschen umgehen konnte.

Er wurde jäh aus seinen Gedanken gerissen. Vater und Sohn drehten sich erschrocken um, als krachend die Tür aufsprang. Auf der Schwelle stand, mit schweißnassem Haar und von oben bis unten mit Blut und Schlamm bespritzt, Ademar. Er schleuderte die Reitpeitsche auf den Steinfußboden und schrie: «Ich will, daß sie zurückkommt! Hörst du, Galbert! Ich will sie hier haben, und zwar sofort!» Sein Gesicht war hochrot, und die glasigen Augen schienen ihm aus dem Kopf zu quellen.

«Selbstverständlich, mein König», sagte der Tempelälteste beschwichtigend. Er hatte sich rasch von dem Schreck erholt. «Tatsächlich haben wir, mein Sohn und ich, eben beraten, welche Schritte wir in der Sache unternehmen werden.»

«Es muß etwas unternommen werden! Ich will, daß sie zurückkommt!» wiederholte Ademar, während er sich mit der behandschuhten Hand durch das Haar fuhr.

«Und natürlich auch das Kind», murmelte Galbert. «Das Kind ist sehr wichtig.»

Seine tiefe, beruhigende Stimme schien Wirkung zu zeigen. Der König atmete tief ein und meinte mit etwas klarerem Blick: «Natürlich, auch das Kind, der Erbe von Garsenc. Wenn es ein Junge ist.»

«Wenn sie uns ein männliches Kind vorenthalten», sagte Galbert in sanftem Ton, «kann uns die Welt nicht verübeln, wenn wir alles daran setzen, um es zurückzuholen.»

Ademar hob die Peitsche auf und schlug klatschend gegen seine Stiefel. «Richtig. Tu das, Galbert. Erklär es Götzland, Arimonda und den Portezzanern... Sag ihnen, was gesagt werden muß. Denn ich will sie zurückhaben!» Damit drehte er sich um und verließ mit schweren Schritten den Raum.

Als Galbert den Ausdruck auf dem Gesicht seines Sohnes bemerkte, begann er leise zu lachen. «Es sieht so aus», sagte er, ohne auch nur den Versuch zu machen, seine hämische Freude zu verbergen, «als hättest du eben eine Entdeckung gemacht. Es gibt also doch noch jemanden hier, der die Rückkehr deiner Gattin herbeisehnt. Warum wohl? Was meinst du?»

Ranald wandte sich ab. Ihm war speiübel, und er brauchte dringend etwas zu trinken. Das Bild des Königs, der wie ein wütender, gräßlich anzusehender Riese aufgetaucht war, hatte sich wie mit glühenden Eisen in sein Gehirn gebrannt. Trotzdem fehlte ihm die Kraft, sich darüber aufzuregen. Die Fähigkeit für solche Gefühle schien ihm im Lauf der Jahre abhanden gekommen zu sein.

«Es entwickelt sich alles in deinem Sinn, nicht wahr?» sagte er resigniert, während er aus dem Fenster in den inneren Schloßhof blickte, wo Ademars Coraner ihre blutigen Jagdtrophäen ausbreiteten.

«Wenn die Arbonner deiner Gemahlin und dem Erben von Garsenc Schutz gewähren», entgegnete Galbert, «kommen sie nicht ungestraft davon. In den Augen der Welt haben wir den Grund, den wir brauchen.»

«Und wenn sie sie doch herausgeben?» Ranald wandte sich vom Fenster ab. Wie lange stellte König Ademar seiner Frau bereits nach? Hatte am Ende sein Vater diese Begehrlichkeit gefördert, um ein weiteres Machtinstrument in der Hand zu haben? Eigentlich müßte er den König herausfordern, dachte er, aber er wußte, er würde es nicht tun, ebensowenig wie er dies hier durchstehen würde, wenn er nicht bald etwas zu trinken bekam.

Sein Vater schüttelte den Kopf. «Sie herausgeben? Du meinst, das von Frauen regierte Arbonne würde sie herausgeben?» Er lachte. «Nie und nimmer. Die gehen lieber zugrunde, als eine Frau und ein Neugeborenes an uns auszuliefern.»

«Und du sorgst dafür, daß sie zugrunde gehen.» Ranald hatte einen gallebitteren Geschmack im Mund.

«Das werde ich in der Tat», sagte Galbert und fuhr mit lauter Stimme fort: «Im Namen von Corannos und um seines ewigen Ruhmes willen werde ich diesen schwärenden, blutbesudelten Hort weibischer Verderbtheit vernichten. Das ist meine Lebensaufgabe und der Grund all meines Tuns.»

«Und jetzt bist du dicht am Ziel.» Ranald stand der kalte Schweiß auf der Stirn. «Alles, was du noch brauchst, damit auch die anderen Länder mitziehen, ist ein Junge.»

«Da hast du vollkommen recht», sagte Galbert und lächelte. «Ich habe auf Knien zu Corannos gebetet, daß er mich erhört und mich für würdig befindet, damit ich in seinem heiligsten Namen zuschlagen kann. Jetzt muß nur noch das Kind ein Junge sein.»

Rosala verließ das Zimmer, in dem ihr Sohn schlief, und begab sich durch den Korridor zum Treppenhaus. Die Amme und die jüngere der zwei Priesterinnen, die bei Cadars Geburt geholfen hatten, wachten bei dem Kind. Die Priesterin würde noch bis zum Ende von Cadars erster Lebenswoche auf Schloß Barbentain bleiben, um das Kind zu beobachten. Man ging hier sehr sorgfältig mit den Neugeborenen um, zumindest mit denen der Adligen. Rosala war unbeschreiblich dankbar für die Pflege, die Cadar hier bekam, in diesem wundervoll sicheren Hafen, in dem sie nach ihrer alptraumhaften Flucht gelandet war.

Trotzdem wußte sie, daß sie sich keinen Illusionen hingeben durfte. Sie kannte die Welt zu gut, um zu glauben, man würde ihr so einfach erlauben, hier mit ihrem Kind in Frieden bei der alten Gräfin zu leben, Troubadoure und Sänger zu empfangen, ihrer Musik zu lauschen und über die Wiesen neben dem Fluß zu reiten, während die Jahreszeiten einander ablösten und Cadar vom Kind zum Jüngling und Mann heranwuchs. In Gorhaut waren Frauen getötet worden, weil sie in der Öffentlichkeit ein Wort an ihren Mann gerichtet hatten. Was würden sie mit einer Frau tun, die mit einem Kind geflüchtet war? Noch dazu mit dem Erben der Herzöge von Garsenc und einem möglichen Thronfolger. Solange Ademar nicht heiratete, war Cadar der dritte oder vierte in der Linie, je nachdem, ob man den enterbten Blaise dazurechnete oder nicht.

Sie würden kommen, um Cadar zu holen und höchstwahrscheinlich auch sie. Es würde alles sehr förmlich zugehen mit prächtig gekleideten Gesandten, wohlklingenden Reden, Geschenken für die Gräfin und Briefen mit den unmißverständlichen Forderungen Gorhauts, unterstützt von Ultimaten, die an Deutlichkeit nichts zu wünschen übriglassen würden.

Rosala hatte schon überlegt, ob sie auf einem Schiff in den Osten fliehen sollte, um Arbonne weitere Unannehmlichkeiten zu ersparen. Vielleicht fand sie an einem der legendären Höfe in jenen fernen Ländern eine Heimat für sich und Cadar. Aber auch das war im Grunde nur eine Illusion. Sie hatte gehört, was an den Höfen und in den Basaren jener Gewürz- und Seidenländer mit blonden Frauen geschah und welches Schicksal ihre männlichen Kinder erwartete.

Aus der großen Halle drangen Musik und fröhliches Stimmengewirr zu ihr herauf. Man hatte sie wissen lassen, daß heute abend ganz besonders gute Musik zu hören sein würde von einem jungen Mann aus Orrèze. Sie würde willkommen sein, wenn sie hinunterginge; aber sie fühlte sich noch nicht genügend erholt für einen Auftritt in so großem gesellschaftlichem Rahmen. Allein sein zu dürfen war in ihrer Welt auch ein Geschenk, das sie ebenso zu schätzen wußte wie alles andere, was ihr in Barbentain geboten wurde.

In einem Erker ließ sie sich vorsichtig auf einer gepolsterten Bank nieder und öffnete das Fenster. Es war ein Buntglasfenster mit dem Bild einer grünen Insel im blauen Meer. Sie genoß die angenehm frische Luft und blickte auf die in blaues Mondlicht getauchte Landschaft. Das stetige Murmeln des Flusses begleitete den Joglar, der unten in der Halle sang. Es war eine kühle Nacht. Rosala hüllte sich enger in den wollenen Umhang, den man ihr gegeben hatte. Doch die frische Luft wirkte auch belebend. Während sie hier saß, wurde ihr zum erstenmal richtig bewußt, daß sie mit ihrer Flucht nach Arbonne für ihren Sohn getan hatte, was in ihrer Macht stand. Nun waren andere am Zug. Ihr Lebensbereich war plötzlich geschrumpft, sein Mittelpunkt war der Herzschlag ihres Kindes.

War es nicht merkwürdig, wie schnell und vollständig eine neue Liebe ihr Leben verändert hatte? Bisher hatte sie nur ihren Vater geliebt. Er war vor fast zwei Jahren bei der Schlacht am Iersen gefallen. Ihre Mutter war schon bei der letzten Pestepidemie gestorben, und mit ihrem Bruder verband sie keine besonders enge Beziehung. Es war nicht so, daß er sich an die Spitze ihrer Verfolger setzen würde, aber er würde sich ihnen auch nicht entgegenstellen. Er war ein guter Burgherr und Verwalter von Savaric, und dafür respektierte sie ihn. Das Land der Savaric war durch die neue Grenze am Iersen ungeheuer gefährdet; es konnte jederzeit von Valensa aus überfallen und geplündert werden. Und wenn der Vertrag mit Valensa nicht hielt, drohte noch Schlimmeres.

Als sie Falk das letzte Mal in Cortil gesehen hatte, war er

überzeugt, daß der Vertrag nicht halten würde. Solche Verträge, hatte er leise und nur für ihre Ohren bestimmt gesagt, seien nie von Dauer, aber Land, das der Feind lange genug besetzt hielt, sei wahrscheinlich für immer verloren. Ihr Vater hätte so etwas laut gesagt, so laut, daß es alle, auch der König, gehört hätten, und er hätte sich ähnlich wie Blaise de Garsenc einen Teufel um mögliche Folgen geschert.

An Blaise zu denken fiel Rosala schwer. Sie wußte, daß er sich mit dem Herzog von Talair in Lussan befand. Sie könnte ihm eine Nachricht schicken. Aber vielleicht wußte er schon, daß sie im Schloß Aufnahme gefunden hatte, nachdem die Geschichte von der hochschwangeren Frau aus Gorhaut, die ein Tierbändiger zum Tempel gebracht hatte, seit Tagen in aller Munde war.

Andererseits hatte Blaise nie auf das Geschwätz der Leute gehört, und En Bertran hatte geschworen, ihm nicht zu sagen, daß sie hier war. Es war auch durchaus möglich, daß Blaise nicht wußte, daß sie schwanger geworden war. Seit er nach jener Nacht Gorhaut verlassen hatte, war jede Verbindung zu ihm abgebrochen. Rosalas Gedanken wanderten zu jener Winternacht zurück, als der Sturm um Schloß Garsenc heulte und prasselnder Eisregen gegen die Fenster schlug. Sie hatte zuhören müssen, wie sich Galbert und seine Söhne gegenseitig verfluchten und sich Dinge sagten, die grausamer waren als Sturm und Winternacht. Auf dem Höhepunkt ihres Streits hatte Blaise seinen Vater einen Verräter genannt, einen Verräter an Gorhaut und eine Schande für den Gott, und seinen Bruder einen Trunkenbold und Feigling. Dann war er aus dem Zimmer gestürmt. Blaise war ein harter und kritischer Mann, der ihr nie eine Gunst oder besondere Freundlichkeit erwiesen hatte; trotzdem hatte sie ihm innerlich zugestimmt.

Rosala erinnerte sich, wie sie später in jener Nacht wach gelegen hatte. Ranald schnarchte im Zimmer nebenan. Manchmal sprach er im Schlaf und schrie auf wie ein Kind, das sich in der Dunkelheit fürchtet. In den ersten Monaten ihrer Ehe hatte sie versucht, ihn zu beruhigen. Jetzt horchte sie nur auf den Wind und wartete. Dann hörte sie Schritte auf dem Gang. Sie war aufgestanden und

barfuß über den eiskalten Steinboden zu Blaises Zimmer gegangen.
 Als sie eintrat, war er gerade dabei, seine Satteltasche zu packen. An seiner Jacke hafteten Schneeflocken, und in seinem rötlichen Bart hatten sich Eisklümpchen gebildet. Sie trug nur ihr Nachthemd. Ihr helles Haar hing offen über die Schultern, wie er es vermutlich noch nie gesehen hatte. Einen Augenblick lang hatten sie sich angestarrt, und dann hatte Rosala leise gesagt, so leise, daß es niemand außerhalb des Zimmers, nicht einmal außerhalb des Lichtscheins der einzigen Kerze, die neben dem Bett brannte, hören konnte: «Würdest du mich einmal lieben? Nur ein einziges Mal, bevor du gehst?»
 Und Blaise war auf sie zugegangen und hatte sie in die Arme genommen. Er hatte sie auf das Bett gelegt, ihre blonden Haare auf seinem Kissen ausgebreitet, und sie hatte die Hüften angehoben, damit er ihr Hemd hochschieben konnte. Nachdem er die Kerze ausgeblasen und seine nassen Sachen abgelegt hatte, nahm er sie, stumm, zornig und tief verzweifelt, das wußte sie. Von Liebe war nicht die Rede.
 Aber es hatte ihr nichts ausgemacht. Ihr war alles willkommen, wenn er ihr nur das Kind gab, das ihr Ranald nicht geben konnte. Einmal hatte er ihren Namen gesagt – daran erinnerte sie sich noch.

Sie dachte auch jetzt daran, in der gepolsterten Fensternische auf Barbentain. Irgendwie hatte sie den Eindruck, daß Blaise mit der Nennung ihres Namens in dem Augenblick, als sie das Kind empfing, eine Verbindung zwischen ihnen bestätigt hatte und daß dies von Bedeutung war, nicht für sie selbst – Rosala machte sich nichts vor –, sondern für Cadar.
 Im Korridor waren Schritte zu hören. Es wird die Amme sein, dachte sie und wollte sich schon besorgt aus ihrer Nische erheben. Aber die Schritte hielten ganz in ihrer Nähe an, und Rosala hörte eine Frauenstimme, die sie nicht kannte, und dann die eines Mannes. Sie blieb still in dem schattigen Alkoven sitzen und hörte wenige Augenblicke später, daß die beiden von Mord sprachen.

«Es muß sauber und leise geschehen», sagte die Frau erregt und mit eigenartigem Akzent. «Das hat sie eigens befohlen.»

«Eine scharfe Klinge macht keinen Lärm», sagte die tiefe Männerstimme.

«Du verstehst mich nicht. Der Anschlag darf nicht bis zu ihr zurückverfolgt werden. Und sie sagte, am besten, er sieht dich gar nicht, damit er nicht Alarm schlägt.»

«Sie wird ihn schon beschäftigen. Weißt du, ob sie solche Sachen scharfmachen, so daß ich vielleicht noch anderen Pflichten nachkommen muß?»

«Werde bitte nicht ordinär», sagte die Frau geziert.

Der Mann lachte leise. «Keine Sorge. Ich werde mich ganz nach deiner Herrin richten. Aber er muß mich sehen. Er muß wissen, wer ihn tötet, sonst hat das Ganze für mich keinen Sinn.»

«Er könnte um Hilfe rufen.»

«Das paßt nicht zu ihm. Außerdem wird er gar nicht die Zeit dazu haben, das verspreche ich dir. Komm jetzt. Welche Tür ist es? Mein Zwillingsgeist will endlich Ruhe finden.»

Rosala drückte sich tief in ihre Nische, als sie unter der Fackel in den Korridor einbogen. In der Halle unten sang der Joglar von ewiger Liebe und ungestilltem Verlangen. Weder der Mann noch die Frau hatten sich umgesehen, als sie vorbeigingen. Nach wenigen Schritten blieben sie erneut stehen. Mit angehaltenem Atem beugte sich Rosala ein wenig vor und sah, wie der Mann ein Messer aus dem Gürtel zog, eine Tür öffnete und mit einer katzenhaften Bewegung an der Frau vorbei in das Zimmer schlich. Die Frau zögerte kurz; dann machte sie das Schutzzeichen und eilte zum Treppenaufgang am anderen Ende des Korridors.

Rosala schlug die Hände vor das Gesicht. Etwas Furchtbares würde geschehen. Sie könnte schreien oder Hilfe holen, aber vielleicht war es dann schon zu spät.

Sie holte tief Luft. Sie stand auf und blickte in den Korridor zu der Tür, hinter der ihr Sohn schlief. Dann ging sie entschlossen in die entgegengesetzte Richtung. Sie war die Tochter ihres Vaters. Sie würde nicht still sitzen bleiben und zulassen, daß in einem Schloß, in dem sie Zuflucht fand, ein Meuchelmord geschah.

Zufällig wußte sie, wer die Gemächer bewohnte, die der Mann mit dem Messer eben betreten hatte. Seit der Ankunft dieses Gastes duftete es in diesem Teil des Korridors nach Gewürzen und Essenzen. Die Priesterinnen und die Amme hatten seit zwei Tagen nur noch ein einziges Gesprächsthema. Vor der Tür zögerte Rosala, aber nur, um noch einmal zu Cadars Tür zurückzublicken; dann reckte sie die Schultern, öffnete die Tür und trat ein.

Daufridi und seine Eskorte verließen den Gasthof als erste. Etwas später kehrte Bertran mit seinen Begleitern nach Lussan zurück. Am Stadttor bestand der Herzog darauf, allein weiterzureiten.

Er sah Blaise an, zögerte und sagte dann grinsend: «Der Baron von Baude ist heute morgen eingetroffen. Ich werde ihn kurz aufsuchen, bevor ich mich zurückziehe. Soll ich ihm Grüße von dir bestellen?»

Trotz allem, was Blaise im vergangenen Sommer von Ariane über den Herzog erfahren hatte, fand er diese besondere Art von Bertrans unermüdlicher Energie befremdlich. Nach einer hochbrisanten Unterredung über das Schicksal seines Landes hatte er nichts anderes im Sinn als Weiberröcke.

Blaise zuckte die Achseln. «Bitte. Und grüße auch Soresina, solltest du sie zufällig sehen.»

Bertran grinste noch breiter, wendete sein Pferd und verschwand. Kurz danach tauchten drei Reiter auf und sprengten ihm nach. Als sie an der von Fackeln beleuchteten Stadtmauer vorbeiritten, hob einer von ihnen grüßend die Hand. Valery grüßte zurück. Blaise erkannte die Livree; die Gräfin von Arbonne gab sich offenbar große Mühe, ihren unberechenbaren Herzog zu beschützen.

Sie ritten weiter. Einige Straßen in der Nähe des Marktplatzes waren beleuchtet, aber es waren nur noch wenig Menschen unterwegs. Die Lussaner Messe war, wie alle Messen und Jahrmärkte, etwas anderes als ein Karneval. Erstens dauerte sie einen ganzen Monat lang; nicht einmal Bertran de Talair hätte eine so ausgedehnte Festlichkeit überlebt. Und zweitens machte man auf der Messe vor allem Geschäfte; man verband das Angenehme mit dem Nützlichen.

Als sie vor den zwei Laternen des honigfarbenen Stadtpalais der Familie Talair abstiegen und ihre Pferde zu den Ställen führten, schlug Rudo vor, noch irgendwo ein Glas zu trinken.

«Ich kenne da eine lustige Taverne gleich neben dem portezzanischen Viertel. Wie wär's?»

«Ohne mich», sagte Valery. «Ich bin heute abend ein alter Mann, der sich nach seinem Bett sehnt, und dies mehr, als ich euch sagen kann.»

Damit stieg er die Stufen zum Eingang hinauf. Blaise schaute ihm nach, bis sich die Tür hinter ihm schloß; dann wandte er sich an Rudo.

«Also dann los», sagte er. «Vielleicht ist das heute unsere letzte Gelegenheit, als einfache Coraner in einer Taverne zu sitzen.»

Sie überquerten den Platz vor dem Palais und bogen in eine Straße, die zum beleuchteten Marktplatz führte. Es war eine wundervoll klare Nacht.

Plötzlich sprangen sechs Männer aus einer Seitenstraße und umstellten sie. Die finsteren, schweigenden Gestalten zielten mit gespannten Bogen auf sie. Während Blaise sich blitzschnell nach einer Fluchtmöglichkeit umsah, hörte er Rudo sagen: «Das geht entschieden zu weit. Wißt ihr überhaupt, wen ihr vor euch habt? Ich bin der Sohn von Vitalle Correze, und ihr seid tot – und zwar auf sehr unangenehme Weise, das versichere ich euch –, wenn ihr uns noch länger belästigt.»

Er hat nie Hemmungen, sich auf seinen Vater zu berufen, dachte Blaise. Er selber wäre lieber gestorben, als sich des noch berühmteren Namens von Galbert de Garsenc zu bedienen.

Blaise hatte ein flaues Gefühl im Magen. Diese Männer waren keine Banditen. Sie trugen keine Livree, aber er war sich beinahe sicher, daß er einen von ihnen in Tavernel an der Seite von Urté de Miraval gesehen hatte.

«Ich glaube, ich kenne sie», sagte er leise zu Rudo. «Sieht nicht gut aus.»

«Das ist mir auch schon aufgefallen», erwiderte Rudo. «Du gehst nach rechts, ich nach links?» Mit ihren Schwertern konnten sie gegen Bogenschützen kaum etwas ausrichten. Auch Blaise fiel nichts Besseres ein. Ihre einzige Hoffnung bestand darin, in eine dunkle Seitenstraße zu entkommen.

Während Blaise darauf wartete, bei der ersten Bewegung von Rudo loszurennen, fragte er sich, warum keiner der Bogenschützen etwas gesagt oder zumindest mit einer Handbewegung einen Befehl erteilt hatte.

Er wußte es, als kurz darauf vier Männer aus einer Gasse kamen und von rückwärts an sie herantraten. Wozu Befehle geben, wenn man die Opfer nur stellte, um sie zu exekutieren? Es war sein letzter klarer Gedanke, bevor er unter einem Keulenschlag zusammenbrach.

Er erwachte mit entsetzlichen Kopfschmerzen. Sobald er die Augen öffnete, begann sich der Raum zu drehen, so daß ihm übel wurde und er die Augen rasch wieder schloß. Er fühlte, daß er sehr weich lag, und er erkannte plötzlich den Duft, mit dem sich viele Erinnerungen verbanden. Erschrocken öffnete er die Augen und drehte den Kopf, um sich umzusehen. Von der Bewegung wurde ihm erneut übel, und er stöhnte vor Schmerz.

«Es tut mir leid», sagte eine Frauenstimme, «aber ich mußte damit rechnen, daß du nicht freiwillig kommst.»

Blaise konnte sie nicht sehen, weil sie hinter ihm stand. Als er versuchte, sich umzudrehen, merkte er, daß er gefesselt war. Er lag auf ihrem Bett und war mit Händen und Füßen an die vier Bettpfosten gefesselt. «Warum hast du mich nicht einfach auf der Straße umbringen lassen?»

«Was?» sagte Lucianna Delonghi und schob sich langsam in sein Blickfeld. «Und mich dieses Vergnügens berauben?»

Er hatte sie über ein Jahr nicht gesehen. Ihr Kleid war aus so feiner Seide, daß sie wie nackt vor ihm stand. In ihrem Haar funkelte ein Diadem, Saphire blitzten an ihren Ohren, und Diamanten und Perlen schmückten ihren Hals. An den schmalen Händen trug sie mehrere Ringe, an den Handgelenken Armbänder aus Gold und Silber und kunstvoll geschnitzte Elfenbeinreifen, und zwischen ihren Brüsten hing ein Anhänger mit einem prachtvollen roten Stein. Sie liebte Juwelen, erinnerte sich Blaise. In ihren Gemächern brannte immer ein Feuer, auch wenn es nicht kalt war. Und sie liebte Seile und Knoten und Spielzeug im Bett.

Man hatte ihn völlig ausgezogen bis auf sein Schamtuch. Er versuchte noch einmal, die Hände zu bewegen, als er verzweifelt feststellte, daß er nicht nur Wut und Schmerzen empfand, sondern auch Erregung.

Sie war so schön, daß sich ihm das Herz zusammenpreßte. Sie war die Verkörperung dessen, was der Legende nach alle Coraner nach dem Tod auf dem Schlachtfeld erwartete. Beim Anblick ihrer langgliedrigen Gestalt kehrte unwiderstehlich die Erinnerung an ihre gemeinsamen Nächte zurück, als sie sich an ihn schmiegte, die Beine um ihn legte oder über ihm saß; an den Bogen ihrer Kehle, wenn sie sich auf dem Höhepunkt der Lust zurückbeugte und die Fingernägel in seine Schultern und Arme grub – es war, als ob all dies jetzt geschehen würde. Seine Erregung würde nicht unbemerkt bleiben. Lucianna hatte ein Auge für solche Dinge. Hilflos sah er das zufriedene Lächeln auf ihren Lippen.

«Wie süß», murmelte sie mit ihrer etwas heiseren Stimme. «Und ich dachte schon, du hättest mich verlassen, weil du mich nicht mehr begehrst.» Sie blickte auf ihn nieder und hatte plötzlich ein Messer in der Hand, einen mit blutroten Rubinen verzierten Dolch. Lässig spielte sie mit der Klinge, während sie zum Fußende des Bettes glitt. Sie schürzte die Lippen, als würde sie überlegen, dann strich sie scheinbar gedankenlos mit der Klinge über Blaises Fußsohle, drückte, und die Dolchspitze bohrte sich in seinen Fuß.

«Ich habe dich verlassen, Lucianna, weil du es wolltest.» Es war schwer, mit einem Brummschädel und einem zunehmend verwirrenden Verlangen klar zu denken. Ihr betörender Duft umgab ihn von allen Seiten, sie bewegte sich ständig um das Bett herum, und das Licht aus dem Kamin umspielte die Rundungen und Flächen ihres Körpers. «Du hättest mich halten können, wenn du gewollt hättest. Ich hätte dir nicht widerstehen können, nicht einmal nach Engarro.»

«Ah», sagte sie und blieb stehen, um ihn anzusehen. Ihre Haut war hell und makellos. Er erschrak nicht zum erstenmal bei dem Gedanken, wie jung sie war. «Aber du hättest mir gern widerstanden. Du wärst nur widerwillig geblieben, nicht wahr?»

Sie war die scharfsinnigste Frau, die er je gekannt hatte.

«Ich brauche etwas zu trinken, Lucianna.»

«Ich weiß, was du brauchst. Beantworte meine Frage.» Das Messer glitt an der Innenseite seines Schenkels nach oben.

Blaise sah ihr in die Augen. «Du irrst dich, Lucianna. Ich war noch unwissender, als du gedacht hast. Rudo hat versucht, mich zu warnen – ich wollte nicht auf ihn hören. Ich dachte, du seist nur deshalb so geworden, wie du bist, weil dich dein Vater gezwungen hat, sein Werkzeug zu sein, ein Instrument seiner Politik. Ich dachte, du könntest trotzdem noch ehrlich lieben, wenn du dich frei entscheidest, und ich könnte der Glückliche sein. Ich war noch dümmer, als ich aussah.»

Es war eine absurde Unterhaltung. Er war hierhergebracht worden, um zu sterben. Wo war ihr Mann, Borsiard d'Andoria? Aber waren es nicht Coraner von Miraval gewesen, die ihn überfallen hatten? Ein merkwürdiges Bündnis. Wenn sich deine Feinde verbünden, brauchst du Flügel wie ein Vogel oder die Kraft eines Löwen – so lautete ein Gorhauter Sprichwort. Doch im Augenblick hatte er weder das eine noch das andere. Er lag mit einem Kopf, der wie eine Tempelglocke dröhnte, gefesselt und hilflos auf Luciannas Bett.

«Tu, was du willst», sagte er müde, während sie ihn aus ihren dunklen, raffiniert geschminkten Augen ansah. Ihre Pupillen waren stark vergrößert. Blaise wußte, daß sie Drogen nahm, um ihr Vergnügen zu steigern. Trotzdem, dachte er, war sie unglaublich schön.

«Wenn du mich töten willst, weil ich dich verlassen habe oder weil dein Mann es will, dann tu es, Lucianna», sagte er. Er drehte den Kopf zur Seite und schloß die Augen.

Sie schwieg noch immer. Plötzlich fühlte Blaise das Messer nicht mehr, und einen Augenblick später hörte er sie sagen: «Ich dachte damals, in jenem Sommer, bevor Engarro getötet wurde, daß ich dir zu spät begegnet bin.» Ein ungewohnter Ton schwang in ihrer Stimme. Doch es war nicht dieser neue Ton, der ihn veranlaßte, die Augen zu öffnen, sondern ein Geräusch vom anderen Ende des Zimmers und der kühle Luftzug, der über seine Haut strich.

Lucianna hatte sich zur Tür gewandt, und ihrem Blick folgend sah er Quzman von Arimonda, breit lächelnd, daß die weißen Zähne blitzten, und in der Hand eine blanke Waffe von der Länge eines kleinen Schwerts.

Lucianna warf Blaise einen Blick aus ihren unnatürlich dunklen Augen zu. Dann kehrte sie ihm den Rücken. Sie zog sich zum Kamin zurück und gab den Weg frei für den Arimonder, der gekommen war, um ihn zu töten. Es waren in der Tat Coraner von Miraval gewesen, die ihn hierhergebracht hatten. Der Kreis schien sich zu schließen.

«In Arimonda würde er in der Wüste neben einem Ameisenhaufen liegen», sagte Quzman. «Ich bräuchte nur Honig auf sein Gemächt und seine Augen zu streichen und ihn dort liegenzulassen.»

Lucianna schwieg und starrte ins Feuer.

«Wie gut, daß wir nicht in Arimonda sind», sagte Blaise, ohne ihn eines Blicks zu würdigen. «Im Land der Feiglinge und Kinderschänder.»

«Du bist ein Narr, mich zu reizen – in deiner Lage», entgegnete der Arimonder mit unverändertem Grinsen. «Dein Leben endet hier. Der Geist meines Bruders lechzt nach Schatten in der Nachwelt, und es liegt ganz in meiner Hand, ob du rasch und schmerzlos oder langsam und qualvoll hinübergehst.»

«Nein», sagte Lucianna ruhig. «Du wirst tun, wozu du gekommen bist. Aber du wirst es schnell tun.»

Als Blaise sich dem Arimonder zuwandte, um wie ein Mann und im Glauben an die Allmacht des Gottes dem Tod ins Auge zu blicken, öffnete sich die Tür erneut, und Blaise traute seinen Augen nicht, als er hinter dem Arimonder die Frau seines Bruders hereinkommen sah.

«Wenn du diese Klinge benützt», hörte er Rosala mit einer für sie ungewöhnlicher Schärfe sagen, «werde ich euch beide noch in dieser Nacht vor die Gräfin von Arbonne bringen lassen, und ich werde nicht ruhen, bis man euch verurteilt hat wegen Landfriedensbruch und Mord. Das schwöre ich beim heiligen Corannos.»

Erst jetzt, als ihre grimmige Entschlossenheit etwas zu erlahmen schien, bemerkte sie, wer dort auf dem Bett lag. «Blaise!» hauchte sie.

Ihr völlig veränderter Ton brachte Lucianna zum Lachen. «Wie rührend!» murmelte sie, während sie sich vom Feuer abwandte. Ihren juwelenbesetzten Dolch hielt sie noch in der Hand. «Die verirrten Kinder von Garsenc finden sich in der Höhle der bösen Hexe. Ein hübscher Stoff für eine Ballade.»

«Nichts da!» sagte Quzman, der jetzt nicht mehr lächelte. «Sie müssen beide sterben.»

Er ging auf das Bett zu.

«*Jetzt!*» rief Lucianna.

Die Türen zu beiden Seiten des Bettes sprangen auf, und ein halbes Dutzend Coraner in den Farben der Gräfin drangen in den Raum, mit Roban, dem Kanzler, und einem prächtig gekleideten, sehr gutaussehenden Herrn auf den Fersen. Als letzter erschien, etwas langsamer und sich eine Kompresse an den Kopf haltend, Rudo Correze.

Die Coraner umstellten den Arimonder und entwanden ihm den Dolch. Quzmans feindseliger Blick blieb unverwandt auf Lucianna gerichtet. «Du hast einen Fehler gemacht», sagte sie herablassend, «und du bist ein primitiver und unangenehmer Mensch. Beides trifft auch auf den Herzog von Miraval zu, in dessen Auftrag du handelst.»

Sie sprach laut und betont deutlich. Der gutaussehende Mann, der ihr Vater war, lächelte hämisch, während der Kanzler zusammenzuckte. Blaise begriff allmählich, daß er zumindest nicht sofort sterben würde und daß Lucianna hier jemandem eine Falle gestellt hatte. Aber wem? Quzman? Urté? Oder beiden? Er sah Rudo an, der sich gegen einen Bettpfosten lehnte und mit einer Miene auf ihn niederblickte, die vielleicht amüsiert gewirkt hätte, wäre er nicht so grün im Gesicht gewesen.

«Wenn du noch länger so faul herumstehst, statt diese Fesseln durchzuschneiden», knurrte Blaise, «kannst du was erleben. Das garantiere ich dir.»

«Was soll ich denn noch erleben?» entgegnete Rudo erbittert. «Man hat mich eben halb totgeschlagen wegen irgendeiner hinterhältigen Geschichte, die sich meine verfluchte Cousine Lucianna ausgedacht hat und mit der ich überhaupt nichts zu tun habe.» Aber er bückte sich trotzdem und begann, Blaises Fesseln zu lösen.

«Du bist verhaftet im Namen der Gräfin von Arbonne», sagte der Kanzler zu Quzman. Er sah dabei nicht besonders glücklich aus. «Sie wird morgen über dein weiteres Schicksal entscheiden», fügte Roban hinzu.

Der Arimonder war ein tapferer Mann. «Nur über *mein* Schicksal?» fragte er. «Siehst du nicht, daß die Frau den Nordländer ans Bett gefesselt hat, daß ich ihn nur noch abzustechen brauchte? Ihr Mann wollte ihn schon auf der Straße nach Arbonne töten lassen. Darf sie dieses doppelte Spiel treiben und über uns alle lachen?»

Blaise rieb seine schmerzenden Handgelenke und richtete sich auf. Lucianna hatte sich zum Fenster zurückgezogen und in einen undurchsichtigen Morgenmantel gehüllt. Sie würdigte weder Quzman noch einen der anderen Anwesenden eines Blicks.

«Ich sehe hier niemanden lachen», sagte der Kanzler. «Und ihr doppeltes Spiel, wenn man es so nennen will, war nur gegen dich gerichtet. Sie hat mich gestern abend von deinem Vorschlag unterrichtet, unmittelbar nachdem er ihr unterbreitet worden war.»

Ein geschickter Versuch zur Schadensbegrenzung, dachte Blaise, aber Roban würde nicht damit durchkommen – nicht bei Massena Delonghi, der aufmerksam zuhörte. Blaise hatte nicht umsonst zwei Sommer lang in seinen Palästen gelebt und mit seiner Tochter geschlafen. Er wußte einiges über Luciannas Vater. In seinem Auftrag hatte er zusammen mit Rudo einen Fürstensohn getötet.

Aber wie sich die Dinge entwickelten, sah es so aus, als hätte Lucianna nicht die Absicht gehabt, ihn heute nacht ermorden zu lassen; obwohl seine Fesselung und ihr Verhalten einer Erklärung bedurften.

Wie von Blaise vorausgesehen, hatten die Bemühungen des Kanzlers keinen Erfolg. «In diese Sache ist aber noch jemand verwickelt», warf der elegante Massena Delonghi ein, von dem es hieß, daß er die Vorherrschaft in Portezza anstrebte und dieses Ziel über die ehelichen Verbindungen seiner Tochter zu erreichen suchte. «Dieser Arimonder steht, soviel ich weiß, im Dienst des Herzogs von Miraval. Und wie ich von meiner Tochter erfahren habe, waren es Coraner des Herzogs Urté, die unseren jungen Freund sowie unseren geliebten Cousin überfallen haben.»

«Wir werden selbstverständlich morgen in Erfahrung bringen, was En Urté dazu zu sagen hat», erwiderte Roban. «Im Augenblick jedoch geht es nur um diesen Mann, der durch den, nun, sagen wir, Erfindungsreichtum deiner Tochter bei einem Mordanschlag gefaßt werden konnte.»

«Ein Verbrechen, für das man ihn brandmarken und hängen wird, nicht wahr?» sagte Lucianna, während sie sich mit hochgezogenen Brauen dem Kanzler zuwandte. Ihre Stimme und ihr Benehmen waren ebenso kühl und gelassen wie die ihres Vaters. «Genauso wie der Herzog von Talair den bemitleidenswerten Cousin meines Gatten hat brandmarken und hängen lassen. Genauso, würde ich sagen. Oder wir haben in der Tat Grund, die Unparteilichkeit der Gräfin von Arbonne anzuzweifeln.»

«Und», fügte Massena Delonghi mehr besorgt als vorwurfsvoll hinzu, «wir müssen auf den für morgen angekündigten Ermittlungen bestehen, inwieweit Herzog Urté für diesen eklatanten Bruch des zur Messezeit geltenden Landfriedens verantwortlich ist. Eine bedauerliche Pflicht für die Gräfin, gewiß, aber wenn portezzanische Edelleute wie gemeine Diebe hingerichtet werden, kann sie sich gegenüber ihren eigenen Leuten nicht blind stellen, auch wenn es sich um hochgestellte Persönlichkeiten handelt.»

Blaise sah, wie sehr Massena Delonghi die Situation genoß. Es war genau die Art von komplexer Intrige, die die Delonghi liebten. Massena hätte sich kaum die Mühe gemacht, Urté ins Unglück zu stürzen oder die Gräfin in eine peinliche Verlegenheit, wäre nicht ein Spaß damit verbunden gewesen und – auch davon war Blaise überzeugt – hätte es ihm letzten Endes nicht etwas eingebracht, Drahtzieher hinter alldem zu sein. Wenn Arbonne gehofft hatte, seine heimischen Fehden allein und auf eigenem Boden auszutragen, so war diese Hoffnung gescheitert. Blaise fragte sich, ob Massena Delonghi nun an Galbert de Garsenc schreiben oder seinen Vertreter in Cortil zu einem inoffiziellen Besuch an König Ademars Hof schicken würde, um eine unauffällige Transaktion zugunsten der Delonghi vorzuschlagen als Entschädigung für die Arbonne zugefügte diplomatische Niederlage.

Rudo hatte inzwischen in einer Zimmerecke Blaises Kleider und Stiefel gefunden. Blaise zog sich an, so rasch das die pochenden Schmerzen in seinem Schädel erlaubten. Er sah, daß sich Rosala etwas abseits von allen anderen auf eine niedrige Bank neben der Tür gesetzt hatte. Sie beobachtete jede seiner Bewegungen mit einem merkwürdig gespannten Ausdruck. Ihm fiel plötzlich ein, daß er auch das letztemal, als sie sich gesehen hatten, unbekleidet gewesen war – und sie auch.

In der Tür erschien Luciannas Kammerzofe und meldete – mit einem kaum merklichen Lächeln, als sie den Arimonder von Schwertern umringt sah – die Gräfin von Arbonne.

Wie könnte es anders sein, dachte Blaise und tastete vorsichtig die blutverklebte Beule an seinem Hinterkopf ab. Ihn überraschte nichts mehr. Irgendwie erinnerte das Ganze an eine Komödie. Signe de Barbentain erschien im Türrahmen, zierlich und elegant gekleidet in ein hellblaues und mit Perlen besetztes Gewand, und hinter ihr – und das war eine Überraschung – ragte die massige und finstere Gestalt des Herzogs Urté de Miraval.

«Hoheit!» rief Roban, woraufhin alle ehrerbietig das Knie beugten und sich wieder erhoben. «Ich dachte, du würdest schon schlafen. Ich wollte nicht stören...»

«Schlafen?» erwiderte die Gräfin von Arbonne. «Während unten musiziert und hier oben intrigiert wird? Ich kann dem Herzog von Miraval nur danken, daß er mich rechtzeitig geholt hat. Roban, wir werden morgen einiges zu besprechen haben.»

«Aber, Gräfin», begann der Kanzler, «es ist der Herzog von Miraval, der –»

«Der durch einen Arimonder, der bei ihm im Dienst steht, von einer Verschwörung erfahren hat, die von der Gattin des verbannten Borsiard d'Andoria angezettelt wurde und sich gegen das Leben unseres Freundes aus Gorhaut richtete.» Signes Stimme klang kalt und streng.

«Leider muß ich gestehen, daß Quzman einen ganz persönlichen Groll gegen den Nordländer hegt», erklärte Urté aalglatt. «Sein Haß geht so tief, daß er bereit war, den Frieden zu brechen und der Dame d'Andoria bei ihren unredlichen Plänen behilflich zu sein. Ich ließ die beiden bis zu einem gewissen Grad gewähren, um die Quelle des portezzanischen Übels offenzulegen. Ich muß sagen, ich bin sehr froh, daß es gelungen ist.» Er musterte Lucianna mit eisigem Blick.

Blaise und Rudo tauschten einen Blick, und dann wandten sie sich beide gleichzeitig dem Kanzler zu, der ein wenig zu überrascht tat. Ein kluger Mann, dachte Blaise. Vielleicht hatte er mit seiner Taktik doch noch Erfolg. Massena Delonghi war unter der sonnengebräunten Haut etwas blaß geworden, trotzdem lächelte er verhalten und drückte damit seine Anerkennung aus für das diplomatische Geschick der Arbonner.

«Aber hochverehrte Gräfin», sagte Roban nun, «es gab keine portezzanische Verschwörung. Die verehrte Lucianna Delonghi d'Andoria war nur bestrebt, diesen Arimonder hier zu entlarven. Sie hat mich gestern abend persönlich von seinen Plänen unterrichtet. Sie hat nur zum Schein mitgewirkt, um einen auf andere Weise vielleicht schneller ausgeführten Mord an dem Gorhauter Coraner zu verhindern. Sie scheint jedoch zu glauben, daß der Herzog von Miraval tatsächlich etwas mit dem Vorhaben seines Untergebenen zu tun hatte.»

In die Stille, die daraufhin eintrat, sagte Lucianna mit samtweicher Stimme: «Eine offensichtlich falsche Vermutung, für die ich mich beim Herzog entsprechend entschuldigen werde, sobald sich die Gelegenheit bietet.» Sie schenkte dem Herzog ihr betörendstes Lächeln.

«Meine Tochter hat eine sehr leidenschaftliche Natur», erklärte Massena Delonghi überflüssigerweise. «Sie wollte nichts anderes, als den vorangegangenen Landfriedensbruch ihres nicht minder leidenschaftlichen Gatten wiedergutmachen.» Achselzuckend breitete er die Hände aus. «Es scheint, daß wir *alle* hier in gutem Glauben gehandelt haben.»

«Bis auf einen», sagte Signe de Barbentain kalt. Sie blickte auf den Arimonder.

Blaise mußte erneut feststellen, daß Quzman kein Feigling war und auch kein Narr. Umzingelt von Schwertern und feindseligen Blicken lächelte er.

«Das Fähnchen dreht sich nach dem Wind, nicht wahr?» sagte er ruhig und sah seinem Dienstherrn ins Gesicht. Herzog Urté verzog keine Miene. «Ich bin das Opfer, und der Mörder meines Bruders geht frei aus. Trotzdem frage ich mich», fuhr er fort und wandte sich kühn und ohne ein Zeichen der Ehrerbietung an die Gräfin von Arbonne, «wie es mir gelungen sein soll, heute nacht zehn Coraner meines Dienstherrn ohne dessen Wissen zu einem Einsatz zu führen.»

Hier ist der schwache Punkt, dachte Blaise. Er wird Urté mit hineinreißen! Aber Blaise hatte die Arbonner wieder unterschätzt.

«Das ist eine Sache, die mich sehr betrübt», sagte Urté de Miraval. Seine tiefe Stimme drückte größtes Bedauern aus. «Ich wollte die Zuverlässigkeit meiner Coraner auf die Probe stellen. Deshalb habe ich sie nicht vor Quzmans Plänen gewarnt und auch nichts gegen sein Komplott unternommen. Ich bedaure, sagen zu müssen, daß zehn meiner Coraner tatsächlich Opfer seiner unbestreitbaren Überredungskunst geworden sind. Sie hegen einen persönlichen Haß gegen diesen Gorhauter Coraner, der vor einem halben Jahr fünf ihrer Kameraden bei einem höchst unglücklichen Zwischenfall getötet hat, und erklärten sich einverstanden, bei diesem schrecklichen Mordanschlag mitzuwirken.»

«Dann müssen auch sie bestraft werden», sagte Massena Delonghi zur Gräfin und schüttelte den Kopf, als verstünde er die Welt nicht mehr. Wie konnte inmitten guter und aufrechter Männer nur soviel Schlechtigkeit gedeihen?

«Sie *wurden* bestraft», sagte Urté. «Mit dem Tod.»

Und so hatte der Kanzler am Ende doch gewonnen, dachte Blaise. Der Nachhall auf diese Episode würde sich in Grenzen halten, und die Gräfin würde sich nicht gezwungen sehen, zu diesem für Arbonne so kritischen Zeitpunkt in die Fehde zwischen Miraval und Talair einzugreifen. Er warf einen Blick auf Rudo und gewahrte die unfreiwillige Bewunderung, mit der sein Freund den stets bescheiden auftretenden Kanzler von Arbonne betrachtete. Auch auf Rosalas Gesicht bemerkte er einen ähnlichen Ausdruck der Bewunderung. Er ging einige Schritte auf sie zu. Sie war das letzte und in Wirklichkeit auch das größte Geheimnis dieser Nacht.

Überrascht sah Blaise, daß sich Signe de Barbentain lächelnd neben seine Schwägerin setzte und ihre Hand ergriff. «Du hast gedacht, du würdest jemandem das Leben retten, nicht wahr?» sagte sie leise.

Blaise näherte sich ihnen weiter, um besser hören zu können. Hinter ihm ließ der Kanzler den Arimonder binden.

«Das dachte ich wirklich», hörte er Rosala antworten. «Ich habe nicht gewußt, wer es war.»

«Das war besonders tapfer, meine Liebe. Wie geht es Cadar?»

Blaise starrte die beiden Frauen verständnislos an.

«Er schläft. Die Kinderschwester ist bei ihm», antwortete Rosala, während sie aufblickte und Blaise mit ihren klaren blauen Augen ansah.

«Dann laß uns dieser unsauberen Geschichte hier den Rücken kehren und nach deinem Jungen sehen», hörte Blaise die Gräfin sagen.

«Mit Vergnügen», antwortete die Frau seines Bruders, während sie sich erhob.

Blaise hatte die wenigen Schritte zurückgelegt, die ihn noch von den Frauen trennten. Er starrte wie gebannt auf Rosala. Dann beugte er sich vor und küßte sie auf beide Wangen.

«Rosala, das ist eine große Überraschung», sagte er verlegen und merkte, wie er errötete. «Habe ich richtig gehört? Du hast ein Kind bekommen? Hier, in Arbonne?»

Sie hielt sich sehr aufrecht, ihr kluges Gesicht verriet weder Kummer noch Unsicherheit; doch aus der Nähe sah er die Spuren von Erschöpfung und innerer Anspannung. Sie war einem Mann mit einem Messer gefolgt, um einem Menschen, von dem sie nicht einmal wußte, wer er war, das Leben zu retten, ungeachtet der Gefahr für ihr eigenes Leben.

«Es tut mir leid, daß du es auf diese Weise erfahren mußtest», sagte sie ernst. «Man hat mir gesagt, daß du hier bist, aber nachdem ich Garsenc ohne Ranalds Wissen verlassen habe und nicht zurückkehren werde, schien es keinen einfachen Weg zu geben, um dich zu benachrichtigen.» Sie hielt kurz inne, um ihm ein wenig Zeit zu gönnen, dies alles zu verkraften. «Ich habe vor zwei Tagen durch Corannos' und Rians Gnade einen Sohn bekommen. Sein Name ist Cadar. Cadar de Savaric.» Sie hielt ein zweites Mal inne. Blaise hatte das Gefühl, als hätte er einen Schlag erhalten, der ihn mit ähnlicher Wucht traf wie die Keule, mit der man ihn vor wenigen Stunden bewußtlos geschlagen hatte. «Du kannst ihn sehen, wenn du möchtest», schloß seine Schwägerin.

Blaises Gedanken rasten; unter einem Berg von Verschüttetem und Verdrängtem tauchte die Erinnerung auf an eine stürmische Nacht auf Schloß Garsenc vor acht Monaten, als er Gorhaut endgültig verlassen hatte. Rasch schob er sie beiseite. Denn unterdessen ließ sich Quzman hocherhobenen Hauptes, aber widerstandslos von den Coranern von Barbentain abführen.

«Auf ein Wort», rief Blaise und hielt sie zurück. «Ich möchte etwas vorschlagen», sagte er an den Kanzler gewandt. «Der Vorfall, um den es hier geht, betrifft letzten Endes nur diesen Mann und mich.» Mit einer Kopfbewegung wies er auf den Arimonder. «Es hat nichts mit der Gräfin oder mit den inneren Angelegenheiten ihres Landes zu tun. Ich habe vor einiger Zeit seinen Bruder getötet, als ich überfallen wurde. Er sieht darin einen Grund zur Rache. Vielleicht würde ich genauso empfinden, wenn jemand meinen Bruder getötet hätte.»

«Das stimmt nicht ganz», warf Massena Delonghi ein. «Was ihr miteinander auszutragen habt, ist eure Sache, aber Tatsache ist, daß er den Landfrieden gebrochen hat. Er hätte bis nach der Messe warten sollen.»

«Und es handelt sich auch nicht um eine Angelegenheit, die nur diese beiden angeht», mischte sich Rudo ein. «Sagt mir, wenn ich mich irre, aber ich erinnere mich, im vergangenen Sommer von einem Erlaß der Gräfin gehört zu haben, wonach Raufhändel mit tödlichem Ausgang zwischen Talair und Miraval verboten sind.»

«Seit dem Mordanschlag, der auf der Straße nach Lussan auf mich verübt wurde, bin ich kein Talair-Coraner mehr. Ich halte mich nicht mehr inkognito in Arbonne auf, und En Bertran fand es unangemessen, dem Sohn von Galbert de Garsenc Befehle zu erteilen wie einem gewöhnlichen Söldner. Ich begleite ihn nur als Freund. Insofern verstößt eine Auseinandersetzung zwischen Quzman von Arimonda und mir nicht gegen das Verbot der Gräfin.»

Der dunkelhäutige Arimonder lächelte wieder, daß seine weißen Zähne blitzten.

«Ich schlage also vor», fuhr Blaise fort, «daß dieser Mann und ich auf dem Turnier gegeneinander kämpfen und daß damit, wie immer der Kampf ausgehen mag, alles, was in dieser Nacht geschehen ist, ein für allemal aus der Welt geschafft ist.»

Quzman sah ihn an. «Kampf bis zum Tod?»

Blaise zuckte die Achseln. «Was sonst?»

Rudo Correze, der hinter Blaise stand, fluchte erbärmlich.

«Ich sollte das eigentlich nicht erlauben», sagte die Gräfin leise. «Ich hoffe, du weißt, was du tust.»

«Das hoffe ich auch», sagte Blaise, ohne den Blick von dem Arimonder zu wenden. Oft entschieden die ersten Augenblicke einer Herausforderung über den Ausgang des Kampfes. Es war wichtig, sich jetzt nicht ablenken zu lassen.

Urté de Miraval grinste breit. «Eintausend in Gold auf den Arimonder», sagte er. «Wer wettet dagegen?»

«Ich», sagte Massena Delonghi. «Damit die Sache auch richtig Spaß macht.»

Lucianna lachte.

«Es scheint», sagte Signe de Barbentain, «daß alle hier meine

Zustimmung erwarten. Doch warum sollte der Arimonder die Chance bekommen, um sein Leben zu kämpfen?»

Blaise wandte sich der Gräfin zu. «Nur aus einem einzigen Grund, Gräfin», sagte er feierlich. «Weil ich dich darum bitte. Arbonne war immer für seine Großzügigkeit bekannt. Es gibt Leute in Gorhaut, die das nicht wahrhaben wollen. Aber ich gehöre nicht dazu, Hoheit. Jetzt nicht mehr.»

Er kniete vor ihr nieder. Ihre schlanken Finger glitten über sein Haar und seine bärtige Wange. Sie hob sein Gesicht, um ihm in die Augen zu sehen.

«Du bist uns lieb geworden, Blaise von Gorhaut», sagte sie förmlich. «Wir können nur hoffen, daß uns dieser Zweikampf nicht neuen Kummer bereitet. Wir stimmen ihm zu, weil du uns darum gebeten hast.» Sie blickte über Blaise hinweg. «Der Arimonder wird bis zu diesem Duell in Gewahrsam bleiben, doch er soll in keiner Weise nachteilig behandelt werden. Diese beiden Männer werden vor unseren Augen kämpfen, bis einer von ihnen tot ist. Das Duell wird am Morgen des ersten Turniertages stattfinden. Wir werden uns jetzt zurückziehen, denn es gibt ein Neugeborenes in diesem Schloß, das wir den ganzen Tag nicht gesehen haben.»

Schließlich begleitete Blaise die Gräfin und Rosala zur Kinderstube; Cadar wurde gerade von der Amme gestillt. Blaise betrachtete den Jungen einige Zeit, dann wandte er sich Rosala zu. Er wußte nicht, was er sagen sollte, und fand auch auf die unausgesprochenen Fragen in ihrem Gesicht keine Antwort.

Als er etwas später allein den Korridor durchquerte, um nach unten zu gehen, erwartete ihn Luciannas Zofe neben der Treppe. Sie wies auf Luciannas Tür, die offenstand. Das Fackellicht flakkerte in der Zugluft.

Wieder fühlte sich Blaise von einer Welle der Sehnsucht und von Verlangen erfaßt; er würde nie ganz von Lucianna loskommen. Aber schon beim nächsten Herzschlag wurde ihm klar, daß er damit leben konnte, daß er nicht ihr Sklave war.

Er holte tief Atem, schüttelte leicht den Kopf und ging an der Zofe vorbei die gewundene Treppe hinunter.

Rudo erwartete ihn unten in der großen Halle. «Ich dachte, ich warte ein Weilchen», sagte er, «weil ich mir nicht sicher war, ob du vor morgen früh herunterkommen würdest.»

«Das wußte ich bis vorhin auch nicht so genau», erwiderte Blaise. «Jetzt fühle ich mich beinahe wie befreit.»

«Frei genug, um zu sterben?» Rudo wirkte ungewöhnlich ernst.

«Sterben können wir immer. Es ist eine Gabe des Gottes, die ihre gute und ihre weniger gute Seite hat.»

«Nun tu nicht so fromm. Nicht jeder von uns ist Narr genug, um den Tod geradezu einzuladen.»

Blaise lächelte. «Ist das zufällig Rudo Correze, der da spricht? Der verwegenste unter uns Söldnern? Wenn du meinst, daß dir danach wohler ist, darfst du mir auf dem Nachhauseweg alle Gründe aufzählen, warum ich ein Narr bin.»

Rudo folgte dieser Aufforderung mit peinlicher Gründlichkeit, während sie vom Schloß zum Stadtpalais der Talair ritten.

Blaise hörte ihm die meiste Zeit zu, doch seine Gedanken schweiften immer wieder zu dem Kind zurück.

Er hatte noch nie ein Neugeborenes gesehen. Es hatte erstaunlich dichtes, rötliches Haar und ganz eindeutig die Nase der Garsenc. Es sah aus wie Ranald – und auch wie Blaise. Als Rosala das Kind im Arm hielt, nachdem es getrunken hatte und frisch gewickelt werden sollte, hatte sie weder mit einem Wort noch mit einem Blick etwas anderes enthüllt als Liebe zu ihrem Kind.

Sie würden kommen, um es zu holen. Das war gewiß.

Sein Vater und der König von Gorhaut würden dieses Kind holen. Rosala hatte Blaise kurz von ihrer letzten Begegnung mit Galbert erzählt, und er hielt es durchaus für möglich, daß sein Vater diesen Zusammenstoß geplant hatte. Doch das wollte er Rosala nicht sagen.

«Du hast bis jetzt kein einziges Wort zu deiner Verteidigung gesagt», beschwerte sich Rudo, als sie zum zweitenmal in dieser langen Nacht vor Bertrans Stadtpalais standen.

«Es gibt nichts dazu zu sagen. Du hast mit jedem Wort recht.»

«Und was folgt daraus?»

Blaise antwortete nicht. Statt dessen sagte er nach einer Weile:

«Sag mir, warum hast du soviel von dem Blutgeld meines Vaters für ein Schmuckstück ausgegeben?»

Rudo wurde sehr still. Er blickte die menschenleere Straße entlang und zu den Sternen am dunklen Himmel.

«Woher weißt du das? Hat sie es dir gesagt?»

«Nein. Ich habe den Anhänger mit dem roten Stein wiedererkannt. Du hast ihn mir einmal gezeigt, bei einem Juwelier in Aulensburg. Es war nicht schwer, vom einen auf das andere zu schließen. Was ich damit sagen will, Rudo: Wir alle sind Narren – auf die eine oder andere Weise.» Sie standen mit dem Rücken zu dem beleuchteten Eingang des Palais. Beide Monde waren untergegangen, und es wehte ein leichter Wind. Keiner konnte das Gesicht des anderen sehen.

«Ich liebe sie», sagte Rudo schließlich. «Ich habe kein Recht, einen anderen, ob tot oder lebendig, einen Narren zu schelten.»

Blaise hatte es nicht gewußt bis zu dem Augenblick in dieser Nacht, als er den scharlachroten Edelstein zwischen Luciannas Brüsten sah.

Obwohl er traurig war, lächelte er und legte die Hand auf den Arm seines Freundes. «Es ist schon eine Weile her, aber eigentlich wollten wir einen trinken gehen, bevor wir unterbrochen wurden. Wollen wir es noch einmal versuchen?»

13

Turniere und Zweikämpfe, die in Anwesenheit von Frauen ausgetragen wurden, standen in Arbonne unter der Schirmherrschaft der Königin des Liebeshofs. Deshalb oblag es Ariane de Carenzu, die Einhaltung der Regeln für das Duell zwischen Blaise de Garsenc aus Gorhaut und Quzman di Perano aus Arimonda zu überwachen.

Ariane war es auch, die am nüchternsten auf den Vorschlag reagierte, den Blaise in der Nacht zuvor gemacht hatte, als Blaise, Bertran, Valery und ein außerordentlich blasser Rudo Correze, dem die durchzechte Nacht nach dem derben Schlag auf den Kopf nicht gut bekommen war, am nächsten Tag im Stadtpalais der Carenzu erschienen.

Auch Blaise fühlte sich nicht ganz auf der Höhe, aber er war in der Taverne etwas vorsichtiger als Rudo gewesen und konnte damit rechnen, daß sich sein Befinden im Lauf des Tages und ganz sicher bis zum nächsten Morgen bessern würde. Und das war gut so, denn morgen ging es um Leben und Tod.

«Ich habe keine Ahnung», sagte Ariane, während sie sich anmutig auf ihrem gepolsterten Diwan zurücklehnte, «ob diese Herausforderung purer oder nur mäßiger Schwachsinn ist.»

Sie trug ein hellgelbes, an Ärmeln und Mieder eingeschnittenes Kleid über einem hellblauen Untergewand und einen weichen Hut in dem gleichen sanften Blau. Doch ihr auf Blaise gerichteter Blick und ihre Stimme waren hart und sarkastisch.

«Ich weiß es deshalb nicht», fuhr sie fort, «weil ich nicht weiß, wie gut du kämpfst. Urté jedenfalls hätte den Arimonder – das heißt, die zwei Arimonder – nicht in Dienst genommen, wenn sie nicht ganz hervorragende Kämpfer gewesen wären.»

«Quzman *ist* ein guter Kämpfer», murmelte Bertran de Talair, während er sich ein Glas Wein einschenkte. Er schien wieder einmal ungemein amüsiert, obwohl er, als er von dem bevorstehenden Zweikampf erfuhr, zunächst nur finster geschwiegen hatte.

«Das ist Blaise auch», ließ sich Rudo aus den Tiefen eines Sessels vernehmen, in dem er sich vorsichtig niedergelassen hatte. «Er hat den Bruder getötet und fünf Coraner von Miraval.»

«Mit Pfeil und Bogen», sagte Valery. Er wirkte an diesem Morgen am unglücklichsten von allen. «Hier geht es um einen Kampf mit Schwertern.»

«Nicht unbedingt», sagte Ariane. «Ich könnte ohne weiteres –»

Blaise schüttelte sofort den Kopf. «Das ist zwecklos. Er wird mit seinen Waffen kämpfen und ich mit meinen. Außerdem müßte ich mich schämen, würde ich versuchen, die Wahl der Waffen zu beschränken.»

«Du könntest getötet werden, wenn du es nicht tust», sagte Ariane scharf.

Allmählich wurde Blaise klar – es war eine Erkenntnis, die ihn zunehmend nachdenklich stimmte –, daß es den Menschen, die ihn umgaben, nicht ausschließlich um eine nüchterne Einschätzung der Gefahren und Vorteile bei dem bevorstehenden Duell ging. Sie machten sich Sorgen um ihn. Als ihn Arianes kluger Blick traf, fühlte er sich merkwürdig bewegt. Mit unverhoffter Deutlichkeit erinnerte er sich an die Sommernacht, die sie gemeinsam verbracht hatten, an ihre Worte und die Art, wie sie ihn geliebt hatte. Vielleicht hätte sie auch jetzt anders mit ihm gesprochen, wenn sie allein gewesen wären. Plötzlich und mit einem gewissen Erstaunen begriff er, daß er dieser Frau vertraute.

Sie hatten Ariane von der Zusammenkunft mit König Daufridi unterrichtet, und Bertran hatte, noch bevor sie hierherkamen, auch mit der Gräfin und Roban gesprochen. Die Dinge entwickelten sich mit zunehmender Geschwindigkeit. Seit sich Rosala und ihr Sohn in Barbentain befanden, war allen klar – mußte allen klar sein, dachte Blaise –, daß Gefahr im Verzug war. Sein Kopf schmerzte dumpf. Inzwischen bedauerte er den zweiten Teil der vergangenen Nacht fast ebensosehr wie den ersten.

Er sah Ariane an. Ihre Schönheit erquickte ihn wie ein kühles

Getränk. «Ich danke dir für dein freundliches Angebot, aber meine Herausforderung hätte keinen Sinn, wenn ich etwas zu meinen Gunsten manipulieren würde.»

«Einen Sinn hat sie also? Diese Herausforderung?» Die gleiche Frage hatte ihm die Gräfin gestellt. Er überhörte Arianes schneidenden Ton und antwortete ihr wie der Gräfin.

«Ich hoffe es.»

Er konnte wirklich nur hoffen. Nichts war im Augenblick sicher. Er fühlte sich wie einer jener legendären Tänzer aus Arimondas ferner Vergangenheit, die zur Unterhaltung ihrer Könige über die Hörner lebender Stiere sprangen. Er befand sich mitten in einem solchen Sprung im vollen Bewußtsein der tödlichen Gefahr. In der vergangenen Nacht war ihm der Gedanke gekommen, halb aus Frömmigkeit und halb aus Furcht geboren, daß er nicht zufällig nach Süden gegangen und nicht nur vor den Zuständen in seiner Heimat geflohen war, sondern daß Corannos ihn nach Arbonne geschickt hatte. Es war eine Reise, die ihn seinem Schicksal entgegenführte. Was er zu Daufridi von Valensa gesagt hatte, war nicht im voraus geplant, ebensowenig die Herausforderung an Quzman. Er tanzte mit den Stieren, er bewegte sich mit ihnen, und im Augenblick flog er im Sprung über die Hörner des Schicksals.

«Er wird versuchen, mit schräg nach unten und dann aufwärts geführten Hieben deine Knie zu treffen», sagte Valery. Rudo half Blaise beim Zuschnüren der Lederrüstung. Die gleiche Rüstung würde auch der Arimonder tragen.

«Ich weiß», sagte Blaise. «Es ist der übliche Angriff mit einem Krummschwert.» Er nahm jedoch weder die guten Ratschläge richtig zur Kenntnis noch den ständig steigenden Geräuschpegel, der von den Pavillons herüberdrang.

«Er wird ein Messer im Gürtel haben und eines hinter der linken Wade», sagte Rudo. «Er wirft beidhändig. Also laß deinen Schild oben, hörst du?»

Blaise nickte. Sie waren besorgt und meinten es gut mit ihm, aber er hörte ihnen nicht wirklich zu. Seine Gedanken gingen ihre eigenen Wege, wie immer vor einem Kampf, und er ließ ihnen ihren Lauf. Auf diese Weise blieb er ruhig bis zu dem Augenblick, an dem der Kampf begann. Dann war es, als würde ein Vorhang, der alle Geräusche gedämpft hatte, zur Seite gezogen, und Blaise fühlte alle seine Sinne wie Pfeile auf das Schlachtfeld gerichtet.

Valery klopfte ihm leicht auf die Schulter, worauf er sich gehorsam auf den Hocker setzte und die Beine ausstreckte. Seine Freunde knieten nieder und begannen, das weiche portezzanische Leder um seine Schenkel und Waden zu schnüren. Durch einen Schlitz am Zelteingang sah Blaise die in der Morgensonne leuchtenden Farben der Zuschauerpavillons und das frische Grün des Platzes, auf dem er kämpfen würde.

Sie hatten seinen gestrigen Anweisungen folgend noch kein Banner über seinem Zelt aufgezogen. Für die meisten Leute in den Pavillons oder auf den Zuschauerplätzen der Nichtadligen war er schlicht ein Gorhauter Coraner, der in einen Streit mit einem Arimonder verstrickt war – ein Streit, der ihnen spannendste Unterhaltung liefern würde. Einige wußten natürlich mehr, und es gab Gerüchte; aber Gerüchte waren in Zeiten wie diesen nichts Außergewöhnliches.

Er ging sehr gelassen in diesen Kampf. In der vergangenen Nacht hatte er das Corannos-Heiligtum von Lussan aufgesucht und vor dem erstaunlich schönen Fries gebetet, der den Gott zeigt, wie er den ersten Menschen das Feuer schenkt, um die Schrecken der Nacht zu bannen. Er hatte nicht um den Sieg gefleht, das tat ein Coraner nicht, sondern um Kraft aus dem lebenspendenden Licht des Gottes.

Die Anmut des Lussaner Gotteshauses überraschte ihn, obwohl er inzwischen wußte, daß man auch in Arbonne Corannos verehrte. Die Coraner hier bedienten sich der gleichen Initiationsriten und Anrufungen des Gottes wie die in Gorhaut oder in den übrigen fünf Ländern. Trotzdem war es ihm schwergefallen, besonders in der ersten Zeit auf Schloß Baude, die Vorurteile zu überwinden, die ihm sein Vater eingetrichtert hatte. Er dachte in letzter Zeit oft an seinen Vater; angeblich wandten sich die Gedanken zurück, wenn man in Lebensgefahr schwebte.

Galbert de Garsenc hatte für seinen jüngeren Sohn den Priesterberuf vorgesehen. Blaises wiederholte Flucht aus der Tempelschule bei Cortil, seine Verstocktheit, wenn er dafür zu Hause von Galbert oder in der Schule von den Tempelbrüdern ausgepeitscht wurde, und schließlich seine hartnäckige Weigerung, die Eidesformel zu sprechen, als er als Sechzehnjähriger geweiht werden sollte, waren für den Tempelältesten eine ungeheure Herausforderung gewesen.

Auf Anordnung seines Vaters, der seine ehrgeizigen Pläne nicht aufgeben wollte, hatten ihn die Tempelbrüder eingesperrt und hungern lassen, um ihn gefügig zu machen. Sie fürchteten seinen Vater; keiner wagte es, dem unwürdigen, undankbaren Sohn zu helfen. Als sich herausstellte, daß Blaise eher verhungern als nachgeben würde, wollte ihn Galbert öffentlich wegen Ungehorsams hinrichten lassen. Schließlich hatte König Dürgar von diesem Familiendrama erfahren und die Hinrichtung verboten. Der König hatte darauf bestanden, daß der Junge wieder zu essen und zu trinken bekam, und einen Monat später hatte er von einem mageren, hohläugigen Sechzehnjährigen den Lehenseid entgegengenommen und ihn zu einem Coraner von Gorhaut ernannt.

Herzog Ereibert de Garsenc war kinderlos gestorben, als seine zwei Neffen einundzwanzig und neunzehn Jahre alt waren. Ranald war der Erbe. Er gab seine Stellung als Erster Ritter des Königs auf und wurde Herzog von Garsenc und Herr des reichsten und mächtigsten Besitztums in Gorhaut. Blaise hätte inzwischen, wenn es nach den Plänen seines Vaters gegangen wäre, in der Hierarchie der Bruderschaft des Gottes bereits eine Stellung einnehmen sollen, die ihm einen ungehinderten Aufstieg bis zur Spitze ermöglicht hätte, zum Tempelältesten, dessen Wort sich Fürsten und Könige beugen mußten. Die Macht der Familie Garsenc wäre für Generationen gesichert gewesen, mochte auf dem Königsthron sitzen, wer wollte. Ranald würde Söhne haben, die Herzog von Garsenc oder Blaises Nachfolger in der Bruderschaft des Gottes werden würden; er würde Töchter haben, um durch ihre Heirat andere Familien an sich zu binden. Und eines Tages, in vielleicht gar nicht so ferner Zukunft, würde ein Garsenc in Cortil den Thron besteigen und die Grenzen von Gorhaut nach allen Seiten ausdehnen, als erstes natürlich in Richtung Süden, nach dem gottlosen und von widerlichen Weibern und weibischen Männern regierten Arbonne.

«Stiefel», sagte Rudo.

Blaise hob erst das linke und dann das rechte Bein.

«Fertig», sagte Valery. «Steh auf.» Rudo schnallte ihm das lange, in Aulensburg geschmiedete Schwert um und reichte ihm den leichten Helm. Blaise setzte ihn auf und griff nach dem runden, schmucklosen Schild.

«Wo willst du deine Messer tragen?» fragte Valery.

«Eines am Gürtel. Das andere habe ich schon.»

Valery und Rudo stellten keine weiteren Fragen. Sie hatten solche Situationen selbst erlebt. Rudo nahm ein schmales schwarzes Messer aus der Truhe neben dem Zelteingang und reichte es Blaise.

«Weißt du noch, daß du mir dieses Messer geschenkt hast?» fragte Blaise lächelnd.

Rudo schlug rasch das schützende Zeichen. «O nein, ich habe es für dich gefunden, und du hast mir ein Kupferstück dafür bezahlt. Wir verschenken keine Messer, unwissender Nordländer.»

Blaise lachte. «Verzeih. Ich habe vergessen, daß du im Grunde ein abergläubischer portezzanischer Landmann bist. Wer hat dir nur erlaubt, deine Hacke niederzulegen und mit Männern von Rang zu reisen?»

Das Trompetensignal ersparte Rudo die Antwort.

Valery und Rudo stellten sich neben dem Zelteingang auf. Es gehörte zur Tradition, daß die Begleiter jetzt schwiegen; jede Art von Lebewohl wäre eine Herausforderung des Schicksals gewesen. Blaise sah die beiden an und lächelte. Noch war er ruhig; doch als sich draußen die Stille wie ein riesiger Vogel über den Platz senkte, spürte er ein verräterisches Pochen in seinen Adern.

Er nickte, und Valery und Rudo zogen den Zeltvorhang zurück. Blaise ging an den beiden vorbei, duckte sich unter dem Eingang und trat hinaus in den Sonnenschein und auf den grünen Rasen des Turnierfelds.

Quzman von Arimonda stand vor dem Zelt am anderen Ende des Platzes. Über ihm flatterte ein Banner: drei schwarze Stiere auf rotem Grund. Blaise sah, daß der Arimonder das Krummschwert auf dem Rücken trug, wie es im Westen üblich war, und einen goldglänzenden Schild. Er warf einen Blick nach Osten, um sich den Winkel der steigenden Sonne einzuprägen. Der glänzende Schild konnte ihn blenden. Die summende Menschenmenge nahm er nur als Hintergrund wahr.

Wieder ertönten die Trompeten, und Blaise schritt auf den mittleren Pavillon zu. Dann trat der Herold vor und verkündete die Namen der vornehmsten der hier versammelten Zuschauer. Blaise sah König Daufridi von Valensa neben der Gräfin sitzen; sein bärtiges Gesicht verriet nicht mehr als höfliches Interesse.

«Zu meiner Linken», rief der Herold schließlich mit seiner geschulten Stimme, die mühelos in dem weiten Rund und den dichtbesetzten Pavillons zu verstehen war, «steht Quzman di Perano aus Arimonda, bereit, für die Ehre seiner Familie dem Gott Corannos und der Göttin Rian sein Leben zu Füßen zu legen.»

Blaise holte tief Luft. Jetzt war es soweit.

«Zieht sie hoch», sagte er zu seinen Begleitern.

Er sah sich nicht um, als er das Rascheln und Schlagen der Banner hörte, die über seinem Zelt gehißt wurden. Einen Augenblick später erhob sich aus der Menge tosender Lärm, in dem die Stimme des Herolds unterzugehen drohte.

«Zu meiner Rechten», rief der Herold, «steht, ebenso bereit, für die Ehre seines Namens zu kämpfen, Blaise de Garsenc aus Gorhaut, der auf diesem heiligen Feld, wo der Gott und die Göttin über Ehre und Würdigkeit richten, und vor den hier versammelten Vertretern der sechs Nationen Anspruch erhebt auf die Krone des Königreichs von Gorhaut, die jetzt von einem Verräter getragen wird!»

Die Menschen sprangen auf, und der Herold mußte schreien, um sich Gehör zu verschaffen: «En Blaise erklärt außerdem, daß er freiwillig antritt gegen einen von der Gräfin von Arbonne verurteilten Verbrecher und daß er freiwillig sein Leben vor euer aller Augen aufs Spiel setzt in diesem Kampf, der ihm als Bestätigung dienen soll für seinen Anspruch auf diese Krone.»

Die letzten Worte des Herolds gingen in dem jubelnden Beifall unter, der von den Pavillons auf der einen und den Stehplätzen auf der anderen Seite aufbrandete. Mit einer leichten Neigung des Kopfes grüßte Blaise, der nun Königen ebenbürtig war, Signe de Barbentain und Daufridi von Valensa. Die Gräfin von Arbonne erhob sich in Anwesenheit ihres Volkes und ihrer Besucher aus den anderen Ländern der Welt und kam Blaise mit ausgestreckter Hand zum Willkommensgruß entgegen. Die Begeisterung der Zuschauer kannte kaum noch Grenzen. Doch Blaise achtete nicht darauf. Er wartete. Noch war alles Theater. Er wartete einen langen Augenblick und dann noch einen, und endlich erhob sich Daufridi. Groß und stolz stand er da, wandte sich nach rechts und nach links und legte seine rechte Hand auf Blaises linke Schulter, um ihn von Coraner zu Coraner zu begrüßen.

Er hatte es wirklich getan. Niemand hätte dies vorauszusagen gewagt. Es war nicht ganz die Willkommensgeste, die ihm Signe zuteil werden ließ – das konnte sich Daufridi bei seinem gefährlichen Spiel nicht leisten –, aber er hatte mehr gegeben, als Blaise von ihm erwartet hatte: Er, ein König, war aufgestanden, um Blaise in aller Öffentlichkeit zu begrüßen.

Erleichtert schloß Blaise die Augen, doch er öffnete sie gleich wieder. Nicmand sollte sehen, daß er gezweifelt hatte. Schließlich hatte Daufridi in dem Gasthof vor der Stadt nicht mehr versprochen, als über Bertrans Worte nachzudenken. Offensichtlich hatte er nachgedacht, und er hatte Partei ergriffen – zumindest in diesem Augenblick.

So heiter und gelassen wie möglich wandte sich Blaise von den Pavillons ab und blickte zu seinem Zelt, über dem jetzt seine Fahnen wehten: der rote, aufgerichtete Bär von Garsenc auf blauem Grund, dessen Bedeutung selbst jenen aufgehen mußte, die Blaise bisher nicht gekannt hatten, und darüber, stolz und kühn, das Banner der Könige von Gorhaut, die goldene Sonne auf weißem Grund mit der Königskrone und dem Schwert des Gottes. Es schien Blaise, während er dort inmitten des Getöses auf dem Rasen stand, als hätte er das Banner noch nie wirklich gesehen, jedenfalls nicht auf diese Weise, von Licht umflossen und flatternd im Wind und gehißt auf sein Kommando. Der Anfang war gemacht. Er verneigte sich tief, während der Lärm ringsum eine Steigerung erreichte, die er nicht für möglich gehalten hätte.

Zum erstenmal in seinem Leben richtete er nicht nur an Corannos, sondern auch an Rian, die Göttin von Arbonne, ein Gebet. Dann wandte er sich dem Arimonder zu und zog sein Schwert.

Turnierkämpfe, die zum Vergnügen und Zeitvertreib stattfanden, wurden zu Pferd und in voller Rüstung ausgetragen, und die prächtige Aufmachung von Roß und Reiter gehörte ebenso dazu wie die Beherrschung von Reittier und Waffe. Niemand verlor gern bei einem Turnier – vor allem, weil es schrecklich teuer sein konnte –, aber ernsthafte Verletzungen gab es kaum, und auf Dauer glichen sich bei den meisten, abgesehen von einer Handvoll berühmter Kämpfer, Siege und Niederlagen aus. Turniere dienten in erster Linie der Unterhaltung, der Zurschaustellung von Wohlstand, Erfolg und Könnerschaft und waren beim Adel wie beim Volk gleichermaßen beliebt.

Ein Duell auf Leben und Tod jedoch wurde auf dem Boden ausgetragen. Die Kämpfer durften sich nur beschränkt schützen; sie trugen weder prunkvolle Brustpanzer noch geschmückte Helme. Kämpfe auf Leben und Tod waren eine archaische Form der Auseinandersetzung, die bis in die Zeit vor den Alten zurückreichte. Sie waren sogar heilig, weil in einem solchen Kampf der Mut und der Wille eines Mannes sowie die Macht seiner Götter auf untrügliche Weise erprobt wurden. Unterhaltsam und aufregend waren sie natürlich ebenfalls, wenn auch auf eine eher düstere Art, denn ein geschlagener, tödlich verwundeter Mann auf dem zertrampelten Rasen gemahnte die Zuschauer an ihre eigene Sterblichkeit.

Als Blaise nun sein Schwert zog, verstummte die Menge. Quzman di Perano hob lächelnd die Hand und zog sein Krummschwert aus der Scheide, die er auf dem Rücken trug. Dann löste er eine Schnalle und ließ die leere Schwertscheide hinter sich ins

Gras fallen. Einer seiner Sekundanten aus Miraval kniete rasch nieder und hob sie auf. Der Arimonder näherte sich leichtfüßig und federnd trotz seiner Körpergröße, und Blaise, der ihn scharf beobachtete, entging nicht, daß er sich ein wenig nach Westen bewegte. Blaise kannte dieses Manöver; er hatte schon einmal, als ganz junger Coraner, gegen einen Mann aus Arimonda gekämpft. Damals wäre er beinahe getötet worden.

Während Blaise auf den Mann zuging, dessen Bruder er erschlagen hatte, bedauerte er, nicht mehr über seinen Gegner und die Art, wie er kämpfte, zu wissen. Valery hatte ihm zwar einiges über die typische Vorgehensweise der Krummschwertkämpfer gesagt, aber kaum etwas über Quzman, das er nicht schon gewußt hätte. Quzman war groß, flink und mutig, er dürstete nach Rache und hatte an diesem Tag nichts zu verlieren. Ich könnte tot sein, dachte Blaise, noch bevor die Sonne viel höher steigt.

Sein kleiner runder Schild ruhte auf seinem linken Unterarm. Die Hand war frei. Als er fand, wonach er ausgeschaut hatte, übernahm die linke Hand rasch das Schwert. Er bückte sich, während Quzman auf ihn zukam, und schleuderte einen Klumpen feuchter Erde auf den glänzenden Schild. Als der Arimonder überrascht stehenblieb, hatte er Zeit, noch eine zweite Handvoll schlammiger Erde zu werfen, sich aufzurichten und das Schwert wieder in die rechte Hand zu nehmen.

Quzman lächelte nicht mehr. Jetzt war es Blaise, der spöttisch grinste. «Ein schönes Spielzeug», sagte er. Auf dem Turnierplatz war es so still geworden, daß er die Stimme kaum zu heben brauchte. «Ich werde es säubern lassen, wenn du tot bist. Wie viele Männer hast du umgebracht, indem du sie zuvor wie ein Feigling geblendet hast?»

«Wenn du wüßtest», sagte Quzman wütend, «welches Vergnügen mir dein Tod bereiten wird...» Blaise hatte ihn übel gereizt. Der erste Schlag war, wie Valery vorausgesagt hatte, ein schräg nach unten geführter Hieb auf seine Rückhand. Blaise parierte gewandt und lenkte ihn knapp an seinem Körper vorbei, fand jedoch kaum Zeit, um die auf der Höhe seines Knies zurückfahrende Klinge abzublocken. Die Wucht, mit der die Klingen aufeinandertrafen, hätte das Handgelenk lähmen können. Der Mann war unheimlich stark und noch schneller, als Blaise vermutet hatte.

Er hatte den Gedanken noch nicht zu Ende gedacht, als er sich, nur von Reflexen gelenkt, zur Seite warf und sich ebenso instinktiv wie aufgrund jahrelanger Kampferfahrung zu Boden fallen ließ. Quzmans gebogene Klinge steckte zitternd im Rasen, und ein ansatzlos geschleudertes Messer sauste haarscharf an seinem Kopf vorbei. Es hinterließ einen sengenden Schmerz. Als er rasch die Schwerthand hob, um sein Ohr zu befühlen, faßte er in Blut. Von den Pavillons drang ein Ton herüber, als striche der Wind über ein Gorhauter Moor.

Quzman, der sein Schwert aus der Erde zog, noch bevor es zu vibrieren aufhörte, zeigte grinsend die weißen Zähne. «Mein Schwert, das ist ein schönes Spielzeug. Warum wirfst du nicht auch ein bißchen Dreck darauf? Du scheinst gern auf dem Boden zu kriechen.»

Die Wunde schmerzte, aber Blaise hatte das Gefühl, als wäre das Ohr noch da. Zumindest teilweise. Plötzlich dachte er an Bertran und dessen verstümmelte Ohrmuschel und auch daran, wieviel davon abhing, daß er dieses Feld lebend verließ. Im selben Moment packte ihn die Wut, jener schreckliche Dämon, der in jeder Schlacht über ihn kam.

Er sprang auf. «Spar dir deine Worte», sagte er heiser und drang auf den Arimonder ein. Dann gab es keine Zeit und keinen Atem mehr für Worte, nur noch das Klirren der sich kreuzenden und abgleitenden Klingen war zu hören und dazwischen die härteren metallischen Schläge, wenn ein Schwert einen Schild traf; dazu das Ächzen der sich umkreisenden und schlagenden Männer.

Quzman von Arimonda kämpfte hervorragend und mit den flüssigen Bewegungen eines Tänzers. Blaise erlitt bei den ersten drei Klingenwechseln zwei weitere Verletzungen am Unterarm und auf der Rückseite des Unterschenkels.

Aber auch Quzman hatte eine klaffende Wunde am Oberschenkel, und sein lederner Brustpanzer hatte einem mit voller Wucht geführten Hieb von Blaises Aulensburger Schwert nicht standgehalten.

Blaise hielt nicht inne, um festzustellen, wie schwer er seinen Gegner verwundet hatte. Er drang weiter auf ihn ein, griff ihn auf beiden Seiten an, parierte Schläge, deren Aufprall er bis in den Ellbogen und in die Schulter hinauf spürte. Er sah, daß aus Quzmans linker Brusthälfte Blut quoll. Er ignorierte, so gut es ging, daß sein eigenes verwundetes Bein nicht mehr recht gehorchen wollte. Quzman hatte ihn mit dem tiefgeführten Rückwärtshieb beinahe zum Krüppel geschlagen. Aber noch stand er auf den Beinen, und er hatte einen Mann vor sich, den er besiegen mußte, der weichen mußte, um den Weg freizumachen für ein Gorhaut, wie er es sich erträumte – ein Land würdig des Gottes, der es erwählt hatte, würdig der Ehre seiner Männer, und ein Land, in dem nie wieder Scheiterhaufen brennen würden.

Als Blaise erkannte, wie schwer die Brustverletzung des Arimonders war, zwang er ihn, immer wieder den Schild zu heben, um Vorhandhiebe gegen Kopf und Schultern abzuwehren. Es spielte keine Rolle, ob er mit seinen Hieben auch traf; bei einem so guten Gegner war das kaum zu erwarten. Aber bei jedem Schlag, den Quzman mit einer Hebung des Schilds parieren mußte, öffnete sich seine Brustwunde etwas mehr.

Nach einer Weile merkte Blaise, daß Quzman ermüdete. Es zeigte sich zunächst im Gesicht des Arimonders, auch wenn sich an dem arroganten Ausdruck nichts änderte. Blaise blieb bei seiner Taktik, die stark blutende Brustverletzung seines Gegners auszunutzen. Geduldig und mit präzis geführten Hieben konzentrierte er sich auf seine Aufgabe, so daß er die Finte zu spät bemerkte.

Quzman täuschte einen Messerwurf vor. Er trat einen Schritt zurück und stieß sein Schwert in den Boden, während er mit der freien Hand an sein Bein faßte. Blaise duckte sich, um dem Messer auszuweichen, als Quzman, auf ein Knie gestützt, mit der linken Hand seinen schweren Schild wie einen Diskus gegen Blaises Schienbeine schleuderte. Blaise schrie auf vor Schmerz und ging zu Boden. Der Arimonder riß sein Schwert an sich, sprang behende auf und stürzte sich auf Blaise, um ihn mit einem beidhändig geführten Schlag zu enthaupten.

Blaise rollte sich verzweifelt zur Seite. Er keuchte vor Schmerz.

Das niedersausende Schwert fuhr eine Klingenbreite von seinem Kopf entfernt in den Boden, und nun, zu dicht am Gegner, um mit dem Schwert weiterzukämpfen, warf sich Quzman auf Blaise, indem er gleichzeitig nach dem Messer griff.

Doch er bekam das Messer nicht mehr in die Hand.

Vor Jahren, während eines Feldzugs gegen Valensa, hatte König Dürgar von Gorhaut Blaise aufgefordert, ihn auf seinem morgendlichen Ritt durch das Heerlager zu begleiten. Dürgar hatte, einmal auf den aufmüpfigen jüngeren Sohn von Galbert de Garsenc aufmerksam geworden, sich auch weiterhin seiner angenommen. An jenem Frühlingsmorgen hatte er beiläufig erwähnt, wo sich eine manchmal recht nützliche Klinge in greifbarer Nähe verstecken ließ, und Blaise hatte den Hinweis nie vergessen.

Unter großen Schmerzen warf er sich erneut zur Seite, zog den Arm aus dem Schild und mit ihm einen Dolch aus der eisernen Scheide, die er auf den Rat seines Königs hin an der Innenseite des Schilds hatte anbringen lassen. Er stemmte den rechten Arm auf den Boden, stieß den Schild mit der Linken gegen Quzmans Schulter und stach zweimal zu – einmal tief in die Muskeln des Schwertarms und dann quer über die bereits verwundete linke Brust.

Dann schob er sich unter dem sich krümmenden Arimonder hervor, rappelte sich auf und hob rasch sein Schwert auf. Quzman wand sich vor Schmerzen auf dem blutbesudelten Rasen; er konnte seinen Schwertarm nicht mehr gebrauchen, und aus seiner linken Seite quoll immer mehr Blut. Die Menschen schrien irgendwo in weiter Ferne. Blaise war sich bewußt, daß er nur unsicher und schwankend auf den Beinen stand. Sein Ohr brannte wie Feuer und fühlte sich an, als sei es zerfetzt. Die Beine schmerzten höllisch. Aber er stand aufrecht und hatte sein Schwert wieder, und der andere lag auf dem Boden.

Er setzte die Schwertspitze so ruhig es ging an Quzmans Kehle. Sogar jetzt, im Angesicht des Todes, starrte ihn der Arimonder furchtlos und unversöhnlich aus seinen schwarzen Augen an.

«Töte mich», sagte er, «damit mein Geist den Geist meines Bruders findet.»

Blaise atmete schwer. «Bin ich vor dem Gott schuldlos an deinem Blut? War es ein fairer Kampf?» stieß er keuchend hervor.

Quzman brachte ein bitteres Lächeln zustande. «Ist dir das wichtig?» Er holte mühsam Atem. «Es war ein fairer Kampf.» Und nach einem weiteren rasselnden Atemzug: «Du bist frei. Töte mich.»

Rings um das Turnierfeld war es unheimlich ruhig geworden. Ein Mann aus dem Volk rief etwas über den Platz. Die Stimme verhallte; zurück blieb nur Stille.

Langsam, um seinen heftig gehenden Atem zu beruhigen, sagte Blaise: «Deine Wunden sind nicht tödlich, und ich könnte gute Streiter an meiner Seite brauchen. Ich habe deinen Bruder getötet, nachdem ich von sechs Coranern angegriffen wurde, und erst, nachdem sie auf mich geschossen haben. Bist du einverstanden, wenn wir diesen Teil der Vergangenheit durch unseren Kampf als geregelt betrachten? Ich will keinen tapferen Mann töten – auch wenn nach einem fairen Kampf kein Blut an meinen Händen kleben wird.»

Quzman schüttelte den Kopf. Auf seinem Gesicht lag ein merkwürdig heiterer Ausdruck. «Ich hätte vielleicht zugestimmt», sagte er, während er rasch und flach atmete. «Aber mein Bruder trug keinen Bogen. Du hättest mit ihm kämpfen müssen, Nordländer, statt ihn zu erschießen. Dafür mußt du sterben. Oder ich.»

«Das war kein Turnier damals», erwiderte Blaise, eine neue Schmerzwelle niederkämpfend. «Ich habe gegen sechs Männer um mein Leben gekämpft. Ich werde dich nicht töten, Arimonder. Man wird dich gehen lassen. Tu mit deinem Leben, was du willst, aber ich sage noch einmal: Ich würde mich freuen, wenn du dich mir anschließen würdest.»

Damit drehte er sich um und begann vorsichtig, weil er nicht mehr kräftig ausschreiten konnte, auf den Pavillon zuzugehen, wo die Gräfin, Ariane, Bertran und der König von Valensa saßen. Der Weg dorthin erschien ihm schrecklich lang; auf jeden Fall war es der schwerste, den er je gegangen war.

Als er fünf oder sechs Schritte gemacht hatte, rief Quzman: «Ich habe dir gesagt, du sollst mich töten!»

Blaise hörte Schritte auf dem Rasen. Er stieß ein Gebet aus – an den Gott oder die Göttin oder wer immer ihn hier auf diesem Feld erhören wollte. Dann vernahm er den Aufprall von Pfeilen. Der Arimonder hinter ihm stöhnte und rief einen Namen, bevor er mit einem dumpfen Laut zu Boden fiel.

Blaise blieb einige Augenblicke reglos stehen. Dann wandte er sich um und sah Valery und Rudo, die zwei besten Bogenschützen, die er kannte, mit grimmigen Gesichtern und jeder mit einem Bogen in der Hand über das Feld kommen. Der Arimonder lag mit dem Gesicht nach unten und die Faust um sein kostbar verziertes Schwert geballt auf dem Rasen. In seinem Rücken steckten vier Pfeile. Er sah plump und unwürdig aus, wie die große, mit Nadeln gespickte Strohpuppe eines Zauberers. Ein häßliches Ende für einen stolzen Mann.

Als Blaise stirnrunzelnd aufblickte, sah er einen dritten Mann mit einem Bogen. Zögernd überquerte er von den unteren Pavillons her den freien Platz. Es war Hirnan, der beste Coraner auf Schloß Baude und ein ungewöhnlich guter Schütze.

Als Hirnan vor ihm stand, verneigte er sich. Er wirkte verlegen und besorgt. «Ich muß um Vergebung bitten», sagte er. «Ich habe gesehen, daß er mit dem Schwert in der Hand aufstand. Ich habe nicht gewußt, daß du bereits anderen Anweisung gegeben hast.»

«Sie hatten keine Anweisung», sagte Blaise freundlich. Er streckte die Hand aus und berührte die Schulter des stattlichen Coraners. «Es war ein großartiger Weitschuß, Hirnan. Kein Grund, sich zu entschuldigen. Du hast mir das Leben gerettet, genau wie die anderen.»

Hirnan atmete auf. «Ich habe gehört, was der Herold gesagt hat», murmelte er. «Weißt du, wir in Baude haben nie gewußt, wer du bist.» Er sah Blaise in die Augen. «Aber ich habe mir im vergangenen Frühjahr mein eigenes Urteil gebildet. Und wenn du einen Mann brauchst, dem du trauen kannst, dann wäre es mir eine Ehre, mich dir anzuschließen, Herr.»

Blaise wurde es plötzlich warm ums Herz, und er vergaß seine Schmerzen. «Die Ehre wäre ebenso meinerseits», sagte er ernst.

«Aber du hast dem Herrn von Baude die Treue geschworen. Mallin wird jemanden wie dich nicht freigeben wollen.»

Nun huschte ein Lächeln über Hirnans Gesicht. «Siehst du En Mallin dort drüben? Er selbst hat mir befohlen, den Bogen bereitzuhalten, als der Arimonder am Boden lag und du anfingst, mit ihm zu reden. Ich glaube nicht, daß er etwas dagegen hat, wenn ich mich dir jetzt anschließe.»

Blaise blickte zu dem leuchtendgelben Pavillon am unteren Ende des Platzes, auf den Hirnan deutete, und sah Mallin de Baude dort stehen. Er sah sogar, daß der junge Baron lächelte. Blaise hob grüßend die Hand, und Mallin de Baude grüßte zurück. Dann verneigte er sich, wie man sich vor Königen verneigt, und neben ihm sank die in grasgrüne Seide gekleidete Soresina de Baude aufs anmutigste in einen tiefen Hofknicks. Sowohl aus den Pavillons als auch von den Stehplätzen des gemeinen Volks war beifälliges Gemurmel zu hören.

Blaise schluckte. Nur schwer widerstand er dem Drang, En Mallins Ehrerbietung zu erwidern, aber ein Mann, der eine Krone beanspruchte, verneigte sich nicht vor einem kleinen Baron. Die Spielregeln, die für ihn galten, hatten sich heute morgen für den Rest seines Lebens geändert.

Hinter ihm räusperte sich jemand. Rudo und Valery standen dort. «Das Ohr muß behandelt werden. Außerdem ist da ein vierter Pfeil», sagte Valery nüchtern.

«Und der Mann, der ihn geschossen hat», ergänzte Rudo, «betritt in diesem Augenblick die Bühne wie der demaskierte Coraner am Schluß eines Puppentheaters. Das *ist* das Ende des Theaterstücks, Blaise. Schau zum anderen Zelt.»

Hinter dem Zelt des Arimonders erschien – tatsächlich wie hinter einem Bühnenvorhang –, prächtig in Grün und Gold gekleidet und mit einem Langbogen in der Hand, Urté de Miraval. Als er ins Blickfeld der Zuschauer trat, schwoll der Lärm erneut an. Urté ging ohne jede Hast auf die Gruppe in der Mitte des Platzes zu, gerade so, als schlenderte er über den Rasen im Park von Miraval.

Vor Blaise blieb er stehen, aufrecht und gerade trotz seines

Alters. «Erwarte keine Ehrenbezeugung von mir», sagte er. «Soweit ich weiß, ist Ademar noch König von Gorhaut, und vor der Vermessenheit von Thronbewerbern verneige ich mich nicht.»

«Warum rettest du ihnen dann das Leben?» fragte Rudo, als Blaise schwieg.

Der Herzog würdigte ihn keines Blicks. Er lächelte nur dünn, während seine Augen auf Blaise gerichtet blieben. «Der Arimonder war eine Enttäuschung», sagte er. «Vor zwei Nächten hat er mich zehn Coraner gekostet und heute morgen eintausend in Gold, die ich an Massena Delonghi verloren habe. Außerdem wollte ich nicht der Lehnsherr eines Coraners sein, der einen Gegner hinterrücks tötet. Das macht einen schlechten Eindruck, verstehst du?»

«Ich glaube, ich verstehe tatsächlich», sagte Blaise eisig, der inzwischen sehr schnell gedacht hatte. «Es wäre gefährlich für dich geworden, wenn er überlebt hätte, nicht wahr? Nachdem du ihn in Luciannas Zimmer verraten hast, hätte er möglicherweise erzählt, auf welche Weise du vorgestern an dem Anschlag auf mein Leben beteiligt warst. Das hätte allerdings einen schlechten Eindruck gemacht. Genaugenommen hast du mir nicht das Leben gerettet, Herr, sondern einen unbequemen Mann getötet.»

Der Herzog blieb völlig ungerührt. «Vielleicht solltest du darauf achten, nicht selbst so ein Unbequemer zu werden.»

Rudo lachte vor Empörung laut auf. «Bist du wahnsinnig geworden? Du drohst ihm?!»

Urté tat, als hätte er nicht gehört. Und dann sagte Blaise sehr bedachtsam: «Spielt es denn eine Rolle, was ich tue? Ich habe gehört, daß dir schon ein schlichtes Versehen genügt hat, um Menschen zu töten: Musikanten, die das falsche Lied sangen, treue Coraner, die den Fehler begingen, deinen Anweisungen zum falschen Zeitpunkt zu gehorchen. Und es gab ein Kind mit dem unverzeihlichen Makel, vom falschen Mann gezeugt worden zu sein. Und eine junge Frau –»

«Ich finde, das reicht», sagte Urté de Miraval. Sein Lächeln war verschwunden.

«So? Und wenn ich anderer Meinung bin? Wenn ich tatsächlich

unbequem werde, wie du es ausdrückst, und dich anklage wegen einer gegen mich gerichteten Verschwörung und vielleicht auch wegen anderer Dinge, auch wenn sie schon weit zurückliegen?» Blaise fühlte, wie seine Hände zitterten. «Wenn du willst, bin ich mit Vergnügen bereit, auf der Stelle gegen dich anzutreten. Ich mag keine Leute, die kleine Kinder umbringen, Herr von Miraval.»

Urtés Gesicht hatte einen nachdenklichen Ausdruck angenommen. Er war ruhig, aber sehr blaß. «Hat dir das de Talair erzählt?»

«Er hat mir nichts erzählt. Und ich habe ihn nicht gefragt. Mit Bertran hat das nichts zu tun.»

«Dann war es Ariane. Natürlich», murmelte er. «Im Bett wird die Frau geschwätzig.»

Blaise zuckte zurück. «Ich habe dich eben herausgefordert. Muß ich es ein zweites Mal tun?»

Urté de Miraval schüttelte den Kopf. «Ich werde mich nicht mit dir schlagen. Erstens bist du schwer verwundet, und zweitens spielst du im Augenblick für uns eine wichtige Rolle. Du hast heute tapfer gekämpft, Nordländer. Dafür gebührt dir alle Ehre. Die Frauen warten auf dich. Also geh und bring es hinter dich. Und laß dein Ohr verbinden, Coraner! Ich fürchte, du wirst wie de Talair aussehen, wenn das Blut abgewaschen ist.»

Es war eine Entlassung. Ein hoher Herr hatte zu einem vielversprechenden jungen Kämpen gesprochen. Blaise fiel keine Antwort ein, um die Situation zu retten. Valery kam ihm zu Hilfe.

«Eine Frage hätten wir noch, En Urté», sagte er. «Ist es Scham, die dir den Rücken stärkt? Scham, weil du mit dem Arimonder auf einen Mord aus warst, während wir übrigen, einschließlich En Bertran, versuchen, Arbonne vor dem Untergang zu bewahren. Wie weit willst du die Vergangenheit noch in die Gegenwart tragen, Herr, ungeachtet, ob du das Kind getötet hast oder nicht?»

Für einen Augenblick war Urté sprachlos, und dies nutzte Blaise, um Urté höflich zuzunicken und ihm vor aller Augen den Rücken zu kehren. Seine Wut war verflogen. Die Befriedigung, die darauf folgte, empfand er wie eine kühle Brise, als er, begleitet von seinen Freunden, auf den Pavillon der Gräfin von Arbonne und der Königin des Liebeshofs zuging. Der Herzog von Miraval blieb allein neben der Leiche seines toten Coraners zurück.

Kanzler Roban, der sich diskret im Hintergrund des weiß- und goldfarbenen Pavillons der Gräfin aufhielt, schüttelte den Kopf, als er sah, wie der Sohn von Galbert de Garsenc dem Herzog von Miraval brüsk den Rücken kehrte. Obwohl er nicht gehört hatte, was die beiden miteinander gesprochen hatten, war der Affront, der in dieser Geste lag, unmißverständlich.

Die Ereignisse überstürzten sich an diesem Morgen, und alle wiesen in dieselbe Richtung. Ihm gefiel immer noch nicht, was hier vorging – es war alles zu extravagant und viel zu provozierend, aber er mußte einräumen, daß Zweifel an diesem Mann aus Gorhaut nicht mehr angebracht waren. Er konnte scheitern mit dem, was er sich vorgenommen hatte – sie alle konnten dabei scheitern –, aber er hatte freiwillig jede Möglichkeit aufgegeben, Arbonne zu verraten, als er das Banner der Könige von Gorhaut über seinem Zelt hissen ließ.

Nach einem unauffälligen Wink von Roban betrat einer seiner Untergebenen den Pavillon. Er schickte den Mann nach dem Arzt der Gräfin und einer heilkundigen Priesterin.

In der Mitte des Turnierfelds sah er En Urté mit einer etwas verspäteten herrischen Geste zwei Miraval-Coraner zu sich rufen, damit sie die Leiche des Arimonders vom Platz trugen. Roban wußte genau, warum Urté diesen phantastischen Weitschuß gewagt hatte. Urté hatte erwartet, einen toten Blaise von Gorhaut vorzufinden, als er in jener Nacht in Begleitung der Gräfin in den Gemächern der Delonghi erschien. Nicht daß er einen besonderen Haß gegen den jungen Coraner gehegt hätte; für ihn handelte es sich einfach um einen weiteren Schlag gegen Bertran de Talair. Bertran schätzte den Gorhauter und verbrachte viel Zeit mit ihm, für Urté Grund genug, um sich zu freuen, wenn ihn jemand erschlug.

Der Mann, der den Thron von Gorhaut für sich beanspruchte, stand jetzt, trotz offensichtlich schmerzender Wunden, in tadelloser Haltung vor den beiden Herrscherinnen von Arbonne und vor dem König von Valensa. Hinter ihm standen Bertrans Cousin und der Sohn von Vitalle Correze, außerdem ein dritter Coraner in der Livree von Schloß Baude. Sie sahen bereits aus wie ein Gefolge, fand Roban.

Die Gräfin erhob sich und begann mit ihrer hellen, tragenden Stimme zu sprechen: «Du hast dich ehrenvoll geschlagen, Blaise de Garsenc, und dir das Wohlwollen von Rian und Corannos errungen. Wir wenden uns an alle hier Anwesenden als Zeugen, daß die Fehde zwischen dir und Quzman di Perano ausgetragen und beendet ist.» Sie richtete den Blick auf das im Wind knatternde Banner der Könige von Gorhaut. «Was die anderen Dinge betrifft, die sich heute ergeben haben, so werden wir in den nächsten Tagen viel zu besprechen haben, und wir sind überzeugt, daß uns der König von Valensa seinen Rat nicht vorenthalten wird. Doch zunächst bieten wir dir an, dich von unseren Heilern behandeln zu lassen. Wir wollen im Augenblick nicht mehr sagen als ein Gebet, um den Segen der Göttin für dich zu erflehen.»

Obwohl damit eine ganze Menge gesagt war, dachte Roban. Hätte es nicht genügt, daß sich die Gräfin erhob und den Gorhauter grüßte, als seine Banner gehißt wurden? Dies hier war eine weitere unmißverständliche Ehrenbezeugung. Er warf einen Blick über die Schulter. Der Arzt und die Priesterin waren gekommen. Aber erst mußten noch die Rosen überreicht werden.

Als sich die Gräfin gesetzt hatte, erhob sich Ariane, wundervoll anzusehen in ihrem in roten und mattgoldenen Herbsttönen gehaltenen Kleid.

«Wir haben unsere Traditionen in Arbonne», begann sie, «wo die Göttin Rian weitaus mehr ist als nur die jungfräuliche Tochter des Gottes. Sie verkörpert vieles, Leben und Tod sind in ihr enthalten. Und deshalb», fuhr sie mit erhobener Stimme fort, «ehren wir die Göttin und alle sterblichen Frauen, die ihre Töchter sind, nach einem Kampf auf Leben und Tod mit einer besonderen Zeremonie. Wir bitten den Sieger, den Erwählten der Göttin und des Gottes, eine Rose zu verschenken. Und manchmal, als besondere Anerkennung seiner Würde, bitten wir ihn, dies gleich dreimal zu tun.»

Sie nahm die längliche Schatulle, die ihr gereicht wurde. Tatsächlich, dachte Roban. Sie beabsichtigte, die vollständige Zeremonie durchzuführen, etwas, das nur ganz selten geschah. Offensichtlich wollten Signe und Ariane diesen Augenblick und diesen Mann für alle Welt unvergeßlich machen. Ob der Gorhauter Coraner wußte, wieviel er mit dem heutigen Tag auf sich nahm? Wie lange würde der Mann leben? Auf keinen Fall länger als sie alle, denn es würde Krieg geben und das so sicher, wie auf den Herbst der Winter folgen würde.

«Weiß ist für Treue», sagte Ariane, während sie die geöffnete Schatulle so hielt, daß alle sie sehen konnten. Ein Raunen ging durch die Pavillons. Dieser Morgen bot mehr Spannung und Unterhaltung, als man erwartet hatte. «Gelb für die Liebe und rot für leidenschaftliches Begehren.» Sie lächelte. «Du kannst sie verschenken, wie du willst, Blaise de Garsenc. Wir werden uns alle dadurch geehrt fühlen.»

Blaise verneigte sich vor Ariane, blutbeschmiert und schmutzig wie er war, und nahm die Schatulle aus ihren schmalen Händen. Es war nichts als ein Brauch, dachte Roban, ein Spektakel für die Herrschaften in den Pavillons und das einfache Volk und natürlich Stoff für neue Gedichte und Lieder, mit denen die Troubadoure und Sänger nach dem Jahrmarkt zu den Schlössern und Dörfern im Lande ziehen würden. Trotzdem fühlte er sich tief bewegt.

Mit ernster Miene reichte der Gorhauter die offene Schatulle dem Sohn von Vitalle Correze und nahm als erste die weiße Rose. Er betrachtete sie einen Augenblick schweigend, bevor er sich an die Königin des Liebeshofs wandte. «Treue möchte ich belohnen, wo sie mehr als verdient ist, wenn ich den Namen einer Frau nennen darf, die sich nicht hier auf dem Turnierplatz befindet. Darf ich dich bitten, diese Rose für sie in Verwahrung zu nehmen und zu veranlassen, daß sie ihr später in meinem Namen zu Füßen gelegt wird?»

Ariane nickte ernst. «Wem soll ich sie bringen?»

«Meiner Schwägerin», antwortete Blaise, und Roban bemerkte echte Ergriffenheit in der Stimme des Gorhauters. «Rosala de Savaric de Garsenc, die ihrem Kind und ihrer eigenen Vision von

Gorhaut die Treue gehalten hat. Und sag ihr, wenn du willst, daß auch ich ihr treu bleiben werde, solange ich lebe.»

Der Herold rief Rosalas Namen aus, damit ihn alle hören konnten. Es hatte schon Gerüchte gegeben, aber dies war die erste offizielle Erklärung, wer die geheimnisvolle Frau in Barbentain war. Über diesen Morgen würde man in den sechs Ländern noch lange reden, dachte Roban und schüttelte den Kopf.

Blaise hatte bereits die rote Rose in der Hand. Er runzelte die Stirn und schien zu zögern, doch dann sah ihn Roban zum erstenmal nach dem Kampf lächeln. Die Rose auf beiden Handflächen vor sich hertragend, humpelte er die Reihe der Pavillons entlang und blieb vor Lucianna Delonghi stehen, die auf einem kunstvoll geschnitzten Sessel saß. Mit einer tiefen Verbeugung überreichte er ihr die rote Rose der Sinnlichkeit.

Roban reckte mit unverhohlener Neugier den Hals und sah, wie die Dame erbleichte, während der Vater lächelnd danebenstand und allmählich immer weniger lächelte, als ihm die möglichen Bedeutungen aufgingen. Lucianna Delonghi sagte kein Wort; sie schien tatsächlich aus der Fassung gebracht. Mit dem Instinkt des erfahrenen Höflings blickte Roban zu Ariane, die Blaise und Lucianna mit zusammengekniffenen Lippen beobachtete.

«Mich dünkt», raunte Bertran de Talair der Gräfin zu, «daß wir alle nicht auf einen solchen Mann gefaßt waren. Vielleicht lerne ich ihn noch fürchten, wenn ich sehe, wie er sich an Borsiard d'Andoria rächt.»

Und damit hatte Bertran recht, das fand auch Roban. Das war eine sehr öffentliche rote Rose für eine verheiratete Frau, deren Gatte die Stadt wegen eines Mordanschlags auf Blaise de Garsenc verlassen mußte. Jetzt wußte jeder auf dem Platz auch den Grund dafür. Kein Wunder, daß Massena Delonghi das Lächeln vergangen war. Roban wandte sich gerade rechtzeitig genug wieder dem portezzanischen Pavillon zu, um zu sehen, daß der Gorhauter etwas zu der Frau sagte – ganz offensichtlich nur ein einziges Wort, und Roban war sich ziemlich sicher, daß es nichts anderes hieß als «Lebwohl».

Der Herold rief den Namen Lucianna d'Andoria in alle vier

Himmelsrichtungen, während Blaise zurückging, um die gelbe Rose zu holen.

Er trug sie wie ein Kleinod mit beiden Händen und wandte sich an die Gräfin und die Königin des Liebeshofs. «Wenn ihr erlaubt, werde ich diese hier eine Weile behalten. In meiner Heimat Gorhaut erklären wir unsere Liebe heimlich, bevor wir damit vor die Öffentlichkeit treten.»

Und dann, bevor eine der beiden Frauen antworten konnte, fiel Blaise einfach um. «Du könntest ohnmächtig werden, wenn dir das Theater zuviel wird», hatte ihm Rudo zugeflüstert. «Heldenhaft bis zuletzt. So etwas gefällt den Leuten.»

Während Blaise von Luciannas Pavillon zurückkehrte, fand er, daß er tatsächlich genug hatte. Er war nicht darauf gefaßt, echten Schmerz in ihren Augen zu sehen; Zorn vielleicht oder verletzten Stolz, aber nicht diesen jähen Schmerz. Er fühlte sich plötzlich sehr merkwürdig, und bevor er wirklich in Ohnmacht fiel, beschloß er, Rudos Rat folgend, freiwillig die Augen zu schließen und ins Gras zu sinken. Er hörte die Gräfin rufen und Bertrans besorgte Stimme, der den Arzt zwischen den Stühlen nach vorne führte. Er hörte Rudo und Valery, die sich um eine Bahre kümmerten, und Hirnan, der mit energischem Hochlandakzent Platz schaffte, als sie ihn wegtrugen aus der viel zu hellen Sonne und der Neugier der vielen Menschen.

Auf dem Weg zum Schloß verlor Blaise dann tatsächlich das Bewußtsein, aber erst, nachdem ihm mit einem Schlag bewußt geworden war, daß Rosalas Kind Cadar höchstwahrscheinlich sein eigener Sohn war.

Die berühmtesten Troubadoure und Sänger hatten das Schauspiel in einem eigenen, von der Königin des Liebeshofs gespendeten Pavillon verfolgt, und sie waren hellauf entzückt. Nicht einmal der Anblick des ohnmächtig zusammengebrochenen Blaise konnte ihre Begeisterung dämpfen. Remy schien seine Bekanntschaft mit Blaises Schwertspitze beim Mittsommerkarneval vergessen zu haben, oder er betrachtete sie bereits als eine Art Blutsbrüderschaft. Jourdain und Alain wollten sich noch an diesem

Nachmittag zusammensetzen, um bei dem Festbankett, das am Abend in Barbentain stattfinden sollte, mit einem Lied zu den Ereignissen aufwarten zu können.

Nur Lisseut saß still und teilnahmslos da. Als sie das Messer des Arimonders auf Blaise zufliegen sah und das Blut an seinem Kopf, als blühte an seinem Ohr eine rote Blume auf, hatte sie zu ihrer Verzweiflung erkannt, daß sie ihr Herz verloren hatte. Es war gegangen, ohne daß sie es bemerkt hatte, wie ein Zugvogel, der sich in der Richtung geirrt und im Herbst nach Norden geflogen war, wo ihn keine Zufluchtsstätte, keine Wärme und kein Willkommen erwartete.

Er hatte die weiße Rose der Frau seines Bruders gegeben, die rote der schönen Lucianna Delonghi; die gelbe aber hatte er behalten...

14

Ranald wußte wohl, daß es der blaue Vollmond war, der die Bäume und Felsen entlang der Paßstraße so unheimlich strahlen ließ. Doch ihm fielen dabei auch die Märchen der Schäfer ein, in denen es hieß, daß sich in den Vollmondnächten des Escoran die Wesen der anderen Welt frei zwischen ihrem und diesem Land bewegen durften. Die Berge waren der bevorzugte Zufluchtsort dieser ätherischen Wesen, von denen manche nicht größer waren als Blumen und andere großfüßig und behaart, mit Mäulern, die einen unvorsichtigen Reiter mitsamt Roß verschlingen konnten.

Die schaurigen Märchen allein waren es nicht, warum sich Ranald so unbehaglich fühlte. Er liebte die Jagd, und ganz bestimmt fürchtete er sich nicht in der Dunkelheit inmitten einer Kompanie von fünfzig der besten Coraner des Königs. In gewisser Hinsicht handelte es sich auch nur um einen Jagdausflug, dachte er; nur um einen ausgedehnteren und größeren.

Er warf einen Blick auf den Mann zu seiner Linken, den einzigen, dem es hier noch weniger zu behagen schien als ihm. Falk de Savaric hatte das Pech, ausgerechnet an dem Tag zu einem seiner seltenen Besuche in Cortil aufzutauchen, als die Nachricht von der Flucht seiner Schwester eintraf und der König beschloß, noch am selben Abend zu reiten. Ademar hatte unmißverständlich darauf hingewiesen, daß die Herzöge von Garsenc und Savaric nicht bloß die Gelegenheit erhielten, sich ihm anzuschließen, sondern daß er es von ihnen erwartete. Sie mußten mitreiten, um ihre Loyalität zu beweisen.

Seit zwei Tagen befanden sie sich fast ununterbrochen im Sattel. Dreimal hatten sie die Pferde gewechselt, gegessen wurde im Sattel, und meistens ritten sie in gestrecktem Galopp. Ranald hatte König Ademar noch nie so angespannt und konzentriert erlebt.

Das Verhalten des Königs beunruhigte Ranald am meisten. Es

sah beinahe so aus, als wäre Rosala vor Ademar geflohen. Er machte sich keine Illusionen über seine Beziehung zu seiner Frau, trotzdem fragte er sich, ob sie so viel riskiert hätte, um ihn und ihr gemeinsames Leben auf Schloß Garsenc zu verlassen, wenn Galbert nicht gedroht hätte, ihr das Kind wegzunehmen, und Ademar... Womit hatte er ihr gedroht? Wollte er die Frau des mächtigsten Herzogs im Land verführen? Sie mit Gewalt nehmen, wenn sie sich nicht willig zeigte?

Wie es schien, hatte sie sich nicht willig gezeigt und war lieber in ein fremdes Land geflohen, als bei ihrem Mann Schutz vor ihrem Schwiegervater und ihrem König zu suchen. Und was sagte dies über den Charakter von Herzog Ranald aus? fragte er sich, der jetzt, wenn auch halbherzig, im Gefolge des Königs über die Berge ritt, um in Arbonne zu morden.

Für die drei Arbonner Coraner im Wachturm auf der Südseite der Gebirgskette waren Reisende aus dem Norden zur Messezeit nichts Besonderes; außerdem herrschte Landfrieden. Sie begrüßten die fünf Coraner, die Ademar vorausgeschickt hatte, boten ihnen Speis und Trank und Obdach an für die Nacht. Sie wurden meuchlings getötet. Auf ein Signal hin folgte der König mit dem Rest der Truppe. Die drei Wachsoldaten wurden enthauptet und entmannt und die Holzhütten neben dem gemauerten Turm in Brand gesteckt.

Sofort danach galoppierten sie weiter, damit ihnen die Botschaft von den brennenden Hütten nicht vorauseilte. Fünfzig johlende Männer auf Pferden, mit Fackeln und blanken Schwertern stürmten in den nahe gelegenen Weiler Aubry, brandschatzten und mordeten.

Ranald war kein rührseliger Mann, und er hatte in manchem Krieg gekämpft und würde auch gegen Arbonne ins Feld ziehen. Doch dies hier war kein Krieg. Es war ein widerlicher Überfall, der aus Rache geführt wurde, noch dazu in seinem Namen, obwohl er nicht einmal gefragt worden war. Er ritt mit, weil es der König von ihm verlangte, der hier mit Blut und Feuer ein Zeichen setzen wollte.

Neben dem Weiler lag ein kleiner Rian-Tempel, der nördlichste Tempel in Arbonne. Er war das eigentliche Ziel ihres Überfalls. Nachdem die dreißig oder vierzig Einwohner von Aubry getötet waren, die Männer, größtenteils Hirten und Bauern, enthauptet und kastriert – das war König Ademars Art zu sagen, was er von Männern in einem von Frauen regierten Land hielt –, ritten sie zum Tempel.

Sie zerrten die acht Rian-Priesterinnen aus ihren Betten und verbrannten sie bei lebendigem Leib. Vorher wurden sie auf Befehl des Königs von den Soldaten vergewaltigt, während Ademar inmitten des Geschreis und des zunehmend lauter prasselnden Feuers eines rasch aufgetürmten Scheiterhaufens rastlos hin und her ritt. Er warf Ranald einen spöttischen Blick zu und schrie: «Willst du nicht auch eine nehmen, Herr von Garsenc? Als Geschenk von deinem König! Als Trostpflaster für deinen herben Verlust!»

Ranald hatte das Schwert noch in der Hand, als er antwortete: «Nach dir, König. Ich werde dir folgen wie immer.»

Ademar warf den Kopf in den Nacken und lachte schallend. Ranald befürchtete schon, er würde absteigen und sich tatsächlich unter die Coraner mischen. Doch Ademar riß sein Pferd herum und gesellte sich zu dem Tempelherrn neben dem Scheiterhaufen. Mit einer trostlosen Leere im Herzen blickte ihm Ranald nach. Er wußte, was er tun sollte und daß er es nicht konnte. Im Licht der Monde und des lodernden Feuers begegnete er dem Blick von Falk de Savaric. Wortlos wandten sie sich voneinander ab.

Ranald hatte schon oft gesehen, wie Menschen verbrannt wurden, auch auf seinen Befehl hin, denn er folgte dem Beispiel seines Vaters und verhängte ungefähr einmal im Jahr eine Verbrennung als Strafe, damit die Leibeigenen und Dörfler nicht übermütig wurden.

Über dem Geschrei und dem Blöken und Brüllen verängstigter Tiere vernahm Ranald auch jetzt die Stimme des Tempelherrn, der den Fluch des Corannos anstimmte und anschließend mit triumphierend erhobener Stimme die Gottesgabe des Feuers beschwor, mit der die Ketzerinnen ausgemerzt wurden.

Eine Züchtigung aus der Hand des Gottes hatte Galbert diesen Überfall genannt, als der König im Thronsaal von Cortil verkündete, daß er in dieser Nacht nach Arbonne aufbrechen würde.

Die Schreie, die aus den Flammen kamen, endeten wie immer erst, als sich der Rauch legte. Dann wurden die Leiber langsam schwarz, und es roch ekelhaft nach verbranntem Fleisch. Ademar wandte sich ab. Für den Augenblick war er zufrieden: drei Soldaten eines Wachturms, ein Bauernnest, acht Priesterinnen – der Anfang war gemacht, und er führte seine Coraner zum Paß zurück.

Der Westwind trieb den Rauch in die entgegengesetzte Richtung, so daß er vom Waldrand aus sehen konnte, was gar nicht weit von ihm im Dorf geschah. Er war sogar so nah, daß er sah, wie Männer, die er kannte, den Priesterinnen die Kleider vom Leib rissen, und er hörte nicht nur ihre entsetzten Schreie, sondern auch die Scherze der Coraner. Er erkannte den König und seinen Lehnsherrn, den Herzog von Garsenc. Um diese beiden Männer aufzusuchen, war er unterwegs gewesen.

Trotzdem blieb er still im Schutz der Bäume auf seinem Pferd sitzen und blickte hinunter auf Aubry, bis die Schreie verstummten. Er rührte sich auch nicht, als der König mit schwungvoller Geste den Abzug befahl und die fünfzig Coraner aufsaßen und nach Nordosten davonstoben.

Er zitterte am ganzen Leib, denn er war verwirrt und erschüttert. Heute mittag war er als pflichtgetreuer Gorhauter aufgebrochen, um in Cortil zu berichten, was er auf dem Turnierplatz von Lussan gesehen hatte. Er wäre auch jetzt noch zum König hinuntergeritten, hätte er während seines langen Dauerritts nicht immer wieder an seinen Vater denken müssen.

Sein Zuhause war ein kleines Bauerngut, das seit der letzten Pestepidemie, nach der viele Höfe leerstanden, auf den Namen seiner Familie im Grundbuch des Barons eingetragen war. Es war nur ein kleines Stück Land, aber es gehörte seinem Vater, nachdem dieser fast sein ganzes Leben lang für andere gearbeitet hatte. Es war gutes Getreideland im Norden von Gorhaut oder, besser gesagt, im Norden des einstigen Gorhaut, denn jetzt, nach dem neuen Vertrag, gehörte es zu Valensa.

Er hatte selbst am Iersen gekämpft. Und ein paar Monate später, als er zum Stolz seiner Familie dem jungen Herzog auf Schloß Garsenc als gesalbter Coraner dienen durfte, hatte er erfahren, daß seine Eltern sowie die Bauern und Einwohner ganzer Dörfer im Norden von Gorhaut von ihrem Grund und Boden vertrieben waren und nach Süden zogen, um dort Obdach zu suchen.

Es sei nur vorübergehend, hatten die Boten König Ademars gesagt. Bald würde es mehr und fruchtbareres Land für sie geben. Aber das Glück seines Vaters, das eigene Land, das er zusammen mit vielen anderen fünfzig Jahre lang gegen Valensa verteidigt hatte, war dahin.

Jeder wußte, wo das neue Land lag. Es war Stadtgespräch in Tavernen und Schlössern. «Was versteh ich von Olivenbäumen?» hatte sein Vater gesagt und verächtlich ausgespuckt, als er ihn in der Hütte besucht hatte, in der er jetzt hausen mußte.

Sein Sohn konnte ihm nicht antworten, denn alles, was er dazu hätte sagen können, wäre Hochverrat oder Lüge gewesen.

Doch heute morgen, auf dem Turnierplatz in Lussan, hatte er gehört, daß der jüngere Garsenc den König von Gorhaut einen Verräter nannte und vor Damen und Herren aus den sechs Ländern den Thron von Gorhaut für sich beanspruchte. Und endlich, während er dort am Waldrand auf seinem Pferd saß und auf das brennende Dorf und den Tempel hinunterblickte, wurde ihm klar, daß er Blaise de Garsenc aus vollem Herzen zustimmte.

Sein Vater hätte genauso gedacht, davon war er überzeugt. Sie waren Leute von Gorhaut, und es war Aufgabe des Königs, sie und ihren Besitz zu schützen. Statt dessen hatte er ihnen mit einem einzigen Federstrich ihre Sicherheit und ihr Vertrauen genommen. Sein Vater war fern von der Heimat im Norden, auf dem Land eines anderen Mannes, an gebrochenem Herzen gestorben.

Er warf einen letzten Blick auf das brennende Aubry, dann holte er tief Luft. Endlich wußte er, was er zu tun hatte, auch wenn ihm dabei angst und bange war. Er lenkte sein Pferd nach Süden. Er ritt denselben Weg zurück, den er gekommen war; nur die Nachricht, die er zu überbringen gedachte, war eine andere.

Als Blaise in einem Zimmer in Schloß Barbentain erwachte, ging gerade die Sonne unter. Der Himmel vor seinem Fenster leuchtete in dunklem Rosa-Violett, das bald in der Dämmerung verlöschen würde. Durch das offene Fenster drang das Rauschen des Flusses, und unten in Lussan gingen die ersten Lichter an. Er empfand eine wundervolle innere Ruhe trotz der Schmerzen in seinen Beinen. Tastend fuhr er mit der Hand über seine bandagierte linke Kopfhälfte. Dann drehte er sich vorsichtig auf die andere Seite und sah, daß er nicht allein war.

«Es hätte schlimmer sein können», sagte Ariane. Sie saß in einem Sessel zwischen Bett und Tür. «Du hast einen Teil deiner Ohrmuschel eingebüßt. Ähnlich wie Bertran.»

Sie stand auf und brachte ihm ein Tablett mit Wein, kaltem Braten, Käse und frisch gebackenem Brot.

Blaise fühlte sich plötzlich merkwürdig glücklich. Die Abendstille, Ariane – ein herrliches Wohlgefühl durchflutete ihn. Außerhalb dieses Zimmers erwarteten ihn Sorgen und Pflichten, aber vorerst war dies alles in angenehm weiter Ferne.

Nachdem er gegessen hatte, schob er das Tablett auf die Truhe neben dem Bett.

«Hat diese Tür ein Schloß?»

Erstaunlicherweise errötete sie. «Natürlich», antwortete sie, während ein kleines Lächeln auf ihrem Gesicht erschien. «Und vier Coraner der Gräfin bewachen sie. Andererseits» – sie stand auf, groß und schlank, das schwarze Haar offen wie stets, und ging zur Tür – «andererseits sind die Coraner von Barbentain berühmt für ihre Diskretion.» Blaise hörte, wie das Schloß einschnappte. «Und nachdem alle wissen, daß ich hier bin, was könnten wir da anderes tun als besprechen, was als nächstes geschehen soll?»

Langsam kam sie zurück und blieb neben dem Bett stehen. Blaise blickte in ihre dunklen Augen. Ihre makellose Schönheit belebte ihn wie feuriger Wein.

«Das habe ich mich auch schon gefragt», sagte er nach einer Weile. Ihre Hand strich lässig über seine Decke und zog sie an der Brust ein wenig zurück. «Ich meine, was als nächstes geschehen soll.»

Nun lachte sie und zog die Decke ganz weg. «Darüber werden wir reden müssen», sagte sie, während sie sich auf den Bettrand setzte und sich über ihn beugte. Sie küßte ihn zart, fast flüchtig, wie damals beim erstenmal. Dann wanderten ihre Lippen zu der kleinen Grube an seinem Hals, über seine Brust und immer weiter.

Danach mußte er wieder eingeschlafen sein. Als er aufwachte, war Ariane gegangen. Er döste noch eine Weile. Dann stand er auf und setzte sich ans Fenster. Der blaue Mond war aufgegangen. Von der Halle unten drang leise Musik herauf. Er dachte an Rosala, als es an der Tür klopfte und die Gräfin, Ariane und Bertran das Zimmer betraten, hinter ihnen Rudo und der Kanzler Roban, alle mit düsteren Mienen. Ariane hatte verweinte Augen.

«Da draußen steht ein Mann», sagte Bertran, als die Gräfin, deren Gesicht zu weißem Marmor erstarrt schien, nicht selbst begann. «Ein Mann aus Gorhaut, der uns eine schreckliche Nachricht gebracht hat. Er bittet, dich sprechen zu dürfen.»

Valery und Hirnan führten einen Coraner aus Garsenc herein, einen der besseren, wie Blaise sich erinnerte. Wortlos kniete der Mann vor Blaise nieder und hob die gefalteten Hände zum Eid. Blaise, dem bewußt war, daß auch dies der Beginn von etwas Unwiderruflichem war, erhob sich langsam und legte seine Hände um die des Coraners, während dieser den alten Corannos-Eid sprach:

«Im Namen von Corannos, dem höchsten Gott, dem wir Feuer und Licht verdanken, und beim Blut meines Vaters und meiner Vorfahren schwöre ich dir, Blaise de Garsenc, Treue bis in den Tod. Vor den Augen der Menschen und des heiligsten Gottes erkenne ich dich als meinen Lehnsherrn an.»

Als der Mann innehielt, erinnerte sich Blaise an den Namen. Der Mann hieß Thaune. Seinem Akzent nach stammte er aus dem Norden von Gorhaut.

«Und ich erkenne dich auch als meinen wahren König an», fuhr

Thaune mit überraschend kräftiger Stimme fort und sah Blaise zum erstenmal an. «Ich werde keine Nacht ruhig schlafen und meinen Schwertgurt erst ablegen, wenn du auf dem Thron bist anstelle des Verräters, der jetzt darauf sitzt. Das schwöre ich im Namen von Corannos.»

Blaise räusperte sich. Er ahnte Schreckliches. «Ich nehme deinen Treueid an, Thaune von Gorhaut. Ich biete dir Obdach und Hilfe und schwöre auch dir vor dem Gott als dein Lehnsherr die Treue. Bitte, steh auf.» Er reichte dem Coraner die Hand. «Und nun sag, was passiert ist.»

Während Thaune in allen Einzelheiten berichtete, mußte sich Blaise eingestehen, daß er längst nicht so bei Kräften war, wie er gedacht hatte. Hirnan, der ihn nicht aus den Augen gelassen hatte, holte rasch den Sessel vom Fenster. Dankbar ließ Blaise sich darin nieder.

Es schien, daß sich sein Vater und König Ademar nicht mit diplomatischen Noten und elegant formulierten Forderungen aufgehalten hatten, um Rosala mit dem Kind zur Rückkehr zu bewegen. Sie waren gleich mit Feuer und Schwert gekommen.

Rosala war noch einmal im Kinderzimmer gewesen, um nach Cadar zu sehen, und kehrte nun, nur mit einem Nachthemd bekleidet, über den Korridor zu ihrem Zimmer zurück, als sie jemand im Schatten neben ihrer Tür stehen sah. Erschrocken blieb sie stehen und raffte instinktiv das Hemd über der Brust zusammen.

«Verzeih», sagte der Herzog von Talair und trat ins Licht. «Ich wollte dich nicht erschrecken.»

Rosala atmete auf. «Willst du hereinkommen?» fragte sie. «Ich habe vielleicht noch etwas Wein vom Abendessen übrig. Ich kann auch welchen holen lassen.»

«Danke, das ist nicht nötig», sagte er, «aber ich komme gern herein. Es gibt Neuigkeiten, die du erfahren solltest.»

Es war spät in der Nacht. Rosalas Herz schlug plötzlich wie eine Trommel. «Was ist geschehen?» fragte sie besorgt.

Statt zu antworten, öffnete er die Tür und ließ sie vorausgehen. Dann wartete er, bis sie in einem Sessel vor dem Feuer Platz genommen hatte, und ließ sich ihr gegenüber auf einem Schemel nieder. Im Schein des Feuers waren seine Augen bemerkenswert blau, und die Narbe zeichnete sich deutlich auf seiner Wange ab.

«Ist es wegen Blaise?» fragte sie. Was sich auf dem Turnierplatz ereignet hatte, war ihr im Lauf des Tages mehrere Male und von verschiedenen Seiten geschildert worden. Die Herzogin von Carenzu hatte ihr eine weiße Rose gebracht und ihr erklärt, was sie bedeutete. Die Blume stand jetzt in einer Vase am Fenster. Nachdem Ariane gegangen war, hatte sie lange davor gesessen und über Blaise nachgedacht. Seltsamerweise war sie dabei in Tränen ausgebrochen.

«Nein. Blaise geht es gut», sagte Bertran de Talair. «Er wird ein wenig wie ich aussehen, fürchte ich, wenn der Verband abgenommen wird», fuhr er, mit den Fingern über sein Ohr streichend, fort, «aber ernsthafte Verletzungen hat er nicht.» Er zögerte ein wenig. «Ich weiß nicht, wieviel es dir bedeutet, aber ich kann sagen, er hat seinem Namen und seinem Land heute morgen Ehre gemacht.»

«Das habe ich gehört, und es bedeutet mir einiges nach dem, was er vor dem Gottesurteil erklärt hat. Sie werden bald kommen, um ihn zu holen.»

Der Herzog schwieg einen Augenblick.

«Ich verstehe», sagte Rosala. Sie preßte die Hände im Schoß zusammen. «Sie sind bereits da.»

«Sie waren da, aber nicht wegen Blaise. Was Blaise getan hat, werden sie erst in ein paar Tagen wissen. Sie haben heute nacht ein Dorf namens Aubry zerstört, alle Einwohner getötet und die Priesterinnen des dortigen Tempels verbrannt.»

Rosalas Hände begannen zu zittern. «Dann war es wegen mir», sagte sie. Ihre Stimme klang dünn und seltsam fern. «Es war wegen mir.»

«Ich fürchte, ja.»

«Wie viele waren es?»

«Wir wissen es noch nicht genau. Vielleicht fünfzig.»

«Wer war dabei? Ich meine, aus Gorhaut.» Sie umschlang ihren Oberkörper, denn ihr war plötzlich furchtbar kalt.

«Es hieß, der König selbst sei dabeigewesen», sagte der Herzog leise, «ebenso dein Gatte und dein Bruder.»

Er hielt nichts vor ihr zurück, und sie verstand, daß er ihr damit großen Respekt erwies.

«Sie hatten keine andere Wahl. Bestimmt hat weder Falk noch Ranald freiwillig mitgemacht.»

Bertran zuckte die Achseln. «Das weiß ich nicht. Jedenfalls waren sie dabei.» Er sah sie scharf an. Dann stand er auf, um Holz auf das heruntergebrannte Feuer zu legen. Sie beobachtete ihn. Seine geschickte und sorgfältige Art gefiel ihr. Er war anders, als sie ihn sich vorgestellt hatte, trotz seiner Verse und der vielen Frauengeschichten.

«Und woher wissen wir dies alles?» fragte sie schließlich.

Er antwortete, ohne sich umzudrehen: «Von einem Coraner aus Garsenc. Er hat sich das Turnier angesehen und ist dann nach Norden geritten, um seinem König zu berichten, was sich dabei ereignet hat.»

«Warum hat er seine Meinung geändert?»

Bertran warf rasch einen Blick über die Schulter und schüttelte den Kopf. «Das weiß ich nicht. Blaise wird es uns sagen können.» Er widmete sich wieder dem Feuer. Als es richtig brannte, richtete er sich auf. «Er hat Blaise heute abend den Treueid geschworen und Ademar einen Verräter genannt.»

«Der Mann stammt wahrscheinlich aus dem Norden. Dort werden viele so denken wie er.»

«Wie viele?» fragte der Herzog ernst.

«Das ist schwer zu sagen», antwortete sie. Das Feuer brannte jetzt hell und verströmte angenehme Wärme. «Ich glaube nicht, daß es genug sind. Die meisten Männer von Rang, auf die es ankäme, fürchten den König, und das einfache Volk fürchtet vor allem die Corannos-Brüder, denen mein Schwiegervater vorsteht.»

Bertran schwieg, und Rosala starrte in die Flammen, als sähe sie dort ihre Zukunft. Fünfzig Menschen waren heute nacht ihretwegen gestorben.

«Mein armer Sohn», flüsterte sie. «Mein Cadar. Ich werde ihn zurückbringen müssen. Ich kann nicht zulassen, daß wegen uns so Schreckliches geschieht.»

Tränen rollten über ihre Wangen. Sie hörte, wie ein Stuhl über den Boden scharrte, als Bertran aufstand, und dann fühlte sie sich umarmt, und kundige Hände lehnten ihren Kopf an eine starke Schulter.

«Keines von euch beiden geht zurück», sagte Bertran mit rauher Stimme. «Die Gräfin und ich haben vor Corannos und Rian geschworen, dein Kind zu beschützen. Und was mich betrifft, so würde ich diesen Eid jederzeit wieder schwören. Solange ich lebe, geht keines von euch beiden dorthin zurück.»

Der furchtbare Druck in Rosalas Brust ließ nach. Sie konnte sich plötzlich gehenlassen. Ohne sich zu schämen, weinte sie sich in den Armen des Herzogs aus. Sie weinte um sich und ihr Kind, um die erschlagenen und verbrannten Opfer dieser Nacht, und wegen der schrecklichen Dinge, die ihnen noch bevorstanden. Er hielt sie fest umschlungen und sprach leise und beruhigend auf sie ein. Niemand hatte sie so gehalten, dachte Rosala, niemand, seit ihr Vater gestorben war. Auch deswegen weinte sie.

Sie konnte es nicht wissen, aber Bertran dachte etwas Ähnliches. Er konnte sich nicht entsinnen, wann er zum letztenmal eine Frau auf diese Weise umarmt hatte, ihr seinen Schutz und seine Kraft angeboten hatte und nicht nur die Leidenschaft einer Nacht. Einen Augenblick später wußte er, daß das nicht stimmte und daß er sich sehr gut daran erinnern konnte, wenn er die Schranken, die er in seinem Innern errichtet hatte, öffnete und die Erinnerung hereinließ.

Die letzte Frau, die er so gehalten hatte, für die sein Herz geschlagen hatte, als gehörte es nicht ihm, sondern ihr, war vor dreiundzwanzig Jahren in Miraval bei der Geburt seines Kindes gestorben.

Blaise blieb vor Rosalas Tür stehen, die nicht ganz geschlossen war. Ihm graute davor, ihr die Nachricht zu überbringen, die er eben erhalten hatte, aber er wollte, daß sie ihr schonend und nicht von einem Fremden beigebracht wurde. Ranald und ihr Bruder

Falk waren in Aubry gewesen. Gerade als er anklopfen wollte, hörte er Stimmen. Jemand war ihm zuvorgekommen.

Während er überlegte, ob er eintreten oder gehen sollte, hörte er Rosala mit erstickter Stimme sagen, daß sie und ihr Kind zurückmüßten nach Gorhaut, und darauf die ungewöhnlich rauhe Stimme Bertrans, der ein Versprechen wiederholte, das er ihr anscheinend schon einmal gegeben hatte. Und er sah durch den Türspalt, daß der Herzog die weinende Rosala in die Arme nahm.

Er fühlte sich als Eindringling, als der Mann, der schuld war an der Verzweiflung, die der Herzog nun zu lindern versuchte. Er, Blaise, hätte Rosala trösten müssen. Trotz Müdigkeit und Schmerzen empfand er das dringende Bedürfnis, zu Ende zu bringen, was er mit der weißen Rose an diesem Morgen begonnen hatte. Er klopfte und sagte leise, um niemanden zu erschrecken: «Verzeiht mir, aber auch ich habe ein Versprechen zu wiederholen.» Sie blickten beide auf. Rosala wischte sich rasch die Tränen aus dem Gesicht und eilte ihm entgegen. Zu spät erkannte Blaise, was sie im Sinn hatte. Er schritt auf sie zu, um sie aufzuhalten, was damit endete, daß sie beide voreinander auf den Knien lagen. Wenn Bertran jetzt gelacht hätte, niemand hätte es ihm verübeln können. Aber er blieb ernst und schwieg.

Rosala lächelte, obwohl ihr die Tränen in den Augen standen.

«Willst du meine Huldigung nicht annehmen, Herr?»

Er schüttelte den Kopf.

«Du wirst dich daran gewöhnen müssen», sagte sie ernst. «Könige knien im allgemeinen nicht vor Frauen.»

«Noch bin ich nicht König», erwiderte er, «und vor manchen Frauen, denke ich, kann jeder König knien.» Er blickte zu Bertran, in dessen Gesicht keine Spur von Ironie zu entdecken war. «Hör zu, Rosala. Im Namen des heiligsten Gottes schwöre ich dir, daß ich zu dir halten werde. Mein Anspruch auf den Thron wäre ein Hohn, wenn wir dich und Cadar ausliefern würden.»

Rosala schüttelte den Kopf. «Cadar und ich, wir sind letzten Endes nicht so wichtig», sagte sie leise. «Es steht zuviel auf dem Spiel.»

Bertran, der hinter ihr stand, sagte leise: «Es gibt Menschen, die sind wichtiger, als sie glauben. Liebe Rosala, du und dein Sohn sind die Personen, um die es geht. Sie wollen euch benutzen, um den Krieg zu beginnen, und sie haben es bereits getan.»

«Dann schick uns zurück», flüsterte sie. Sie sah Blaise an und nicht Bertran.

«Das würde nichts ändern», antwortete der Herzog ruhig. «Jetzt nicht mehr. Sie würden dich töten und das Kind behalten und immer noch einen Grund finden, um uns zu überfallen. Sie brauchen Land für die Vertriebenen aus dem Norden. Dies hier ist kein Ritterroman, in dem eine schöne Frau entführt und von einem Heer ehrenhafter Männer zurückerobert wird, sondern reine Machtpolitik, ein gewissenloses Spiel mit Völkern. Arbonne ist, wenn man so will, die letzte Klausel im Iersen-Vertrag.»

Blaise betrachtete Rosalas schönes und kluges Gesicht. Sie hatte sofort begriffen, daß Bertran recht hatte. Ihre Wangen waren noch feucht von Tränen. Unbeholfen und mit leichtem Bedauern, daß ihm manche Gesten so schwer fielen, hob er die Hand und wischte die Tränen fort. Er wünschte, er könnte zärtlicher und unbefangener sein. «Du brauchst mir nicht zu huldigen, Rosala», sagte er.

Sie sah ihn an, als wollte sie widersprechen; doch dann meinte sie nur: «Aber für die Blume darf ich dir danken, nicht wahr?»

Jetzt lächelte Blaise sogar. «Das würde ich mir wünschen.»

Rosala erwiderte sein Lächeln zaghaft, schlug jedoch plötzlich die Hände vor das Gesicht. «Wie können wir nur so reden?» stieß sie hervor. «Ich bin schuld, daß heute nacht Menschen ermordet und verbrannt wurden! Wie soll ich damit leben?»

Blaise blickte hilfesuchend zu Bertran, der mit dem Rücken zum Feuer stand, so daß sein Gesichtsausdruck nicht zu erkennen war. Aber auch er wußte keine Antwort.

«Rosala», war alles, was Blaise sagen konnte. Er nahm ihr Gesicht in beide Hände und küßte sie auf die Stirn.

«Morgen sieht alles vielleicht anders aus.» Er wünschte, er hätte ihr mehr sagen können als eine Binsenwahrheit. Aber irgendwie mußte diese Nacht überstanden werden. Er warf noch einmal einen Blick auf den Herzog. Dann stand er auf und humpelte hinaus. Bertran würde allein besser zurechtkommen. Zwischen ihm und Rosala gab es keine alten Geschichten, und er war ein besserer Frauenkenner.

Plötzlich blieb er stehen. Hinter der Tür, an der er eben vorbeigegangen war, hatte ein Kind aufgeweint. Er horchte, aber es war nichts mehr zu hören. Vielleicht hatte das Kind nur geträumt.

Träumten so kleine Kinder schon? Blaise wußte es nicht. Er wußte nur, daß er nicht zurückgehen konnte, daß er Rosala jetzt und vermutlich nie mehr fragen konnte, wer ihren Sohn gezeugt hatte. Es spielt keine Rolle, sagte er sich. Nichts würde sich dadurch ändern.

Schon am oberen Ende der Treppe, als sie die Wachen vor seiner Tür sah, bedauerte Lisseut, daß sie gekommen war, noch dazu so spät in der Nacht und nachdem er bei dem Duell am Morgen verletzt worden war. Sie wußte nicht einmal genau, was sie tun oder sagen wollte, wenn er sie trotzdem empfangen würde.

Was sie heraufgeführt hatte, war die Nachricht von dem Überfall auf Aubry, die sich rasch im Schloß herumgesprochen hatte. In der großen Halle, wo die Sänger und Troubadoure nach dem Festbankett ihre Lieder vortrugen, war die Musik sofort verstummt. Nach einer solchen Schreckensmeldung sang man keine höfischen Lieder von unerwiderter Liebe oder Burlesken über die Freuden der Liebe. Wer konnte an Liebe denken nach den Greueltaten des Königs von Gorhaut?

Doch was tat sie dann hier im Obergeschoß von Barbentain? Sie stand im Lichtschein einer Fackel. Die Wachen vor seiner Tür beobachteten sie. Nachdem man sie gesehen und höchstwahrscheinlich auch erkannt hatte, wollte sie nicht umkehren und sich feige davonschleichen. Außerdem würden die Soldaten wissen, daß sie zu den geehrten Künstlern des heutigen Abends zählte. Gerade, als sie mit hocherhobenem Kopf auf die Coraner zugehen wollte, sah sie Blaise de Garsenc langsam und ein wenig humpelnd durch den Korridor kommen. Er wirkte sehr blaß und hatte dunkle Ringe unter den Augen.

«Guten Abend, Lisseut», sagte er. Er hatte ihren Namen also

nicht vergessen und schien keineswegs überrascht, sie hier zu treffen.

Sie atmete tief ein und sagte so lässig wie möglich: «Ich weiß nicht recht – soll ich einen Knicks machen?»

«Das weiß ich auch nicht», sagte er. «Hast du nicht vorhin gesungen? Mir war, als hätte ich das Lied von dem Mädchen im Garten gehört.»

«Daß du dich daran erinnerst», sagte sie ebenso erfreut wie verwundert, «hätte ich nicht gedacht.»

«Ich auch nicht», brummte er. «Willst du hereinkommen?» Er öffnete die Tür zu seinem Zimmer und ließ sie eintreten.

Schüchtern sah sie sich um. Auf den Truhen zu beiden Seiten des Betts sowie auf den zwei Tischen brannten Kerzen. Sie waren schon weit heruntergebrannt; einige waren ausgegangen.

«Dort drüben steht Wein», sagte Blaise über die Schulter, während er neue Kerzen anzündete. «Schenk uns ein, ja?» Froh, daß sie etwas zu tun hatte, trat sie an die Anrichte. Ein Dufthauch hing in der Luft, der ihr bekannt vorkam. Als sie sich mit den gefüllten Bechern wieder umwandte, fiel ihr Blick auf das zerwühlte Bett. Blaise schien ihre Verlegenheit zu bemerken. Freundlich lächelnd ging er auf sie zu und nahm ihr einen Becher ab. Dann wies er auf einen der Stühle am Fenster. Nachdem sie sich gesetzt hatte, ließ er sich mit einem nur halb unterdrückten Seufzer im Sessel neben ihr nieder.

«Du hast Schmerzen», sagte Lisseut. «Ich habe kein Recht, dich wach zu halten.»

«Es wird dir nicht lange gelingen», sagte er matt. «So gern ich mich unterhalten würde. Aber ich bin noch müde von dem Schlaftrunk, den sie mir eingeflößt haben. Sie wollten sogar, daß ich noch mehr davon schlucke.»

«Wahrscheinlich wäre das vernünftig gewesen», sagte sie.

Er grinste spitzbübisch. «Tust du denn immer, was vernünftig ist?»

Nun lächelte sie auch. «Natürlich. Ich kann mich gar nicht erinnern, wann ich das letztemal unvernünftig gewesen bin.»

Er lachte und nahm einen Schluck aus seinem Becher. «Ich habe dich im Pavillon der Troubadoure gesehen», sagte er. «Ariane hat mir erklärt, daß die Plätze dort nur den besten Künstlern vorbehalten sind. Ich gratuliere dir.»

Es war Arianes Duft! Selbstverständlich war es Arianes Duft, denn bestimmt hatten sie hier gemeinsam beraten, nachdem die Nachricht aus Aubry eingetroffen war. Gleichzeitig erinnerte sich Lisseut an die fünf rotlivrierten Coraner der Königin des Liebeshofs, die ihn in der Mittsommernacht abgeholt hatten. Mit einer ungeduldigen Kopfbewegung schob sie den Gedanken beiseite. «Du willst mir gratulieren, nachdem ich dich nicht einmal gebührend begrüßen durfte?»

«Ich bin noch nicht König. Wahrscheinlich werde ich auch nie einer sein. Ich bin nur jemand, der einen gewaltigen und närrischen Anspruch erhoben hat, weil ich nicht ertragen kann, was mit meinem Land geschehen ist.»

«Nach dem, was ich von den Männern von Gorhaut weiß, ist das allein schon ehrenwert.»

Er sah sie lächelnd an. «Das klingt mehr nach Kritik als nach einem Kompliment.»

«Kannst du mir das heute abend verübeln?»

«Nein», antwortete er mit gesenktem Blick. «Ganz gewiß nicht.»

Sie trank rasch einen Schluck Wein. Die Unterhaltung verlief nicht so, wie sie es sich vorgestellt hatte.

«Du hast heute abend etwas versäumt, etwas ganz Einzigartiges ... unten in der Halle», sagte sie, um das Gespräch in eine andere Richtung zu lenken. «Ein Virelai über deinen Triumph heute vormittag, in Dreireimversen und mit einem Refrain, der nur aus deinem Namen besteht. Viermal wiederholt auf einer fallenden Tonleiter.»

«Wie bitte?»

Sie fuhr im harmlosesten Tonfall fort: «Fairerweise muß man sagen, daß sich in unserer Sprache auf ‹Garsenc› kaum etwas reimt.»

«Das ist doch nicht dein Ernst», sagte er gequält.

«Doch. Ich bin ein ernsthaftes Mädchen, wie du weißt. Das

Virelai wurde von einem alten Freund von dir komponiert: Evrard von Lussan.»

«Evrard! Er bezeichnet sich als mein Freund?» Er war so verblüfft, daß Lisseut zu lachen begann. «Wer sagt, daß ich je etwas mit ihm zu tun hatte?»

«Gleich nachdem du den Kampf gewonnen hast, hat uns Evrard alles erzählt. Niemand hat bisher etwas davon gewußt. Aber seit heute läßt sich aus einer Verbindung mit dir Kapital schlagen. Angeblich wurdest du im vergangenen Frühjahr von En Mallin de Baude mit der delikaten Aufgabe betraut, den in seinen Gefühlen tief verletzten Evrard zu besänftigen. Stimmt das denn?»

Blaise schüttelte, immer noch verwundert, den Kopf. «Ich hielt ihn für einen aufgeblasenen, unverschämten Narren, aber Mallin hat mich gebeten, ihn nach Baude zurückzubringen. Also hab ich's getan.» Er schnaubte verächtlich. «Mein alter Freund! Wir haben ihn wie einen Maltersack in einen Kahn geworfen, und ich wäre nicht unglücklich gewesen, wenn er über Bord gegangen wäre.» Gedankenverloren schüttelte er wieder den Kopf. «Ich habe gedacht, alle Troubadoure wären wie er.»

«Und alle Sänger, nicht wahr? Denkst du das immer noch?»

«Wohl kaum», sagte er geradeheraus. Ihre Blicke trafen sich, und diesmal war es Lisseut, die den Blick senkte.

Schließlich sagte er leise: «Darf ich dich um etwas bitten?» Sie sah ihn erwartungsvoll an. «Ich bin schrecklich müde, Lisseut, zu müde, um ein unterhaltsamer Gastgeber zu sein, und fast zu müde, um schlafen zu können. Morgen wartet ein anstrengender Tag auf mich. Würdest du es als Zumutung empfinden, wenn ich dich bitte, mir etwas vorzusingen, damit ich einschlafen kann?»

«Es ist keine Zumutung», sagte sie leise. «Nicht unter Freunden.»

Er blickte überrascht auf und schien etwas sagen zu wollen. Und sie flehte zu Rian, er möge aussprechen, was er dachte. Aber alles, was sie zu hören bekam, war: «Danke.» Ächzend stand er auf und humpelte zum Bett. Er streifte die Stiefel ab und streckte sich, ohne sich auszuziehen oder zuzudecken, auf dem Bett aus.

Es war nichts Besonderes geschehen und nichts Besonderes

gesagt worden, aber Lisseut fühlte sich plötzlich wundervoll ruhig und von einer angenehmen Wärme erfüllt. Sie stand auf und blies die Kerzen aus bis auf eine auf der Anrichte und eine neben dem Fenster. In dem nun fast dunklen Zimmer begann sie zu singen. Es war ein altes Wiegenlied, das ihre Mutter vor vielen Jahren für sie gesungen hatte:

> *Schweig, mein liebes Kind!*
> *Schweigest nit, der Wolf dich nimmt.*
> *Dem will ich dich schiere geben.*
> *Schweig, wiltu behalten dein Leben...*

Sie war in dieses Zimmer gekommen auf der Suche nach einer Antwort; und sie hatte sie gefunden. Blaise war kein Mann für sie. Aber er war ein Freund, das wußte sie jetzt, und auch, daß sie einen Platz in seinem Leben haben würde, so lang oder so kurz dieses Leben sein würde. Doch auf mehr als diesen kleinen Platz konnte sie nicht hoffen. Durch das Königsbanner, das heute über seinem Zelt wehte, war alles anders geworden.

Sie ging, sobald er eingeschlafen war. Die letzten zwei Kerzen waren verlöscht, die Monde längst untergegangen, und der Fluß unter dem Fenster murmelte sein Lied, das unendlich viel älter war als ihr Wiegenlied.

IV Winter

15

In der Nacht, für die sie sich verabredet hatten, lag dichter Nebel um Schloß Garsenc. Wie ein urzeitliches Ungetüm hatte er sich in der Dämmerung herangewälzt und den Wohnturm sowie die äußeren Wachtürme des Schlosses verschlungen.

Thaune stand fröstelnd trotz des Wollhemds und der Pelzjacke auf dem Wehrgang oberhalb der Zugbrücke und dachte an den Eid, den er vor einem Vierteljahr geleistet hatte – ein Treueid, der ihn, einen Coraner bescheidener Herkunft, aber mit guten Zukunftsaussichten, zu einem Verräter gemacht hatte, der diese Nacht wahrscheinlich nicht überleben würde.

Sein Atem bildete helle Wölkchen in der grauen Kälte; wo sie sich auflösten, endete auch seine Sicht. Auf die Mauerbrüstung gestützt spähte er in die Dunkelheit. Aber er sah nichts. Dort unten vor den Wällen konnten hundert Männer sein, und wenn sie sich ruhig verhielten, würden weder er noch jemand anderer auf Garsenc ihre Anwesenheit bemerken.

Aus dem kleinen Wachhaus neben dem Fallgitter hörte er Stimmen. Vier Mann waren zur Nachtwache eingeteilt. Sie würden am Feuer sitzen und würfeln. Nicht einmal das Licht aus der Wachstube drang durch den dichten Nebel. Drei der Männer waren eingeweiht; den vierten mußten sie notfalls kaltstellen, aber sie würden ihn nicht töten. Blaise de Garsenc hatte ihnen unmißverständlich klargemacht, daß in diesen ersten Tagen möglichst niemand getötet werden sollte. Schon im Herbst, nach seiner Ankündigung in Lussan, schien er genau gewußt zu haben, was er wollte. Er hatte Thaune zusammen mit anderen Gorhauter Coranern nach Norden geschickt, wo sie frank und frei berichten sollten, was sie bei dem Turnier in Lussan gesehen und gehört hatten. Zuvor waren alle Gorhauter Messebesucher, Kaufleute wie Coraner, nach Barbentain gerufen worden, und die Gräfin hatte ihnen erklärt, daß sie alle hingerichtet werden könnten, weil nach dem Gesetz jeder Bürger eines Landes persönlich zur Verantwortung gezogen werden konnte, wenn sein Landesherr den Landfrieden brach; doch Blaise de Garsenc habe sie gebeten, ihnen freien Abzug zu gewähren. Sie verwies alle Gorhauter des Landes und konfiszierte ihre Habe. Als sich einer der Kaufleute beschwerte und offensichtlich nicht begriff, daß er und eine ganze Reihe seiner Landsleute eben dem Tod entgangen waren, ließ sie ihn von der Palastwache abführen. Er wurde zum Tod verurteilt und hingerichtet.

«Einen Narren kann ich nicht retten», hatte Blaise zu den Kaufleuten und Coranern aus Gorhaut gesagt und dann eindrucksvoll und überzeugend die Gründe für seine Rebellion dargelegt: Der Iersen-Vertrag sei nichts anderes als Betrug, und König Ademar würde Gorhaut in einen neuen Krieg stürzen, der allen nur Schaden bringen würde. Anschließend hatte er alle Anwesenden aufgefordert, über seine Worte nachzudenken, und ihnen freies Geleit über die Berge nach Norden versprochen.

Es war sogar gelungen, einen Mordanschlag auf Blaise vorzutäuschen. Ein Pfeil fuhr dicht neben Blaise in die Erde, als er am folgenden Morgen an der Seite der Gräfin das Schloß verlassen hatte, um sich zu der Trauerfeier im Rian-Tempel zu begeben, zu der sich der ganze Hof versammelte. Das Turnier, an dem Kämpfer aus allen sechs Ländern hätten teilnehmen sollen, war nach dem Überfall auf Aubry abgesagt worden.

Thaune hatte Anweisung, sich für den jüngsten Mordversuch an Blaise verantwortlich zu erklären – sowohl auf dem Weg nach Norden als auch zu Hause auf Schloß Garsenc. Mit einem Dutzend Soldaten war er nach Gorhaut zurückgeritten. Die jüngeren hatten ihm ehrfurchtsvoll zugehört, als er seine Geschichte von dem durch einen plötzlichen Windstoß abgelenkten Pfeil erzählte. Wahrscheinlich träumten sie davon, selbst geschossen und getroffen zu haben, um als Helden vor König Ademar hintreten zu können.

Zwei der Coraner schienen jedoch anderer Meinung. Thaune sprach mit dem, der dem Akzent nach wie er aus dem Norden stammte. Es gehörte zu seinem Auftrag, vorsichtig mit Gleichgesinnten Kontakt aufzunehmen. Wie sich herausstellte, hatte er den Mann richtig eingeschätzt. Die meisten aus dem Norden waren mit Ademar unzufrieden. Bevor sich ihre Wege trennten – Thaune ritt nach Garsenc, der andere zum Palast in Cortil –, hatte er seinen ersten Mitstreiter für die Sache von Blaise de Garsenc gewonnen.

Er lehnte sich etwas weiter über die Mauerbrüstung. Der Nebel war so dick, als läge darunter der Fluß, der ins Land der Toten führte. Er sah nichts, aber er hatte ein Geräusch gehört. Es kam von der Wiese jenseits der äußeren Mauer und des trockenen Burggrabens.

Das vereinbarte Signal war eine Fackel, die drüben am Waldrand kurz angezündet und wieder gelöscht werden sollte. Aber selbst wenn die Fackel unter ihm auf der Zugbrücke gebrannt hätte, er hätte sie bei diesem Nebel, in dem sogar Geräusche zu ersticken schienen, nicht sehen können. Doch nun hörte er es wieder, ganz in der Nähe – das leise Klirren eines Pferdegeschirrs. Sie waren gekommen. Rasch ging Thaune an der Brustwehr entlang zu der Stiege, die ins Wachhaus hinunterführte.

Als er die Wachstube betrat, sprangen die vier Soldaten auf. Er nickte kurz.

«Es ist soweit», sagte er.

«Soweit wofür?» fragte Erthon, bevor er unter einem wohldosierten Schlag seines Kameraden Girart zusammenbrach. Thaune war sich nicht sicher gewesen, ob er Erthon trauen konnte.

«So ein Pech», sagte Girart. «Ich war gerade dabei zu gewinnen.» Thaune lächelte. Die zwei anderen Soldaten waren jünger und sichtlich nervös.

«Jetzt geht es um weit mehr», sagte Thaune. «Sprecht euer Gebet und dann zieht das Fallgitter hoch und laßt die Brücke herunter.» Er ging nach draußen und stellte sich hinter das Gitter, das sich kurz darauf langsam hob. Die Ketten, an denen es hochgezogen wurde, rasselten, aber Thaune glaubte nicht, daß das Geräusch durch den Nebel bis zum Schloß hin zu hören sein würde.

Als das Gitter weit genug oben war, duckte er sich und trat vor das Tor. Er konnte weder eine Fackel noch sonst irgend etwas erkennen, nur das leise Geräusch von Pferden. Das Fallgitter rastete klirrend ein, und die Zugbrücke senkte sich über den Graben.

Schloß Garsenc lag offen da für die, die dort draußen im Nebel warteten, und damit war der erste, leichtere Teil von Thaunes Auftrag, mit dem Blaise ihn nach Gorhaut geschickt hatte, ausgeführt.

Er betrat die Brücke und fühlte mehr, als er hörte, daß ihm von der anderen Seite jemand entgegenkam. «Zünde deine Fackel an», sagte er so ruhig wie möglich.

Die herannahenden Schritte hielten inne. Thaune fühlte sich wie in ein graues Totenhemd gehüllt. Er schauderte.

«Zünde deine Fackel an», sagte er noch einmal.

Schließlich hörte er, wie ein Feuerstein angeschlagen wurde. Kurz darauf wehte ihm der Pechgeruch einer Fackel entgegen. Das Licht bildete einen kleinen Kreis, eine diffuse Insel aus Helligkeit.

«Das will ich gerne tun», sagte der Tempelälteste mit seiner unverkennbaren Stimme, «und deinen Scheiterhaufen mit dieser Fackel anzünden, Verräter!»

Thaune hatte das Gefühl, als hätte ihm jemand den Boden unter den Füßen weggezogen. Der Atem stockte ihm vor Entsetzen, und er fürchtete, im nächsten Augenblick tot umzufallen.

«Glaube ja nicht, daß du fliehen könntest», sagte Galbert voller Verachtung. «Hinter mir zielen vier Bogenschützen auf deine Brust. Das Licht dieser Fackel genügt ihnen vollauf.»

Hinter dem Tempelältesten, außerhalb des Lichtkreises, betrat noch jemand die Brücke. «Es würde ihnen genügen», sagte eine hellere, gelassenere Stimme, «wenn sie noch bei Bewußtsein wären und ihre Bogen in den Händen hielten. Es ist alles in Ordnung, Thaune», sagte Blaise de Garsenc. «Wir haben alles unter Kontrolle.»

In kurzem Abstand waren zwei dumpfe Schläge zu hören. Die beiden Coraner neben Galbert brachen stöhnend zusammen, ihre

Schwerter polterten auf die Brückenplanken. Die Fackel wurde fallen gelassen, aber von unsichtbarer Hand wieder aufgehoben.

«Ich würde zu gern wissen, Vater, warum du so erpicht darauf bist, Menschen lebendig zu verbrennen.» Blaise war in den Lichtschein getreten. Seine Worte klangen herausfordernd, aber Galbert gab keine Antwort.

«Blaise!» rief jemand mit portezzanischem Akzent aus der Dunkelheit jenseits des Grabens. «Dein Bruder ist anscheinend auch hier.»

«Großartig! Ein richtiges Wiedersehensfest!» sagte Blaise sarkastisch. «Bring ihn her, Rudo!»

Galbert schwieg noch immer. Thaune konnte das Gesicht des Tempelältesten nicht sehen. Er hörte erneut Schritte, als zwei Männer einen dritten in ihrer Mitte auf die Brücke führten.

«Alle anderen sind außer Gefecht gesetzt», sagte eine Stimme, die Thaune schon in Arbonne gehört hatte. «Ungefähr fünfzehn, wie du vermutet hast.» Inzwischen brannten mehrere Fackeln, und in ihrem Schein erkannte Thaune den Herzog von Talair.

«Gut gemacht, Thaune», sagte Blaise, ohne seinen Vater und Ranald de Garsenc aus den Augen zu lassen. «Wir haben uns schon gedacht, daß dich jemand denunzieren würde. Du mußtest zu vielen Leuten vertrauen. Da konnten unmöglich alle zuverlässig sein.»

Schwerbewaffnete Männer marschierten an Thaune vorbei über die Brücke. Der große Arbonner Coraner namens Valery blieb neben ihm stehen. «Gut gemacht, Thaune», sagte er leise. «Wie viele sind im Schloß? Werden wir kämpfen müssen?»

«Wie viele von euch sind hier?»

«Nur fünfzig, aber es sind ausgebildete Söldner aus Portezza und Götzland. Das hier ist keine Invasion, sondern ein Aufstand im Landesinneren – hoffen wir jedenfalls.»

Thaune räusperte sich. «Ich glaube, die Hälfte der Leute im Schloß ist auf unserer Seite.» Er nahm einen großen Schlüssel von seinem Gürtel. «Der ist für die Waffenkammer – nach rechts über den Hof, die Doppeltür mit dem Bogen. Dieser Mann hier» – er wies auf Girart, der hinter ihm stand – «führt dich hin. Du kannst ihm vertrauen. Es sind vielleicht hundert, die sich wehren werden, aber sie werden nicht gut bewaffnet sein.» Er räusperte sich wieder. «Ich denke, wenn En Blaise sie wissen läßt, daß er hier ist, werden ein paar weniger kämpfen.»

«Natürlich werde ich sie wissen lassen, daß ich hier bin», sagte Blaise. «Ich bin der unfolgsame Sohn, der in die offenen Arme seines Vaters zurückgekehrt ist. Wo bleibt die Musik, der Wein, der Festtagsbraten? Vielleicht bist du ja deshalb gekommen, Vater» – mit schneidender Stimme wandte er sich an Galbert – «um mich mit einem herzlichen Willkommen zu überraschen?»

Thaune bemerkte, daß der Tempelälteste leise zu sprechen begonnen hatte. Er sprach zu niemand Bestimmtem, und seine Stimme und die nach innen gewandte, konzentrierte Haltung schufen plötzlich eine eisige Stille. Thaune erkannte schaudernd, daß der Tempelälteste den Zorn des Gottes beschwor.

«...heiligster Corannos, bitte ich dich, daß du diesem Mann zahllose Qualen bereiten mögest bis ans Ende der Zeit. Maden in seiner Haut und Würmer in seinem Herzen, Knochenfäule und Bluterbrechen. Ich bete zu dir, daß du diesen Mann, der nicht mehr mein Sohn ist –»

«Das reicht», sagte Bertran de Talair.

Blaise wirkte wie versteinert.

«– mit dem Veitstanz schlägst, mit brennenden Leibschmerzen, Blindheit, Beulen –»

«Ich habe gesagt, es reicht!»

«– ihn leiden und dahinsiechen läßt, daß er verrecken möge –»

Bertran trat auf Galbert zu und schlug ihm mit der flachen Hand ins Gesicht. Überrascht und vielleicht auch eingeschüchtert, hielt Galbert inne. Blaise stand wie angewurzelt und schien keinen Ton herauszubringen. Ranald de Garsenc, der neben seinem Vater stand, war sehr blaß geworden.

«Ich bringe dich zum Schweigen», sagte Bertran grimmig. «Noch zehn Worte, und ein Bogenschütze wird dich erschießen. Dein Sohn hat vielleicht Hemmungen, einen solchen Befehl zu erteilen, aber ich nicht, das versichere ich dir. Ich rate dir, mich nicht auf die Probe zu stellen.»

«Wer bist du?» stieß Galbert zwischen den Zähnen hervor.

Bertran lachte laut; es war das merkwürdigste Geräusch, das Thaune in dieser Nacht gehört hatte. «Das sind schon drei Worte», sagte Bertran. «Du hast noch sieben. Ich bin bitter enttäuscht. Ich hätte gedacht, du wüßtest wenigstens, wie der Mann aussieht, den du für so viel Geld ermorden lassen wolltest.»

«Bertran de Talair», sagte Ranald de Garsenc. «Ich kenne dich von den Turnieren.»

Galberts Augen verengten sich zu Schlitzen, aber er schwieg. Er hielt die Arme an die Seiten gepreßt und wirkte wie starr vor Zorn, nur seine behandschuhten Hände öffneten und schlossen sich ständig, als wollten sie jemanden erwürgen.

Ranald wandte sich an seinen Bruder. «Bist du jetzt ganz und gar zum Verräter geworden? Fällst mit Arbonnern in unser Land ein?»

«Keineswegs», sagte Blaise, der allmählich seine Fassung wiederfand, aber den Blick seines Vaters sorgfältig mied. «Bertran ist hier als ein Freund. Meine Männer sind Söldner, die Rudo Correze für mich rekrutiert hat. Die meisten sind aus Götzland. Wir beschlagnahmen Schloß Garsenc, Bruder. Es tut mir leid, aber es ist ein notwendiger erster Schritt, da du selbst ja nichts unternimmst. Ich werde Ademar aus Gorhaut vertreiben, mit Hilfe meiner eigenen Landsleute und ohne Frauen zu verbrennen.»

«Ich hatte keine Wahl –», fuhr Ranald auf.

«Das stimmt nicht.» Valery de Talairs Stimme klang so entschieden und endgültig wie die eines Richters am Tor zur Nachwelt. «Wir können nein sagen und sterben. Das ist eine Wahl, Herr von Garsenc. In manchen Situationen ist es die einzige.»

Niemand sagte etwas darauf. Die Stille auf der Brücke war so bedrückend und kalt wie der Nebel. Thaune hörte nur die Schritte der vorbeieilenden Söldner. Niemand im Schloß hatte bis jetzt Alarm geschlagen. Die Welt war wie ein Traumgebilde in einen dichten Schleier gehüllt.

In diese unwirklich anmutende Stille drang plötzlich von Osten her das dumpfe Dröhnen von Pferdehufen. Es waren viele, die da kamen, als brauste die Wilde Jagd, das Gefolge des Gottes, vom

Himmel herunter, um über die nebelverhangene Erde zu rasen und alles niederzureiten, was ihnen in den Weg kam.

«Was ist das?» Valery tauchte neben Blaise auf.

«Schaff die Leute ins Schloß! Ademar hat eine ganze Armee geschickt, Thaune, laß das Fallgitter herunter! Schnell!»

Thaune war bereits unterwegs und rief seinen Wachmännern einen Befehl zu. Das donnernde Geräusch der herannahenden Reiter wurde lauter. Fackeln tauchten auf und die schemenhaften Umrisse von Pferden. Aus der Entfernung zwischen den ersten und den letzten Fackelträgern schloß Thaune, daß tatsächlich ein Reiterheer anrückte.

Es war immer möglich gewesen, daß sie scheiterten. Er hatte sich im vergangenen Herbst nicht für Blaise entschieden, weil er sich einen Erfolg versprach. Aber auf dem Scheiterhaufen wollte er auch nicht enden; er schickte ein Stoßgebet an Corannos, daß er ihm einen solchen Tod ersparen möge.

«Ich werde eigenhändig die Fackel in deinen Scheiterhaufen stoßen», sagte Galbert zu seinem Sohn, als hätte er Thaunes Ängste geahnt, und seine Augen blitzten triumphierend.

«Das waren zwei Worte zuviel», sagte Bertran de Talair.

«Bertran!» rief Blaise erschrocken.

«Valery!» befahl der Herzog im selben Augenblick. An Thaune zischte etwas vorbei, und der Tempelälteste schrie auf, als sich ein Pfeil durch die Maschen seines Kettenhemds in seinen Oberarm bohrte.

«Zehn weitere Worte», sagte Bertran gelassen, «und du bekommst den zweiten in den anderen Arm. Sag mir – in weniger als zehn Worten, vergiß das nicht! –, werden uns diese Reiter angreifen, wenn dein Leben in unserer Hand liegt? Ich denke, wir warten hier auf sie und überlegen diese Frage in aller Ruhe.»

Thaune bewunderte die Kaltblütigkeit des Herzogs.

Die Hufschläge, die wie eine Woge herangedonnert kamen, verstummten allmählich auf dem Feld zwischen Wald und Schloßgraben. Im Licht der zahlreichen Fackeln waren die Umrisse von Pferden und schwerbewaffneten Reitern zu erkennen.

«Wir haben den Tempelältesten und den Herzog von Garsenc

in unserer Gewalt», rief Blaise in den Nebel. «Wenn ihnen nichts geschehen soll, dann sagt: Wer seid ihr?»

Galbert, der sich den Arm hielt, lachte. Es war ein häßliches Lachen. «Wer wird das wohl sein?» stieß er hervor.

«Fünf Worte», bemerkte Bertran.

Aus dem Nebel und dem Gewirr der Fackellichter antwortete eine kalte, strenge Stimme: «Es gibt keine Geisel, die mich oder meine Männer daran hindern würde, zuzuschlagen. Bist du es, Blaise de Garsenc, mit dem ich spreche?»

«Vorsicht!» warnte Rudo leise.

«Leugnen wäre zwecklos!» sagte Blaise mit gedämpfter Stimme. «Unsere einzige Hoffnung sind die Geiseln, was er auch sagt. Vielleicht blufft er nur.»

Sie hörten Pferde, die sich der Brücke näherten, und dann das Knarren und Quietschen von Sattelzeug und Rüstung, als ein gepanzerter Reiter abstieg. Am Tor senkte sich rasselnd das Fallgitter. Valery hatte bereits einen zweiten Pfeil aufgelegt. Thaune zog sein Schwert.

Blaise nannte laut und deutlich seinen vollen Namen.

«Hab ich's mir doch gedacht.» Die Stimme aus dem Nebel klang frisch und entschlossen. «Ich habe gehofft, dich hier zu treffen, nach dem, was ich erfahren habe.»

Und dann trat, gerüstet und in einen schweren Mantel gehüllt, Falk de Savaric in den Lichtkreis auf der Brücke und beugte vor Blaise das Knie.

Als er den Kopf hob, fiel das flackernde Licht auf seine hellen Brauen und sein ehrliches, kluges Gesicht. «Herr, willst du meinen Lehnseid annehmen und die Hand eines Freundes? Hast du Verwendung für eintausend Männer aus Savaric und anderen Gebieten im Norden, die über den Iersen-Vertrag und die Machthaber in Gorhaut genauso denken wie du?»

Noch lange danach erinnerte sich Thaune, wie er zum Himmel aufgeblickt hatte, als erwartete er, daß die Monde wie Leuchtfeuer im Nebel erscheinen würden, als müßte dort oben irgend etwas das Strahlen widerspiegeln, das von den Männern hier auf der Brücke ausging. Aber der Nebel war noch genauso dicht wie zuvor. Nur die Fackeln, die in unmittelbarer Nähe brannten, spendeten etwas Licht, als En Blaise die Hände um die von Falk de Savaric legte und damit den Lehnseid förmlich entgegennahm.

In diesem erhabenen Augenblick, als der mächtigste Lehnsherr der nördlichen Grenzgebiete von Gorhaut En Blaise den Treueid leistete, warf sich Galbert de Garsenc unvermutet gegen den Coraner zu seiner Rechten, schlug dem zur Linken ins Gesicht und sprang, den Pfeil noch im Oberarm, von der Brücke in den trockenen Burggraben, wo er in der Dunkelheit verschwand.

Alle waren vor Schreck wie erstarrt. Dann sprangen Valery de Talair und Rudo Correze in den Graben und setzten dem flüchtenden Galbert nach. Thaune hörte den Portezzaner in dem steinigen Graben laut fluchen.

«Er wird nicht weit kommen», sagte Falk de Savaric, während er aufstand. Über die Schulter gewandt rief er seinen Leuten Befehle zu. Einen Augenblick später galoppierten Reiter durch den Nebel.

Am wenigsten überrascht wirkte Blaise. «Wenn er den Waldrand erreicht», sagte er fast nachdenklich, «werden wir ihn kaum finden.»

«Erst muß er aus dem Graben heraus», sagte Bertran de Talair, «und er ist verwundet.»

«Es ist keine tiefe Wunde», sagte Blaise. «Er trägt ein doppeltes Kettenhemd. Aber umstellt den Graben trotzdem», sagte er an Falk gewandt. «Es besteht zumindest die Möglichkeit, daß ihn deine Männer sehen, wenn er herausklettert.»

«Er wird nicht herausklettern», sagte Ranald voller Häme. «Er ist bereits unter der Burg, und sobald es hell wird, ist er auf und davon. Es gibt einen unterirdischen Gang vom Graben in den Burgkeller, den niemand kennt, und einen zweiten, der vom Burgverlies nach draußen führt – ziemlich weit nach draußen. Du wirst ihn nicht finden, Blaise.» Die Brüder sahen sich an.

«Blaise, weißt du, wohin der Gang führt?» fragte Bertran de Talair, der seine Gelassenheit verloren zu haben schien. «Wir können ihn am Ausgang abfangen.»

Doch Blaise schüttelte den Kopf. «Dieser Tunnel wurde gebaut, als ich nicht mehr hier war. Ranald hätte ihn sonst bestimmt nicht erwähnt, nicht wahr, Bruder?»

«Wir könnten dich dazu bringen, uns zu sagen, wo diese Gänge liegen», sagte Bertran zu Ranald de Garsenc. In seiner Stimme lag plötzlich etwas Furchterregendes. Thaune fragte sich, wie man in Gorhaut behaupten konnte, die Männer von Arbonne seien Weichlinge.

Der Herzog von Garsenc war ein gutaussehender Mann, groß und stattlich gebaut, das Wunschbild eines jeden Ritters und adeligen Lehnsherrn. Er blickte auf die im Vergleich zu ihm schmächtige Gestalt des Herzogs von Talair herab und sagte verächtlich: «Tatsächlich, Herr? Was willst du mir tun?»

Daraufhin sagte Blaise etwas, das Thaune nicht hören konnte. Ranald jedoch wandte sich überrascht seinem Bruder zu. Seine Arroganz war dahin.

«Geh», sagte Blaise lauter. «Wenn du mit ihm gehen willst, geh. Niemand wird dir folgen oder dich aufhalten.»

Ranald schien plötzlich verwirrt. Er zögerte. Thaune fand, er sah aus, als bräuchte er etwas zu trinken. Er hatte lang genug auf diesem Schloß gelebt und kannte den Herzog.

«Du kannst aber auch bleiben, wenn du willst», fügte Blaise hinzu. «Wenn du mir den Eid leistest, werde ich dir wie einem von uns vertrauen. Willst du dich nicht endlich von ihm befreien? Er hat uns beiden den Rücken gekehrt und geht zu Ademar. Du mußt ihm nicht folgen, Ranald, und ich zwinge dich auch nicht zu bleiben. Du hast zum erstenmal seit langem freie Wahl.»

«Ich soll niederknien vor einem jüngeren Bruder und ihm den Treueid schwören? Ist das die freie Wahl, die ich habe?»

Blaise schwieg.

«Du bist ein noch größerer Narr, als ich dachte», sagte Bertran mit leisem Bedauern. «Bringt das Pferd des Herrn Ranald!» rief er den Coranern am Ende der Brücke zu. «Der Herzog von Garsenc verläßt uns, um die Gunst seines Vaters und sein Ansehen bei Hofe nicht zu verlieren.»

Das Pferd wurde auf die Brücke geführt. «Helft dem Herzog aufs Pferd», befahl Bertran.

«Nicht nötig», entgegnete Ranald und schwang sich in den Sattel. Er ließ das Pferd steigen und tänzelnd auf der Hinterhand wenden, während er zu seinem Bruder hinuntersah. «Erwartest du, daß ich dir danke?» fragte er.

Blaise schüttelte den Kopf. «Nein. Ich dachte nur, du erkundigst dich vielleicht noch nach deinem Sohn. Und ich wollte dir sagen, daß er mein Erbe in Gorhaut sein wird mit Falk als Regenten, sollte ich in diesem Krieg sterben. Interessiert dich das alles gar nicht?»

Thaune sah, wie Ranald die Lippen zusammenpreßte. «Wie rührend», stieß er hervor. «Jeder in dieser Familie scheint Pläne für meinen Sohn zu haben. Da kann ich meine Vaterpflichten doch vergessen, oder?»

«Du hast weder gefragt, wie es ihm geht, noch, wie er heißt. Also versuch nicht, dich herauszureden», sagte Blaise sehr ruhig. Seine Worte wirkten in der Stille wie eine Ohrfeige.

«Also?» sagte Ranald schließlich, als kostete ihn dieses eine Wort größte Anstrengung. «Sag es mir.»

Blaise senkte den Kopf und blickte erst nach einer Weile wieder zu seinem Bruder auf. «Es ist ein schönes, gesundes Kind. Er sieht aus wie ein Garsenc. Und er heißt Cadar nach seinem Großvater Cadar de Savaric.»

Ranald lachte bitter. «Das sieht ihr ähnlich.»

«Kannst du es ihr verübeln?»

«Du wirst mir nicht glauben», erwiderte Ranald, «aber ich habe unserem Vater und dem König gesagt, daß ich sie gehen lassen würde, wenn sie das Kind zurückschickt. Doch keiner wollte etwas davon wissen, und sie wäre sowieso nicht darauf eingegangen.» Er hielt inne. «Sie hätten mich hingerichtet, wenn ich im vergangenen Herbst nicht nach Aubry mitgeritten wäre. Frag den Herzog von Savaric, deinen tapferen neuen Verbündeten. Er war auch dabei, aus demselben Grund.»

Nun war es Blaise, der verstummte. «Ich weiß, daß er dabei war», sagte er schließlich. «Und ich weiß, warum du dabei warst, Ranald. Aber Falk de Savaric hat heute nacht die Konsequenzen gezogen. Er ist jetzt auf unserer Seite. Du aber willst nach Cortil zurück. Ranald, warum?» Alle auf der Brücke vernahmen den Schmerz, der in dieser Frage zum Ausdruck kam.

Ranald schüttelte den Kopf. «Ich bin dir keine Rechenschaft schuldig.» Er wirkte jetzt gefaßter als Blaise. «Und ich werde mich auch nicht bedanken, daß ich nicht gefoltert wurde, damit ich euch den Eingang zu dem unterirdischen Gang verrate. Ich sage nur soviel» – er wandte sich an den Herzog von Talair – «ich gehe nicht nach Cortil zurück. Du kannst deine Feinde verspotten und herabsetzen, soviel du willst, aber ich vergesse nie, keinen Tag und keine Nacht meines Lebens, mit wem ich es zu tun habe.»

Und an seinen Bruder gewandt fuhr er fort: «Dann also leb wohl, kleiner Blaise, der unser aller König sein möchte. Ich kann mich erinnern, daß ich dich gelehrt habe, dieses Schwert, das du trägst, zu gebrauchen. Ich frag mich nur, ob du dich auch daran erinnerst.»

Damit gab er seinem Pferd die Sporen und donnerte über die Brücke, um im Nebel zu verschwinden. Nur das Dröhnen der Pferdehufe verriet, daß er nach Osten ritt.

«Natürlich erinnere ich mich daran», sagte Blaise mehr zu sich selbst als zu den anderen.

Dann wandte er sich um und ging an den zwei Herzögen und den Coranern vorbei über die Brücke zum Tor. Er wartete geduldig, bis das Fallgitter hochging, und betrat sein heimatliches Schloß.

Als sie sich in der großen Halle versammelten und Thaune die vor Aufregung geröteten, da und dort auch nachdenklichen Gesichter der anderen sah, fühlte er sich mehr als erleichtert.

Es hatte keinerlei Widerstand gegeben. Die Nachricht von der Ankunft von Blaise de Garsenc und die noch eindrucksvollere Präsenz eines nahezu tausend Mann starken Heers überzeugten jeden Coraner aus Garsenc, daß es vernünftiger war, sich den Gegebenheiten anzupassen.

Knechte und Mägde schafften Verpflegung und Wein herbei und sorgten für Schlafplätze für die Männer in der Halle sowie die Soldaten und die mit allen möglichen Geräten bewaffneten Bauern, die mit Falk aus dem Norden gekommen waren. Denn Falk hatte aus Cortil den Befehl erhalten, die Bauern aufzubieten – und das mitten im Winter.

Was die Coraner betraf, so folgten sie häufig ihrem Herrn; es war auch nicht ungewöhnlich für einen Herzog, einen Teil seines Haushalts mitzunehmen, wenn er nach Cortil reiste, um die langweilige kalte Jahreszeit im Gefolge des Königs mit Saufgelagen und Raufhändeln zu überbrücken. Das war in Gorhaut seit langem Brauch. Aus diesem Grund hatte Blaise auch angenommen, daß Schloß Garsenc um diese Zeit nicht stark verteidigt sein würde. Doch wenn die Bauern von Ademar aufgefordert wurden, mitten im Winter zu den Waffen zu greifen, war etwas anderes im Busch.

Falk de Savaric wußte das. Aber er wußte nicht, was Ademar beabsichtigte, weil er, noch bevor er Cortil erreichte, neue Befehle erhalten hatte. Sein ursprünglicher Befehl lautete, so viele Männer wie möglich in den Süden des Landes zu bringen; Falk vermutete eine frühe Mobilmachung für einen Feldzug im Frühjahr. Auf halbem Weg nach Cortil war ihm ein Bote mit einer Nachricht des Tempelältesten entgegengekommen: Er sollte nach Westen gehen, um sich auf Schloß Garsenc mit Galbert zu treffen. Das Land würde von Süden her bedroht, berichtete der Bote, und es wimmelte überall von Verrätern. Wie die meisten Gorhauter wußte Falk inzwischen, daß Blaise de Garsenc im vergangenen Herbst Anspruch auf den Thron erhoben hatte.

Herzog Falk war ein Mann besonderer Art, auch wenn er unauffälliger und bescheidener auftrat als sein Vater Cadar. Er war mit seinen tausend Männern wie befohlen nach Westen geschwenkt und zwei Tage lang durch verschneite Täler geritten. Als sie nur noch einen halben Tagesritt von Garsenc entfernt waren, ließ er neben einem zugefrorenen Fluß anhalten und wandte sich mit einer Rede an seine Männer.

Was er sagte, bedeutete einen Wandel in seinem Leben, den nicht nur Ereignisse wie der Überfall auf Aubry, sondern auch eine ganze Reihe anderer Gründe herbeigeführt hatten.

Diese Gründe zählte Falk nun auf, angefangen vom schändlichen Iersen-Vertrag bis zur Vertreibung der Menschen aus ihrer Heimat im Norden Gorhauts. Ademar habe sie an Valensa verkauft mit dem Ziel, aus dem Erlös ein Heer aufzustellen, um in Arbonne Frauen zu schänden und zu verbrennen. Er, Falk, habe nun erfahren, Blaise de Garsenc würde nach Hause kommen, vielleicht schon heute nacht, um sich an die Spitze eines Aufstands gegen den König zu stellen. Er schlage vor, sich ihm anzuschließen zur Ehre der Nordmarken, in Erinnerung an seinen Vater Cadar und an König Dürgar, die beide ihr Land geliebt und dafür ihr Leben gelassen hätten. Er rief alle diejenigen auf, die genauso dachten wie er und die seinem Urteil trauten, mit ihm zu kommen. Denen, die anders dachten, stellte er frei zu gehen und er dankte ihnen ausdrücklich für ihre geleisteten Dienste.

Mehr sagte er nicht. Der Wind pfiff durch das Tal, rüttelte den Schnee von den kahlen Bäumen und trieb ihn an den Ufern des zugefrorenen Flusses zu tiefen Wächten zusammen.

Nur achtzehn Männer trennten sich von dem fast eintausend Mann starken Heer: Sechs Reiter und ein Dutzend Fußsoldaten machten sich auf den Weg nach Osten in Richtung Cortil zu Ademar, der schließlich immer noch der Gesalbte des Gottes war.

Alle übrigen, sagte Falk abschließend zu Blaise und Bertran, während sein nüchterner Blick über die in der Halle versammelten Männer schweifte, seien ihm nach Schloß Garsenc gefolgt und würden ihm auch weiterhin folgen, wohin auch immer er sie führen werde.

«Ich fürchte, letzteres ist die eigentliche Frage», sagte Blaise. «Wir haben geplant, dieses Schloß als Winterquartier zu benutzen, als Sammelpunkt für alle, die sich uns anschließen wollen, und hier das Frühjahr abzuwarten. Ich habe nicht vor, im Winter Krieg zu führen. Und noch etwas: Ich will keinen Krieg führen, der das ganze Land in Mitleidenschaft zieht. Mein Ziel ist eine einzige entscheidende Schlacht: Mein Heer – wenn ich eines haben werde – gegen das von Ademar irgendwo auf einem Feld. Wenn ich als Retter von Gorhaut nach Hause kommen will, als der Mann, der uns zu dem Gott und unserer wahren Bestimmung zurückführt, kann ich nicht zulassen, daß meine Landsleute getötet und ihre Häuser und Felder zerstört werden. Aus dem gleichen Grund werde ich nicht mit einem Heer aus Arbonne einfallen.»

«Haben sie dir ein Heer angeboten?» fragte Falk.

Blaise wandte sich an Bertran, der ihnen jedoch nicht zugehört hatte und merkwürdig abwesend wirkte.

«Erinnerst du dich», sagte er zu Blaise, «was dein Bruder gesagt hat, kurz bevor er weggeritten ist? Was hat er am Schluß noch zu mir gesagt?»

«Er hat gesagt, er würde nicht nach Cortil gehen.» Blaise, der vor dem großen Feuer auf und ab ging, blieb unvermittelt stehen.

«Wollte er dir damit etwas sagen?» fragte Rudo Correze plötzlich hellwach. Er erhob sich von seinem Platz. «Denn wenn das zutrifft –»

«Dann wissen wir», fiel ihm Bertran ins Wort, «warum Falk Befehl hatte, so viele Männer wie möglich nach Süden zu bringen, und warum Ranald de Garsenc nicht nach Cortil reitet. Ademar ist nicht in Cortil.»

«Wie seid ihr über die Berge gekommen?» fragte Falk unvermittelt.

«Auf der Nebenstraße über den Gaillard-Paß», antwortete Blaise. «Wir waren nur fünfzig Mann, ohne Troß. Auf der großen Paßstraße wären wir zu sehr aufgefallen.»

«Richtig. Aber wenn En Bertran recht hat –», sagte Falk.

«– dann befand sich Ademar mit seinem Heer auf dem Weg von Cortil zur großen Paßstraße, während wir über den Gaillard nach Norden zogen.» Bertran stellte sein Weinglas ab. Sein Gesicht war kreidebleich, die alte Narbe trat deutlich hervor. «Genauso muß es gewesen sein. Es paßt zu allem, was wir wissen. Nur, sie haben beschlossen, nicht bis zum Frühjahr zu warten. Wir haben einen Winterkrieg, Freunde. In Arbonne. Sie könnten sogar schon dort sein.»

«Und was tun wir hier mit unseren tausend Mann? Cortil besetzen? Revolution spielen?» Rudos Augen blitzten. Blaise schwieg.

«Ich glaube», sagte Falk langsam, «ich verstehe allmählich, was Ademar vorhat. Es kommt ihm im Augenblick nicht darauf an, was ihr hier tut. Wenn er Arbonne schnell genug einnimmt – und wahrscheinlich liegt es jetzt im Winter offen vor ihm –, kann er im Frühjahr mit einem siegreichen Heer zurückkommen und sich um uns kümmern, wo immer Blaise sich befindet.»

«Aber nicht Ademar hat sich das ausgedacht», sagte Blaise tief verbittert, «sondern mein Vater. Jetzt verwirklicht er seinen Traum. Seit meiner Kindheit habe ich mir anhören müssen, wie er die Rian-Tempel vernichten würde, um die Welt von ihrem verderblichen Einfluß zu befreien. Und er kennt mich. Er wußte, daß ich nicht mit einer Armee anrücken würde. So konnte Ademar das Land unbesorgt schutzlos zurücklassen. Es ist genauso, wie Falk gesagt hat.» Er wandte sich an Bertran. «Du weißt, was er tun wird, nicht wahr?»

Bertran nickte düster. «Er wird sich nicht mit der Belagerung von Burgen oder Städten aufhalten. Er wird unsere Coraner hinauslocken, indem er Dörfer und Tempel überfällt, so wie in Aubry.»

«Dann laß uns reiten», sagte Falk. «Du wolltest eine Entscheidungsschlacht, Blaise. Sieht so aus, als würdest du sie bekommen, nur nicht hier, sondern in Arbonne.»

Sie ließen zweihundert von Falks Männern auf Garsenc zurück, die das Schloß halten und die Kunde verbreiten sollten, daß sie dem Befehl von Blaise de Garsenc unterstanden. Der Rest der Truppe machte sich noch in derselben Nacht bei Nebel und Kälte auf den langen Weg durch die Berge.

16

Seit dem Tag, an dem der Iersen-Vertrag unterzeichnet wurde, hatte Beatritz gewußt, daß die Gorhauter kommen würden. «Solange Sonne und Mond am Himmel stehen, wird zwischen Gorhaut und Arbonne nicht Frieden sein.» So lautete das alte Sprichwort in beiden Ländern. Die Sonne war noch nicht vom Himmel gefallen, und beide Monde leuchteten in dieser Winternacht; das wußte sie, obwohl sie ihr Licht nicht sehen konnte.

In ihren Sessel gelehnt saß sie vor dem Kamin, und das Feuer, das darin brannte, nahm sie als angenehme Wärmequelle wahr, aber auch als knisternde Gefahr und Quelle der Erkenntnis. Seit sie vor über zwanzig Jahren ihr Augenlicht für das Sehen durch Rian geopfert hatte, sah sie auf völlig andere Weise und besser, am besten in der Dunkelheit und auf der Insel. Nur wenn Brissel nicht auf ihrer Schulter saß, war sie wirklich blind. Sie hob die Hand und streichelte das Tier, das heute unruhig war, weil sie selbst beunruhigende Gedanken bewegten.

Der Überfall auf Aubry hatte sie schwer getroffen. Und das war erst der Anfang gewesen. Jetzt war eine Armee gekommen. Es schien, als würde Galbert de Garsencs langgehegter Traum in Erfüllung gehen.

Und sie konnte nichts dagegen unternehmen. Was sie tun konnte, hatte sie getan. Sie hatte die Insel öfter verlassen, als ihre Pflichten erlaubten, um sich mit ihrer Mutter und Roban und den wichtigsten Mitgliedern des Adels zu treffen. Nachdem sie das Pulsieren der Göttin gefühlt hatte, was sehr selten vorkam, hatte sie ihnen geraten, sich vorsichtig an Blaise de Garsenc heranzutasten, von dem man wußte, daß er Gorhaut im Zorn verlassen hatte – ein Rat, der zunächst helle Empörung hervorrief; schließlich war er der Sohn ihres schlimmsten Feindes. Roban hatte ihn einen ungehobelten Schlagetot genannt.

Doch Beatritz hatte auf ihre Intuition und das Schweigen ihrer Eule vertraut. Bertran war anfangs der einzige, der sich ihrer Meinung angeschlossen und ihr zugestimmt hatte. Doch er schien das Ganze mehr als einen Jux aufzufassen, weil sich ihr Vorschlag – was sie erst später erfahren hatte – aufs trefflichste mit einem galanten Abenteuer vereinen ließ. So war das eben mit Bertran. Man mußte ihn nehmen, wie er war – als durchaus beachtliche Persönlichkeit –, und konnte nur heimlich bedauern, daß er viel mehr hätte sein können.

Sie fand sich in ihrer Meinung über Blaise de Garsenc bestätigt, als er durch Rians Vermittlung auf die Insel gekommen war, noch bevor sich Bertran nach Schloß Baude begab. Auch damals hatte Beatritz getan, was sie konnte; sie hatte versucht, ihn aus seiner grimmigen Selbstzufriedenheit aufzustören, um an den Menschen heranzukommen, den sie hinter all diesen künstlich errichteten Schranken vermutete. Auch Brissel hatte zu erkennen gegeben, daß sie etwas Besonderes bei ihm spürte.

In Tavernel, in der Mittsommernacht, als Blaise zum erstenmal von der Krone von Gorhaut gesprochen hatte, war Brissel auf seine Schulter geflogen. Beatritz hatte weder die Äußerung von Blaise noch die von Brissel erwartet. Es war ein Zeichen Rians gewesen.

Könnte sie Rians Hilfe doch öfter erflehen! Besäße sie doch nur annähernd so viele übernatürliche Kräfte, wie ihr abergläubische Menschen unterstellten! Aber mit der Magie war es in Arbonne nicht weit her – jedenfalls nicht im Vergleich zu dem, was sie von Seeleuten gehört hatte, die es in jene unbekannten, weit im Süden vermuteten Länder jenseits der Wüsten verschlagen hatte. Hier in Arbonne beschränkte sich die Magie auf die kleinen Dinge des täglichen Lebens wie Empfängnisverhütung oder die nicht immer sichere Voraussage, welches Geschlecht das erwartete Kind haben würde; auf das Wissen um Kummer und Leid und die eine oder andere Möglichkeit, seelischen oder körperlichen Schmerz zu lindern dank einer gewissen Geschicklichkeit im Umgang mit den Gaben der Erde, den Kräutern, Blumen, Früchten und Bäumen; auf bestimmte Heilkräfte, die jedoch ebenso wie die Kräuterkunde überliefertes Wissen waren, und gelegentlich auf die Fähigkeit – die auch Beatritz besaß, aber nur hier auf der Meeresinsel oder auf jener im Dierne-See und auch erst, seit sie blind war –, Liebe und Haß im Herzen eines Menschen zu erkennen.

Darin bestand ihre Magie in Arbonne, ihre angeblich so gefährliche Macht. Manchmal war es ganz nützlich, daß andere glaubten, sie verfügten über viel größere Zauberkräfte. Die Furcht vor den Priesterinnen und Priestern der Rian und ihren nächtlichen Versammlungen war eine Art Schutz – bis sie in kalten Terror umgeschlagen und zur Ursache ihres gemeinsamen Untergangs geworden war. Galbert de Garsencs Furcht vor den Frauen von Arbonne, sein Haß auf Rian und alles, was die Göttin bedeutete, waren der Grund, warum jetzt mitten im Winter ein Heer über die Berge kam, um im Namen von Corannos zu brennen und zu morden. Sie würden die Berge bereits überquert haben, berichtigte sich Beatritz, und ihr war so bang ums Herz, als würde ein langsam wirkendes Gift in ihren Adern fließen.

Die Eule schüttelte ihr Gefieder, als wollte sie Beatritz aus ihrer Mutlosigkeit aufrütteln. Sie mußte über Möglichkeiten nachdenken, der Bedrohung zu begegnen. Sie könnte die Insel verlassen, den einzigen Ort, an dem ihr eine besondere Kraft oder Voraussicht zuteil werden konnte, um ihrer Mutter und denen, die jetzt bei ihr sein würden, beizustehen.

Aber nüchtern betrachtet wurde sie in Barbentain gar nicht gebraucht. In Friedenszeiten war sie eine willkommene Beraterin, aber sie hatte keine Ahnung, wie man Krieg führte.

Jetzt war die Zeit der Männer, dachte sie. Es war bittere Ironie. Arbonne sollte wegen seiner Frauen vernichtet werden; wegen der Göttin, die sie nicht mehr und nicht weniger liebten und verehrten als Corannos. Jetzt, wo ihnen der Untergang drohte und jede Frau in Arbonne Vergewaltigung und Flammentod fürchten mußte, lag ihre Rettung allein in den Händen der Männer.

Und die mächtigsten Männer in Arbonne waren seit dreiundzwanzig Jahren zerstritten. Ihr Haß war ihnen in Fleisch und Blut übergegangen, und sie würden nicht davon lassen, nicht einmal um sich selbst und ihr Land zu retten. Das war die eigentliche

Schwäche von Arbonne, dachte Beatritz verzweifelt, nicht die Tatsache, daß eine Frau regierte oder die angebliche Verweichlichung der Coraner Arbonnes oder der verderbliche Einfluß der Troubadoure. Die schwärende Wunde im Herzen Arbonnes war der Haß zwischen Talair und Miraval.

Ihre Schwester Aelis hatte einiges angerichtet. Dieser Meinung war Beatritz heute wie vor zwanzig Jahren. Ihre Mutter hatte ihr immer wieder zu erklären versucht, daß es nicht fair war, so zu denken, aber sie würde sich nie anders an Aelis erinnern als an eine dunkle, schlanke, viel zu stolze und unnachgiebige Frau. Aelis war genauso unversöhnlich gewesen wie Bertran und Urté, dachte Beatritz, während sie die Hand hob, um die Eule zu streicheln.

«O Aelis», murmelte sie, «vielleicht sind wir alle schon damals gestorben.»

Brissel auf ihrer Schulter schüttelte erneut ihr Gefieder, und plötzlich fühlte Beatritz den verstärkten Druck der scharfen Klauen. So war es immer. Ohne jede Vorankündigung konnte ihr die Göttin nahen. Beatritz wartete klopfenden Herzens und mit angehaltenem Atem. Undeutliche Bilder wirbelten durch ihre Nacht und gewannen langsam, wie aus einem Urnebel, Gestalt.

Sie sah zwei Burgen, die sie sofort erkannte, Miraval und Talair, dann einen Ehrenbogen, ein gewaltiges Bauwerk aus grauer Vorzeit mit Reliefs, die von Krieg und Eroberung kündeten; und dann, als sie ihren Atem entließ, einen See und eine kleine Insel, von der drei feine Rauchsäulen kerzengerade in den Winterhimmel stiegen. Das letzte, was sie sah, war ein Baum. Dann herrschte wieder nur Dunkelheit.

Die Göttin kam und ging, wie es ihr beliebte. Keine Macht der Welt, kein Bitten und Flehen konnte sie herbeirufen. Manchmal erinnerte sie sich ihrer Kinder, und manchmal vergaß sie sie. Anders als Corannos, der gerechter und letzten Endes gütiger war, konnte sie die Menschen mit Segnungen überschütten oder ihnen den Rücken kehren und Eis oder Feuer ihren Lauf lassen. Sie hatte ein fröhliches und ein sinnliches Gesicht, war einmal voller Mitleid, ein andermal furchtbarste Strafe. Sie liebte die Menschen und ließ sie leiden und konnte so grausam sein wie die

Natur. Nicht Rian, sondern Corannos war es – so wurde es in Arbonne gelehrt –, der immer ein Ohr für seine sterblichen Kinder hatte und ihre Leiden auf Erden.

Beatritz verstand, daß sie hierbleiben mußte. Nur auf der Insel wurde ihr diese seherische Kraft zuteil. Sie würde noch heute nacht die zwei jungen Troubadoure, die auf der Insel überwinterten, mit einer Nachricht für die Gräfin nach Barbentain schicken. Die Entscheidung würde am selben Ort fallen, an dem das Unglück begonnen hatte.

Als das Heer der Gorhauter die winterlichen Gebirgspässe überschritten hatte, ließ ihr geistlicher Anführer auf einem Hochplateau anhalten. Die Soldaten in ihren Rüstungen knieten nieder und hörten das Dankgebet, das der Tempelälteste an den Gott richtete.

Sie hatten bei der Überquerung der Berge großes Glück gehabt; nur einige hundert Mann und eine ähnlich geringe Anzahl von Pferden waren der Kälte und den vereisten Wegen zum Opfer gefallen. Eine Lawine hatte den Hauptzug des Heeres um eine knappe Bogenschußlänge verfehlt und nur die Nachhut in den weißen Tod gerissen.

Es hätte schlimmer kommen können, denn im Winter ein Heer über die Berge zu führen, und das nur, um den Überraschungseffekt zu nutzen, war mehr als tollkühn. Sogar der Tempelälteste war nur knapp mit dem Leben davongekommen. Er hatte den König und das Heer auf dem Paß eingeholt, verwundet und ohne Begleitung – eine unglaubliche Herausforderung an das Schicksal, hätte es sich nicht um den vollkommen auf Corannos vertrauenden Galbert de Garsenc gehandelt, um den so offensichtlich unter dem Schutz des Gottes stehenden Tempelältesten. Und das wiederum bedeutete für alle, die um ihn geschart waren, daß Corannos auch über sie, die Auserwählten, die Schwerter des Gottes, schützend die Hand hielt.

Diese Botschaft versuchte der Tempelälteste den Soldaten zu vermitteln, als er nach dem Dankgebet den Arbonner Pfeil, den ein Feigling hinterrücks auf ihn abgeschossen hatte und der ihn in seinem eigenen Schloß hätte töten können, für alle sichtbar in die

Höhe hielt und rief: «Der Gott ist mit uns! Wir handeln in seinem Auftrag, wir sind sein Instrument!»

Wer wollte da nicht zustimmen, in Kriegszeiten und noch dazu in Anwesenheit des Königs? Sie waren wie durch ein Wunder heil über die verschneiten Berge gekommen, und jetzt lag hell und freundlich wie ein Traum unter blauem Himmel das Land vor ihnen, das ihnen versprochen worden war.

Es war ihnen versprochen, aber erst, nachdem sie es gezüchtigt hatten. Sie waren der Hammer Gottes, die Tempel und Dörfer Arbonnes und die darin wohnenden verworfenen Frauen der Amboß, auf den ihre heiligen, reinigenden Schläge fallen würden.

Die Tempel würden zuerst an die Reihe kommen, danach die Schlösser. Alles würde ihnen gehören, wenn sie nur ihrem großen König folgten. Was könnten die feigen, von ihren Frauen beherrschten und betrogenen Männer von Arbonne schon tun, fragte der Tempelälteste die Soldaten, wenn sich das versammelte Heer Gorhauts unter der Schirmherrschaft des Gottes auf sie stürzte?

«Sie werden sterben», rief er, seine Frage selbst beantwortend, und aus dem Heer erhob sich ein wilder, hungriger Schrei. «Sie werden sterben als erbärmliche Ketzer, und wenn alles getan ist, wenn Corannos in diesem Land wieder auf die richtige Weise verehrt wird, dann werdet ihr euch, Männer von Gorhaut, würdig erwiesen haben der großen Gunst des Gottes. Die ganze Welt wird eure Ruhmestaten hören, und diese grünen Täler, Felder, Weinberge, die Schlösser, Burgen, die reichen Städte, die Häfen und das weite Meer dahinter – dies alles wird Gorhaut gehören dank der unermeßlichen Güte von Corannos. So soll es sein!» rief er ihnen mit seiner tragenden Stimme zu, so daß er auch im letzten Glied zu verstehen war. Und sie antworteten ihm inbrünstig und begeistert wie mit einer einzigen Stimme.

Dann setzten sich der König und der Tempelälteste, beide finster blickende, majestätische Gestalten, an die Spitze des Heers. Der Tempelälteste hielt noch immer den Pfeil in die Höhe. Hinter ihnen ritt Borsiard d'Andoria mit einer Kompanie seiner eigenen Soldaten. Die Beteiligung der Portezzaner an dem Säuberungsfeldzug gegen Arbonne galt als Beweis, daß nicht nur der Gott, sondern auch alle Länder der Welt auf ihrer Seite waren.

König Ademar hob die Hand, und die Trompeten von Gorhaut schallten durch die klare Luft. Am blauen Himmel tummelten sich Vögel im Sonnenschein. Vom Wintergras grüne Hügel erstreckten sich in sanften Wellen nach Süden, und in der Ferne glänzte der Fluß, den viele Gorhauter zum erstenmal sahen. Es war der Fluß, der sich ins ferne Meer ergoß, wo die Hafenstädte lagen, die sie erobern würden. Es war das Land, das ihnen versprochen war. Der Gott war auf ihrer Seite.

Die Invasion begann. Ein Meer blinkender Speere und Rüstungen rückte nach Süden vor. Etwas später an diesem Tag erreichte die Vorhut das erste Dorf hinter dem zerstörten Aubry, und hier begann mit Schwertern, Keulen und Fackeln, bei dem Geschrei der verworfenen Frauen, ihrer ketzerischen Brut und den verzweifelten Hilferufen ihrer Männer – Bauern, Hirten, Handwerker, aber allesamt Feiglinge – die Züchtigung Arbonnes.

«Sie haben es nicht eilig», sagte die Gräfin zu den rund zwanzig Männern und Frauen, die sich auf ihren Befehl hin in Barbentain versammelt hatten. «Sie lassen kein Dorf aus und brennen jeden Tempel nieder», fuhr Signe mit beherrschter Stimme fort. Rosala, die etwas abseits auf einer der Fensterbänke des Ratszimmers saß, bewunderte Signes Haltung. «Schlösser und Städte zu belagern interessiert sie nicht. Jedenfalls nicht jetzt im Winter, wo der Proviant knapp werden könnte.»

«Das ist richtig, Hoheit. Nur der Proviant, fürchte ich, macht ihnen keine Sorgen», sagte Urté de Miraval mit schwerer Stimme. In einen dunkelgrünen, pelzgefütterten Mantel gehüllt und furchteinflößend in seiner gewaltigen Körpergröße, stand er an einen Kaminsims gelehnt. «Ich verfüge über neue Berichte. Ihr Nachschub ist gesichert. Er kommt aus Götzland, und bezahlt haben sie ihn mit dem Geld, das sie von Valensa für ihre Nordmarken bekommen haben. Wenn unsere Landbewohner in den Städten und Burgen Zuflucht suchen, werden wir eher hungern als sie. Vielleicht sollten wir ihre Nachschublinien angreifen.»

«Das wird nicht nötig sein», sagte Bertran de Talair herablassend. Er war erst in der vergangenen Nacht angekommen zusammen mit Blaise und seinen Söldnern sowie achthundert bewaffneten Männern aus Gorhaut. Diese Gorhauter und die Anwesenheit von Herzog Falk de Savaric beschäftigten die heutige Ratsversammlung vor allem. Auch Rosala mußte sich erst an die Vorstellung gewöhnen, daß sich ihr Bruder hier unter ihnen befand. Stolz, Angst und ungläubiges Staunen überkamen sie abwechselnd, wenn sie ihn ansah. Sie hatten noch keine Gelegenheit gehabt, allein miteinander zu sprechen.

«Und warum nicht, wenn ich fragen darf?» sagte Urté und warf Bertran einen feindseligen Blick zu. «Hat sich die Kriegstaktik in den letzten Jahren so verändert?»

«Kaum», antwortete Bertran und wandte sich an die Gräfin. «Du erinnerst dich, Hoheit, daß ich während der Lussaner Messe mit Daufridi von Valensa gesprochen habe.» Er wartete, bis sich die Aufregung in der Versammlung gelegt hatte. Die meisten hatten von solchen Gesprächen nichts gewußt. «Es ist nicht viel dabei herausgekommen, fürchte ich. Aber immerhin hat Daufridi den König von Götzland überzeugt, daß eine Zerstörung Arbonnes weder den seinen noch den Interessen Götzlands dient. Sie werden nicht gerade als unsere Fürsprecher auftreten, aber der aus dem Osten erwartete Nachschub an Proviant für Gorhaut wird mit Verspätung eintreffen und weitgehend ungenießbar sein. König Jörg wird eine Untersuchungskommission einsetzen und anbieten, einen Teil des Geldes, das er schon erhalten hat, zurückzugeben. Wie man sieht», fügte er hinzu, ohne eine Miene zu verziehen, «hilft es in Kriegszeiten, auf dem laufenden zu sein.»

«Es hilft», sagte die Gräfin kühl, «wenn die Kommandeure ihre Informationen austauschen und gemeinsam nützen.»

Bertran schien unbeeindruckt, obwohl die Gräfin nur selten diesen strengen Ton anschlug. «Ich habe die Bestätigung aus Valensa gestern nacht bei meiner Rückkehr vorgefunden», sagte er freundlich, «und habe eigentlich ein Lob von meiner Gräfin und dem hier versammelten Rat erwartet statt Schelte.»

«Spreiz dich hier nicht wie ein Pfau!» fauchte Urté. «Eine

Armee, die doppelt so groß ist wie jede, die wir vielleicht aufstellen könnten, zieht brennend und mordend durch Arbonne», polterte er zornfunkelnd weiter, «während du nichts anderes im Sinn hast, als dich mit ein paar kleinen diplomatischen Erfolgen zu schmücken.»

«Ich hätte sehr gern von besseren Ergebnissen berichtet», fuhr Bertran ungerührt fort, «aber wir können es Daufridi oder Jörg von Götzland kaum übelnehmen, wenn sie vorsichtig agieren. Wir könnten uns jedoch über gewisse Herren in Arbonne unterhalten, die im vergangenen Jahr anscheinend ausschließlich damit beschäftigt waren, Mordversuche an einem Freund und Verbündeten unseres Landes zu dulden, wenn nicht gar dazu anzustiften.»

Rosala, die sich lebhaft an jene Nacht in Lucianna Delonghis Gemächern erinnerte, blickte zu Blaise, der sich erhob und einige Schritte vortrat. «Ich denke, das ist genug», sagte er ruhig zu Bertran. «Alte Geschichten aufzuwärmen bringt uns nicht weiter.»

«Tatsächlich?» sagte Bertran und wandte sich von Urté ab. «Nun, dann neige ich wohl zu Übertreibungen. Tut mir leid.» Seine Stimme klang ätzend.

«Wir verzeihen im Augenblick beinahe alles, weil uns keine andere Wahl bleibt», sagte die Gräfin, um das Gespräch wieder in den Griff zu bekommen. Die Hände um eine der kleinen metallenen Wärmkugeln gelegt, die bei den Frauen an ihrem Hof sehr beliebt waren, wartete sie einige Augenblicke, bis sie die Aufmerksamkeit aller hatte, und fuhr dann fort: «... und weil Wir den Herrn von Talair trotz seiner diversen Neigungen dringend brauchen. Nach reiflicher Überlegung haben Wir beschlossen, daß er Unsere Truppen in diesem Krieg führen soll. In deinen Händen, Bertran de Talair, liegt nun die oberste Befehlsgewalt und das Schicksal Unserer Kinder.»

Rosala schloß für einen Moment die Augen. Cadar war oben bei seiner Amme. Ob Falk ihn nachher sehen wollte? Sie blickte auf, als Signe an Bertran gewandt in völlig verändertem Ton fortfuhr:

«Ich weiß, Bertran, daß es unfair ist, wenn ich jetzt sage: ‹Enttäusche mich nicht.› Aber ich sage es trotzdem, denn wenn du scheiterst, sind wir verloren, und nach dem Feuersturm, der dann über uns kommt, wird es kein Auferstehen aus der Asche geben.»

«Nein, Gräfin! Das kannst du mir nicht antun!» Urtés rauhe Stimme durchbrach die Stille, die den Worten der Gräfin gefolgt war.

Er verließ seinen Platz am Kamin und sank vor der Gräfin auf die Knie. «Ich werfe mich vor dir nieder, Gräfin», sagte er leidenschaftlich. «Ich fordere nichts von dir, aber ich bitte dich: Tu es nicht. Ich kann nicht unter ihm dienen. Aus Liebe zu Arbonne, um der Erinnerung willen, die du an deinen Gemahl hast, um der Ehre meines Namens willen, die du mir vielleicht erhalten willst – ernenne einen anderen zum Führer, Gräfin, oder ich gehe schon jetzt zugrunde.» Sein volles, immer noch gutaussehendes Gesicht unter dem kurzgeschorenen grauen Haar drückte unverkennbar Betroffenheit aus.

Das Gesicht der Gräfin dagegen wirkte wie eine Maske, schön, aber undurchdringlich. «Hast du schon einmal darüber nachgedacht», sagte sie kühl, «daß ihr euch beide wie Kinder benehmt?» Sie holte tief Luft, und Rosala ahnte, was kommen würde.

«Meine Tochter Aelis», fuhr die Gräfin fort, «war eigensinnig und stolz und selbst noch ein Kind, als sie starb. Und das, im Namen der heiligsten Göttin» – jetzt verzichtete Signe auf ihre strenge Beherrschtheit – «ist dreiundzwanzig Jahre her! Geht das keinem von euch in den Schädel?»

Rosala sah, wie Urté zusammenzuckte. Bertran wandte sich ab. Aber Signe sprach weiter, und ihre Worte klangen wie Hammerschläge. «Sie hat Urté mit Bertran betrogen. Wir alle wissen das. Sie hat einen Sohn geboren, der nicht der Sohn ihres angetrauten Gatten war, und sie hat es ihm gesagt. Es war eine große Dummheit. Das Kind ist gestorben – oder vielleicht auch nicht. Meine Tochter ist gestorben. Das alles ist Vergangenheit. Hört ihr mich? Laßt Aelis endlich in ihrem Grab ruhen – mit oder ohne ihr Kind! Ich will nicht, daß ganz Arbonne in diesem Grab begraben wird oder sich in dem tödlichen Netz verfängt, das ihr euch aus dieser Geschichte gestrickt habt. Habt ihr verstanden? Und noch einmal,

Herr von Miraval, damit wir uns nicht falsch verstehen: Ich ernenne an diesem heutigen Morgen den Mann zum Führer, der über Gorhaut besser Bescheid weiß als jeder andere von uns und der Blaise de Garsenc und Falk de Savaric an seiner Seite hat. Und diese Entscheidung hat nichts mit euren alten Leidenschaften zu tun.»

Als Signe schwieg, herrschte eine Stille wie nach einem reinigenden Gewitter. Schließlich sagte Bertran mit ungewohnt schüchterner Stimme: «Hoheit, ich bin mir der großen Ehre, die du mir erteilst, bewußt. Ich will nur sagen, daß ich, wenn es die Sache für uns alle leichtermacht, jederzeit bereit bin, auch unter Herzog Thierry, zum Beispiel, oder unter deinem Bruder Arnaut de Malmont zu dienen, wenn dir das lieber ist.»

«Bertran», sagte die Gräfin scharf. «Es handelt sich hier nicht um eine Bitte, sondern um einen Befehl. Eine Befehlsverweigerung zu Kriegszeiten bedeutet Hochverrat und wird entsprechend geahndet.»

«Hoheit!» Ariane de Carenzu war hochrot im Gesicht. «Das ist doch –»

Signe gebot ihr mit einer ungeduldigen Geste zu schweigen. «Du führst unsere Truppen, Herzog», sagte sie entschieden, den Blick unverwandt auf Bertran gerichtet. «Das ist ein Befehl.» Und dann fügte sie, jedes einzelne Wort betonend, hinzu: «Laß mich jetzt nicht im Stich.»

Urté de Miraval stand schwerfällig auf. «Dann wird er diese Truppen ohne die Männer von Miraval führen», sagte er mit einer bedrohlichen Ruhe, die Signes Haltung ebenbürtig war. «Und du, Gräfin, trägst die Verantwortung dafür. Du hättest vielleicht daran denken sollen, nachdem du so freimütig über die Toten gesprochen hast, daß in diesem Zimmer ich derjenige bin, der dir am ehesten ein Sohn sein könnte.» Damit drehte er sich um und ging zur Tür.

«Urté, warte!» rief Thierry de Carenzu.

Aber Urté warf keinen Blick zurück. Er verließ den Raum, und als die Tür hallend ins Schloß fiel, war es Rosala, als hörte sie das Echo einer für sie alle verheerenden Vergangenheit. Sie sah sich um. Alle im Raum wirkten besorgt und angespannt; nur die Gräfin schien gegen Angst oder Zweifel gefeit.

«Wie viele Männer haben wir dadurch weniger?» Es war Falk, der sich jetzt zum erstenmal zu Wort meldete.

«Fünfzehnhundert, vielleicht ein paar mehr. Fast alles ausgebildete Coraner», antwortete Thierry de Carenzu, der als einziger versucht hatte, Urté zum Bleiben zu bewegen. Eine beträchtliche Anzahl, dachte Rosala, die inzwischen wußte, daß die ansehnlichen Truppen, die sowohl der Herzog von Miraval wie der Herzog von Talair unterhielten, eine Folge ihres zwanzigjährigen Streits waren. Doch wegen desselben alten Streits hatten sie nun die Hälfte dieser Truppen verloren.

«Aha», sagte Falk nüchtern. Jeder in diesem Raum wußte, was Urtés Ausscheiden bedeutete. «Wird man ihn festnehmen?» fragte er.

Niemand antwortete ihm. Bertran blickte sichtlich erschüttert aus dem Fenster. Der Kanzler lehnte sich mit dem Rücken gegen die Wand, als bräuchte er dringend eine Stütze. Sein Gesicht war kreidebleich, und bleich waren auch alle anderen in dieser Runde.

Rosala räusperte sich. «Wird er sich tatsächlich nicht beteiligen?» Es erschien ihr so unglaublich und andererseits auf schreckliche Weise vorbestimmt.

Ariane antwortete mit einer Stimme, die nichts von ihrer gewohnten Frische enthielt: «Ich fürchte, er tut es. Und vielleicht noch Schlimmeres.»

«Das ist nicht fair!» warf ihr Gatte ein. «Er ist kein Verräter.»

«Nein?» sagte Blaise in ungewohnt gemessenem Ton. «Wie würdest du denn jemanden nennen, der tut, was Urté gerade getan hat, ungeachtet auf wessen Seite er sich danach schlagen wird?»

Es war Falks Frage, und Rosala blickte zu ihrem Bruder, der zum erstenmal an diesem Morgen ihren Blick erwiderte. Sie las die Antwort in seinen Augen: Wäre dies hier Gorhaut gewesen, hätte Urté de Miraval das Zimmer nicht lebend verlassen. Es war ein erschreckender Gedanke, der sie den Preis erkennen ließ, den Arbonne für seine Freiheit und seine Kultiviertheit zahlte; und sie fragte sich, wieviel Arbonne noch zu zahlen haben würde.

Später erinnerte sich Rosala, daß genau in jenem Augenblick an die Tür geklopft wurde und die Wachen zwei erschöpfte, von Straßenschlamm bespritzte Troubadoure einließen, der eine blond, der andere dunkel, die eine Nachricht von der Rian-Insel im Meer brachten. Die Hohepriesterin habe eine Vision gehabt, berichteten sie, von einer Schlacht am Dierne-See.

17

Mit der gleichen Nachricht traf ein anderer Bote an diesem Morgen auf der Insel im Dierne-See ein. Lisseut, die sich entschlossen hatte, den Winter auf der Insel statt zu Hause bei ihrer Mutter zu verbringen, hörte die Neuigkeit, als sie den Rasenplatz überquerte, um im Speisesaal zu frühstücken.

Es war keine große Überraschung. Die Insel war das bedeutendste Rian-Heiligtum im Norden Arbonnes, und jeder wußte inzwischen, daß sich die Gorhauter auf einem Kriegszug im Namen des Gottes befanden. Es spielte keine Rolle, daß Corannos hier genauso verehrt wurde wie Rian. Wäre es in Wahrheit um religiöse Dinge gegangen, dachte Lisseut traurig, lägen jetzt keine verkohlten Leichen von Priesterinnen und Kindern und denen, die versucht hatten, sie zu verteidigen, unter dem freien Himmel.

Sie entfernte sich ein Stück von den Priesterinnen und Priestern, die besorgt über die Nachricht sprachen. Es war nicht leicht, auf der Insel allein zu sein, und der Wunsch nach Einsamkeit vielleicht ein wenig verwunderlich bei jemandem, der aus der geselligen Welt der Troubadoure kam. Doch seit der Nacht, in der sie für Blaise de Garsenc Schlaflieder aus ihrer Kinderzeit gesungen hatte und dann mit Alain zu ihrem Gasthof zurückgegangen war, hatte sie hin und wieder das Bedürfnis, allein zu sein. Ihr Herz befand sich nicht mehr in wildem Aufruhr, und es war auch nicht von Schmerz zerrissen; das alles lag hinter ihr wie der Herbst, den der Winter verdrängt hatte. Ein Stein spritzt, wenn er ins Wasser fällt, dachte sie, aber er sinkt lautlos auf den Grund. Wie so ein lautlos sinkender Stein hatte sich ihr Herz angefühlt bis zu dem Tag, an dem die Berichte von den Ermordungen und Verbrennungen eintrafen und private Dinge plötzlich unwichtig waren.

Sie blickte über den aufgewühlten See mit den weißen Wellenkämmen hinüber zu den honiggelben Mauern von Schloß Talair am Nordufer und weiter über das grüne Tal zu den winterlichen Weinbergen und den fernen Wäldern. Irgendwo dort draußen rückte eine Armee heran mit Äxten und Schwertern und abgeschlagenen Köpfen auf Piken und Spießen. Flüchtlinge hatten von solchen Greueltaten berichtet.

Lisseut vergrub die Hände in den Falten ihrer Jacke. Zu Hause wäre sie sicherer gewesen als hier, dachte sie. Vezét lag ziemlich abseits. Bis die Gorhauter Vezét erreichten, würde einige Zeit vergehen. Außerdem fände eine bekannte Sängerin, wenn sie das Land per Schiff verlassen würde, jederzeit freundliche Aufnahme in Portezza oder Arimonda.

Doch sie hatte diesen Gedanken nie ernsthaft in Erwägung gezogen, nicht einmal, als ihr klargeworden war, daß die schmeichelhafte Einladung an sie und Alain, den Winter auf der Rian-Insel im Dierne-See zu verbringen, sie unmittelbar dem Tod aussetzte.

Hätte sie jemand nach dem Grund gefragt, warum sie hiergeblieben war, hätte sie geantwortet, daß es vor allem mit dem Lied zusammenhing, das Ramir in Lussan gesungen hatte und das mehr als alles andere ihre jetzigen Gefühle bestimmte. Wenn es für sie, die Sängerin Lisseut, in dieser schrecklichen Zeit überhaupt eine Aufgabe gab, dann bestand sie gewiß nicht darin, sich irgendwo im Süden zu verstecken oder sich über das Meer davonzumachen. Auch das Gefühl von dem Stein, der in ihrem Inneren leise in dunkle Tiefen sank, hatte etwas damit zu tun. Sogar das hätte sie zugegeben, denn sie war sich selbst gegenüber sehr ehrlich, und der schlimmste Schmerz schien jetzt vorbeizusein. Die Lussaner Messe lag Monate zurück. Sie wußte nicht einmal, wo Blaise jetzt war. Im stillen nannte sie ihn so; das wenigstens, meinte sie, durfte sie sich erlauben.

Auch Alain war auf der Insel geblieben. Sie hatte nichts anderes von ihm erwartet. Ihre Zuneigung für den Troubadour war von Tag zu Tag größer geworden. Er hatte angefangen, Fechtunterricht zu nehmen, und ruderte nachmittags über den See, um mit den Talair-Coranern zu üben. Er war nicht sehr begabt für den Schwertkampf. Lisseut war beim erstenmal mitgefahren, um zuzusehen, und eine schlimme Vorahnung hatte sich wie ein zweiter Stein auf ihre Brust gelegt.

Dieses bedrückende Gefühl empfand sie auch jetzt, während sie über den stürmischen See zu dem am Westufer aufragenden Ehrenbogen der Alten blickte und versuchte, sich über die Nachricht im klaren zu werden, die der Bote der Hohenpriesterin gebracht hatte.

«Ob die Gorhauter auch einen Ehrenbogen bauen werden, wenn sie uns vernichtet haben? Was meinst du?»

Lisseut hatte Rinette nicht kommen gehört. Sie wandte sich um, nicht sonderlich erfreut, denn sie empfand sehr gemischte Gefühle für die junge, ausgesprochen kühl und arrogant auftretende Priesterin. Vor allem die Eule gab Lisseut zu denken, denn eine Eule trugen nur die Hohenpriesterinnen oder ihre gekürten Nachfolgerinnen. Sie fand, daß Rinette, die nicht älter war als sie selbst, viel zu jung war, um als Erbin der Hohenpriesterin der Rian-Insel ernannt zu werden. Rinette beabsichtigte sogar, dem Beispiel der Beatritz de Barbentain zu folgen und sich blenden zu lassen, sobald sie das hohe Amt antreten würde.

Als Lisseut nun zu der schönen, schlanken Priesterin aufblickte, wurde ihr bewußt, daß Rinettes Schicksal noch deutlicher voraussehbar war als ihr eigenes, sollte Gorhaut über Arbonne siegen; denn der Eid, den Rinette der Göttin geleistet hatte, verpflichtete sie, auf der Insel zu bleiben. Sie hatte nicht einmal die Möglichkeit, in den Süden oder über das Meer zu fliehen.

«Einen zweiten Ehrenbogen?» sagte Lisseut. «Ich weiß nicht. Ich weiß nur, daß sie Frauen bei lebendigem Leib verbrennen und den getöteten Männern Kopf und Geschlechtsteil abhacken.»

«Sie wissen es nicht besser», erwiderte Rinette. «Denk doch einmal, wieviel vom Geheimnis und der Kraft des Lebens ihnen fehlt, weil sie Rian verleugnen.»

«Wie kannst du nur Verständnis für diese Rohlinge aufbringen?» fragte Lisseut erbittert.

Anmutig mit der Schulter zuckend, sagte Rinette: «Wir haben gelernt, so zu denken. Die Zeiten sind schlecht. In fünfhundert Jahren wird nur noch Staub von uns übrig sein, von unserem

Schicksal wird niemand mehr etwas wissen. Aber Rian und Corannos werden auch dann noch den Lauf der Welt bestimmen.»

Doch soviel Gelassenheit nahm ihr Lisseut nicht ab. Ihr Mitgefühl für die Priesterin war vergessen. «Ich frage mich», entgegnete sie scharf, «ob du noch genausoweit in die Zukunft blickst, wenn die Gorhauter mit brennenden Fackeln über den See kommen.»

Sofort bereute sie ihre Worte. Denn als sie zu Rinette aufblickte, erkannte sie, daß die Augen der Priesterin längst nicht so ruhig waren, wie ihre Worte vermuten ließen, und daß sie nur versuchte, ihre Angst zu meistern.

«Ich freue mich nicht darauf, lebendig verbrannt zu werden», sagte Rinette, «wenn es das ist, was du meinst. Wenn du etwas anderes gemeint hast, solltest du dich vielleicht genauer ausdrükken.»

Danach blieb Lisseut nichts anderes übrig, als sich zu entschuldigen und den Rest dieses Tages sowie die zwei folgenden zu überstehen, eingehüllt in ihre warme Jacke gegen den Wind und die nackte Angst in ihrem Herzen. Alain ruderte jeden Tag mit einem geborgten Schwert nach Talair. Am zweiten Nachmittag kehrte er mit einer roten Prellung auf der Stirn zurück. Er scherzte, daß er jeden Gegner mit seiner Unbeholfenheit täuschen würde, aber Lisseut sah, wie seine Hände zitterten.

Am vierten Tag rückten die Heere an.

Es war Mittag, und sie hatten es gerade noch geschafft. Blaise stand auf der Wehrmauer von Schloß Talair und blickte zu den Männern hinunter, die sich nach dem Gewaltmarsch von Barbentain – oder von Lussan – erschöpft auf dem freien Gelände vor dem Wall niedergelassen hatten. Dann wandte er sich wieder nach Norden, um nach den ersten Anzeichen des heranrückenden Gegners auszuschauen. Mit einem gewissen Unbehagen dachte er daran, daß sie – einmal abgesehen von der Vorahnung der Hohenpriesterin – es nur der Umsicht von Thierry de Carenzu verdankten, daß noch rechtzeitig genug ein Heer am Dierne-See zusammengezogen werden konnte.

Auf eine Invasion während des Winters wäre Arbonne nämlich

völlig unvorbereitet gewesen – niemand riskierte es, im Winter Truppen über die Pässe zu schicken –, hätte der Herzog von Carenzu nicht nach der Lussaner Messe im Auftrag der Gräfin die Sammlung der Truppen von Arbonne befohlen. Sie sollten im Lauf des Winters in den Burgen der Barone und Herzöge mit Waffen ausgerüstet und ausgebildet werden, um für den im Frühjahr erwarteten Angriff vorbereitet zu sein.

Blaise hatte sich in Gegenwart von Männern, die lieber mit ihresgleichen ins Bett gingen, nie wohl gefühlt, und seine Nächte mit Ariane hatten sein Verhältnis zu Thierry zusätzlich belastet; trotzdem mußte er zugeben, daß er zunehmend Hochachtung für den Herzog von Carenzu empfand. Thierry war nüchtern, pragmatisch und zuverlässig, bemerkenswerte Tugenden in einem Land, in dem die beiden anderen vornehmsten Adelsherren Talair und Miraval hießen.

Wohl zum hundertstenmal seit der Ratsversammlung in Barbentain vor vier Tagen haderte Blaise mit der Gräfin und ihrer Entscheidung, Bertran zum Heerführer zu ernennen. Sie hätte wissen müssen, wie Urté darauf reagieren würde. Sogar Blaise, der die bittere Geschichte der beiden Herzöge erst seit einem Jahr kannte, hätte voraussagen können, daß es Urtés Stolz nicht zuließ, sich Bertrans Befehlsgewalt zu unterwerfen. Auch wenn de Talair der geeignete Mann war, Arbonne zu führen – war dies eintausendfünfhundert ausgebildete Soldaten wert? Wäre nicht Thierry de Carenzu eine annehmbare Alternative gewesen?

Oder hatte Signe erwartet, daß Urté jetzt, wo so viel auf dem Spiel stand, über sich hinauswachsen würde? Wenn ja, dann hatte sie sich geirrt, und Blaise war in der Geschichte genügend bewandert, um zu wissen, daß Arbonne nicht das erste Land wäre, das einem äußeren Feind zum Opfer fiel, nur weil es seine inneren Streitigkeiten nicht beilegen konnte.

Er stand neben Bertran und einer Gruppe von Baronen aus dem Süden auf der Wehrmauer und schüttelte düster den Kopf, aber er schwieg, wie er im Ratszimmer von Barbentain und in den vergangenen Tagen geschwiegen hatte. In Wirklichkeit hätten sie, selbst wenn man die Coraner von Miraval mitrechnete, noch sehr viel mehr Söldner rekrutieren müssen, um sich erfolgreich verteidigen zu können. Zahlenmäßig waren sie dem Heer Ademars hoffnungslos unterlegen, um so mehr als der Plan, den sich sein listiger und unerschütterlich auf den Gott vertrauender Vater ausgedacht hatte, aufzugehen schien. Blaise hatte das Gefühl, als preßte ihm die Angst die Luft ab.

Falk de Savaric stützte neben ihm die Ellbogen auf die Mauer. Ohne den Blick vom nördlichen Talausgang zu nehmen, sagte er leise zu Blaise: «Du hast nicht zufällig eine besonders gute Idee?»

Blaises Mundwinkel zuckten. «Natürlich», antwortete er ebenso sarkastisch, wie Falk gefragt hatte. «Ich habe vor, Ademar zum Zweikampf herauszufordern. Wenn er so dumm ist, darauf einzugehen, werde ich ihn töten, das Kommando über sein dankbares Heer übernehmen, und dann reiten wir alle zur Frühjahrsaussaat nach Hause.»

Falk lachte kurz auf. «Klingt gut», sagte er. «Kann ich mir deinen Vater vornehmen?»

«Es gibt nur wenige, die sich das wünschen», sagte Blaise, ohne zu lächeln.

«Würdest du es dir wünschen?»

«Ich glaube nicht», antwortete Blaise und blickte über Falk hinweg nach Südwesten, wo in der klaren Winterluft die Türme von Miraval zu erkennen waren. Selbst jetzt, nach allem, was er wußte, und nachdem er gesehen hatte, wie Urté vor Signe niedergekniet war und dann das Ratszimmer verlassen hatte, konnte er nicht recht glauben, daß fünfzehnhundert kampfbereite Männer hinter diesen Mauern bleiben würden, wenn es hier unten zur Schlacht kam. Und er konnte sich nicht entscheiden, ob er darin einen Hoffnungsschimmer sehen sollte oder eine zusätzliche Bedrohung.

Dagegen wurde ihm wieder einmal sehr deutlich bewußt, daß er während des größten Teils seines Lebens einem Traum oder einer Vision von Gorhaut nachgelaufen war – einem Gorhaut, wie es sein sollte, wie es früher einmal war –, und inmitten dieser Vision hatte immer Corannos gestanden. Jetzt hatte er vorschnell eine Krone für sich beansprucht und würde mit den Männern des von

Frauen regierten Arbonne und im Namen einer Göttin gegen sein eigenes Land und seinen König kämpfen, gegen seinen Vater und gegen ein Heer, das unter dem Banner des Gottes marschierte, dem er sich mit einem Eid verpflichtet hatte bis ans Ende seiner Tage.

War es möglich, fragte er sich, den Lebensweg zurückzuverfolgen bis zu der einen entscheidenden Abzweigung, die ihn auf diese Wehrmauer geführt hatte?

«Sie sind da», sagte Rudo, dessen scharfe Augen das erste ferne Blinken zwischen den Bäumen aufgefangen hatte.

Blaise sah sie aus dem Wald und über die gewundene Straße kommen, die zum See hinunterführte. Ihre Fahnen waren die Fahnen seiner Heimat. Als er hörte, daß sie sangen, erkannte er ein Lied, das er früher selbst gesungen hatte. Und in dem besonders klaren Licht von Arbonne konnte er bereits auf diese Entfernung den König erkennen, den er einen Verräter genannt hatte, und seinen Vater, dessen langgehegter Traum dieser Feldzug war. Er sah Ranald um die Wegbiegung reiten und, ohne große Verwunderung, das Fähnlein von Andoria, als Borsiard an der Spitze seiner Kompanie erschien. Diesen Mann, dachte er, werde ich mit Vergnügen umbringen.

Dann erschienen, als sollte ihm die Lächerlichkeit eines solchen Gedankens bewiesen werden, die Fußsoldaten, ein wogendes Heer von Piken, und auf einigen dieser Piken steckten wie aufgespießte Fleischbrocken die abgeschlagenen Köpfe von Menschen.

Bertran stieß plötzlich einen Laut aus, der wie ein Name klang, und wandte sich mit einer schroffen Bewegung ab. Im selben Augenblick sah Blaise das lange hellblonde Haar und erkannte den vordersten der aufgespießten Köpfe. Er fühlte eine Welle der Übelkeit in sich aufsteigen, doch er hielt sich mit eisernem Griff an der Mauer fest und zwang sich, hinunterzusehen. Es kam noch schlimmer. Inmitten des singenden und Piken schwenkenden Heers erschien eine rollende Plattform, auf der an einen Pfahl gebunden ein nackter Mann stand. An der Stelle, wo seine Genitalien waren, hing ein schwarzer Klumpen aus geronnenem

Blut. Tote Vögel – Blaise sah, daß es Eulen waren – baumelten an Schnüren aufgereiht an seinem Hals.

Blaise hielt den Mann für tot; doch dann hob er den Kopf, als wollte er schreien, und man sah sogar von hier oben aus die schwarzen Höhlen, in denen einmal Augen gewesen waren. Dies alles, dachte Blaise voller Abscheu, die ausgestochenen Augen, die Eulen der Rian, diente ihnen zur Verhöhnung Arbonnes. Und dann erkannte er voller Entsetzen auch diesen Mann. Sprachlos wandte er sich nach Bertran um, der den Kopf gesenkt hielt, um nicht hinsehen zu müssen.

Die Landschaft und die Männer auf der Wehrmauer verschwammen vor seinen Augen. Blaise wurde sich bewußt, daß ihm die Tränen in den Augen standen – ihm, der in so vielen Kriegen, am Ufer dieses Sees, in einer dunklen Nacht in Portezza getötet und darin nur eine unvermeidliche Begleiterscheinung seines Soldatenberufs gesehen hatte. Aber er hatte nie einen Mann auf so grausame Weise verstümmelt. Dies war ein Krieg von einer anderen Art.

Er erinnerte sich an die Mittsommernacht in Tavernel. Remy war der blonde Troubadour gewesen, mit sicher mehr Temperament und künstlerischem Talent als Vernunft und Reife. Und Aurelian war der dunklere, stillere Mann gewesen. Sie waren beide Musiker, keine Soldaten, und beide waren sehr jung. Sie hatten Beatritz' Botschaft von der Insel nach Barbentain gebracht.

«Seht mal dort!» hörte er Rudo sagen.

Blaise legte die Hand über die Augen und blickte in die Richtung, in die Rudo deutete. Aus dem Heer der Arbonner, das unter den Mauern lagerte, löste sich ein Dutzend rotgekleideter Bogenschützen. Blaise wußte nicht, wer den Befehl gegeben hatte; vielleicht hatten sie gar keinen erhalten, und es war nur die unwillkürliche Reaktion von Männern, die geschworen hatten, die Ehre der Königin des Liebeshofs zu verteidigen.

Blaise sah, wie sich die Carenzu-Bogenschützen in einer Reihe aufstellten, die Bogen spannten und ihre Pfeile schossen. Aus den Reihen der Gorhauter erhob sich Geschrei. Ihr Gesang endete abrupt. Sie hoben schützend die Schilde und stülpten die Helme über.

Doch die Pfeile waren nicht auf sie gerichtet, sondern auf den gepeinigten Mann auf der Plattform. Die meisten verfehlten ihr Ziel, aber drei trafen, einer davon mitten ins Herz des Troubadours. Er riß den Kopf hoch, und sein Mund öffnete sich weit, doch es drang kein Ton daraus hervor. Aurelian starb stumm, er, der sein Leben lang seiner ungewöhnlich reinen und schönen Stimme wegen gefeiert worden war.

«O heilige Rian», flüsterte Bertran, «heile und beschütze sie in der unendlichen Wohltat deiner Umarmung.»

Blaise ballte die zitternden Hände auf der Mauerbrüstung zu Fäusten.

«Bitte, entschuldigt mich», sagte Thierry de Carenzu, der sichtlich Mühe hatte, die Fassung zu bewahren. «Ich denke, ich muß es Ariane sagen. Sie sollte es nicht von jemand anderem erfahren.»

Blaise schwieg. Es gab noch jemanden, dachte er, dem man auf schonende Weise den Tod der Troubadoure mitteilen sollte, aber er wußte nicht, wo sich Lisseut aufhielt.

Ademar von Gorhaut sah sich in dem grünen Tal um, durch das vom See her ein frischer Wind wehte, und fühlte sich als glücklicher Mann. Die Nachricht, daß das Heer der Arbonner hier auf sie zu warten schien, war zwar etwas überraschend gekommen; andererseits hatte der Tempelälteste von Anfang an gesagt, die Schlacht, die Arbonnes Untergang besiegeln würde, würde an diesem See stattfinden. Aber sie hatten erwartet, daß erst die Zerstörung der Rian-Insel die Arbonner aus ihren Mauern locken würde.

Nachdem der Sänger auf der Plattform tödlich getroffen war – einer der beiden Narren, die versucht hatten, die Marschrichtung seines Heers auszuspionieren –, wandte er sich an den Tempelältesten, der ebenfalls lächelte.

«Sie sind ebenso dumm wie feige», sagte Galbert tief befriedigt. «Hätten sie gewußt, wie knapp unsere Vorräte sind, wären sie bestimmt nicht hier. Aber morgen wird es vorbei sein, und dann, mein Fürst, stehen uns die Kornspeicher Arbonnes und alles andere weit offen.»

Trotz seiner abgestumpften Sinne fand Ademar die Lust, mit der sein Tempelältester brennen, schänden und verstümmeln ließ, beinahe abstoßend. Er war gekommen, um ein reiches Land zu erobern und die Rebellion im Keim zu ersticken, die der jüngere Garsenc und Falk de Savaric anstrebten. Der Gott sollte bekommen, was ihm zustand, und mehr, das hatte Ademar versprochen; aber es durfte nicht zu lange dauern, und es mußten nach all den Scheiterhaufen und Feuersbrünsten ein paar Äcker übrigbleiben, auf denen gesät und geerntet werden konnte.

«Wenn wir morgen in die Schlacht ziehen», hörte er Borsiard d'Andoria sagen, der auf seinem prachtvollen Pferd heranritt, «dann möchte ich, daß der enterbte Sohn des Tempelältesten mir überlassen wird. Ich habe persönliche Gründe.»

Hinter Ademar lachte jemand hämisch. «Nicht so hastig, Herr», sagte Herzog Ranald de Garsenc zu dem herausgeputzten Portezzaner. «Mein Bruder könnte dich in Stücke hauen und das mit links. Wenn dir dein Leben lieb ist, such dir einen anderen aus. Oder willst du dein teures Weib zur Witwe machen, damit sie – zum wievielten Mal? – wieder heiraten kann?» Ranald sah nicht gut aus und sprach auffallend schleppend. Wahrscheinlich hatte er schon auf dem Ritt hierher getrunken. Galbert musterte ihn finster. Ademar dagegen fand durchaus Gefallen an der Spannung zwischen den Herren de Garsenc und amüsierte sich heimlich über die Verlegenheit des errötenden Portezzaners.

«Nun, wenn wir schon von Ehefrauen sprechen –», begann Borsiard d'Andoria gereizt.

«Das tun wir nicht», fiel ihm Ademar ins Wort. Er wollte nicht, daß über Rosala de Garsenc gesprochen wurde, nicht hier in aller Öffentlichkeit. Ob sie noch in Barbentain weilte oder jetzt dort oben war, auf Schloß Talair? Er vermutete, daß sie mit dem Heer gekommen war und daß sich auch die Gräfin von Arbonne in dem Schloß am See befand. Dann, dachte er, wird tatsächlich morgen alles vorbeisein und Galbert wird recht behalten haben. Vergnügt erinnerte er sich, daß Ranald einmal vorgeschlagen hatte, er solle

Signe de Barbentain heiraten, um Herr von Arbonne zu werden. Wie es aussah, schien das nicht mehr nötig zu sein.

«Es gilt, einige Formalitäten zu erledigen, Herr», sagte der Tempelälteste, während er sich von seinem ältesten Sohn abwendete. «Soll ich den Herold ausschicken, damit er deine Forderungen vorträgt?» Auch diese übertriebene Befolgung von Protokollen und Ritualen nach allem, was sie unbewaffneten Männern, Frauen und Kindern überall auf dem Weg nach Süden angetan hatten, amüsierte den König. So geht es einem, dachte er, wenn man einen Religionskrieg mit einem Eroberungskrieg paart.

«Schick ihn aus», antwortete er lässig, «aber wir wollen mit ihm reiten, um zu sehen, wen wir da vor uns haben. Wer weiß, vielleicht haben wir sogar Gelegenheit, mit deinem ehrgeizigen Sohn zu sprechen.»

«Er ist nicht mein Sohn!» fuhr Galbert auf. «Ich habe ihn förmlich enterbt im Corannos-Heiligtum in den Bergen. Du warst selbst dabei, mein Fürst.»

Ademar mußte lachen. Es war so leicht, die Herren zu erschrecken, sogar Galbert, der stets so auf der Hut war. Plötzlich gelüstete es ihn nach einer Frau. Immer hatte er nur zusehen dürfen, wenn sich die Soldaten an den Priesterinnen vergingen, während er die Würde der Krone in diesem heiligen Feldzug wahren mußte und sich höchstens zu seiner Zurückhaltung gratulieren durfte. Er warf einen Blick über die Schulter zu Ranald de Garsenc, dann sah er wieder hinauf zu den Türmen und Zinnen von Talair. Im Grunde war er sicher, daß sie sich dort befand.

Morgen, dachte er und lächelte. Gewöhnlich schob er die Befriedigung seiner Gelüste nicht auf die lange Bank. Aber manchmal lohnte es sich zu warten.

Als Lisseut im Gefolge der Gräfin von Arbonne zu der Unterredung mit dem König von Gorhaut ritt, sah sie, was die Gorhauter den beiden Männern angetan hatten, die sie geliebt hatte.

Dieser Weg, vorbei an den sterblichen Überresten von Remy und Aurelian, war für Lisseut der schwerste, den sie je gegangen war, obwohl sie durch Thierry vorgewarnt waren. Sie hielt die Augen fest auf den geraden Rücken der Gräfin gerichtet und zwang ihre zitternden Hände, mit festem Griff die Zügel zu halten, um nicht laut zu weinen.

Sie war mit Ariane, der Gräfin und Rosala de Garsenc in der Musikgalerie gewesen, als der Herzog von Carenzu vom Turm herunterkam, um ihnen zu sagen, daß die Gorhauter da waren und daß den Botschaftern der Hohenpriesterin etwas Schreckliches zugestoßen war.

Sie hatte gedacht, sie würde in Tränen ausbrechen oder ohnmächtig werden oder völlig gefühlstaub, aber es war nicht so, weder bei ihr noch bei den anderen Frauen. Vielleicht waren sie zu sehr erschrocken oder sie weigerten sich unbewußt, zu glauben, was sie gehört hatten.

Alain von Rousset war der einzige im Saal gewesen, der offen geweint hatte. Er war mit seinem Schwert nach Talair gekommen, mit dem er noch immer nicht richtig umzugehen verstand, und hatte sich den Soldaten hier anschließen wollen. Anscheinend hatten Remy und Aurelian ähnlich wie er gedacht, als sie versuchten, den Vormarsch des Gorhauter Heers auszuspähen.

«Sie sollen ein Lied bekommen», hatte die Gräfin an Alain gewandt gesagt, der sich rasch die Tränen aus den Augen wischte. «Nicht heute oder morgen, aber irgendwann danach. Jetzt ist keine Zeit für Musik.»

Dann hatten sie wieder Schritte im Korridor gehört, und Bertran hatte mit mehreren Männern den Saal betreten. Einer dieser Männer war Blaise. Er sah schrecklich aus, düster und abweisend, als hätte die Kälte des Winters von ihm Besitz ergriffen. Er hatte zuerst Rosala, der Frau seines Bruders, grüßend zugenickt. Aber dann hatte er sich Lisseut zugewandt und ihr mit einer kleinen, hilflosen Handbewegung seine Anteilnahme gezeigt. In diesem Augenblick waren ihr die Tränen in die Augen gestiegen. Sie erinnerte sich, wie er Remy mit der Schwertspitze verwundet und wie sie ihn dafür gescholten hatte. Es war Mittsommer gewesen, Mittsommerkarneval in Tavernel, und es schien eine Ewigkeit zurückzuliegen.

«Sie haben zum Treffen der Herolde geblasen», hatte Bertran zur Gräfin gesagt. «Ademar kommt selbst mit seinem Gefolge.»

«Dann sollten Wir wohl auch kommen», meinte Signe, «wenn du es für richtig hältst.»

«Wir sind deine Diener, Hoheit. Aber trotzdem: Ich halte es für richtig. Ariane sollte auch mitkommen. Dieser Krieg wird gegen unsere Frauen geführt, und ich denke, beide Heere sollten sehen, daß ihr hier seid.»

«Ich möchte ebenfalls mitkommen», hatte Rosala de Garsenc gesagt, «denn mich nehmen sie zum Anlaß für diesen Krieg.»

Bertran hatte sie mit einem merkwürdigen Ausdruck angesehen, als wollte er Einwände erheben, aber er tat es nicht.

Als Lisseut denselben Wunsch äußerte, hatte niemand etwas dagegen. Nach dem, was Remy und Aurelian widerfahren war, schien es natürlich, daß auch jemand aus der Welt der Troubadoure dabeisein sollte.

Daß Bertran de Talair ein Troubadour war, hatten offenbar alle vergessen.

Nie vergessen hatte es der König von Gorhaut.

Die beiden Gruppen trafen sich innerhalb des Blickfelds der Heere, aber in sicherer Entfernung zu ihnen. Auf beiden Seiten gab es hervorragende Bogenschützen. Der Ort, den die Herolde für die Begegnung gewählt hatten, lag nach Westen hin in der Nähe eines Kiesstreifens am Nordufer des Dierne-Sees. Nicht weit entfernt erhob sich der große Ehrenbogen, und hinter dem Wald im Südwesten ragten die Türme von Miraval in den Himmel.

Kälter als das Wasser des aufgewühlten Sees oder der scharfe Winterwind erhob sich die Stimme von Signe de Barbentain über die Köpfe der Gesellschaft, die sich hier versammelt hatte.

«Ich habe gewußt, daß Gorhaut durch den Tod deines Vaters einen schweren Verlust erlitten hat», sagte sie, während sie die breitschultrige Gestalt Ademars musterte. «Aber erst vor kurzem habe ich erkannt, wie tief es seither gesunken ist. Der Mann auf jener Plattform war in allen Ländern hochgeehrt. Schämst du dich nicht vor Corannos, solche Greueltaten zu begehen?»

«Der Name des Gottes in deinem Mund ist Gotteslästerung», mischte sich Galbert ein, bevor Ademar antworten konnte. Der König warf ihm einen finsteren Blick zu.

«Er wurde als Spion gefangengenommen.» Ademars Stimme klang überraschend hell, aber beherrscht. «Er wäre auch als Spion verurteilt und hingerichtet worden und ebenso der Blonde, aber er hat einen Fehler gemacht.» Er wandte sich an Bertran de Talair. «Er war so dumm, einige Verse aus einem Lied zu singen, das du, mein Herr, verfaßt hast. Und der andere fand das sehr lustig. Man könnte sagen, daß du für den besonderen Tod dieser beiden verantwortlich bist.»

Zum erstenmal lächelte er. Lisseut schauderte, als sie dieses Lächeln sah. Sie nahm ihren ganzen Mut zusammen und wandte sich trotz ihrer Angst und der erlauchten Gesellschaft, in der sie eigentlich nichts zu sagen hatte, an den König von Gorhaut:

«Er hat für dich gesungen? Eine solche Ehre hättest du gar nicht verdient. Welche Verse waren es denn, die dir so mißfallen haben? Waren es zufällig diese: *Wer, frage ich, der seinen Vater verlor, tötet mit einem Federstrich den Traum, der dem Leben des Vaters glich?*» Sie war so zornig wie noch nie in ihrem Leben. «Oder hat er gesungen: *Wo blieben die Männer von Valensa und Gorhaut...?*» fuhr sie leidenschaftlich bewegt fort. «Wo waren sie? frage ich dich. Die ganze Welt fragt sich das, nachdem ihr wehrlose Frauen verbrennt!»

Sie erntete brutales Gelächter. Als sich Ademars Heiterkeit gelegt hatte, richtete er seine kleinen hellen Augen auf Lisseut und sagte: «Ich werde mir dein unbedeutendes Gesicht merken und mich persönlich dieser Frage annehmen, sobald getan ist, was wir uns für morgen vorgenommen haben.»

«Dein Vater», sagte Bertran de Talair ruhig, «hat nie gedroht. Er hatte es nicht nötig.»

«Ah», sagte Ademar, «sprechen wir jetzt über Väter?» Er warf einen anzüglichen Blick auf die fernen Türme von Miraval. «Man hat mir da eine Geschichte erzählt von einem Bastard und einer nach Liebe lechzenden Frau, die für jeden Mann die Beine breit machte, nur nicht für ihren Ehemann. Wie schade, daß der gehörnte Herzog von Miraval nicht hier ist, um dir mit Rat und Tat beizustehen. Und was für eine Schande», fügte er hinzu, während er sich von Bertran abwandte, dessen Gesicht weiß geworden war, «daß du für dein jämmerliches Heer auf so unsichere Rekruten wie diese aus dem Norden zurückgreifen mußtest.»

Blaise würdigte Ademar keines Blickes. Seine Augen waren auf das Gesicht seines Vaters gerichtet, der, gekleidet in die blaue Robe der Tempelherren und den Blick seines jüngeren Sohns mit eisiger Miene erwidernd, einen furchteinflößenden Anblick bot.

«In den Büchern von Othair», sagte Blaise leise, «den heiligsten Schriften des Corannos, heißt es, daß der Gott das Land Gorhaut beauftragt hat, für Gerechtigkeit in der Welt zu sorgen; daß wir die Schwachen und Verfolgten in allen Ländern beschützen sollen zum Dank für seine Wohltaten und das Versprechen, nach unserem Tod in seine ewige Obhut aufgenommen zu werden.» Er schwieg. Dieses Schweigen war eine einzige Anklage.

«Du wagst es, mir die Lehren des Gottes vorzuhalten?» sagte Galbert. Seine klangvolle Stimme drückte Überraschung aus.

«Du bist gemessen an diesen Lehren ebenso zum Verräter an Corannos geworden wie dieser fälschlich gesalbte König an seinem Volk. Weil du mein Vater bist und der Gott uns lehrt, unsere Eltern zu ehren, wirst du nicht hingerichtet werden, wenn wir nach Gorhaut zurückkehren, aber du wirst deines Amtes enthoben.»

«Du bist ja verrückt», sagte König Ademar verächtlich.

Erst jetzt wandte sich Blaise dem König zu. «Ich bin wütend», sagte er mit einer Heftigkeit in der Stimme, die seinen flammenden Zorn verriet. «Ich bin empört, und es ekelt mich an, wenn ich sehe, wie du dich und dein Volk benutzen läßt. Welcher König läßt sich von einem fanatischen Ratgeber so mißbrauchen?»

«Ein falscher König», sagte Falk de Savaric. «Einer, der seiner Krone nicht würdig ist.»

«Der sein Leben verwirkt hat», sagte Bertran de Talair.

«An den sich niemand erinnern wird nach dem Tod, den Rian für ihn bereithält», ergänzte die Gräfin von Arbonne, und ihre Stimme klang unheimlich, als spräche sie für eine überirdische Macht.

Der König von Gorhaut, der von einem zum anderen blickte,

wirkte plötzlich verunsichert. Sein Ratgeber überbrückte die peinliche Stille.

«Das ist nur das letzte Aufbäumen der Verdammten, mein Fürst. Sollen wir uns davon einschüchtern lassen? Für euch hier», sagte er an die Arbonner gewandt, «wäre es besser, ihr würdet auf die Knie sinken und um einen gnädigen Tod bitten.»

«Das würde dir gefallen, nicht wahr? Daß die Frauen von Arbonne vor dir knien», sagte Ariane de Carenzu, während sie ihr Pferd ein wenig vorrücken ließ. Sie lächelte kalt. «Kein Wunder, daß die Frau deines Sohnes vor dir geflohen ist. Was sagt Corannos denn zu solchen Wünschen, Galbert de Garsenc?»

Ademar hatte sich inzwischen wieder gefangen. «Ihr langweilt mich», sagte er. «Ich bin zu dieser Unterredung gekommen, weil das Kriegsprotokoll ein Treffen der Herolde vorsieht. Also hört mich an: Wir sind nach Süden gekommen, weil die Gräfin von Arbonne einer Frau aus Gorhaut Schutz und Hilfe geleistet hat und sich weigert, sie zu uns zurückzuschicken. Alles andere ist dummes Gerede. Meine Geduld ist zu Ende. Morgen erwartet euch der Tod.»

«Und was ist, wenn ich zurückkomme?» sagte Rosala plötzlich. «Wenn ich nach Gorhaut zurückgehe, wirst du dann mit deinem Heer umkehren?»

Galbert de Garsenc lachte heiser. Als er antworten wollte, hielt ihn der König mit einer Handbewegung zurück. «Dieses Angebot kommt etwas zu spät», sagte er leise. «Jetzt müssen wir denen, die sich unseren berechtigten Forderungen widersetzt haben, erst einmal eine Lektion erteilen. Ich freue mich, daß du zurückkehren willst, aber es ändert nichts. Von nun an, Rosala, wird mich keine Macht der Welt daran hindern, dich nach Cortil zurückzubringen.»

«Mit dem Kind», ergänzte Galbert.

Niemand hörte auf ihn.

«Nach Cortil, Herr?» fragte Rosala gedehnt. «Sprichst du es jetzt so offen aus? Meinst du nicht vielleicht: zurück nach Garsenc zu meinem Ehemann?»

In der Stille, die darauf folgte, erkannte Lisseut, daß der König von Gorhaut soeben einen Fehler begangen hatte, obwohl sie nicht genau wußte, worin dieser Fehler bestand.

Nun meldete sich zum erstenmal Ranald de Garsenc zu Wort. Er lenkte sein Pferd in den freien Raum zwischen den gegnerischen Parteien und sagte: «Für meinen Geschmack und auch mit Blick auf die Ehre meiner Familie hat man hier etwas zu offen gesprochen.» Er starrte den König an. Er hatte sogar auf die förmliche Anrede verzichtet.

Niemand antwortete. Niemand rührte sich. Ranald de Garsenc, die einzige Figur, die sich in einer scheinbar erstarrten Welt bewegte, wandte sich an seine Frau. Er wirkte auffallend gelöst, als hätte ihn das, was er eben gesagt oder wozu er sich eben entschlossen hatte, von einer Last befreit. «Verzeih mir, Rosala, aber ich muß dich etwas fragen, und ich werde dir glauben, wie immer deine Antwort lautet: War der König von Gorhaut dein Liebhaber?»

Lisseut hielt den Atem an. Aus dem Augenwinkel sah sie, daß Blaise kalkweiß geworden war. Rosala saß in tadelloser Haltung auf ihrem Pferd und wirkte beinahe so unbefangen wie ihr Mann. Sie sagte, ebenso klar und deutlich wie zuvor: «Das war er nicht, mein Herr, obwohl er es seit einiger Zeit versucht hat. Dein Vater hat ihn auf den Gedanken gebracht, um damit seine eigenen Zwecke zu verfolgen. Doch ich schwöre dir beim Leben meines Kindes, daß ich nicht bei Ademar gelegen habe und daß ich eher sterben würde, als ihm zu Willen zu sein.»

«Bist du deshalb fortgegangen?» Ranalds Stimme drückte plötzlich solch unverhüllten Schmerz aus, daß Lisseut wünschte, sie wäre nicht hier. Keiner von uns, dachte sie, hat das Recht, hier zuzuhören.

«Das war in der Tat der Grund, warum ich gegangen bin, mein Herr», ewiderte Rosala. «Ich mußte befürchten, daß du mich weder vor deinem Vater noch vor deinem König schützen würdest und es vielleicht auch nicht gekonnt hättest. Denn der eine wollte das Kind, das ich getragen habe, und der andere wollte mich.»

Ranald nickte langsam, als trieben ihn Rosalas Worte einem Entschluß entgegen.

«Ranald, im Namen des Gottes, mach mir jetzt keine Schande», sagte Galbert de Garsenc rauh. «Wenn du dieser Verworfenen erlaubst, Dinge zu sagen –»

«Du hältst den Mund», sagte Ranald barsch. «Mit dir rechne ich später ab.»

«Was meinst du mit ‹später›?» fragte Ademar von Gorhaut. Auch er saß sehr aufrecht im Sattel, und seine Augen funkelten.

«Sobald ich in aller Öffentlichkeit mit dir fertig bin. Kein König von Gorhaut hat es bisher gewagt, sich gegenüber einem Kronvasallen eine solche Freiheit herauszunehmen. Und daß du nicht der erste sein wirst, dafür werde ich sorgen. Die Frau des Herzogs von Garsenc ist kein billiges Schmuckstück, um das man würfeln könnte, und wenn der Herzog noch so blind wäre.» Er hielt inne und sagte dann: «Dies ist eine förmliche Herausforderung, Ademar. Willst du selbst mit mir kämpfen oder einen Stellvertreter ernennen, hinter dem du dich verstecken kannst?»

«Bist du von Sinnen?» rief Galbert de Garsenc.

«Der eine deiner Söhne soll verrückt sein, der andere von Sinnen», entgegnete Ranald ernst. «Ich glaube, es trifft auf keinen von uns beiden zu.» Er sah Rosala an. «Andere Dinge können mir freilich vorgeworfen werden. Ich hoffe, daß ich die Chance bekomme, mich nach dem Kampf damit zu befassen.»

Rosala erwiderte seinen Blick, aber sie schwieg unnachgiebig und stolz.

Ranald wandte sich wieder an Ademar, der sich von der ersten Überraschung erholt hatte und nun mit schmalen Lippen lächelte. Seine Augen jedoch wirkten hart wie Stein.

«Wir befinden uns in einem fremden Land mitten in einem Feldzug», sagte er. «Du bist einer der Befehlshaber meines Heeres. Du willst dich mit mir schlagen, weil deine Frau, deren Flucht von deinem Familienstammsitz der Grund unseres Hierseins ist, behauptet, ich habe ihr nachgestellt. Ist das so richtig, Herr von Garsenc?»

So ausgedrückt klang es absurd und in der Tat verrückt, aber Ranald de Garsenc ließ sich nicht beirren. Auch er lächelte jetzt.

«Du erinnerst dich vielleicht nicht», sagte er, «aber ich war im vergangenen Herbst in dem Zimmer in Cortil, zusammen mit meinem Vater, als du hereingeplatzt bist und verlangt hast, man solle Rosala zurückbringen. Zu dir zurück.»

Ademars Blick flackerte, und Ranald fuhr sehr ruhig fort: «Ich hätte schon damals Genugtuung fordern sollen. Du hast Rosalas Flucht als Anlaß für diesen Krieg benutzt – eine Idee, die nur von meinem Vater stammen kann. Rosala ist aber nicht vor mir geflohen, Ademar, sondern vor dir und meinem Vater. Wegen euch hat sie sich und unser Kind größter Gefahr ausgesetzt. Wenn du einen Funken Mut im Leib hast, dann zieh dein Schwert!»

«Ich werde dich einsperren und kastrieren lassen, bevor wir dich als Verräter verbrennen», fauchte Galbert de Garsenc und wies mit dem behandschuhten Finger auf seinen Sohn.

Ranald lachte nur. «Tu, was du willst», sagte er. «Der König ist dir sicher dankbar für deinen Beistand. Ich jedoch werde kein weiteres Wort an einen Kuppler verschwenden», fügte er in dem gleichen unnatürlich ruhigen Ton hinzu. An Ademar gewandt sprach er weiter: «Es war hier viel von Verrätern die Rede. Einer wirft dem anderen Verrat vor, aber für mich sind das nur Wortgefechte. Ich sage lieber frei heraus, was du bist, Ademar: Du bist ein Gimpel und ein Feigling, der sich hinter seinem Ratgeber versteckt, weil er sich nicht mit seinem eigenen Schwert verteidigen will.»

«Ranald», sagte Ademar beinahe freundlich, «du weißt, daß ich dich töten werde. Du hast seit zehn Jahren nichts anderes getan als getrunken – deshalb ist dir die Frau davongelaufen. Ich wette, du hast sie nicht ein einziges Mal in all diesen Jahren befriedigt. Du wirst bald vor dem Gott stehen, also brauchst du dir jetzt nichts mehr vorzumachen.»

«Heißt das, du wirst mit mir kämpfen?»

«Das wird er nicht tun!» fuhr Galbert dazwischen.

«Ja, ich werde kämpfen», sagte Ademar. «Die Söhne meines Tempelältesten sind eine Plage geworden, die ich endlich los sein will.»

Und damit zog er sein Schwert.

Aus dem Heer der Gorhauter erhob sich ein Raunen. Der

dumpfe Ton stieg an zu hellem Geschrei, als Ranald sein Schwert zog und sich ein Stück von der Gruppe am See entfernte. Ademar folgte ihm. Er lächelte, bevor er das Visier schloß. Im Westen, nicht weit entfernt, ragte der Ehrenbogen der Alten empor, und seine honiggelben Steine leuchteten im klaren Licht von Arbonne.

«Vor zehn Jahren», sagte Falk de Savaric leise, «wäre er ihm gewachsen gewesen. Aber heute nicht mehr – so leid es mir tut.»

Blaise schwieg, obwohl er gehört haben mußte, was Falk gesagt hatte. Er beobachtete seinen Bruder mit einem schmerzlichen Ausdruck in den Augen. Auch Rosala beobachtete Ranald, aber ihre Miene verriet nichts. Ranald hatte sich nicht die Mühe gemacht, sein Visier zu schließen.

«Es wird sich nichts ändern», sagte Galbert an die Gruppe der Arbonner gewandt. «Selbst wenn Ademar stirbt, werden wir euch morgen vernichten. Und er wird nicht sterben. Ranald hat den ganzen Tag getrunken. Sonst hätte er sich nie zu dieser Herausforderung hinreißen lassen. Seht euch sein Gesicht an. Als Säufer tritt er vor den Richterstuhl des Gottes, aufgedunsen und entehrt.»

«Erlöst, würde ich sagen.» Blaises Stimme klang hohl. Er ließ die zwei Männer nicht aus den Augen, die sich nun auf der Uferstraße umkreisten.

Was sie dann sahen, als die langen, glänzenden Schwerter aufeinanderschlugen, zuerst nur leicht, dann aber mit scharfen, klirrenden Schlägen, war in der Tat eine Art Erlösung, denn Ranald kämpfte gut. Er kämpfte sogar mit Anmut, dachte Lisseut. Sie hatte Ranald de Garsenc nie zuvor gesehen. Sie wußte nicht, daß er einmal der beste Kämpfer am Hof von Gorhaut gewesen war.

Er lenkte sein Streitroß mit Knien und Hüfte und versetzte Ademar mit einem rasch ausgeführten Hieb einen schweren Schlag gegen die Seite. Die gewölbte Rüstung lenkte die Klinge ab, aber der König schwankte im Sattel, und wieder war aus den Reihen der Gorhauter ein dumpfes Grollen zu hören.

Ademar reckte sich, um zu einem gewaltigen Rückhandschlag auszuholen. Ranald schwächte den Hieb mit einer Drehung des

Schwertarms ab und vereitelte mit einer Seitwärtsbewegung seines Pferds Ademars Absicht, einen wuchtigen, abwärts gerichteten Schlag zu führen.

Dieses beinahe instinktiv ausgeführte Manöver, das nur jemand beherrschte, der sein Leben mit der Klinge in der Hand im Sattel verbracht hatte, versetzte Blaise plötzlich in seine Kindheit zurück, und er erinnerte sich an die ersten heimlichen Fechtübungen mit seinem Bruder, denn Galbert hatte Blaise verboten, ein Schwert auch nur anzurühren. Beide Jungen hatten die Peitsche bekommen, als es herauskam; daß auch Ranald bestraft worden war, hatte Blaise jedoch erst viel später von einem Coraner erfahren. Ranald selbst hatte nie ein Wort darüber verloren. Aber er hatte seinem Bruder keinen Fechtunterricht mehr erteilt.

Auch Ranald de Garsenc dachte an die Vergangenheit, während sein Körper auf die Anforderungen des Kampfes reagierte. Bei den vertrauten ersten Schritten fühlte er sich seltsamerweise nicht nur gut, sondern nahezu glücklich. Aber nachdem er eine ganze Reihe von harten Schlägen auf Schild und Schwert abgewehrt und hart zurückgeschlagen hatte, wußte er, daß dieser Zustand nicht anhalten würde. Er war nicht viel älter als der König, aber im Gegensatz zu diesem längst nicht mehr auf der Höhe seiner Kraft.

Als wollte Ademar bestätigen, was beide wußten, kam er einem zu langsamen Parierschlag Ranalds zuvor, und seine Waffe krachte mit voller Wucht auf Ranalds leichten Panzer. Ranald hatte immer auf seine Schnelligkeit vertraut und Beweglichkeit einer schweren Rüstung vorgezogen. Als er nun unter dem stechenden Schmerz in seinen Rippen zusammenzuckte und sich aus Ademars Reichweite zurückzog, wurde ihm klar, daß er auch nicht mehr über die einstige Schnelligkeit verfügte.

Zehn Jahre früher, dachte er, hätte ich ihn jetzt auf dem Boden gehabt. Damals war er der beste Kämpfer am Hof, zwei Jahre lang ungeschlagen auf jedem Turnier der sechs Länder. Doch seit er das Erbe seines Onkels angetreten hatte, war es mit den Turnieren und Siegesfeiern vorbei. Er mußte seine Ländereien verwalten und sich den ehrgeizigen Plänen seines Vaters fügen, ohne sein Vertrauter zu sein. Galbert zog Ranald ebensowenig ins Vertrauen wie sein Sohn ihn. Als Herzog von Garsenc war er für seinen Vater ein nützliches Werkzeug, nicht mehr und manchmal sogar weniger. Es war alles schon sehr lange her. Aber damals hatte er angefangen zu trinken, um Trost und Vergessen zu finden.

Während er einen erneuten Hagel von Schlägen parierte und fühlte, wie Schwertarm und Schulter unter dem Aufprall von Ademars wuchtigen Schlägen allmählich taub wurden, wanderten seine Gedanken weiter in die Vergangenheit zurück.

Im Gegensatz zu Blaise, der seine Mutter nie gesehen hatte, konnte sich Ranald an sie erinnern. Zwei oder drei Bilder von ihr gab es in seiner Erinnerung, doch als er sie als Kind zum erstenmal erwähnte, war er von seinem Erzieher streng getadelt worden; er habe sich nur etwas ausgedacht und solche Phantasien seien eines künftigen Kriegers unwürdig. Als er später versuchte, mit seinem Vater zu sprechen, weil das Bild der rothaarigen Frau, die ihm bei Kerzenschein etwas vorsang, immer wiederkehrte, hatte ihm Galbert strikt verboten, je wieder davon zu sprechen, oder er würde die Peitsche zu spüren bekommen. Ranald war damals sechs Jahre alt gewesen. Es war das letztemal, daß er versucht hatte, seinem Vater etwas anzuvertrauen. Eigentlich, dachte er jetzt, hatte er von da an niemandem mehr etwas anvertraut.

Die Erinnerung an die Frau mit dem roten Haar war in all den Jahren lebendig geblieben. Er hätte mit Rosala über sie sprechen können; es wäre vielleicht etwas gewesen, das sie gemeinsam hätten teilen können, dachte er jetzt. Gleichzeitig lenkte er sein Pferd mit kräftigem Schenkeldruck nach rechts, duckte sich ächzend unter einem Schlag, zu dem Ademar weit ausgeholt hatte, und brachte selbst einen Schlag an, der scharf an Ademars Panzer abprallte.

Das Bier vom Vormittag lag ihm wie Blei in den Gliedern und bewirkte, daß sein Körper auf eine erkannte Gefahr oder eine Möglichkeit anzugreifen zu langsam reagierte. Und er wußte, es würde schlimmer werden. Ademar dagegen schien kaum rascher zu atmen, obwohl er Ranalds Schild und Rüstung mit seinen harten Schlägen bereits kräftig verbeult hatte. Ranald fürchtete, daß auf seiner linken Seite ein paar Rippen gebrochen waren, denn es fiel ihm zunehmend schwerer, mehr zu tun als zu parieren.

Ademar schien dies ebenfalls bemerkt zu haben. Er gewährte Ranald eine kleine Verschnaufpause, um hinter dem geschlossenen Visier verächtlich und gerade so laut, daß es nur Ranald hören konnte, zu sagen: «Du könntest mir leid tun, wenn du nicht so ein Narr wärst. Morgen wird sie mir gehören. Ich möchte, daß du daran denkst, wenn ich dich töte. Hörst du? Und sie wird dem traurigen, ewig betrunkenen Kerl, neben dem sie hat liegen müssen, bestimmt keine Träne nachweinen, das verspreche ich dir.»

Ranald fehlte die nötige Luft für eine Antwort. Seine Rippen schmerzten höllisch; mit jedem Atemzug schien sich ein Messer in seine Brust zu bohren. Aber er war sicher, daß sich der König zu früh freute. Er glaubte, was Rosala gesagt hatte: daß sie eher sterben als sich zu Ademar legen würde. Und plötzlich wurde ihm klar: Wenn der König ihn tötete, würde er höchstwahrscheinlich auch Rosala töten – und auch das Kind, den Sohn, den er nie gesehen hatte.

Ich bin tatsächlich ein trauriger, ewig betrunkener Narr, dachte er verbittert. Ich habe mein Leben vergeudet. «Du mußt ihm nicht folgen, Ranald», hatte sein Bruder auf der nebelverhangenen Brücke von Garsenc gesagt. «Du hast zum erstenmal seit langem freie Wahl.» Und Ranald hatte ihm in seinem Zorn und seiner Verwirrung nur eine grobe Antwort entgegengeschleudert. Corannos wußte, wieviel Zorn sich in ihm aufgestaut hatte. Aber er hatte ihn am falschen Mann ausgelassen. Er hatte sich sein Leben lang die falsche Richtung ausgesucht. Blaise hatte die Krone beansprucht, dem Vater getrotzt und sogar Corannos zu seinem Zeugen angerufen. Er hatte den Weg der Ehre gewählt, der einen Mann stolz machen konnte – der sogar den Bruder des Mannes stolz machen konnte.

Ademar packte sein Schwert und hielt es wie ein Scharfrichter mit der Spitze nach vorn. Ranald wußte, jetzt kam die Vorstellung für die Truppen. In das ständige Gemurmel, das von Norden herdrang, mischten sich einzelne Rufe. Gleich würde der Kampf weitergehen – und zu Ende sein, dachte er und blickte kurz zur

Sonne empor, die so erstaunlich hell über den Feldern und Wäldern dieses Landes schien.

Er empfand keine Angst, nur Trauer und Reue, aber auch dafür, dachte er, war es im Grunde zu spät. Er dachte an die rothaarige Frau, die ihm ein Schlaflied gesungen hatte, und fragte sich, ob sie wohl auf ihn wartete und ob der Gott einem wie ihm eine solche Gnade gewähren würde. Dann dachte er wieder an seinen Bruder und schließlich an seine Frau und das Kind, die ihm abhanden gekommen waren. Cadar. Ein starker Name mit einem guten Ruf in der Welt, einem weitaus besseren Ruf als dem von Ranald de Garsenc. Dieser Gedanke tat weh, doch er spornte ihn zu einer letzten Anstrengung an.

Ungeachtet der Schmerzen in seiner Brust hob er das Schwert hoch über den Kopf, eine theatralische und verblüffende Geste, die Ademar zögern ließ, und rief, so laut er konnte, damit ihn beide Heere hörten: «Vor unserem heiligsten Gott nenne ich dich einen falschen König, Ademar, und ich erhebe mein Schwert gegen dich im Namen von Gorhaut!» Er holte qualvoll Luft und sagte zu einem Coraner in seinem Gefolge: «Bergen, reite zum Heer und überbringe meinen Befehl: Die Coraner von Garsenc werden nicht für diesen Mann kämpfen.» Und nach einer kurzen Pause fügte er hinzu: «Folgt meinem Bruder.»

Es war gesagt und getan, und es war leichter gewesen, als er gedacht hatte. Er warf einen kurzen Blick auf den Anführer seiner Coraner, der zunächst zögerte, dann jedoch vor Überraschung und Furcht ruckartig nickte. Er sah noch, wie Bergen am Zügel riß, um sein Pferd zu wenden, bevor der König in hellem Zorn auf ihn eindrang.

Für die Zuschauer ging alles sehr schnell.

Blaises Herz machte einen Satz, als er begriff, wozu sich sein Bruder entschlossen hatte, und als Bergen, langjähriger Hauptmann der Garsenc-Coraner, sich anschickte, den Befehl auszuführen.

Bergen von Garsenc war tot, noch bevor er sein Pferd gewendet hatte. Borsiard d'Andoria zog beinahe lässig seine lange Klinge aus dem Rücken des Coraners, und während Bergen vom Pferd glitt, grinste der elegante Portezzaner Blaise ins Gesicht.

Aus den Reihen der Gorhauter erhob sich wütendes Geschrei. Sie hatten Ranalds Worte gehört, und sie hatten gesehen, wie der Portezzaner einen der ihren tötete. Mehrere Männer aus beiden Heeren rückten aufeinander zu.

Blaise jedoch konnte den Blick nicht von seinem Bruder wenden, denn Ranalds dramatische Bewegung mit dem hoch erhobenen Schwert hatte ihn plötzlich an etwas in seiner Kindheit erinnert, damals, als er seinem Bruder im Burghof beim Üben mit den Coranern zuzusehen pflegte. Diese übertriebene Geste löste irgendwo in ihm ein Echo aus; sie holte eine verlorene Erinnerung zurück – an ein Spiel? Einen Trick? Einen gefährlichen Leichtsinn?

Und dann wußte er es wieder. «Ranald!» rief er unwillkürlich.

Es war immer nur ein Spaß unter Freunden gewesen, vor zwanzig Jahren. Das hoch erhobene Schwert war eine Finte, in diesem Fall eine beinah zu auffällige Aufforderung an den Gegner, einen rückwärts geführten Hieb auf die offene Flanke zu wagen. In Garsenc war darauf meistens ein albernes, würdeloses Gerangel gefolgt, bei dem gewöhnlich beide Kämpfer fluchend und lachend auf dem Boden landeten.

Doch hier am Ufer des Dierne-Sees lachte niemand. Blaise sah, daß der König auf Ranalds Trick hereinfallen würde, denn er holte zu einem gewaltigen Schlag aus, der Ranalds Torso trotz des Kettenhemds mindestens zur Hälfte durchtrennt hätte, wenn er getroffen hätte.

Doch er traf nicht. Ranald drückte sich flach auf den Hals seines Pferdes und ließ sein Schwert fallen, während Ademars Klinge über seinen Kopf hinwegsausend die Luft durchschnitt. Der Schwung dieser Bewegung ließ den König zur Seite taumeln und riß auch sein Pferd mit. Bis sich Ademar fluchend im Sattel aufrichtete, hatte sich Ranald von seinem Pferd hinter den Sattel des Königs geworfen – sehr ähnlich wie damals als Junge, für den dies alles Akrobatik und Spaß gewesen war.

Ranald schaffte es tatsächlich. Er landete, ein Bein über den

Rumpf von Ademars Pferd schwingend, hinter dem König und griff bereits nach dem Messer an seinem Gürtel, als ihn der Pfeil einer Armbrust über dem Schlüsselbein traf und sich in seinen Hals bohrte.

Der halb aus der Scheide gezogene Dolch entglitt den kraftlosen Fingern. Ranald de Garsenc rutschte langsam vom Pferd und fiel zu Boden. Aus seinem Hals quoll stoßweise hellrotes Blut.

Ademar, der Mühe hatte, sein Pferd in die Gewalt zu bekommen, blickte auf ihn hinunter und dann auf den Mann, der mit der kleinen, heimlich unter dem Mantel getragenen Armbrust geschossen hatte.

«Du hast dich in einen Zweikampf eingemischt», sagte der König von Gorhaut mit merkwürdig dünner Stimme.

«Wärst du jetzt lieber tot?» entgegnete Galbert de Garsenc. Er warf keinen Blick auf Ranald.

Ademar gab keine Antwort. Inzwischen wurde der Tumult unter den Gorhautern immer größer.

«Gebt auf ihn acht», sagte Blaise, ohne sich an einen Bestimmten zu wenden, und stieg vom Pferd. Er ging an Ademar vorbei und kniete neben seinem Bruder nieder. Er hörte Schritte hinter sich, aber er drehte sich nicht um. Ranalds Augen waren geschlossen, aber er lebte noch. Blaise hob ihn vorsichtig ein wenig an, so daß er Ranalds Kopf auf seinen Schoß betten konnte. Das Blut, das bereits den Boden ringsum durchtränkt hatte, sickerte in Blaises Kleidung.

Über sich hörte er seinen Vater zum König sagen: «Ich bin nicht so weit gekommen, um mir durch die Dummheit eines Säufers oder durch deinen Leichtsinn alles verderben zu lassen.»

Da öffnete Ranald die Augen, und ein schwaches, aufrichtiges Lächeln huschte über sein Gesicht.

«Es hätte geklappt», flüsterte er. «Dabei hab ich's nur zum Spaß versucht.»

«Schone deine Kräfte», sagte Blaise leise.

Ranald schüttelte leicht den Kopf. «Überflüssig», sagte er mühsam. «Der Pfeil ist mit Syvaren vergiftet.»

Schmerz und furchtbare Wut drohten Blaise zu überwältigen.

Er schloß die Augen und rang verzweifelt um Fassung. Als er die Augen öffnete, sah er, daß Ranalds Blick auf jemand anderen gerichtet war.

«Ich habe kein Recht, dich um irgend etwas zu bitten», hörte er seinen Bruder flüstern. Blaise blickte über die Schulter und sah Rosala, die groß und ernst hinter ihm stand.

«Nein, das hast du nicht», sagte sie leise. Selbst jetzt wich sie nicht von ihrem Standpunkt ab. «Aber ich habe das Recht, dir etwas zu gewähren.» Sie zögerte, und Blaise dachte, sie wollte neben ihm niederknien. Doch sie sagte nur sehr ruhig: «Du hast am Ende mutig gehandelt, Ranald.»

Es entstand eine kleine Pause. Blaise hörte Lärm und Geschrei wie von kämpfenden Männern. Er sollte zu seinen Soldaten zurückgehen, man brauchte ihn dort, aber er konnte Ranald jetzt nicht verlassen.

«Beschütze ihn, wenn du kannst», sagte Ranald. «Ich meine Cadar. Es ist ein schöner Name», fügte er so leise hinzu, daß er kaum zu verstehen war. Als Blaise das Leid hinter diesen Worten vernahm, die unausgesprochene Klage über ein vergeudetes Leben, hatte er das Gefühl, als würde ihm das Herz brechen.

Rosala schien es ähnlich zu gehen, denn jetzt kniete sie doch in dem von Blut besudelten Gras neben ihrem Gatten nieder. Sie streckte nicht die Hand aus, um ihn zu berühren, aber sie sagte mit ihrer ernsten, ruhigen Stimme: «Er heißt von heute an Cadar Ranald de Garsenc. Wenn es dir so recht ist, Herr.»

Durch einen Tränenschleier sah Blaise seinen Bruder zum letztenmal lächeln, und er hörte ihn sagen – aber es war nur noch ein Hauch: «Es gefällt mir, liebe Frau.»

Blaise hielt Ranalds Hände in den seinen – er hatte gar nicht gemerkt, daß er sie ergriffen hatte –, und er war sich fast sicher, daß er ganz kurz einen leichten Druck fühlte, bevor Ranalds Hände erschlafften.

Blaise blickte auf seinen toten Bruder und spürte den kalten Wind, der über ihn hinwegstrich. Nach einer Weile ließ er Ranalds Hände los und schloß ihm die Augen. Er hatte schon viele sterben sehen. Manchmal schienen ihre Gesichter ruhig und friedvoll zu werden, wenn das Leben von ihnen wich und sie ihre Reise zu Corannos antraten. Ranald sah aus wie immer. Vielleicht waren die tröstlichen Illusionen schwerer zu finden, wenn jemand starb, den man gut gekannt hatte.

Er hatte sich nicht einmal von ihm verabschiedet. «Schone deine Kräfte» waren seine einzigen Worte gewesen, ziemlich törichte Worte angesichts des vergifteten Pfeils in Ranalds Hals. Aber vielleicht hatte die Berührung ihrer Hände zum Abschied genügt; sie mußte genügen, denn Ranald war tot.

Er zwang sich, den Blick zu heben. Ademar wirkte ziemlich erschüttert. Blaise würdigte ihn keines Wortes. Über die Schulter blickend sah er seinen Vater, der noch die kleine Armbrust in der Hand hielt, die er heimlich zu diesem Treffen mitgenommen hatte. Daß Rituale und Gesetze, ob sie für Unterhandlungen, Herausforderungen oder andere Dinge galten, Galbert nichts bedeuteten, überraschte Blaise nicht. Ademar jedoch schien eine neue Erfahrung gemacht zu haben.

Der König von Gorhaut mußte sich fragen, wie er jetzt vor seinem Volk und vor den Völkern der sechs Länder dastand, nachdem er auf so beschämende Weise in einem formellen Zweikampf gerettet worden war. Zu einem anderen Zeitpunkt und an einem anderen Ort hätte Blaise vielleicht sogar Mitleid für Ademar empfunden, der offenbar erst jetzt entdeckte, daß auch er nur ein Werkzeug in den Händen von Galbert de Garsenc war.

Er blickte wieder auf seinen Bruder, als wollte er sich Ranalds Züge, die den seinen so ähnlich und doch so anders waren, für immer einprägen. «Du solltest jetzt aufstehen», hörte er Rosala wie aus weiter Ferne sagen. Sie hatte sich bereits erhoben, und als er zu ihr aufblickte, fand er, daß sie noch nie so sehr einer der stolzen Speerträgerinnen des Gottes geähnelt hatte, wie sie auf den Friesen in den Tempeln zu sehen waren. Mit festem Blick sah sie ihn an. «Er ist gestorben wie ein Mann, der es wert ist, daß wir um ihn trauern», sagte sie. «Aber es sieht so aus, als hätte die Schlacht bereits begonnen.»

Vorsichtig bettete Blaise Ranalds Kopf in das Gras. Dann stand er auf und sagte über den zunehmenden Lärm hinweg, der von

Norden her drang, zu Ademar: «Als sein Bruder erhebe ich Anspruch auf seinen Leichnam. Willst du mir diesen Anspruch streitig machen?»

Ademar schüttelte den Kopf. «Ich will seinen Leichnam nicht.»

Blaise nickte. Er fühlte sich merkwürdig ruhig, beinahe wie taub. «Wenn wir beide noch leben, werde ich bei Sonnenuntergang nach dir ausschauen.»

Was immer man über Ademar sagen konnte, ein Feigling war er nicht. «Ich werde nicht schwer zu finden sein», antwortete er, wendete sein Pferd und ritt auf das Schlachtfeld.

Erst jetzt drehte sich Blaise zu seinem Vater um.

Galberts Gesicht wirkte etwas gerötet, aber im übrigen völlig gelassen. «Ich werde dich nicht töten», sagte Blaise, «denn ich will meine Seele nicht mit einem Vatermord belasten. Aber die Reise zu Corannos erwartet dich, ob heute oder später, und der Gott wird dich für diese Tat richten.» Er hielt kurz inne. «Und auch Rian wird dich richten für die Mißachtung althergebrachter Regeln und für den Mord an deinem Sohn.»

Galbert lachte laut, doch bevor er antworten konnte, sagte Bertran de Talair: «Mach, daß du fortkommst! Ich habe noch nie einen Mann in Anwesenheit der Herolde erschlagen, aber ich könnte es jetzt tun.»

«Was?» erwiderte Galbert spöttisch. «Dann würde uns ja dasselbe Gericht erwarten?» Damit wendete er sein Pferd und ritt davon. Die sich am nächsten gegenüberstehenden Truppen hatten den Kampf aufgenommen, und der Wind, der durch das Tal fegte, peitschte die Banner über ihren Köpfen.

Blaise blickte auf seinen toten Bruder und dann zu der massigen Gestalt seines Vaters, der locker im Sattel saß. Es lag etwas zutiefst Unwirkliches in diesen Bildern, als weigerte sich sein Verstand, ihre Realität anzuerkennen. Aber die Schlacht hatte begonnen, er wurde gebraucht, und diese zwingende Wahrheit half ihm, die Taubheit abzuschütteln, die zunehmend von ihm Besitz ergriffen hatte.

Zwei Boote landeten knirschend auf dem steinigen Strand, um die Frauen auf die Insel in Sicherheit zu bringen. In einem der

Boote erkannte Blaise die schlanke junge Priesterin, die ihm schon früher hier am See begegnet war. Auch damals lagen Tote im Gras. Sie sah ihn kurz an, ohne zu grüßen; dann reichte sie der Gräfin die Hand und half ihr ins Boot.

Als auch die anderen Frauen eingestiegen waren, stießen die Boote ab und fuhren auf den bewegten See hinaus. Segel wurden gehißt, und während ihnen Blaise vom Ufer aus nachschaute, sah er, daß sich Ariane nach ihm umdrehte. Ihr langes schwarzes Haar wehte im Wind, und einen Herzschlag lang trafen sich ihre Blicke. Im anderen Boot war es Lisseut von Vezét, die zu ihm herübersah; sie hob zaghaft die Hand, und er sah, daß sie weinte.

Rosala saß aufrecht neben der zierlichen Gestalt der Gräfin, doch sie blickte kein einziges Mal zurück, während der Wind die Boote über das Wasser trieb und das Ufer, wo die Leiche ihres Mannes im Gras lag, in immer weitere Ferne rückte.

Blaise atmete tief ein und wandte sich ab. Bertran trat auf ihn zu.

«Bist du in Ordnung?» fragte er leise. Hinter Bertran stand Falk de Savaric; seine Augen stellten dieselbe Frage.

Ein drittes Boot landete am Ufer. Die Tempeldiener der Rian kamen, um Ranald zu holen. Blaise blieb keine andere Wahl. Er mußte ihnen seinen Bruder überlassen und darauf vertrauen, daß sie ihn ehrenvoll bestatteten. Sein Platz war jetzt bei den Lebenden, an der Seite seiner Freunde.

«Es spielt keine Rolle», antwortete er und erschrak ein wenig über den Ton seiner Stimme. «Laßt uns gehen.»

18

Die Schlacht, die Gorhaut und Arbonne für immer veränderte, begann im Tumult. Nach der abgebrochenen Unterhandlung der Herolde waren die sich am nächsten gegenüberstehenden Truppen aneinandergeraten, und höchstens ein Erscheinen der Göttin oder des Gottes hätte sie wieder auseinandergebracht. Die taktischen Vorteile, die Bertran de Talair aufgrund seiner besseren Kenntnis des Geländes und mit der nötigen Vorbereitungszeit vielleicht hätte nützen können, gingen in wildem, brüllendem Chaos unter.

Ein Wunder müßte geschehen, dachte Blaise, während er sich auf der Seeseite in den Kampf stürzte, als dürstete ihn nach Blut. Er hatte Corannos stets die Treue gehalten und auch ein Gespür für die ganz andere Macht der Rian entwickelt; trotzdem glaubte er nicht an Wunder. Er führte sein Schwert mit Hieb und Stich. Er war ein Sterblicher, der den Tod austeilte, der Männer tötete, an deren Seite er am Iersen und viele Male zuvor gekämpft hatte, und nur äußerste Willensanstrengung rettete ihn davor, daß diese Gedanken in sein Bewußtsein drangen.

Die Heere prallten frontal aufeinander. Die Überzahl der Gorhauter würde sie an den See, an den Rand des Schloßgrabens und an den Rand ihres Lebens drängen. Mut und Können und für die rechte Sache zu streiten reichten manchmal nicht aus, dachte Blaise. Corannos und Rian hatten eine Welt geschaffen, in der diese bittere Wahrheit galt. In dem blauen Himmel über ihm schwebte der Tod, bereit, zu ihnen hinabzusteigen und die Welt in Dunkelheit zu hüllen.

Plötzlich schob sich vor sein inneres Auge ein Bild, das er in Wirklichkeit vielleicht nicht mehr sehen würde, wenn Arbonne geschlagen war: Auf der Insel der Rian loderten Scheiterhaufen, und auf einem davon stand, zierlich, anmutig und stolz, die gefesselte Signe de Barbentain, ihr weißes Haar in Flammen und ihr

Mund geöffnet zu einem stummen Schrei. Nein, dachte er. Niemals. Und die furchtbare Wut, die in ihm aufkam, befreite ihn endgültig von der Taubheit, die sich beim Tod von Ranald wie eine Nebeldecke um ihn gelegt hatte.

Er befehligte die linke Flanke. Bei ihm waren Rudo und Falk sowie die Barone und Coraner aus dem südlichen Arbonne, darunter auch Mallin de Baude. Bertran und Valery hielten die Mitte, größtenteils mit Männern von Talair, und Thierry de Carenzu stand mit den Coranern aus Ostarbonne auf dem rechten Flügel. Soweit Blaise in dem blendenden Licht des Winternachmittags sehen konnte, hielten sie an allen Fronten stand. Er sah Ademar an der mittleren Vorderfront, nicht weit von Bertran entfernt, obwohl sich Hunderte von Männern zwischen ihnen befanden, und neben dem König Galbert, dessen Streitkolben eben den Kopf eines Arbonners zerschmetterte.

Noch hielten sie stand, aber bestimmt nicht mehr lange. Blaise, der plötzlich alles so klar erkannte, traf eine Entscheidung, und er begriff gleichzeitig, daß dies zu der Rolle gehörte, die er auf der Bühne der Welt für sich beanspruchte: Man gab Befehle in einer Schlacht wie dieser und entschied damit das Schicksal ganzer Völker.

Blaise erkannte, daß er diese Verantwortung auf sich nehmen mußte, denn sonst wäre ihm nur eines geblieben: sich zurückzuziehen und zu sterben und alle, die an ihn glaubten, zu enttäuschen und zu verraten.

Er verließ das Kampfgewühl an der Front und trieb sein Pferd hinüber zu Falk de Savaric, der sich zurückfallen ließ, als er den heftig gestikulierenden Blaise kommen sah.

«Zieh deine Männer zurück und versuch, sie seitlich zu umgehen. Wir halten hier aus, solang wir können. Versuch, hinter Ademar zu kommen. Treib sie auf Bertran zu!»

«Du kannst die Front hier nicht ohne uns halten!» schrie Falk zurück. Sein Gesicht war blutbespritzt, und Blut tropfte von seinem blonden Bart.

«Wir müssen es versuchen!» rief er. «Anders kommen wir gegen diese Übermacht nicht an! Wir müssen sie ablenken!»

Als er wieder zur Front blickte, fiel ihm noch etwas ein. Er sah Rudo, der auf ihn wartete; es war beinahe selbstverständlich, denn sie hatten schon so oft Seite an Seite gekämpft. Blaise nickte ihm zu und rief: «Tu es!»

Er wußte, daß Rudo verstand.

Einen Augenblick später erhob sich aus der Schar von Falks Männern ein wilder, begeisterter Schrei, als ein Coraner neben Rudo das Banner der Könige von Gorhaut entrollte und neben der Standarte von Arbonne wehen ließ. Zwei von uns unter demselben Banner? dachte Blaise. Wird es etwas bewirken?

Für einen Augenblick schlug sein Herz schneller.

«Dort!» rief Falk, aber Blaise hatte es schon gesehen.

«Zu mir!» brüllte er und trieb sein Pferd unter das Banner, das Rudo gehißt hatte. «Im Namen von Gorhaut, zu mir, Männer von Garsenc!»

Und während er schrie, so laut er konnte, sah er, daß sich tatsächlich Coraner von seinem Familiensitz, die in der Truppe hinter seinem Vater und Ademar kämpften, aus dem Kampf im mittleren Abschnitt zurückzogen und mit zum Gruß erhobenen Schwertern zu ihm überliefen.

Ranalds Aufruf war nicht ungehört verhallt. Und diese Männer hatten wahrscheinlich auch gesehen, wie einer der ihren, Bergen von Garsenc, von einem Portezzaner getötet wurde. Und ganz gewiß gab es unter diesen Coranern Männer, denen es nicht gefiel, daß Frauen verbrannt und Kinder verstümmelt wurden.

Galberts Stimme dröhnte über das Schlachtfeld: «Haltet diese Männer auf! Wir haben Verräter in den eigenen Reihen!»

Einige Coraner machten gehorsam kehrt und begannen, auf andere einzudreschen, die noch wenige Augenblicke zuvor neben ihnen gekämpft hatten. Die Männer von Arbonne nutzten die Uneinigkeit des Gegners zu einem Vorstoß, unterstützt von Rudos Söldnern, die jetzt – Widersinn hin oder her – unter dem Banner der Könige von Gorhaut kämpften. Blaise sah Mallin de Baude, der als einer der ersten vorstieß.

«Beeilt euch!» rief er Falk über die Schulter zu. «Jetzt haben wir eine Chance!»

Falk schrie seinen Hauptleuten Befehle zu, und kurz danach – viel schneller, als Blaise zu hoffen gewagt hatte – waren die Männer von Savaric ausgeschert und nach Süden geschwenkt in dem verzweifelten Versuch, das Heer der Gorhauter zu umgehen.

Sie würden sich sehr beeilen müssen, dachte Blaise grimmig, während die Truppe an seinem Abschnitt auf beinahe die Hälfte zusammenschmolz.

Die Heere zerfielen in verzweifelt umkämpfte Inseln; das Geschrei und das Gedränge von schwitzenden Männern und Pferden, den lebendigen, sterbenden und toten, verunmöglichte es, einen Gesamteindruck zu gewinnen. Blaise vermutete, daß Bertran das Zentrum hielt, sonst wären sie von dort her bereits unter unhaltbarem Druck geraten. Aber er hatte keinen Augenblick Zeit, um sich davon zu überzeugen.

Die Welt schrumpfte auf kleinste, blutige Dimensionen zusammen – auf ein erhobenes und fallendes Schwert, den Schrei eines sterbenden Pferdes, das Scheppern der abprallenden Klinge oder das ziehende Gefühl, wenn sie in Fleisch traf; das Bewußtsein, daß Rudo links von ihm war, und ein anderer, ein Söldner, den er nicht kannte, rechts von ihm. Als dieser Mann fiel, sprang sofort ein anderer Coraner vor, um seinen Platz einzunehmen. Es war Hirnan von Baude, und erst jetzt begriff Blaise, daß sie ihn schützten, daß er nicht mehr nur einer der Hauptleute war, sondern der Mann, in dessen Namen das Banner über ihnen wehte.

Sie beschützten ihn mit ihrem eigenen Leben.

Während ringsum eine wütende Schlacht tobte, erlebte er, innerlich vollkommen ruhig, das Bewußtsein von Macht. Auf einem Feld voller Toter, wo sein Bruder von seinem Vater getötet worden war und wo er gegen seine eigenen Landsleute kämpfte, wurde ihm klar, daß er tatsächlich wußte, was er sich für Gorhaut wünschte, und daß er glaubte, dies auch verwirklichen zu können, wenn er nur die Hälfte einer Chance bekam. Er glaubte jedoch nicht, daß er lange genug leben würde.

Später erinnerte er sich, daß er diesen letzten, düsteren Gedanken gedacht hatte, noch bevor er Rudo, seinen Gefährten in so vielen Schlachten, erbittert fluchen hörte. Als Blaise seinem Blick folgte, hatte er das Gefühl, als griffe etwas, das kälter war als eisiger Winter, nach seinem Herzen: Sie würden scheitern an Verrat und unerbittlicher Rache.

Auf der Anhöhe im Westen tauchten am Waldrand Soldaten auf, eine große Kompanie, in Reihen geordnet, gerüstet und gut bewaffnet. Über ihnen wehten zwei Banner, ein grünes, das Blaise inzwischen in Arbonne kennengelernt hatte, und das Banner der Könige von Gorhaut.

Ihre schlimmsten Befürchtungen wurden wahr, als sich diese furchteinflößende Truppe in Bewegung setzte und den Hügel herunterkam. Blaise sah, daß sich Falk de Savaric mit seinen Männern am Seeufer entlang nach Norden durchgeschlagen hatte und eben zum Angriff auf die Rückseite von Ademars Mittelabschnitt ansetzte.

Aber es spielte keine Rolle mehr. Sie standen ohne jede Deckung mit dem Rücken zu den jetzt rasch näher kommenden Truppen von Miraval und würden zwischen den zwei feindlichen Heeren aufgerieben werden. Blaise hatte diese Männer in den übelsten Tod geschickt.

Und er und seine Männer hier würden ebenfalls bald sterben. Blaise ließ den Blick über das Schlachtfeld schweifen – hier, an ihrer Flanke, schien der Kampf etwas nachgelassen zu haben, weil die Soldaten beider Heere die Köpfe reckten, um zu sehen, was am anderen Ende des Felds vor sich ging –, und er entdeckte den wie wild kämpfenden Bertran de Talair, den Mann, in dem er einst nichts anderes als einen dekadenten Adelsherrn gesehen hatte, der mit Sängern umherzog und jeder Frau nachstellte, die ihm unter die Augen kam. Dies alles traf zu, das war nicht zu bestreiten, trotzdem kämpfte der Mann dort drüben jetzt wie ein Held für sein Land, obwohl er wissen mußte, daß sie verraten waren und daß Urté de Miraval schuld war an ihrem Untergang.

Entsetzt und gebannt sah Blaise die Coraner von Miraval, gut fünfzehnhundert Mann, hinter der majestätischen Gestalt des Herzogs den Hang herunterpreschen. Er sah sie neben den ersten von Falks umschwenkenden, völlig durcheinandergeratenden Coranern mit erhobenen Schwertern, Speeren und Äxten. Und er sah sie an den verzweifelten Männern vorbeirasen, kein Pferd und kein Mann aus Urtés Truppe verhielt auch nur einen Augenblick, krachend fielen sie dem Heer der Gorhauter in den Rücken. Unter der Wucht ihres Aufpralls schien die Erde zu beben.

Als er, von einer Woge der Erleichterung erfaßt, die neue Lage erkannte, hörte Blaise seinen Vater, der in seiner Not den Namen des Gottes rief, so laut, daß seine Stimme wie die eines unsichtbaren Geistes durch das Tal hallte. Doch aus dem kalten blauen Himmel kam keine Antwort. Nur das gewaltige Donnern von Hufen auf harter Erde und das Geschrei der entsetzten Männer waren zu hören, als die heranstürmenden Coraner von Miraval Ademars Heer von rückwärts angriffen, als Savarics Männer wendeten und sich ihnen anschlossen und Bertrans Männer vor Begeisterung brüllend herandrängten, um die Gorhauter gnadenlos zu umzingeln.

«Er hat sie hereingelegt!» schrie Rudo Blaise ins Ohr. «Er hat sie zum Narren gehalten!»

«Los, komm!» schrie Blaise. Die Gorhauter vor ihnen wichen zurück. Blaise trieb sein Pferd rücksichtslos in die Lücke zwischen den Heeren. Er hatte das Gefühl, als sei ihm eine drückende Last von den Schultern genommen. Er fühlte sich leicht und unverwundbar. Und er wollte Ademar. Er sah sich nicht einmal um, ob ihm jemand folgte. Er wußte, daß sie ihm folgten. Er war ihr Führer, und eine Hoffnung, ein Versprechen wie der ferne Schein einer Laterne in einem nächtlichen Wald war plötzlich von einer Seite aufgetaucht, von der sie niemand erwartet hätte.

Er drängte zur Mitte, geradewegs auf Ademar zu, und war schon ganz nahe, als Herzog Urté de Miraval inmitten des brausenden Schlachtgetöses auf den König von Gorhaut stieß.

Ademar hatte das Gefühl, ersticken zu müssen, so schwitzte er unter seiner Rüstung, obwohl der Winternachmittag kalt und windig war. Aber er wußte, es war der Zorn, der ihm schier die Besinnung raubte. Zuerst der Verrat der Garsenc; immer waren es die Garsenc, die ihn enttäuscht hatten, dachte er, während er auf einen Miraval-Fußsoldaten einhieb und ihm mit einem Schlag beinahe den Kopf abtrennte. Fluchend zog er sein Schwert aus dem Hals des Mannes. Und jetzt diese verrückten Garsenc-Coraner, die sich gegen ihre eigenen Landsleute kehrten, nachdem der Sieg zum Greifen nahe war!

Er hatte noch nicht bemerkt, daß Falk de Savaric – ein weiterer Verräter – mit seiner Truppe die Flanke der Gorhauter umgangen hatte, um sie von der Rückseite her anzugreifen. Als er die Gefahr erkannte und wütend und schwitzend seine Befehle brüllte, wies einer seiner Hauptleute triumphierend nach Westen, und als Ademar in dieselbe Richtung blickte, fühlte er sich besänftigt von einem Gefühl, das an Freude grenzte. Sein Zorn legte sich, und ihm wurde angenehm kühler. Er hatte nie Angst gehabt; so leicht ließ er sich nicht ins Bockshorn jagen. Aber als er auf jenem Hügel die Miraval-Coraner unter der Fahne von Gorhaut aufmarschieren sah, lachte er vor Erleichterung und in freudiger Erwartung des Sieges.

Doch dann ging alles fürchterlich schief.

In dem Augenblick, als Urté de Miraval auf seinem Streitroß an den Coranern von Savaric vorbeigaloppierte, erfuhr Ademar für einen Moment, was es hieß, Angst zu haben. Dann spürte er den Aufprall, als die herandonnernden Reiter auf die hinterste Linie seiner Truppen stießen und die Männer vor sich hertrieben wie Tiere, und seine Wut flammte wieder auf, heißer und brennender als je zuvor. Er hörte den Tempelältesten, der mit hallender Stimme den Gott anrief, und verfluchte im stillen den Namen Galbert de Garsencs, der ihm dies alles eingebrockt hatte. Er hatte ihm eingeredet, der Herzog von Miraval, der sich ihnen in den letzten Tagen regelrecht angetragen hatte, sei ein wichtiger Mann für Gorhaut, den sie für sich gewinnen müßten, um ihn nach der Eroberung als Regenten in Arbonne einzusetzen.

Es war eine Falle. Alles, was Urté gesagt und getan hatte, war eine Falle, und jetzt saßen sie fest, eingekeilt zwischen den Coranern von Talair und von Miraval, und Falk de Savaric und die Renegaten aus Garsenc drangen auf sie ein. Brüllend vor Zorn hieb er auf sein Pferd ein und preschte nach Westen. Die Männer vor ihm wichen zurück, so daß er unverhofft schnell den Mann erreichte, den er jetzt, jetzt sofort töten mußte, bevor diese Schlacht hoffnungslos verloren war. Undeutlich wurde ihm bewußt, daß seine eigenen Coraner vor ihm zurückwichen und einen Kreis um ihn und Urté bildeten. Und so stürzte sich Ademar von Gorhaut zum zweitenmal an diesem Tag in einen Zweikampf.

Er holte zu einem gewaltigen Schlag aus, der in weitem Bogen auf den behelmten Kopf des Herzogs von Miraval niedersauste. Doch Urté, erstaunlich schnell für einen Mann seiner Größe und seines Alters, tauchte unter der Klinge weg. Einen Augenblick später erhielt Ademar selbst einen Schlag auf den Helm, der ihn im Sattel schwanken ließ. Sein Helm verrutschte, er konnte nichts mehr sehen, und über eine Gesichtshälfte rann warmes, klebriges Blut.

Brüllend wie ein von Furien Besessener warf er seinen Schild fort und riß sich mit beiden Händen den Helm vom Kopf. Am linken Ohr zerrte etwas. Er war verwundet. Er schleuderte dem Herzog den Helm ins Gesicht und holte zu dem härtesten Schlag aus, den er je mit einem Schwert geschlagen hatte.

Die niederfahrende Klinge traf genau zwischen Hals und Schulter auf Urtés Rüstung, durchtrennte das Eisengeflecht der Halsberge und drang tief in den Körper ein. Verschwommen sah Ademar, daß der Herzog von Miraval schwer verwundet zur Seite taumelte, daß er bereits so gut wie tot war; trotzdem holte er noch einmal aus, um dem verfluchten Mann, der ihn so getäuscht hatte, den letzten Stoß zu versetzen.

Er sah den Pfeil nicht, der ihn töten würde.

Er kam aus dem leeren blauen Himmel und traf ihn ins Auge. Ademar starb wie sein Vater zwei Jahre zuvor auf dem Eisfeld an der Brücke über den Iersen.

Er war sofort tot, so daß er nicht mehr sehen konnte, daß der Schaft des Pfeils rot war wie frisches Blut. Und er sah auch nicht, was anderen sofort auffiel, die neben den toten König und den tödlich verwundeten Urté de Miraval traten: daß die Federn, mit denen der Pfeil befiedert war, von einer Eule stammten und ebenfalls rot gefärbt waren.

Verwundert blickten die Männer auf diesen merkwürdigen

Pfeil, und dann fragten sie sich, von wo er abgeschossen worden war, um vom Himmel – den Eindruck hatten jedenfalls alle – auf den König zu fallen. Viele Coraner in beiden Heeren schlugen das Zeichen, das sie vor dunklen, unbekannten Mächten schützen sollte.

Sogar die Krieger von Gorhaut wußten, daß die Eule der heilige Vogel der Rian war, und so sprach sich in Windeseile im Tal eine Geschichte herum von einer unsterblichen Göttin, die Rache genommen hatte für ihre geschändeten und erschlagenen Dienerinnen und Diener.

Danach war alles sehr einfach, einfacher, als es hätte sein dürfen, dachte Blaise. Am Iersen war König Dürgar gefallen, doch Gorhaut hatte sich trotzdem auf dem Schlachtfeld behauptet. Der Tod des Königs mußte nicht unbedingt die völlige Auflösung des Heers bedeuten.

An diesem Nachmittag aber war es so. Das Heer der Gorhauter war von dem Zeitpunkt an erledigt, da sich Urté de Miraval als ihr Gegner entpuppte und jener rote Pfeil den König tötete.

Bei Sonnenuntergang, hatte Blaise zu Ademar gesagt, aber dieser Kampf war ihm nun versagt. Während er sich umsah, fiel ihm ein, daß sich noch jemand auf diesem Feld befand, mit dem er abrechnen wollte. Er entdeckte ihn in einiger Entfernung und mußte erkennen, daß ihm auch diese Genugtuung nicht vergönnt war.

Es war Bertran de Talair, der auf einem Grashügel auf den Portezzaner Borsiard d'Andoria stieß. Es gab offensichtlich einen Wortwechsel, aber Blaise war zu weit weg, um etwas davon zu hören. Dann sah er, wie Bertran mit seiner mehr als zwanzigjährigen Kampferfahrung den Herrn von Andoria mit einer Präzision ins Jenseits beförderte, daß man von einem Zweikampf eigentlich nicht mehr sprechen konnte. Zwei Schläge auf die Vorhand, eine Finte und dann an der Parade vorbei ein gerader Stoß nach vorn in Borsiards Kehle. Das Ganze glich mehr einer Exekution als einem Duell, und Blaises erster Gedanke galt Lucianna, die wieder einmal Witwe geworden war.

Sein nächster Gedanke war jedoch, als er sah, wie die Andorianer ihre Waffen fallen ließen, um sich schleunigst den Männern Bertrans zu ergeben, daß jetzt etwas getan werden mußte, das schwieriger werden konnte als jeder Kampf. Er sah sich nach Rudo um, der nicht mehr an seiner Seite war. Er hatte jedoch keine Zeit, sich darüber zu wundern, denn die Schlacht am Dierne-See drohte in ein Gemetzel auszuarten.

Und dies mußte verhindert werden trotz der aufgespießten Köpfe in den hinteren Reihen der Gorhauter, trotz der auf der erhöhten Plattform für alle sichtbaren Gestalt des gemarterten Sängers Aurelian und der noch schrecklich lebendigen Erinnerung der Arbonner Soldaten an brennende Frauen im Norden des Landes. Sie würden jetzt, nachdem sich die sichere Niederlage in einen Sieg verwandelt hatte, wenig geneigt sein, Milde und Mäßigung walten zu lassen. Jeder Mann im Heer der Arbonner wußte, was ihn und seine Familie erwartet hätte, wäre Gorhaut als Sieger aus dieser Schlacht hervorgegangen.

Bertran würde Blaise keine Hilfe sein. Nachdem er Borsiard getötet hatte, war er an den sich ergebenden Portezzanern vorbeigestürmt und stürzte sich nun auf die Gorhauter. Wie ein tödlicher Schnitter wütete er in ihren Reihen, und Valery an seiner Seite stand ihm nicht nach.

Blaise drängte sein Pferd in ihre Richtung und rief über die Schreie der Sterbenden und das Gebrüll der Arbonner hinweg: «Bertran! Hör auf! Es ist genug!»

Valery hielt inne und wandte sich um. Doch der Herzog hatte ihn entweder nicht gehört oder wollte ihn nicht hören. Links von Blaise, hinter dem Mittelabschnitt der Gorhauter, hob Falk de Savaric die Hand zum Zeichen, daß er verstanden hatte; dann wandte er sich seinen Männern zu, um den Befehl weiterzugeben. Die Miraval-Coraner griffen unterdessen unaufhörlich an, um zu Bertran vorzustoßen, während sich die von Panik erfaßten und von allen Seiten von erbitterten Feinden und Überläufern umzingelten Gorhauter verzweifelt im Kreis drehten.

Blaise erreichte einige von den Garsenc-Coranern, die schon zu ihm übergelaufen waren, als Rudo das Banner gehißt hatte. «Keine Toten mehr!» befahl er. «Sagt es weiter. Die Gegner sollen die

Waffen niederlegen. Dann wird ihnen nichts geschehen!» Doch er war sich nicht sicher, ob sich die Arbonner daran halten würden. Im Augenblick herrschte eine Stimmung unter den Männern, in der alles außer Kontrolle geraten konnte.

Schließlich gab Thierry de Carenzu, der sich auf dem rechten Flügel am nächsten bei den aufgespießten Köpfen und dem verstümmelten toten Troubadour befand, das Signal, das dem Gemetzel ein Ende bereitete. Und es war gut, daß er es tat, denn Blaise war nach wie vor ein Gorhauter und hätte an diesem Tag die Arbonner schwerlich aufhalten können.

Auch Bertran zügelte sein Pferd, als er die hohen, klaren Töne der Hörner hörte. Sie klangen wie eine Art Musik über dem Tal, über den vielen Sterbenden und Toten. Blaise trieb sein Pferd rücksichtslos voran und holte Bertran endlich ein.

«Bertran, hör auf! Du mußt aufhören. Diese Leute hier sind nur Soldaten. Bauern und Dörfler. Ademar ist tot! Es ist vorbei!» Der Herzog von Talair wandte sich um und sah Blaise mit wilden Augen an.

«Aber nicht ich habe ihn getötet», sagte Bertran langsam wie in Trance. Es lag etwas Schreckliches in seinen Worten.

Blaise atmete tief ein und sagte vorsichtig: «Ich war es auch nicht, und ich hätte vielleicht ebensoviel Grund gehabt wie du. Aber es ändert nichts, für keinen von uns. Wir haben gewonnen. Siehst du die Männer von Garsenc? Sie zwingen die anderen, sich zu ergeben.»

Die Soldaten der großen Armee des Gottes ließen tatsächlich die Waffen fallen. Thierry kam auf Bertran und Blaise zu. «Wir dürfen keine unbewaffneten Männer töten, Bertran!» rief er.

«Würdest du mir sagen, warum? Ich glaube, ich habe es vergessen.» Bertran hatte noch immer diesen wilden, verwirrten Blick.

«Nein, das hast du nicht», sagte Valery. Er saß ruhig auf seinem Pferd, doch Blaise sah ihm an, was ihn diese Selbstbeherrschung kostete. «Du hast überhaupt nichts vergessen. Du willst nur vergessen, Bertran. Und ich auch. Aber wenn wir das zulassen, sind wir nicht besser als die, die wir eben besiegt haben.»

Aus Bertrans blauen Augen starrte der blanke Wahnsinn. Er

wandte sich seinem Cousin zu, dann schüttelte er mehrmals den Kopf, als versuchte er, sich von etwas zu befreien. Blaise wußte, wie schwer es war, aus dieser berserkerhaften Wut herauszufinden.

Doch als Bertran schließlich aufblickte, war er wieder der alte. «Also gut», sagte der Herzog von Talair. «Wir nehmen ihre Kapitulation an. Aber eines bleibt noch zu tun.» Er hielt kurz inne. «Wo ist der Tempelälteste von Gorhaut?»

Blaise war es erstaunlicherweise gelungen, alle Gedanken an seinen Vater zu verdrängen. Jetzt blickte er nach Westen, wo eine Gruppe von Männern beisammenstand, in ihrer Mitte, selbst den größten Mann überragend, sein Vater.

Er hatte den Helm abgenommen, oder er war ihm abgenommen worden. Barhäuptig stand er im Licht des späten Nachmittags. Sein Gesicht und seine blaue Robe waren blutbefleckt. Rings um Galbert hatte sich ein freier Raum gebildet, und erst jetzt wurde Blaise klar, wohin Rudo gegangen war. Sein Freund stand mit Galbert auf diesem freien Platz und richtete das Schwert auf den Mann, der ihm vor knapp einem halben Jahr eine Viertelmillion in Gold für den Mord an Bertran de Talair geboten hatte.

Im Tal war es merkwürdig still geworden. Wolken erschienen im Nordwesten und schoben sich vor die Sonne, die bereits tief im Westen stand. Es war kühl, und die Männer frösttelten nach den enormen körperlichen Anstrengungen.

«Ich habe einen Mantel für dich.» Es war Hirnan. Blaise drehte sich zu dem Arbonner Coraner um, der ihn während des ganzen Nachmittags beschützt hatte. Einmal, im Frühling, waren sie zur Rian-Insel im Meer hinausgefahren, um einen Dichter zu holen. Dort hatte es angefangen, so schien es Blaise jedenfalls, mit der blinden Hohenpriesterin im Wald und der weißen Eule auf ihrer Schulter.

Er nickte, und Hirnan legte ihm einen schweren purpurfarbenen Mantel um. Purpur war die Farbe der Könige. Blaise ahnte, woher Hirnan den Mantel hatte. Er wandte sich von seinem Vater und dem Kreis der auf ihn gerichteten Schwerter ab, um hinüber zur Insel zu blicken, wo sich die Frauen befanden.

Jetzt, nachdem die Schlacht zu Ende war, konnte man von der Insel aus einzelne Gestalten im Tal erkennen. Ariane, die zusammen mit anderen am Nordufer stand, entdeckte ihren Mann, der in seiner gewohnten Haltung auf dem Pferd saß; anscheinend war er unversehrt. Nicht weit von Thierry entfernt sah sie, wie Hirnan den purpurroten Mantel, den sie ihm anvertraut hatte, Blaise de Garsenc um die Schultern legte, und sie begann zu weinen.

Auch viele andere weinten vor Erleichterung über den Ausgang der Schlacht, aber auch vor banger Sorge, denn noch wußten sie nicht, wie viele gefallen waren und ob Angehörige und Freunde darunter waren. Die Gräfin befand sich nicht bei ihnen am Ufer, sondern feierte mit den Priesterinnen und Priestern einen Dankgottesdienst im Tempel. Ariane wußte, sie hätte auch dort sein sollen, aber seit die Hörner das Ende der Schlacht verkündeten, hatte sie nur Gedanken für die irdische Welt.

Kleine Boote fuhren ständig zwischen der Insel und dem Festland hin und her. Das letzte hatte die Nachricht gebracht, daß der König von Gorhaut gefallen war; ein roter Pfeil hatte ihn ins Auge getroffen. Niemand wisse, hatte der Priester gesagt, wer den Pfeil abgeschossen hatte. Er sei mit Eulenfedern befiedert gewesen und geradewegs vom Himmel gefallen.

Der Priester hatte auch berichtet, daß Urté de Miraval, der sie letzten Endes und trotz allem gerettet hatte, im Sterben lag oder schon tot war. Diese Nachricht bedeutete für Ariane mehr als für irgend jemand anderen auf der Insel oder in der Tat irgendeine andere lebende Seele.

Ariane wurde dadurch von einem Eid entbunden, den sie als ganz junges Mädchen geschworen hatte. Nun stand es ihr frei, das Geheimnis zu lüften, das sie all diese Jahre treu bewahrt hatte. Auch deshalb weinte sie, während sie über das Wasser nach Norden blickte, wo sie ihren Mann in seinem roten Waffenrock sah und die große, in Purpur gehüllte Gestalt, und daneben den dritten, kleineren Mann, der vor so vielen Jahren eine Reisegruppe unter jenen Ulmen überrascht hatte, die sich drüben im Westen vor dem Ehrenbogen aneinanderreihten.

Sie entfernte sich ein wenig von den anderen Frauen, die ängstlich einem weiteren Boot entgegensahen, das womöglich neue Nachrichten brachte, und blickte, in Erinnerungen versunken, zu Miraval hinüber.

Auch damals war Winter, in jener Nacht vor dreiundzwanzig Jahren. Der Wind trieb den Regen vor sich her und rüttelte an den Bäumen, als sie in der Dunkelheit an jenes Ufer kam. Dreiundzwanzig Jahre, und doch war ihr, als wäre es gestern gewesen, als stünde sie jetzt als Dreizehnjährige, die soeben einen Eid geschworen hatte, schluchzend vor Kummer und Angst dort drüben unter dem Vordach der Signalhütte.

Sie war ein Kind, als jene Nacht begann, ein kluges, neugieriges und sehr verwöhntes kleines Mädchen. Doch als sie am nächsten Morgen die fahle Sonne über dem See aufgehen sah und dem traurigen Tropfen der regennassen Bäume lauschte, war ihre Kindheit zu Ende.

Sie hatte ihr Versprechen gehalten, das sie ihrer geliebten Cousine Aelis gegeben hatte. Als dünnes, zitterndes Mädchen mit bleichem Gesicht und schwarzem Haar war sie durch die stockfinstere und nur gelegentlich von Blitzen erhellte Nacht geirrt. Sie hatte geweint vor Angst und weil ihr der Regen ins Gesicht peitschte, und sie weinte jetzt wieder, nach all diesen Jahren, um ihre verlorene Unschuld, um all das Leid, das jene Nacht gezeugt hatte, und die schreckliche Bürde, die sie bis heute getragen hatte.

Erst nach einer ganzen Weile trocknete Ariane ihre Tränen und reckte die Schultern. Sie war die Herzogin von Carenzu, Königin des Liebeshofs in Arbonne, eine Frau, die Macht in der Welt besaß, und es gab viel für sie zu tun. Als erstes würde sie jetzt ihr Schweigen brechen.

Sie ging über den gewundenen Pfad hinauf zum Tempel und wartete, bis die Lieder des Gottesdienstes verklungen waren. Danach, in einem kleinen Raum neben der Tempelkuppel, erzählte sie ihr Geheimnis schonend und doch mit so wenigen Worten wie möglich der Person, die es als erste erfahren sollte.

Anschließend kehrte sie zum Ufer zurück und ließ sich, eingehüllt in ihren purpurroten Mantel gegen den Wind und die abendliche Kälte, zum Festland rudern. Dort begab sie sich auf die Suche nach der zweiten Person, die ihr Geheimnis kennenlernen sollte, bevor es die ganze Welt erfuhr.

Man sagte ihr, daß Bertran das Tal bereits verlassen habe. Nach einer kurzen Umarmung mit ihrem Mann und einigen geflüsterten Worten nahm sie ein Pferd und ritt Bertran nach, obwohl die Sonne bereits tief und feuerrot im Westen stand. Als ihr klar wurde, wohin der Weg führte, den man ihr gewiesen hatte, begann sie erneut hilflos zu weinen.

Blaise war mit Bertran und Thierry zu der Stelle geritten, wo Urté de Miraval sterbend auf der Erde lag, einen zusammengerollten Mantel unter dem Kopf und mit einem schweren, pelzgefütterten Umhang zugedeckt. Er war sehr blaß, und Blaise sah auf den ersten Blick, daß die Tücher, mit denen man versucht hatte, die Blutung zu stillen, vollkommen von Blut durchtränkt waren. Er hatte so etwas schon früher gesehen und wußte, daß Urté nicht mehr lange leben würde.

Urté war jedoch noch bei Bewußtsein. Seine Augen hatten einen harten, triumphierenden Glanz.

Bertran kniete neben dem Sterbenden nieder. «Wir haben gewonnen», sagte er ruhig. «Dein Entschluß, dich uns doch noch anzuschließen, hat die entscheidende Wende gebracht.»

Urté de Miraval lachte gurgelnd, was die Wunde erneut kräftig zum Bluten brachte. Unter sichtlichen Schmerzen schüttelte er den Kopf. «Doch noch? Du hast keine Ahnung, nicht wahr? Ich brauchte mich nicht zu entschließen. Die Szene in Barbentain, als ich beleidigt das Ratszimmer verließ, war gestellt.»

Die drei Männer glaubten ihren Ohren nicht zu trauen.

«Ich persönlich habe der Gräfin am Abend zuvor geraten, dich zum Heerführer zu ernennen. Wir kamen überein, daß ich aus dem Zimmer stürmen und am nächsten Tag mit Ademar Verbindung aufnehmen sollte.»

«O heilige Rian, ich kann es nicht glauben.» Thierry hörte sich an, als würde er beten.

«Warum nicht?» entgegnete Urté nüchtern. «Sie waren in der Überzahl, da mußten wir ihnen eine Falle stellen. Wie es scheint,

scheint, bedurfte es dazu der älteren Generation. Den Jüngeren ist ja nichts eingefallen, oder doch?»

«Nein», antwortete Bertran nach einer kleinen Pause. «Aber es wundert mich, daß mir die Gräfin nichts gesagt hat.»

«Ich habe sie darum gebeten», sagte Urté. «Ich sagte ihr, du würdest vielleicht deine Strategie ändern, wenn du wüßtest, was kommen würde. Vielleicht hättest du etwas unternommen, das sie gewarnt hätte. Das war der Grund, den ich ihr genannt habe.»

«Aber es war nicht der eigentliche Grund, nicht wahr?»

Jetzt lächelte Urté sogar. «Natürlich nicht.»

Bertran schüttelte langsam den Kopf. «Dabei hatte ich heute nicht einmal eine Strategie. Die Schlacht hat zu früh begonnen.»

«Ich weiß. Deshalb kamen wir fast zu spät.»

In dem nun folgenden Schweigen verzog Urté plötzlich das Gesicht. Er hatte offenbar große Schmerzen.

Schließlich blickte er Bertran gerade in die Augen und sagte sehr deutlich: «Ich habe sie nicht getötet. Und das Kind auch nicht.»

Bertran rührte sich nicht. Sein Gesicht war so bleich wie das des sterbenden Urté.

«Ich habe ihr das Kind weggenommen», sagte Urté, «nachdem sie... es mir gesagt hat. Ich habe die Priesterin, die bei der Geburt geholfen hat, aus dem Haus gejagt und das Kind in die Küche zu den Mägden gebracht, wo noch ein Feuer brannte. Es war eine sehr kalte, stürmische Nacht. Du wirst dich nicht erinnern, weil du nicht im Lande warst. Ich wollte nicht, daß Aelis das Kind behielt... Und ich wollte es nicht als mein eigenes aufziehen. Vielleicht hätte ich mich entschlossen, es zu töten, oder ich hätte es fortgegeben, irgendwohin, wo es für immer verschollen geblieben wäre. Ich habe damals keinen klaren Gedanken fassen können. Ich brauchte etwas Zeit. Wenn dieses Kind mein Sohn gewesen wäre, dann wäre er der Erbe gewesen von Miraval und Barbentain und hätte eines Tages in Arbonne regiert.»

«Und was hast du getan?» fragte Bertran so leise, daß er kaum zu verstehen war.

«Ich bin zurückgegangen in ihr Zimmer, um ihr zu sagen, daß sie das Kind nie wiedersehen würde. Sie hatte mich betrogen, und ich wollte mich rächen. Aber sie war bereits tot. Danach habe ich das Kind geholt und mich mit ihm vor das Feuer in der großen Halle gesetzt. Es war kein kräftiges Kind, und es hat nicht lange gedauert, da war es ebenfalls tot. So früh geborene Kinder überleben selten. Er war zwei Monate zu früh gekommen.»

«Ich weiß. Deshalb war ich nicht hier.»

Der Wind pfiff durch das Tal. Verwundete riefen um Hilfe. Eine verspätete Vogelschar zog vor der tiefstehenden Sonne in Richtung Süden. Blaise sah, daß Priester und Priesterinnen von der Insel herübergekommen waren, um die Verwundeten zu versorgen. Überall auf dem Schlachtfeld leuchteten Feuer auf. Er fröstelte trotz seines schweren Mantels.

«Du hättest es mir sagen können», sagte Bertran schließlich.

«Warum? Um dein Gewissen zu erleichtern?» entgegnete Urté. «Nein. Ich wollte dich im ungewissen lassen. Das bedeutete außerdem, daß du mich nie töten würdest. Habe ich recht?» Er lächelte freudlos. Doch dann fügte er mit verändertem Ausdruck hinzu: «Du hättest mir so oder so nicht geglaubt.»

Bertran schüttelte den Kopf. «Ich war überzeugt, daß du sie beide getötet hast.»

«Aber du warst nicht völlig überzeugt, und ich hoffe, daß dich der Zweifel wie ein giftiger Stachel gepeinigt hat. Sie war meine Frau. Was hast du denn gedacht, daß ich tun würde?»

Bertran senkte den Kopf und schwieg. Dann sagte er mit rauher Stimme: «Ich habe sie geliebt. Ich habe nie aufgehört, sie zu lieben im Gegensatz zu dir, Urté. Dir ging es in all den Jahren nur um deinen Stolz.»

Mit einer ungeheuren Anstrengung schaffte es Urté, sich auf einen Ellbogen gestützt aufzurichten. «Das wäre schon Grund genug gewesen», sagte er. «Mehr als genug. Aber du irrst dich.» Er hielt inne, um Atem zu holen. Aus seiner Wunde sickerte Blut. «Es war Aelis, die mich nicht geliebt hat, und nicht umgekehrt. Ich konnte eben keine Lieder schreiben. Ich bin froh, daß wir gesiegt haben. Möge Rian dieses Land Arbonne allzeit in ihren Armen halten.» Er ließ sich langsam auf die kalte Erde zurücksinken und schloß sterbend die Augen.

Bertran blieb lange neben dem Leichnam knien. Keiner der Umstehenden rührte sich von der Stelle, niemand sprach. Als Bertran schließlich aufstand, wandte er sich an Thierry.

«Darf ich dir überlassen, was noch zu tun bleibt?» fragte er förmlich.

Thierry nickte.

Sie sahen Bertran nach, der zu seinem Pferd zurückging, das ein Coraner am Zügel hielt; sie sahen ihn aufsitzen und langsam nach Westen reiten zu der Ulmenallee, die zum Ehrenbogen führte.

Einen Augenblick später fing Blaise einen Blick von Thierry auf, der unverhoffte Anteilnahme ausdrückte, und er begriff, was noch zu tun war. Er folgte ihm über das allmählich dunkel werdende Schlachtfeld zu der Stelle, wo sein Vater stand, umringt von Männern mit blanken Schwertern.

«Ich halte diesen Mann gefangen», sagte Rudo Correze laut und mit ungewohntem Ernst, «damit er von Arbonne gerichtet wird.»

«Nicht wir, sondern Rian und Corannos werden seine Richter sein», sagte Thierry. «Aber es ist unsere Pflicht, ihn zu bestrafen. Nicht für kriegerische Handlungen, denn wenn es nur darum ginge, könnten wir ihn mit einem Lösegeld davonkommen lassen, sondern für das, was er den Priesterinnen angetan hat. Dafür muß er sterben.» Dann wandte sich Thierry an Galbert de Garsenc. «Leugnest du, daß die Frauen auf deinen Befehl hin verbrannt wurden?»

«Nein», antwortete Galbert, und Blaise hatte den Eindruck, daß sein Vater auch jetzt noch, an der Schwelle des Tods, für seine Mitmenschen nichts anderes als Verachtung empfand.

«Aus Achtung vor deinem Sohn gewähren wir dir einen Tod durch Erschießen», sagte Thierry.

«Ich hätte gern ein paar Worte mit meinem Sohn gesprochen, bevor ich sterbe», sagte Galbert de Garsenc. Blaise fühlte, wie sein Mund trocken wurde. Alle schwiegen. «Es handelt sich um eine letzte Bitte», fügte der Tempelälteste von Gorhaut hinzu.

Thierry und Rudo sahen Blaise an, beide mit dem sichtlichen Wunsch, ihm dieses Gespräch zu ersparen. Doch Blaise schüttelte den Kopf. «Ich glaube, es ist eine angemessene Bitte, die wir gewähren können, wenn es dir recht ist», sagte er mit einem fragenden Blick auf Thierry.

Thierry nickte. Rudo sah aus, als wollte er protestieren, und Valery knurrte unwillig. Aber der Herzog von Carenzu befahl den Wachen, etliche Schritte zurückzutreten.

«Es scheint», sagte Galbert, als sein Sohn in den erweiterten Kreis trat und auf ihn zuging, «daß ich Urté de Miraval unterschätzt habe.» Er sprach, als ginge es um eine verlorene Fährte bei einem Jagdausflug oder um einen falschen Fruchtwechsel auf einem Acker der Garsenc-Ländereien.

«Er hätte sich dir kaum angeschlossen, nachdem Frauen verbrannt wurden.»

Galbert zuckte die Achseln. «Hat er deswegen seine Meinung geändert? Oder war es von vornherein geplant?»

«Es war geplant», sagte Blaise. «Von ihm und von der Gräfin.»

«Gar nicht so dumm», sagte sein Vater und seufzte. «Nun gut. Wenigstens habe ich lange genug gelebt, um zu wissen, daß mein Sohn in Gorhaut regieren wird.»

Blaise lachte sarkastisch. «Nach all der Hilfe und Unterstützung deinerseits.»

«Natürlich», sagte Galbert. «Ich habe jahrelang darauf hingearbeitet.»

Blaise blieb das Lachen im Halse stecken. «Das ist eine verdammte Lüge», stieß er hervor.

«Tatsächlich?» sagte Galbert selbstgefällig. «Du bist doch unser Schlaukopf, Blaise. Denk doch mal nach.»

Blaise konnte sich nicht entsinnen, wann ihn sein Vater zum letztenmal beim Namen genannt hatte.

«Was gibt es da groß nachzudenken?» sagte er barsch. «Wie sehr du deine Familie liebst, hast du bewiesen – mit Rosala und hier mit Ranald. Du hast deinen Sohn getötet.»

«Ich habe ihm das Leben geschenkt und wieder genommen», sagte Galbert. «Ich habe es nicht gern getan. Aber er hat nichts getaugt bis zum Schluß, und er war dabei, mir die einmalige Chance zu verderben, dieses Land zu säubern.»

«Das war es, worauf du all die Jahre hingearbeitet hast.»

«Unter anderem. Aber ich würde mich selbst verachten, hätte ich mir nur dieses eine Ziel gesteckt. Ich wollte, daß Arbonne gezüchtigt würde, und ich wollte einen Sohn von mir auf dem Thron von Gorhaut. Ich habe nie erwartet, beides zu bekommen, aber ich hatte Grund zu hoffen, daß sich mindestens einer dieser Wünsche erfüllen würde.»

«Du lügst», wiederholte Blaise verzweifelt. «Warum tust du das? Wir wissen doch, was du wolltest: Ich sollte dir in den Tempeldienst folgen.»

«Aber natürlich. Du warst der jüngere Sohn. Wo hätte ich dich sonst unterbringen sollen? Ranald sollte König werden.» Galbert schüttelte den Kopf über die Begriffsstutzigkeit seines Sohnes. «Aber du hast meine Pläne durchkreuzt, nicht zum ersten- oder letztenmal. Und kurz danach wurde deutlich, daß Ranald ... nun ja, er war eben, was er war.»

«Du hast ihn dazu gemacht.»

Galbert zuckte wieder nur die Achseln. «Wenn er mit mir nicht fertig werden konnte, wie hätte er da als König mit einem ganzen Land fertig werden sollen? Du hast eine Möglichkeit gefunden, beides zu schaffen, nachdem es mir gelungen war, dich mit dem Vertrag nach der Iersen-Schlacht zu vertreiben.»

Blaise fühlte, wie ihm das Blut aus den Wangen wich. «Du willst mir doch nicht weismachen –»

«– daß ich mehrere Gründe für diesen Vertrag hatte. Doch, das will ich. Benütz endlich deinen Verstand, Blaise. Geld für diesen Krieg und einen Dolch im Rücken Ademars in Gestalt der Vertriebenen aus dem Norden! Und dich brachte ich dazu, Gorhaut zu verlassen, um dorthin zu gehen, wo du zu einem Anziehungspunkt für alle diejenigen werden konntest, die gegen Ademar waren – oder gegen mich.» Letzteres fügte er nachträglich hinzu.

Dann fuhr er in demselben unpersönlichen Ton fort. «Um die Gorhauter Nordmarken zurückzuerobern, wirst du viel Geld benötigen, besonders nach unseren heutigen Verlusten. Glücklicherweise ist Lucianna d'Andoria wieder Witwe. Ich hätte Borsiard töten lassen, wenn mir nicht einer von euch zuvorgekommen wäre. Ich hatte sie als Braut für Ranald vorgesehen, aber nun wirst du sie heiraten müssen. Zufällig weiß ich, daß du darüber ebenso glücklich sein wirst wie ihr Vater. Wenn seine Tochter Königin wird, verzichtet er vielleicht sogar darauf, sie gelegentlich in sein eigenes Bett zu holen.» Galbert lächelte, und Blaise drohte übel zu werden. «Aber trotzdem. Laß diesen Massena Delonghi nicht aus den Augen. Mit seinen Banken jedoch und denen der Correze könntest du eine Vereinbarung erreichen, daß sie den Rest der Zahlungen an Valensa zurückhalten, die sie nach den Bedingungen des Iersen-Vertrags noch schulden.»

Blaise hatte das Gefühl, als hämmerte jemand auf seinen Schädel ein.

«Du lügst. Ich weiß, daß du lügst. Nur sag mir, warum? Was hast du davon, mir vormachen zu wollen, du hättest dies alles geplant?»

«Ich habe nicht alles geplant, Blaise. Sei kein Narr. Ich bin nur ein sterblicher Diener von Corannos. Nachdem du von zu Hause fortgegangen bist und dich in Götzland und Portezza herumgetrieben hast, habe ich gedacht, Falk de Savaric und einige der Barone aus dem Norden würden dir Leute nachschicken und dir die Königswürde anbieten. Ich hätte nicht gedacht, daß du die Sache selbst in die Hand nehmen würdest, noch dazu so übereilt.»

«Du hast alles für Ademar getan», sagte Blaise gequält. «Du wolltest ihm sogar Rosala überlassen.»

«Ich habe für Ademar nur den Strick gedreht, mit dem er gehängt werden sollte, und den war er nicht wert. Er war ein Werkzeug, mit dem ich Arbonne für den Gott erobern konnte. Mehr nicht. Was Rosala betrifft – nun, eigentlich wollte ich mit dieser Geschichte nur die Barone noch mehr gegen Ademar aufbringen und dich zusätzlich anspornen, wenn dies nötig geworden wäre. Und es wäre ja erst nach der Geburt des Kindes in Frage gekommen. Der Knabe, den sie geboren hat, Cadar – er ist dein Sohn, nicht wahr?»

Blaise fühlte, wie seine Hände zu zittern anfingen. «Mußt du bis zum Schluß alles beschmutzen?»

«Nun komm schon, Blaise», sagte Galbert, wobei seine Mundwinkel spöttisch zuckten. «Wenn er nicht dein Sohn ist, von wem ist er dann? Ich habe mich umgehört, nachdem Ranald eine gewisse Zeit verheiratet war und sich kein Nachwuchs einstellte. In all den Jahren, als er Erster Ritter des Königs war und sich die Frauen um ihn rauften, hat er kein einziges Kind gezeugt, das ich aufspüren konnte.»

Blaise blickte auf seine zitternden Hände. «Dir kam es immer nur auf deine Ziele an», sagte er. «Nichts anderes war dir je wichtig. Wir waren alle nur deine Werkzeuge. Ademar. Rosala. Und Ranald und ich sogar, als wir noch Kinder waren.»

Galbert machte eine wegwerfende Handbewegung. «Was hättest du denn gern gehabt, Blaise? Wiegenlieder? Ein freundliches Schulterklopfen, wenn du deine Sache gut gemacht hast?»

«Ja», sagte Blaise, so ruhig er konnte. «Das war es vermutlich, was ich gewollt hätte.»

Zum erstenmal schien Galbert zu zögern. «Du bist auch ohne das ganz gut zurechtgekommen.»

«Ja», sagte Blaise langsam, «ich bin zurechtgekommen.» Er sah seinen Vater an. «Gibt es sonst noch etwas, Vater?»

Galbert schwieg, dann schüttelte er den Kopf, und Blaise drehte sich um und verließ den Kreis. Die Soldaten traten zurück, um ihn durchzulassen. Inzwischen hatten die Bogenschützen in den roten Farben des Herzogs von Carenzu Aufstellung genommen. Etwas abseits wartete Hirnan, der Blaises Pferd am Zügel hielt. Blaise stieg auf und ritt davon, ohne sich noch einmal umzusehen.

Er hörte Rudo eine Frage stellen und Thierry antworten. Er hörte den Befehl und dann die schwirrenden Pfeile.

19

Zunächst bemerkte Blaise gar nicht, daß er denselben Weg eingeschlagen hatte wie Bertran, als er das Schlachtfeld verließ. Er ritt nach Westen, der immer röteren Scheibe der Sonne entgegen, und gelangte zu der Ulmenallee vor dem Ehrenbogen. Hier hielt er an und blickte zurück zum Schlachtfeld, auf dem jetzt zahlreiche Feuer brannten. Er fühlte sich sehr merkwürdig, und es kam ihm eigentlich mehr zufällig zu Bewußtsein, daß er nun nach dem Tod seines Vaters und seines Bruders allein in der Welt stand.

Als sein Blick zur Erde fiel, sah er die frischen Hufspuren eines einzelnen Reiters. Bertran war vor ihm hier entlanggeritten. Auch er würde sich jetzt vereinsamt vorkommen, wenn auch auf andere Weise. Mit Urté war auch Bertrans leidenschaftlicher Haß gestorben, der zwanzig Jahre lang sein Leben bestimmt hatte. Haß, dachte Blaise, konnte ebenso mächtig sein wie Liebe, auch wenn die Troubadoure gern das Gegenteil behaupteten.

Er ritt weiter unter dem mächtigen Ehrenbogen hindurch, bei dessen Anblick ihn fror, trotz seines Mantels. Er ritt durch die winterlich kahlen Weinberge, über Wiesen und Weiden und gelangte zu einer Köhlerhütte am Waldrand, vor der ein Pferd angebunden war.

Auf der Schwelle, wo sonst vielleicht eine Frau sitzen würde, um das letzte Tageslicht für eine Näharbeit zu nutzen, saß Bertran de Talair.

Er blickte überrascht auf, als er Blaise kommen sah, schien sich jedoch nicht gestört zu fühlen. Neben Bertran lag die silberne Seguignacflasche, die Blaise an jene Nacht im Treppenhaus von Schloß Baude erinnerte, als er dumpf über Lucianna Delonghi gegrübelt und Bertran von einer Frau gesprochen hatte, die seit über zwanzig Jahren tot war, obwohl er eben aus dem Bett einer anderen gekommen war.

Der Herzog hielt ihm die Flasche hin.

«Mein Vater ist tot», sagte Blaise, obwohl er gar nicht beabsichtigt hatte, darüber zu sprechen. «Thierrys Bogenschützen haben ihn erschossen.»

Bertran wirkte völlig in sich gekehrt. «Dafür reicht der Seguignac nicht, Blaise. Auch nicht für das, was sonst noch an diesem Tag passiert ist. Aber komm, setz dich zu mir.»

Blaise schritt durch das Gras und setzte sich neben den Herzog auf die Schwelle der Köhlerhütte. Er nahm die Seguignacflasche und trank. Wohltuende Wärme rieselte durch seinen Körper.

«Ist es vorbei?» fragte Bertran.

Blaise nickte. «Ich glaube, inzwischen haben sich alle ergeben.»

Bertran sah ihn an. Dunkle Ringe lagen unter seinen blauen Augen. «Du hast versucht, mich aufzuhalten, nicht wahr, als die Schlacht gewonnen war? Ich habe dich gehört, aber ich hätte nicht aufhören können, selbst wenn ich gewollt hätte.»

Blaise nickte.

«Ich würde noch jetzt um mich schlagen, wenn Thierry nicht das Hörnersignal gegeben hätte.»

«Ich weiß. Ich verstehe das.»

Bertran nahm einen Schluck aus der Flasche und reichte sie anschließend wieder Blaise. Nach einer Weile, in der sie beide nur still dasaßen und ihren Gedanken nachhingen, hob Bertran den Kopf und sah Blaise an.

«Ich möchte dich etwas fragen», sagte er.

«Ja?»

«Hättest du etwas dagegen, wenn ich die Frau deines Bruders bitten würde, mich zu heiraten? Wenn Rosala mich haben will, würde ich Cadar gern als meinen Sohn und Erben von Talair großziehen.»

Blaise empfand ein wundervolles Gefühl von Wärme, das diesmal nicht vom guten Seguignac herrührte. Er sah Bertran an und lächelte. «Was Rosala tut, ist allein ihre Sache. Aber ich kann mir kaum vorstellen, daß mich etwas anderes mehr freuen würde als eine Verbindung zwischen euch beiden.»

«Wirklich? Meinst du, sie würde mich nehmen?» fragte Bertran.

Blaise lachte laut. Es war ein seltsames Geräusch in der kleinen Lichtung am Waldrand. «Du fragst mich um Rat, wenn es um eine Frau geht?»

Bertran schwieg einen Augenblick, und dann lachte auch er, nur ein wenig leiser.

«Mein Vater», sagte Blaise nach einer Weile, «hat mir erzählt, Ademar sei nur sein Werkzeug gewesen, um Rian in Arbonne zu vernichten. Sein zweites Ziel in all diesen Jahren sei gewesen, mich auf den Thron von Gorhaut zu bringen.»

Bertran wurde wieder sehr ernst. «Das überrascht mich nicht», sagte er.

Blaise seufzte und blickte auf die silberne Seguignacflasche in seinen Händen. «Ich wollte, es wäre nicht wahr.»

«Das kann ich verstehen. Erzähl es nicht weiter. Außer uns braucht niemand etwas davon zu erfahren.»

«Deshalb wird es nicht weniger wahr, daß dies alles sein Werk ist.»

Bertran zuckte die Achseln. «Ein Teil davon ist sein Werk, aber nicht alles. Er konnte zum Beispiel nicht wissen, welchen Einfluß Arbonne auf dich haben würde. Blaise, es gibt so viele Dinge, die unser Leben bestimmen, daß man manchmal Angst bekommen könnte.» Bertran zögerte. «In dieser Köhlerhütte habe ich mich immer mit Aelis getroffen. Hier hat sie meinen Sohn empfangen.»

Nun war es an Blaise, still zu werden. Er verstand und war tief bewegt, daß Bertran ihm hier als Gegenleistung etwas aus seinem Leben anvertraute.

«Es tut mir leid», sagte Blaise. «Ich hatte nicht vor, dir nachzureiten. Ich habe nur zufällig deine Spuren gesehen. Soll ich dich allein lassen?»

Bertran schüttelte den Kopf. «Du könntest mir aber die Flasche geben, wenn du nicht trinkst.» Blaise gab sie ihm. Das blanke Metall glänzte im Licht, als Bertran die Flasche an den Mund hob und sie bis auf den letzten Tropfen leerte.

Einen Augenblick später hörten sie das Geräusch eines näher kommenden Reiters, und als sie aufblickten, sahen sie Ariane durch das Wintergras auf die Hütte zureiten.

Sie ritt bis vor den Eingang, wo die zwei Männer saßen. Offensichtlich hatte sie geweint. Sie holte tief Luft, bevor sie, ohne einen Gruß oder ein verbindliches Wort vorauszuschicken, zu sprechen begann:

«Ich habe meiner Cousine Aelis in der Nacht, als sie starb, einen Eid geschworen», sagte sie, und es kostete sie große Mühe, gefaßt zu bleiben. Bertran saß wie erstarrt neben Blaise. «Durch Urtés Tod wurde ich heute von diesem Eid entbunden.»

Als Blaise sah, daß sie sich ausschließlich an Bertran wandte, stand er auf. «Ich glaube, ich sollte doch gehen. Dies hier geht nur euch etwas an.»

«Nein», sagte Ariane. Ihr Gesicht war kreidebleich. «Es betrifft zufällig auch dich.» Noch während sie sprach, griff Bertran nach seiner Hand und zog ihn wieder neben sich.

«Bleib bei mir», sagte der Herzog.

Und so blieb er und hörte Ariane zu, die mit fast tonloser Stimme weitersprach. «Bertran, ich kenne den Grund, warum Aelis früher niederkam als erwartet.» Ihr erneutes mühsames Atemholen bewies, wie sehr sie um Selbstbeherrschung rang. «Als Urté ihr deinen Sohn wegnahm und das Zimmer verließ und die Priesterin ihm nachlief, um den Jungen zurückzuholen, blieb ich allein bei Aelis. Wenige Augenblicke später merkten wir, daß sie ein zweites Kind bekam.»

Bertran machte eine heftige Handbewegung. Die Flasche rollte ins Gras. Er versuchte aufzustehen, aber er schien nicht genug Kraft in den Beinen zu haben, und so blieb er neben Blaise sitzen und blickte zu der Frau auf dem Pferd empor.

«Ich habe geholfen, deine Tochter zur Welt zu bringen, Bertran», sagte Ariane. «Und dann mußte ich Aelis einen Eid schwören. Wir wußten beide, daß sie sterben würde.» Jetzt liefen ihr die hellen Tränen über die Wangen.

«Ariane, erzähl mir, was damals geschehen ist», sagte Bertran.

Sie hatte auch in jener Schreckensnacht in Aelis' Zimmer geweint. Sie war dreizehn Jahre alt und hatte gehört, wie die sterbende Aelis zu ihrem Gatten sagte, der kleine Junge, den sie im Arm hielt, sei das Kind von Bertran de Talair. Ariane, die in einer Ecke des Zimmers kauerte, sah, wie Urté vor Wut dunkelrot im Gesicht wurde und der Mutter das Kind aus den Armen riß, in die es die Priesterin noch eben so sanft gelegt hatte. Draußen tobte ein Wintergewitter, und es blitzte und donnerte, als wütete ein böser Geist um Schloß Miraval.

Der Herzog war mit der Priesterin aus dem Zimmer geeilt, und Ariane und Aelis waren überzeugt, er würde das Kind umbringen.

Dann hatte Aelis plötzlich gesagt: «O Cousine, ich glaube, ich habe noch ein Kind in mir.»

Und tatsächlich kam noch ein zweites Kind. Es schien Ariane etwas größer als das erste, und es war ein Mädchen, dunkelhaarig und langgliedrig wie seine Mutter, und seinen ersten Schrei tat es mit einer kräftigen Stimme.

Es war Ariane, die das Kind aus dem Mutterleib holte, die Nabelschnur durchbiß, das Neugeborene in die warmen Tücher wickelte, die vor dem Feuer bereitlagen, und es der Mutter mit zitternden Händen in den Arm legte. Niemand sonst war im Zimmer, niemand außer ihnen hatte jenen zweiten Schrei gehört.

Und dann mußte sie ihrer Cousine Aelis auf dem Totenbett schwören, kein Wort von einem zweiten Kind verlauten zu lassen, solange Urté de Miraval lebte. «Nach Urtés Tod», hatte Aelis gesagt, «wenn du und dieses Kind noch leben, überlasse ich es dir. Ich kann nicht in die Zukunft sehen, Ariane. Du mußt wissen, was dann das Richtige für sie ist. Dieses Kind, meine Tochter, ist möglicherweise die Erbin von Miraval und von Talair, vielleicht sogar von Arbonne. Du wirst eine kluge Frau werden müssen, die imstande ist, eines Tages die richtige Entscheidung zu treffen. Und nun küß mich, Cousine, und vergib mir, wenn du kannst, und dann geh.»

Ariane hatte sich über sie gebeugt und die sterbende Aelis geküßt. Dann war sie, in ihren dunklen Mantel gehüllt und den Säugling an sich gepreßt, über die dunkle Hintertreppe geflohen. Sie begegnete keiner Menschenseele, weder auf der Treppe noch im Korridor, weder an dem Seitentor, durch das sie das Schloß verließ, noch bei den Ställen. Sie holte ihre Stute aus dem Stand, stieg mühsam, ein Strohbündel als Steighilfe benützend, auf und ritt hinaus in die Nacht.

Sie hatte diesen Ritt ihr Leben lang nicht vergessen. Er kehrte regelmäßig in ihren Träumen wieder, und bei jedem Gewitter fühlte sie sich in die Weingärten von Miraval zurückversetzt, wo die knorrigen Weinstöcke im kurzen, grellen Licht der Blitze die Form unheimlicher Gestalten annahmen. Das Kind hatte anfangs unentwegt geschrien, war dann aber still geworden, und Ariane hatte gefürchtet, es sei tot, und nicht gewagt, den Mantel zu öffnen und nachzusehen.

Sie wußte nicht, wie es ihr gelungen war, die Hütte am See zu finden, wo Holz und Feuersteine aufbewahrt wurden, um ein Signal an die Insel zu schicken. Nachdem sie das Pferd angebunden hatte, war sie in die Hütte geeilt, tropfnaß und von einem hysterischen Weinkrampf geschüttelt. Ein Blitz über dem See erhellte plötzlich den ganzen Himmel; in seinem Schein sah sie ganz in der Nähe, schwarz und drohend, den Ehrenbogen der Alten aufragen. Sie schrie auf vor Angst und Entsetzen und spürte im selben Augenblick, daß sich das Kind unter ihrem Mantel regte. Als es wieder zu schreien begann, fühlte sie sich durch diese allen Schrecken der Nacht trotzende Lebensäußerung des Kindes seltsam getröstet.

Ariane hatte das Kind in den Armen gewiegt und mit gurrenden Lauten beruhigt, bis das Gewitter endlich vorüber war und der blaue Mond zwischen den Wolken auftauchte.

Als es zu regnen aufhörte, legte sie den Säugling auf den Boden der Hütte und machte draußen auf dem dafür vorgesehenen Erdhügel ein Feuer, um die Priesterinnen zu rufen.

Bald darauf sah sie ein kleines Boot von der Insel ablegen und über das inzwischen ruhigere Wasser des Sees auf sie zukommen – ein wundervoller Anblick im Licht des blauen Mondes.

Ihr Mantel war naß, schmutzig und zerrissen; niemand hätte sie für ein wohlhabendes Mädchen von Stand gehalten. Kurz bevor das Boot das Ufer erreichte, nahm sie das Kind aus den kostbaren Tüchern des herzoglichen Haushalts, zog sich die Kapuze tief ins Gesicht und brachte das Kind, nur in einen alten Lumpen gewikkelt, den sie in der Hütte gefunden hatte, zu den zwei Priesterinnen hinaus, die am Strand neben dem Boot warteten.

Mit zitternder Stimme und stammelnd wie ein Bauernmädchen sagte Ariane, es sei ihr Kind und ihr Vater habe ihr nicht erlaubt, es zu behalten, und da habe sie gedacht, die guten Frauen der heiligen Rian würden es vielleicht nehmen und aufziehen.

Ihre Bitte war keine Seltenheit. Die Rian-Tempel ergänzten auf diese Weise einen Teil ihrer Dienerschaft. Die einzigen Fragen, die ihr gestellt wurden, galten ihrer Gesundheit und wie das Kind heißen sollte.

Aelis hatte keinen Namen erwähnt. Wenn sie das Mädchen für würdig hielten, hatte Ariane gesagt und zu der blauen Sichel der Riannon emporgesehen, sollten sie es nach dem blauen Mond und nach der Göttin nennen.

«Sie blieb am Leben», sagte Ariane dreiundzwanzig Jahre später vor der Köhlerhütte, wo das Mädchen und sein toter Bruder gezeugt worden waren. Ihre Tränen waren getrocknet. «Ich habe sie stets im Auge behalten. Sie ist auf der Insel geblieben wie die meisten dieser Kinder. Sie ist schön, klug und tapfer, Bertran, und ich denke, sie sieht ihrer Mutter sehr ähnlich. Ihr Name ist Rinette. Sie sollte eines nicht allzu fernen Tages Hohepriesterin der Rian-Insel werden.»

«Sie ‹sollte›?» fragte Bertran so leise, daß seine Worte kaum zu hören waren. Die ganze Zeit, während Ariane erzählte, hielt er die Hände krampfhaft verschränkt. Blaise bemerkte trotzdem, daß sie zitterten.

«Ich habe mit ihr gesprochen, bevor ich zu dir gekommen bin. Ich habe ihr gesagt, wer sie ist und wie sie auf die Insel gelangt ist. Ich habe ihr auch einige andere Dinge erklärt, unter anderem auch, daß sie aufgrund ihrer Herkunft heute vielleicht an anderer Stelle dringender gebraucht würde als auf der Insel, daß sie jedoch selbst wählen sollte und daß ich dafür sorgen würde, daß ihre Entscheidung respektiert wird.»

Bertran wirkte plötzlich um Jahre gealtert. Blaise hätte ihm am liebsten den Arm um die Schultern gelegt.

«Sie hat gesagt, wenn es stimmte, was ich ihr erzählt habe, sei sie offensichtlich für Arbonne in den Schlössern wichtiger als in den Tempeln... Sie ist sehr stark, Bertran. Sie ist wundervoll.» Bei den letzten Worten drohte ihr vor Rührung die Stimme zu versagen.

Bertran schüttelte den Kopf. «Es muß sehr hart für sie gewesen sein, dies alles so plötzlich zu erfahren.»

«Es könnte hart für sie werden», sagte Ariane. «Bis jetzt, denke ich, versteht sie noch nicht das volle Ausmaß dessen, was sie erwartet. Sie weiß jedoch...» Ariane zögerte und wandte sich an Blaise. «Sie weiß jedoch, daß man möglicherweise von ihr erwartet, bald zu heiraten.»

Jetzt verstand Blaise, warum Ariane wollte, daß er bei diesem Gespräch dabei war.

Er blickte in das schwindende klare Licht und begegnete Arianes dunklen Augen. Plötzlich fiel ihm so manches ein, aber vor allem jene eine Unterhaltung mit ihr während der Mittsommernacht in Tavernel.

Schließlich war es Bertran, der sich, von Ariane zu Blaise blickend, als erster von der Türschwelle der Köhlerhütte erhob. «Ich denke», sagte er, «ich reite allmählich zurück.»

«Soll ich mitkommen?» fragte Blaise.

Bertran schüttelte den Kopf. «Ich kenne den Weg», sagte er mit einem schiefen Lächeln, das nur noch ein Abglanz seiner früheren Schalkhaftigkeit war. «Er ist derselbe geblieben.»

Alles andere jedoch schien sich verändert zu haben. Blaise stand auf und blickte dem Herzog nach, und auch Ariane drehte sich im Sattel nach ihm um. Erst als Bertran, eine unscheinbare Gestalt im zerrissenen, blutbefleckten Gewand des Soldaten, ihren Blicken entschwunden war, wandte sich Ariane wieder an Blaise. Doch sie blieb auch jetzt auf ihrem Pferd sitzen.

«Es gab einmal eine Frau», sagte Blaise schonungslos offen, «die in der Mittsommernacht in Tavernel mein Lager mit mir geteilt und mir erzählt hat, sie würde dafür leben, daß die Regeln des Heiratsmarktes noch zu ihren Lebzeiten geändert würden.» Er wußte nicht genau, warum, aber er wollte sie mit jedem Wort treffen.

Als er sah, daß sie ihn genauso, wie er es gemeint hatte, verstand, war sein Ärger wie weggeblasen. «Ich kann hier nichts bestimmen», sagte Ariane sehr ruhig, «und ich will es auch gar nicht erst versuchen. Ich sehe nur, daß etwas eintreten könnte. Du mußt verstehen, wie schwierig das für mich ist – nach allem, was geschehen ist.»

Er verstand sie sehr gut. Er schien heute wesentlich klüger zu sein als noch vor einem Jahr. Er wußte die Aufrichtigkeit zu schätzen, mit der sie ihm ihre Gefühle offenbarte. Ariane war es, dachte er plötzlich, die ihn von Lucianna befreit hatte, die all die Wunden geheilt hatte, die ihm in Portezza beigebracht worden waren.

«Ariane», sagte er heiser, «du bist der Grund, warum Arbonne niemals sterben darf.»

«Es gibt unzählige Gründe dafür», sagte sie, aber ihre dunklen Augen leuchteten plötzlich auf.

«Du bist das Symbol und das Herz aller Dinge in Arbonne. Du bist die Königin des Liebeshofs.»

«Und ich habe gedacht, du hältst das alles für Unsinn.»

«Ich hielt vieles hier für Unsinn, was ich nicht gekannt habe und was sich später als unverkennbare Wahrheit erwiesen hat.» Er hielt inne, und dann sagte er, weil es unbedingt gesagt werden mußte: «Ich hege sehr großen Respekt vor deinem Mann, Ariane. Ihm verdanken wir letzten Endes, daß wir imstande waren, diese Schlacht zu gewinnen, abgesehen von den Verdiensten von Urté und Bertran und Falk de Savaric. Und Thierry war es auch, der verhindert hat, daß die sich ergebenden Männer niedergemacht wurden. Aber», fuhr er zögernd fort, «in einer Hinsicht bin ich noch ein echter Gorhauter und werde es wahrscheinlich immer bleiben: Es widerstrebt mir, zu der Frau eines solchen Mannes von Liebe zu sprechen.»

Sie senkte für ein paar Augenblicke den Kopf. «Das weiß ich», sagte sie und sah ihn wieder an. «Ich weiß auch, daß wir so sein müssen, wie wir sind und wie es die Zeit verlangt, in die wir hineingeboren wurden. Was ich in der Mittsommernacht über die freie Wahl gesagt habe, ist die einzige Illusion, der wir uns hingegeben haben. Du, Blaise, wirst König von Gorhaut werden in einer vollkommen durcheinandergeratenen Welt. Und in Talair wartet die Erbin von Arbonne bereits auf dich.»

«Und du meinst, ich muß sie heiraten? Damit die Welt wieder in Ordnung kommt?»

Zum erstenmal ließ Ariane ihre alte Autorität aufblitzen. «Ich habe dir gesagt, daß ich hier keinerlei Einfluß ausübe. Aber nachdem du mich gefragt hast, will ich dir sagen, daß sich jeder Mann glücklich schätzen kann, der eines Tages das Leben mit dieser Frau teilt. Auch du, Blaise.»

Er hatte Bertrans Tochter natürlich schon gesehen. Zum erstenmal im Frühjahr, als er die sechs Miraval-Coraner am Seeufer getötet hatte. Damals waren harte, hochmütige Worte zwischen ihnen gefallen. «Wir haben auf dich gewartet», hatte sie ungemein selbstbewußt für ihr Alter zu ihm gesagt, und sie hatte ihm mit diesen Worten angst gemacht. Vielleicht, dachte er jetzt, hatten sie etwas anderes bedeutet, als was sie beide damals dachten. Vielleicht wirkte die Göttin tatsächlich auf eine Weise, die die Menschen nicht verstehen konnten. Plötzlich fiel ihm der rote Pfeil ein, der Ademar getötet hatte. Er hatte noch immer keine Ahnung, wie es möglich war, daß dieser Pfeil senkrecht aus dem klaren Himmel fallen konnte.

Er hob den Kopf und sah Ariane an. «Werde ich dich wiedersehen?» fragte er.

Sie lächelte. «Der König von Gorhaut wird in Carenzu immer willkommen sein», sagte sie förmlich und brachte sie beide zurück auf festen Grund. Es war ein Geschenk, das sie ihm, großzügig wie sie war, zum Abschied machte, und es war kein geringes. Er versuchte, sich ihrem Ton anzupassen. «Und der Herr und die Herrin von Carenzu werden auch mir an jedem Ort und zu jeder Zeit willkommen sein.»

Nach einer kleinen Pause sagte sie: «Wenn es dir nichts ausmacht, möchte ich allein zurückreiten, Blaise.»

Er nickte. Was hätte er sonst tun sollen? Sie vom Pferd herunterholen und in die Arme nehmen? Nicht in dieser Welt, dachte er. Lächelnd warf sie ihm eine Kußhand zu, dann wendete sie ihr

Pferd und ritt davon. Sie war vielleicht die schönste Frau, der er je begegnet war. Sie hatte Trost, Leidenschaft und Klugheit zu bieten, und sie verstand zu nehmen, was er ihr zu geben hatte. Er hätte sie nur zu bitten brauchen.

Er blieb noch eine Weile und schaute zu, wie sich der gedämpfte Schein der sinkenden Sonne über Felder, Weinberge und Wälder breitete und auch die kleine Köhlerhütte am Waldrand erreichte. Bevor er ging, warf er noch einmal einen Blick durch die offene Tür. Das rötliche Licht fiel durch das Fenster auf ein schmales, ordentliches Bett an der Wand. Er verharrte noch einige Augenblicke, dann schloß er sorgfältig die Tür.

Es war kalt hier draußen, aber Rinette hatte sich in den warmen, von offenen Feuern erhellten Räumen des Schlosses beengt gefühlt. Sie hatte gefragt, wo die Gärten lagen, und jemand hatte sie hierher begleitet. Auch ihrer Bitte, sie allein zu lassen, war man gefolgt. Alle waren außerordentlich entgegenkommend und dies sogar mehr, als selbst eine ranghohe Rian-Priesterin erwarten konnte.

Aber sie war mehr als eine ranghohe Priesterin und gleichzeitig weniger. Sie hatte ihre Eule auf der Insel zurückgelassen – das erste schwere Opfer, das sie ihrem neuen Leben gebracht hatte.

Dies ist mein eigenes Schloß, dachte sie, während sie im Zwielicht zwischen immergrünen und kahlen Bäumen und Büschen spazierte – eines von meinen Schlössern, denn auch Barbentain und sogar Miraval, wenn man darauf bestehen wollte, gehörten zu ihrem Erbe.

Es war kalt hier draußen, aber die Kälte machte ihr nichts aus. Sie hatte bis jetzt weder die Zeit noch das Bedürfnis gehabt, sich umzuziehen, und trug unter dem grauen Mantel noch ihr Priesterinnengewand. Heute morgen war sie eine Priesterin auf der heiligen Rian-Insel gewesen, die ernannte Nachfolgerin der Hohenpriesterin, und sie hatte nicht gewußt, ob sie diesen Winter überleben oder auf dem Scheiterhaufen sterben würde.

Dann war es zur Schlacht gekommen. Das Tal hallte wider vom Lärm kämpfender Männer und den Schreien sterbender Männer und gepeinigter Pferde. Und dann der Sieg – so unverhofft und vollständig, daß es Herz und Verstand kaum zu fassen vermochten. Sie war ins Heiligtum gegangen, um der Hohenpriesterin beim feierlichen Dankgottesdienst zu assistieren.

Als sie den Tempel verlassen hatte, war die Herzogin von Carenzu auf sie zugekommen. Sie hatte ihr eine Geschichte erzählt und ihr Leben für immer verändert.

Es war eine tiefe Erschütterung für Rinette, auch wenn sie versuchte, so ruhig und vernünftig wie möglich zu bleiben. Nach dem, was sie von der Herzogin erfahren hatte, war ihr klargeworden, daß ihr Platz nicht mehr auf der Insel sein würde und daß es nicht Blindheit und die innere Sicht einer Hohenpriesterin waren, was von ihr verlangt wurde. Alles hatte sich geändert.

Sie war die Erbin von Arbonne. Es gab keine anderen Erben.

Durch eine Ehe könnte sie die Zukunft ihres Landes und die Verehrung der Göttin Rian in den Tempeln Arbonnes für einige Zeit sichern. Vielleicht sogar für längere Zeit.

Sie würde nicht die Nachfolgerin der Hohenpriesterin werden, weder der einen hier auf der Insel im Dierne-See noch der anderen auf der Insel im Meer. Diese andere, Beatritz, war die älteste Schwester ihrer Mutter – ein Gedanke, der für Rinette kaum vorstellbar war.

Sie schüttelte den Kopf. Es würde schwer für sie werden. Sehr schwer.

Im Garten wurden Fackeln entzündet. Der Himmel im Westen leuchtete blutrot und purpurn. Der gekieste Gartenweg führte zu einem Springbrunnen. Rinette blieb bei einer der Fackeln stehen, um sich die Hände zu wärmen.

Sie war Erbin von Arbonne, Erbin auch dieses Schlosses, denn En Bertran hatte nie geheiratet und keinen Nachfolger ernannt. Der Herzog von Talair war ihr Vater.

Sie kannte ihn natürlich. Durch die Troubadoure und Joglares, die auf die Rian-Insel kamen, waren auch Geschichten und Gerüchte über En Bertran zu ihnen gelangt. Sie wußte alles über Bertran de Talair und Herzog Urté und die schöne Dame Aelis de Miraval, die gestorben war. Sie kannte sogar das alte Lied, das Bertran für seine Geliebte am Ufer des Sees geschrieben hatte.

Doch sie hatte nie gewußt, daß dieses Lied von ihrem Vater für ihre Mutter geschrieben wurde, daß sie ein Teil dieser Romanze war.

Und dann war da noch dieser andere Mann, der bald König von Gorhaut werden sollte. Er hatte heute gegen sein eigenes Volk für Arbonne gekämpft. Auch ihn hatte sie schon gesehen, einmal im letzten Frühling und dann heute morgen, als sie über den See gekommen war, um die Gräfin von der Unterredung der Herolde abzuholen. Er war eine große Erscheinung, bärtig und grimmig wie alle Nordländer. Aber heute nachmittag hatte Ariane de Carenzu gesagt – und Rinette nahm an, daß sie wußte, wovon sie sprach –, er sei ein guter Mann; er sei sanfter und klüger, als er aussehen würde, und er bräuchte jemanden, der ihm in den kommenden Jahren half, die schwere Last zu tragen, die auf seinen Schultern ruhte.

Sie fragte sich, ob er schon hier zu ihr kommen würde oder ob sie noch ein wenig Zeit bekam – und ob ihr Vater kommen würde. Plötzlich fühlte sie sich erschöpft und setzte sich ungeachtet der Kälte auf eine Steinbank neben dem Brunnen. Am liebsten hätte sie geweint wie vor vielen Jahren als kleines Kind. Es war nicht Arianes Schuld; niemand war schuld. Sie saß im Schloßgarten ihres Vaters, und alles, was sie von ihm wußte, waren die Geschichten, die sich alle Welt über einen Herzog erzählte, der zur Zeit die beste Musik komponierte, in vielen Ländern gekämpft hatte und seit über zwanzig Jahren jeder schönen Frau nachstellte, um den Tod der einen – ihrer Mutter – zu vergessen.

«Ich habe Angst», sagte Rinette plötzlich laut, und dieses Eingeständnis half ihr merkwürdigerweise, ihre Selbstbeherrschung wiederzugewinnen. Ich werde nicht lebendig verbrennen, ermahnte sie sich. Keine von uns wird je verbrannt werden. Rian war uns gnädig, und wir haben gewonnen. Was ihr bevorstand, war ein verändertes Leben. Kein Sterblicher wußte, was die Zukunft bereithielt – ausgenommen jene, die der Göttin ihr Augenlicht opferten; ihnen wurde manchmal ein kurzer Einblick gewährt.

Ihr Lebensweg würde ein anderer sein. Er begann hier in diesem Garten, und sicher durfte sie ein wenig Angst haben.

Dann hörte sie Schritte. Sie strich ihr dunkles Haar zurück und stand auf. Aufrecht und stolz trat sie ihrer Zukunft entgegen. Am Ende des Wegs, der zum Brunnen führte, stand eine einsame Gestalt.

Nicht der Nordländer war gekommen und auch nicht ihr Vater. Sie kannte die zierliche Gestalt, die dort stand, und sank auf die Knie.

«O mein liebes Kind», sagte Signe de Barbentain. «Ich bin so glücklich, dich zu sehen, und gleichzeitig furchtbar traurig. So viele Jahre haben wir versäumt, du und ich. Ich habe dir soviel zu erzählen, über deinen Vater, deine Mutter und deinen Großvater, den du nicht gekannt hast und der dich von ganzem Herzen liebgehabt hätte.»

Die Gräfin trat beinahe zögernd in den Lichtschein der Fackeln. Ihr Gesicht war feucht von Tränen. Rinette überfiel ein seltsames Gefühl, als drückte ihr etwas Herz und Kehle zu. Sie hörte sich einen schluchzenden Laut ausstoßen, und dann lief sie auf ihre Großmutter zu und warf sich in ihre Arme.

Das Tal, in dem die Schlacht gewütet hatte, lag jetzt in völliger Dunkelheit. Er hatte geduldig gewartet. Bald würden die Monde aufgehen, die heute nacht sehr hell scheinen würden. Es war Zeit aufzubrechen.

Mit sicheren Bewegungen hangelte er sich von Ast zu Ast. Niemand hörte ihn, und er verriet sich mit keinem Laut. Am Boden angelangt, schlich er sich nach Westen davon und kehrte am Waldrand entlang zu seinem Pferd zurück, das er zwei Tage zuvor nördlich vom Ehrenbogen der Alten zurückgelassen hatte.

Der Hengst war hungrig. Er fütterte und tränkte das Tier, während er ihm über den schönen Hals strich und ihm beruhigende Worte ins Ohr raunte. Tiefer Friede erfüllte ihn; er fühlte sich eins mit der Nacht und dem flüsternden Wind in den Bäumen. Voller Dankbarkeit kniete er nieder und betete.

Sein Auftrag war ausgeführt – eine Aufgabe, auf die er sich, ohne es zu wissen, seit Beginn dieses Herbstes vorbereitet hatte.

Er sattelte das Pferd, saß auf und ritt nach Süden. Bevor die Monde aufgingen, wollte er weit weg von hier sein.

«Ich möchte, daß du auf eine neue Art schießen lernst», hatte die Hohepriesterin auf der Insel im Meer zu ihm gesagt. Er hatte immer gut mit Pfeil und Bogen umgehen können, aber was sie von ihm verlangte, war merkwürdig und eigentlich unerklärbar. Aber sie brauchte ihm nichts zu erklären. Er fühlte sich hoch geehrt, daß sie ihn auserwählt hatte, und übte den ganzen Herbst, Pfeile über hohe, bogenförmige Flugbahnen ins Ziel zu bringen, so, wie es ihm die Hohepriesterin aufgetragen hatte. Tag für Tag war er allein zur Ostseite der Insel gegangen und hatte geübt und geübt.

Eines Tages glaubte er, die neue Schießkunst zu beherrschen. Doch nun sollte er die steil in den Himmel gerichteten Schüsse in einer Baumkrone sitzend ausführen. Auch das tat er, Tag für Tag und Woche für Woche, bis der Winter kam und die ersten Zugvögel aus dem Norden eintrafen.

Dann rief ihn die Hohepriesterin zu sich und teilte ihm in ihren Gemächern und nur in Gegenwart der weißen Eule mit, welchen Auftrag er übernehmen sollte.

«Die Göttin», sagte sie, «greift manchmal zu unseren Gunsten ein, aber sie will sehen, daß wir versucht haben, uns selbst zu helfen.» Das leuchtete ihm ein. In der wirklichen Welt konnte es auch vorkommen, daß ein Reh auf einen zukam, aber nur, wenn man draußen im Wald war, sich still verhielt und gegen den Wind stand. Sie sagte ihm, wohin er gehen sollte – er hatte bei ihren Worten vor Ehrfurcht gezittert –, und sie schilderte ihm sogar den Baum, auf den er klettern sollte, bevor die Heere das Tal am Dierne-See erreichten.

Auf diesem Baum sollte er warten, bis sich ihm die Gelegenheit bot, den König von Gorhaut zu töten. Dieser Augenblick würde kommen, hatte die Hohepriesterin gesagt, wenn ihnen Rian gnädig war. Kein Mensch, nicht einmal die Priester und Priesterinnen, dürfe etwas von seiner Mission erfahren. Er war vor ihr niedergekniet und hatte den heiligsten Eid geschworen, den er kannte.

Dann hatte sie ihm in einem verschlossenen Köcher rotgefärbte und mit roten Eulenfedern befiederte Pfeile gegeben und ihn selbst mit einem Boot ans Festland gebracht. Von dort ritt er einen ganzen Tag und eine Nacht lang, bis er zu dem Tal kam, von dem sie ihm erzählt hatte. Beim ersten Morgengrauen war er angekommen. Von den Heeren war weit und breit nichts zu sehen. Er fand den Baum, den ihm die Hohepriesterin beschrieben hatte, oberhalb des Tals, kletterte hinauf und wartete.

Am nächsten Tag waren die Heere eingetroffen. Die Schlacht begann noch am selben Nachmittag. Am Spätnachmittag griffen die Coraner von Miraval in den Kampf ein, und der König von Gorhaut, der sich einen Zweikampf mit Herzog Urté lieferte, riß sich nach einem schweren Schlag den verbeulten Helm vom Kopf und schleuderte ihn von sich.

Es war genauso, wie es ihm die Hohepriesterin geschildert hatte. Er sprach leise sein innigstes Gebet an Rian, hob den Bogen und schickte, verborgen im dichten Geäst des Baumes, einen roten Pfeil beinahe senkrecht in den hellen Himmel, auf eine jener hohen und steilen Flugbahnen, die er seit den einsamen Wochen und Monaten auf der Insel beherrschte wie kein zweiter.

Er war nicht besonders überrascht, nur demütig und dankbar, als er sah, daß der Pfeil den König von Gorhaut ins Auge traf und tötete.

Danach wartete er wieder, und als es dunkel wurde, verließ er den Baum und stahl sich ungesehen davon.

Der See lag bereits hinter ihm, als der weiße Vidonne am östlichen Himmel aufging und die Straße erhellte, die sich vor ihm nach Süden erstreckte. Er war überhaupt nicht müde, im Gegenteil. Er fühlte sich in Hochstimmung. Er war ein glücklicher Mann. Jetzt könnte ich getrost sterben, dachte er.

Als auch der blaue Mond aufging, begann er zu singen. Er war Luth von der Rian-Insel, vormals Luth von Baude, der im vergangenen Frühling gegen einen Dichter ausgetauscht worden war und nun hoffte, daß man ihn nach seinem erfolgreich ausgeführten Auftrag für würdig hielt, im Heiligtum der Göttin zum Priester geweiht zu werden.

Er war kein sehr guter Sänger, das wußte er. Aber Lieder waren nicht nur dazu da, von Künstlern gesungen zu werden. Und so hob er seine Stimme, ohne sich zu schämen, und sang von seinem Glück und der herrlichen Nacht, während er über die menschenleere Straße nach Süden ritt, vorbei an Bauernhäusern, Dörfern und Burgen, durch Felder und Wälder unter den Monden und den Sternen über Arbonne.

Epilog

Lisseut, eine der ersten und vielleicht berühmtesten weiblichen Troubadoure Arbonnes, war die Tochter eines ehrbaren Kaufmanns, der im Osten der Küstenstadt Vezét eigenes Land besaß und mit Oliven handelte. Sie war nicht sehr groß, hatte braunes Haar und ansprechende Züge. In ihrer Jugend war sie angeblich sehr vorlaut, und es scheint, daß sie diese Eigenschaft nie abgelegt hat. Ein Bruder ihrer Mutter, ein Joglar von einigem Ansehen, war als erster auf Lisseuts reine Stimme aufmerksam geworden und hatte sie in der Kunst der Joglares ausgebildet. Bald danach hatte sie ihn an Berühmtheit überflügelt...

In der Zeit nach der Schlacht am Dierne-See, als die Gefahr einer Invasion aus dem Norden gebannt war, gelangen Lisseut eigene Kompositionen. Ihr erstes und vielleicht berühmtestes Lied, «Verklungene Lieder», in dem sie den Tod zweier Gefährten beklagt, wurde bald für alle Gefallenen jenes Krieges gesungen...

Lisseut war ihr Leben lang eng befreundet mit dem großen König Blaise von Gorhaut sowie mit seiner ersten und seiner zweiten Frau, und viele sind der Ansicht, ihre «Elegie für die Krone aller Könige», geschrieben anläßlich des Todes von König Blaise, sei ihr bestes und bewegendstes Werk... Lisseut von Vezét heiratete nie, sie hatte jedoch ein Kind namens Aurelian. Sowohl zu Lisseuts Lebzeiten als auch nach ihrem Heimgang zu Rian gab es Gerüchte über den Vater ihres Sohnes, der möglicherweise eine Person von allerhöchstem Ansehen war. Doch wir wollen hier keine müßigen Spekulationen wiedergeben, sondern uns nur an Tatsachen halten, die sich nach all den Jahren noch mit einiger Sicherheit belegen lassen...